张少康 主编

卢永璘 张健 汪春泓 白岚玲 郭鹏 选注

中国文学理论批评史资料选注

ZHONGGUO WENXUE LILUN PIPINGSHI ZILIAO XUANZHU

北京大学出版社
PEKING UNIVERSITY PRESS

图书在版编目(CIP)数据

中国文学理论批评史资料选注/张少康主编.—北京:北京大学出版社,2013.1
(博雅大学堂·中国语言文学)
ISBN 978-7-301-21649-1

Ⅰ.①中… Ⅱ.①张… Ⅲ.①中国文学-文学批评史-高等学校-教学参考资料 Ⅳ.①I206.09

中国版本图书馆 CIP 数据核字(2012)第 282167 号

书　　名	中国文学理论批评史资料选注
著作责任者	张少康　主编
责任编辑	徐丹丽
标准书号	ISBN 978-7-301-21649-1
出版发行	北京大学出版社
地　　址	北京市海淀区成府路 205 号　100871
网　　址	http://www.pup.cn　新浪微博:@北京大学出版社
电子邮箱	编辑部 wsz@pup.cn　总编室 zpup@pup.cn
电　　话	邮购部 010-62752015　发行部 010-62750672
	编辑部 010-62752022
印刷者	三河市北燕印装有限公司
经销者	新华书店
	965 毫米×1300 毫米　16 开本　25.5 印张　431 千字
	2013 年 1 月第 1 版　2024 年 8 月第 9 次印刷
定　　价	69.00 元

未经许可,不得以任何方式复制或抄袭本书之部分或全部内容。
版权所有,侵权必究
举报电话: 010-62752024　电子邮箱: fd@pup.cn
图书如有印装质量问题,请与出版部联系,电话: 010-62756370

目录

编辑说明/张少康 1
中国古代文艺美学的民族传统(代导论)/张少康 1

先 秦

《尚书》选录/13
※《论语》选录/14
※《孟子》选录/19
※《庄子》选录/22

两 汉

※司马迁文论选录/29
※《毛诗大序》/32
　扬雄文论选录/36
　班固文论选录/41
※王充《论衡》选录/44
　王逸《楚辞章句》选录/57

魏晋南北朝

※曹丕《典论·论文》/65
※陆机《文赋》/68
　沈约《宋书·谢灵运传论》/82
※刘勰《文心雕龙》选录/87
※钟嵘《诗品》选录/103
　萧统《文选序》/115
　萧绎《金楼子·立言》选录/119
　颜之推《颜氏家训》选录/122

目 录

隋唐五代

※陈子昂《与东方左史虬修竹篇序》/135
　王昌龄诗论选录/136
　李白诗论选录/139
　殷璠诗论选录/142
　杜甫诗论选录/145
※皎然诗论选录/148
　刘禹锡《董氏武陵集纪》节录/154
※韩愈诗文论选录/157
　柳宗元文论选录/163
※白居易诗论选录/168
※司空图诗论选录/176

宋 金 元

※欧阳修诗文论选录/191
※苏轼诗文论选录/195
　黄庭坚诗文论选录/201
※李清照《论词》/204
　吕本中诗论选录/207
　张戒《岁寒堂诗话》节选/210
　杨万里诗论选录/214
　朱熹诗文论选录/216
※严羽诗论选录/220
※元好问《论诗三十首》/232
※张炎《词源》选录/244

明 代

李梦阳诗论选录/251

目录

※谢榛诗论选录/255
　王世贞诗文论选录/258
※李贽文学论著选录/262
※袁宏道诗文论选/266
　钟惺诗论选录/269
　明代戏曲论著选录/271
　明代小说论著选录/279

清　代

※金圣叹小说论著选录/291
※李渔《闲情偶寄》选录/293
※王夫之诗论选录/297
※叶燮诗文论选录/304
※王士禛诗论选录/313
※沈德潜诗论选录/319
※袁枚诗论选录/325
　姚鼐诗文论选录/331
　翁方纲诗论选录/335
　周济词论选录/341
　清代小说论著选录/344

近　代

　龚自珍《书汤海秋诗集后》/355
　魏源《诗比兴笺序》/358
※刘熙载《艺概》选录/365
　陈廷焯词论选录/370
　况周颐《蕙风词话》选录/377
※梁启超《论小说与群治之关系》/383
※王国维《人间词话》选录/393

编辑说明

本书由我提供初步选目，全书的具体选注工作由卢永璘、张健、汪春泓、白岚玲、郭鹏五位教授分别完成。

本书作为大学中文系中国文学批评史课的参考资料，选录的都是中国文学理论批评史上最有影响、最有代表性的文学理论批评家的著作，在编辑过程中考虑到中国古代文论的特点，采取了以人为主不以篇为主的体例，这样可以更清楚、更正确地反映这些文学理论批评家的文学思想面貌，但也尽量保持篇目的相对完整性。由于篇幅的限制，我们对有些选录的内容不得不作部分删节，敬请读者原谅。

本书选用我在原国家教委社科司主办的《中国文化概论》课进修班上的讲演稿作为"代导论"，此文曾收入我的学术论文集《夕秀集》。

张少康
2012.8

中国古代文艺美学的民族传统(代导论)

张少康

中国古代文论非常集中地体现了中国古代文艺美学的民族传统。什么是文艺美学？简单地说，就是文学和艺术的美学特征，或者说就是文学艺术在创造和鉴赏过程中的美学规律。什么样的文艺作品才是最美的？这对不同时代、不同地区、不同民族的人来说，有不同的认识和要求。中国古代有极其丰富的文学和艺术遗产，具有自己独特的文艺美学的民族传统，这是和中国古代的文化发展有着不可分割的密切联系的。中国古代的文学艺术之所以具有不朽的魅力，成为世界艺术殿堂的珍品，是因为它在儒、道、佛三家思想的影响下，有着与西方不同的东方艺术特色，有自己特殊的创作方法、表现技巧和审美传统。中国古代文艺美学的民族传统内容十分丰富，我们这里只能介绍几个主要的方面：

一、羊大为美
——文艺和实用、功利的结合

中国古代文艺的发展，从原始时代文艺的起源开始，就把文艺和实用、功利紧密地结合在一起，一直持续了几千年。早在六七千年以前，属于新石器时代的半坡人在彩陶器皿上的绘画中，就有口里含着两条鱼的人面像。山东大汶口文化也是新石器时代文化，那里出土的一个红陶兽形壶，就是一只非常生动可爱的肥猪形象。所以，从我国文字的起源来说，美字就是羊和大的结合，羊是当时的高级食品，《说文》中解释道："羊者，给厨膳之大甘也。"大字本是人的形状，"大像人形"，"大，人也"。美字也就是人获得肥羊的意思。由此，中国古代文学艺术的创造总是和功利的目的不可分割的。儒家强调文艺和政教的合一，把诗和乐都作为实现政治理想、达到政治目的的一种手段。孔子教他的儿子说："不学诗，无以言。"又说："诵诗三百，授之以政，不达；虽多，亦奚以为？"儒家思想由孔子发展到孟子、荀子，把对文艺和政治关系的论述发展到了极点，《礼记·乐记》是儒家文艺美学思想的总结，它所提出的"治世之音安以乐，其政和；乱世之音怨以怒，其政乖；亡国之音哀以思,其民困",从文艺反映现实的角度,对文艺的社会作用强调得特别突出。中国古代历来就要求文艺要起到"劝善惩恶"的作用,讲究美刺讽谏,歌颂光明正义,批评黑暗腐朽,要求文艺有鲜明的思想倾向性,反对内容空洞、只讲究形式美的文艺作品。不仅儒家思想是如此,其他的一些思想学派如墨家、法家也是如此。墨子曾对他的学生禽滑厘说:在灾荒之年,有人给你一颗名贵的珍珠,又有人给你一罐小米,两者不能兼得,你要那一样?禽滑厘说,他情愿要一罐小米,而不要珍珠,因为它可以救饥饿之急。韩非则认为区别文艺作品的好坏应以是否有用作为唯一的标准。无论对文学、音乐、绘画,还是别的艺术,都有这样的要求。并且从这样一个美学原则出发,在对待文学艺术的内容和形式关系上,总是强调内容的主导作用,主张形式要为内容服务,认为文艺创作应该"为情造文",而不是"为文造情",并在这个前提下做到文质并重,情文俱茂。许多重要的文艺思想家,例如司马迁、王充、刘勰、白居易、王安石、苏轼、李贽、王夫之、叶燮、郑板桥等都有过不少精彩的论述。所以,中国古代文艺美学的发展形成了一个鲜明地主张"有为而作"、"有补世用"的优良传统,王充就说过:"为世用者,百篇无害;不为世用者,一章无补。"白居易说:"文章合为时而著,诗歌合为事而作",要"为君、为臣、为民、为物、为事而作,不为文而作"。苏轼提出文学创作要"有为而作","言必中当世之过"。更为可贵的是,中国古代特别强调文学创作要表现进步的思想、正义的事业、崇高的理想,对现实的黑暗、政治的腐朽、道德的堕落、不良的风尚,要进行尖锐的揭露和批评,早在先秦时代的孔子就说过:"诗可以兴,可以观,可以群,可以怨。"汉代的司马迁则在此基础上提出了"发愤著书"的思想,后来唐代的韩愈则进一步提出了著名的"不平则鸣"主张,要求文学为受封建专制主义迫害的人鸣不平。不仅是文学,其他的艺术领域也是如此,著名画家郑板桥说过:"凡吾画兰画竹画石,用以慰天下之劳人,非以供天下之安享人也。"

二、无声之乐
—— 文艺美学理想的最高境界

中国古代文艺美学的最高理想,是追求一种"无声之乐"的境界。"无声之乐"是指一种音乐美学境界,但也可以代表整个文学艺术的审美理想。音乐是一种声音的艺术,没有声音的音乐似乎是不可想象的。中国古代以老子、庄子为代表的道家则认为最高、最美的音乐是"无声之乐",也就是存在于想象之中的、只能通过象征的方法去体会的、具有最完整、最全面、最充分的美。他们认为有声之美总是偏而不全、有局限性的，不能把所有的声音之美都表达出来，"有声则有分，有分则不宫而商矣。分则不能统众，故有声者非大音也"，所以主张"大音希声"。这种道理体现在造型艺术上，就是"大象无形"，而在以语言为工具的文学上，就是追求"言意之表"的"妙理"。这种无声之妙如白居易《琵琶行》中所说，"此时无声胜有声"，故陶渊明也常常抚弄无弦琴，"以寄其意"。为此，中国古代的文学艺术强调"以全美为工"（司空图语），认为"不全不粹之不足以为美"（荀子），而这种"全美"，则是天工自然的产物，而不是人工造作所能达到的，它要依靠读者的想象来补充，是作者和读者共同创造的。受这种"无声之乐"思想的影响，中国古代文学创作讲究要创造象外有象，景外有景，具有"文生文外"的特点，做到"言有尽而意无穷"，使作品富有含蓄的韵味，这也就是艺术意境的美学特征之所在。我们可以举几个具体例子来加以说明。比如东晋诗人陶渊明《饮酒》诗："结庐在人境，而无车马喧。问君何能尔？心远地自偏。采菊东篱下，悠然见南山。山气日夕佳，飞鸟相与还。此中有真意，欲辨已忘言。"什么是他的"真意"？就是他在《桃花源记》中所理想的"世外桃源"的境界，和《桃花源记》中人的悠闲自在的精神情趣。又如唐代诗人王维的《渭城曲》（《送元二使安西》）："渭城朝雨浥轻尘，客舍青青柳色新。劝君更尽一杯酒，西出阳关无故人。"这里在一杯酒的背后又隐含着多少不尽的深意啊！文学作品要能做到其美在"言意之表"，是中国古代文学创作和西方很不同的民族传统特点。重在言外之意，即要求有"文外之重旨"（刘勰《文心雕龙·隐秀》篇），使文学作品能让人体会到"味在咸酸之外"（司空图《与李生论诗书》），既能"状难写之景如在目前"，更要"含不尽之意，见于言外"（欧阳修《六一诗话》引梅尧臣之语），这也是中国古代文学创作意境论的核心内容。刘禹锡提出创造意境的关键是要做到"境生于象外"（《董氏武陵集纪》），司空图要求诗歌有"象外之象，景外之景"（《与极浦书》），都是就其意在言外的特色而说的。这正是受道家和佛家对言意关系认识影响之结果。言意关系的提出，本来并不是文学创作理论问题，而是哲学上的一种认识论。人的思维内容能否用语言来作最充分最完全的的表述，这是和人能否正确地认识客观世界相关连的。先秦时代在言意关系上儒道两家是对立的。儒家主张言能尽意，道家则认为言不能尽意。《周易·系辞》中说："子云：'书不尽言，言不尽意。'然则圣人之意其不可见乎？子曰：'圣人立象以尽意，设卦以尽情伪，系辞焉以尽其意。'"《系辞》所引是否确为孔子所说,已经不可考。然而《系辞》作者讲得很清楚,孔子认为要做到言尽意虽然很困难,但圣人还是可以实现的。后来扬雄曾发挥了这种思想,他在《法言·问神》篇中说:"言不能达其心,书不能达其言;难矣哉!惟圣人得言之解,得书之体。"道家则主张要行"不言之教",《老子》中说:"知者不言,言者不知。"庄子发展了这种观点,他在《齐物论》中指出:"道隐于小成,言隐于荣华。""道"是不能用语言文字来说明的。《天道》篇说,圣人之意也无法以言传,用语言文字所写的圣人之书不过是一堆糟粕而已,故轮扁的神奇斫轮技巧,不但"不能以喻其子",其子"亦不能受之于"轮扁,"是以行年七十而老斫轮"。因此,他认为言本身并不等于就是意,而只是达意的一种象征性工具。《外物》篇说:"筌者所以在鱼,得鱼而忘筌。蹄者所以在兔,得兔而忘蹄。言者所以在意,得意而忘言。吾安得忘言之人而与之言哉!"魏晋玄学中的言意之辩是这种争论的继续,王弼在《周易略例·明象》篇中用《庄子·外物》篇的观点来解释言、象、意三者之间关系。他说:"故言者,所以明象,得象而忘言;象者,所以存意,得意而忘象。犹蹄者,所以在兔,得兔而忘蹄;筌者,所以在鱼,得鱼而忘筌也。"佛教特别是禅宗也和庄学玄学一样,注重言不尽意,对文学的影响就更大了。但是,文学是一种语言的艺术,言能不能尽意,直接涉及文学创作是否有价值、有意义的问题。中国古代文学创作主要受"言不尽意"论的影响,但又并不因此而否定语言的作用,更不否定文学创作,而是要求在运用语言文字表达构思内容的时候,既要充分发挥语言文字的作用,又要不受语言文字表达思维内容时局限性的束缚,而借助于语言文字的暗示、象征等特点,以言为意之筌蹄,寻求在言外含有不尽之深意。特别是从盛唐诗人王维开始,以禅境表现诗境,把禅家不立文字、教外别传的思想融入文学艺术创作之中;南宋严羽在《沧浪诗话》中以"妙悟"论诗,提出"禅道惟在妙悟,诗道亦在妙悟",认为"以禅喻诗,莫此亲切",这就更进一步促使追求言外之意的创作方法得以繁荣发展,从而构成了中国古代文学传统中的重要审美特征——讲究创造含蓄深远的艺术意境。

"无声之乐"的理想境界不仅表现在音乐、诗歌上,在绘画、书法、戏剧、小说等领域里也都有很突出的体现。绘画创作要求"画在有笔墨处,画之妙在无笔墨处"(戴熙《习苦斋画絮》),做到"虚实相生,无画处皆成妙境"(笪重光《画筌》),使其"画中之白即画中之画,亦即画外之画"(华琳《南宗抉秘》)。宋代画家郭忠恕画山水画只在画的一角画几个山峰,画面上大部分是空白,可是能使你感到山峦起伏、绵延不绝之势,恰如王士禛所说,"略有笔墨,而其妙在笔墨之外"。书法创作也非常讲究空间布白之美,如梁武帝所说要具有"字外之奇",或如王羲之所说能在"点画之间皆有意",把有笔墨处和无笔墨处紧密地结合起来构成含蓄不尽的强烈美感。"无声之乐"是建立在"有无相生,以无为本"的哲学思想基础上的,在艺术表现手法上就是虚实结合,重视发挥"虚"的方面的作用,以补充"实"的不足。在戏剧、小说上此点尤为突出。中国古代的戏剧基本上是没有布景的,大都采用虚拟的方法,但能收到比实的布景更为使人感到真实的效果。小说创作的人物描写中则往往用侧面虚写的方法,而不用正面直写的方法。像《三国演义》中的温酒斩华雄,刘备三顾茅庐访诸葛,都是如此。要通过实写的部分来领会虚的想象中的部分,就可以不受实写部分的限制,使艺术美得到最完美最充分的体现,这就是中国古代文艺美学的理想境界。

三、形神兼备
——创造艺术形象的基本美学原则

中国古代对艺术形象的创造有自己独特的美学原则,这就是要求形神兼备,精确描写艺术形象外在的形貌和充分展示艺术形象内在的神质。用唐代张九龄的话说,就是:"意得神传,笔精形似。"这种对形神兼备的论述具有极为深刻的哲学思想基础。任何事物都有现象和本质两个方面,艺术形象的形神问题即是艺术形象的现象和本质问题,不过它不是一般的现象和本质问题,而是艺术形象特殊的现象和本质问题。在形之美和神之美的关系上,中国古代更重视和强调神之美,认为刻画形之美的目的乃是为了传达神之美。"传神写照"是要通过"以形写神"的方法来实现的。这种从形神关系出发而提出的审美原则,也是接受中国古代哲学思想的影响而来的。庄子的形神论即是重神而不重形的,他所说的形和神是指事物的内在精神实质和外在物质表现形式的关系。庄子认为对一个人来说,其形体是存是灭、是生是死、是美是丑,都是无所谓的,而最重要的是他的精神能否与道合一,达到完完全全的自然无为,所以他"以生为附赘悬疣,以死为决疣溃痈",认为人应当做到"外其形骸",而不拘泥于物。(《大宗师》)因此,他在《养生主》、《德充符》等篇中,以公文轩见右师、卫人哀骀它、闉跂支离无脤等故事,来说明虽形残而神全,并不影响其真美,真正的美在神不在形。不过,庄子的形神观又有片面强调神的重要,而否定形的意义与作用的倾向。到汉代《淮南子》中有关形神关系的论述,又对庄子的观点有所修正,以神为形之君，以传神为主而不否定形的作用，并且把这种思想运用到了艺术创作中。例如《说山训》中说："画西施之面，美而不可说；规孟贲之目，大而不可畏：君形者亡焉。"《说林训》中提出"画者谨毛而失貌"的问题，也是这个意思。高诱注道："谨悉微毛而留意于小，则失其大貌。""微毛"说的是形的问题，而所谓的"大貌"则是指神的问题。这种新的发展，对中国古代文艺思想的影响是非常深远的。东晋著名的画家顾恺之正是在此基础上提出了绘画理论上的"传神写照"和"以形写神"说，他非常重视人物画中的"点睛"问题，认为"传神写照正在阿堵中"，"点睛"虽是一个形的描写问题，但更重要的是借此以传人物之神，因为在人的肖像上，眼神最能体现人物的心灵世界。传说中国古代的画家张僧繇在梁武帝的金陵安乐寺画四白龙，一直不点眼睛，常对人说点了眼睛龙就会飞走，别人不信一定要他点睛，结果他刚点了两条龙的眼睛，就雷电交加，两龙破壁飞走，而剩下两条没有点睛的龙则仍在壁上（事见张彦远《历代名画记》卷七）。后来这种绘画理论又被运用到了文学创作之中，盛唐诗人的创作都非常重视传神的艺术美，杜甫就曾多次以神论诗，晚唐的张彦远和司空图则分别从绘画和诗歌创作的不同角度，明确地强调了重神似不重形似的美学原则。北宋的苏轼不仅在《传神记》中发挥了顾恺之的"以形写神"论，指出必须描写好"得其意思之所在"的形方能传神，也就是说，只有抓住了最能体现对象神态的、具有典型意义的、不同一般的特殊的"形"，并把它真实、生动地描绘出来了，才能够达到"传神写照"的效果。苏轼还在《书鄢陵王主簿所画折枝》诗中指出重在传神这一点上，诗和画是一致的。他在诗中提出的："论画以形似，见与儿童邻。作诗必此诗，定非知诗人。"曾在宋元明清的诗话中，就如何理解神似和形似关系的问题，引起了一场争论。形神关系从另一个角度讲，就是形象刻画中的"物理"和"物态"的关系，也就是苏轼讲的"常形"和"常理"的问题，艺术描写不仅要表现对象的外在形态，而且要体现出对象生成之内在的原理，只有既"曲尽其态"，又"深入其理"，才能使形象具有生命的活力，是"真龙"而非"画龙"，使表现对象具有"气韵生动"的特点，有"飞动之势"，"生气远出，不着死灰"。神似比形似要高一层次，但没有形似也不可能达到神似。中国古代认为要达到神似必须把握对象的主要特点，只有找到对象最能体现其精神特质的形态特点，也就是懂得什么是"得其意思之所在"之处，并且把它描写得很充分，才能真正传对象之神。因为神是虚的，没有一定的形是无法传达出来的，故东晋画家顾恺之画裴楷的画像，在颊上加"三毛"遂神态逼真。这种原理后来不仅表现在诗歌创作上，而且也广泛地运用在小说、戏剧创作上,像《水浒传》、《三国演义》、《红楼梦》、《儒林外史》、《西厢记》、《牡丹亭》等作品中有极为生动的表现,成为中国古代艺术形象创造的基本美学原则。

四、无法之法
—— 艺术表现方法上的美学特征

文艺创作都有一定的表现方法,中国古代几千年的文艺发展过程中曾经积累了极为丰富的艺术经验。任何时代的文艺创作在表现方法上总是要吸取前代的艺术经验的,但是又必须按照现实的艺术表现需要有所创造、有所发挥。如何对待前代已有的艺术表现方法,一直是一个有争议的问题。这也是和中国古代以儒、道、佛为代表的传统文化思想有密切的关系。儒家重法度,道家重自然,但是他们又都有一些片面性。儒家之所以重法度有两方面的原因:一是儒家重视人为的力量,注意研究人工创造的具体方法;二是儒家强调复古,恪守先王的成规,主张"述而不作"。道家之所以重自然,是因为看到了人为力量的局限性,希望要突破这种局限性,但是他们又否定了人为力量的作用和它的必要性,因此,正确的途径应该是不否定人为的力量,而又不受它的局限,而以自然为最高的美学原则。在中国古代文艺发展史上,某些被复古主义笼罩的时代,例如明代前期之强调"文必秦汉,诗必盛唐",往往注重于恪守已有的法度,对古人亦步亦趋,不敢越雷池一步。但大多数时代的进步文艺家是反对复古模拟而要求有独创性的,因此不赞成机械地套用前人成法,而主张以自然为目的而有所创造、有所前进。所以反对"死法"而提倡"活法",提倡"以自然为法"或者说是"无法之法"。宋代诗人苏轼在《诗颂》中说:"冲口出常言,法度去前规。人言非妙处,妙处在于是。"但这并不是说文艺创作不要学习前人的表现方法,而是说创作不应该因袭前人的格套,而要有合乎自己表达情意要求的方法,他强调不管是诗文还是书画都要"随物赋形",符合于事物的本身特点。他说:"吾文如万斛泉源,不择地皆可出。在平地滔滔汩汩,虽一日千里无难。及其与山石曲折,随物赋形,而不可知也。所可知者,常行于所当行,常止于不可不止,如是而已矣。其他虽吾亦不能知也。"(《自评文》)他赞扬唐代孙位的画说:"画奔湍巨浪,与山石曲折,随物赋形,尽水之变,号称神逸。"(《书蒲永升画后》)总而言之,是要使文艺创作做到"尽万物之态","文理自然,姿态横生"。正如明代公安派袁中道所说的要"以意役法,不以法役意"(《中郎先生全集序》），所以我国的传统是强调法度和自然并重，法度要合乎自然。明代王世贞说过"法极无迹"，清初王夫之说文艺创作没有"定法"，应当遵循"不法之法"或"非法之法"，使创作"自然即乎人心"。不仅文学创作是如此，艺术创作也是如此，著名的清初画家石涛就一再强调"无法之法，乃为至法"，这就为文艺创作的独创性开辟了广阔的前景。我们可以看到，中国古代不管是文学还是艺术，都随着不同的时代、不同的作家而有各种不同的风貌特色，千姿百态，日新月异。

五、味外之味
——艺术鉴赏的审美标准

在文艺作品艺术鉴赏的审美标准方面，中国古代讲究要有"味"，而且不是一般的"味"，而是"味外之味"，这是和文艺美学理想的最高境界分不开的，也是中国古代文艺美学的重要传统之一。只有达到了"无声之乐"的境界，创造出了具有"象外之象，景外之景"的艺术形象，才会有"味外之味"的特色。"象外之象，景外之景"的第一个"象"和"景"是诗歌中具体描写的实境，而第二个"象"和"景"则是存在于作者想象中、要由第一个实的"象"和"景"的暗示、象征才能体会到的虚的"象"和"景"。"味外之味"中的前一个"味"和后一个"味"是和这两个"象"和"景"相对应的。"味"，是从文艺创作的形象思维特征而来的，它是由文艺创作的艺术美而产生的，是作者从艺术作品中感受到的美的享受。刘勰在《文心雕龙》中所说的"味"是从作品的"隐秀"特征而来的，什么是"隐秀"呢？按刘勰的解释是："隐也者，文外之重旨也；秀也者，篇中之独拔者也。隐以复义为工，秀以卓绝为巧。"宋人张戒引《文心雕龙》佚文说："情在词外曰隐，状溢目前曰秀。"按宋代诗人梅尧臣的话说，就是："含不尽之意见于言外，状难写之景如在目前。"由此，我们可以知道，"秀"是指文学作品中生动的形象描写，"隐"则是指作品中隐藏在形象内部的深远含义。这是文学形象的美学特征之所在。由外露的"秀"而领会到内在的"隐"，是文学艺术之所以有"味"的原因所在。故而钟嵘说诗歌的"滋味"，是从其"指事造形，穷情写物"的特征而来的。但是，"味外之味"则比一般所说的"滋味"要更进一层，它指的是由艺术形象本身所暗示、象征而并没有直接描写出来的，要由读者去领悟、体会并用自己的想象去补充的内容，所以它具有既近又远（司空图说要"近而不浮，远而不尽"）、"言有尽而意无穷"的特色。这种"味外之味"是作者和读者共同创造的。"味外之味"首先唐末司空图提出的,它在《与李生论诗书》中说"醇美"的诗歌应该使读者感到"味在咸酸之外",而不只是在咸酸本身,只有善于体会"味外之旨"方能懂得什么是诗歌"醇美"之所在。如嵇康的"目送归鸿,手挥五弦"(《赠秀才入军》),谢灵运的"池塘生春草,园柳变鸣禽"(《登池上楼》),陶渊明的"采菊东篱下,悠然见南山"(《饮酒》),王维的"行到水穷处,坐看云起时"(《终南别业》),就都是这种具有"象外之象,景外之景",并能使人体会到"味外之味"的"醇美"佳作。这种诗歌鉴赏的审美标准后来受到苏轼、严羽、王士禛等许多文艺家的推崇,并且扩大到了其他的艺术领域,成为中国古代艺术鉴赏的基本美学原则。

以上是关于中国古代文艺美学民族传统的几个重要问题,这些都需要联系中国古代的思想文化背景和实际的文艺创作才能领会得更具体、更深刻,也才能使它们在今天的文艺创作中得到发扬光大。

(本文是在国家教委社科司主办的
《中国文化概论》课进修班上的讲演稿)

先　秦

《尚书》选录

【题解】

　　《尚书》是距今二千三百年至三千年间的一部官方文献的总集,记录了夏商周三代的重要政治活动,本称《书》。在西汉文帝时,只有济南伏生研究并精通《书》。在秦朝焚书时,伏生将《书》藏于壁中。经秦末兵乱,以至汉定天下,伏生找出藏于壁中的《书》,损失数十篇,只得二十九篇,他以此在齐鲁之间传授。《尧典》为伏生传《书》中之一篇,《伪古文尚书》把下半篇分出,并加二十八字,作为《舜典》。因《尚书·尧典》文字整饬,近人以为它由周代史官根据传闻编著,又经春秋战国时人补订而成。

　　下边节录的这段文字,谈到"诗"的功用,即"诗言志"。"志"的内涵在先秦时期就有所发展变化,在国家政治语境之中,"志"一般指政治上的理想抱负;然而,到战国中期以后,"志"的含义有所泛化,人的思想、意愿与感情等,均可由"志"来包括。故唐代孔颖达《正义》说:"在己为情,情动为志,情、志一也。"(《左传》昭公二十五年《正义》)中国古代"诗言志"说的实质,就是把诗看作是人心灵的表现,此基本确立了中国文艺的民族特点,与西方文艺存在显著的区别。

　　另外,从这段文字可见早期诗、乐、舞互相配合密不可分的实际情形,这是初民祭祀舞蹈的流风遗韵。论乐而及论诗,中国古人似乎先有对音乐成熟的审美体验,然后才引发出对诗的认识,这在后世文献中也可找到佐证。

　　帝[1]曰:夔[2]!命女典乐[3],教胄子[4]:直而温[5],宽而栗[6],刚而无虐[7],简而无傲[8]。诗言志[9],歌永言[10],声依永[11],律和声[12],八音克谐[13],无相夺伦[14],神人以和[15]。夔曰:于[16]!予击石拊石,百兽率舞[17]。

——《尧典》(节录)

【注释】

〔1〕 帝:指舜。

〔2〕 夔:人名,舜时掌管乐事的大臣。
〔3〕 命女典乐:女,汝,你。典乐,典掌乐事。即命令你掌管音乐方面的事务。
〔4〕 教胄子:胄子,指贵族后代;教育培养贵族后裔。
〔5〕 直而温:正直而温润。
〔6〕 宽而栗:宽厚而庄栗。庄栗,即战栗,谨慎之意。
〔7〕 刚而无虐:刚毅而不苛虐。
〔8〕 简而无傲:简易却不傲慢。
〔9〕 诗言志:用诗表达人的志意。
〔10〕 歌永言:永,长;用歌咏长其言。
〔11〕 声依永:谓声音高低又和长言相配合。声,五声,宫、商、角、徵、羽。
〔12〕 律和声:律,谓六律六吕,六律指黄钟、太簇、姑洗、蕤宾、夷则、无射。六吕指大吕、应钟、南吕、林钟、仲吕、夹钟。古人作律,即以出音又以候气,布十二律于十二月之位,气至则律应,是六律六吕述十二月之音气也。参见《吕览·十二纪首》及《礼记·月令》等。
〔13〕 八音克谐:《周礼·春官·大师》:八音,金、石、土、革、丝、木、匏、竹。这里金,指铜钟,石,指石磬,土,指埙(陶哨),革,指鼓,木,指木制的柷、敔,竹,指箫,匏,指笙。这是八音的原始分类法。八类乐器不同,所发的音也不同,所以称为八音。克谐,达到和谐。
〔14〕 无相夺伦:不要错乱次序。无,毋。
〔15〕 神人以和:神与人凭藉音乐以融和无间。
〔16〕 于:音乌,叹词。
〔17〕 "击石拊石"二句:石,磬;拊,小击,指轻扣。音乐感染百兽相率而舞,以更说明神人相和,人与天地万物融为一体。

【思考题】
1. 谈谈上述选篇中所崇尚的美学思想的特点。

《论语》选录

【题解】
孔子(前551—前479)名丘,字仲尼。鲁国陬邑(今山东曲阜东南)人。他的祖先是宋国贵族,后迁至鲁。他做过些小官,据说五十岁时,由鲁国中都宰升任司寇,摄行相事。孔子晚年退居鲁国整理古代典籍,相传儒家五经都经他删定,寄寓他无法实现的抱负和理想。他是儒家学派创始人,也是儒家文化集大成者。尤其"知其不可而为之"的入世品格,对中华民族精神的铸成产生了积极影响。孔子又是先秦诸子私人讲学论政、从事著述的开风气者,他先后有弟子三千人,其中"贤者"七十余人。

《论语》是孔子弟子及其再传弟子关于孔子言行的记录,内容为孔子讲话,答弟子问及弟子间相互的谈论。孔子文艺观主要见诸《论语》。孔子所代表的儒家文艺观,大体表现在以"诗教"为核心的文艺观及其对《诗经》的批评。第一,阐述了文艺与道德修养的关系,《论语·泰伯》孔子关于人的道德品质修养,提出"兴于诗,立于礼,成于乐"的主张,看到了诗与乐对于培育人的道德修养的巨大作用,也就是教化的作用,孔子把它们作为道德修养的辅助手段,而对诗和乐作为艺术的审美特征与审美作用,则有所忽略,而过分强调诗、乐的教化功能,必然会扭曲艺术的本体内涵。第二,涉略了文艺与政治、外交活动的关系。《论语·子路》记载:"子曰:诵《诗》三百,授之以政,不达;使于四方,不能专对;虽多亦奚以为?"记录了《诗》在当时政治、外交活动中的特殊地位,以及巧妙赋《诗》对于处理国际关系、维护本国利益的重要性。第三,确立文学批评的标准。《论语·为政》说:"诗三百,一言以蔽之,曰:思无邪。"关于"思无邪"有不同的解释,但是"思无邪"的批评标准从艺术方面看,就是提倡一种"中和"之美。《论语集解》引孔安国注云:"乐而不淫,哀而不伤,言其和也。"从音乐上说,中和是一种中正平和的乐曲,也即儒家传统雅乐的主要美学特征。从文学作品来说,它要求从思想内容到文学语言,都不能过于激烈,应当尽量做到委婉曲折,而不要过于直露。第四,论文学的社会作用。孔子从"诗教"的观点出发,对文学作品的社会作用给了很高的估价,《论语·阳货》记载道:"子曰:小子何莫学夫诗?诗可以兴,可以观,可以群,可以怨。迩之事父,远之事君;多识于鸟兽草木之名。"这里孔子对文学作品的美学作用、认识作用、教育作用等乃至知识学习方面,都作了充分的肯定。他的"兴观群怨"说对后来的诗学理论产生了深远的影响。"兴",朱熹解释为"感发意志"(《四书章句集注》),指诗歌的生动具体的艺术形象可以激发人精神之兴奋,从吟诵、鉴赏诗歌中可以获得一种美的享受,已涉及文学的审美作用。朱熹在《诗传纲领》中又释为"托物兴辞",这是从文学的创作特征角度对"诗可以兴"的美学作用之说明。诗歌的这种美学作用,可以使读者产生丰富的艺术联想,所以何晏《论语集解》引孔安国注说"兴"是指"引譬连类"。"观",是就文学作品的认识作用而言的,而孔子说"观"比较侧重在诗歌所反映的社会政治与道德风尚状况以及作者的思想倾向与感情心态。《论语集解》引郑玄注说:"观风俗之盛衰。"朱熹《四书章句集注》说:"考见得失。"但是孔子讲的"观",不仅是观诗的客观内容,也观诗人的主观意图,针对当时盛行的"赋诗言志",也可以观赋诗人之志。从"诗可以观"的论述中,可以看出孔子对文艺与现实关系的理解,体现了孔子文艺思想中的现实主义特征。"群",是就文学作品的团结作用而言。《论语集解》引孔安国云:"群居相切磋。"孔子认为文学作品可以使人们交流感情,达到和谐,加强团结。"怨",是就文学作品干预现实、批评社会的作用而言的。《论语集解》引孔安国说:"怨刺上政。"但《诗经》"怨"的对象范围还要宽泛一些,而"怨"主要是指对现实不良政治的批判。第五,论文学的内容和形式之关系。《论语·卫灵公》曰:"子曰:辞达而已矣。"《论语·雍也》云:"子曰:质胜文则野,文胜质则史,文质彬彬,然后君子。"其关于文质的论述,后来被运用到文学创作中,成为要求文学作品内容与形式完美统一的基本理论,并在中国文学理论批评史的发展中始终起着主导作用。第六,论雅乐与郑声。孔子关于音乐的论述,与对诗歌的论述是一致的,《论语·卫灵公》记载孔子说:"行夏之时,乘殷之辂,服周之冕,乐则《韶》舞。放郑声,远佞人,郑声淫,佞人殆。"《论语·阳货》也记载孔子说:"恶紫之夺朱也,恶郑声之乱雅乐也,恶利口之覆邦家也。"其反对郑声,提倡雅乐,这种崇尚雅正的思想是儒家文论的基本观点。

子曰:"《诗》三百[1],一言以蔽之,曰:'思无邪[2]。'"

——《为政》

子曰:"人而不仁,如礼何?人而不仁,如乐何[3]?"子夏[4]问曰:"巧笑倩兮,美目盼兮,素以为绚兮[5],何谓也?"子曰:"绘事后素。"曰:"礼后乎[6]?"子曰:"起予者商也!始可与言《诗》已矣。"[7]

子曰:"《关雎》,乐而不淫,哀而不伤[8]。"

子谓《韶》,"尽美矣,又尽善也[9]";谓《武》,"尽美矣,未尽善也[10]"。

——《八佾》

子曰:"质胜文则野[11],文胜质则史[12],文质彬彬[13],然后君子。"

——《雍也》

子曰:"兴于诗[14],立于礼[15],成于乐[16]。"
子曰:"诵《诗》三百,授之以政,不达[17];使于四方,不能专对[18];虽多,亦奚以为?"

——《子路》

子曰:"辞达而已矣。"

——《卫灵公》

陈亢问于伯鱼曰:"子亦有异闻乎[19]?"对曰:"未也。尝独立,鲤趋而过庭。曰:'学诗乎?'对曰:'未也。''不学诗,无以言。'鲤退而学诗。"

——《季氏》

子曰:"小子何莫学夫《诗》?《诗》可以兴[20],可以观[21],可以群[22],可以怨[23]。迩之事父,远之事君[24],多识于鸟兽草木之名[25]。"
子曰:"恶紫之夺朱也,恶郑声之乱雅乐也[26],恶利口之覆[27]邦家者。"

——《阳货》

【注释】

〔1〕《诗》三百:有说孔子晚年将《诗》三千首,删减为三百零五篇,故约称《诗》三百。
〔2〕思无邪:指《诗》的思想内容具有雅正的特点。
〔3〕"人而不仁"二句:言人不仁必不能行礼乐。仁是礼、乐之前提,失去仁这一前提,则礼、乐的价值意义也就不存在了。
〔4〕子夏:孔子的学生,姓卜,名商,字子夏。
〔5〕"巧笑倩兮"三句:上二句见《诗·卫风·硕人》。"素以为绚兮",可能是散佚了的诗句。倩,形容笑的时候面貌动人。盼,指眼黑白分明。
〔6〕礼后乎:子夏体会老师是以素喻礼,故曰:"礼后乎?"参见《论语·子罕》颜渊赞美孔子"博我以文,约我以礼"。
〔7〕起:发也,有振起、启发的意思。
〔8〕"《关雎》"三句:《关雎》是《诗·国风·周南》的首篇,《关雎》欢乐而不过分,哀怨而不悲伤,此体现了孔子崇尚中和为美的思想。
〔9〕"子谓《韶》"三句:《韶》,舜乐名。舜因为具备圣德而受尧禅让,所谓"唐虞之道",故尽善。
〔10〕"谓《武》"三句:《武》,武王乐也。武王以征伐取天下,与尧舜禅让相比,则未尽

善,孔子主禅让,反对武力。从这二句话,可见孔子审美判断中融入了道德评判的因素。

〔11〕 质胜文则野:质,质朴。文,文采。野,如野人,指缺乏文化修养。
〔12〕 文胜质则史:史,史官,指文采过度,则诚有不足、华而不实。
〔13〕 文质彬彬:文华和质朴相得益彰。
〔14〕 兴于诗:兴,起也。言修身当先学诗。
〔15〕 立于礼:学礼可以立身。
〔16〕 成于乐:人性完善依靠音乐之陶冶。
〔17〕 不达:为官治理百姓而不能通达。
〔18〕 "使于四方"二句:古时出使四方,当诸侯各国之间聚会之时,需要赋诗以言志表意,虽诵《诗》三百,却不能以《诗》应对,指赋《诗》不当,会给国家及个人招致羞辱与麻烦。
〔19〕 异闻:伯鱼是孔子之子,孔子弟子陈亢以为伯鱼从孔子那里得到的教诲当有与自己不同者。
〔20〕 兴:朱熹《集注》:"感发志意。"兴,为志意发端作引子。
〔21〕 观:即所谓"观风俗之盛衰"(《集解》引郑玄注)、"考见得失"(朱熹注),借助诗以观照社会政治与人心之方方面面。
〔22〕 群:有助于建立人与人之间和谐的关系,孔安国注:"群居相切磋。"
〔23〕 怨:孔安国注:"怨刺上政。"表达臣民百姓对政治的批评。
〔24〕 "迩之事父"二句:迩,近,指用于孝与忠两端。
〔25〕 多识于鸟兽草木之名:通过《诗》认识动植万物的名称。
〔26〕 "恶紫之夺朱"两句:恶,憎恨;紫,好看的中间色;夺,代替;朱,指正色;引申到对郑声侵袭雅乐的警惕,因为郑声具有"淫"的特征。
〔27〕 利口:能说会道者;覆,倾覆。

【思考题】

1. 孔子文艺思想对中国文学现实主义传统有哪些积极的影响?
2. 分析孔子文艺思想的审美特征。
3. 请你思考与浅述在诗歌创作与诗学理论两方面,诗"可以怨"所形成的悠久传统。

《孟子》选录

【题解】

　　孟子(前372—前289),名轲。邹(今山东邹县东南人),他是战国中期儒家的重要代表人物,后世孔孟并称,被尊为亚圣,即仅次于孔子的圣人。关于其师承,他自称"予未得为孔子徒也,予私淑诸人也"(《孟子·离娄下》),《史记·孟荀列传》说他"受业子思之门人",形成所谓"思孟学派"。孟子继承发扬了孔子仁政说("仁"字在《孟子》中出现157次,远比"礼"字出现64次多),又加上当时学风的激发,他在君主和百姓关系问题上,其立场偏向百姓一边,具有鲜明的民本思想。孟子曾游历邹、宋、薛、滕、鲁、魏、齐等国,但劝说君王实施其仁政,却显得十分迂阔。于是退而与弟子公孙丑等编著《孟子》。《史记》谓孟子:"退而与万章之徒,序《诗》《书》,述仲尼之意,作《孟子》七篇。"一般认为《孟子》是孟子亲手所编定。

　　孟子对儒家文艺思想发展突出贡献在于:其"与民同乐"的文艺美学思想,以及"以意逆志"与"知人论世"的文学批评方法论。孟子提出了"民为贵,社稷次之,君为轻"的民本思想,孟子"与民同乐"的文艺美学思想正是在其"仁政"与"民本"思想的前提下形成的,是以他的人性善理论为哲学基础的。从"与民同乐"的角度出发,孟子在对待古乐与新乐的态度上与孔子有很大不同。孟子认为古乐之所以要尊敬,是因为古圣贤之君能"与民同乐",如果能"与民同乐",则欣赏今乐亦何妨。

　　孟子的"以意逆志"与"知人论世"确是比较科学的文学批评方法,但对"以意逆志"的"意"却历来有不同的理解,而从孟子的思想体系及他说诗的状况来看,这个"意"乃指读者之意。孟子之"以意逆志"和"知人论世"观,与诸侯朝聘,赋《诗》言志,所用断章取义法不同,也与汉儒四家解《诗》,把《诗》旨引入政教伦理一途不同,比较接近于还《诗》以文学的本来面目,为中国文学提供了较客观实在的批评原则。后世大量诗话词话,大抵是在此原则下展开文学评论。孟子对后世文学批评影响比较大的,还有"知言养气"说,《孟子·公孙丑上》说:"(孟子)曰:'我知言,我善养吾浩然之气。'"孟子认为必须首先使作者具有内在精神品格之美,养成"浩然之气",然后才能有美而正的言辞。这种思想影响到文学创作,就特别强调一个作家首先要从人格修养入手,具有高尚道德品质,然后才有可能写出好作品。自从孟子提出"知言养气"说后,因其所谓"气"抓住了人内在最本质的蕴涵,这自然就被后人在文论中广泛引用,形成了中国文论史上以气论文的悠久传统。孟子对中国文学在创作和批评两方面都产生了巨大影响,宋明以来讲道统与文统关系者,无不要上溯到孟子。

"敢问夫子恶乎长?"曰:"我知言[1],我善养吾浩然之气。"

"敢问何谓浩然之气?"

曰:"难言也。其为气也,至大至刚,以直养而无害[2],则塞于天地之间。其为气也,配义与道;无是,馁也。是集义[3]所生者,非义袭而取之也[4]。行有不慊[5]于心,则馁矣。"……"何谓知言?"曰:"诐辞[6]知其所蔽[7],淫辞知其所陷[8],邪辞知其所离[9],遁辞知其所穷[10]。"

——《公孙丑上》

咸丘蒙[11]曰:"舜之不臣尧,则吾既得闻命矣。《诗》云:'普天之下,莫非王土;率土之滨,莫非王臣[12]。'而舜既为天子矣,敢问瞽瞍[13]之非臣,如何?"

曰:"是诗也,非是之谓也;劳于王事而不得养父母也。曰:'此莫非王事,我独贤劳[14]也。'故说诗者,不以文害辞[15],不以辞害志[16]。以意逆志[17],是为得之。如以辞而已矣,《云汉》之诗曰:'周余黎民,靡有孑遗[18]。'信斯言也,是周无遗民也。孝子之至,莫大乎尊亲;尊亲之至,莫大乎以天下养,为天子父,尊之至也;以天下养,养之至也。《诗》曰:'永言孝思,孝思维则[19]。'此之谓也。《书》曰:'祗载见瞽瞍,夔夔齐栗,瞽瞍亦允若[20]。'是为父不得而子也?"

——《万章上》

孟子谓万章曰:"一乡之善士斯友一乡之善士,一国之善士斯友一国之善士,天下之善士斯友天下之善士。以友天下之善士为未足,又尚[21]论古之人。颂[22]其诗,读[23]其书,不知其人,可乎?是以论其世也。是尚友也。"

——《万章下》

公孙丑问曰:"高子[24]曰:《小弁》[25],小人之诗也。"

孟子曰:"何以言之?"

曰:"怨。"

曰:"固哉,高叟之为诗也!有人于此,越人关弓[26]而射之,则己谈笑而道之;无他,疏之也。其兄关弓而射之,则己垂涕泣而道之;无他,戚[27]之也。小弁之怨,亲亲也。亲亲,仁也。固矣夫,高叟之为诗也!"

曰:"《凯风》[28]何以不怨?"

曰:"《凯风》,亲之过小者也;《小弁》,亲之过大者也。亲之过大而不怨,是愈疏也。亲之过小而怨,是不可矶[29]也。愈疏,不孝也;不可矶,亦不孝也。孔子曰:'舜其至孝矣,五十而慕[30]。'"

——《告子下》

【注释】

[1] 知言:指善于通过言辞来分析说话者的心理与本质。
[2] 直养而无害:用正义培养使得不容伤害与扭曲,指个人道德品质的存养功夫。
[3] 集义:正义日积月累。
[4] 非义袭而取之:不是一时外在因素感发而获得的,即指永久植根于内在血肉与生命之中,已与生命融为一体。
[5] 慊:快也,指快适。
[6] 诐辞:偏颇的言辞。
[7] 蔽:意同《荀子·解蔽》之"蔽",持论者因受某种蒙蔽而存在的不自知的缺失。
[8] 淫辞知其所陷:淫辞,过甚其辞,则必有漏洞。
[9] 邪辞知其所离:离正为邪,偏邪之辞,知道其偏离中正之处。
[10] 遁辞知其所穷:遁辞,即躲闪的言辞,知道其理之所穷。
[11] 咸丘蒙:孟子的弟子。
[12] 《诗》云以下各句:见《诗·小雅·北山》。
[13] 瞽瞍:舜的父亲。
[14] 贤劳:贤,劳也。《小雅·北山》:"大夫不均,我从事独贤。"孟子用己言释此二句。
[15] 以文害辞:文,字也;辞,语也;指抠字眼曲解辞句。
[16] 以辞害志:拘于词句而歪曲了通篇主旨。
[17] 以意逆志:对"意"的理解有两种不同观点。一种赞同清人吴淇《六朝选诗定论缘起》所说:"以古人之意求古人之志,乃就诗论诗。"认为"意"指作品之意;另一种根据东汉赵岐的《孟子注疏》至南宋朱熹的《孟子集注》,认为"意"指读者、说诗者之"意"。

〔18〕《云汉》之诗云云:《云汉》,出《诗·大雅》,黎民,指老百姓。子,余也。靡有孑遗,没有一个留存。

〔19〕《诗》曰云云:出《大雅·下武篇》。

〔20〕《书》曰云云:赵岐《注》云:"《尚书》逸篇。"

〔21〕尚:同上。

〔22〕颂:同诵。

〔23〕读:研究。

〔24〕高子:孟子称之为"高叟",似年长于孟子。

〔25〕《小弁》:见《诗·小雅》。齐鲁韩三家《诗》以为周宣王时名臣尹吉甫之子伯奇所作(据云吉甫娶后妻,生子伯邦,后妻乃谮伯奇于吉甫,放之于野)。

〔26〕关弓:张弓。

〔27〕戚:亲也。

〔28〕《凯风》:见《诗·邶风》,《毛诗序》云:"《凯风》,美孝子也。卫之淫风流行,虽有七子之母,犹不能安其室,故美七子能尽其孝道,以慰母心,而成其志尔。"

〔29〕矶:激怒,朱熹《集注》云:"不可矶,言微激之而遽怒也。"

〔30〕慕:怨慕,因慕而怨,以与上文诸"怨"字相照应。

【思考题】

1. 谈谈孟子民本思想在其文艺观中的体现。

2. 讨论"以意逆志"以及"知人论世"作为文学批评方法,与先秦时期"赋诗言志"对于《诗》的阅读、理解有何不同?

3. 分析孟子"养气"说的基本内涵。

《庄子》选录

【题解】

庄子(生卒年不详),名周。《史记·老子韩非列传》:"太史公曰:老子所贵道,虚无,因应变化于无为,故著书辞称微妙难识,庄子散道德,放论,要亦归之自然。"意指庄周才是老子嫡裔,老子"虚无"思想,由庄周而得以推进为更无挂碍之"放论",由清静无为的政治哲学一变而为在王权政治下,寻求个人心灵彻底解放的人生哲学,《庄子》与《老子》并称庄老或老庄,形成了足以与儒家相抗衡的道家一派,在两千多年来的中国历史上,其思想影响有时不在儒家之下。

今本《庄子》分内、外、杂篇,共三十三篇。《庄子》崇尚自然、反对人为,是其文艺美学思想之核心,《庄子》明确提出要"无以人灭天,无以故灭命"(《秋水》篇),否定和取消了人的智慧和创造,这种哲学观点反映在文艺美学方面,就形成崇尚天然、反对人为的审美标准和艺术创作原则。此无疑存在着片面性,但其一系列技艺故事,如庖丁解牛、轮扁斫轮、梓庆削木为鐻、津人操舟、吕梁丈夫蹈水、痀偻者承蜩等,无不蕴涵艺术创造的精辟思想,即艺术虽也是人工创造,但因其主体精神与自然同化,因而也必须绝无人工痕迹,从而达到天生化成的境界,这也是《庄子》对后代文学艺术家艺术创造影响的主要方面。其次,《庄子》"虚静"、"物化"的艺术创作论。要在艺术创造上达到理想的境地,《庄子》认为创作主体必须进入"虚静"的精神状态,《大宗师》篇说:"堕肢体,黜聪明,离形去知,同于大通,此谓坐忘。"这就是要使人忘掉一切存在,也忘掉自己存在,抛弃一切知识,达到与道合一。这样才能自由地进行审美观照,艺术创造力也最为旺盛。而创作者不再感到主体的存在,便进入了《庄子》所谓的"物化"境界,也叫做"以天合天",主体的"自然"和客体的"自然"合而为一,这样的创作自然和造化天工完全一致了。复次,《庄子》"得意忘言"论及其对文学理论批评的影响。《天道》篇云:"世之所贵道者,书也。书不过语,语有贵也。语之所贵者,意也。意有所随。意之所随者,不可以言传也,而世因贵言传书。世虽贵之,我犹不足贵也,为其贵非其贵也。"轮扁不仅说齐桓公所读之书为糟粕,而且以斫轮为喻,说明他神妙的斫轮技巧,"口不能言",虽"得于心而应于手",但"臣不能以喻臣之子,臣之子亦不能受之于臣,是以行年七十而老斫轮"。《庄子》强调语言文字的局限性,指出它不可能把人的复杂的思维内容充分体现出来。这种对言意关系的看法是与他整个哲学思想体系相联系的。既然"言不尽意",然而《外物》篇云:"筌者所以在鱼,得鱼而忘筌。蹄者所以在兔,得兔而忘蹄。言者所以在意,得意而忘言。吾安得忘言之人而与之言哉!"这对文学艺术创作影响深远,文学作品要求含蓄,有回味,尤其是诗歌创作,往往是以少总多,追求"味外之旨",而《庄子》的"得意而忘言"说,恰恰道出了文学创作中言、意关系的奥秘,此对文学创作和文学理论批评产生了巨大影响,它在魏晋以后被直接引入文学理论,形成了中国古代文学注重"意在言外"的传统,并且为意境说的产生和发展奠定了理论基础。对于形神关系,与之相类,《庄子》鲜明地表示美在神而不在形,对中国重在传神的文艺和美学传统产生了重大影响。再者《庄子》文艺思想具有浪漫主义和象征主义特征,中国古代文学创作与理论偏于浪漫主义、象征主义一边,均与《庄子》有着较深的关系。

庖丁为文惠君解牛[1],手之所触,肩之所倚,足之所履,膝之所踦[2],砉然向然[3],奏刀騞然[4],莫不中音[5],合于桑林之舞,乃中经首之会[6]。

文惠君曰:"嘻[7],善哉!技盖至此乎[8]?"庖丁释刀对曰:"臣之所好者道也,进乎技矣。始臣之解牛之时,所见无非全牛者;三年之后,未尝见全牛也;方今之时,臣以神遇而不以目视,官知止而神欲行[9]。依乎天理[10],批大郤,导大窾[11],因其固然。技经肯綮之未尝[12],而况大軱乎[13]良庖岁更刀,割也;族庖月更刀[14],折也;今臣之刀十九年矣,所解数千牛矣,而刀刃若新发于硎[15]。彼节者有间而刀刃者无厚[16],以无厚入有间,恢恢乎其于游刃必有余地矣[17]。是以十九年而刀刃若新发于硎。虽然,每至于族[18],吾见其难为,怵然为戒[19],视为止,行为迟,动刀甚微,謋然已解[20],如土委地。提刀而立,为之四顾,为之踌躇满志[21],善刀而藏之[22]。"文惠君曰:"善哉!吾闻庖丁之言,得养生焉[23]。"

——《养生主》

世之所贵道者书也,书不过语,语有贵也。语之所贵者意也,意有所随。意之所随者,不可以言传也[24],而世因贵言传书。世虽贵之,我犹不足贵也,为其贵非其贵也。故视而可见者,形与色也;听而可闻者,名与声也。悲夫!世人以形色名声为足以得彼之情。夫形色名声果不足以得彼之情,则知者不言,言者不知,而世岂识之哉!

桓公读书于堂上[25]。轮扁斫轮于堂下[26],释椎凿而上,问桓公曰:"敢问,公之所读者何言邪?"公曰:"圣人之言也。"曰:"圣人在乎?"公曰:"已死矣。"曰:"然则君之所读者,古人之糟魄已夫[27]!"桓公曰:"寡人读书,轮人安得议乎!有说则可,无说则死。"轮扁曰:"臣也以臣之事观之。斫轮,徐则甘而不固,疾则苦而不入[28]。不徐不疾,得之于手而应于心,口不能言,有数存焉于其间[29]。臣不能以喻臣之子,臣之子亦不能受之于臣,是以行年七十而老斫轮。古之人与其不可传也死矣,然则君之所读者,古人之糟魄已夫!"

——《天道》

筌者所以在鱼[30],得鱼而忘筌;蹄者所以在兔[31],得兔而忘蹄:言者所以在意,得意而忘言。

——《外物》

【注释】

〔1〕 庖丁为文惠君解牛:庖丁,厨工。文惠君,即梁惠王。
〔2〕 踦:抵住。
〔3〕 砉然向然:砉与向,都是状声词。
〔4〕 奏刀騞然:奏刀,进刀。騞,状声词。形容牛体被迅速分解开的声音。
〔5〕 莫不中音:没有不合于音乐的节奏。
〔6〕 "合于桑林之舞"二句:桑林,殷汤乐名。经首,咸池乐章名。清人汪仲伊引《尔雅》"角谓之经"说之,谓桑林之歌以角为音首。沈曾植、章炳麟和饶宗颐赞同其说。参见饶宗颐《随县曾侯乙墓钟磬铭辞研究》之附论《经首之会》(收于《楚地出土三种文献研究》)。像桑林舞蹈一般动作舒展,又符合经首音节。
〔7〕 嘻:感叹词。
〔8〕 盖:通盍,何,怎么能够的意思。
〔9〕 官知止而神欲行:眼等器官停止使用,全凭神遇以进刀。
〔10〕 天理:天然的生理构造。
〔11〕 "批大郄"二句:批,击。郄,指筋骨间的空隙。导,顺引。窾,指骨节间的窍穴。
〔12〕 技经肯綮:技,枝之误。枝经,经络相连处。肯,附在骨头上的肉。綮,筋骨连结的地方。
〔13〕 大軱:大骨,即髀骨。
〔14〕 族庖:一般的厨工。
〔15〕 新发于硎:硎,磨刀石。刚从磨刀石上磨过。杨树达《淮南子·证闻》谓硎即型之或字,此句谓刃之锋利如新自模型中剖出也。
〔16〕 无厚:形容锋利之极。
〔17〕 恢恢乎:宽绰的样子。
〔18〕 族:指骨头结聚处。
〔19〕 怵然:警惧的样子。
〔20〕 謋然:象声词,形容牛体被解开时的声音。
〔21〕 踌躇满志:十分得意的样子。
〔22〕 善:通拭,擦。
〔23〕 得养生焉:以此可启发养生之道。
〔24〕 "意之所随者"二句:意思所附带着的言外之意,是难于用语言表达的。
〔25〕 桓公:齐桓公。
〔26〕 轮扁:扁,人名,是个做车轮的工匠,故称作轮扁。

〔27〕 糟魄:魄,通粕。糟粕,是所谓意之粗者。
〔28〕 "徐则甘而不固"二句:徐,缓,宽。甘,松滑。固,坚固。指轮上的榫头做得宽了则松滑而不牢固。疾,急,紧。苦,涩滞。句谓榫头做得过紧就必然涩滞而安不进去。
〔29〕 数:相当于"规律"。
〔30〕 筌者所以在鱼:筌,鱼笱,长形的竹笼,用于捕鱼。所以在鱼,使用的目的在于捕到鱼。
〔31〕 蹄者所以在兔:蹄,兔罝,一种装兔的工具,绳子绕成活套,放上食物,兔子来食时,踏中活套就被绑住。使用蹄的目的只在于捉到兔子。

【思考题】

1. 谈谈《庄子》崇尚自然的文艺美学思想在文学史上产生哪些积极的影响?
2. 浅述《庄子》对于中国古代文学创作论的重要贡献。
3. 谈谈《庄子》言意关系论对于诗歌意境论的启迪。

两 汉

司马迁文论选录

【题解】

　　司马迁,字子长,汉左冯翊夏阳(今陕西韩城县)人。根据王国维《太史公行年考》,认为他生于汉景帝中元五年(前145),对于其卒年,至今尚无定说,一般认为他卒于汉武帝朝末年。司马迁二十岁开始游历天下,做了朝廷郎中后,司马迁有更多机会跟随汉武帝巡视各方。汉武帝元封元年(前110),司马迁父亲司马谈逝世,临终嘱咐司马迁写出一部媲美《春秋》的史书。在继任父职做了太史令后,司马迁得以饱读"石室金匮之书",并曾从大儒孔安国等受经学。壮游加博学,为司马迁写作《史记》打下了坚实基础。他因为替投降匈奴的败将李陵说了些公允的话,被处腐刑。这对他内心产生了深重的影响。其精神也因此得以升华,看清了武帝"盛世"的狰狞本质,他要秉笔直书,因此《太史公书》有了"实录"的品格。《太史公书》后称为《史记》,包括十二本纪、十表、八书、三十世家、七十列传,共计一百三十卷。记载了从传说中的黄帝到汉武帝天汉年间两千四百多年历史,对后世史书写作体例,具有开创之功,并且对中国两千多年的社会政治学术思想等方面都产生了极其深远的影响。

　　司马迁在文艺思想和文学理论批评方面,也有独到的见解,《史记·屈原贾生列传》中,他在刘安评价的基础上又作了重要的发挥,更加突出了《离骚》"怨"的特点,认为"屈平之作《离骚》,盖自怨生也"。这种对黑暗现实的怨愤激情和"直谏"精神,乃是中国古代文学思想史上进步的传统。司马迁通过分析屈原及其《离骚》的特点,揭示了一个真理:在中国古代文学发展史上,真正伟大的作品,大都是作家坚持自己进步的理想或正确的政治主张,在遭到恶势力迫害后,为了抗争迫害而坚持斗争的产物。司马迁在《报任少卿书》中根据历史上伟人的事迹,更概括出"发愤著书"说,司马迁有"亦欲以究天人之际,通古今之变,成一家之言"的抱负。太史公反省自己被"倡优蓄之",卑贱如同蝼蚁。自受宫刑摧残后,因受刺激而更加坚定了其抱负与信仰,司马迁联想到多少先贤因遭困厄而发愤著书,司马迁引这些先贤为精神同道,其"发愤著书"说正是在评论屈原及其作品基础上进一步拓展。而"愤"固然包含了个人怨愤的情绪,本出于《论语·述而》所谓"发愤忘食",乃珍惜光阴孜孜不倦之谓。司马迁以此自励,表示自己有穷而弥坚的意志力。如果仅仅把它理解为泄私愤以著书,便不但有望文生义之嫌,并且贬低了太史公的精神境界。与这种进步的文学思想相联系的是,司马迁在《史记》的写作中体现了严格的实录精神。司马迁的实录原则也深刻地影响到文学创作以及文学思想的发展,后来很多文学家皆以实录精神来衡量创作,故也是重要的文学理论批评原则。班固说他"是非颇谬于圣人",然而这也正是司马迁的长处和优点。

《史记》(选录)

屈原者,名平,楚之同姓也[1]。为楚怀王左徒[2]。博闻强志,明于治乱,娴于辞令。入则与王图议国事,以出号令;出则接遇宾客,应对诸侯。王甚任之。上官大夫[3]与之同列,争宠,而心害其能。怀王使屈原造为宪令,屈平属草稿未定。上官大夫见而欲夺之,屈平不与,因谗之曰:"王使屈平为令,众莫不知,每一令出,平伐其功[4],曰以为'非我莫能为'也。"王怒而疏屈平。

屈平疾王听之不聪也,谗陷之蔽明也,邪曲之害公也,方正之不容也,故忧愁幽思而作《离骚》。

离骚者,犹离忧也。夫天者,人之始也;父母者,人之本也。人穷则反本,故劳苦倦极,未尝不呼天也;疾痛惨怛,未尝不呼父母也。屈平正道直行,竭忠尽智以事其君,谗人间之,可谓穷矣。信而见疑,忠而被谤,能无怨乎?屈平之作《离骚》,盖自怨生也。《国风》好色而不淫,《小雅》怨诽而不乱。若《离骚》者,可谓兼之矣。上称帝喾[5],下道齐桓[6],中述汤武[7],以刺世事。明道德之广崇,治乱之条贯,靡不毕见。其文约,其辞微,其志絜,其行廉,其称文小而其指极大,举类迩而见义远。其志絜,故其称物芳。其行廉,故死而不容自疏。濯淖污泥之中,蝉蜕于浊秽[8],以浮游尘埃之外,不获世之滋垢,皭然泥而不滓者也[9]。推此志也,虽与日月争光可也[10]。

屈原既死之后,楚有宋玉、唐勒、景差之徒者,皆好辞而以赋见称;然皆祖屈原之从容辞令,终莫敢直谏。……

——《屈原列传》

【注释】

〔1〕楚之同姓也:屈原是楚国王族的同姓。屈原《离骚》开头就作此叙述。

〔2〕 左徒:战国时楚国官名,其职责范围略见下文。
〔3〕 上官大夫:王逸《离骚经序》称同列大夫上官、靳尚,嫉妒屈原的才能,故陷害他。
〔4〕 伐:夸耀。
〔5〕 帝喾:传说中远古部落领袖高辛氏之名。《离骚》有"凤凰既受诒矣,恐高辛之先我",故本文云:"上称帝喾。"
〔6〕 齐桓:齐桓公,春秋时诸侯五霸之首。《离骚》有"宁戚之讴歌兮,齐桓闻以该辅"之句。
〔7〕 汤武:谓成汤。
〔8〕 蝉蜕:比喻解脱。
〔9〕 皭然:洁白的样子。
〔10〕 虽与日月争光可也:自"国风好色而不淫"以至此句,据班固《离骚序》叙述,谓出于刘安的《离骚传》。

  古者富贵而名摩灭,不可胜记,唯倜傥非常之人称焉[1]。盖西伯拘而演《周易》[2],仲尼厄而作《春秋》[3];屈原放逐,乃赋《离骚》;左丘失明,厥有《国语》[4];孙子髌脚,《兵法》修列[5];不韦迁蜀,世传《吕览》[6];韩非囚秦,《说难》《孤愤》[7]。《诗》三百篇,大氐贤圣发愤之所为作也[8]。此人皆意有所郁结,不得通其道,故述往事,思来者。乃如左丘明无目,孙子断足,终不可用,退论书策以舒其愤,思垂空文以自见。仆窃不逊,近自托于无能之辞,纲罗天下放失旧闻,考之行事,稽其成败兴坏之理[9],凡百三十篇,亦欲以究天人之际,通古今之变,成一家之言。草创未就,适会此祸,惜其不成,是以就极刑而无愠色。仆诚已著此书,藏之名山,传之其人通邑大都,则仆偿前辱之责[10],虽万被戮,岂有悔哉!然此可为智者道,难为俗人言也。

——《报任安书》

【注释】

〔1〕 倜傥:卓异,超俗不群。
〔2〕 盖西伯拘而演《周易》:西伯,周文王。演,推算。《史记·周本纪》载周文王遭囚羑里时,推演《易》之八卦为六十四卦。
〔3〕 仲尼厄而作《春秋》:孔子周游列国时遭困厄,如"在陈绝粮",晚年退居鲁国以作《春秋》。
〔4〕 左丘失明,厥有《国语》:左丘明,春秋时鲁国史官。厥,乃。司马迁认为《国语》是左丘明所著。
〔5〕 孙子髌脚,《兵法》修列:孙子,战国时军事家孙膑。《汉书·艺文志》著录《齐孙子》八十九篇,此书久已失传。1972 年,山东临沂银雀山一号汉墓出土竹简千九

百余枚,中有《孙膑兵法》,孙膑军事思想复现于世。髌,一种刑罚,剔去膝盖骨。孙子与庞涓同学,而为庞涓陷害,遭此酷刑。

〔6〕不韦迁蜀,世传《吕览》:不韦,吕不韦。《吕览》,即《吕氏春秋》。秦始皇十年,因罪,丞相吕不韦被罢免,携家属迁蜀,途中,吕不韦自杀。而《吕览》之作,似应在这之前。

〔7〕韩非囚秦,《说难》《孤愤》:《说难》、《孤愤》是《韩非子》中的篇名。韩非子写此二篇时,还未到秦国。这似乎都是司马迁纵意写来,不必细究。

〔8〕"《诗》三百"二句:大氐:即大抵。发愤,一方面要抒发胸中愤懑,另一方面更指遭受困厄,而精神境界得以升华,愤,并非仅指愤怒、牢骚。

〔9〕稽:颜师古注曰:"稽,计也。"有探究,考察之意。

〔10〕责:通"债"。

【思考题】

1. 谈谈司马迁文学理论批评观对现实主义文学具有哪些积极意义?
2. 结合《史记》某些内容来看司马迁的"发愤著书"说。
3. 谈谈史学"实录"与文学真实性之异同。

《毛诗大序》

【题解】

关于《毛诗序》作者问题,综合较早的《汉书》之《儒林传》和《艺文志》说法,汉代治《毛诗》者本乎毛公,他是赵人,为河间献王博士,并自称其学渊源于子夏。但郑玄作《诗谱》,始有大、小毛公之说,并称大毛公为鲁人。到《后汉书·儒林传》,却以《毛诗序》作者为卫宏,历来"纷如聚讼"。然而,汉代以来关于《毛诗》的种种说法,当以《汉书》较为可信。

这里选录的是《诗毛氏传》在国风首篇《关雎》题下的一篇序言。《经典释文》引旧说:"起此至'用之邦国焉',名《关雎序》,谓之《小序》;自'风,风也',讫末,名为《大序》。"《毛诗大序》的主要思想在于:第一,认为诗歌创作要合乎"发乎情,止乎礼义"的原则,而在揭露和批评现实黑暗方面,又必须"主文而谲谏",明显地反映了儒家文艺思想的保守性进一步加强,抒情受到"礼义"的规范和约束,必然要影响诗歌创作的自然发展,而使之成为经学附庸。第二,讽谏说。《毛诗大序》提出讽谏说:"上以风化下,下以风刺上","言之者无罪,闻之者足以戒",充分肯定了文艺批评现实的意义与作用。下层百姓可以通过文艺对上层统治者进行批评,而且言者无罪,闻者足戒,这还是具有一定的民主因素的。它为后来进步的文学家运用文艺来揭露批判现实的黑暗,提供了理论依据。《毛诗大序》讽谏说的基础是建立在文艺是对现实生活的真实再现的思想上的,具体解释了变风、变雅的产生:"至于王道衰,礼义废,政教失,国异政,家殊俗,而变风、变雅作矣。国史明乎得失之迹,伤人伦之废,哀刑政之苛,吟咏情性,以风其上,达于事变而怀其旧俗者也。"认为变风、变雅正是国家衰败的现实在文艺上的反映,对文艺和现实关系作了明确的论述。第三,六义说。《毛诗大序》说:"故诗有六义焉,一曰风,二曰赋,三曰比,四曰兴,五曰雅,六曰颂。"它在解释风、雅的意义时,接触到了文艺创作的概括性与典型性的特征,所谓"以一国之事,系一人之本","言天下之事,形四方之风"者,是说诗歌创作以具体的个别来表现一般的特点。第四,情志统一说,《毛诗大序》强调诗歌是"吟咏情性"的,虽然在情、志的关系上,《毛诗大序》是更重在志的,而且对志的内涵的理解也与先秦"诗言志"的志是接近的,但是它正确地阐明了抒情言志的特点,说明对文学本质的认识已进一步深化了。情志说的提出对后来文学批评的发展影响很大。

《关雎》[1],后妃之德也[2],风之始也[3],所以风天下而正夫妇也。故用之乡人焉[4],用之邦国焉[5]。风,风也,教也;风以动之,教以化之。

诗者,志之所之也[6],在心为志,发言为诗。情动于中而形于言,言之不足故嗟叹之,嗟叹之不足故永歌之[7],永歌之不足,不知手之舞,足之蹈之也。

情发于声,声成文[8]谓之音。治世之音安以乐,其政和;乱世之音怨以怒,其政乖[9];亡国之音哀以思,其民困。故正得失,动天地,感鬼神,莫近于诗[10]。先王以是经夫妇,成孝敬,厚人伦,美教化,移风俗[11]。

故诗有六义焉:一曰风[12],二曰赋[13],三曰比[14],四曰兴[15],五曰雅[16],六曰颂[17]。上以风化下,下以风刺上,主文而谲谏[18],言之者无罪,闻之者足以戒,故曰风,至于王道衰,礼义废,政教失,国异政,家殊俗,而变风、变雅[19]作矣。国中[20]明乎得失之迹,伤人伦之废[21],哀刑政之苛,吟咏情性,以风其上,达于事变而怀其旧俗者也,故变风发乎情,止乎礼义。发乎情,民之性也;止乎礼义,先王之泽也[22]。是以一国之事,系一人之本,谓之风;言天下之事,形四方之风,谓之雅[23]。雅者,正也,言王政之所由废兴也。政有小大,故有小雅焉,有大雅焉。颂者,美盛德之形容,以其成功告于神明者也。是谓四始[24],诗之至也。

然而《关雎》《麟趾》之化[25],王者之风,故系之周公。南,言化自北而南也[26]。《鹊巢》《驺虞》之德[27],诸侯之风也,先王之所以教,故系之召公。《周南》《召南》[28],正始之道,王化之基[29]。是以《关雎》乐得淑女,以配君子,忧在进贤,不淫其色[30];哀窈窕[31],思贤才,而无伤善之心焉。是《关雎》之义也。

【注释】

〔1〕 关雎:《诗·国风·周南》首篇的篇名。
〔2〕 后妃之德也:后妃,指天子配偶。《关雎》赞美周文王妃太姒,性情温和,不专宠,具有种种后妃的美德。
〔3〕 风之始也:风,指《诗经》中的十五国风,《关雎》列于十五国风第一篇。孔颖达《毛诗正义》解释为:赞扬后妃具有美德,文王风化的初始。说文王推行风化首先从其妻开始,所以以此篇为风化教育之发端。
〔4〕 用之乡人焉:一万二千五百家为一乡。"乡人",即"上以风化下"之"下",指百姓。《正义》解释为:"令乡大夫以之教其民也。"按:《仪礼·乡饮酒礼》,乡大夫行乡饮酒礼时,以《关雎》合乐。
〔5〕 用之邦国焉:《正义》解释为命令天下诸侯以此教育其臣下。按:《仪礼·燕礼》,诸侯行燕礼饮燕其臣子及宾客时,歌乡乐《关雎》。
〔6〕 诗者,志之所之也:之,往。诗歌是用来表达抒发志意怀抱的。
〔7〕 嗟叹之不足故永歌之:永,长。如嗟叹还不足表达情志,那就引声长歌。
〔8〕 声成文:文,指宫、商、角、徵、羽五声之调。
〔9〕 乖:乖戾,不正常。此三种"音"在《吕氏春秋》卷二《适音》中有论述。
〔10〕 莫近于诗:没有其他方式比诗歌更能够达到上述功效,换言之,在这些方面,诗歌功效是最大的。
〔11〕 美教化,移风俗:使教化、风俗朝着美好的方向转变,《荀子·乐论》说:"乐者,圣人之所乐也,而可以善民心,其感人深,其移风易俗,故先王导之以礼乐而民和睦。"
〔12〕 风:根据上下文意思,指风教臣民百姓,并且可以表达臣民心声,讥刺上政。《诗》中十五国风,比较广泛地反映了底层百姓的生活、感情和愿望,并且有鲜明的地域特征,它跟雅、颂有民间乐歌和宫廷乐歌的区别。
〔13〕 赋:用作动词,指铺叙直说。郑玄注《周礼·大师》说:"赋之言铺,直铺陈今之政教善恶。"

〔14〕比:比喻。郑玄《周礼·大师》条引郑众注:"比者,比方于物也。"朱熹《诗经集传》说:"比者,以彼物比此物也。"

〔15〕兴:起的意思。兼有发端和比喻的双重作用。郑玄《周礼·大师》注:"兴,见今之美,嫌于媚谀,取善事以喻劝之。"朱熹《诗经集传》说兴是"先言他物以引起所咏之辞也"。总之,兴有一种感发志意的作用。

〔16〕雅:据下文的解释,雅是正的意思。

〔17〕颂:周王朝和鲁、宋二国在祭祀时用以赞神的舞歌,它的本义是形容,也就是借着舞蹈表现诗歌的情态。

〔18〕主文而谲谏:不直陈其过失,而是通过婉转的文辞来表达劝谏之意。

〔19〕变风、变雅:郑玄《诗谱序》说孔子记录懿王、夷王时诗以至于陈灵公淫乱的事情,称之为变风、变雅。

〔20〕国史:王室的史官。《正义》引郑玄答张逸云:"国史采众诗时,明其好恶,令瞽矇歌之。其无作主,皆国史主之,令可歌。"

〔21〕伤人伦之废:犹《孟子·滕文公下》所谓:"世衰道微,邪说暴行有作,臣弑其君者有之,子弑其父者有之。"感叹君君臣臣父父子子的人伦关系出现了危机。

〔22〕止乎礼义,先王之泽也:《荀子·礼论》说:"……先王恶其乱也,故制礼义以分之,以养人之欲,给人之求,使欲必不穷乎物,物必不屈于欲,两者相持而长,是礼之所起也。"当然关于礼义的缘起,先秦儒家看法不尽相同。止乎礼义,先王之泽,主要指抒情必须以礼义为节制。

〔23〕"是以一国之事"六句:孔颖达《正义》曰:说风雅之别,其大意是这样的,所谓一人,指作诗之人。他所作的诗,虽只道出了其一人的内心感受罢了,然而他所表述的一人之内心,正可代表一国中人的心理状态与民意趋向。诗人观察一个国家的民意作为自己的内心感受,因此一国的大事依赖此一诗人令他表达出来。但其所表达的,只是诸侯的政治,推行风化于一国,故称之为风,是由于其地域性特征的缘故。表达天下的事情,亦称为一人表达之。诗人总汇天下人心之所向以及四方风俗,以为自己的意愿情感,而歌咏土道之政,故作诗叙述谈论大卜的事情,搜集彰显四方之风诗,所叙述的正是天子之政治,将之推行于天下,使之按照天子之政来统一并归于正,故称之为雅,是因为其能广大包容的缘故啊。先秦思维方式,均以身推及家、国与天下,这里的广狭之异,乃是由大包小或由小见大之区别。

〔24〕四始:《史记·孔子世家》说:"《关雎》之乱以为《风》始,《鹿鸣》为《小雅》始,《文王》为《大雅》始,《清庙》为《颂》始。"

〔25〕《麟趾》:《麟之趾》是《诗·国风·周南》中最后的诗篇。《小序》以为:"《麟之趾》,《关雎》之应也。《关雎》之化行,则天下无犯非礼,虽衰世之公子皆信厚如麟趾之时也。"

〔26〕南,言化自北而南也:《毛传》:"谓其化从岐周被江、汉之域也。"

〔27〕《鹊巢》《驺虞》：《鹊巢》是《诗·国风·召南》中的首篇。写诸侯之女出嫁于诸侯事。《小序》以为："《鹊巢》，夫人之德也。"《驺虞》是《诗·国风·召南》中最后的诗篇，写诸侯打猎事。《小序》以为："《驺虞》，《鹊巢》之应也，《鹊巢》之化行，人伦既正，朝廷既治，天下纯被文王之化，则庶类蕃殖，搜田以时，仁如驺虞（义兽名），则王道成也。"

〔28〕《周南》《召南》：周南，在今洛阳以南，大致湖北、河南之间的区域；召南，周、召分陕，在周南之西，包括陕西南部和湖北一部分。

〔29〕"正始之道"二句：《正义》："《周南》《召南》二十五篇之诗，皆是正其初始之大度，王业风化之基本也。"

〔30〕不淫其色：指不专宠。

〔31〕窈窕：贤淑善良美好的意思。

【思考题】

1. 谈谈《毛诗大序》对于诗歌抒情的认识与规范以及在后代文学史上所产生的积极与消极两方面的影响。

2. 理解《毛诗大序》所论述的文学与现实社会的关系以及文学所能起到的作用。

3. 浅谈《毛诗大序》所具有的民本思想倾向。

扬雄文论选录

【题解】

扬雄（前53—18），字子云，蜀郡成都（今属四川）人。《汉书·扬雄传》称"雄少而好学，不为章句，训诂通而已，博览无所不见"，他与章句经生不同，对东汉通儒有开风气的影响。《汉书》本传又称他"默而好深湛之思"。汉成帝时，因奏《羽猎赋》，除为郎，给事黄门。历哀、平，以至王莽，扬雄不曾升迁，独守寂寞。扬雄以赋著名，是西汉辞赋大家，同时又是思想家。除文学创作外，《汉书》本传叙及其著述概况："其意欲求文章成名于后世，以为经莫大于《易》，故作《太玄》；传莫大于《论语》，作《法言》；史篇莫善于《仓颉》，作《训纂》；箴莫善于《虞箴》，作《州箴》。"同时代的桓谭认为扬雄学说必将传诸后世。唐代韩愈《读荀子》指出扬雄于孔儒，盖属"大醇而小疵",在儒家道统中占有重要的一席之地。

在思想界混乱情况下,扬雄想以儒家五经统一思想。其文学思想的核心是倡导文学创作必须合乎儒家之道,以圣人为榜样,以六经为楷模,简言之,即所谓原道、征圣、宗经的原则。其《法言·吾子》说:"舍舟航而济乎渎者,末矣;舍五经而济乎道者,末矣;弃常珍而嗜乎异馔者,恶睹其识味也?委大圣而好乎诸子者,恶睹其识道也?"这正是"罢黜百家,独尊儒术"思想之表现,他将以道、圣、经为核心的文学思想更系统化了。在《法言·寡见》中他说:"或问:五经有辩乎?曰:惟五经为辩:说天者莫辩乎《易》,说事者莫辩乎《书》,说体者莫辩乎《礼》,说志者莫辩乎《诗》,说理者莫辩乎《春秋》。舍斯,辩亦小矣。"认为五经已经包含了一切文章的类型,而且具有最高的水平,所以只需要模拟五经为文就可以了。如果在内容和形式上违背五经的原则,那就是走向邪道。扬雄的这种主张助长了文学创作上的复古模拟之风。扬雄的这种文学思想和文学理论批评原则,也反映在他对屈原及其作品的评价中。在其《反离骚》中,扬雄对屈原的人生价值观、君臣观均表示不认同;而对屈原作品的批评主要是认为它的浪漫主义创作不符合儒家经典。然而,扬雄对屈原及其作品的评价,也有肯定、赞扬的方面,在《法言·吾子》中,扬雄说:"诗人之赋丽以则,词人之赋丽以淫。"说明他对屈原作品总的还是肯定的,认为它丽而有则,是文质并茂的,也与他《答刘歆书》说自己早年"心好沉博绝丽之文"一致。作为汉代大赋的代表作家,扬雄对汉赋的评价有一个变化过程,他早年喜欢汉赋,晚年则多所批评,他认识到大赋在处理"劝"与"讽"的关系时,"赋劝而不止",达不到讽谏的作用,所以《法言·吾子》中说:"壮夫不为也。"认为辞赋片面追求形式上的靡丽,而忽视了儒家传统的以内容为主导、形式应当为内容服务的原则,提出了文质相符的要求。关于文学的本源问题,扬雄认为文是源于心的,《法言·问神》说:"故言,心声也;书,心画也。声画形,君子小人见矣。声画者,君子小人之所以动情乎?"他认为文乃是人心的体现,则把先秦以来心为文学本源的思想更加突出了,其"动情"说为文学的鉴赏提出了一个重要的原理:艺术鉴赏过程乃是一个创作者之心与接受者之心的相互交流过程,是以情感情的过程,而文学艺术作品的美学作用、社会教育作用,正是在这个过程中实现的。

《法言》(节录)

或问:吾子少而好赋[1]?曰:然。童子雕虫篆刻[2]。俄而曰:壮夫不为也。

或曰:赋可以讽乎?曰:讽乎!讽则已;不已,吾恐不免于劝也[3]。

或曰:雾縠之组丽。曰:女工之蠹矣[4]……

或问:景差、唐勒、宋玉、枚乘之赋[5]也益乎?曰:必也淫[6]。淫则奈何?曰:诗人之赋丽以则,辞人之赋丽以淫[7]。如孔氏之门用赋也,则贾谊[8]升堂,相如[9]入室矣;如其不用何?

或曰:女有色,书亦有色乎?曰:有。女恶华丹[10]之乱窈窕也,书恶淫辞之淈[11]法度也。

或问:屈原智乎?曰:如玉如莹,爰变丹青[12],如其智,如其智。

……

或曰:人各是其所是,而非其所非,将谁使正之?曰:万物纷错,则悬诸天;众言淆乱,则折诸圣[13]。或曰:恶覩乎圣而折诸?曰:在则人,亡则书,其统一也[14]。

——《吾子》

……君子之言,幽必有验乎明,远必有验乎近,大必有验乎小,微必有验乎著。无验而言之谓妄。君子妄乎?不妄。言不能达其心,书不能达其言,难矣哉!……故言,心声也;书,心画也;声画形,君子小人见矣。声画者,君子小人之所以动情乎[15]……

或曰:淮南、太史公者[16],其多知与?曷其杂也?曰:杂乎杂[17]。人病以多知为杂,惟圣人为不杂。书不经[18],非书也;言不经,非言也;言书不经,多多赘矣[19]。

——《问神》

或问:五经有辩乎?曰:惟五经为辩。说天者莫辩乎《易》,说事者莫辩乎《书》,说体者莫辩乎《礼》,说志者莫辩乎《诗》,说理者莫辩乎《春秋》。舍斯,辩亦小矣[20]……

或曰:良玉不雕,美言不文,何谓也?曰:玉不雕,玙璠不作器;言不文,典谟不作经[21]。

——《寡见》

文丽用寡,长卿也;多爱不忍,子长也。仲尼多爱,爱义也;子长多爱,爱奇也。

——《君子》

【注释】

〔1〕 吾子少而好赋:《汉书·扬雄传》记载,以前,蜀有司马相如,写作大赋非常壮丽典

雅,扬雄内心十分仰慕,每次写作大赋,经常拿相如赋作为模仿学习的典范。又扬雄《答刘歆书》说在做郎那年,上奏说自己少年时代学习不够,"而少好沉博绝丽之文",对于大赋一类的文章却兴趣极浓。

〔2〕 童子雕虫篆刻:虫,虫书;刻,刻符。许慎《说文解字序》:"秦书有八体……三曰刻符,四曰虫书。……汉兴……学童十七以上……又以八体试之。"这种技艺并不十分实用,因此扬雄表示鄙夷。

〔3〕 吾恐不免于劝也:《汉书·扬雄传》说,扬雄认为大赋这一种文体,决定了它具有铺张扬厉的特点,竭尽夸张之能事,力争使后人不能超越。然后再归结到正面的道理,但是读者已经被误导了。以前汉武帝喜好神仙,相如献上《大人赋》想讽谏他,武帝反而飘飘然更加向往神仙的境界。从此可见,赋只能起到鼓励怂恿的负面作用,却难以发挥讽谏劝阻的影响,这是再明白不过了。而且作赋者很像滑稽弄臣淳于髡、优孟之类,俚俗不雅,不是贤人君子写作诗赋的正道,于是停止不再写了。扬雄的"辍不复为",可能与时势已非司马相如时可比有关。前汉成、哀以后,已趋败亡,政治昏暗,王氏擅权,大赋创作自然失去了所依附的社会背景。

〔4〕 "雾縠之组丽"二句:《汉书·景帝纪》:"雕文刻镂,伤农事者也;锦绣纂组,害女工者也。"雾縠,像云雾一样轻细的丝织品。蠹,害也。

〔5〕 景差、唐勒、宋玉、枚乘:《史记·屈原传》说:"屈原既死之后,楚有宋玉、唐勒、景差之徒者,皆好辞,而以赋见称。然皆祖屈原之从容辞令,终莫敢直谏。"枚乘,字叔,汉景帝时辞赋家,其代表作《七发》,对汉大赋有深刻的影响。

〔6〕 淫:在"文"方面过度。

〔7〕 "诗人之赋丽以则"二句:诗人之赋,指《诗》用赋的写作手法和屈原的骚赋。丽以则,既讲究文采,又较有节制,并且有讽谏意义。辞人之赋,指"必也淫"的"景差、唐勒、宋玉、枚乘之赋",也包含司马相如等汉代辞赋,它们已丧失其讽谕之义,所以称"丽以淫"。

〔8〕 贾谊:西汉文帝时为官。洛阳人,政论家,辞赋家。曾官大中大夫,出为长沙王太傅,复召入为梁怀王太傅。其作品以《鵩鸟赋》、《吊屈原赋》为最著名。在《史记》中与屈原同传。

〔9〕 相如:司马相如,字长卿,西汉武帝时人,蜀郡成都人,辞赋家。今存作品以《子虚赋》、《上林赋》、《大人赋》最有名。《史记》和《汉书》都有传。

〔10〕 华丹:脂粉之类。

〔11〕 涽:淆乱。

〔12〕 "如玉如莹"二句:如玉如莹,比喻屈原人格高洁。爱,依汪荣宝《法言疏证》,是"奚"之误。丹青历久则渝,扬雄认为屈原人格如玉,永远高洁,而非丹青之可比。

〔13〕 折诸圣:折中于圣人。《史记·孔子世家赞》:"言六艺者,折中于夫子。可谓至圣矣。"

〔14〕 其统一也:统,《说文》:"统,纪也。"《白虎通·三纲六纪》云:"纪者,理也。"征圣和宗经,其理是一致的。

〔15〕 君子小人之所以动情乎:《乐记》说:"情动于中,故形于声。"《毛诗大序》说:"情动于中,而形于言。"声画者,都是人内心情感的表露,君子或小人也可借此而得判分。

〔16〕 淮南太史公者:指《淮南子》和《太史公书》(即《史记》)。

〔17〕 杂乎杂:感叹其思想不纯。《淮南子》在《汉志》中列于杂家,班固《汉书》对司马迁就有"又其是非颇谬于圣人"云云的指责。

〔18〕 不经:不合儒家五经以及正统思想。

〔19〕 多多赘矣:即使多,也属多余。

〔20〕 "惟五经为辩"六句:以为五经阐述了最高的道理,参见《荀子·儒效篇》:"圣人者,道之管也,天下之道管是矣,百王之道一是矣,《诗》言是,其志也;《书》言是,其事也;《礼》言是,其行也;《乐》言是,其和也;《春秋》言是,其微也。"

〔21〕 "玉不雕"四句:玛瑶,鲁之宝玉。扬雄以雕玉作器,比喻《五经》多有文采。为《文心雕龙·宗经》之先声。

《汉书·扬雄传》(节录)

雄以为赋者,将以风之,必推类而言,极靡丽之辞,闳侈巨衍,竞于使人不能加也。既乃归之于正[1],然览者已过矣。往时武帝好神仙,相如上《大人赋》欲以风,帝反缥缥有凌云之志。繇是言之,赋劝而不止,明矣。又颇似俳优淳于髡、优孟之徒[2],非法度所存,贤人君子,诗赋之正也,于是辍不复为。

【注释】

〔1〕 乃:同"而"。

〔2〕 淳于髡优孟:都是以"滑稽"的方式达到讽谏效果的弄臣,见《史记·滑稽列传》。

【思考题】

1. 分析评价扬雄文学观中的"宗经"意识。
2. 分析评价扬雄对于屈原及其作品的批评。
3. 分析扬雄一生中对于大赋创作在观念上所发生的变化。

班固文论选录

【题解】

班固(32—92),字孟坚,后汉扶风安陵(故城在今陕西咸阳市东)人。他的父亲班彪撰写司马迁《史记》的续篇,至去世已完成六十五篇。班固继续他父亲的未竟事业。后有人上书告他私改国史,他被捕入狱。他的弟弟班超替他上书辩白,汉明帝看了班固的书稿,觉得他确有文史之才,召他到京师做了兰台令史,后又升迁为郎,典校秘书,并且奉旨写史,其《汉书》大致完成于汉章帝建初中叶。和帝永元初,班固曾作为中护军,随窦宪出击匈奴。到窦宪失势自杀后,班固因仇家报复,入狱瘐死。班固作《汉书》沿袭《史记》,所不同的是《史记》有"世家",《汉书》没有;《史记》记载典章制度的部分叫做"书",《汉书》改称"志"。一部《汉书》是由十二本纪、八表、十志和七十列传组成。《汉书》纪传所记上起于汉高祖,下讫王莽,是西汉一代的史实,可以说《汉书》启断代史写作之先河。后世"正史"写作,都仿效《汉书》的体裁。

班固的文学思想也比较集中于他对屈原与司马迁的认识,班固对屈原及其作品进行了异常激烈的批评,明确表示对刘安、司马迁评价的不同意见。这是班固作为正统儒家思想在文学批评方面的典型表现,班固的批评是在扬雄基础上的发展。在其《离骚序》中,他认为屈原的作品不是像孔子评《关雎》那样,"哀周道而不伤",不是"怨诽而不乱",而恰恰是超越了"不伤"、"不乱"的界限,也就是说屈原对上层统治者的批评违背了"发乎情,止乎礼义"的原则,表现了和他们势不两立的态度,这是不能允许的,也是不能提倡的,因此说他不是"明智之器"。他和刘安等的分歧,既是道家愤世嫉俗与儒家维护礼制的分歧,也是汉代文艺思想发展中进步与保守之争。班固对屈原及其作品的这种批评意见,也同样表现在他对司马迁及其《史记》的批评上。他在《汉书·司马迁传赞》中说:"又其是非颇谬于圣人,论大道则先黄老而后六经……以迁之博物洽闻而不能以知自全,既陷极刑,幽而发愤,书亦信矣。迹其所以自伤悼,《小雅·巷伯》之伦。夫惟《大雅》'既明且哲,能保其身',难矣哉!"这正是班固文学思想中正统的儒家文学观之体现,而且是有鲜明的时代特征的。班固批评《离骚》中神话传说等浪漫主义内容,也反映了儒家文艺思想的局限性。但是他在《汉书·艺文志》的《诗赋略》以及《离骚赞序》中对屈原及其作品却十分赞扬和肯定,班固对屈原及其作品评价中的这种矛盾,乃是儒家文艺思想本身的积极方面与消极方面的矛盾之反映,同时也是汉代封建制度的进步方面与保守方面的矛盾两重性之反映。

班固也是汉代辞赋极为重要的代表作家,他在《两都赋序》中对辞赋的评价与扬雄晚年不同,而是给予了比较高的评价的,指出"赋者,古诗之流也"。班固对《诗经》及汉代乐府诗的评价,着重论述了文学和现实的关系,强调了现实主义的创作原则,对儒家的传统观点作了新的发展。他十分赞扬司马迁《史记》写作中的"实录"精神,并且十分重视文学的社会功用,认为文学创作应当"有补于世",此对后世现实主义文学均有较大的影响。

《汉书》(选录)

司马迁称"《春秋》推见至隐[1];《易》本隐以之显[2];《大雅》言王公大人,而德逮黎庶[3];《小雅》讥小己之得失,其流及上[4]。所言虽殊,其合德一也。相如虽多虚辞滥说,然要其归,引之于节俭。此亦《诗》之风谏何异?"扬雄以为靡丽之赋,劝百而讽一,犹骋郑、卫之声,曲终而奏雅,不已戏乎!

——《司马相如传赞》

【注释】

〔1〕《春秋》推见至隐:隐,深微之处,言其义正而文微,即所谓皮里阳秋的"春秋笔法"。
〔2〕《易》本隐以之显:《易》本阴阳之微妙,但要指示人事便出之以显。
〔3〕"《大雅》言王公大人"二句:《大雅》先言王公大人,其德政则泽被黎民。
〔4〕"《小雅》讥小己之得失"二句:《小雅》作者先道己之忧苦,同时也反映出上政的得失。

《离骚》序

昔在孝武,博览古文,淮南王安叙《离骚传》[1],以国风好色而不淫,小雅怨悱而不乱[2]，若《离骚》者，可谓兼之。蝉蜕浊秽之中[3]，浮游尘埃之外，皭然泥而不滓[4]。推此志，虽与日月争光可也。斯论似过其真。又说五子以失家巷[5]，谓五子胥也[6]。及至羿、浇、少康、二姚、有娀佚女[7]，皆各以所识有所增损，然犹未得其正也。故博采经书、传记、本文，以为之解。

且君子道穷，命矣[8]。故潜龙不见是而无闷[9]，《关雎》哀周道而不伤[10]，蘧瑗持可怀之智，甯武保如愚之性[11]，咸以全命避害，不受世患。故大雅曰："既明且哲，以保其身。"斯为贵矣。

今若屈原，露才扬己[12]，竞乎危国群小之间，以离谗贼[13]。然责数怀王，怨恶椒、兰，愁神苦思，强非其人[14]，忿怼不容，沉江而死，亦贬絜狂狷景行之士[15]。多称昆仑冥婚宓妃虚无之语[16]，皆非法度之政、经义所载[17]。谓之兼诗风雅而与日月争光，过矣。

然其文弘博丽雅，为辞赋宗[18]，后世莫不斟酌其英华[19]，则象其从容。自宋玉、唐勒、景差之徒，汉兴，枚乘、司马相如、刘向、扬雄，骋极文辞，好而悲之，自谓不能及也。虽非明智之器，可谓妙才者也[20]。

【注释】

[1] 淮南王安：见《史记·淮南衡山列传》，淮南王刘安招才识之士共著《淮南子》。在武帝朝被诬谋反而惨死。

[2] "以国风好色而不淫"二句：见《左传·襄公二十九年》吴公子季札观乐，有"乐而不淫"、"怨而不言"的评语；《论语》中又有孔子称《关雎》"乐而不淫，哀而不伤"之说，可见这种中和美学观源远流长。

[3] 蝉蜕：蝉去皮。

[4] 皭然泥而不滓：皭然，疏净之貌。即出污泥而不染之谓。

[5] 又说五子以失家巷：《离骚》说："启《九辩》与《九歌》兮，夏康娱以自纵，不顾难以图后兮，五子用失乎家巷。"王逸《章句》认为是指太康淫纵失邦之事，与其弟五人，家居闾巷。

[6] 五子胥：即伍子胥。伍子胥在《九章·悲回风》中出现过。这里似是班固指出《离骚传》以五子失家巷为伍子胥，解释有误。

[7] 羿、浇、少康、二姚、有娀佚女：都是上古神话传说中人物，在《离骚》中出现。

[8] 且君子道穷，命矣：君子因坚持道德操守，而遭遇困厄，这几乎是其必然的命运。《论语·卫灵公》："子曰：'君子固穷，小人穷斯滥矣。'"

[9] 故潜龙不见是而无闷：《周易·乾》："初九，潜龙，勿用。"《周易·遁》："遁之时，义大矣哉。"潜龙不见，即遁藏。无闷，君子退隐心地宽阔，出处皆宜，暗喻屈原"依彭咸之遗则"是不智的行为。

[10] 《关雎》哀周道而不伤：《论语·八佾》："子曰，《关雎》乐而不淫，哀而不伤。"班

固用齐《诗》之义。

〔11〕 "蘧瑗持可怀之智"二句：蘧瑗，即蘧伯玉，伯玉是他的字，卫国的大夫。《论语·宪问》："蘧伯玉使人于孔子，孔子与之坐而问焉，曰：'夫子何为？'对曰：'夫子欲寡其过而未能也。'使者出。子曰：'使乎！使乎！'"甯武，即甯武子，姓甯，名俞。卫国大夫。《论语·公冶长》："子曰：'甯武子，邦有道，则知；邦无道，则愚。其知可及也，其愚不可及也。'"这都是班固所推崇的智者的处世态度。

〔12〕 露才扬己：显露自己的才能，宣扬自己的美德。

〔13〕 以离谗贼：离，罹也。遭受谗言诽谤。

〔14〕 强非其人：硬要颟顸的君主接受自己的政治主张，显然是徒劳，指作无谓的直谏，《史记·日者列传》中司马季主说贤人的做法，按照正直的原则以严正的态度向天子或国君进谏，假如多次进谏均不被采纳，那么就退避或离开。扬雄等人都持这种态度。

〔15〕 亦贬絜狂狷景行之士：《论语·子路》说："子曰：'不得中行而与之，必也狂狷乎！狂者进取，狷者有所不为也。'"指愤世嫉俗走极端的人。

〔16〕 多称昆仑冥婚宓妃虚无之语：《离骚》里讲到昆仑；又有"吾令丰隆乘云兮，求宓妃之所在"云云。昆仑和蓬莱两个神话系统在《楚辞》中有所融合，这些神话色彩浓郁、非实录性的文献，班固称之为虚无之语。

〔17〕 "皆非法度之政"二句：班固对神话要衡之于"正"，这显然受扬雄《法言》"正"的观念之影响。政，即正。班固认为这些说法俱不见于经书记载。

〔18〕 宗：开山者。

〔19〕 后世莫不斟酌其英华：斟酌，采用汲取。参见《文心雕龙·辨骚》说："……其衣被词人，非一代也。故才高者菀其鸿裁，中巧者猎其艳辞，吟讽者衔其山川，童蒙者拾其香草。"

〔20〕 妙才：在文学上出众的才能。

【思考题】

1. 论述班固的《离骚》观。
2. 谈谈班固对于大赋写作的看法。

王充《论衡》选录

【题解】

王充(27—97)，字仲任，会稽上虞人，后汉时太学生，原籍魏郡元城(今河北大名），出身寒微，世以农桑为业，曾为本县本郡的小官，后官至扬州治中，著作丰富，有《讥俗节义》十二篇，《养性》十六篇，以及《政务》之书。另有《大儒论》、《备乏》、《酒禁》、《果赋》诸篇，均亡佚。著《论衡》八十五篇，今存八十四篇。《论衡》是一部表达作者唯物思想，批判神权主义的著作，其中某些篇章，如《艺增》、《超奇》、《佚文》、《书解》、《案书》、《对作》、《自纪》等，也包含了不少文学方面的见解，主要体现在反对"华而不实，伪而不真"的文风，批判了"深覆典雅，指意难睹"的赋颂，也批判了当时散文渐尚骈偶的倾向，在文学批评史上有一定的地位。

此节选取王充《论衡》中《艺增》、《超奇》和《自纪》三篇文章。王充在文学理论批评方面的主要贡献，表现在：第一，提倡真实，反对虚妄。王充认为一切文章和著作的内容必须是真实的，坚决反对荒诞不经的虚妄之作。就《艺增》而言，王充有较彻底的自然论思想，其万事万物都要验之事实、崇尚实用等观念的形成，与之有因果关系。王充自述他写作《论衡》的主旨是"疾虚妄"（《论衡·佚文》），这也建立在其自然论基础上。由于他谈论的对象主要是论理之文，因而很看重为文的真实可信，坚决反对"奇怪之语"、"虚妄之文"，批判"好谈论者，增益实事，为美盛之语；用笔墨者，造生空文，为虚妄之传"（《论衡·对作》）。这里面有个"增"字，是王充着重探讨的问题。为此，他写下了《语增》、《儒增》、《艺增》三篇文章。总的说来，王充对语言作品中"增"的现象持否定的态度。故对"传语"、"儒书"中的"增"进行了严厉的批评。然而，他对《尚书》、《易经》、《诗经》、《论语》、《春秋》的经艺之"增"却不但未曾斥言，而且多加肯定。细心体会就可发现，王充所谓"增"，原来有两层含义：一是妄增，相当于真伪之伪；二是妥增，略同于虚实之虚。前一种"增"是说假话，当然不可取；而后一种"增"，则是把话说"大"，在不悖事理的前提下，对语言表达来一点夸大其词的修饰，以使道理说得更透彻，事情描摹得更鲜明，这种"增"就很像是文学创作中的夸张手法了。就上述两种情形来看，王充对"增"的指斥和称许都有他的道理，而且他对经艺之"增"的肯定，显然是看到了前人著述的一点为文之用心，有着文学批评的意味了，已涉及如何看待生活之真和艺术之真的辩证关系问题。第二，增善消恶，有补世用。王充认为有"真"方有"美"，而"真美"又是和"善"分不开的。只有高度真实的文章和著作才可能是有益于世的，而虚妄之作是必然毫无实用价值的。因此，王充十分强调文章和著作必须要对社会发展有积极作用。《自纪》篇云："为世用者，百篇无害；不为世用者，一章无补。"并指出历史上许多著名的著作都是针对现实问题的有为之作。

从实用角度出发,王充认为文章和著作的内容和形式必须统一,做到表里一致、内外相符。对汉赋创作中片面追求形式之美的倾向,进行了严厉的批评。其《自纪》篇说:"深复典雅,指意难晓,唯赋颂耳。"王充认为汉赋的主要问题是在内容和形式的不统一,华丽的形式和空洞的内容之间的矛盾。《超奇》篇说:"文由胸中而出,心以文为表。……有根株于下,有荣叶于上,有实核于内,有皮壳于外。文墨辞说,士之荣叶、皮壳也。实诚在胸臆,文墨著竹帛,外内表里,自相副称,意奋而笔纵,故文见而实露也。人之有文也,犹禽之有毛也。毛有五色,皆生于体,苟有文无实,是则五色之禽,毛妄生也。……岂徒雕文饰辞,苟为华叶之言哉?精诚由中,故其文语感动人深。"这为文章如何做到文质彬彬指明了方向。第三,反对复古,提倡独创。《超奇》篇把一般的文人分为四种:儒生、通人、文人和鸿儒。在扬雄著作里已有"鸿儒"概念,其实代表了鄙夷章句经生的新学风,追求心灵世界的无限拓展。因而其中"鸿儒"最受看重,属于"超而又超"、"奇而又奇"之列,通过对上述四种文人尤其是鸿儒的论述,王充提出了品评作者的标准,论及作家修养,并批驳了时人崇古非今的倾向。王充认为,品评作者的高下,不能以读书多少作标准,而应当看他是否博通能用。他指斥那些儒生读书千卷无以致用,不过是"鹦鹉能言之类"。而鸿儒则不然,他观读书传之文是为了"抽列古今"、"纪著行事",有益于"治道政务"。王充这种崇尚实用的观点是针对论说文、史传文而发的,但他把屈原这样的辞赋家也包括在超奇之士中,给予高度评价,这就表明他的这一观点也适用于文学。可以看出王充思想于战国荀卿一派学说有所继承,但彻底的"疾虚伪",自然会冲击儒家经典的神圣权威,王充对荀卿等人的"明道""宗经""征圣"思想会有所突破,而推崇屈原为超奇之士,就是在经学时代为抒情文学争得一席之地。那么,怎样才能成为鸿儒呢?这就关系到作者的修养问题。王充认为,不能光从外在的"文"下工夫,而更要注重内在之"实",即所谓"实诚在胸臆,文墨著竹帛,外内表里,自相副称",这个"实"是讲作者要有真情实感,"精诚由中,故其文语感动人深",这虽然是谈论说文,但也未尝不可泛用于一切语言文字,而后代人强调文学创作的情感因素,比如刘勰所说的"为情而造文",与此也不无关系。最后,王充在评价作者问题上,力驳崇古非今的倾向,进而认为后世超过前代,是理所当然之事,这又开后人(如葛洪)"今胜于古"的文学发展观之先河了。就《自纪》而言,它是《论衡》的最后一篇,相当于今之"自序"或"后记"。以上节选部分,通过对本书写作的一些问题的解释,表达了作者的某种文学观。这包括,主张书面语与口头语的统一;主张黜伪存真,不求悦众;主张创新,反对模拟;主张评价作品当以有用与否为标准,不当以数量多寡为高下;等等。其中言、文合一和创新问题,都涉及如何看待文学的发展和演变。在这一问题上,王充前代以及当代的文学家和批评家,态度多倾向于保守,以至于模拟和仿古成了时尚与准则。而王充本着疾虚求实的精神,在其著述中,看重当代,看重实际,不盲目崇古信古,不故作艰深,并对这种文风作出理论上的申述,就其文学思想而言,这乃是一种进步的倾向了。

　　世俗所患,患言事增其实;著文垂辞,辞出溢其真;称美过其善,进恶没其罪[1]。何则?俗人好奇,不奇,言不用也。故誉人不增其美,则闻者不快其意;毁人不益其恶,则听者不惬于心[2]。闻一增以为十,见百益以为千。使夫纯朴之事,十剖百判[3];审然之语,千反万畔[4]。墨子哭于练丝,杨子哭于歧道[5],盖伤失本,悲离其实也。蜚流之言,百传之语[6],出小人之口,驰闾巷之间,其犹是也。诸子之文,笔墨之疏,人贤[7]所著,妙思所集,宜如其实,犹或增之。倘经艺之言如其实乎?言审莫过圣人,经艺万世不易,犹或出溢增过其实。增过其实,皆有事为,不妄乱误,以少为多也。然而必论之者,方言经艺之增,与传语异也[8]。

——《论衡·艺增》[9]

【注释】

〔1〕 进恶没其罪:指历史上常有一人罪名昭彰,则众恶归之的现象。记载他的恶行超过了其实际罪状。

〔2〕 惬:满足。

〔3〕 十剖百判:将原本事实一再分割,离本愈远,遂面目全非。

〔4〕 千反万畔:畔,违背,意为背离原话越来越远,也就越来越失真。

〔5〕 "墨子哭于练丝"二句:《淮南子·说林训》:"墨子见练丝而泣之,为其可以黄,可以黑。"高诱注:"练,白也,悯其化也。"感叹可以随意变色,则掩盖其本色。"扬子见逵路而哭之,为其可以南,可以北。"高诱注:"道九达曰逵,悯其别也。"比喻迷惘于前途,则失其所从来矣。

〔6〕 蜚流之言:蜚,同飞。蜚流之言即蜚语流言。百传之语:经过千百人辗转传说的话。

〔7〕 人贤:刘盼遂《论衡集解》说当作贤人。吴承仕说当作大贤。

〔8〕 "然而必论之者"三句:此句是王充艺增之说的要点,意谓经书的增和传语中的增是有区别的,同是夸饰,前者是夸而有节,而后者是饰而近诬了。

[9] 艺增：古代称六经为六艺；王充称"言增其实"谓之增。艺增即经艺之增。

通书千篇以上，万卷以下，弘畅雅闲，审定文读[1]，而以教授为人师者，通人也。杼[2]其义旨，损益其文句，而以上书奏记，或兴论立说，结连篇章者，文人鸿儒也。好学勤力，博闻强识，世间多有。著书表文，论说古今，万不耐一[3]。然则著书表文，博通所能用之者也。入山见木，长短无所不知；入野见草，大小无所不识，然而不能伐木以作室屋，采草以和方药，此知草木所不能用也。夫通人览见广博，不能掇[4]以论说，此为匿生书主人[5]。孔子所谓诵诗三百，授之以政，不达者也；与彼草木不能伐采，一实也。孔子得史记[6]以作春秋；及其立义创意，褒贬赏诛，不复因史记者，眇思[7]自出于胸中也。凡贵通者，贵其能用之也。即徒诵读，读诗讽术，虽千篇以上，鹦鹉能言之类也[8]。衍传书之意，出膏腴之辞[9]，非俶傥之才[10]，不能任也。夫通览者世间比有，著文者历世希然。近世刘子政父子扬子云桓君山[11]，其犹文武周公，并出一时也。其余直有，往往而然。譬珠玉不可多得，以其珍也。故夫能说一经者为儒生；博览古今者为通人；采掇传书以上书奏记者为文人；能精思著文连结篇章者为鸿儒。故儒生过俗人，通人胜儒生，文人逾通人，鸿儒超文人。故夫鸿儒，所谓超而又超者也。以超之奇，退与诸生相料[12]，文轩[13]之比于敝车，锦绣之方于缊袍[14]也，其相过远矣。如与俗人相料，太山之巅塮，长狄之项跖[15]，不足以喻。故夫丘山，以土石为体，其有铜铁，山之奇也。铜铁既奇，或出金玉。然鸿儒，世之金玉也，奇而又奇矣。奇而又奇，才相超乘，皆有品差。

儒生说名于儒门，过俗人远也。或不能说一经，教诲后生。或带徒聚众，说论洞溢，称为经明[16]。或不能成腠治一说。或能陈得失，奏便宜，言应经传，文如星月。其高弟若谷子云唐子高者[17]。说书于腠奏之上，不能连结篇章。或抽列[18]古今，纪著行事，若司马子长刘子政之徒。累积篇第，文以万数，其过子云子高远矣。然而因成纪前，无胸中之造。若夫陆贾董仲舒论说世事，由意而出，不假取于外，然而浅露易见，观读之者犹曰传记。阳成子长[19]作乐经，扬子云作太玄经，造于助思[20]，极睿冥[21]之深，非庶几之才[22]，不能成也。孔子作春秋，二子作两经，所谓卓尔蹈孔子之迹[23]，鸿茂参贰圣之才者也。

王公子问于桓君山以扬子云。君山对曰："汉兴以来，未有此人[24]。"君山差才[25]，可谓得高下之实矣。采玉者心羡于玉，钻龟者知神于龟[26]。能差众儒之才，累其高下，贤于所累[27]；又作新论，论世间事，辩照然否，虚妄之言,伪饰之辞,莫不证定。彼子长子云,说论之徒;君山为甲。自君山以来,皆为鸿眇之才,故有嘉令之文笔,能著文,则心能谋论。文由胸中而出,心以文为表。观见其文,奇伟俶傥,可谓得论也。由此言之,繁文之人[28],人之杰也。

有根株于下,有荣叶[29]于上,有实核于内,有皮壳于外。文墨辞说,士之荣叶皮壳也。实诚在胸臆,文墨著竹帛,外内表里,自相副称,意奋而笔纵,故文见而实露也。人之有文也,犹禽之有毛也;毛有五色,皆生于体。苟有文无实,是则五色之禽,毛妄生也。选士以射,心平体正,执弓矢审固[30],然后射中。论说之出,犹弓矢之发也;论之应理,犹矢之中的。夫射以矢中效巧,论以文墨验奇;奇巧俱发于心,其实一也。文有深指巨略,君臣治术,身不得行,口不能继[31],表著情心,以明已之必能为之也。孔子作春秋,以示王意。然则孔子之春秋,素王之业也[32];诸子之传书,素相之事也[33]。观春秋以见王意;读诸子以睹相指。故曰:陈平割肉,丞相之端见;叔孙敖决期思,令君之兆著[34]。观读传书之文,治道政务,非徒割肉决水之占也。足不疆则迹不远,锋不铦[35]则割不深,连结篇章,必大才智鸿懿之俊也。

——《论衡·超奇》

【注释】

〔1〕 "弘畅雅闲"二句:弘,大。畅,通达。闲,熟悉。读,句读。文读,《太平御览》引作文义。此二句意谓博大通达,熟悉各种典籍,能够透彻了解文义。
〔2〕 杼:借作抒。扬雄《方言》:"抒,解也。"
〔3〕 万不耐一:"耐"通"能"。此句谓万人之中难得一人。
〔4〕 掇:拾取,这里作选取解。
〔5〕 匡生书主人:此句疑有误。
〔6〕 史记:指鲁史记。
〔7〕 眇思:即妙思,"眇"通"妙"。
〔8〕 鹦鹉能言之类:《礼记》曰:"鹦鹉能言,不离飞鸟。"意谓只能学舌,没有用处。
〔9〕 膏腴之辞:文采丰富的文辞。
〔10〕 俶傥:同倜傥,卓异之谓也。
〔11〕 刘子政父子扬子云桓君山:刘向、刘歆父子,扬雄,桓谭。
〔12〕 料:衡量。
〔13〕 文轩:华美的车子。
〔14〕 缊袍:以新旧混合的丝绵絮做的袍子。
〔15〕 "太山之颠堁"二句:颠堁,绝顶。长狄,古传说中的巨人。项,头的后部。跖,足。

太山的绝顶,长狄的全身,用以形容其高大。

〔16〕经明:《汉书·王吉传》曰:"左曹陈咸荐骏贤父子,经明行修,宜显以厉俗。"经明:精通经书。

〔17〕谷子云唐子高:谷子云,即谷永;唐子高,即唐林。二人传记分见《汉书》卷八五、七二。

〔18〕抽:通"籀",讽诵书。许慎《说文叙》:"讽籀书九千字。"段玉裁:"讽籀连文,谓讽诵而抽绎之。"列:诔列。《礼记·曾子问》郑注:"诔,累也。累列生时行迹读之以作谥。"

〔19〕阳城子长:《论衡·对作》作阳城子张,即补《史记》的阳城衡。

〔20〕助思:孙诒让《札迻》:"'助'当为'眇',形近而误。上文'眇思自出于胸中也'。"

〔21〕窅冥:深远难见之貌。

〔22〕庶几之才:《易·系辞下》:"颜氏之子,其殆庶几乎?"因颜回是儒家所称近于圣人的大贤,故后人用庶几为贤人之称。此句意谓贤才。

〔23〕"卓尔"句:《论语·子罕》记载颜回自说受孔子教育以后,"如有所立卓尔",卓尔,指高大的样子。《庄子·田子方》载颜回对孔子说:"夫子步亦步也,夫子言亦言也,夫子趋亦趋也,夫子辩亦辩也,夫子言道,回亦言道也。"此即"孔子之迹"之所本。

〔24〕"王公子问于桓君山以扬子云"四句:孙诒让《札迻》:"案此王公即王莽也。'子'字衍。此文出桓谭《新论》。《御览》四百三十二引《新论》云:'扬子云何人邪?答曰才智开通,能入圣道,汉兴以来,未有此人也。'即仲任所本。谭尝仕王莽,故《新论》多称莽为王翁。此王公,犹云王翁也。《御览》引《新论》不著所问之人,此可以补其阙。"

〔25〕差才:评论人才的差别。

〔26〕钻龟者知神于龟:钻龟,古代卜者,灼龟取兆,以卜吉凶。

〔27〕"累其高下"二句:累,序。二句意谓:序次众儒之才的高下,而自己则高出于所序次的众儒之上。

〔28〕繁文之人:这里指作品丰富的人。

〔29〕荣叶:花叶。

〔30〕审固:审,指准确地辨别目标。固,指牢固有力地弯弓。

〔31〕口不能继:孙诒让《札迻》:"案'继'当为'泄',形声相近而误。"口不能泄,即口不能言。

〔32〕"然则孔子之春秋"二句:《论衡·定贤》亦云:"孔子不王,素王之业,在于《春秋》。"此本汉今文家说法。《汉书·董仲舒传》载仲舒《贤良对策》二:"孔子作《春秋》,先正王而系万事,见素王之文焉。"《北堂书钞》引《论语谶》:"子夏曰:仲尼为素王。"素,空。素王,言有王者之道而无王者之位。

〔33〕"诸子之传书"二句:素相,无相之位而有相之业者。杜预《春秋左氏传序》:"或

曰:说者以仲尼自卫反鲁,修《春秋》,立素王,丘明为素臣。"《正义》:"其言丘明为素臣,未知谁所说也。"素相义同素臣。王充云"诸子之传书",包括左丘明在内。传是经传之传。《春秋》为经,《左传》为传。

〔34〕 "陈平割肉"四句:陈平割肉事见《史记·陈丞相世家》:"里中社,平为宰,分肉食甚均。父老曰:'善,陈孺子之为宰。'平曰:'嗟呼?使平得宰天下,亦如是肉也。'"孙叔敖决期思事见《淮南子·人间训》:"孙叔敖决期思之水,而灌雩娄之野,庄王知其可以为令尹也。"期思陂,一名芍陂,古代淮水流域最著名的水利工程,在今安徽寿县南。雩娄,今安徽庐江。

〔35〕 铦:锋利。

充既疾俗情,作讥俗之书[1],又闵人君之政,徒欲治人,不得其宜,不晓其务,愁精苦思,不睹所趋,故作政务之书[2]。又伤伪书俗文,多不实诚,故为论衡之书。夫贤圣殁而大义分。蹉跎殊趋[3],各自开门;通人观览,不能钉铨[4];遥闻传授笔写耳取。在百岁之前,历日弥久,以为昔古之事,所言近是,信之入骨,不可自解,故作实论[5]。其文盛,其辩争,浮华虚伪之语,莫不澄定[6];没华虚之文,存敦庞之朴[7],拨流失之风[8],反宓戏之俗[9]。

充书形[10]露易观。或曰:"口辩者其言深,笔敏者其文沉[11]。案经艺[12]之文,贤圣之言,鸿重优雅[13],难卒晓睹[14]。世读之者,训古乃下[15]。盖贤圣之材鸿,故其文语与俗不通。玉隐石间,珠匿鱼腹,非玉工珠师,莫能采得。宝物以隐闭不见,实语亦宜深沉难测。讥俗之书,欲悟俗人,故形露其指[16],为分别之文[17]。论衡之书,何为复然?岂材有浅极,不能为覆。何文之察,与彼经艺殊轨辙也?"答曰:玉隐石间,珠匿鱼腹,故为深覆[18]。及玉色剖于石心,珠光出于鱼腹,其隐乎,犹吾文未集于简札之上,藏于胸臆之中,犹玉隐珠匿也。及出荻露[19],犹玉剖珠出乎!烂若天文之照,顺若地理之晓,嫌疑隐微,尽可名处[20]。且名白事自定也[21]。论衡者,论之平也[22]。口则务在明言,笔则务在露文。高士之文雅,言无不可晓,指无不可睹。观读之者,晓然若盲之开目,聆然若聋之通耳。三年盲子,卒[23]见父母,不察察相识,安肯说[24]喜?道畔巨树,垄边长沟,所居昭察[25],人莫不知。使树不巨而隐,沟不长而匿,以斯示人,尧舜犹惑。人面色部,七十有余,颊肌明洁,五色分别,隐微忧喜,皆可得察[26],占射之者,十不失一。使面黝而黑丑,垢重袭而覆部[27],占射之者,十而失九。夫文由[28]语也,或浅露分别,或深迂优雅,孰为辩者[29]?故口言以明志。言恐灭遗,故著之文字。文字与言同趋,何为犹当隐闭指意?狱当嫌辜[30],卿决疑事,浑沌难晓[31],与彼分明可知,孰为良吏?夫口论以分明为公,笔辩以荻露为通,吏文以昭察为良。深覆典雅[32],指意难睹,唯赋颂耳。经传之文,贤圣之语,古今言殊,四方谈异也[33]。当言事时,非务难知,使指闭隐也[34]。后人不晓,世相离远,此名曰语异,不名曰材鸿。浅文读之难晓,名曰不巧[35],不名曰知明[36]。秦始皇读韩非之书,叹曰:"朕独不得此人同时。"其文可晓,故其事可思。如深鸿优雅,须师乃学,投之于地,何叹之有?夫笔著[37]者,欲其易晓而难为,不贵难知而易造。口论务解分[38]而可听,不务深迂而难睹。孟子相贤,以眸子明了者[39],察文以义可晓[40]。

充书不能纯美。或曰:"口无择言,笔无择文[41]。文必丽以好,言必辩以巧。言瞭于耳,则事味[42]于心;文察于目,则篇留于手。故辩言无不听,丽文无不写。今新书既在论譬,说俗为戾[43],又不美好,于观不快。盖师旷调音,曲无不悲;狄牙和膳,肴无淡味。然则通人造书,文无瑕秽。吕氏淮南,悬于市门,观读之者,无訾一言[44]。今无二书之美文,虽众盛犹多谴毁。"答曰:"夫养实者不育华,调行者不饰辞;丰草多华英[45],茂林多枯枝。为文欲显白其伪[46],安能令文而无谴毁?救火拯溺,义不得好。辩论是非,言不得巧。入泽随龟,不暇调足;深渊捕蛟,不暇定手。言奸辞简,指趋妙远[47];语甘文峭,务意浅小[48]。稻谷千钟,糠皮太半[49],阅钱满亿,穿决出万[50]。大羹必有澹味[51],至宝必有瑕秽,大简必有大好[52],良工必有不巧。然则辩言必有所屈,通文犹有所黜。言金[53]由贵家起,文粪[54]自贱室出。淮南吕氏之无累害,所由出者,家富官贵也。夫贵故得悬于市,富故有千金副[55]。观读之者,惶恐畏忌,虽见乖不合,焉敢谴一字?

充书既成,或稽合于古[56],不类前人。或曰:"谓之饰文偶辞,或径或迂,或屈或舒[57]。谓之论道,实事委琐,文给甘酸[58]。谐于经不验[59],集于传不合[60]。稽之子长不当[61],内之子云不入[62]。文不与前相似,安得名佳好,称工巧?"答曰:饰貌以强类者失形[63],调辞以务似者失情[64]。百夫之子,不同父母。殊类而生,不必相似;各以所禀[65],自为佳好。文必有与合,然后称善,是则代匠斫不伤手[66],然后称工巧也。文士之务,各有所从,或调辞以巧文[67];或辩伪以实事[68]。必谋虑有合,文辞相袭,是则五帝不异事,三王不殊业也。美色不同面,皆佳于目;悲音不共声,皆快于耳。酒醴异气,饮之皆醉;百谷殊味,食之皆饱。谓文当与前合,是谓舜眉当复八采,禹目当复重瞳[69]。

充书文重[70]。或曰:"文贵约而指通,言尚省而趋明[71];辩士之言要而达[72],文人之辞寡而章[73]。今所作新书出万言。繁不省,则读者不能尽;篇非一,则传者不能领[74]。被躁人之名[75],以多为不善。语约易言,文重难得。玉少石多,多者不为珍;龙少鱼众,少者固为神。"答曰,有是言也。盖寡言无多[76],而华文无寡。为世用者,百篇无害;不为用者,一章无补。如皆为用,则多者为上,少者为下。累积千金,比于一百,孰为富者?盖文多胜寡,财寡愈贫[77]。世无一卷,吾有百篇;人无一字,吾有万言,孰者为贤?今不曰所言非而云泰多,不曰世不好善而云不能领,斯盖吾书所以不得省也。夫宅舍多,土地不得小;户口众,簿籍不得少。今失实之事多,华虚之语众,指实定宜,辩争之言,安得约径[78],韩非之书,一条无异,篇以十第[79],文以万数。夫形大衣不得褊[80],事众文不得褊。事众文饶,水大鱼多。帝都谷多,王市肩磨[81]。书虽文重,所论百种。按古太公望[82],近董仲舒,传作书篇百有余[83]。吾书亦才出百,而云泰多,盖谓所以出者微[84],观读之者不能不谴呵也。

——《论衡·自纪》

【注释】

[1] 讥俗之书:本篇前段有云:"充升擢在位之时,众人蚁附;废退穷居,旧故叛去。志俗人之寡恩,故闲居作《讥俗节义》十二篇。"书已佚。
[2] 政务之书:书已佚。
[3] 蹉跎殊趋:跎,同跎。蹉跎,失足之意。这句说各家迷失道路,朝着不同的方向走。
[4] 钉铨:孙诒让《札迻》:"钉铨当作订诠。"即订正衡量之意。
[5] 故作实论:实论,即崇实之论,即指《论衡》一书。
[6] 澄定:据刘盼遂《论衡集解》引孙人和说:"澄当作证。"
[7] 敦庬之朴:敦庬,敦厚。朴,朴素之俗。
[8] 拨流失之风:扭转流荡失实的学风与文风。
[9] 宓戏:即伏羲氏。反宓戏之俗,谓回到原始时代的纯朴风俗。
[10] 形:指文章的语言形式。
[11] 笔敏者其文沉:敏,敏锐。沉,深沉。
[12] 经艺:即六经,或称六艺。
[13] 鸿重优雅:鸿,大。鸿重,即重大,指经书的内容。优雅,古奥典雅,指经书的语言。
[14] 难卒晓睹:卒,尽,此句谓难于完全看懂其文意。
[15] 训古乃下:古,即诂。这句谓读古书必须依赖注释,才能读下去。
[16] 指:同旨。
[17] 分别之文:指分析事理的文章。
[18] 深覆:谓文义深奥隐晦。
[19] 茯露:《论衡集解》:"茯字不见于字书,疑为核字之误。核露者显著之义。下文

笔辩以获露为通,亦与此同。"

〔20〕嫌疑隐微,尽可名处:嫌疑,谓两相接近,容易混淆的事理。隐微,隐晦细小。名,谓正其名。处,谓辩定之。

〔21〕且名白事自定也:名从事而得。白,清楚、明白。名既显白,事实的真相自然就确定无疑了。

〔22〕论之平也:平,平衡之意。亦即是估量、评判。

〔23〕卒:同"猝",急遽之意。

〔24〕说:同"悦"。

〔25〕昭察:明白显著。

〔26〕"人面色部,七十有余"六句:黄晖《论衡校释》:"《潜夫论·相列篇》:'骨法为主,气色为候,五色之见,王废有时。'《史记·淮阴侯传》:'蒯通曰:仆尝受相人之术,贵贱在于骨法,忧喜在于容色。'《长短经·察相篇》注引《相经》曰:'五色并以四时判之,春三月,青色王,赤色相,白色囚,黄黑二色皆死。夏之月,赤色王,白色黄皆相,青色死,黑色囚。秋三月,白色王,黑色相,赤色死,青黄二色皆囚。冬三月,黑色王,青色相,白色死,黄与赤二色皆囚。若得其时,色王相者吉;不得其时,色王相若囚死者凶。'"

〔27〕垢重袭而覆部:重袭,层层积聚。《集解》引章士钊说:"覆部骈词。部古通蔀。《易·丰卦》:'丰其蔀'。王弼注:蔀覆,障碍光明之物也。'此覆部与《易》注同义。"

〔28〕由:通"犹"。

〔29〕孰为辩者:谓浅露的和深晦的两种语言,哪一种可算是"辩者"。

〔30〕狱当嫌辜:当,判决。嫌,嫌疑。辜,罪。

〔31〕浑沌难晓:模糊不清,令人难以了解。

〔32〕深覆典雅:深奥隐晦,用古事,不通俗。

〔33〕古今言殊,四方谈异也:谓古代经书的文字,读来不易懂,是由于古今的语言已有距离,各地的方言不统一所使然。

〔34〕使指闭隐也:《集解》引孙人和说:"指下疑脱意字。"

〔35〕不巧:巧,美好的意思,不巧,不美好。

〔36〕知明:知道得明白透彻。

〔37〕笔著:著作。

〔38〕解分:解剖分析。

〔39〕孟子相贤,以眸子明了者:《孟子·离娄上》载孟子言曰:"存乎人者莫良于眸子,眸子不能掩其恶。胸中正,则眸子瞭焉;胸中不正,则眸子眊焉。听其言也,观其眸子,人焉廋哉?"

〔40〕察文以义可晓:考察文章的好坏,要以文义的明白可晓与否为前提。

〔41〕"口无择言"二句:择,败也。《孝经·卿大夫章》:"口无择言。"

〔42〕味:体味。

〔43〕说俗为戾:《集解》谓"为"字讹或"伪"之形残。按:"为"字不误。说,通"悦"。戾,相反。此句谓要取得众人喜悦是不可能的。

〔44〕"吕氏淮南"四句:事详《史记·吕不韦传》、高诱《吕氏春秋序》、《文选》杨德祖《答临淄侯笺》注引桓谭《新论》。

〔45〕丰草多华英:《校释》:"华英当作落英,正反成义。与'茂林多枯枝'句法一律,以喻华实不能相兼也。若作'华英',则失其旨矣。"

〔46〕为文欲显白其为:为文要阐明它写作的目的。

〔47〕言奸辞简,指趣妙远:奸作质实解。《论衡·对作》"文露而旨直,辞奸而情实"句下刘盼遂说:"奸与露直实同列,则奸非恶词。下文'被棺敛者不省,奉送藏者不约,为明器者不奸',又以奸与约省同用。《自纪篇》'言奸辞简,指趣妙远',又以奸与简同用。然则奸殆即简约质实、言无华泽之意矣。"此二句谓《论衡》的文章看上去词语质实简约,但意旨却是高妙深远的。

〔48〕语甘意峭,务意浅小:《校释》说:"以上文例之,当作'意务浅小'。"按:此二句谓另一种文章看来好像词语美妙,文笔峭拔,但它的意思却用在浅薄细小方面的。

〔49〕稻谷千钟,糠皮太半:《校释》《集解》引孙人和说:"稻字当作舀,《说文》:'舀,抒臼也。''舀谷千钟',与'阅钱满亿'对文。"按:舀谷,犹言舂谷。钟,量器名,六斛四斗。

〔50〕阅钱满亿,穿决出万:《广雅·释诂》:"阅,数也。"数钱到亿,其中破缺的钱就要超出万数。以上四句说文章写多了,其中不可避免地会存在一些糟粕。

〔51〕大羹必有澹味:"大",同"太"。太羹,不和五味之羹。淡味,至淡之味,等于无味。

〔52〕大简必有大好:《校释》曰:"大好当作不好。"

〔53〕言金:一字千金的文章,如上文及下文所举《吕氏春秋》、《淮南子》。

〔54〕文粪:其言等于粪土的作品。

〔55〕丁金副:犹言一字丁金。

〔56〕或稽合于古:《校释》引孙人和说:"此文不当有'或'字,疑即'成'字之伪衍。"稽合于古,即考合于古。

〔57〕"谓之饰文偶辞"三句:《超奇》有"调辞"语,"偶辞"当是"调辞"之伪。调辞,与饰文同义。这三句谓有人就《论衡》的语言形式提出批评,认为或有率直的,或有迂折的,或有拳屈不自然的,或有言尽句中的。

〔58〕"谓之论道"三句:这三句谓有人指摘《论衡》,认为如果是论道之书,那么所论述的事实都是细小的。"文给甘酸"费解,恐字有误。

〔59〕谐于经不验:证之于五经,不相合。

〔60〕集于传不合:集,止。谓以传注的规格相要求也不合。

〔61〕稽之子长不当:子长,司马迁字。谓考之于《史记》也不相当。

[62] 内之子云不入:"内",同"纳"。谓纳之于扬雄的《法言》等著作里,也显得格格不入。
[63] 饰貌以强类者失形:修饰面貌勉强学像了古人,但失去了自己的真相。
[64] 调辞以务似者失情:调,调整,安排,引申作矫揉造作。矫饰语辞一味追求像古人,就失去了自己的真情实感。
[65] 禀:承受于先天。
[66] 代匠斫不伤手:《老子》:"夫代大匠斫者,希有不伤其手矣。"指顺应乎自然以为文,则有其存在的价值。
[67] 或调辞以巧文:以美丽的文采来调遣辞令。指专从事于雕琢文辞的辞赋家的作品。
[68] 或辨伪以实事:指根据事实,辩正虚妄的著作,如桓谭《新论》及王充自己的作品。
[69] "舜眉当复八采"二句:《论衡·骨相篇》:"尧眉八采,舜目重瞳。"这两句是反诘语,意谓为文要求复古,那就无异于要使舜的眉像尧一样有八采,禹的目像舜一样有重瞳。
[70] 文重:重,繁重。
[71] 趋明:意趣明白。
[72] 要而达:简要而达意。
[73] 文人之辞寡而章:《佚文篇》称:"孔子,周之文人也。"《超奇篇》:"采掇传书以上书奏记者为文人。"寡,指文章精要不烦琐。章,文采鲜明。
[74] 不能领:领,领会。以篇章太多,所以传者不能一一领会。
[75] 被躁人之名:躁人,轻狂浮躁的人。谓作者自己对虚妄末俗排斥不遗余力,所以被人加上躁人之恶名。
[76] 寡言无多:这句与下句"华文无寡"正反成义。寡言,是缺乏充实内容的作品;华文,谓内容充实,词采外溢的好文章。缺乏内容的作品,它往往不会千变万化地写得很多;有充实内容的好文章,它也不会枯窘得三言两语就说完了。
[77] 财寡愈贫:谓钱多的胜于钱少的。
[78] 约径:简单。
[79] "韩非之书"三句:一条无异,谓韩非之书,所讲的都是法家学说。全书五十五篇,所以说是"篇以十第"。
[80] 褊:衣小。
[81] 王市磨肩:王都的市上,人多拥挤,肩与肩相摩。
[82] "按古太公望"三句:《集解》:"《汉书·艺文志》道家《太公》二百三十七篇,儒家《董仲舒》一百二十三篇。"
[83] 吾书亦才出百,而云泰多:《集解》:"《论衡》今存八十五篇,《招致》一篇有录无书。今云'吾书出百而《佚文篇》亦云'《论衡》以百数'。百今本讹为十,绝不合

于实情,纵不计佚篇,《论衡》亦将九十矣。此其佚篇,最少亦应在十五以上矣。今考《论衡》佚篇见于本书中者,有《觉佞》,有《能胜》,有《实圣》,有《时旱》,有《祸湛》,有《盛褒》,马总《意林》卷三引《论衡》……又《酉阳杂俎》卷十……又陆佃《埤雅》卷四引《论衡》……则《论衡》佚篇,其多可见,仲任所云吾书数才出百,及云篇以百数,盖言信史,非妄语也。"

〔84〕 盖谓所以出者微:王充家世寒微,《自纪》说是"以农桑为业",祖父"以贾贩为事"。

【思考题】

1. 分析评价王充"疾虚妄"精神对于其文学观念的影响。
2. 论述王充的文学发展史观。

王逸《楚辞章句》选录

【题解】

王逸(生卒年不详),字叔师,南郡宜城人(今湖北宜城县)。东汉安帝元初中,举上计吏,为校书郎。顺帝时,为侍中。其所著《楚辞章句》,是现存最早的《楚辞》注本。他也擅长作赋、诔、书、论及杂文,曾作《汉诗》百二十三篇。明张溥辑《汉魏六朝百三名家集》有《王叔师集》一卷。

王逸在《楚辞章句》中,不同意班固对屈原及其作品的评价,把《楚辞》提到了"经"的地位来加以肯定,给予了高度的赞扬。从表面看,王逸对屈原及其作品的评价是和刘安、司马迁比较一致的,但是,实际上他肯定屈原及其作品的角度,是和刘安、司马迁很不相同的。相反的,从评价《楚辞》的出发点看,倒是和扬雄、班固的文学思想完全一致的。王逸对《楚辞》作了符合儒家思想的解释,从这个角度来给予充分的肯定和赞扬,这也就是王逸对《楚辞》注释评论的基本思想。只是在忠君观念上,王逸与班固的见解存在着歧异。对于屈原的作品,王逸认为它并不违背"温柔敦厚"之旨,更没有越出"礼义"规范。他表示不同意班固的评价。但以屈原作品比附儒家经典,却显得十分生硬与牵强。在艺术分析方面,他为屈原作品中上天入地、奇异诡谲的描写辩护,实际上也充分肯定了《离骚》的浪漫主义特征。

昔者孔子睿圣明哲[1],天生不群,定经术,删《诗》《书》,正《礼》《乐》,制作《春秋》,以为后王法。门人三千,罔不昭达[2]。临终之日,则大义乖而微言绝[3]。

其后周室衰微,战国并争,道德陵迟[4],谲诈萌生,于是杨、墨、邹、孟、孙、韩之徒[5],各以所知著造传记,或以述古,或以明世。而屈原履忠被谮,忧悲愁思,独依诗人之义,而作《离骚》[6],上以讽谏,下以自慰。遭时暗乱,不见省纳[7],不胜愤懑,遂复作《九歌》以下凡二十五篇[8]。楚人高其行义,玮其文采,以相教传。

至于孝武帝,恢廓道训,使淮南王安作《离骚经章句》[9],则大义粲然。后世雄俊,莫不瞻慕,舒肆妙虑,缵述其词[10]。逮至刘向典校经书,分为十六卷[11]。孝章即位,深弘道艺,而班固、贾逵[12]复以所见改易前疑,各作《离骚经章句》。其余十五卷,阙而不说。又以壮为状[13],义多乖异,事不要括。今臣复以所识所知,稽之旧章,合之经传,作十六卷章句[14]。虽未能究其微妙,然大指之趣略可见矣。

且人臣之义,以忠正为高,以伏节为贤[15]。故有危言以存国,杀身以成仁。是以伍子胥不恨于浮江,比干不悔于剖心,然后忠立而行成,荣显而名著。若夫怀道以迷国[16],详愚[17]而不言,颠则不能扶,危则不能安[18],婉娩以顺上,逡巡以避患[19],虽保黄耇[20],终寿百年,盖志士之所耻,愚夫之所贱也。

今若屈原,膺忠贞之质,体清洁之性,直若砥矢[21],言若丹青[22],进不隐其谋,退不顾其命,此诚绝世之行,俊彦之英也[23]。而班固谓之露才扬己,竞于群小之中,怨恨怀王,讥刺椒、兰,苟欲求进,强非其人,不见容纳,忿恚自沉[24],是亏其高明,而损其清洁者也。昔伯夷、叔齐让国守分,不食周粟,遂饿而死,岂可复谓有求于世而怨望哉[25]?且诗人怨主刺上曰:"呜呼小子,未知臧否。匪面命之,言提其耳[26]。"风谏之语,于斯为切。然仲尼论之,以为大雅[27]。引此比彼,屈原之词,优游婉顺,宁以其君不智之故,欲提携其耳乎?而论者以为露才扬己,怨刺其上,强非其人,殆失厥中矣。

夫《离骚》之文,依托五经以立义焉。"帝高阳之苗裔[28]",则"厥初生民,时惟姜嫄[29]"也。"纫秋兰以为佩[30]",则"将翱将翔,佩玉琼琚[31]"也。"夕揽洲之宿莽[32]",则《易》"潜龙勿用[33]"也。"驷玉虬而乘鹥[34]",则"时乘六龙以御天[35]"也。"就重华而陈词[36]",则《尚书》《咎繇》之谋谟[37]也。登昆仑而涉流沙[38],则《禹贡》之敷土[39]也。故智弥盛者其言博,才益多者其识远。屈原之词,诚博远矣。自终没以来,名儒博达之士,著造词赋,莫不拟则其仪表[40],祖式其模范,取其要妙,窃其华藻。所谓金相玉质,百世无匹,名垂罔极[41],永不刊灭[42]者矣。

——《楚辞章句序》

【注释】

[1] 睿圣明哲:指具有高度智慧的人,孔子被称为"万世师表"。

[2] 昭达:明白通达。

[3] "临终之日"二句:语本刘歆《移让太常博士书》:"及夫子殁而微言绝,七十子终而大义乖。"

[4] 陵迟:浇漓,败坏。

[5] 杨、墨、邹、孟、孙、韩:杨朱、墨翟、邹衍、孟轲、孙(荀)卿、韩非。

[6] "独依诗人之义"二句:《诗》六义:风雅颂赋比兴。刘安《离骚传叙》谓:"国风好色而不淫,小雅怨诽而不乱,若《离骚》者可谓兼之矣。"

[7] "遭时暗乱"二句:暗乱:指君主亲小人远君子,以至政治紊乱。屈原进谏楚王不见省纳,参见《史记·屈原贾生列传》。

[8] 《九歌》以下凡二十五篇:《九歌》,包括《东皇太一》、《云中君》、《湘君》、《湘夫人》、《大司命》、《少司命》、《东君》、《河伯》、《山鬼》、《国殇》、《礼魂》。班固《汉书·艺文志》著录屈原赋二十五篇。王逸《章句》于《离骚》、《九歌》、《天问》、《九章》外,列有《远游》、《卜居》、《渔父》三篇,又《大招》一篇题作屈原或景差。

[9] 使淮南王安作《离骚经章句》:《汉书·淮南王安传》曰:"(武帝)使(安)为《离骚传》。"

[10] "舒肆妙虑"二句:舒肆,舒发放言。妙虑,美妙的感想情思。缵述其词,谓继承效仿其楚辞文风。

[11] "刘向典校经书"二句:刘向第一次把《楚辞》辑录成书,分十六卷,就是王逸《章句》所依据的底本,王本增己所作《九思》及班固《离骚叙》《离骚赞序》二篇,为十七卷。

[12] 贾逵:字景伯,东汉经学家。

[13] 以壮为状:班固、贾逵注文今逸。《离骚》本文有"壮"字者,如"不抚壮而弃秽兮","及余饰之方壮兮"等处。

[14] 作十六卷章句:王逸本《楚辞》十七卷,王逸作十六卷章句。第十七卷是王逸自己的作品《九思》,据洪兴祖说,可能是王逸儿子王延寿为之作章句。

[15] 伏节:伏膺节操,即坚持节操。

[16] 怀道以迷国:《论语·阳货》曰:"怀其宝而迷其邦,可谓仁乎?"这里的"道",自西汉扬雄以下,并非纯粹的儒"道",也羼杂进了老庄之"道"的成分。这里指人具有洞察入微的识见,却不用来救国之危。

〔17〕详愚:"详",同"佯",装糊涂。
〔18〕"颠则不能扶"二句:出自《论语·季氏》:"危而不持,颠而不扶,则将焉用彼相矣!"这是作者对班固辈"明哲保身"观表示不满。
〔19〕逡巡:原指徘徊、犹豫,进退两难。这里指俯仰随人,依违其间。
〔20〕黄耉:长寿。朱熹说:"黄,老人发复黄也。"耉,《说文》:"耉,老人面冻黎若垢。"
〔21〕直若砥矢:指屈原刚直不阿,坚持政治原则。语本《诗·小雅·大东》:"周道如砥,其直如矢。"
〔22〕丹青:其色彩鲜艳,比喻屈原说话耿直,态度不暧昧。
〔23〕俊彦之英:才智杰出的人。
〔24〕"而班固"八句:参见班固《离骚序》。忿恚,愤怒怨恨。
〔25〕"伯夷"四句:伯夷、叔齐不食周粟,饿死于首阳山,具有特立独行的节操。参见《史记·伯夷列传》。
〔26〕"呜呼小子"四句:见《诗·大雅·抑》。此诗据《毛序》说是卫武公刺周厉王所作。小子,指厉王。臧,善。耳提面命,可见诗人规劝之激切。
〔27〕"仲尼论之"二句:汉代经今文学家认为孔子删定《诗》《书》,是孔子将此诗置于大雅之列。
〔28〕帝高阳之苗裔:帝高阳,传说中远古帝王颛顼的称号。苗裔,后代子孙。高阳氏是楚族的远祖。屈氏是楚王室的分支,所以屈原自称高阳氏后裔。
〔29〕"厥初生民"二句:见《诗·大雅·生民》。姜嫄,高辛氏之妃,后稷之母。诗意谓周族的先代是姜嫄所生。
〔30〕纫秋兰以为佩:纫,贯穿。佩,佩戴在身上的饰物。
〔31〕"将翱将翔"二句:见《诗·郑风·有女同车》。将,且。琼琚,佩玉名。
〔32〕夕揽洲之宿莽:揽,采。宿莽,经冬不死的香草。
〔33〕潜龙勿用:见《易·乾》初九。这里比喻大德君子,尚未得时,不可用世。
〔34〕驷玉虬而乘鹥:驷,四匹马驾的车,这里作动词用。玉虬,玉白色的龙。鹥,五彩的凤鸟。
〔35〕时乘六龙以御天:见《易·乾》象辞。
〔36〕就重华而陈词:重华,舜名。到舜那里诉说。
〔37〕《咎繇》之谋谟:指《书·皋陶谟》。咎繇,即皋陶。谟,谋。帝舜时,禹、伯夷、皋陶都在舜前议论,皋陶陈述其看法。
〔38〕登昆仑而涉流沙:是将《离骚》中"遵吾道乎昆仑兮"及"忽吾行此流沙兮"两句合而言之。
〔39〕则《禹贡》之敷土:《书·禹贡》曰:"禹敷土,随山刊木,奠高山大川。"敷,铺,禹用疏导方法,治理水土。
〔40〕拟则其仪表:拟则,效法。仪表,指屈骚不遇的愁苦情状。形成历史上骚体的独特风貌。

〔41〕 罔极:无尽。
〔42〕 刊灭:磨灭。

【思考题】

1. 比较分析王逸与班固对于屈原《离骚》的不同评价。

魏晋南北朝

曹丕《典论·论文》

【题解】

曹丕(187—226),字子桓,沛国谯(今安徽亳县)人,曹操次子。汉献帝建安十六年(211)为五官中郎将、副丞相,二十二年(217)立为魏太子,二十五年(220)代汉即帝位。谥号魏文帝。建安时期,战乱频仍,瘟疫流行,这倒激发了士人珍惜生命企慕功业的热情,这种时代思潮最集中体现在曹丕身上。他勤奋著述,在《与王朗书》中自称"故论撰所著《典论》诗赋,盖百余篇",《典论》全文在宋代后散佚,严可均辑其佚文入《全三国文》,《典论·论文》便在其中。该文谈到孔融等建安七子已逝,当作在建安晚期。

《典论·论文》首先提出的重要问题,是作家的才能与文体的性质特点之关系。以七子为代表,曹丕指出作家的才能各有所偏,而通才是极少的。从文章的方面来看,不同文体有不同的创作特点,因此对一个作家来说,往往只擅长某一种文体的写作,很难做到各种体裁的文章都写得很好,即所谓"文非一体,鲜能备善"。所以对文人来说,不应"暗于自见",不要"各以所长,相轻所短",而"文人相轻"实是"不自见之患也",曹丕批评了当时文坛的这种风气。在分析作家才能有偏的同时,曹丕也研究了不同类型文体的特点,指出"文本同而末异","本"当指文章的本质,即指用语言文字来表现一定的思想或感情内容,而"末"则是指文章的具体表现形态,这种表现形态包含有内容特点和形式特点两方面的意义。曹丕分文章为四科八种,而这四科的"末异"以"雅"、"理"、"实"、"丽"来区别,这是一种风格上的不同,而决定这种风格差异的,有的是从内容上说的,有的则是从形式上说的,并不是从一个标准出发来分的,标志着文体分类及特征的研究发展到了一个新阶段。尤其指出"诗赋欲丽",说明他是看到了文学作为艺术的美学特征,对于抒情文学的发展,有着特别深远的影响。其次,《典论·论文》从研究作家的才能与文体特征关系出发,特别强调了作家个性对文学创作的重要意义,提出了"文以气为主"的著名论断,文章中的"气",是由作家不同的个性所形成的,它是指作家在禀性、气度、感情等方面的特点所构成的一种特殊精神状态在文章中的体现。提倡"文以气为主",强调作品应当体现作家特殊的个性,要求文章必须有鲜明的创作个性。第三,曹丕对文章的价值给予了从未有过的崇高评价,他说:"盖文章,经国之大业,不朽之盛事。"曹丕把文章提到了比立德、立功更重要的地位,这种文章价值观是对传统思想的突破,它对文学创作和文学理论批评发展的意义是十分巨大的。第四,曹丕在《典论·论文》中还对文学批评的态度提出了一些很有价值的意见。他发挥了王充反对好古贱今的思想,批评了当时文学批评中存在的"贵远贱近,向声背实"的不良倾向,以及"文人相轻"的错误态度,主张客观与实事求是的批评风尚。曹丕《典论·论文》确实是在文艺思想发展和文学理论批评方面,具有重大转折意义的一篇纲领性文献。

文人相轻,自古而然。傅毅之于班固,伯仲之间耳[1],而固小之,与弟超[2]书曰:"武仲以能属文为兰台令史[3],下笔不能自休。"夫人善于自见,而文非一体,鲜能备善,是以各以所长,相轻所短。里语曰:"家有弊帚,享之千金。"斯不自见之患也。

今之文人,鲁国孔融文举、广陵陈琳孔璋、山阳王粲仲宣、北海徐幹伟长、陈留阮瑀元瑜、汝南应玚德琏、东平刘桢公幹。斯七子者,于学无所遗,于辞无所假[4],咸以自骋骥𬴊于千里[5],仰齐足而并驰,以此相服,亦良难矣。盖君子审己以度人,故能免于斯累而作论文。王粲长于辞赋,徐幹时有齐气[6],然粲之匹也。如粲之《初征》、《登楼》、《槐赋》、《征思》,幹之《玄猿》、《漏卮》、《圆扇》、《橘赋》,虽张、蔡不过也[7]。然于他文,未能称是。琳、瑀之章表书记,今之俊也。应玚和而不壮[8],刘桢壮而不密[9]。孔融体气高妙[10],有过人者,然不能持论,理不胜辞[11],以至乎杂以嘲戏。及其所善,扬、班俦也[12]。常人贵远贱近,向声背实[13],又患暗于自见,谓己为贤。

夫文本同而末异[14],盖奏议宜雅,书论宜理,铭诔尚实,诗赋欲丽。此四科不同,故能之者偏也;唯通才能备其体。

文以气为主,气之清浊有体[15],不可力强而致。譬诸音乐,曲度虽均,节奏同检[16],至于引气不齐[17],巧拙有素,虽在父兄,不能以移子弟。

盖文章,经国之大业,不朽之盛事。年寿有时而尽,荣乐止乎其身,二者必至之常期[18],未若文章之无穷。是以古之作者,寄身于翰墨,见意于篇籍,不假良史之辞,不托飞驰之势[19],而声名自传于后。故西伯幽而演易[20],周旦显而制礼[21],不以隐约而弗务[22],不以康乐而加思[23]。夫然则古人贱尺璧而重寸阴[24],惧乎时之过已。而人多不强力,贫贱则慑于饥寒,富贵则流于逸乐,遂营目前之务,而遗千载之功,日月游于上,体貌衰于下,忽然与万物迁化[25]，斯志士之大痛也。

融等已逝，唯幹著论[26]，成一家言。

【注释】

[1] 傅毅之于班固，伯仲之间耳：傅毅，字武仲，扶风茂陵人，东汉文学家。《后汉书》卷八〇上《文苑传》有传。伯仲之间，指两人文才相当，难分高下。

[2] 超：班超，字令升，班彪的少子。

[3] 兰台令史：兰台，汉代宫中藏书之处。令史负责典校图籍，管理劾奏等文书档案。

[4] 于辞无所假：于辞不假借于人，即自铸伟辞。

[5] 骥骜：千里良马。《后汉书·灵帝纪》记载："（光和四年）初置骥骜厩丞。"李善注："骥骜，善马也。"

[6] 徐幹时有齐气：建安时期，曹氏挟天子以令诸侯，所居之许，与东汉以来政治文化一脉相承。此时经学学风大变，以齐学为主干的旧有天人之学崩塌。这影响到曹氏父子文人集团，以曹氏父子为代表的建安作家，摆脱了天与神的约束，师心自用，直抒胸臆。但学风转变存在地域上的不平衡，以齐鲁之地与曹氏政治中心区域相比，如后世《世说·言语》载："王中郎令伏玄度、习凿齿论青、楚人物。"这说明此时世人心中，青、楚风习不一。刘孝标注引《滔集》所举两地人物，"魏时管幼安、邴根矩、华子鱼、徐伟长、任昭光、伏夷阳，此皆青土有才德者也"，而于楚士，称"何、邓二尚书独步于魏朝，乐令无对于晋世"。这两者之根本不同，《晋书·陈颀传》中解结对此一语道破："张彦真以为汝颍巧辩，恐不及青徐儒雅也。"许在汝颍之间，已逗玄风，但青徐守成，齐学天人观仍为世尊崇，徐幹就是典型。齐学讲究四时阴阳对人心情行为的主宰作用，而人须"迎日步气"，这种观念，使徐幹于"慷慨以任气，磊落以使才"未达于一间，这令曹丕对他的作品略有不满，也即徐幹"齐气"之谓也。

[7] 虽张、蔡不过也：张，张衡；蔡，蔡邕。清徐昂发《畏垒笔记》卷一《后身》引《商芸小说》说蔡邕是张衡后身。张、蔡并举，说明汉代以来，古人就看到了两者内在的相似性。

[8] 和而不壮：达到和的境界，但气势不够壮大。

[9] 不密：通篇语句、语义衔接上欠周密条畅。

[10] 体气高妙：体气，主要指人风度气韵。高妙，高雅超俗。

[11] 理不胜辞：盖指感情胜于理智，或指形象思维优于逻辑思维。

[12] 扬、班俦也：扬，扬雄；班，班固。指与扬雄、班固一流的人物。

[13] 向声背实：轻信耳闻虚誉，而不注重探究实际真伪。

[14] 文本同而末异：文本同，如章太炎《国故论衡·文学论略》云："文学者，以有义字著于竹帛，故谓之文。"因此"本"当指文章的本质，即指用语言文字来表现一定的思想或情感内容。"末异"，则指文章的具体表现形态，这种表现形态包含有

内容特点和形式特点两方面的意义。
〔15〕 气之清浊有体:清气偏于清新刚健,如建安风力。而浊气偏于庸弱驽钝。
〔16〕 节奏同检:音调缓急的度数为节,更端为奏。检,法度。
〔17〕 引气:引,犹言运行,指吹奏时的引气。
〔18〕 二者必至之常期:指年寿荣乐都有限,参见《与王朗书》说:人活着也只不过七尺高的躯体,死掉了只变成一棺材的泥土。
〔19〕 不托飞驰之势:飞驰之势,指身处高位之人。卑微者不必借助有权势者的力量,亦即不必"蝇附骥尾致千里"。
〔20〕 西伯幽而演易:幽,拘囚。《史记·太史公自序》说西伯在羑里这个地方被扣押,他发明了如何推演《周易》。
〔21〕 周旦显而制礼:显,荣达。传说周公旦制《周官》等礼书。
〔22〕 隐约:穷困。
〔23〕 加思:谓转移著述的念头。
〔24〕 "古人贱尺璧"句:《淮南子·原道训》说:"圣人不贵尺之璧,而重寸之阴,时难得而易失也。"认为时间比财富更珍贵。
〔25〕 迁化:去世。
〔26〕 唯幹著论:指徐幹著有《中论》。

【思考题】
1. 阐述《典论·论文》"文以气为主"说在文论史上的重要意义。
2. "诗赋欲丽"作为文体论观点与前代文论有何区别?

陆机《文赋》

【题解】
陆机(261—303),字士衡,吴郡吴县华亭(今上海松江)人。他的父祖均为东吴名将,《晋书》本传说他"少有异才,文章冠世,伏膺儒术,非礼不动"。刚满二十岁时,晋灭吴,陆机和弟弟陆云"退居旧里,闭门勤读"。晋武帝太康末年,陆机和陆云同至洛阳,蒙张华赏识。以后历官太子洗马、著作郎、尚书中兵郎等职。永康元年,赵王伦辅政,以陆机为相国参军,伦败,陆机亦受牵连,收付廷尉,徙边,遇赦而止。在政治纷争漩涡里,陆机时有出处进退的矛盾苦闷,但"志匡世难"的抱负在他思想中还是占了上风。后入成都王颖幕,参大将军军事,后又为平原内史,故世称陆机为"陆平原"。太安二年(303),成都王举兵伐长沙王司马乂,以陆机为后将军、河北大都督。兵败遭谗言所诬,与弟陆云及二子同时被杀。陆机是西晋太康(280—289)、元康(291—299)间最负盛名的诗人。其《文赋》在中国古代文论史上占有极重要的地位。

陆机的《文赋》是中国文学理论批评史上的一篇名作。它沿着《典论·论文》的方向,着重探讨文学的内部规律,第一次全面系统地研究了文学创作的基本理论,后来两晋南北朝的文学理论批评是按《文赋》的路子继续发展的。《文赋》论创作主要以老庄道家思想为指导,援老庄思想入文学创作理论,这是《文赋》独到的贡献。《文赋》的中心是论述以构思为主的创作过程。陆机在《文赋》小序中谈到,写作《文赋》主要是探讨研究"意不称物,文不逮意"的问题。这个问题存在于创作实践之始终,也只有在创作实践中,才能解决它,因此《文赋》侧重于讲文学创作的构思和技巧问题。如何进行艺术构思,是《文赋》探讨的重点问题,《文赋》开篇就说:"伫中区以玄览,颐情志于典坟",陆机着重强调玄览、虚静的精神境界和知识学问的丰富积累两方面内容,老庄虚静的精神境界可以诱导作者进入排除纷扰、全神贯注的创作状态;加之作者有胸罗万卷的学养储备,构思活动就能够顺利展开。陆机本身就是西晋杰出的作家,深悟创作个中三昧,《文赋》十分生动地描绘了"精骛八极,心游万仞"的构思活动情状,这涉及从想象活动的开始到艺术形象的构成及其用语言文字的物质化的全过程。情与物在想象过程中的结合是艺术构思的必然结果。当艺术意象在作家的思维过程中形成之后,就需要用语言文字作为物质手段,使它具体地呈现出来。为了寻找最精彩的、最能充分地表现构思中艺术意象的语言文字,就要"倾群言之沥液,漱六艺之芳润",上天入地,无所不至。并且,它还应当具有独特的创造性。在谈艺术构思时,陆机注意到了灵感的作用,他认为灵感之获得非人力所能左右,而应当顺乎自然。这对后来刘勰"率志委和"说颇有影响。《文赋》中提出的另一个重要问题,是各类文体的特征及其艺术风格,他把文体分为十类并具体概括了其风格特征,其中提出了"诗缘情而绮靡"说,他只讲缘情而不讲言志,实际上起到了使诗歌的抒情不受"止乎礼义"束缚的巨大作用。从陆机对诗赋创作"缘情"、"体物"的论述中,可以看出他对文学艺术的两个重要特征:感情与形象,有了极为深刻的认识,说明他对文学的艺术特征的了解已经大大地深入了一步。同时,《文赋》还论述了作家个性和文学风格多样化的关系。《文赋》对创作过程中的具体表现技巧问题也作了很多分析。在结构和布局方面,他强调必须恰如其分地安排好意和辞,即所谓"选义按部,考辞就班"。务必使意和辞都能充分发挥其作用,使"抱景者咸叩,怀响者毕弹"。结构应按照表达内容的需要,采取多种多样的不同形式。在部署意和辞的过程中,陆机十分重视意的主导作用,"理扶质以立干,文垂条而结繁",以内容为主干,以文辞为枝叶。但是没有华丽丰满的枝叶,也就没有生气,只有枯树干也不能成为一棵活的树。陆机主张内容和形式相统一。在艺术技巧方面陆机还特别提出了几个重要的原则,这就是:"其会意也尚巧,其遣言也贵妍。暨音声之迭代,若五色之相宣。""会意"指具体构思,"遣言"指辞藻问题,"音声迭代"指语言音乐美,这主要是指诗赋等纯文学而言的。构思巧妙、辞藻华美、抑扬顿挫的音乐美,这是六朝文学创作上非常讲究的三个问题,它既是时代特征在理论上的表现,又促进了六朝文学创作在艺术上的发展。此外,陆机还提出了定去留、立警策、戒雷同、济庸音等具体写作方法。对于文学作品的艺术美,陆机提出了五条标准,这就是应、和、悲、雅、艳。对这五方面,陆机都用音乐来比喻,尤应引起注意者,是其中"悲"和"艳"两个内容。悲,是以音乐上的悲音来比喻文学创作要能充分体现鲜明强烈的爱憎情感,能真正感动人,反对"言寡情而鲜爱,辞浮漂而不归"。陆机提倡"艳"是和提倡诗歌的"绮靡"一样,要求文学作品有很高的艺术美。这种艳是在重视内容的前提下,对形式提出的要求。这和刘勰在《文心雕龙》中赞扬《楚辞》之艳是一样的。从《文赋》所体现的文艺美学思想来看,虽然它也有若干儒家思想的影响,例如最后关于文学的社会功用的论述,以及内容与形式关系等,但主要还是受老庄为代表的道家思想影响比较深,同时也受到当时玄学思想的影响。这不仅表现在他对儒家文艺美学思想传统的大胆突破方面,而且更为主要的是,他在创作思想方面直接反映了道家的观点。他强调玄览虚静的重要作用,把灵感的获得归之于"天机",同时也在言意关系上受到"言不尽意"论的影响,认为文章之妙处,"是盖轮扁所不得言,故亦非华说之所能精"。创作过程中之"随手之变","良难以辞逮",等等,从总体上说,开始体现了论创作以道家为主、论功用以儒家为主的儒道结合之文艺思想特征。《文赋》对六朝文学理论批评发展影响极大,不仅《文心雕龙》是对他的全面继承和发展,而且挚虞、李充的文体论,沈约等人的声律论,萧统《文选》中的文学观念等,都是在陆机思想影响下,在某一方面的进一步发展。因此,我们应当给予它以较高的历史地位。

余每观才士之所作,窃有以得其用心[1]。夫放言遣辞,良多变矣。妍蚩好恶,可得而言;每自属文,尤见其情。恒患意不称物,文不逮意[2]。盖非知之难,能之难也[3]。故作《文赋》以述先士之盛藻,因论作文之利害所由。它日殆可谓曲尽其妙[4];至于操斧伐柯[5],虽取则不远,若夫随手之变,良难以辞逮。盖所能言者,具于此云尔。

伫中区以玄览,颐情志于典坟[6]。遵四时以叹逝,瞻万物而思纷[7]。悲落叶于劲秋,喜柔条于芳春[8]。心懔懔以怀霜,志眇眇而临云[9]。咏世德之骏烈,诵先人之清芬[10]。游文章之林府,嘉丽藻之彬彬[11]。慨投篇而援笔,聊宣之乎斯文。

其始也,皆收视反听,耽思傍讯[12]。精骛八极,心游万仞[13],其致也,情曈昽而弥鲜,物昭晰而互进[14]。倾群言之沥液,漱六艺之芳润[15]。浮天渊以安流,濯下泉而潜浸[16]。于是沉辞怫悦,若游鱼衔钩,而出重渊之深[17];浮藻联翩,若翰鸟缨缴,而坠曾云之峻[18]。收百世之阙文,采千载之遗韵[19]。谢朝华于已披,启夕秀于未振[20]。观古今于须臾,抚四海于一瞬[21]。

然后选义按部,考辞就班[22]。抱景者咸叩,怀响者毕弹[23]。或因枝以振叶,或沿波而讨源[24]。或本隐以之显,或求易而得难[25]。或虎变而兽扰,或龙见而鸟澜[26]。或妥帖而易施,或岨峿而不安[27]。罄澄心以凝思,眇众虑而为言[28]。笼天地于形内,挫万物于笔端[29]。始踟蹰于燥吻,终流离于濡翰[30]。理扶质以立干,文垂条而结繁[31]。信情貌之不差,故每变而在颜[32]。思涉乐其必笑,方言哀而已叹[33]。或操觚以率尔,或含毫而邈然[34]。

伊兹事之可乐,固圣贤之所钦[35]。课虚无以责有,叩寂寞而求音[36]。函绵邈于尺素,吐滂沛乎寸心[37]。言恢之而弥广,思按之而逾深[38]。播芳蕤之馥馥,发青条之森森[39]。粲风飞而猋竖,郁云起乎翰林[40]。

体有万殊,物无一量[41],纷纭挥霍,形难为状[42]。辞程才以效伎,意司契而为匠[43]。在有无而僶俯,当浅深而不让[44]。虽离方而遁员,期穷形而尽相[45]。故夫夸目者尚奢,惬心者贵当。言穷者无隘,论达者唯旷[46]。诗缘情而绮靡[47],赋体物而浏亮[48]。碑披文以相质[49],诔缠绵而凄怆[50]。铭博约而温润[51],箴顿挫而清壮[52]。颂优游以彬蔚[53],论精微而朗畅[54]。奏平彻以闲雅[55],说炜晔而谲诳[56]。虽区分之在兹,亦禁邪而制放[57]。要辞达而理举,故无取乎冗长[58]。

其为物也多姿,其为体也屡迁[59]。其会意也尚巧,其遣言也贵妍[60]。暨音声之迭代,若五色之相宣[61]。虽逝止之无常,固崎锜而难便[62]。苟达变而识次,犹开流以纳泉[63]。如失机而后会,恒操末以续颠[64]。谬玄黄之秩序,故淟涊而不鲜[65]。

或仰逼于先条,或俯侵于后章[66],或辞害而理比,或言顺而义妨[67]。离之则双美,合之则两伤[68]。考殿最于锱铢,定去留于毫芒[69]。苟铨衡之所裁,固应绳其必当[70]。

或文繁理富,而意不指适[71]。极无两致,尽不可益[72],立片言而居要,乃一篇之警策[73]。虽众辞之有条,必待兹而效绩[74]。亮功多而累寡,故取足而不易[75]。

或藻思绮合,清丽芊眠[76],炳若缛绣,凄若繁弦[77]。必所拟之不殊,乃暗合乎曩篇[78]。虽杼轴于予怀,怵他人之我先[79]。苟伤廉而愆义,亦虽爱而必捐[80]。

或苕发颖竖,离众绝致[81]。形不可逐,响难为系[82]。块孤立而特峙,非常音之所纬[83]。心牢落而无偶,意徘徊而不能揥[84]。石韫玉而山辉,水怀珠而川媚[85]。彼榛楛之勿剪,亦蒙荣于集翠[86]。缀《下里》于《白雪》,吾亦济夫所伟[87]。

或托言于短韵,对穷迹而孤兴[88]。俯寂寞而无友,仰寥廓而莫承[89]。譬偏弦之独张,含清唱而靡应[90]。

或寄辞于瘁音,徒靡言而弗华[91]。混妍蚩而成体,累良质而为瑕[92]。象下管之偏疾,故虽应而不和[93]。

或遗理以存异,徒寻虚以逐微[94]。言寡情而鲜爱,辞浮漂而不归[95]。犹弦幺而徽急,故虽和而不悲[96]。

或奔放以谐合,务嘈囋而妖冶[97]。徒悦目而偶俗,固高声而曲下[98]。寤《防露》与《桑间》,又虽悲而不雅[99]。

或清虚以婉约,每除烦而去滥[100]。阙大羹之遗味,同朱弦之清汜[101],虽一唱而三叹,固既雅而不艳[102]。

若夫丰约之裁,俯仰之形,因宜适变,曲有微情[103]。或言拙而喻巧[104];或理朴而辞轻[105];或袭故而弥新;或沿浊而更清[106];或览之而必察;或研之而后精[107]。譬犹舞者赴节以投袂,歌者应弦而遣声[108]。是盖轮扁所不得言,故亦非华说之所能精[109]。

普辞条与文律,良余膺之所服[110]。练世情之常尤,识前修之所淑[111]。虽浚发于巧心,或受欤于拙目[112]。彼琼敷与玉藻,若中原之有菽[113]。

同橐籥之罔穷,与天地乎并育[114]。虽纷蔼于此世,嗟不盈于予掬[115]。患挈瓶之屡空,病昌言之难属[116]。故踸踔于短垣,放庸音以足曲[117]。恒遗恨以终篇,岂怀盈而自足[118]。惧蒙尘于叩缶,顾取笑乎鸣玉[119]。

若夫应感之会,通塞之纪,来不可遏,去不可止。藏若景灭,行犹响起[120]。方天机之骏利,夫何纷而不理[121]?思风发于胸臆,言泉流于唇止[122]。纷葳蕤以馺遝,唯毫素之所拟[123]。文徽徽以溢目,音泠泠而盈耳[124]。及其六情底滞,志往神留[125],兀若枯木,豁若涸流[126]。揽营魂以探赜,顿精爽于自求[127]。理翳翳而愈伏,思轧轧其若抽[128]。是以或竭情而多悔,或率意而寡尤[129]。虽兹物之在我,非余力所戮[130],故时抚空怀而自惋,吾未识夫开塞之所由[131]。

伊兹文之为用,固众理之所因[132]。恢万里而无阂,通亿载而为津[133]。俯贻则于来叶,仰观象乎古人[134]。济文武于将坠,宣风声于不泯[135]。涂无远而不弥,理无微而弗纶[136],配沾润于云雨,象变化乎鬼神[137]。被金石而德广,流管弦而日新[138]。

【注释】

〔1〕 得其用心:指文章写作中的甘苦,主要是从构思、技巧上说的。

〔2〕 "妍蚩好恶"六句:妍,美。蚩,恶。意不称物文不逮意:意不称物,谓构思之意,不能正确地反映事物;文不逮意,谓写出之文,与构思之意尚有距离。这种心和物的关系,是《文赋》全篇所要探究的主要问题。

〔3〕 盖非知之难,能之难也:《左传》昭公十年子皮谓子羽语:"非知之难,将在行之。"懂得道理并不难,付诸实践却不容易。

〔4〕 可谓曲尽其妙:指可以全面透彻地道出作文之奥妙。

〔5〕 操斧伐柯:《诗·豳风·伐柯》:"伐柯伐柯,其则不远。"比喻取鉴于古人,学习作义之法。

〔6〕 "伫中区以玄览"二句:伫,久立也;中区,犹区中,谓宇宙之中;玄览,《老子》曰:"涤除玄览。""伫中区以玄览",即是强调创作前必须具有道家那种"虚静"的境界,方能以有限去感知无限。颐情志于典坟:颐,养,犹言陶冶、存养。典坟,相传三皇之书称三坟,五帝之书称五典。前句谈进入创作状态,偏于道家。而陆机"伏膺儒术",因此,后句则偏重儒家学养。

〔7〕 "遵四时以叹逝"二句:汉代齐学人物如董仲舒等,他们认为四季更替中,人的情绪为之变化,陆机深受这种观念影响,认为属文应循四时以抒发情感。瞻万物而思纷:眼睛与万物接触,引发无限的思绪,文学之情思表达也须附丽从属于不同时节中的万千物象。

〔8〕 "悲落叶于劲秋"二句:这是对上边两句的具体诠释。古人常以"春秋"概指一年

四季。其渊源所自,乃《公羊》之学等。董仲舒《春秋繁露·为人者天》说:"人生有喜怒哀乐之答春秋冬夏之类也。喜,春之答也;怒,秋之答也;乐,夏之答也;哀,冬之答也。天之副在乎人,人之情性有由天者矣,故曰受由天之号也。"因此《文赋》"感物",其"物"主要是自然界四时节物。

〔9〕"心懔懔以怀霜"二句:懔懔,即凛凛,引申出肃然敬畏之义。眇眇,高远貌。陆机强调创作之前,作家应当有高尚的情操与远大的志向。

〔10〕"咏世德之骏烈"二句:陆机祖逊、父抗,均为吴名臣,其集中有《祖德赋》、《述先赋》。庾信《哀江南赋序》曰:"潘岳之文采,始述家风;陆机之辞赋,先陈世德。"诵先人之清芬,意同上句。

〔11〕"游文章之林府"二句:指作者应涵泳于前人丰富多彩的作品之中,获得启发。

〔12〕"收视反听"二句:不视不听,精神内敛,进入创作状态。耽思:深思。傍讯:遍求,博采。

〔13〕"精骛八极"二句:精,神。骛,驰。八极,喻极远之处。万仞,喻极高之处。前二句写忘却眼前事物,不为物扰。这二句写进入了"虚静"状态,则精神无所不到。比喻神思运作,无所滞碍。

〔14〕"情曈昽而弥鲜"二句:《埤苍》曰:"曈昽,欲明也。"《说文》曰:"昭晰,明也。"此二句的"情"和"物"(即心物)是一种双向交流、互相激发的关系,内在朦胧的情思更臻鲜明,须赖外在清晰的物象奔涌笔底;而能够驱策万物,也须有鲜明的情思。

〔15〕"倾群言之沥液"二句:沥液,涓滴,喻精华。芳润,与之相对,意略同。陆机非醇儒,儒道兼修,因此,群言、六艺,泛指儒之《易》、《诗》、《书》、《礼》、《乐》、《春秋》及诸子百家、前人著述,陆机要在前人精神产品中汲取思想和语辞等方面的营养,并获得灵感启迪。

〔16〕"浮天渊以安流"二句:指想象几可上穷碧落,下极黄泉。

〔17〕"沉辞怫悦"三句:表传神达意之辞难觅之象。

〔18〕"浮藻联翩"三句:与"沉辞怫悦"相对,状文思泉涌出语骏利之象。缯,缠也。缴,射也。《史记·留侯世家》戚夫人歌曰:"……虽有矰缴,尚安所施!"矰,高也。这以上几句意谓最恰当的辞藻,若沉渊之鱼(故谓之"沉辞"),若浮空之鸟(故谓之"浮藻"),须精心探求而后始得。曹植《上疏求自试》:"然而高鸟未挂于轻缴,渊鱼未悬于钩饵者,恐钓射之术或未尽也。"

〔19〕"收百世之阙文"二句:《论语·卫灵公》:"子曰:吾犹及史之阙文也。"阙文,谓古之良史于书,字有疑则阙之,此指古书阙疑之文。遗韵,犹言遗文。阙文指散体,遗韵指韵体。此二句言通过构思以后,即使百世之阙文,千载之遗韵,都可兼收并蓄为我所用。

〔20〕"谢朝华于已披"二句:华和秀,都含意与辞两方面意思。前句指别人已显用之意和辞,我绝不袭用,后句指前人未述的意与辞,我方可别开生面。

74

[21] "观古今于须臾"二句:喻灵感来时,想象可以跨越时空限制,古今四海尽罗胸间。

[22] "然后选义按部"二句:以上谈构思,俟开始写作,集义为意,构辞成文,围绕以文逮意、以意称物这个中心,形诸笔墨,安排事义,遣辞成句,就应有作者的匠心独运。

[23] "抱景者咸叩"二句:这是就上文"选义"、"考辞"以"称物"而言,影之逐形,响之逐声,为避免泛泛"称物",就须寻求形和声,与下文"期穷形而尽相"对应。

[24] "因枝以振叶"二句:是对以上如何追寻生影之形和发响之声的形象比喻。

[25] "或本隐以之显"二句:在状写本以为隐晦的事物时,却容易使之显豁;而在状写本以为轻易的事物时,选义考辞却反而不知何从下手。

[26] "或虎变而兽扰"二句:扰,驯。鸟澜,鸟之消散也。"虎变"和"龙见"比喻文章只要具备最精彩要点,那么各种纷繁零乱之处也就能一一消失了。

[27] "或妥帖而易施"二句:妥帖,王逸《楚辞序》曰:"义多乖异,事不妥帖。""妥帖"喻易施之貌。岨峿,《尔雅》云:"本齿相差者,故有三十六龃龉。""岨峿"与"龃龉"意同,形容不安之貌。此言选义考辞时容易和艰难两种情况,还是围绕"达意"来讲。

[28] "罄澄心以凝思"二句:前句,罄,尽,所谓澄心凝思,指选义考辞时所需要的虚静心境。后句,眇,指超越,还是陈言务去师心独造之谓也。

[29] "笼天地于形内"二句:言天地万物尽可牢笼截取于笔下。

[30] "始踯躅于燥吻"二句:踯躅,即踟蹰,形容艰涩。流离,形容顺利。指吟哦思索时,去取不定,俟落笔于纸,却又文思畅达。

[31] "理扶质以立干"二句:前边讲构思,都祖述庄子"虚静"之说,天放神游;但陆机还尊奉董仲舒公羊学说,放则放矣,却有其度的约束,而"理"就是度。董仲舒《春秋繁露》中"理"字作名词时,有其特殊含义,盖以天人相符为合"理"。如《阴阳义》以天之春夏秋冬对应人之喜乐怒哀,"四者,天人同有之,有其理而一用之"。兹不赘述。质,与文相对,文思纷繁,删汰过滤的准衡就是"理",这是为文之根本,依此才能做到文质彬彬。而后句乃就根本既立之后,考辞修饰而言。

[32] "信情貌之不差"二句:写作者全身心投入,其思想感情流露于面容。

[33] "思涉乐其必笑"二句:这是对情貌不差的具体解释,内心欢乐会失笑,言涉哀伤则叹息。

[34] "或操觚以率尔"二句:觚,木之方者,古人用之书,犹木简。操觚,指作文。率尔,不假思索之状,言文之易成。邈然,则状杳渺难寻,言文思迟钝。

[35] "伊兹事之可乐"二句:钦,敬也。言作文是人生乐事,并为圣贤所敬慕。

[36] "课虚无以责有"二句:言文章从无到有的创作过程。而在这个从无形、无象、无声到有形、有象、有声的过程中,艺术创作的构思、想象起了决定性作用。当然,这仍然要在合乎"理"的前提下展开。

[37] "函绵邈于尺素"二句:绵邈,指远。滂沛,指大。五臣刘良注:"虽远者含文于尺素之上,虽大者吐辞于寸心之间。"这犹如绘画所谓的咫幅千里。

[38] "言恢之而弥广"二句:杜预《左氏传》注曰:"恢,大也。"程会昌《文论要诠》指出:"《文心雕龙·才略篇》:'陆机才欲窥深,辞务索广,故思能人巧,而不制繁。'即为此语发。"这仍要结合《文赋》以意称物宗旨来看,陆机对左思《三都赋》非常赞赏,前句与大赋铺叙手法相吻合,后句与以下所言"期穷形而尽相"意出一辙。这是陆机体物的基本思想,刘勰对此颇有微词,盖因为体物太繁太细,主体情志往往会被淡化甚至淹没。

[39] "播芳蕤之馥馥"二句:以树木花草之繁茂喻文章之丰美华丽。

[40] "粲风飞而猋竖"二句:粲,明丽貌。猋,同"飚",疾风。郁,浓盛貌。二句言粲然如风飞飚立,郁然如云起翰林。盖喻挥毫落纸如云烟时的酣畅之乐。

[41] "体有万殊"二句:体,文体。文体多种多样,物类、物状又纷繁多变,而以意称物,乃是在文体规定性下展开。这里还是探讨辞、意、物的关系,并区分各种文体的不同特质。另,陆机诗文中,体和物对文,两者义近,"体"即物体之意,李注以"体"为文体,也仅是一家之言。

[42] "纷纭挥霍"二句:纷纭,乱貌。挥霍,疾貌。物象纷乱变幻,稍纵即逝,很难捕捉。

[43] "辞程才以效伎"二句:程,《说文》段注引荀卿曰:"程者,物之准也。"又引《汉书》:"张苍定章程。"如淳云:"程者,权衡丈尺斗斛之平法也。"程,有衡量标尺之意。前句言作者操觚,依其辞,可衡量其文才高低;《说文》解"契"为"大约也";五臣注:"契,要。"殊为不确。因为陆机讲"称物",意同《说文》之解,乃"符合"之谓也。后句讲意主要以切合物象为难能。

[44] "在有无而僶俛"二句:《诗·邶风·谷风》:"何有何亡,黾勉求之。"僶俛即黾勉,意强勉求之。《诗·邶风·谷风》说:"就其深矣,方之舟之;就其浅矣,泳之游之。"喻不管难易,都尽力为之。联系上文,这里讲要知难而进,处理好辞、意和物的关系。

[45] "虽离方而遁员"二句:员,即圆。注家一般都承袭李善注,认为方圆即规矩。但联系上文看,作者"称物",犹如明儒"格物",面竹七日,遂悟格物不得。主体难以进入客体,"称物"只是一通向彼岸永无止境的征程,因而,"离方遁员"是挂一漏万之谓也。虽然如此,作者还是要竭力做到使描写物体"穷形而尽相",纤毫毕陈。

[46] "故夫夸目者尚奢"四句:夸目,指尚辞藻者。奢,谓浮艳。惬心,言切理餍心。当,严密、净省。穷,视野不开阔。无,语词,同"唯",无隘即隘。论达,思路畅达。陆机这里申说作者爱好不同,其"穷形尽相"的方法、角度也不同,揭示了文学创作的风格与作家个人气质爱好之间的关系。

[47] 诗缘情而绮靡:就因这句话,陆机颇遭后人诟病,许多人认为齐梁文风走向绮靡,

陆机有很大罪责。周汝昌《陆机〈文赋〉"缘情绮靡"说的意义》(《文史哲》1963年2期)为陆机辩诬，他联系陆机创作，指出：陆机"缘情"的情，指感情，与"艳情"、"闲情"之类无涉。"绮靡"是用织物来譬喻细而精的意思。当以周说为是。

〔48〕 赋体物而浏亮：李善注："浏亮，清明之称。"赋之为体，固有假象尽辞、敷陈其志的特点，无论大赋之劝百讽一，还是小赋之万千情愫，都须附丽物象以出之，方使作者情志清显特出。

〔49〕 碑披文以相质：黄侃《文选平点》说："碑是颂体，而当叙事，故文其表而质存乎里。"

〔50〕 诔缠绵而凄怆：李善注："诔以陈哀，故缠绵凄怆。"

〔51〕 铭博约而温润：李善注："博约谓事博文约也。"温润，《诗·秦风·小戎》："言念君子，温其如玉。"

〔52〕 箴顿挫而清壮：李善注："箴以讥刺得失，故顿挫清壮。"程会昌《国故论衡·辨诗》篇："箴之为体，备于扬雄诸家，其语长短不齐，陆机所谓顿挫清壮者，有常则矣。"

〔53〕 颂优游以彬蔚：彬蔚，华盛貌。颂以美盛德之形容，故须气度从容而优游，词旨壮严而彬蔚。

〔54〕 论精微而朗畅：李善注："论以评议臧否，以当为宗，故精微朗畅。"精微，寻微之功，既精且深。朗畅，思路明快，表述条畅。

〔55〕 奏平彻以闲雅：平彻，指陈意透彻而不险急。闲雅，指文气舒缓而典雅。

〔56〕 说炜晔而谲诳：《庄子·天下篇》云："其书虽瑰玮，而连犿无伤也。其辞虽参差，而諔诡可观。"《释文》云："瑰玮，奇特也。"成玄英云："諔诡，言滑稽也。"陆机所谓"炜晔"，犹庄子之"瑰玮"也。所谓"谲诳"，犹"諔诡"也。

〔57〕 "虽区分之在兹"二句：区，划，分，别也。兹，即指上述各种文之体。禁邪，禁止邪情。制放，放收有度，制抑漫无止归。

〔58〕 "要辞达而理举"二句：陆机禁邪制放的大闸，就是"理"，前已述及。

〔59〕 "其为物也多姿"二句：前句同"物无一量"。李善注后句："文非一则，故曰屡迁。"文随物赋形，故曰屡迁。此处"物"与"体"相对，然李注不解释"体"为"文体"，因文体有其稳定性，不可"屡迁"，可证上边以"体"为文体，或有不妥。

〔60〕 "其会意也尚巧"二句：此处仍紧扣辞、意、文三者而言，妍，美也。"意司契而为匠"，苦心经营，能穷究物情则巧；"辞程才以效伎"，尽力推敲，能曲达思绪则妍。

〔61〕 "暨音声之迭代"二句：五臣之李周翰注曰："暨，至也。音声，谓宫商合韵也。至于宫商合韵，递相间错，犹如五色文彩以相宣明也。"

〔62〕 "虽逝止之无常"二句：逝止，犹去留也。崎岖，不安貌。此二句承上下文，前言会意遣言，同时要讲究音声。而音声奥妙难尽，有时难免有诘屈不安之处。

〔63〕 "苟达变而识次"二句：达变，通变也。识次，知次序也，亦即沈约所谓"欲使宫羽相变，低昂互节"之意。这样就使崎岖之处，如泉注流，顿然通畅。

〔64〕"如失机而后会"二句：失机，犹言失次。《文心雕龙·声律》："迕其际会，则往蹇来连，其为疾病，亦文家之吃也。"

〔65〕"谬玄黄之秩序"二句：涽涊，垢浊也。李善注："言音韵失宜，类绣之玄黄谬叙。故涽涊垢浊而不鲜明也。"

〔66〕"或仰逼于先条"二句：条，科条。先条，指前段的文辞。仰逼，指有时后段的文辞与前段出现了骈赘或矛盾。俯侵，指前章语句妨碍了后章。

〔67〕"或辞害而理比"二句：上二句论章句排比，此二句则兼辞义之权衡，言或辞未必令而以理胜，或言虽顺而义有妨。

〔68〕"离之则双美"二句：离则理比言顺故双美，合则辞害义妨故两伤。

〔69〕"考殿最于锱铢"二句：下功曰殿，上功曰最；极下为殿，第一为最。锱铢、毫芒，皆喻其小。考练辞句，在辞、义、理及音声上反复斟酌，于极细微处也不疏忽。

〔70〕"苟铨衡之所裁"二句：黄侃解释说：此言铨衡所裁去者，虽意非不当，亦应绳之。

〔71〕"或文繁理富"二句：文与理虽然繁富，但其主意不明确。

〔72〕"极无两致"二句：《书·洪范》"皇建其有极"之"极"，中也，故"极无两致"之"极"可解释为"中心思想"，以上四句都强调文章要有明确的主题思想，否则虽然"文繁理富"，仍不知所云何事。

〔73〕"立片言而居要"二句：警策，一篇之中最为醒目的语句，可起到立全篇主脑的作用。

〔74〕"虽众辞之有条"二句：有条，有序。效绩，言致其功。片言居要，则众辞为其统贯。

〔75〕"亮功多而累寡"二句：前句讲警策之辞，可发挥最佳功效；后句言功效之极致，则增一辞为多，删一辞则少。

〔76〕"或藻思绮合"二句：绮，文缯也。芊眠，光色盛貌。言文藻思如绮之会合，风格清丽，光彩鲜艳。

〔77〕"炳若缛绣"二句：炳，光耀。凄，动人。缛，繁彩色也。绣，五色彩备也。二句状辞藻之盛。

〔78〕"必所拟之不殊"二句：陆机在此讲学习古人的两个阶段，所拟不殊，指拟古几可乱真，如临帖学书。暗合囊篇，指转益多师，神会古人，则其所拟，非仅于点画之间求形似，而是精神暗合。

〔79〕"虽杼轴于予怀"二句：杼轴，以织喻。虽自出机杼，但还是怕他人已先我道出。

〔80〕"苟伤廉而愆义"二句：李善注："言他人言，我虽爱之，必须去之也。"李善此注只讲了反对剽窃一种情况，另外，虽自出机杼，但已为他人所先道出，也应避免雷同。

〔81〕"或苕发颖竖"二句：一篇之中，往往妍媸不齐，苕发颖竖，以草与禾之特出者，喻文中最精妙之处。致，到。绝致，辞、义、音俱佳的神来之笔。

〔82〕"形不可逐"二句：李善注："言方之于影，而形不可逐。譬之于声，而响难系也。"

欲再寻一语不得。

〔83〕"块孤立而特峙"二句:李善注:"文之绮丽,若经纬相成。言斯句既佳,块然立而特峙,非常音之所能纬也。"常音,庸凡之句,则难以为匹。

〔84〕"心牢落而无偶"二句:牢落与徘徊对文,都是犹豫之意。程会昌引洪颐煊《读书丛录》:"捝本摘字,依注当作捪。《说文》:'捪,摘取也。'与所引《说文》义合。"他认为:"二语盖指通篇不称之苦。一二秀句,独拔篇中,反视余文,悉成词费也。故下即论蒙荣集翠之理。"

〔85〕"石韫玉而山辉"二句:李善注:"虽无佳偶,因而留之,譬若水石之藏珠玉,山川为之辉媚也。"

〔86〕"彼榛楛之勿剪"二句:榛、楛,皆木名,喻庸音也。集,本意为禽栖木上,黄侃说:"翠即翠鸟。言榛楛恶木而有珍禽萃之,则亦蒙禽之荣而不见铲伐也。"当以黄说为是。

〔87〕"缀《下里》于《白雪》"二句:李善注:"言以此庸音而偶彼嘉句,譬以《下里》鄙曲,缀于《白雪》之高唱,吾虽知美恶不伦,然且以益夫所伟也。"伟,犹奇也。

〔88〕"或托言于短韵"二句:短韵、穷迹,皆喻文章贫乏、单调。

〔89〕"俯寂寞而无友"二句:李善注:"言事寡而无偶。俯求之则寂寞而无友,仰而应之,则寥廓而无所承。"

〔90〕"譬偏弦之独张"二句:偏弦、清唱,比喻文章在意和辞两方面,都过于单调,独帛单彩,偏弦孤唱,不能从各个角度展开,互相配合响应,使之枝叶丰茂,色彩交辉。

〔91〕"或寄辞于瘁音"二句:李善注引班固《汉书》赞曰:"纤微憔悴之音作而民思忧。"瘁音,即憔悴之音,联系下文说瘁音有偏疾之特征。这两句指语辞虽好,但由于文气节奏不从容,发唱惊挺,操调险急,则有欠华美。

〔92〕"混妍媸而成体"二句:李善注:"妍谓言靡,媸为瘁音。既混妍媸,共为一体,翻累良质而为瑕也。"瑕,玉之病也。

〔93〕"象下管之偏疾"二句:下管,堂下吹管,其声偏疾,虽与升歌间奏相应,但不和谐。

〔94〕"或遗理以存异"二句:前注已述及,《文赋》之"理"与董仲舒天人之学关系密切,离开了这个"理"的规定,或标新立异,或寻虚逐微,都有失诡巧而不足取。

〔95〕"言寡情而鲜爱"二句:李善注:"漂,犹流也。不归,谓不归于实。"指作者本身缺乏感情,徒浮滥辞藻耳。

〔96〕"犹弦幺而徽急"二句:李善注:"《说文》曰:'幺,小也。'于遥切。《淮南子》曰:'邹忌一徽琴,而威王终夕悲。'许慎注曰:'鼓琴循弦谓之徽。'"弦幺徽急,指在单弦上急速演奏,没有众弦配合,故和而不悲,比喻作文时,感情虚浮,虽凑句成篇,却没有打动读者的力量。

〔97〕"或奔放以谐合"二句:五臣吕延济注:"或有奔驰放纵其思以求和合。"嘈囋,五臣吕延济注:"浮艳声。"指音声鄙俗,具有感官刺激。

〔98〕"徒悦目而偶俗"二句：偶俗，迎合凡俗。梁简文帝萧纲《六根忏文》说："耳根暗钝，多种罪恶，悦染丝歌。闻胜法善音，昏然欲睡。听郑卫淫靡，耸身侧耳。知胜善之事，乐之者希，淫靡之声，欣之者众。"

〔99〕"寤《防露》与《桑间》"二句：据杨慎考证，《防露》盖楚人男女相悦之曲。与《桑间》俱为淫曲之代名词。淫辞在曲，虽也能煽动人的情绪，但有违雅正。

〔100〕"或清虚以婉约"二句：指对文辞简之又简，陆云《与兄平原书》："兄《丞相箴》小多，不如《女史》清约耳。"

〔101〕"阙大羹之遗味"二句：《礼记》曰："清庙之瑟，朱弦而疏越，一唱而三叹，有遗音者矣。大飨之礼，尚玄酒而俎腥鱼，大羹不和，有遗味者矣。"比喻感情不够激越浓烈，语辞也过于质朴平淡。

〔102〕"虽一唱而三叹"二句：李善注总结此小节意旨："言作文之体，必须文质相半，雅艳相资，今文少而质多，故既雅而不艳。比之大羹而阙其余味，方之古乐而同清汜，言质之甚也。"陆机雅与艳并重，可见其尚丽的文学倾向。

〔103〕"若夫丰约之裁"四句：丰约，指文辞之繁与简。俯仰，指文辞之位置。因宜适变，是即赋序所谓"随手之变"。曲有微情，曲折而有微妙之情，也即赋序所谓"曲尽其妙"。以下论行文之妙。

〔104〕或言拙而喻巧：喻，指所喻之义，即"拙辞或孕于巧义"。

〔105〕或理朴而辞轻：轻，飘逸、不典重。道理朴实，但言辞却飘逸飞动。

〔106〕"或袭故而弥新"二句：《庄子·知北游》："万物一也。其所美者为神奇，其所恶者为臭腐，臭腐复化为神奇，神奇复化为臭腐。故曰：通天下一气耳。"袭故弥新、沿浊更清，即化腐朽为神奇之谓也。

〔107〕"或览之而必察"二句：这种微妙的具体情况，有一目了然者，也有细察而后会心者。

〔108〕"譬犹舞者赴节以投袂"二句：谓跳舞的人按照节拍挥动袖子，歌者按照不同的弦音唱出声调。

〔109〕"是盖轮扁所不得言"二句：轮扁，参见《庄子·天道篇》，轮扁谓得心应手之妙，不可言述，二句重申序末所云"随手之变，良难以辞逮"之义。

〔110〕"普辞条与文律"二句：辞条即文律，谓为文之法式也。膺，胸。服，着也。谓着于心而不忘。

〔111〕"练世情之常尤"二句：尤，过。前修，前贤。淑，善。五臣李周翰注："练简时人之常过，乃识前贤之所美。"知道今人常犯的过错，更加认识到前贤文章之精妙。

〔112〕"虽浚发于巧心"二句：欪，当作"嗤"，从"屮"得声，与"蚩"同，笑也。前修作文，虽深发巧思，却蒙浅识者嗤笑。

〔113〕"彼琼敷与玉藻"二句：李善注："琼敷玉藻，以喻文也。《毛诗》曰：'中原有菽，庶人采之。'毛苌曰：'中原，原中也。菽，藿也。力采者得之。'"

〔114〕"同橐龠之罔穷"二句:橐龠,《老子》:"天地之间,其犹橐龠乎?虚而不屈,动而愈出。"指文章秀句在天地间生生不息,无穷无尽。

〔115〕"虽纷蔼于此世"二句:纷蔼,繁多。盈掬,《诗·小雅·采绿》:"终朝采绿,不盈一掬。"华美辞句在此世上太多太多,只叹为我所感悟寻觅到的太少太少。

〔116〕"患挈瓶之屡空"二句:李善注:"挈瓶,喻小智之人。"引孔安国注《尚书》曰:"昌,当也。"引王逸《楚辞》注曰:"属,续也。"自谦才智不高、积学不厚,先贤佳作,自己难以企及。

〔117〕"故踸踔于短垣"二句:踸踔,与趑趄、踟蹰意通。因才小学浅,只能徘徊于短垣,自况只能以凡庸辞义凑而成篇。

〔118〕"恒遗恨以终篇"二句:篇终之时,总觉离以文逮意、以意称物距离尚远,丝毫没有踌躇满志的自得。

〔119〕"惧蒙尘于叩缶"二句:缶,瓦器,叩之声浊而不扬,且又蒙尘,以喻己文庸陋不堪;鸣玉,指前修时贤之美文,相形之下,自惭形秽。

〔120〕"若夫应感之会"六句:会与纪同,都指心物感应之际。作文灵感之来去,难以自控,稍纵即逝。

〔121〕"方天机之骏利"二句:天机,《庄子·大宗师》曰:"其耆欲深者,其天机浅也。"指自然之性。骏利,敏锐。指创作进入"虚静"状态时,任何凌乱思绪纷杳意象,作者都能使之条理分明。

〔122〕"思风发于胸臆"二句:状文思畅达,思如风发,言似泉流。

〔123〕"纷葳蕤以馺遝"二句:葳蕤,盛貌。馺遝,多貌。文思如万斛泉出,可尽情地挥毫落纸。

〔124〕"文徽徽以溢目"二句:五臣吕向注曰:"徽徽溢目,文章盛也。泠泠盈耳,音韵清也。"

〔125〕"及其六情底滞"二句:六情,喜、怒、哀、乐、好、恶。底滞,犹言钝涩。留,亦有滞义。

〔126〕"兀若枯木"二句:兀,不动之貌。豁,已竭之貌。状文思之去。

〔127〕"揽营魂以探赜"二句:营魂,营亦魂也,二字同义复合。探赜,《周易》曰:"探赜索隐,钩深致远。"顿,住。精爽,《左传·昭公二十五年》:"心之精爽,是谓魂魄。"精爽即魂魄。二句指如何调节精神,自己去探究深奥的道理。

〔128〕"理翳翳而愈伏"二句:翳翳,掩蔽之貌。轧轧,难出之貌,亦作乙乙。极状文机之塞。

〔129〕"是以或竭情而多悔"二句:六情底滞时,虽尽力苦思,却悔生于文成;而天机骏利时,率尔操觚,反而较少败笔。

〔130〕"虽兹物之在我"二句:陆机《豪士赋》:"循心以为量者存乎我,因物以成务者系乎彼。存乎我者,隆杀止乎其域;系乎物者,丰约唯所遭遇。"物,指文机。文思开塞,非作者所能把握。

〔131〕"故时抚空怀而自惋"二句:惋,惊叹。对文思开塞之缘由,心存不解。

〔132〕"伊兹文之为用"二句:结尾论文用。《世说·文学》:"孙兴公云:'《三都》、《二京》,五经鼓吹。'"文学尚未脱离与经学的关系,上已谈及《文赋》之"理",受董仲舒天人相符思想的影响,因此,要表达这样的理,须凭借文,这便是文的功效。

〔133〕"恢万里而无阂"二句:黄侃说:"上句言所传者广,下句言所行者久。又文章容时容方,皆修广逾恒也。"

〔134〕"俯贻则于来叶"二句:程会昌说:"贻则来叶,谓垂范后世,观象古人,谓取法前修。"

〔135〕"济文武于将坠"二句:文武,指文武之道,《论语·子张》:"子贡曰:'文武之道未坠于地。'"风声,风教,教化。泯,灭。

〔136〕"涂无远而不弥"二句:文之教化,广被遐迩;文于众理,包罗显微。

〔137〕"配沾润于云雨"二句:讲文之功效如云雨一样滋润人心,像鬼神一般法力无边。

〔138〕"被金石而德广"二句:金,钟鼎。石,碑碣。李善注引《吴越春秋》:"乐师谓越王曰:'君王德可刻之于金石,声可托之于管弦。'"言文之善者,与天地而共生,历万古而弥新。

【思考题】

1. 谈谈对于陆机"诗缘情而绮靡"的理解,以及它在后世产生怎么样的影响。

2. 综述《文赋》论述创作论所涉及的各个方面的内容。

沈约《宋书·谢灵运传论》

【题解】

沈约(441—513),字休文,吴兴武康(今浙江武康县)人。齐竟陵王萧子良开西邸,沈约列名"竟陵八友"之一。历仕宋、齐、梁三朝。梁时为尚书左仆射,封建昌侯,迁尚书令、领中书令。卒谥隐。沈约著作繁富,但现在除了《宋书》一百卷和文集九卷外,其他如《晋史》、《齐纪》、梁《高祖纪》、宋《文章志》等,都已亡佚。沈约是齐、梁文坛的领袖人物,与王融、谢朓等共创"永明体",探究诗歌声律问题;其诗风平易,这对后来诗歌出现的世俗化倾向有一定的引导作用。沈约本人在《宋书》中有《自序》，在《梁书》、《南史》有传。

作为文坛领袖，沈约在创作和理论两方面对齐梁及以后的文学（尤其是诗歌）具有开风气的影响。沈约的文学理论见解主要见于其《宋书·谢灵运传论》，他对诗歌声律方面提出了"欲使宫羽相变，低昂互节，若前有浮声，后须切响。一简之内，音韵尽殊，两句之中，轻重悉异"的要求，具体为"四声八病"说。根据"四声"而形成的诗歌格律，体现了中国古代文学的民族传统。对声律派的理论，我们应当看到他们的重要历史贡献，四声原理运用于文学创作，为唐代近体诗的繁荣发展奠定了基础；但是对格律的规定过于细密，使文学创作受到很大的束缚，因此颇受后人的批评。

《宋书·谢灵运传论》对于文学发展，承认"变"的历史必然性、合理性。自汉至魏，"文体三变"，晋宋以来，依然变化不居。对这种以"变"为主要特征的文学发展史，沈约并不从古今前后时间角度出发，或厚古薄今，或厚今薄古，而是认为"并标能擅美，独映当时"，这已隐含"一代有一代之文学"的宏通识见，比抱残守缺，认为文学代不如前的论调，无疑更具合理成分。也与刘勰鄙夷晋宋以来文风的观点相左，实为齐梁文坛"新变"一派张目。并且突现其"重情"的文学审美观。在否定以古今为判断文学优劣的尺度之后，沈约树立一个"情"字为评判的新标准。贾谊、相如之后，"情志愈广"，张衡作品"文以情变"，曹氏父子"以情纬文"，沈约对此都极其赞许推崇，这反映了其抒写作者内心丰富情感体验的文学主张，强调文学的抒情特质，这在当时对文学进一步摆脱经学束缚，无疑起到巨大作用。然而，结合沈约作品看，他已透露将"情"狭隘地归趋"艳情"一途的倾向，"情"被庸俗化了，到梁简文帝等宫体诗人大作艳情诗赋，沈约自有其肇端在前的责任。同时提倡平易文风，沈约列举曹植、王粲等人佳句，指出他们"直举胸情，非傍诗史"，结合《颜氏家训·文章篇》记述沈约说："文章当从三易"云云，看来沈约是反对烦琐用典艰深文辞的，据此可见钟嵘"直寻"说等可能原出于沈约。这对后世明白晓畅诗风文风形成，产生了良好影响。

史臣曰：民禀天地之灵，含五常[1]之德。刚柔迭用，喜愠分情[2]。夫志动于中，则歌咏外发[3]；六义所因，四始攸系[4]；升降讴谣，纷披风什[5]。虽虞、夏以前，遗文不睹，禀气怀灵，理无或异。然则歌咏所兴，宜自生民始也。周室既衰，风流弥著。屈平、宋玉导清源于前，贾谊、相如振芳尘于后[6]，英辞润金石[7]，高义薄云天，自兹以降，情志愈广[8]。王褒、刘向、扬、班、崔、蔡之徒[9]，异轨同奔，递相师祖[10]。虽清辞丽曲，时发乎篇，而芜音累气[11]，固亦多矣。若夫平子艳发[12]，文以情变[13]，绝唱高踪，久无嗣响[14]。至于建安，曹氏基命[15]，二祖、陈王，咸蓄盛藻[16]，甫乃以情纬文，以文被质[17]。自汉至魏，四百余年，辞人才子，文体三变。相如巧为形似之言[18]，班固长于情理之说[19]，子建、仲宣以气质为体[20]，并标能擅美，独映当时，是以一世之士，各相慕习。源其飚流所始[21]，莫不同祖风骚；徒以赏好异情，故意制相诡[22]。降及元康[23]，潘、陆特秀[24]，律异班、贾，体变曹、王，缛旨星稠，繁文绮合[25]，缀平台之逸响[26]，采南皮之高韵[27]。遗风余烈，事极江右[28]。有晋中兴，玄风独振[29]，为学穷于柱下[30]，博物止乎七篇[31]，驰骋文辞，义殚乎此[32]。自建武暨乎义熙[33]，历载将百，虽缀响联辞，波属云委[34]，莫不寄言上德[35]，托意玄珠[36]，遒丽之辞[37]，无闻焉尔。仲文始革孙、许之风[38]，叔源大变太元之气[39]。爰逮宋氏，颜、谢腾声[40]，灵运之兴会标举[41]，延年之体裁明密[42]，并方轨前秀[43]，垂范后昆[44]。若夫敷衽论心[45]，商榷前藻[46]，工拙之数，如有可言。夫五色相宣，八音协畅[47]，由乎玄黄律吕，各适物宜[48]，欲使宫羽相变，低昂互节[49]，若前有浮声，则后须切响[50]。一简之内，音韵尽殊，两句之中，轻重悉异[51]，妙达此旨，始可言文。至于先士茂制，讽高历赏[52]，子建函京之作[53]，仲宣霸岸之篇[54]，子荆零雨之章[55]，正长朔风之句[56]，并直举胸情，非傍诗史，正以音律调韵，取高前式[57]。自骚人以来，此秘未睹。至于高言妙句，音韵天成，皆暗与理合，匪由思至。张、蔡、曹、王[58]，曾无先觉，潘、陆、谢、颜，去之弥远。世之知音者，有以得之，知此言之非谬。如曰不然，请待来哲。

【注释】

〔1〕 五常：五行，金、木、水、火、土。古时将之与人道德范畴的仁、义、礼、智、信（或圣）等相配。

〔2〕 "刚柔迭用"二句：《周易·说卦传》曰："分阴分阳，迭用柔刚。"《周易·系辞传上》曰："……刚柔相推而生变化。"刚柔和阴阳都讲交替相变，而人七情变化就是对应于阴阳相替的。

〔3〕 "夫志动于中"二句：《毛诗序》说："情动于中而形于言。"

〔4〕 "六义所因"二句：六义、四始，均见《毛诗序》。

〔5〕 纷披风什：纷披，形容繁富。风什，《诗三百篇》中的雅颂，十篇为什。风什指风雅。

〔6〕 "屈平、宋玉导清源于前"二句：班固《汉书·艺文志》说："春秋之后，周道浸坏，聘问歌咏，不行于列国，学《诗》之士，逸在布衣，而贤人失志之赋作矣。大儒孙卿及

楚臣屈原,离谗忧国,皆作赋以风,咸有恻隐古诗之义。其后宋玉、唐勒,汉兴枚乘、司马相如,下及扬子云,竞为侈丽闳衍之词,没其风谕之义。是以扬子悔之,曰:'诗人之赋丽以质,辞人之赋丽以淫。如孔氏之门人用赋也,则贾谊登堂,相如入室矣,如其不用何?'"略述从战国到西汉,楚辞汉赋的发展概况。从《史记·屈原贾生列传》始,一般都认为"贾谊之作,则屈原俦也"(挚虞《文章流别志论》)。

〔7〕 金石:文字镌刻在石碑或铸在钟鼎之上。
〔8〕 情志愈广:情志逐渐合一,且抒发情感更为丰富。
〔9〕 扬、班、崔、蔡:扬雄、班固、崔骃、蔡邕。
〔10〕 师祖:效法。
〔11〕 芜音累气:这是就声律而言,芜音,芜杂之音。累气,指读之声气不畅。
〔12〕 平子艳发:平子,东汉张衡的字。艳发,指文采焕发。
〔13〕 文以情变:相当于"为情而造文",文为情感所统率。
〔14〕 "绝唱高踪"二句:指张衡诗作有绮艳抒情的特点,这在经学笼罩的时代,便显得极为罕见。张衡《同声歌》、《四愁诗》等,易于为有艳情趣味的沈约辈所称赏。
〔15〕 "至于建安"二句:建安,汉献帝年号。但曹操已"挟天子以令诸侯",控制了政权。
〔16〕 咸蓄盛藻:胸中都贮备了无尽的美丽辞藻。
〔17〕 "甫乃以情纬义"二句:甫,始。纬,经纬,指交织在一起。质,指情感和思想内容。文采和思想情感达到和谐统一。
〔18〕 相如巧为形似之言:相如作汉大赋,其特点在善于体物。所以说是"巧为形似之言"。
〔19〕 班固长于情理之说:班固有较浓的经学气味,不管是其大赋,还是其抒情篇什,都有以理辖情的特点。
〔20〕 子建、仲宣以气质为体:气质,指作家由先天禀赋和后天修养一并形成的内在生命状态。建安时期,曹丕主张"文以气为主",是一任气使才的时代,个性可以充分显示。
〔21〕 飙流:指文学风尚。
〔22〕 意制相诡:意,指文意。制,指文体。相诡,相异相反。
〔23〕 元康:晋惠帝年号。
〔24〕 潘、陆特秀:潘岳、陆机特出。
〔25〕 "缛旨星稠"二句:指华丽辞藻像繁星一样稠密,美文盈目如绮罗一般文采交映。钟嵘《诗品》引谢混云:"潘诗烂如舒锦,无处不佳。陆文如披沙简金,往往见宝。"刘勰《文心雕龙·才略篇》说陆机"思能入巧而不制繁"。
〔26〕 平台:《汉书·文三王传》说梁孝王大造宫室,并造来往于各宫室之间的通道,从王宫连接城东平台距离有三十里。邹阳等辞赋家应召游宴写作。
〔27〕 南皮:魏文帝曹丕《与吴质书》说每次回想往日南皮之游,实在难以忘却。指与

吴质、阮瑀等人共游南皮。这二句盖指潘、陆继承了汉魏赋家诗人的文学传统。

〔28〕 江右:指西晋。

〔29〕 玄风:指玄学思潮。一方面老庄之学勃兴,另一方面儒家经学也受玄学影响。

〔30〕 柱下:指老子,老子曾为周柱下史。

〔31〕 七篇:《庄子·内篇》共七篇,一般被认为有别于《庄子》之外、杂篇。

〔32〕 殚:尽。

〔33〕 自建武暨乎义熙:建武,晋元帝年号。义熙,晋安帝年号。

〔34〕 "缀响联辞"二句:连绵不绝,极言其层出不穷。

〔35〕 上德:指老子哲学。《老子》第三十八章说:"上德不德,是以有德。"

〔36〕 玄珠:指《庄》学。《庄子·天地》说:"黄帝游乎赤水之北,登乎昆仑之丘而南望,还归,遗其玄珠。"

〔37〕 遒丽:遒,健举。丽,华美且音韵和谐。

〔38〕 仲文始革孙、许之风:仲文,姓殷。孙,孙绰,字兴公,太原中都人。许,许询,字玄度,高阳人。都是玄言诗人。

〔39〕 叔源大变太元之气:谢混字叔源,陈郡阳夏人。太元,晋孝武帝年号。"太元之气"仍指以孙、许为代表的玄言诗风。

〔40〕 颜、谢腾声:颜延之、谢灵运声名大振。

〔41〕 灵运之兴会标举:钟嵘《诗品》称谢灵运"其源出于陈思……而逸荡过之",盖指灵运所具的俊逸之气。

〔42〕 延年之体裁明密:汤惠休称颜诗如"错采镂金"。

〔43〕 方轨:并驾齐驱。

〔44〕 垂范后昆:为后世留下效法的榜样。

〔45〕 敷衽论心:《楚辞·离骚》:"跪敷衽以陈词兮",本文借用,犹云促膝谈心。

〔46〕 商榷前藻:品评前人作品。

〔47〕 "夫五色相宣"二句:参见陆机《文赋》说:"暨音声之迭代,若五色之相宜。"

〔48〕 "由乎玄黄律吕"二句:参见《吕览·十二纪首》、《礼记·月令》等,每一季节中,音律、颜色等都为一定,如此相互配合,以达到天人合一。

〔49〕 "宫羽相变"二句:宫羽,五音的名称。这里是喻义,作为四声的代用词。低昂互节,指文字音节的高下互换变化。然而,沈约是否已提出区别平仄的二元化的诗律理论,至今尚无定谳。

〔50〕 "若前有浮声"二句:浮声,《世说·言语》羊孚称吴声"妖而浮"。又《隋书·文学传序》说南北文学"江左宫商发越,贵于清绮,河朔词义贞刚,重乎气质"。妖浮近似清绮,故浮声指清音。切响与浮声对立,意应指浊音。浮切、清浊,又与轻重义相当。何焯《义门读书记·文选》:"浮声切响,即是轻重。"

〔51〕 "一简之内"四句:一简,一行,指五言诗一句。《南史·陆厥传》说沈约以平上去入四声制韵,"有平头、上尾、蜂腰、鹤膝;五字之中音韵各异,两句之内角徵不

同"。知一简当是指五字。轻重,义近清浊。顾炎武《音论》:其重其疾,则为入为去为上;其轻其迟,则为平。沈约所说的八病,即是此四句的具体注脚。所谓八病,是平头、上尾、蜂腰、鹤膝、大韵、小韵、旁纽、正纽。有人认为前四病是结合五言诗一联(两句)的音节讲的。上一句的开头两字,不得与下一句的开头两字平仄相同,犯之则是平头之病;上一句的末一字,不得与下一句的末一字平仄相同,犯之则为上尾之病;两句中的一句前两字与后两字用仄声,中间的一字用平声,是蜂腰之病;另一句前两字与后两字用平声,中间的一字用仄声,是鹤膝之病。后四病是指五言诗一句(一简)的音节讲的。大韵是指一句中前四字不得与最后押韵的字犯同韵。小韵是指一句中的字除不得与押韵的字同韵以外,也不得与其他字犯同韵。旁纽是指一句中不得用双声字。正纽是指一句中不得用四声相纽(如溪、起、憩、迄四字平上去入为一纽,一句中不得用其二)。按照"八病"的严格规定,就能做到"一简之内,音韵尽殊,两句之中,轻重悉异"了。

〔52〕 讽高历赏:讽咏高妙历来为世所赏。
〔53〕 子建函京之作:指曹植的《赠丁仪王粲诗》,其首句为:"从军渡函谷,驱马过西京。"
〔54〕 仲宣霸岸之篇:指王粲的《七哀诗》,其中有这样两句:"南登霸陵岸,回首望长安。"
〔55〕 子荆零雨之章:孙楚字子荆,太原中都人。这句指他的《征西官属送于陟阳侯作诗》,其首句为:"晨风飘岐路,零雨被秋草。"
〔56〕 正长朔风之句:王瓒字正长,义阳人。这句指他的《杂诗》,其首句为:"朔风动秋草,边马有归心。"
〔57〕 "并直举胸情"四句:诗史,指别人诗句或历史典故。前两句为钟嵘"直寻"之先声。后两句讲此辈取胜,惟在"音律调韵"。
〔58〕 张、蔡、曹、王:张衡、蔡邕、曹植、王粲。

【思考题】

1. 如何看待沈约的声律说?
2. 通过本篇文字,请你归纳沈约的文学观。

刘勰《文心雕龙》选录

【题解】

刘勰(468 或 469—538 或 539),字彦和,祖籍东莞郡莒县(今山东省莒县)人。他祖先因西晋末年胡人南侵,举族南渡,侨居江南京口(今镇江)。刘家虽是大族,东晋末年曾出过像刘穆之这样有才干的人物,但到刘勰时,已失势为无所依靠的寒族。然刘勰所受教育无疑极其优越。刘勰未曾婚娶,年轻时入定林寺,"依沙门僧祐",这使他有缘饱读内典。但他是有政治抱负的,"天监初,起家奉朝请",做中军临川王萧宏记室;不久又迁车骑仓曹参军、仓曹属度支尚书、太末县令;天监十年(511),任南康郡王南徐州刺史萧绩记室,旋又兼东宫通事舍人。依清刘毓崧《通谊堂文集·书文心雕龙后》考证,刘勰《文心雕龙》成书于南齐末年。写作时间可能在501—502年之间,《梁书》本传称"勰为文长于佛理,京师寺塔及名僧碑志,必请勰制文",留存至今者有几篇这类文字,还有一篇驳论文《灭惑论》。梁中大通三年(531)萧统死后,刘勰告别仕途,再入定林寺并出家,不久逝世。刘勰《文心雕龙》曾取誉于当时文坛领袖沈约,并蒙沈约所赞赏。《文心雕龙》既是一部文学理论著作、文章学著作,又是一部文学史、各类文章的发展史,而且也是一部重要的古典美学著作,体大思精,圆鉴区域,在古代以至当代颇受重视,其研究已成"显学"。

刘勰对文学本质的看法,集中表现在《原道》篇中。刘勰认为文学的本质是:道是其内容,文是其表现形式。《原道》篇开宗明义的第一句话便是:"文之为德也大矣,与天地并生者何哉?"这就是对文的实质的说明。对"德"字的理解,研究者有不同解释,从《原道》的基本思想来看,"德"就是"得道"之意。文作为道的体现,其意义是很大的。此"德"和《老子》讲德即是得道,是一样的。刘勰在《原道》篇中所说的文的概念,有广义和狭义两方面的含义。广义的文即指宇宙万物的表现形式。如日月山川动植品类,则是万物之文。任何事物都有它的一定外在表现形式,这便是广义的文;而任何事物又都有它内在的本质和规律,这便是道。道对不同事物来说,有它不同的表现形式,故而文也就千差万别。文是道的一种外化。作为万物之灵的"人",乃是"五行之秀","天地之心",自然也就有内在的道与外在的文。人的"文",即是"人文",用语言文字来表达的文章。天地万物的道和广义的文,在人身上的体现即为心和文(人文)。《文心雕龙》中所说的是人文,但作为道的体现这一点是和广义的天地万物之文是一致的。《原道》篇正是从广义的文和道关系来说明狭义的人文之本质。在《原道》篇中,刘勰还对人文的起源与发展作了论述,以进一步阐明人文的本质及其特点。着重强调了从伏羲画八卦到孔子作十翼,作为事物普遍规律的道,才得到了充分的文字说明,其后《六经》中的其他各篇,都是从不同角度对道的内容及其在现实生活中的运用,作了经典性的具体发挥。这样,道也就为大家所懂得和掌握,而孔子由于"熔钧六经",起到了"写天地之辉光,晓生民之耳目"的伟大作用。"道沿圣以垂文,圣因文而明道",对道、圣、文之间关系的这个论述,进一步阐明了人文的本质,同时也确立了圣人和"六经"的重要地位。《原道》篇中所说的"道"的内容,从广义的文所体现的道来说,是指宇宙万物内在的普遍自然规律,是接近于老庄所说的哲理性的自然之道的。但从狭义的人文所体现的道来说,则是指具体的儒家社会政治之道。刘勰认为儒家的社会政治之道,乃是对作为普遍的自然规律的哲理之道的具体运用和发挥。这样,他就把老庄那种哲理性的自然之道具体化为儒家的社会政治之道,又把儒家的社会政治之道上升为普遍的自然规律之道的体现,使老庄之道和儒家之道熔为一炉。刘勰在论述文与道的关系时,常常把"道心"和"神理"并提,"神理"当时主要是佛教中的术语,它和"道"的含义是一致的。因此,刘勰所说的"道",具有儒、道、佛三教合流的含义。正是从人文本于道,而其源为易象八卦的思想出发,刘勰进而提出了"征圣"、"宗经"的思想。

《神思》篇列《文心雕龙》创作论之首,重点论述了艺术思维中的想象问题,提出了"思理为妙,神与物游"的创作观。更进一步,论者阐述了志气和辞令在想象活动中的作用,它们分别是"统其关键"和管其枢机,这实际上是想象活动的始与终,或曰动因和结果。值得注意的是,刘勰充分意识到了艺术创作活动中思维与语言的非对应关系,即所谓"方其搦翰,气倍辞前;暨乎篇成,半折心始"。这不仅仅是作家的才能所限,更是由语言的本性所决定的。"意翻空"和"言征实"是文学创作中一对永恒的矛盾,如何解决好这对矛盾,是每一个文学家或文学理论家都必须认真对待的问题。《文心雕龙》创作论的许多篇章,都从不同侧面对这一问题进行探讨,就此而言,《神思》篇中提出的言意问题,是全书创作论的纲。

刘勰提出的"体性"概念,讲的是文学作品的体裁风格与作家才性之间的关系。中国古代文学理论中的"体"的概念,包含有两层意思:一是指文学作品的不同体裁形式,如诗、赋、赞、颂、檄、移、铭、诔等;二是指文学作品的风格特点。每一篇文学作品都有自己特定的体裁和风格,因此也就有自己的"体"。"性",是指作家的才能和个性,不同的作家才能有高低优劣不同,个性特点也不一样。文学作品的创作过程,如刘勰在《体性》篇中所说:"夫情动而言形,理发而文见,盖沿隐以至显,因内而符外者也。"所以文学作品的体与性之间就有必然的内在联系。刘勰提出作家个性形成有四个方面因素:才、气、学、习,对于先天禀赋和后天培养,刘勰能够兼顾而不偏废。刘勰在《体性》篇中明确指出文学作品的风格是直接体现作家的才性,也就是才、气、学、习的特点的。文学作品风格的多样化,正是作家个性各不相同所形成的必然结果。刘勰在《体性》篇中还把纷繁复杂的文学风格归纳为八种基本类型,并对每一种类型的基本特点作了概括。刘勰所归纳的"典雅"、"远奥"、"精约"、"显附"、"繁缛"、"壮丽"、"新奇"、"轻靡"八种基本文学风格,不是简单的任意列举,而是在研究了大量文学作品风格的基础上提出来的。刘勰认为文学的风格虽然千变万化,但还是有几种基本类型,所谓"若总其归途,数穷八体"。提出八种基本类型和文学风格的多样化是不矛盾的,这并不意味着对具体作家作品风格就可以简单地纳入某一类,而只是几种构成风格的基本因素而已。把这些基本因素调配起来,就有无穷无尽的各种不同风格,即所谓"八体屡迁,功以学成"。所以他在例举许多主要作家作品风格时,都没有把它们简单地归入哪一类。刘勰还把这八种基本风格分为两两相对的四类:"雅与奇反,奥与显殊,繁与约舛,壮与轻乖"。刘勰对文学风格的这种归纳与分类,是否科学,是否反映了文学风格的内在必然规律,这是值得研究的,但他毕竟是把对风格的研究进一步推向深入了。

"风骨",是刘勰文学批评中的重要概念,对后世文学理论也产生了深远影响。但"风骨"二字究竟何指,历来研究者说法不一。近人黄侃在《文心雕龙札记》中认为:"风即文意,骨即文辞。"言简意赅,却似乎尚未说透。根据《风骨》篇总的精神和六义中"风清而不杂"的要求来看,风固然是文意,但不是一般的文意或内容,而当是一种表现得鲜明爽朗的思想感情。而骨固然以文辞为本,却也不是一般的文辞,而是一种精要劲健的语言表达。这些,也就是本篇所谓"意气骏爽"和"结言端直"。从某种意义上看,风骨可以看作是文学作品的某种艺术风格,但又不同于表达作家个性的一般意义上的艺术风格,如典雅、远奥、精约、显附等,它具有普遍性,是文学创作中作家须普遍追求的审美特征,也是文学作品在内容和形式上应具的风貌。就此而论,风骨这个概念体现了刘勰对文学创作的审美本性的认识。

原　　道

文之为德也大矣[1],与天地并生者何哉!夫玄黄色杂,方圆体分[2]。日月叠璧,以垂丽天之象[3];山川焕绮,以铺理地之形[4];此盖道之文也[5]。

仰观吐曜,俯察含章[6],高卑定位,故两仪既生矣[7];惟人参之,性灵所钟,是谓三才。为五行之秀,实天地之心[8],心生而言立,言立而文明,自然之道也。傍及万品,动植皆文,龙凤以藻绘呈瑞,虎豹以炳蔚凝姿[9];云霞雕色,有逾画工之妙;草木贲华[10],无待锦匠之奇。夫岂外饰,盖自然耳。至于林籁结响[11],调如竽瑟;泉石激韵,和若球锽[12];故形立则章成矣,声发则文生矣[13]。夫以无识之物,郁然有彩,有心之器,其无文欤!人文之元,肇自太极[14],幽赞神明[15],易象惟先[16]。庖牺画其始,仲尼翼其终[17]。而乾坤两位,独制文言[18]。言之文也,天地之心哉!若乃河图孕乎八卦,洛书韫乎九畴[19],玉版金镂之实,丹文绿牒之华[20],谁其尸之[21],亦神理而已。自鸟迹代绳,文字始炳[22],炎皞遗事[23],纪在三坟,而年世渺邈[24],声采靡追。唐虞文章,则焕乎始盛[25]。元首载歌[26],既发吟咏之志;益稷陈谟[27],亦垂敷奏之风。夏后氏兴,业峻鸿绩[28],九序惟歌[29],勋德弥缛。逮及商周,文胜其质。雅颂所被,英华日新。文王患忧,繇辞炳曜[30],符采复隐,精义坚深[31]。重以公旦多材,振其徽烈[32],制诗缉颂,斧藻群言[33]。至夫子继圣,独秀前哲[34],镕钧六经,必金声而玉振[35];雕琢情性,组织辞令,木铎起而千里应,席珍流而万世响[36],写天地之辉光,晓生民之耳目矣。爰自风姓[37],暨于孔氏,玄圣创典[38],素王述训[39],莫不原道心以敷章[40],研神理而设教,取象乎河洛,问数乎蓍龟[41],观天文以极变,察人文以成化;然后能经纬区宇[42],弥纶彝宪[43],发挥事业,彪炳辞义[44]。故知道沿圣以垂文,圣因文以明道,旁通而无滞,日用而不匮。易曰:"鼓天下之动者存乎辞[45]。"辞之所以能鼓天下者,乃道之文也。赞曰:道心惟微,神理设教[46]。光采玄圣,炳耀仁孝。龙图献体,龟书呈貌。天文斯观,民胥以效[47]。

【注释】

〔1〕文之为德也大矣:德,从先秦诸子来看,德与道虽有层次上的差别,但却离道最近,如《老子》谓:"道生之,而德畜之。"道之下便是德,这在《老子》等书中可以找到佐证。道惟恍惟惚,不可方物,有普遍性、抽象性的特点;而德近似"道生一",是道呈现于物,就有了特殊性与具体性特点。刘勰认为"道沿圣以垂文,圣因文而明道","文"传递"道"的声音,而其"道"是"自然之道",相对应者,其"文"也非仅仅作为人观念形态载体之"文",还包括天地之文和动植万物之文。因此,文之为德,由于"道"的无所不在,所以应解读为文作为道的具体物质显现,它自然包罗万象。

〔2〕"夫玄黄色杂"二句:《易·坤·文言》:"天玄而地黄。"方圆,古人观念中认为天圆地方。

〔3〕 "日月叠璧"二句：范文澜注："《易·离卦·彖辞》：'离，丽也。日月丽乎天，百谷草木丽乎土。'王弼注曰：'丽，犹著也。'孙君蜀丞曰：'《尚书·顾命·释文》引马融云：太极上元十一月朔旦冬至，日月如叠璧，五星如连珠。'"意指日月交辉如重叠的璧玉，来向下显示其附着天上的景象。有人注"丽"为"使……丽"，认为不是"附着"义，但还是以王弼注符合其本义。

〔4〕 "山川焕绮"二句：焕绮，明亮绮丽。理地之形，《易·系辞上》："仰以观于天文，俯以察于地理。"正义："天有悬象而成文章，故称文也；地有山川原隰，各有条理，故称理也。"《刘子·慎言》："日月者，天之文也。山川者，地之文也。"意指美丽的山川，展现其自然条理，此正是大地之文也。

〔5〕 此盖道之文也：所有这一切皆道之文，照应前之"文之为德也大矣"。

〔6〕 "仰观吐曜"二句：吐曜，指日月星三光，代指天；含章，见《易·坤》六三："含章可贞。"地有山川陵谷，纵横交错，也有文采，故曰含章，代指地。

〔7〕 "高卑定位"二句：天高地卑，两仪，天地。《易·系辞上》："是故易有太极，是生两仪。"

〔8〕 "惟人参之"五句：参，三，人配天地为三。在刘勰思想中，人对天地万物具有主观能动作用。性灵，钟嵘《诗品》上"阮籍"条："而《咏怀》之作，可以陶性灵。"三才，天、地、人。五行，金、木、水、火、土。《荀子·王制篇》说："水火有气而无生，草木有生而无知，禽兽有知而无义，人有气，有生，有知，亦且有义，故最为天下贵也。"

〔9〕 "傍及万品"四句：傍，应作"旁"，广也。藻，文采。绘，采画。炳，光彩夺目。蔚，色彩繁多。《三国志·蜀志·秦宓传》："或谓宓曰，足下欲自比于巢、许、四皓，何故扬文藻见瑰颖乎？宓答曰：'仆文不能尽言，言不能尽意，何文藻之有扬乎？夫虎生而文炳，凤生而五色，岂以五彩自饰画哉，天性自然也。盖《河》、《洛》由文兴，《六经》由文起，君子懿文德，采藻其何伤？'"指动物身上的美文也是自然天生。

〔10〕 草木贲华：贲，装饰。贲华，开花。

〔11〕 林籁：籁，参见《庄子·齐物论》之"人籁"、"地籁"和"天籁"，指林中发出的自然音响。

〔12〕 球锽：球，玉磬。锽，钟声也。

〔13〕 "故形立则章成矣"二句：统而言之，形立、声发都呈现为文章。

〔14〕 肇自太极：肇，开端。太极，《易·系辞上》："是故易有太极。"指天地未分之前的元气。

〔15〕 幽赞神明：《易·说卦》："昔者圣人之作《易》也，幽赞于神明而生蓍。"韩注："幽，深也。赞，明也。"

〔16〕 易象惟先：《易》象，《易》卦下总释的话称卦辞，分释的话称象辞。

〔17〕 "庖牺画其始"二句：相传庖牺（伏羲）画八卦；孔子作"十翼"，是十篇解释《易经》的文章。

〔18〕 "而乾坤两位"二句:《乾》、《坤》卦名。相传孔子作《文言》来解释《乾卦》和《坤卦》。
〔19〕 "若乃河图孕乎八卦"二句:相传黄河里龙献图,庖牺(伏羲)依照图文作八卦;洛水里龟献书,禹依照书制定九畴。九畴,九类治国的大法。
〔20〕 "玉版金镂之实"二句:范文澜注:"《尚书中候·握河纪》:'河龙出图,洛龟书感,赤文绿字,以授轩辕。'(马国翰《玉函山房辑佚书》)"《后汉书·崔骃传》:"乃将镂玄珪,册显功。"注:"《诗含神雾》曰:'刻之玉版,藏之金匮。'"这种说法都与汉代谶纬之说有关。
〔21〕 尸:主。
〔22〕 "自鸟迹代绳"二句:孔安国《尚书序》:"古者伏牺氏之王天下也,始画八卦,造书契,以代结绳之政,由是文籍生焉。"许慎《说文解字序》:"黄帝之史仓颉,见鸟兽蹄迒之迹,知分理之可相别异也,初作书契。"
〔23〕 炎皞:炎,炎帝神农氏。皞,太皞伏羲氏。
〔24〕 渺邈:久远。
〔25〕 "唐虞文章"二句:唐、虞,尧、舜。焕,神采飞扬的样子。
〔26〕 元首载歌:元首,指舜。载,成也。其歌见《尚书·皋陶谟》。
〔27〕 益稷陈谟:益,伯益;稷,后稷,都是舜臣。《尚书·夏书》有《益稷》。《尚书·舜典》:"敷奏以言,明试以功。"孔传:"敷,陈也;奏,进也。"
〔28〕 "夏后氏兴"二句:夏朝建立。业峻鸿绩,业、绩,都指事功。峻,高;鸿,大。
〔29〕 九序惟歌:《左传·文公七年》说:"九功之德,皆可歌也,谓之九歌。六府三事,谓之九功。水、火、金、木、土、谷,谓之六府。正德、利用、厚生谓之三事。"九序,使九功都有秩序。
〔30〕 "文王患忧"二句:《易·系辞下》:"《易》之兴也,其于中古乎?作《易》者其有忧患乎?"
〔31〕 "符采复隐"二句:符采,左思《蜀都赋》:"符采彪炳。"刘逵注:"符采,玉之横文也。"复隐,《练字篇》:"复文隐训。"《总术篇》:"奥者复隐。"丰富深沉之谓也。坚深,坚实深刻。
〔32〕 "重以公旦多材"二句:公旦,周公旦。徽烈,美业。剬,同制。缉,同辑。
〔33〕 斧藻群言:增损修饰各种言论。
〔34〕 "至夫子继圣"二句:《孟子·万章下》:"孔子之谓集大成,集大成也者,金声而玉振之也。金声也者,始条理也;玉振之也者,终条理也。"
〔35〕 "镕钧六经"二句:镕钧,即指孔子删订《六经》,金声玉振,朱熹注:"金,钟属;声,宣也;玉,磬也;振,收也。"刘勰引用于此,指孔子对《六经》在形式上有美文的追求。
〔36〕 "木铎起而千里应"二句:《论语·八佾》:"仪封人出曰:'天将以夫子为木铎。'"木铎,用木做舌的大铃,用以宣扬文教。《易·系辞上》:"子曰:'君子居其室,出

其言,善则千里之外应之,况其迩者乎?'"《礼记·儒行》:"哀公命席,孔子侍,曰:'儒有席上之珍以待聘,夙夜强学以待问。'"

〔37〕爰自风姓:爰,于是。风姓,《礼记·月令》之《亚义》引《帝王世纪》云:"太皞帝庖牺氏,风姓也。"

〔38〕玄圣:《庄子·天道篇》:"以此处下,玄圣素王之道也。"也指伏羲(或庖牺)。

〔39〕素王:空王,汉人认为孔子有王者之德而没有王位,所以称他为素王。

〔40〕道心:《尚书·大禹谟》:"人心惟危。道心惟微。"此"道"近乎其所谓"神理"。

〔41〕问数乎蓍龟:蓍草和龟甲,都用以占卜。

〔42〕经纬:治理。

〔43〕弥纶彝宪:弥纶,包举。彝宪,常法,经久不变的大经大法。

〔44〕彪炳:辉煌,言文采焕发。《明诗》篇:"四始彪炳,六义环深。"

〔45〕"易曰"云云:见《易·系辞上》。

〔46〕神理设教:以神道设教。"神理"一词也多见于齐梁佛教文字,故《明道》思想并不单纯。

〔47〕民胥以效:《诗·小雅·角弓》说:"尔之教矣,民胥效矣。"

神　思

古人云:"形在江海之上,心存魏阙之下。"神思之谓也[1]。文之思也,其神远矣。故寂然凝虑,思接千载,悄焉动容,视通万里;吟咏之间,吐纳珠玉之声,眉睫之前,卷舒风云之色:其思理之致乎[2]?故思理为妙,神与物游,神居胸臆,而志气统其关键;物沿耳目,而辞令管其枢机[3]。枢机方通,则物无隐貌;关键将塞,则神有遁心[4]。是以陶钧文思,贵在虚静,疏瀹五藏,澡雪精神[5];积学以储宝,酌理以富才,研阅以穷照,驯致以绎辞[6];然后使玄解之宰,寻声律而定墨;独照之匠,窥意象而运斤:此盖驭文之首术,谋篇之大端[7]。夫神思方运,万涂竞萌,规矩虚位[8],刻镂无形;登山则情满于山,观海则意溢于海,我才之多少,将与风云而并驱矣。方其搦翰,气倍辞前,暨乎篇成,半折心始[9]。何则?意翻空而易奇,言征实而难巧也。是以意授于思,言授于意,密则无际,疏则千里[10];或理在方寸,而求之域表,或义在咫尺,而思隔山河:是以秉心养术,无务苦虑,含章司契,不必劳情也[11]。人之禀才,迟速异分;文之制体,大小殊功:相如含笔而腐毫[12],扬雄辍翰而惊梦,桓谭疾感于苦思[13],王充气竭于思虑[14],张衡研京以十年,左思练都以一纪[15],虽有巨文,亦思之缓也;淮南崇朝而赋骚,枚皋应诏而成赋[16],子建援牍如口诵,仲宣举笔似宿构[17],阮瑀据鞍而制书,祢衡当食而草奏[18]，虽有短篇，亦思之速也。若夫骏发之士，心总要术，敏在虑前，应机立断；覃思之人，情饶歧路，鉴在疑后，研虑方定：机敏故造次而成功，虑疑故愈久而致绩[19]，难易虽殊，并资博练。若学浅而空迟，才疏而徒速，以斯成器，未之前闻。是以临篇缀虑，必有二患：理郁者苦贫，辞溺者伤乱[20]。然则博见为馈贫之粮，贯一为拯乱之药，博而能一，亦有助乎心力矣。若情数诡杂，体变迁贸[21]，拙辞或孕于巧义，庸事或萌于新意，视布于麻，虽云未贵，杼轴献功，焕然乃珍[22]。至于思表纤旨，文外曲致[23]，言所不追，笔固知止；至精而后阐其妙，至变而后通其数，伊挚不能言鼎，轮扁不能语斤[24]，其微矣乎！赞曰：神用象通[25]，情变所孕。物以貌求，心以理应。刻镂声律，萌芽比兴。结虑思契，垂帷制胜[26]。

【注释】

〔1〕"古人云"四句：《庄子·让王》曰："中山公子牟谓瞻子曰：'身在江海之上，心居乎魏阙之下，奈何？'"魏阙：指朝廷。其原意系指身隐居而心怀利禄，此处借指神思乃是一种不受空间限制的想象活动。

〔2〕"寂然凝虑"九句：这几句描写神思时的情状。想象可以超越时空，无所不到。

〔3〕"故思理为妙"六句：思理，指艺术构思。神与物游，精神随外物而运行，语本《易·说卦》曰："神也者，妙万物而为言者也。"神居胸臆，古人认为心是精神活动的场所，故称居胸臆。志气，情志，气质。《孟子·公孙丑》曰："夫志，气之帅也；气，体之充也。"枢机，关键。《易·系辞》上曰："言行，君子之枢机。"王弼注："枢机，制动之主。"

〔4〕"枢机方通"四句：前二句指语言表达这一关过了，外物的形貌就无法隐遁。关键将塞，志和气受到阻塞。神有遁心，精神不集中，心不在焉。

〔5〕"陶钧文思"四句：陶钧，制陶的转轮，借指构思。虚静，摒弃杂念，宁静专一。疏瀹，疏通，澡雪，洗净。《白虎通论·五性六情》："内有五脏六府，此情性之所由出出也。"《庄子·知北游》曰："老聃曰：'汝斋戒疏瀹而心，澡雪而精神。'"这两句意谓使内心调畅，精神净化。

〔6〕"积学"四句：积学，积累学问。酌理，斟酌事理。研阅，周密地观察、体会。驯，顺。致，达到。绎辞，理顺文辞。

〔7〕"玄解之宰"六句：玄解之宰，深通奥理者。宰，主宰，指作家的头脑。声律，代指写作技巧。独照之匠，有独到见解者。运斤，语本《庄子·徐无鬼》曰："匠石运斤成风。"借指写作。

〔8〕"万涂竞萌"二句：万涂竞萌，各种念头纷至沓来。规矩虚位，按写作的规则对未成形的思绪加以处理。

〔9〕"方其搦翰"四句：搦翰，执笔。半折心始云云，开始动笔时，文气激荡，觉得有很

多东西可写,所表达出来的却不及起初内心之一半。

〔10〕"是以意授于思"四句:意象得于神思,言辞缘于意象,这三者的结合有疏有密。这段意思承前所谓"枢机"、"关键"之论而来。

〔11〕"或理在方寸"八句:方寸,心。域表,疆界之外。秉心,用心。术,为文之道。章,文采。契,指物、辞、意三者切合无间,出自《文赋》:"意司契而为匠。"

〔12〕"人之禀才"五句:迟速异分,快和慢的才分不同。大小殊功,作品有大有小,用的功夫不一样。《汉书·枚皋传》:"司马相如善为文而迟,故所作少而善于皋。"枚皋属文迅捷,而且作品数量较多,但传之后世者却极少。

〔13〕"扬雄辍翰而惊梦"二句:《全后汉文》十四桓谭《新论·祛蔽》说:我少年时见扬雄美丽的辞赋与高妙的言论,自己年少学浅也不自量力,想达到他那样的水准,曾经受一件事情的激发而写作小赋,因为用心太过,精神扰动以至生病,好长时间才痊愈。扬雄也说,在汉成帝时,赵昭仪最受宠幸。每次赴甘泉宫,成帝命令文学侍从作赋,扬雄自己也运思太过激烈,因思虑太甚精气受损。赋写成后,以至困倦打瞌睡,做梦梦见五脏流出到地上,用手捡起放回体内。等到梦醒,就患上了哮喘与惊悸的毛病,精气锐减,病了一年,尽力于思虑,会伤害精神。

〔14〕王充气竭于思虑:王充《论衡·对作》:"夫论说者闵世忧俗,与卫骖乘者同一心矣。愁精神而幽魂魄,动胸中之静气,贼年损寿,无益于性,祸重于颜回,违负黄老之教,非人所贪,不得已故为《论衡》。"

〔15〕"张衡研京以十年"二句:《后汉书·张衡传》:"时天下承平日久,自王侯以下,莫不逾侈,衡乃拟班固《两都》作《二京赋》,因以讽谏。精思傅会,十年乃成。"《文选·三都赋》注引臧荣绪《晋书》:"左思字太冲,齐国人。少博览文史,欲作《三都赋》,乃诣著作郎张载访岷邛之事,遂构思十稔。"

〔16〕"淮南崇朝而赋骚"二句:淮南:淮南王刘安。崇朝:终朝,一个早晨。荀悦《前汉纪·孝武皇帝纪》:"初安朝,上使作《离骚赋》,旦受诏,食时毕。"《汉书·枚皋传》:"上有所感,辄使赋之。为文疾,受诏辄成,故所赋者多。"

〔17〕"子建援牍如口诵"二句:杨修《答临淄侯笺》:"又尝亲见执事,握牍持笔,有所造作,若成诵在心,借书于手,曾不斯须少留思虑。"《三国志·魏志·王粲传》说王粲善于写文章,拿起笔就能迅速写成,不用修改。当时人以为是王粲早就构思好的。但是别人即使精心谋篇深刻思考,也不能超过王粲的文章。

〔18〕"阮瑀据鞍而制书"二句:《三国志·魏志·王粲传》注引《典略》说曹操曾经使阮瑀写信给韩遂,当时曹操正好外出到不太远的地方去,阮瑀随从,随即在马上写就此信,送给曹操过目。曹操拿起笔想作些改动,却不能增减一字。《后汉书·祢衡传》说刘表曾经与一批文人共同起草章奏,都竭尽自己的才思。当时祢衡正好外出,回来后看见了,打开还没有读完,就撕毁扔到地上。刘表大为吃惊。祢衡于是向刘表索取纸笔,很快就写成了一篇章奏,文辞意思十分精彩。刘表很高兴,更加看重祢衡了。又:黄祖长子黄射,一次大会宾客,客人中有送鹦鹉

的,黄射举杯劝祢衡,请他以鹦鹉为题作赋,以欢娱宾客,祢衡拿起笔就写,文不加点,辞采非常美丽。

〔19〕 "若夫骏发之士"十句:骏发,指文思敏捷。要术,主要方法。覃思,深思。饶,多。歧路,指主意不定。造次,仓猝。致绩,成功。

〔20〕 "理郁者苦贫"二句:理郁,理不明。辞溺,淹没在辞藻里。

〔21〕 "情数诡杂"二句:情数诡杂,情思不正而且杂乱。体变迁贸,体裁变化。

〔22〕 杼轴:指织机。焕然:有光彩。

〔23〕 纤旨,精微的道理。曲致,曲折的情致。

〔24〕 《吕氏春秋·本味》说:"汤得伊尹(挚)……明日设朝而见之,说汤以至味曰:鼎中之变,精妙微纤,口弗能言,志弗能喻。"《庄子·天道》载轮扁言曰:"斫轮徐则甘而不固,疾则苦而不入,不徐不疾,得之于手而应于心,口不能言,有数存焉于其间。"

〔25〕 神用象通:神思同物象接触,因此感通。

〔26〕 垂帷制胜:《史记·董仲舒列传》说:"下帷讲诵。"又《汉书·叙传·董仲舒传述》说:"下帷覃思。"喻平心静气,深思熟虑,方能写出优秀的作品。

体　　性

　　夫情动而言形[1],理发而文见[2],盖沿隐以至显,因内而符外者也[3]。然才有庸俊,气有刚柔,学有浅深,习有雅郑,并情性所铄,陶染所凝[4],是以笔区云谲,文苑波诡者矣[5]。故辞理庸俊,莫能翻其才[6],风趣刚柔,宁或改其气[7];事义浅深,未闻乖其学[8];体式雅郑,鲜有反其习[9];各师成心,其异如面[10]。若总其归涂[11],则数穷八体[12]:一曰典雅,二曰远奥,三曰精约,四曰显附,五曰繁缛,六曰壮丽,七曰新奇,八曰轻靡。典雅者,镕式经诰,方轨儒门者也[13]。远奥者,馥采典文,经理玄宗者也[14]。精约者,核字省句,剖析毫厘者也[15]。显附者,辞直义畅,切理厌心者也[16]。繁缛者,博喻酿采,炜烨枝派者也[17]。壮丽者,高论宏裁,卓烁异采者也[18]。新奇者,摈古竞今,危侧趣诡者也[19]。轻靡者,浮文弱植,缥缈附俗者也[20]。故雅与奇反,奥与显殊,繁与约舛,壮与轻乖,文辞根叶,苑囿其中矣[21]。若夫八体屡迁[22],功以学成,才力居中,肇自血气[23];气以实志,志以定言,吐纳英华,莫非情性[24]。是以贾生俊发,故文洁而体清[25];长卿傲诞,故理侈而辞溢[26];子云沉寂,故志隐而味深[27];子政简易,故趣昭而事博[28];孟坚雅懿,故裁密而思靡[29];平子淹通,故虑周而藻密[30];仲宣躁竞,故颖出而才果[31];公幹气褊,故言壮而情骇[32];嗣宗俶傥,故响逸而调远[33];叔夜俊侠,故兴高而采烈[34];安仁轻敏,故锋发而韵流[35];士衡矜重,故情繁而辞隐[36];触类以推,表里必符。岂非自然之恒资[37],才气之大略哉!夫才有天资,学慎始习,斫梓染丝[38],功在初化,器成彩定,难可翻移。故童子雕琢[39],必先雅制[40],沿根讨叶,思转自圆,八体虽殊,会通合数[41],得其环中[42],则辐辏相成[43]。故宜摹体以定习,因性以练才,文之司南,用此道也。赞曰:才性异区,文体繁诡。辞为肌肤,志实骨髓。雅丽黼黻,淫巧朱紫[44]。习亦凝真[45],功沿渐靡。

【注释】

[1] 夫情动而言形:《诗大序》:"情动于中而形于言。"
[2] 理发而文见:见,即现。理与情相对,刘勰思想执中,认为"情"不能泛滥,尚须"理"之梳整,虽情动而形于言,然必经理性的安排以见诸文。
[3] "盖沿隐以至显"二句:这是讲从文思涌动到写成文字的过程。若理解作:"情""理"为"隐""内","言""文"为"显""外",似过于拘泥。陆机《文赋》"情瞳昽而弥鲜,物昭晰而互进"以及"或本隐以之显",与"沿隐以至显"意思相近;而"因内而符外"也即俗之所谓文如其人也。
[4] "然才有庸俊"六句:才,才力。庸俊,平庸和卓异超凡。气,主要指作者气质,气质有刚健与柔和之分。习,习气,习染。铄,铸铄。情性所铄,主要指先天性情所决定;陶染所凝,则主要指后天的修炼和环境的影响。
[5] "是以笔区云谲"二句:文苑,《后汉书》有《文苑列传》,笔区和文苑,都代指文章,因为上述先天后天的原因,作者作品呈现出波诡云谲的复杂现象。谲、诡,语出《庄子·齐物论》"恑憰憰怪"。
[6] "故辞理庸俊"二句:作者遣辞及其所体现的理趣,其平庸或俊拔,不可能与作者文才相反。
[7] "风趣刚柔"二句:文章的风力趣味或刚或柔,哪能与作者气质判若两人。
[8] "事义深浅"二句:文章运用典故阐发义理,其或深或浅,从未听说与作者学识高下相背。
[9] "体式雅郑"二句:文章体制的雅正、俚俗,少有与作者的习染相反的。
[10] "各师成心"二句:各师成心,《庄子·齐物论》:"夫随其成心而师之,谁独且无师乎?"成心,指偏执的观念。这造成了文章差异如人面一般,个个不同。
[11] 归途:《周易·系辞下》:"天下同归而殊途,一致而百虑。"
[12] 八体:八种风格。
[13] "典雅者"三句:镕,《说文》:"镕,冶器法也。"本义是铸铁的模子,这里作动词,与"式"连用,表示取法。经诰,如《尚书·大诰》等。方轨,两车并行,指依照。
[14] "远奥者"三句:馥,范文澜《文心雕龙注》认为当作"复"。典,王利器《文心雕龙

校证》认为当作"曲"。复采曲文,指文辞繁复曲隐。经理,指意匠经营,玄宗,范文澜认为是指阮籍、嵇康等人一类作品。

〔15〕"精约者"三句:精约,精练约省。核字,考核用字,使之精当;省句,省去冗句。

〔16〕"显附者"三句:辞直义畅,用辞直截明快,意思畅朗。切理厌心,切合事理,使人读后大快于心。

〔17〕"繁缛者"三句:博喻酿采,广博的譬喻构成文采耀目。炜烨,状流光溢彩。枝派,派,本指水的分支,枝、派连用,作形容词,形容文章辞采蔓延纷披。

〔18〕"壮丽者"三句:高论宏裁,言论高妙,识见宏通。卓烁异采,状思想卓异与文采斐然交相辉映。

〔19〕"新奇者"三句:摈古竞今,摈弃古制,竞为今体,《定势篇》:"自近代辞人,率好诡巧,原其为体,讹势所变,厌黩旧式,故穿凿取新,察其讹意,似难而实无他术也,反正而已。故文反正为乏,辞反正为奇。效奇之法,必颠倒文句,上字而抑下,中辞而出外,回互不常,则新色耳。"又《通变篇》:"今才颖之士,刻意学文,多略汉篇,师范宋集。"

〔20〕"轻靡者"三句:弱植,《左传·襄公三十年》:"陈,亡国也……其君弱植。"此处形容文章柔靡无骨。缥缈,指内容空虚无谓。附俗,趋附俗尚。

〔21〕"故雅与奇反"六句:雅是正,奇是不正;奥是深隐,显是显豁;繁是繁茂,约是精约;壮是壮实,轻是轻浮,所以个个相反。文章从根到叶,都被圈围其中了。

〔22〕八体屡迁:体,指上述风格。屡迁,常常变迁。

〔23〕"功以学成"三句:这里讲形成文章风格的先天后天因素。而更强调"肇自血气",因为"功以学成",很大程度上也是天性向学使然,天性与"血气"有直接关系。

〔24〕"气以实志"四句:《左传·昭公九年》:"味以行气,气以实志,志以定言。"《孟子·公孙丑上》:"夫志,气之帅也;气,体之充也。夫志至焉,气次焉。"孟子是主观唯心主义者,认为人人可上跻圣贤。然文章写作确实有才气高下之分,在志、气问题上,刘勰不同于孟子"志至""气次"论点,更接近曹丕之"文以气为主"说,但他也重视后天的学习。在才和学关系认识上,达到辩证的高度。对后世诗歌创作既强调"别才",又不轻视读书,具有启发意义。吐纳英华,《礼记·乐记》:"和顺积中,而英华发外。"

〔25〕"是以贾生俊发"二句:贾生,贾谊,西汉政论家辞赋家。参见《史记·屈原贾生列传》。俊发,指他年少气盛,才华横溢。他的文章文字洁净风格清雅。

〔26〕"长卿傲诞"二句:长卿,司马相如字。参见《史记·司马相如列传》。傲诞,高傲怪诞。理侈辞溢,《才略篇》评相如赋"理不胜辞"。指相如作赋多虚滥之辞。

〔27〕"子云沉寂"二句:子云,扬雄字。参见《汉书·扬雄传》,称他"默而好深湛之思,清静亡为,少耆欲。"传赞说:"今扬子之书,文义至深。"扬雄性格有"隐"的特点,故其《法言》、《太玄》之类著述,在刘勰看来也显得"志隐而味深"。

〔28〕"子政简易"二句：子政，刘向字。《汉书·刘向传》："向为人简易，无威仪，廉靖乐道，不交接世俗。"刘向章奏及其《说苑》等著作，都有"趣昭而事博"的特点。昭，明也。

〔29〕"孟坚雅懿"二句：孟坚，班固字。班固思想比较雅正。《后汉书·班固传》称他"性宽和容众，不以才能高人"。《封禅篇》说："《典引》所叙，雅有懿乎？"《后汉书·班固传论》："固文赡而事详。若固之序事，不激诡，不抑抗，赡而不秽，详而有体。"裁密，指叙事安排有理致。思靡，思维精细。

〔30〕"平子淹通"二句：平子，张衡字。淹通，指学问渊博而能贯通。《后汉书·张衡传》："衡少善属文，游于三辅，因入京师，观太学，遂通《五经》，贯六艺。虽才高于世，而无骄尚之情。"淹通，是后汉通儒学养的共有特点。虑周而藻密，思虑周详，文藻繁密。

〔31〕"仲宣躁竞"二句：仲宣，王粲字。《三国志·魏书·杜袭传》："王粲性躁竞。"《程器篇》说："仲宣轻脆以躁竞。"颖出而才果，《三国志·魏书·王粲传》："善属文，举笔便成，无所改定，时人常以为宿构。然正复精意覃思，亦不能加也。"据此，可知指王粲锋芒毕露，其文才有果断迅捷的特点。

〔32〕"公幹气褊"二句：《三国志·魏书·王昶传》："东平刘公幹，博学有高才，诚节有大意。然性行不均，少所拘忌。"气褊，指刘桢情绪不平和，且偏激无顾忌，属刚烈而非柔韧型人格。言壮而情骇，《典论·论文》说："公幹壮而不密。"指其语言势壮，情感激烈。

〔33〕"嗣宗俶傥"二句：俶傥，同"倜傥"。《三国志·魏书·王粲传》："（阮瑀）子籍，才藻艳逸而倜傥放荡，行己寡欲，以庄周为模则。"刘劭《人物志·接识》："……臧否之人以伺察为度，故能识诃砭之明而不畅倜傥之异。"倜傥有宽弘之意。响逸而调远，《文选》阮籍《咏怀诗》颜延之注："嗣宗身仕乱朝，常恐罹谤遇祸，因兹发咏，故每有忧生之嗟。虽志在刺讥，而文多隐避，百代之下，难以情测。"钟嵘《诗品》评阮籍《咏怀》之作曰："言在耳目之内，情寄八荒之表。"《明诗》篇说："阮旨遥深。"可见都认为阮籍诗作有隐晦幽深且思出尘表的特点。

〔34〕"叔夜俊侠"二句：《三国志·魏书·王粲传》："时又有谯郡嵇康，文辞壮丽，好言老庄，而尚奇任侠。"《晋书·嵇康传》："（孙）登曰：'君（指嵇康）性烈而才隽，其能免乎！'……康善谈理，又能属文，其高情远趣，率然玄远。"俊侠，锋芒毕露且好任侠。兴高采烈，旨趣高远，辞采激烈。

〔35〕"安仁轻敏"二句：《晋书·潘岳传》："岳以才颖见称，乡邑号为奇童……岳性轻躁，趋势利。与石崇等诣事贾谧，每候其出，与崇辄望尘而拜。"轻敏，轻薄敏捷。锋发韵流，锋芒发露，绮思流转。

〔36〕"士衡矜重"二句：士衡，陆机字。《晋书·陆机传》："机服膺儒术，非礼不动。"这是其矜重的一个方面，另一方面还表现在他对出处进退的反复考虑上，虽遭厄运，但仍不失为矜重。情繁而辞隐，《才略篇》说："陆机才欲窥深，辞务索广，故

思能入巧而不制繁。"因为陆机不够节制,主观意指往往被文"繁"所掩。
〔37〕 自然之恒资:指先天禀赋。
〔38〕 斫梓染丝:斫梓,砍梓材作器物。《尚书·梓材》:"若作梓材,既勤朴斫。"染丝,《墨子·所染》墨子说,他见到染丝者,感叹道:"染于苍则苍,染于黄则黄,所入者变,其色亦变……故染不可不慎也。"
〔39〕 童子雕琢:扬雄《法言·吾子》:"或问吾子少而好赋?曰:然,童子雕虫篆刻。"
〔40〕 必先雅制:雅制,刘勰认为不曾"体讹"的文章,主要是建安以上汉人作品及《五经》。
〔41〕 合数:合乎写作规律。
〔42〕 得其环中:《庄子·则阳》:"冉相氏得其环中以随成。"
〔43〕 辐辏:即如《老子》所谓"三十辐共一毂",以拼合成车轮。
〔44〕 "雅丽黼黻"二句:雅丽,既雅正又华美。黼黻,古代礼服上绘绣的花纹。《周礼·考工记》说:"白与黑谓之黼。"又说:"黑与青谓之黻。"古代以白、黑、青等为"正色"。《礼记·玉藻》"衣,正色"疏引皇侃说:"正色谓青、赤、黄、白、黑五方正色也。不正,谓五方间色也,绿、红、碧、紫、骝黄是也。"淫巧朱紫,显然是贬斥,与《论语·阳货》所谓"恶紫之夺朱"相近,因其虽艳而不正,刘勰坚决反对。
〔45〕 习亦凝真:《春秋繁露·天道施》:"外物之动性,若神之不守也。积习渐靡,物之微者也。"真,自然。习惯成自然。

风　　骨

诗总六义,风冠其首,斯乃化感之本源,志气之符契也[1]。是以怊怅述情,必始乎风;沉吟铺辞,莫先于骨。故辞之待骨,如体之树骸,情之含风,犹形之包气[2]。结言端直,则文骨成焉;意气骏爽,则文风清焉[3]。若丰藻克赡,风骨不飞,则振采失鲜,负声无力[4]。是以缀虑裁篇,务盈守气,刚健既实,辉光乃新,其为文用,譬征鸟之使翼也[5]。故练于骨者,析辞必精;深乎风者,述情必显。捶字坚而难移,结响凝而不滞,此风骨之力也[6]。若瘠义肥辞,繁杂失统[7],则无骨之征也;思不环周,牵课乏气[8],则无风之验也。昔潘勖锡魏,思摹经典,群才韬笔,乃其骨髓峻也[9];相如赋仙,气号凌云,蔚为辞宗,乃其风力遒也[10]。能鉴斯要,可以定文,兹术或违,无务繁采。故魏文称"文以气为主,气之清浊有体,不可力强而致[11]"。故其论孔融,则云"体气高妙";论徐幹,则云"时有齐气";论刘桢,则云"有逸气"[12]。公幹亦云:"孔氏卓卓,信含异气,笔墨之性,殆不可胜[13]。"并重气之旨也。夫翚翟备色而翾翥百步,肌丰而力沉也;鹰隼乏采而翰飞戾天,骨劲而气猛也[14]。文章才力,有似于此。若风骨乏采,则鸷集翰林;采乏风骨,则雉窜文囿:唯藻耀而高翔,固文章之鸣凤也[15]。若夫熔铸经典之范,翔集子史之术,洞晓情变,曲昭文体,然后能孚甲新意,雕画奇辞[16]。昭体故意新而不乱,晓变故辞奇而不黩[17]。若骨采未圆,风辞未练,而跨略旧规,驰骛新作,虽获巧意,危败亦多[18]。岂空结奇字,纰缪而成经乎[19]?周书云:"辞尚体要,弗惟好异[20]。"盖防文滥也。然文术多门,各适所好,明者弗授,学者弗师;于是习华随侈,流遁忘反。若能确乎正式,使文明以健,则风清骨峻,篇体光华[21]。能研诸虑,何远之有哉[22]!赞曰:情与气偕,辞共体并。文明以健,珪璋乃骋[23]。蔚彼风力,严此骨鲠。才锋峻立,符采克炳[24]。

【注释】

[1] 志气:情志和气势。符契:信约,指作品和志气一致。

[2] "故辞之待骨"四句:意谓体待骨才能树立,形包气才有生命。

[3] "结言端直"四句:语言挺拔,就形成文骨;志气昂扬爽朗,才能产生文风。

[4] "若丰藻克赡"四句:意谓倘若一篇作品具有丰富的辞藻而缺乏风骨,则气不足以举其词,词不足以称其意。进而色彩黯淡,音调低沉。

[5] "是以缀虑裁篇"六句:缀虑裁篇,运思谋篇。务盈守气,务必充实守气。刚健《易·大畜》:"刚健笃实,辉光日新。"征鸟,健飞的猛禽,《礼记·月令》:"季冬之月,征鸟厉疾。"

[6] "故练于骨者"七句:这几句讲如何锻炼风骨,要求捶字、结响,即用字扎实而不浮泛,声韵凝定而不板滞,以使情畅意达,思理圆周。

[7] 失统:没有条理。

[8] 牵课:勉强。

[9] "昔潘勖锡魏"四句:潘勖,东汉末人。建安十八年,曹操被封为魏公,加九锡,潘勖作《册魏公九锡文》。潘文取法《尚书》,故云思摹经典。所谓"韬笔"即藏笔,许多有文才的人因折服潘氏此文,所以不敢再作。骨髓峻,意谓语言挺拔。

[10] "相如赋仙"四句:《史记·司马相如传》相如既奏大人之颂,汉武帝非常高兴,"飘飘有凌云之气,似游天地之间意"。又《汉书·叙传》说司马相如"蔚为辞宗,赋颂之首"。遒,遒劲。

[11] "故魏文称"云云:魏文,魏文帝曹丕。引文出自其《典论·论文》。

[12] "故其论孔融"六句:论孔、徐之语出自《典论·论文》。"逸气"之论出自《与吴质书》。

[13] "笔墨"二句:意谓文字几乎不够表达他的才气。

[14] "夫翚翟备色"四句:翚翟备色,《说文》:"雉五采备曰翚。"又:"翟,山雉尾长者。"翾翥,小飞,指飞不高。肌丰力沉,肌肉丰满,气力不足。翰飞戾天,高飞至

天,语出《诗·小雅·小宛》。
〔15〕 "若风骨乏采"六句:翰林,文翰之林。文囿,文章苑囿。都指文学园地。藻耀高翔,有文采的照耀,又有风骨而能高飞。
〔16〕 "若夫熔铸经典之范"六句:熔铸经典之范,按照经典的典范来创作。翔集子史之术,采择子史的写作技巧。孚甲,萌生。
〔17〕 黩:滥。
〔18〕 "骨采未圆,风辞未练"六句:前二句为互文,即风骨没有成熟,辞采没有精练。跨略旧规,驰骛新作,抛弃旧的规范,追逐新作。则虽巧而难获成功。
〔19〕 纰缪:谬误。成经:成为法式。
〔20〕 "辞尚体要"二句:语出《尚书·伪毕命》,意谓措词贵乎得体,不可但求新奇。
〔21〕 确乎正式:确立正确的体式。文明以健:明指风清,健指骨峻。
〔22〕 "能研诸虑"二句:《论语·子罕》:"未之思也,夫何远之有!"
〔23〕 珪璋:玉制宝器,喻美好的文才。骋:指文才的驰骋。
〔24〕 骨鲠:指骨力。符采克炳:情文能够照耀。

【思考题】

1. 剖析《文心雕龙·原道》篇中关于"文"的论述。
2. 谈谈《文心雕龙·神思》篇关于创作灵感的描述。
3. 结合《文心雕龙·体性》篇,谈谈刘勰是如何论述文学创作风貌与作者个性以及学养之间关系的?
4. 阐述《文心雕龙·风骨》篇所表达的审美理想。

钟嵘《诗品》选录

【题解】

钟嵘(466 或 471—518),字仲伟,颍川长社(今河南长葛)人。其七世祖钟雅时,其家族尚为东晋南渡士族,但到钟嵘这辈,已"位末名卑",这对他思想有较大影响。钟嵘的生平事迹,主要见诸《梁书》、《南史》本传,但记载都很简略。只知在齐永明中钟嵘为国子生;齐明帝建武初(或认为更早在永明八年),为南康王侍郎;齐东昏侯永元末,除司徒行参军;梁武帝天监初,迁中军临川王行参军;天监三年,萧元简袭封衡阳王,出守会稽,引钟嵘为宁朔记室，专掌文翰。《南史》本传说钟嵘"辞甚典丽"，他是有文学才华的；又载他曾上书进谏，可见他还有政治上的抱负，但却位不过下僚，这自然会使钟嵘产生愤世嫉俗情绪。在齐梁文坛上，他既非守旧派，也非趋新派，似乎也难以目之为折中派。他只是强调诗歌的艺术特质，并且牢固坚持诗歌思想性与艺术性和谐统一的原则，对反对齐梁文弊有积极意义。他对诗歌理论的贡献，见诸所著《诗品》，但其他作品都已散佚。

《诗品》与《文心雕龙》一起，代表了齐梁时期文学批评的最高成就。与《文心雕龙》作为"文章"批评者不同，《诗品》专就五言诗立说，因此更接近纯粹的文学批评，在诗歌创作理论上，它"妙达文理"（《四库全书总目》评语），揭示了一些根本性规律；在诗歌创作实践上，它品评了汉魏至齐梁一百二十二位诗人的五言诗，识见洞达。钟嵘以"直寻"为核心的文学思想主要表现为：一、诗歌的本质是表达人的感情。钟嵘在《诗品序》中指出：诗歌既是人的"性情摇荡"的产物，又可以反作用于人的"性灵"，使之受到陶冶感化。它指出了造成诗人性情摇荡的原因，是由于外界事物对诗人的感发触动，即"物之感人"。这个"物"既包括了自然事物，更包括了社会生活内容，对文艺和现实的关系作了正确的解释。钟嵘的感情论主要是指社会生活所激发的人的感情，都具有进步的积极的社会内容。他在《诗品》中特别强调要抒发"怨"情，其所强调的"怨"，是中国古代文艺思想发展史上的一个进步传统，其情感论既摆脱了儒家经学框框的束缚，又没有泛情主义的弊病，是十分可贵的。二、诗歌创作以自然为最高美学原则。钟嵘的根本主张是提倡自然英旨，强调感情真挚。主要是反对掉书袋派和声律派，诗歌以抒情为主，一切妨碍抒情的创作方法和表现技巧，钟嵘都表示异议。在批评用典过多问题上，钟嵘区分了诗之为体与其他应用文体的差异。他并不反对在应用文写作上旁征博引，但"诗"是抒情文学，"观古今胜语，多非补假，皆由直寻"，他要改革"雕缋满眼"的不良诗风，崇尚清新自然。在看待声律论问题上，他认为"务为精密，襞积细微"者，于"真美"有害，这会使作者弃本逐末，偏重形式而忽略了内容。然而钟嵘对声律探究也并非全盘否定，他主张"但令清浊通流，口吻调利，斯为足矣"；另外，陆机"尚规矩，贵绮错，有伤直致之奇"。对陆机式的"文不制繁"，也是钟嵘提出"直寻"说的重要缘由。钟嵘对玄言诗与无病呻吟者表示不屑。三、以怨愤为主要内容的风骨论。钟嵘强调诗歌创作必须以"风力"为主干，同时"润之以丹彩"，只有"风力"与"丹彩"均备，才是最好的作品。其所最欣赏的诗人都符合这一标准，或者说钟嵘所憧憬的"建安风力"树立起了这一标准，它具有慷慨悲壮的怨愤之情、直寻自然、重神似而不重形似以及风格明朗简洁等内容特征。四、诗歌必须有使人产生美感的滋味。钟嵘是中国古代文学批评中最早明确提出以"滋味"论诗的诗歌评论家。他认为只有"使味之者无极,闻之者动心"的作品,才是"诗之至也"。钟嵘把"滋味"作为衡量作品的重要尺度,使之成为古代文论中的基本审美范畴。而要创造出作品中深厚的滋味,钟嵘认为关键在于如何综合运用赋、比、兴的方法来写作。他将"兴"放在第一位,正是突出了诗歌的艺术思维特征。钟嵘对历代五言诗人的评价,他把五言诗人分为两个大的系统,以《诗经》和《楚辞》分别为其源头,风、骚并举,而《诗经》的系统又分为《小雅》和《国风》两系,探流溯源,评价甚为精到。

诗品序

气之动物,物之感人,故摇荡性情,形诸舞咏[1]。照烛三才,晖丽万有[2],灵祇待之以致飨,幽微藉之以昭告。动天地,感鬼神,莫近于诗[3]。昔《南风》之词[4],《卿云》之颂[5],厥义夐[6]矣。夏歌曰"郁陶乎予心"[7],楚谣曰"名余曰正则"[8],虽诗体未全,然是五言之滥觞也[9]。逮汉李陵,始著五言之目矣[10]。古诗眇邈,人世难详,推其文体,固是炎汉之制[11],非衰周之倡也。自王、扬、枚、马之徒[12],词赋竞爽[13],而吟咏靡闻。从李都尉[14]迄班婕妤[15],将百年间,有妇人焉,一人而已[16]。诗人之风,顿已缺丧。东京[17]二百载中,惟有班固《咏史》,质木无文[18]。降及建安,曹公父子,笃好斯文[19],平原兄弟,郁为文栋[20];刘桢、王粲,为其羽翼。次有攀龙托凤[21],自致于属车者[22],盖将百计。彬彬之盛,大备于时矣!尔后陵迟衰微[23],迄于有晋。太康中[24],三张[25]、二陆[26]、两潘[27]、一左[28],勃尔复兴,踵武前王[29],风流未沫[30],亦文章之中兴也。永嘉时[31],贵黄、老,稍尚虚谈。于时篇什,理过其辞[32],淡乎寡味。爰及江表[33],微波尚传,孙绰、许询、桓、庾诸公诗[34],皆平典似《道德论》[35],建安风力尽矣。先是郭景纯用俊上之才,变创其体;刘越石仗清刚之气,赞成厥美[36]。然彼众我寡,未能动俗。逮义熙中[37],谢益寿斐然继作[38]。元嘉中[39],有谢灵运,才高词盛,富艳难踪,固已含跨[40]刘、郭,凌轹[41]潘、左。故知陈思[42]为建安之杰,公幹、仲宣为辅[43];陆机为太康之英,安仁、景阳为辅[44];谢客[45]为元嘉之雄,颜延年[46]为辅:斯皆五言之冠冕[47],文词之命世也[48]。夫四言文约意广,取效风骚,便可多得,每苦文繁而意少,故世罕习焉。五言居文词之要,是众作之有滋味者也,故云会于流俗[49]。岂不以指事造形,穷情写物,最为详切者耶!故诗有三义焉:一曰兴,二曰比,三曰赋。文已尽而意有余,兴也;因物喻志,比也;直书其事,寓言写物,赋也。宏斯三义,酌而用之,干之以风力[50],润之以丹彩,使味之者无极,闻之者动心,是诗之至也。若专用比兴,患在意深,意深则词踬[51]。若但用赋体,患在意浮,意浮则文散,嬉成流移,文无止泊[52],有芜漫之累矣。若乃春风春鸟,秋月秋蝉,夏云暑雨,冬月祁寒,斯四候之感诸诗者也。嘉会寄诗以亲,离群托诗以怨。至于楚臣去境[53],汉妾辞宫[54],或骨横朔野,魂逐飞蓬,或负戈外戍,杀气雄边。塞客衣单,孀闺泪尽。或士有解佩出朝,一去忘反。女有扬蛾入宠,再盼倾国[55]。凡斯种种,感荡心灵,非陈诗何以展其义?非长歌何以骋其情?故曰:"诗可以群,可以怨。"使穷贱易安,幽居靡闷,莫尚于诗矣。故词人作者,罔不爱好。今之士俗,斯风炽矣。才能胜衣[56],甫就小学[57],必甘心而驰骛焉[58]。于是庸音杂体,人各为容。至使膏腴子弟,耻文不逮。终朝点缀,分夜呻吟,独观谓为警策[59],众睹终沦平钝。次有轻薄之徒,笑曹、刘为古拙,谓鲍照羲皇上人,谢朓今古独步。而师鲍照,终不及"日中市朝满"[60];学谢朓,劣得"黄鸟度青枝"[61]。徒自弃于高明,无涉于文流矣。观王公缙绅之士,每博论之余,何尝不以诗为口实,随其嗜欲,商榷不同。淄渑并泛[62],朱紫相夺[63],喧议竞起,准的无依[64]。近彭城刘士章[65],俊赏之士,疾其淆乱,欲为当世诗品,口陈标榜,其文未遂,感而作焉。昔九品论人[66],七略裁士[67],校以宾实[68],诚多未值[69]。至若诗之为技,较尔可知[70],以类推之,殆均博弈[71]。方今皇帝[72]资生知之上才,体沉郁之幽思[73],文丽日月,赏究天人[74],昔在贵游,已为称首[75]。况八纮既奄,风靡云蒸,抱玉者联肩,握珠者踵武[76]。固以瞰汉、魏而不顾,吞晋、宋于胸中。谅非农歌辕议[77],敢致流别。嵘之今录,庶周旋于闾里,均之于谈笑耳。一品之中,略以世代为先后,不以优劣为诠次[78]。又其人既往,其文克定,今所寓言,不录存者。夫属词比事,乃为通谈[79]。若乃经国文符,应资博古[80];撰德驳奏,宜穷往烈[81]。至乎吟咏情性,亦何贵于用事?"思君如流水"[82],既是即目;"高台多悲风"[83],亦惟所见;"清晨登陇首"[84],羌无故实;"明月照积雪"[85],讵出经、史。观古今胜语,多非补假,皆由直寻[86]。颜延、谢庄,尤为繁密,于时化之。故大明[87]、泰始中[88],文章殆同书抄[89]。近任昉[90]、王元长[91]等,辞不贵奇,竞须新事,尔来作者,浸以成俗[92]。遂乃句无虚语,语无虚字,拘挛补衲[93],蠹文已甚。但自然英旨,罕值其人[94]。词既失高,则宜加事义,虽谢天才,且表学问,亦一理乎[95]!陆机《文赋》,通而无贬;李充《翰林》,疏而不切[96];王微《鸿宝》,密而无裁[97]；颜延论文[98]，精而难晓；挚虞《文志》[99]，详而博赡，颇曰知言。观斯数家，皆就谈文体，而不显优劣。至于谢客集诗[100]，逢诗辄取；张骘《文士》[101]，逢文即书。诸英志录，并义在文，曾无品第。嵘今所录，止乎五言。虽然，网罗今古，词文殆集，轻欲辨彰清浊，掎摭利病[102]，凡百二十人。预此宗流者[103]，便称才子。至斯三品升降，差非定制，方申变裁，请寄知者尔[104]。昔曹、刘殆文章之圣，陆、谢为体贰之才[105]，锐精研思，千百年中，而不闻宫商之辨[106]，四声之论[107]。或谓前达偶然不见，岂其然乎[108]？尝试言之：古曰诗颂，皆被之金竹，故非调五音无以谐会。若"置酒高堂上"[109]，"明月照高楼"[110]，为韵之首。故三祖之词[111]，文或不工，而韵入歌唱，此重音韵之义也，与世之言宫商异矣。今既不被管弦，亦何取于声律耶？齐有王元长者，尝谓余云："宫商与二仪俱生，自古词人不知之，惟颜宪子[112]乃云律吕音调，而其实大谬；唯见范晔、谢庄颇识之耳[113]。尝欲进《知音论》，未就。"王元长创其首，谢朓、沈约扬其波[114]，三贤或贵公子孙，幼有文辩。于是士流景慕，务为精密，襞积细微[115]，专相陵架[116]，故使文多拘忌，伤其真美。余谓文制，本须讽读，不可蹇碍，但令清浊通流，口吻调利，斯为足矣[117]。至平上去入，则余病未能；蜂腰鹤膝，闾里已具[118]。陈思"赠弟"[119]，仲宣《七哀》[120]，公幹"思友"[121]，阮籍《咏怀》[122]，子卿"双凫"[123]，叔夜"双鸾"[124]，茂先"寒夕"[125]，平叔"衣单"[126]，安仁"倦暑"[127]，景阳"苦雨"[128]，灵运《邺中》[129]，士衡"拟古"[130]，越石"感乱"[131]，景纯"咏仙"[132]，王微"风月"[133]，谢客"山泉"[134]，叔源"离宴"[135]，鲍照"戍边"[136]，太冲《咏史》[137]，颜延"入洛"[138]，陶公《咏贫》之制[139]，惠连《捣衣》之作[140]，斯皆五言之警策者也。所以谓篇章之珠泽[141]，文采之邓林[142]。

《诗品》评语（节录）

（卷上）魏陈思王植条

其源出于国风[143]。骨气奇高[144]，词采华茂，情兼雅怨，体被文质[145]，粲溢今古，卓尔不群[146]。嗟乎！陈思之于文章也，譬人伦之有周、孔，鳞羽之有龙凤，音乐之有琴笙，女工之有黼黻[147]。俾尔怀铅吮墨者[148]，抱篇章而景慕，映余辉以自烛。故孔氏之门如用诗，则公幹升堂，思王入室，景阳、潘陆，自可坐于廊庑之间矣[149]。

（卷中）宋征士陶潜[150]条

其源出于应璩[151]，又协左思风力[152]。文体省净，殆无长语[153]。笃意真古，辞兴婉惬。每观其文，想其人德[154]。世叹其质直[155]。至如"欢言酌春酒"[156]，"日暮天无云"[157]，风华清靡[158]，岂直为田家语耶！古今隐逸诗人之宗也。

【注释】

[1] "气之动物"四句：气，节气，见《吕氏春秋·十二纪首》等。《礼记·乐记》："凡音之起，由人心生也。人心之动，物使之然也。感于物而动，故形于声。"外物感动人心，人将此种受到激荡的情绪表现于舞咏。

[2] "照烛三才"二句：烛，照。三才，指天、地、人。晖丽，光采照耀。万有，万物。

[3] "灵祇待之以致飨"五句：指诗的作用幽显皆达。动天地云云，语出《毛诗序》："故正得失，动天地，感鬼神，莫近于诗。"

[4] 《南风》：歌名，《礼记·乐记》："昔者舜作五弦之琴，以歌《南风》。"

[5] 《卿云》：歌名，《尚书大传》谓为舜时作品。

[6] 负夐：深长。

[7] 郁陶乎予心：见伪古文《尚书·夏书·五子之歌》。

[8] 名余曰正则：见屈原《离骚》。

[9] 滥觞：比喻事物的开始。

[10] "逮汉李陵"二句：《文选》载李陵作《与苏武诗》三首，或疑系后人拟托。目，指诗体之一目。

[11] 炎汉：依五行说法，汉代以火德兴起，故称炎汉。

[12] 王、扬、枚、马：王褒、扬雄、枚乘、司马相如。

[13] 竞爽：争胜。

[14] 李都尉：即李陵，官骑都尉。

[15] 班婕妤：班固祖姑，汉成帝时被选入宫，立为婕妤。

[16] 一人而已：指除了班婕妤，仅李陵一人而已。

[17] 东京：东汉。

[18] "班固《咏史》"二句：诗载《全汉诗》卷二。内容议论缇萦救父事。质木无文，指枯燥无文采。

[19] "降及建安"三句：建安，汉献帝年号。笃好，深好。

[20] "平原兄弟"二句：指陈思王曹植及其兄曹丕等，曹植在建安十六年曾被封为平原侯。文栋，文坛领袖。

[21] 攀龙托凤：龙凤，喻君王。指依附曹氏。

[22] 属车：侍从之车。

〔23〕 陵迟:衰颓。

〔24〕 太康:晋武帝司马炎年号。

〔25〕 三张:张载、张协、张亢。

〔26〕 二陆:陆机、陆云。

〔27〕 两潘:潘岳、潘尼。

〔28〕 一左:左思。

〔29〕 踵武前王:屈原《离骚》:"及前王之踵武。"指复兴建安之盛。

〔30〕 沫:已,尽。《离骚》:"芳菲菲而难亏兮,芬至今犹未沫。"

〔31〕 永嘉:晋怀帝司马炽年号。

〔32〕 理过其辞:玄理思辨胜过形象生动的描写。相反,曹丕《典论·论文》称孔融"理不胜辞"。

〔33〕 江表:即江外,指长江以南的地方。

〔34〕 孙绰、许询、桓、庾:孙绰、许询以及桓伟、庾友、庾蕴和庾阐,都属诗之玄言一派。

〔35〕 《道德论》:指何晏、夏侯玄、阮籍等所著阐发老庄思想的玄学著作,今已不存。

〔36〕 "先是郭景纯用俊上之才"四句:景纯,郭璞字。越石,刘琨字。赞美郭璞《游仙诗》用挺拔诗风,刘琨用清刚之气,一并矫玄言诗之疲弱。

〔37〕 义熙:东晋安帝司马德宗年号。

〔38〕 谢益寿斐然继作:益寿,谢混小字。斐然,文采烨烨的样子。《宋书·谢灵运传论》说:"(殷)仲文始革孙、许之风,叔源(谢混字)大变太元之气。"谢混在改变玄言诗风中起了作用。

〔39〕 元嘉:宋文帝刘义隆年号。

〔40〕 含跨:超越。杨修《答临菑侯书》:"含王超陈,度越数子。"

〔41〕 凌轹:压倒。

〔42〕 陈思:曹植封陈王,卒谥思。

〔43〕 公幹、仲宣:分别是刘桢、王粲字。

〔44〕 安仁、景阳:分别是潘岳、张协字。

〔45〕 谢客:谢灵运幼名客儿。

〔46〕 颜延年:颜延之字延年。

〔47〕 冠冕:首要人物。

〔48〕 命世:名世,闻名于世。《孟子·公孙丑下》:"五百年必有王者兴,其间必有名世者。"《文选·李少卿〈答苏武书〉》:"其余佐命立功之士,贾谊、亚夫之徒,皆信命世之才。"李周翰注:"命,名也。言其名流播于时代。"

〔49〕 故云会于流俗。云,语助词。会,合。适合一般人的口味。

〔50〕 干:主干,引申为本质的意思。

〔51〕 踬:艰涩,不顺畅。

〔52〕 文无止泊：指文无所指归。
〔53〕 楚臣：指屈原。
〔54〕 汉妾：指汉元帝宫人王嫱。王嫱和亲匈奴事见《汉书·元帝纪》。
〔55〕 "女有扬蛾入宠"二句：指汉武帝李夫人入宫得宠事，见《汉书·外戚传》。李延年《李夫人歌》："北方有佳人，绝世而独立，一顾倾人城，再顾倾人国。宁不知倾城与倾国，佳人难再得。"
〔56〕 胜衣：谓能承受成人衣服的重量，言年幼。
〔57〕 甫就小学：甫，始。《汉书·食货志》："八岁，入小学。"
〔58〕 驰骛：奔走，指致力于写作诗歌。
〔59〕 警策：见《文赋》注〔73〕。
〔60〕 日中市朝满：见鲍照《代结客少年场行》。
〔61〕 劣得"黄鸟度青枝"：劣得，仅得。黄鸟度青枝，出虞炎《玉阶怨》。
〔62〕 淄渑并泛：淄渑，二水名，都在山东，二水味异，合则难辨。并泛，淆乱。
〔63〕 朱紫：参见《论语》注〔50〕。
〔64〕 准的：标准。
〔65〕 刘士章：刘绘，字士章，齐中庶子，列钟嵘《诗品》之下品。
〔66〕 九品论人：班固《汉书·古今人表》分九等，魏晋以后，又有九品官人法。
〔67〕 七略裁士：刘歆《七略》分七类评论文献及作者。
〔68〕 宾实：循名责实。《庄子·逍遥游》："名者，实之宾也。"
〔69〕 未值：名实不副。
〔70〕 较：明显貌。
〔71〕 殆均博弈：《汉书·王褒传》载，汉宣帝所幸宫馆，令刘向、王褒等为之颂，并赐帛，议者以为淫靡不急，宣帝引《论语·阳货》："不有博弈者乎？为之犹贤乎已。"此是抬高诗歌的社会地位。
〔72〕 方今皇帝：指梁武帝萧衍。
〔73〕 沉郁之幽思：文思深幽丰富。
〔74〕 赏究天人："赏"应改为"学"，学究天人之际。
〔75〕 "昔在贵游"二句：指萧衍为帝以前和一些文士的交游。《梁书·武帝纪》云："（齐）竟陵王（萧）子良开西邸，招文学，高祖与沈约、谢朓、王融、萧琛、范云、任昉、陆倕等并游焉，号曰八友。"
〔76〕 "况八纮既奄"四句：参见曹植《与杨德祖书》。
〔77〕 农歌辕议：农民的歌谣，赶车人发的议论。
〔78〕 铨次：按照次序解释。
〔79〕 "属词比事"二句：《礼记·经解》："属词比事，《春秋》教也。"通谈，指齐梁时作文用典已成老生常谈之事了。
〔80〕 "若乃经国文符"二句：指有关治国大略的文书，应凭借博引古事以见其典雅

庄重。

[81] "撰德驳奏"二句:叙述德行和驳议奏疏等文章,应尽量称引古人的功业,以见其厚实雄辩。

[82] 思君如流水:徐幹《室思》句。

[83] 高台多悲风:曹植《杂诗》句。

[84] 清晨登陇首:张华诗句,失题。见《北堂书钞》卷一五七(陇篇八)引:"清晨登陇首,坎壈行山难(俞本作何难)。"

[85] 明月照积雪:谢灵运《岁暮》句。

[86] 直寻:直接写物抒情。

[87] 大明:南朝宋孝武帝刘骏年号。

[88] 泰始:南朝宋明帝刘彧年号。

[89] 书抄:堆砌典故。

[90] 任昉:梁人。列《诗品》中品。《南史·王僧孺传》称任昉"其文丽逸,多用新事,人所未见者,时重其富博"。

[91] 王元长:王融。

[92] 浸:渐。

[93] 拘挛补衲:拘挛,拘束。补衲,补缀拼合。

[94] "自然英旨"二句:天然去雕饰般美好的,极为少见。

[95] "词既失高"五句:指不能自铸伟词,则饾饤典故,缺乏诗才,则以学问炫耀。王国维作《古雅之在美学上之位置》,谈三流以下诗人即以此为能事。

[96] "李充《翰林》"二句:李充,字弘度,江夏(今湖北安陆)人,晋明帝(司马绍)时在官。他的《翰林论》是一部辨析文体的著作,早亡佚。疏而不切,指它疏略不切实。

[97] "王微《鸿宝》"二句:王微,字景玄,列名《诗品》中品,琅琊临沂(今山东临沂)人。曾为宋始兴王刘浚后军功曹记室参军、太子中舍人。《隋书·经籍志》载《鸿宝》十卷,不著撰人,《文镜秘府论·四声论》有王微《鸿宝》的记载。密而无裁,细致但有失芜蔓,缺乏著者自己的判断、抉择能力。

[98] 颜延论文:这句指颜延之《庭诰》中的论文之语。

[99] 挚虞《文志》:《隋书·经籍志》载"《文章志》四卷,挚虞撰"。已佚。

[100] 谢客集诗:指谢灵运的《诗集》五十卷、《诗集钞》十卷、《诗英》九卷,都著录于《隋书·经籍志》。已佚。

[101] 《文士》:《隋书·经籍志》载:"《文士传》五十卷,张隐撰。"隐和骘,不知何者为是。

[102] 掎摭:指摘。

[103] 预此宗流者:预,通"与",列入。宗流,流派。

[104] 三品升降四句:三品论士,并非不刊之论。将来提出变置,还要请真懂诗学者重

新董理。

〔105〕体贰之才:《文选》李康《运命论》云:"虽仲尼至圣,颜、冉大贤,揖让于规矩之内,周旋于洙泗之上,不能遏其端。孟轲、孙卿体二希圣,从容正道,不能维其末。"六臣注引张铣曰:"孟、孙二子体法颜、冉,故云体二。志望孔子之道,故云希圣。"

〔106〕宫商之辨:此"宫商"是四声代用语。

〔107〕四声之论:四声指平上去入。声律派讲四声八病。

〔108〕"或谓前达偶然不见"二句:这是针对沈约《宋书·谢灵运传论》"自骚人以来,此秘未睹"等语而言。

〔109〕置酒高堂上:阮瑀《杂诗》句。

〔110〕明月照高楼:曹植《七哀诗》句。

〔111〕三祖:指魏武帝操,太祖;文帝丕,高祖;明帝叡,烈祖。

〔112〕颜宪子:即颜延之,宪子是谥号。

〔113〕唯见范晔、谢庄颇识之耳:指范晔、谢庄能认识音律的问题。《宋书·范晔传》载晔在狱中《与诸甥侄书》云:"性别宫商,识清浊,斯自然也。观古今文人,多不全了此处。纵有会此者,不必从根本中来。言之皆有实证,非为空谈。年少中,谢庄最有其分。"

〔114〕"王元长创其首"二句:王融、谢朓、沈约三人是声律派主要人物。《南史·陆厥传》:"永明末,盛为文章,吴兴沈约、陈郡谢朓、琅琊王融,以气类相推毂。汝南周颙,善识声韵,为文皆用宫商,以平上去入为四声,且以之制韵……世呼为'永明体'。"

〔115〕襞积:原指裙上褶子,这里指刻意讲究声律。

〔116〕陵架:攀比相夸。

〔117〕"余谓文制"六句:这是钟嵘关于自然声律的主张,诗歌应读之条畅,反对滞碍。《文心雕龙·声律》也有同样的主张,云:"左碍而寻右,末滞而讨前,则声转于吻,玲玲如振玉;辞靡于耳,累累如贯珠矣。"

〔118〕"蜂腰鹤膝"二句:蜂腰鹤膝见《宋书·谢灵运传论》注。闾里已具,黄侃《文心雕龙札记》(《声律》):"记室云:'蜂腰、鹤膝,闾里已具。'盖谓虽寻常歌谣亦自然不犯之,可毋严设科禁也。"

〔119〕陈思"赠弟":指曹植《赠白马王彪诗》。

〔120〕仲宣《七哀》:王粲有《七哀诗》。

〔121〕公幹"思友":指刘桢《赠徐幹诗》,中有"思子沉心曲,长叹不能言"二句。

〔122〕阮籍《咏怀》:阮籍有《咏怀》八十二首。

〔123〕子卿"双凫":苏武,字子卿。《古文苑》载苏武《别李陵诗》云:"双凫俱北飞,一凫独南翔。"可能系后人伪托。

〔124〕叔夜"双鸾":嵇康,字叔夜。嵇康有《赠秀才入军》,中有"双鸾匿景曜"句。

〔125〕茂先"寒夕"：张华，字茂先，《杂诗》有"繁霜降当夕"句。
〔126〕平叔"衣单"：何晏，字平叔，《衣单》诗已佚。
〔127〕安仁"倦暑"：潘岳，字安仁，有《在县作》二首，中有"隆暑方赫曦"、"时暑忽隆炽"等句。《悼亡》诗有"溽暑随节阑"句。
〔128〕景阳"苦雨"：张协有《杂诗》十首，中有"飞雨洒朝兰"、"密雨如散丝"等句。
〔129〕灵运"邺中"：谢灵运有《拟魏太子邺中集诗》八首。
〔130〕士衡《拟古》：陆机有《拟古诗》十二首。
〔131〕越石"感乱"：刘琨有《扶风歌》、《重赠卢谌》等诗，皆"感乱"而作。
〔132〕景纯"咏仙"：郭璞有《游仙诗》十四首。
〔133〕王微"风月"：江淹《杂体诗》中的《王征君微养疾》一首诗："清阴往来远，月华散前墀"，知王微原有咏"风月"诗，今已佚。
〔134〕谢客"山泉"：谢灵运是山水诗派的代表人物。
〔135〕叔源"离宴"：谢混有《送二王在领军府集诗》，结句云："乐酒辍今辰，离端起来日。"
〔136〕鲍照"戍边"：鲍照有《代出自蓟北门行》，咏戍边。
〔137〕太冲《咏史》：左思有《咏史诗》八首。
〔138〕颜延"入洛"：颜延之有《北使洛》诗。
〔139〕陶公《咏贫》之制：陶渊明有《咏贫士诗》七首。
〔140〕惠连《捣衣》之作：谢惠连有《捣衣诗》。
〔141〕珠泽：《穆天子传》："天子北征，舍于珠泽。"
〔142〕邓林：《山海经·海外北经》："夸父与日逐走，入日……弃其杖，化为邓林。"这里珠泽、邓林都是借来比喻文采之所荟萃。
〔143〕其源出于国风：在《诗品》中，《国风》一系被视为诗的正宗。曹植将《诗》"兴"的手法成功移用到五言诗创作，慷慨任气，语言自然，复兴了《诗》之《国风》传统。钟嵘认为在《国风》一系中，曹植成就最高。
〔144〕骨气奇高：骨气，即风骨，属于诗的"质"的方面。建安风骨是钟嵘最推许的五言诗楷模，曹植是其代表。
〔145〕"情兼雅怨"二句：情兼雅怨，《史记·屈原列传》："《国风》好色而不淫，《小雅》怨诽而不乱。若《离骚》者，可谓兼之矣。"钟嵘认为曹植诗也兼有《国风》和《小雅》的特点。体被文质，文，近乎"润之以丹彩"，质，近乎"干之以风力"，两者达到完美的结合。
〔146〕"粲溢今古"二句：粲，美好。赞美曹植诗擅美今古。卓尔不群，优异卓越，超越凡俗。语出《汉书·景十三王传赞》："夫唯大雅，卓尔不群。"
〔147〕"陈思之于文章也"五句：极言曹植诗歌古今独步。鳞羽，水族和禽类。黼黻，古时礼服上所绣的花纹。曹植《薤露行》："鳞介尊神龙，走兽宗麒麟。"嵇康《琴赋序》："众器之中，琴德最优。"潘岳《笙赋》："惟笙也，能总众清之林。"

〔148〕怀铅吮墨者:指文人。铅、墨都是书写用的工具。

〔149〕"故孔氏之门如用诗"五句:比喻各人文学成就境界有别。先入门,次升堂,最后入室。语出《论语·先进》:"子曰:由也升堂矣,未入室矣。"扬雄《法言·吾子》:"如孔氏之门用赋也,则贾谊升堂,相如入室矣。"廊庑,厢房。坐于廊庑之间,指尚未升堂。

〔150〕陶潜:原名渊明,字元亮,后更名潜,号靖节先生,浔阳柴桑(今江西九江)人。曾为彭泽令,因不愿为五斗米折腰,辞官不复出仕。作为隐逸诗人,其诗多描写田园生活,质朴率真,清新自然,是中国文学史上最伟大的诗人之一。

〔151〕其源出于应璩:关于陶潜诗与应璩的关系,由于应璩诗已不复可睹全貌,因此两者的继承关系也难知其详。但对钟嵘"源出"一词,理解不必过于坐实,许多时候是指风格相近而已,陶潜未必就学应璩,钟嵘这里意指质直古朴是两者共同风格特点。仅就应璩今存《百一诗》看,除却其"多诗人刺激之旨"外,如"醉酒巾帻落,秃顶赤如壶"等句,昭示着魏晋以降诗从庙堂转向世俗田园的新趋势,在这点上,应、陶确是十分相通的。

〔152〕又协左思风力:钟嵘评左思曰"文典以怨",风力,盖喻左思诗中情感激切者,颇具情感的力度。而陶诗之并非"静穆"的另一方面,可与左思风力相对应。

〔153〕"文体省净"二句:《文心雕龙·才略篇》评陆云"故能布采鲜净",省净与鲜净,都有简洁之意。元好问《论诗绝句三十首》之一:"一语天然万古新,豪华落尽见真淳。南窗白日羲皇上,未害渊明是晋人。"许学夷《诗源辨体》(卷六):"靖节诗不为冗语,惟意尽便了,故集中长篇甚少,此韦、柳所不及也。"

〔154〕"每观其文"二句:萧统《陶渊明集序》称自己爱好陶渊明文,几爱不释手,想象其高洁的品德,恨不能与陶渊明同时。

〔155〕质直:苏辙《子瞻和陶渊明诗集引》对陶诗的"质直"作新的解释:"渊明作诗不多,然其诗质而实绮,癯而实腴,自曹、刘、鲍、谢、李、杜诸人,皆莫及也。"

〔156〕欢言酌春酒:陶潜《读山海经十三首》之一。

〔157〕日暮天无云:陶潜《拟古九首》之一。

〔158〕清靡:清新美好。

【思考题】

1. 评价钟嵘《诗品》中所提倡的诗歌"自然英旨"说。
2. 谈谈钟嵘《诗品》比较欣赏诗歌表达何种情感形态。
3. 评述钟嵘对于"兴"、"比"、"赋"的解释。

萧统《文选序》

【题解】

萧统(501—531),字德施,南兰陵(今江苏常州西北)人。梁武帝(萧衍)长子。曾立为太子,未继而卒,谥昭明,世称昭明太子。他爱好辞章,招聚不少文学之士,编集《文选》三十卷,是对后世影响很大的文学总集。又有后人辑《昭明太子集》。萧统的文学观点主要见于《文选序》及《答晋安王书》、《答湘东王求文集及诗苑英华书》、《陶渊明集序》等文章中。其文学思想的主要倾向是崇尚辞藻、骈偶等艺术形式,这是当时文学创作时势使然,虽然助长了流弊深远的浮靡之风,但对一个时期文学观念的深化,以及文学作品审美特征的凸现,还是起到过促进作用。萧统的《文选》是现存最早的一部古代诗文总集。我国古代所谓总集,可分为两类:一是辑录网罗,偏重保存文献;一是鉴裁品藻,意在去芜取精。《文选》属于后者。本序便是标明选者的去取标准,并从理论上说明别裁的用意,由此,着重论述了文学的性质,辨析了文章的体制。萧统认为,事物发展的规律是由简到繁,文章也应当由质朴趋向藻饰。后代文人制作,其性质之所以不同于经籍子史,在于"以能文为本";而能文的特征,则是"事出于沉思,义归乎藻翰"。所谓"沉思"、"翰藻"实际上涉及艺术思维的特点及艺术创作的形象特征问题。"沉思"指的是文学家在创作过程中的艺术想象活动,应该说,"沉思"与刘勰所说的"神思",在本质上是没有什么差别的。"翰藻"指的是文学作品的华美辞藻。这要求构思的巧妙和辞藻的华美,而文学的本性,也要包含于这样两种审美特征之中,萧统这一看法,是六朝文学理论中具有代表性的文学观。那时,人们非常看重文学作品的形式特征,这虽然给文学创作带来了华而不实的弊病,但就文学的审美本质而言,却有着进步意义。此外,萧统对各类文学作品在体式上的差别,也较前人有了更进一步的认识。对各种文体探本溯源,辨析归类,作了细致的划分和说明。

文选序

　　式观元始,眇觌玄风[1],冬穴夏巢之时,茹毛饮血之世;世质民淳,斯文未作。逮乎伏羲氏之王天下也,始画八卦、造书契,以代结绳之政。由是文籍生焉。易曰:"观乎天文,以察时变;观乎人文,以化成天下[2]。"文之时义远矣哉。若夫椎轮为大辂之始,大辂宁有椎轮之质[3]?增冰[4]为积水所成,积水曾微[5]增冰之凛?何哉?盖踵其事而增华,变其本而加厉[6]。物既有之,文亦宜然。随时变改,难可详悉。尝试论之曰:诗序云:"诗有六义焉:一曰风,二曰赋,三曰比,四曰兴,五曰雅,六曰颂。"至于今之作者,异乎古昔。古诗之体,今则全取赋名[7]。荀宋表之于前,贾马继之于末[8]。自兹以降,源流实繁;述邑居,则有凭虚、亡是[9]之作,戒畋游,则有长杨、羽猎之制[10]。若其纪一事,咏一物;风云草木之兴,鱼虫禽兽之流;推而广之,不可胜载矣。又楚人屈原,含忠履洁,君匪从流,臣进逆耳,深思远虑,遂放湘南。耿介之意既伤,壹郁之怀靡诉;临渊有怀沙之志[11],吟泽有憔悴之容[12];骚人之文,自兹而作。诗者,盖志之所之也。情动于中,而形于言。关雎、麟趾,正始之道著[13];桑间、濮上,亡国之音表[14]。故风雅之道,粲然可观。自炎汉中叶,厥涂渐异:退傅有在邹之作,降将著河梁之篇[15];四言五言,区以别矣。又少则三字,多则九言[16],各体互兴,分镳并驱。颂者,所以游扬德业,褒赞成功。吉甫有穆若之谈[17],季子有至矣之欢[18],舒布为诗,既言如彼,总成为颂,又亦若此。次则箴兴于补阙,戒出于弼匡;论则析理精微,铭则序事清润;美终则诔发,图像则赞兴。又诏诰教令之流,表奏笺记之列,书誓符檄之品,吊祭悲哀之作,答客指事之制[19],三言八字之文[20],篇辞引序,碑碣志状,众制锋起,源流间出。譬陶匏异器[21],并为人耳之娱;黼黻不同[22],俱为悦目之玩;作者之致,盖云备矣。余监抚余闲[23],居多暇日,历观文囿,泛览辞林,未尝不心游目想,移晷忘倦。自姬汉以来,眇焉悠邈,时更七代[24],数逾千祀。词人才子,则名溢于缥囊;飞文染翰,则卷盈乎缃帙[25]。自非略其芜秽,集其清英;盖欲兼功太半,难矣。若夫姬公之籍、孔父之书[26],与日月俱悬,鬼神争奥;孝敬之准式,人伦之师友;岂可重以芟夷,加之剪截?老庄之作,管孟之流,盖以立意为宗,不以能文为本。今之所撰,又以略诸。若贤人之美辞,忠臣之抗直;谋夫之话,辨士之端;冰释泉涌,金相玉振;所谓坐狙丘、议稷下[27],仲连之却秦军[28],食其之下齐国[29];留侯之发八难[30],曲逆之吐六奇[31];盖乃事美一时,语流千载;概见坟籍,旁出子史。若斯之流,又亦繁博。虽传之简牍,而事异篇章,今之所集,亦所不取。至于记事之史,系年之书,所以褒贬是非,纪别同异,方之篇翰,亦已不同。若其赞论之综缉辞采,序述之错比文华;事出于沉思,义归乎翰藻[32];故与夫篇什,杂而集之。远自周室,迄于圣代,都为三十卷,名曰文选云耳。凡次文之体,各以彙聚。诗赋体既不一,又以类分。类分之中,各以时代相次。

【注释】

[1] 眇觌玄风:眇,同渺。玄风,远古之风。

[2] "观乎天文"四句:见《易传·彖上·贲卦》。天文,天体自然景观。时变,四时的变化。人文,见于文字记录的古代典籍。

[3] "椎轮"二句:椎轮,即椎车,是一种最原始的车,用圆形的大木向前滚动,没有辐,形状如椎,当作车轮之用,所以也称椎车。大辂,古时天子祭天时所乘的车。这两句说的是:大辂是椎车的进化,但大辂并不保存椎车那种朴质的形式。

[4] 增冰:即层冰。

[5] 微:无。

[6] "盖踵其事"二句:上句承"大辂"句而言,下句承"增冰"句而言。踵事,谓由椎车到大辂,造车不断进步之事。变本,谓水结成冰,改变了原来的形状。加厉,加甚,这里是说更加寒冷。

[7] "古诗之体"二句:意谓赋本是《诗》六义之一,后来沿用而成为一种文体的名称。刘勰《文心雕龙·诠赋》论赋由"六义附庸,蔚为大国",与此意同。

[8] 荀宋贾马:指荀卿、宋玉、贾谊、司马相如。

[9] 凭虚、亡是之作:凭虚,指张衡《西京赋》;亡是,指司马相如《上林赋》。《西京赋》首句云:"有凭虚公子者……。"《上林赋》首句云:"亡是公听然而笑曰……。"此二人都为作者虚构。

[10] 长杨、羽猎:指扬雄《长杨赋》和《羽猎赋》。

[11] "临渊"句:《怀沙》,屈原所作《九章》之一,据说是他沉湘之前的绝命词。

[12] "吟泽"句:语本《楚辞·渔父》:"屈原既放,游于江潭,行吟泽畔;颜色憔悴,形容枯槁。"

[13] 正始之道著:以上四句,用《毛诗序》语意。

[14] "桑间、濮上"二句:语本《礼记·乐记》:"桑间濮上之音,亡国之音也。"郑玄注:"濮水之上,地有桑间者,亡国之音于此之水出也。昔殷纣使师延作靡靡之乐,已而自沉于濮水,后师涓过焉,夜闻而写之,为平公鼓之,是之谓也。"

[15] "退傅有在邹之作"二句:退傅:指韦孟,西汉初期人,韦孟为楚元王傅,作《讽谏诗》以戒王之无道,退位居邹,又作《在邹诗》,均为四言体。降将,指李陵。河梁

之篇,指李陵与苏武诗。诗的第三首有"携手上河梁"之句,是五言体。按萧统不以苏李诗是伪托,所以认为此等诗篇是文人创作最早的五言诗。

〔16〕"少则三字"二句:三言诗,如汉《安世房中歌》《效祀歌》等。九言诗,最早的作者魏高贵乡公曹髦,见《文章缘起》,有目无诗。现存作品有宋谢庄《明堂歌》中《白帝》一首。

〔17〕"吉甫"句:《诗·大雅·烝民》是尹吉甫所作,诗中有"吉甫作诵,穆如清风"之句。

〔18〕"季子"句:春秋时吴公子季札聘于鲁,观乐,为之歌《颂》,他赞叹道"至矣哉"。事见《左传·襄公二十九年》。

〔19〕答客指事之制:答客,指假借答复别人问难,用以抒情写怀的一种文体。如东方朔《答客难》、扬雄《解嘲》等。指事,即《文选》中的"七"体。如枚乘《七发》,说七件大事来启发楚太子,故云指事。

〔20〕三言八字之文:骆鸿凯《文选学》注:"三言八字,疑即《文章缘起》所谓'离合体'也。《古微书》引《孝经援神契》曰:'宝文出,刘季握。卯金刀,在轸北。字禾子,天下服。'是三言之文也。《后汉书·曹娥传》注引《会稽录》:'邯郸淳作《曹娥碑》,援笔而成,无所总定。其后蔡邕又题八字曰:"黄娟幼妇,外孙齑臼。"'是八字之文也。"按所谓"离合体",是把一字折成两字,故云"离";两字又可拼成一字,故云"合",是一种文字游戏性质的隐语。如上举"黄娟幼妇"之句,《世说新语·捷悟》:"魏武过曹娥碑下,杨修从,碑背上见题作'黄绢幼妇,外孙齑臼'八字……修曰:'黄绢,色丝也,于字为绝;幼妇,少女也,于字为妙;外孙,女子也,于字为好;齑臼,受辛也,于字为辞。所谓绝妙好辞也。"

〔21〕陶匏:都是乐器名。陶即埙,土制的乐器;匏即笙。

〔22〕黼黻:古礼服上的绣文,白与黑相间叫作黼;黑与青相间叫作黻,比喻文章文采斐然。

〔23〕监抚:指皇太子身负帮助皇帝监国抚民的任务。

〔24〕七代:周、秦、汉、魏、晋、宋、齐。

〔25〕缥囊缃帙:书卷的代称。帛青白色称为缥,浅黄色称为缃。用缥制成书的袋,叫作缥囊;用缃作书衣,称为缃帙。

〔26〕"姬公"二句:泛指儒家所尊奉的经典。姬公,周公姬旦。孔父,孔子。

〔27〕坐狙丘、议稷下:曹植《与杨德祖书》李善注:"《鲁连子》曰:齐之辩者曰田巴,辩于狙丘而议于稷下,毁五帝,罪三王,一旦而服千人。……"

〔28〕"仲连"句:赵孝成王时,秦兵围赵邯郸,魏安釐王使辛垣衍劝赵尊秦为帝。鲁仲连力驳辛说,打消了赵国统治者投降的念头,秦兵知道后,退却五十里。事见《战国策·赵策》及《史记·鲁仲连邹阳列传》。

〔29〕"食其"句:楚汉相争时,汉派郦食其往说齐王田广,下齐七十余城。事见《史记·郦生陆贾列传》。

〔30〕"留侯"句：张良封留侯。他曾发八难，劝汉高祖无立六国后。事见《史记·留侯世家》。

〔31〕"曲逆"句：陈平封曲逆侯。陈平佐汉高祖，曾六出奇计。事见《史记·陈丞相世家》。

〔32〕"事出于沉思"二句：上句的事，承上文的"序述"而言；下句的义，承上文"赞论"而言。意谓史传中的"赞论"和"序述"部分，也有沉思和翰藻，故可作为文学作品来选录。沉思，指作者深刻的艺术构思。翰藻，指表现于作品辞采之美。二句互文见义。

【思考题】

1. 评价萧统的文学发展史观。
2. 谈谈你对《文选》选篇标准的看法。

萧绎《金楼子·立言》选录

【题解】

梁元帝萧绎（508—554），萧绎是梁武帝第七子，小名七符，虽才学卓绝，却性情阴暗，萧绎七岁被封为湘东王，武帝后期，发生侯景之乱，梁武帝、简文帝均死于是乱，萧绎于是在江陵称帝，成为世祖，史称梁元帝。在动乱中，《梁书·敬帝本纪》所引述魏徵的评论，指梁元帝"不急莽、卓之诛，先行昆弟之戮"，可见其狭隘和残忍，最后导致自己也死于非命。萧绎聚书极多，勤于撰述，《金楼子》原本十卷，内容繁富，是萧绎身为湘东王时的著作，现仅存断片残卷。本书所选《立言》，属于其书论文部分，鲜明地表达了萧绎的文学观，对了解梁代文学思想，极具参照价值，故而弥足珍贵。

关于文学的理解，或者文学观念之表述，相对于兄长萧统、萧纲，萧绎更近于萧纲，被指称为新变派，此按萧氏兄弟所主持编撰的两部文学总集《文选》及《玉台新咏》，其间选文、选诗标准之差异，表露无遗。兴膳宏《〈玉台新咏〉成书考》关注到："构成卷七、八中心的，是皇太子萧纲——湘东王萧绎集团的诗作。"萧纲和萧绎是宫体诗写作的推动者。颜之推《颜氏家训·文章》说："吾家世文章，甚为典正，不从流俗，梁孝元在藩邸时，撰《西府新文》，迄无一篇见录者，亦以不偶于世，无郑、卫之音故也。"此亦从一个侧面反映萧绎的文学趣味和倾向。

在《金楼子·立言》中,萧绎更加透彻地阐述了自己关于"文"的认识。他继承了齐梁时期文笔辨析的成果,对于文笔的说法,萧绎大致上和刘勰是相近的,只是所谓"吟咏风谣,流连哀思"主要指具有抒情意味的诗歌,亦包括乐府民歌如吴声、西曲之类,足见他将抒情诗歌视作"文"之中突出部分看待。

萧氏都认为世上事物向前发展,不可抗拒。萧绎"古之学者有二,今之学者有四",指古代有儒者、文士之分,如今更派生成儒、学、文、笔四者。此岂但是社会中人身份的细化,实质上更体现文学观念之深化,亦顺应历史演变的规律。与王充推崇鸿儒、藐视儒生相类,萧绎尤其以能"文"者为高,他说:"至如文者,维须绮縠纷披,宫徵靡曼,唇吻适会,情灵摇荡。"对于文,他亦集南朝美文观之大成,譬如《文心雕龙》所涉声律、丽辞、事类等文章形式技巧等成果,俱为萧绎浓缩在此节文字中,认同文应具有声律美、抒情性以及唯美性诸特征,文,是关乎性灵之创造,作者与读者一样都会受到感情的震荡,心潮澎湃,而非因袭前人之陈言,如学者等之摆弄学问。他基本把握到文的文学性特点了,也接近后世所谓纯文学作品的本质,在文学史上,其定义堪称重要的一家之言,后世骈散之争,譬如扬州学派主张骈文为文正宗的一派,均祖述萧绎的见解,遂形成与古文派相对峙的文章流派。

古之学者为己,今之学者为人[1]。学而优则仕[2],仕而优则学;古人之风也。修天爵以取人爵[3],获人爵而弃天爵,末俗之风也。古人之风,夫子所以昌言[4];末俗之风,孟子所以扼腕[5]。然而古人之学者有二,今之学者有四。夫子门徒,转相师受,通圣人之经者,谓之儒[6]。屈原、宋玉、枚乘、长卿之徒[7],止于辞赋,则谓之文[8]。今之儒,博穷子史,但能识其事,不能通其理者,谓之学。至如不便为诗如阎纂[9],善为章奏如伯松[10],若此之流,泛谓之笔。吟咏风谣,流连哀思者,谓之文。而学者率多不便属辞,守其章句[11],迟于通变[12],质于心用。学者不能定礼乐之是非,辩经教之宗旨,徒能扬搉前言[13],抵掌多识[14],然而挹源知流,亦足可贵。笔退则非谓成篇,进则不云取义,神其巧惠笔端而已。至如文者,维须绮縠纷披[15],宫徵靡曼[16],唇吻适会[17],情灵摇荡[18]。而古之文笔,今之文笔,其源又异。至如象系风雅[19],名墨农刑[20],虎炳豹郁,彬彬君子。卜谈"四始",刘言"七略"[21],源流已详,今亦置而弗辨。潘安仁清绮若是,而评者止称情切[22],故知为文之难也。曹子建、陆士衡皆文士也,观其辞致侧密[23],事语坚明,意匠有序[24],遗言无失,虽不以儒者命家,此亦悉通其义也。

【注释】

〔1〕 "古之学者为己"两句:语出《论语·宪问》。古之学风,为学者修身进德,目的纯洁;而今之学者则不然,其目的不纯,有利禄之用心。

〔2〕 学而优则仕:出《论语·子张》说:"子夏曰:'仕而优则学,学而优则仕。'"勤于学,有德有道,则可以出仕,为众人事出力。

〔3〕 修天爵以取人爵:《孟子·告子上》说:"孟子曰:'有天爵者,有人爵者。仁义忠信,乐善不倦,此天爵也;公卿大夫,此人爵也。古之人修其天爵而人爵从之。今之人修其天爵,以要人爵,既得人爵,而弃其天爵,则惑之甚者也,终亦必亡而已矣。'"天爵,指人性中的美德,而人爵则属官制中的地位,古代人修养道德,存养工夫到了,就被授予官位爵位,十分自然;而如今,修德成为手段,目的在于加官晋爵,一旦谋求目的达到,就抛弃道德操守。

〔4〕 "古人之风"两句:古代风气纯良,孔子谆谆教诲后人须坚持。

〔5〕 "末俗之风"两句:扼腕,指极其惋惜! 对于战国以来风习败坏,孟子痛心疾首。

〔6〕 "夫子门徒"四句:孔门之内以及儒家后学,师徒传授,而能够通儒家经典者,就称之为儒。东汉王充《论衡·超奇》说:"故夫能说一经者,谓儒生。"

〔7〕 屈原、宋玉、枚乘、长卿之徒:屈原前已作介绍。宋玉,屈原同时代的楚国文人。枚乘,字叔,淮阴人,生活于西汉景帝、武帝时期,擅长辞赋,《汉书》卷五一有传。长卿,即司马相如,长卿是其字,蜀郡成都人,是活跃于景帝、武帝时期的著名辞赋作家,《史记》卷一一七、《汉书》卷五七均有传。

〔8〕 "止于辞赋"二句:按刘勰《文心雕龙·总术》篇说:"今之常言,有文有笔,以为无韵者笔也,有韵者文也。大义以足言,理兼《诗》、《书》,别目两名,自近代耳。"刘勰已经区分文与笔;而文之尤,当时盖以诗为代表,梁简文帝萧纲《与湘东王书》曰:"诗既若此,笔又如之。"总之,萧绎所谓"文",具"有韵者",且包含抒情性、美义性等特征。

〔9〕 阎纂:即阎缵,字续伯,晋巴西安汉人,《晋书》卷四八有传,指其文章短于为诗。

〔10〕 伯松:即张竦,字伯松,汉河东平阳人,《汉书·张敞传》附竦传,是张敞之孙,其人善于章奏之类文体。

〔11〕 "而学者"两句:萧绎认为,古代已分儒者和文士,而到近代,更分化成儒、学、文、笔四者,其所谓学者,不善于文章写作,仅属章句之徒,而章句,汉代经生就有"守章句",或"章句通而已"之说,指字、句,以及积句成章,见《文心雕龙·章句》篇。

〔12〕 迟于通变:《文心雕龙》有《通变》篇,其实,文章之学,真通者必变,善变者必通,而近世学者,在通与变两端,其实都有所不及。

〔13〕 徒能扬榷前言:《汉书·叙传下》说:"扬榷古今,监世盈虚。述《食货志》第四。"

颜师古注曰:"扬,举也;摧,引也。扬摧者,举而引之,陈其趣也。摧音居学反。"

〔14〕抵掌多识:抵掌,古人抵掌而谈,形容相谈甚欢的样子,多识,指见多识广,学识渊博。

〔15〕"至如文者"二句:绮縠,形容富丽堂皇,美好艳丽;纷披,茂盛,繁多。认为文具有辞藻华美繁盛的特质。

〔16〕宫徵靡曼:宫徵,代指声律。靡曼,形容优美。

〔17〕唇吻适会:原作"遒会",而《太平御览》卷五八五引《金楼子》却作"适会",据以改。指吟唱声音之前后相续,婉转和谐。

〔18〕情灵摇荡:指尽情抒放性灵情怀。

〔19〕至如象系风雅:按《史记·孔子世家》说:"孔子晚而喜《易》,序《彖》、《系》、《象》、《说卦》、《文言》。读《易》,韦编三绝……"故而象系代指《易》,风雅则指《诗》。

〔20〕名墨农刑:指相应四家,四家特点,参见《汉书·艺文志》。

〔21〕"卜谈'四始'"两句:卜,谓卜商,字子夏,是孔子弟子,善谈《诗》,相传《毛诗》出自子夏所传。《毛诗大序》曰:"是以一国之事,系一人之本,谓之风;言天下之事,形四方之风,谓之雅。雅者,正也,言王政之所由废兴也。政有小大,故有小雅焉,有大雅焉。颂者,美盛德之形容,以其成功告于神明者也。是谓四始,诗之至也。"而四始,《史记·孔子世家》记述:"《关雎》之乱以为《风》始,《鹿鸣》为《小雅》始,《文王》为大雅始,《清庙》为《颂》始。"刘言"七略",西汉刘向、刘歆父子共同完成《七略》,是中国古代文献整理划时代的工程。

〔22〕"潘安仁清绮若是"两句:潘岳,字安仁,《晋书》卷五五有传,他作文有清绮的特点,然而评论者仅称赞他属文情意深切。

〔23〕"曹子建、陆士衡皆文士也"两句:曹植、陆机都是文士,观其作文,辞藻、情致显得侧艳绵密。

〔24〕"事语坚明"两句:用事、语词坚挺明确,文思安排井然有序。

颜之推《颜氏家训》选录

【题解】

颜之推(531—590),字介,琅琊临沂人。先仕梁,后仕北齐、北周,卒于隋。作《颜氏家训》传世。虽其题署为"北齐黄门侍郎颜之推撰",然今人王利器《颜氏家训集解》,考证此书"盖成于隋文帝平陈以后,隋炀帝即位之前,其当六世纪之末期乎"。颜之推身世除在《颜氏家训》中可见依稀之外,他在《北齐书》和《北史》两书之《文苑传》均有传。

颜之推是北朝最为重要的文学理论批评家。由于他本是南朝人,受南朝的文化思想影响颇深,故其文学思想具有以北朝为主而兼有南朝色彩的特点。颜氏的文学思想和文学批评,集中表现在其《颜氏家训·文章》篇中。颜之推认为文学作品应以"理致"、"气调"为中心,而辞采、用典等只是一种辅助。他说:"文章当以理致为心肾,气调为筋骨,事义为皮肤,华丽为冠冕。"这种以人体来比喻文章的说法,和刘勰的论述颇为相似,《文心雕龙·附会》篇云:"情志为神明,事义为骨髓,辞采为肌肤,宫商为声气。"但颜之推的思想与刘勰相比又不相同,他以"理致"、"气调"为主的提法,更重理而不重情,是和北朝的尚理崇实、贵乎气质相一致的。他对南朝"浮艳"文风颇为不满,又说:"今世相承,趋末弃本,率多浮艳。辞与理竞,辞胜而理伏;事与才争,事繁而才损。放逸者流宕而忘归,穿凿者补缀而不足。时俗如此,安能独违?但务去泰去甚耳。必有盛才重誉,改革体裁者,实吾所希。"这里也可看出他对南朝文风虽有批评,但还是采取一种妥协态度,只是要求"去泰去甚"罢了,因而与苏绰等的看法并不完全相同,明显地表现了调和南北的倾向。颜氏《文章》篇一开始就说:"夫文章者,原出《五经》:诏命策檄,生于《书》者也;序述论议,生于《易》者也;歌咏赋颂,生于《诗》者也;祭祀哀诔,生于《礼》者也;书奏箴铭,生于《春秋》者也。朝廷宪章,军旅誓诰,敷显仁义,发明功德,牧民建国,施用多途。至于陶冶性灵,从容讽谏,入其滋味,亦乐事也。"这种论述,与刘勰《文心雕龙·宗经》篇所说,也颇相似。颜之推也是从儒家传统观点来论述文学的。这和北朝的崇经复古思想有共同之处。但是他又从南朝流行的思想出发,强调了文学可以陶冶性灵、富有滋味的特点,他实际上把广义的文章分为两类,即以"笔"为主的应用散文,以及抒情性较强的韵文,如诗赋之类。但在其心目中,前一类的地位更高、更重要,这显然是受北朝文学思想影响的结果。然而颜氏毕竟深受南朝文学思想之熏染,他对文学创作中作家的"天才"十分重视,并且对创作中灵感等问题,颜氏也阐发了符合艺术创作规律的见解,其"天才"、"兴会"论,正是受南朝文学创作思想影响的一个突出表现。颜之推论文学极重作家的人品,讲究道德修养,在《文章》篇中,他对历代文人的操行品德曾作了严厉的批评,但是他并未将这种"文人无行"的历史现象推向极端,从而否定文学,他与迂腐的经学家毕竟不同,他对文学的特征有比较清醒的认识,对艺术形式的华美也还是相当重视的,对于诗赋均体现出十分内行的审美判断。所以他对扬雄否定辞赋之论,表示了不满。理想、健康的文学应该以古为本,调和今古,并且以实为主、华实并茂,已经是后世融合南北文风之先声了。

夫文章者,原出《五经》[1]:诏命策檄[2],生于《书》者也;序述论议[3],生于《易》者也;歌咏赋颂[4],生于《诗》者也;祭祀哀诔[5],生于《礼》者也;书奏箴铭[6],生于《春秋》者也。朝廷宪章,军旅誓诰[7],敷显仁义,发明功德,牧民建国,施用多途。至于陶冶性灵[8],从容讽谏[9],入其滋味[10],亦乐事也。行有余力,则可习之[11]。然而自古文人,多陷轻薄[12]:屈原露才扬己,显暴君过[13];宋玉体貌容冶,见遇俳优[14];东方曼倩,滑稽不雅[15];司马长卿,窃赀无操[16];王褒过章《僮约》[17];扬雄德败《美新》[18];李陵降辱夷虏[19];刘歆反复莽世[20];傅毅党附权门[21];班固盗窃父史[22];赵元叔抗竦过度[23];冯敬通浮华摈压[24];马季长佞媚获诮[25];蔡伯喈同恶受诛[26];吴质诋忤乡里[27];曹植悖慢犯法[28];杜笃乞假无厌[29];路粹隘狭已甚[30];陈琳实号粗疏;繁钦性无检格[31];刘桢屈强输作[32];王粲率躁见嫌[33];孔融、祢衡,诞傲致殒[34];杨修、丁廙,扇动取毙[35];阮籍无礼败俗[36];嵇康凌物凶终[37];傅玄忿斗免官[38];孙楚矜夸凌上[39];陆机犯顺履险[40];潘岳干没取危[41];颜延年负气摧黜[42];谢灵运空疏乱纪[43];王元长凶贼自诒[44];谢玄晖侮慢见及[45]。凡此诸人,皆其翘秀[46]者,不能悉纪,大较如此。至于帝王,亦或未免。自昔天子而有才华者,唯汉武、魏太祖、文帝、明帝、宋孝武帝,皆负世议[47],非懿德之君也。自子游、子夏、荀况、孟轲、枚乘、贾谊、苏武、张衡、左思之俦,有盛名而免过患者,时复闻之,但其损败居多耳。每尝思之,原其所积,文章之体,标举兴会[48],发引性灵,使人矜伐[49],故忽于持操[50],果于进取。今世文士,此患弥切[51],一事惬当[52],一句清巧[53],神厉九霄,志凌千载[54],自吟自赏,不觉更有傍人。加以砂砾所伤,惨于矛戟[55],讽刺之祸,速乎风尘[56],深宜防虑,以保元吉[57]。学问有利钝,文章有巧拙。钝学累功,不妨精熟;拙文研思,终归蚩鄙[58]。但成学士,自足为人。必乏天才,勿强操笔。吾见世人,至无才思,自谓清华[59],流布丑拙,亦以众矣,江南号为诒痴符[60]。近在并州,有一士族,好为可笑诗赋,誂擘邢、魏诸公[61],众共嘲弄,虚相赞说,便击牛酾酒[62],招延声誉。其妻,明鉴妇人也,泣而谏之。此人叹曰:"才华不为妻子所容,何况行路!"至死不觉。自见之谓明[63],此诚难也。……或问扬雄曰:"吾子少而好赋?"雄曰:"然。童子雕虫篆刻,壮夫不为也[64]。"余窃非之曰:虞舜歌《南风》之诗[65],周公作《鸱鸮》之咏[66]，吉甫、史克雅、颂之美者[67]，未闻皆在幼年累德也。孔子曰："不学诗，无以言[68]。""自卫返鲁，乐正，雅、颂各得其所[69]。"大明孝道，引诗证之[70]。扬雄安敢忽之也？若论"诗人之赋丽以则，辞人之赋丽以淫"[71]，但知变之而已，又未知雄自为壮夫何如也？著《剧秦美新》，妄投于阁[72]，周章怖慴[73]，不达天命，童子之为耳。桓谭以胜老子[74]，葛洪以方仲尼[75]，使人叹息。此人直以晓算术[76]，解阴阳[77]，故著太玄经[78]，数子为所惑耳；其遗言余行，孙卿、屈原之不及，安敢望大圣之清尘[79]？且太玄今竟何用乎？不啻覆酱瓿而已[80]。齐世有席毗者，清干之士[81]，官至行台尚书，嗤鄙文学，嘲刘逖云[82]："君辈辞藻，譬若荣华[83]，须臾之玩，非宏才也；岂比吾徒千丈松树，常有风霜，不可凋悴矣！"刘应之曰："既有寒木，又发春华，何如也？"席笑曰："可哉！"凡为文章，犹人乘骐骥[84]，虽有逸气[85]，当以衔勒制之，勿使流乱轨躅[86]，放意填坑岸也[87]。文章当以理致为心肾[88]，气调[89]为筋骨，事义为皮肤，华丽为冠冕。今世相承，趋末弃本，率多浮艳[90]。辞与理竞，辞胜而理伏；事与才争，事繁而才损[91]。放逸者流宕而忘归，穿凿者补缀而不足[92]。时俗如此，安能独违？但务去泰去甚耳[93]。必有盛才重誉，改革体裁者，实吾所希[94]。古人之文，宏材逸气，体度风格，去今实远；但缉缀疏朴[95]，未为密致耳。今世音律谐靡[96]，章句偶对[97]，讳避精详，贤于往昔多矣。宜以古之制裁为本，今之辞调为末，并须两存，不可偏弃也。

何逊诗实为清巧[98]，多形似之言[99]；扬都[100]论者，恨其每病苦辛[101]，饶贫寒气，不及刘孝绰[102]之雍容也。虽然，刘甚忌之[103]，平生诵何诗，常云：蘧车响北阙，懵懵不道车[104]。又撰《诗苑》[105]，止取何两篇，时人讥其不广。刘孝绰当时既有重名，无所与让；唯服谢朓，常以谢诗置几案间，动静辄讽味。简文爱陶渊明文[106]，亦复如此。江南语曰："梁有三何，子朗最多[107]。"三何者，逊及思澄、子朗也。子朗信饶清巧。思澄游庐山，每有佳篇，亦为冠绝。

——《文章篇》（节录）

【注释】

[1] "大文章者"二句：思想"宗经"观，早由荀子提出，扬雄承其说。到刘勰《文心雕龙·宗经》篇，一变而为以文章皆原出《五经》。其词曰："故论说辞序，则《易》统其首，诏策章奏，则《书》发其源；赋颂词赞，则《诗》立其本；铭诔箴祝，则《礼》总

其端；记传盟檄，则《春秋》为根。"颜之推此说可能也接受了当时此种见解，只是各体宗经对象之归类略有不同。

〔2〕诏命策檄：《文心雕龙·诏命》篇："命者，使也。秦并天下，改命曰制。汉初定仪则，则命有四品，一曰策书，二曰制书，三曰诏书，四曰戒敕。敕戒州部，诏诰百官，制施赦命，策封王侯。策者，简也。制者，裁也。诏者，告也。敕者，正也。"又《檄移》篇："檄者，皦也，宣露于外，皦然明白也。"

〔3〕序述论议：《文心雕龙·论说》篇："故议者宜言，说者说语，传者转师，注者主解，赞者明意，评者平理，序者次事，引者胤辞：八名区分，一揆宗论。论也者，弥纶群言，而研精一理者也。"又《颂赞》篇："及迁《史》、固《书》，托赞褒贬，约文以总录；颂体以论辞，又纪传后评，亦同其名；而仲洽《流别》，谬称为述，失之远矣。"

〔4〕歌咏赋颂：《文心雕龙·明诗》篇："民生而志，咏歌所含。"《文心雕龙·诠赋》篇："赋者，铺也，铺采摛文，体物写志也。"又《颂赞》篇："颂者，容也，所以美盛德而述形容也。"

〔5〕祭祀哀诔：祭，祭文。祀，郊庙祭祀乐歌。《乐府诗集》一："《周颂·昊天有成命》，郊祀天地之乐歌也；《清庙》，祀太庙之乐歌也；《我将》，祀明堂之乐歌也；《载芟》、《良耜》，藉田社稷之乐歌也。然则祭乐之有歌，其来尚矣。"《文心雕龙·哀吊》篇："赋宪之谥，短折曰哀。哀者，依也，悲实依心，故曰哀也。"又《诔碑》篇："诔者，累也，累其德行，旌之不朽也。"

〔6〕书奏箴铭：《文心雕龙·书记》篇："书者，舒也，舒布其言，陈之简牍，取象于《夬》，贵在明决而已。"又《奏启》篇："奏者，进也，言敷于下，情进于上也。"又《铭箴》篇："铭者，名也，观器必也正名，审用贵乎盛德。"又曰："箴者，针也，所以攻疾防患，喻针石也。"

〔7〕誓诰：《礼记·曲礼下》："约信曰誓。"《尚书·甘誓》《正义》曰："马融云：'军旅曰誓，会同曰诰。'诰誓俱是号令之辞，意小异耳。"

〔8〕灵：陶以喻造瓦，冶以喻铸金。《文心雕龙·原道》篇："性灵所钟，是谓三才。"钟嵘《诗品》上之阮籍条说："而《咏怀》之作，可以陶性灵。"

〔9〕从容讽谏：参见《史记·屈原列传》："然皆祖屈原之从容辞令，终莫敢直谏。"其流为汉大赋式的"讽谏"。

〔10〕入其滋味：钟嵘《诗品序》："五言居文词之要，是众作之有滋味者也。"

〔11〕"行有余力"二句：《论语·学而》："行有余力，则以学文。"

〔12〕"然而自古文人"二句：《后汉书·马援传》载《诫元子严敦书》："效季良不得，陷为天下轻薄子。"《文心雕龙·程器》篇："略观文士之疵，相如窃妻而受金，扬雄嗜酒而少算，敬通之不循廉隅，杜笃之请求无厌，班固谄窦以作威，马融党梁而黩货，文举傲诞以速诛，正平狂憨以致戮，仲宣轻脆以躁竞，孔璋惚恫以粗疏，丁仪贪婪以乞货，路粹铺餟而无耻，潘岳诡祷于愍、怀，陆机倾仄于贾、郭，傅玄刚隘而詈台，孙楚狠愎而讼府。诸有此类，并文士之瑕累。"颜之推痛贬文人无行，于此

亦有所本。

[13] "屈原露才扬己"二句:出自班固《离骚序》。

[14] "宋玉体貌容冶"二句:宋玉《登徒子好色赋》:"大夫登徒子侍于楚王,短宋玉曰:'玉为人体貌闲丽,口多微辞,性又好色,王勿令出入后宫。'"宋玉《讽赋序》:"玉为人身体容冶。"见遇俳优,指宋玉不过是一文学弄臣而已。

[15] "东方曼倩"二句:东方朔,字曼倩,事迹见《史记·滑稽列传》。

[16] "司马长卿"二句:司马相如,字长卿。对卓文君"以琴心挑之",最后使卓王孙不得已而分钱财予司马相如和卓文君。事见《史记·司马相如列传》。

[17] 王褒过章《僮约》:王褒,字子渊,汉宣帝文学侍从,长于辞赋。他的《僮约》对所买奴仆订下繁苛的各种规定,但读之似乎是一篇游戏文字。

[18] 扬雄德败《美新》:新,是王莽篡汉后的国号,扬雄作《剧秦美新》,似也不足为扬雄人格污点。西汉末皇嗣屡绝,王莽代汉在当时是一不可扭转的结局。扬雄《剧秦美新》意在惩戒莽新以亡秦为镜鉴,并非阿谀新朝。

[19] 李陵降辱夷虏:事见《史记·李将军列传》。李陵,在天汉二年,率兵远击匈奴,被围,殊死奋战,最后被迫降于匈奴。

[20] 刘歆反复莽世:刘歆,字子骏,刘向之子。事迹见《汉书·楚元王传》,王莽篡汉,刘歆为造舆论,立下汗马功劳,被封国师。后歆之三子被王莽所杀。刘歆怀恨谋反,事泄,被迫自杀。

[21] 傅毅党附权门:傅毅曾依附大将军窦宪为司马,见《后汉书·文苑传·傅毅传》。

[22] 班固盗窃父史:《文心雕龙·史传》篇:"及班固述汉,因循前业,观司马迁之辞,思实过半。其《十志》该富,赞序弘丽,儒雅彬彬,信有遗味。至于宗经矩圣之典,端绪丰赡之功,遗亲攘美之罪,征贿鬻笔之愆,公理辨之究矣。"

[23] 赵元叔抗竦过度:赵壹,字元叔,东汉辞赋家。抗竦,指他倨傲不驯,愤世嫉俗。事迹见《后汉书·文苑传·赵壹传》。

[24] 冯敬通浮华摈压:《后汉书·冯衍传》:"衍字敬通,京兆杜陵人。更始二年,鲍永行大将军事,安集北方,以衍为立汉将军,领狼孟长,屯太原。世祖即位,永、衍审知更始已死,乃罢兵,降于河内。帝怨永、衍不时至,永以立功任用,而衍独见黜。倾之,为曲阳令,诛斩剧贼,当封,以谗毁,故赏不行。建武末,上疏自陈,犹以前过不用。显宗即位,人多短衍以文过其实,遂废于家。"

[25] 马季长佞媚获消:马融,字季长,东汉著名学者。《后汉书·马融传》称他:"才高博洽,为世通儒。惩于邓氏,不敢违忤势家,遂为梁冀草奏李固,又作《大将军西第颂》,以此颇为正直所羞。"

[26] 蔡伯喈同恶受诛:蔡邕,字伯喈。汉末著名作家。曾蒙董卓爱赏,《后汉书·蔡邕传》载"及卓被诛,邕在司徒王允坐,殊不意,言之而叹,有动于色。允勃然叱之,收付廷尉治罪,死狱中"。

[27] 吴质诋忤乡里:《三国志·魏书·王粲传》裴松之注:"质字季重,始为单家,少游

邀贵戚间,不与乡里相浮沉,故虽已出官,本国犹不与之士名。"注又引《质别传》:"质先以怙威肆行,谥曰丑侯。质子应上书论枉,至正元中,乃改谥威侯。"

〔28〕曹植悖慢犯法:《三国志·魏书·陈思王植传》:"黄初二年,监国谒者灌均希指奏植醉酒悖慢,劫胁使者,有司请治罪。"

〔29〕杜笃乞假无厌:杜笃,字季雅,东汉初作家。《后汉书·文苑列传》:"笃少博学,不修小节,不为乡人所礼。居美阳,与美阳令游,数从请托,不谐,颇相恨。令怒,收笃送京师。"后在狱中为吴汉作诔,辞最高,得免刑。

〔30〕路粹隘狭已甚:《三国志·魏书·王粲传》裴注引《典略》曰:"(路)粹字文蔚……与陈琳、阮瑀等典记室……承指数致孔融罪……融诛之后,人睹粹所作,无不嘉其才而畏其笔也。至十九年,从大军至汉中,坐违禁贱请驴,伏法。"鱼豢曰:"文蔚性颇忿鸷。"

〔31〕"陈琳实号粗疏"二句:《三国志·魏书·王粲传》裴注引鱼豢曰:"(韦)仲将云:'……休伯都无格检……孔璋实自粗疏。'"陈琳字孔璋,繁钦字休伯。检格,规矩,无检格,指放荡不羁。

〔32〕刘桢屈强输作:刘桢,字公幹。《三国志·魏书·王粲传》裴注引《典略》:"其后太子(曹丕)尝请诸文学,酒酣坐欢,命夫人甄氏出拜。坐中众人皆伏,而桢独平视。太祖闻之,乃收桢,减死输作。"

〔33〕王粲率躁见嫌:《三国志·魏书·王粲传》:"王粲字仲宣,山阳高平人。以西京扰乱,乃之荆州,依刘表。表以粲貌寝,而体弱通悦,不甚重也。太祖辟为丞相掾,魏国建,拜侍中。"裴注引韦仲将曰:"仲宣伤于肥戆。"《三国志·魏书·杜袭传》:"王粲性躁竞。"

〔34〕孔融、祢衡,诞傲致殒:《后汉书·孔融传》:"融见操雄诈渐著,数不能堪,故发辞偏宕,多致乖忤。"被曹操借故杀掉。《后汉书·文苑传》:"祢衡字正平……而尚气刚傲,好矫时慢物……衡始弱冠,而(孔)融年四十,遂与为交友。"孔融举荐祢衡于曹操,因他"勃虐无礼",曹操将他送与刘表,刘表又将他送与江夏太守黄祖,黄祖性急,祢衡言不逊顺,遂被杀。

〔35〕"杨修、丁廙"二句:杨修,字德祖。丁廙,字敬礼。《三国志·魏书·陈思王植传》:"植既以才见异,而丁仪、丁廙、杨修为之羽翼。太祖狐疑,几为太子者数矣……太祖既虑终始之变,以杨修颇有才策,而又袁氏之甥也,于是以罪诛修……文帝即王位,诛丁仪、丁廙并其男口。"可知"扇动",是指他们替曹植争夺太子之位。

〔36〕阮籍无礼败俗:参见《晋书·阮籍传》,阮籍遭母丧,照样饮酒吃肉;其嫂子还家,他见与作别,并说:"礼岂为我辈设哉!"刘孝标注《世说》引《晋阳秋》所载,当时何曾于太祖座责阮籍:"卿任性放荡,伤礼败俗。"

〔37〕嵇康凌物凶终:《晋书·嵇康传》:"(孙)登曰:'君(指嵇康)性烈而才隽,其能免乎!'"善为青白眼,钟会去看他,嵇康不与为礼,最后被谗遇害。

[38] 傅玄忿斗免官:傅玄,字休奕,晋武帝时作家。曾仕至侍中。因与散骑常侍皇甫陶不和,争言喧哗,为有司所奏,二人竟坐免官。

[39] 孙楚矜夸凌上:《晋书·孙楚传》:"孙楚字子荆……楚后迁佐著作郎,复参石苞骠骑军事。楚既负其材气,颇侮易于苞,初至,长揖曰:'天子命我参卿军事。'因此而嫌隙遂构。……又与乡人郭奕争。"

[40] 陆机犯顺履险:陆机在西晋"八王之乱"中,不能见机隐退,辗转诸王之间,遂不免一死。见《晋书·陆机传》。

[41] 潘岳干没取危:《晋书·潘岳传》载潘岳趋附贾谧,其母数诮之曰:"尔当知足,而干没不已乎?"孙秀曾为潘岳小史,潘岳数挞辱之,及赵王伦辅政,孙秀为中书令,便诬陷潘岳等谋乱。潘岳全家遇害。

[42] 颜延年负气摧黜:颜延之,字延年。《南史·颜延之传》:"延之疏诞,不能取容当世……出为永嘉太守。延之甚怨愤,乃作《五君咏》……湛及义康以其辞旨不逊,大怒,欲黜为远郡。"文帝稍为打圆场,颜延之因此而屏居七年。

[43] 谢灵运空疏乱纪:谢灵运"性豪侈",衣服多改旧形制。入宋后,"常怀愤惋",出为永嘉太守,肆意遨游,不理公务。为有司所纠,他兴兵拒捕,被擒,徙广州弃市。见《宋书·谢灵运传》。

[44] 王元长凶贼自诒:王融,字元长,齐竟陵王萧子良门下八友之一。他趁齐武帝病危昏迷时,欲矫诏立萧子良,未遂,下狱死。见《南齐书·王融传》。

[45] 谢玄晖侮慢见诎:谢朓,字玄晖。他素轻侮江祐。齐东昏失德,江祐欲废之,谢朓将其谋划泄露,江祐遂构害之。见《南史·谢朓传》。

[46] 翘秀:杰出者。

[47] 世议:被世讥论也。

[48] 标举兴会:标举,崇尚之意。兴会,《文选·谢灵运传论》:"灵运之兴会标举。"李善注:"兴会,情兴所会也。"

[49] 矜伐:《史记·淮阴侯传论》:"不伐己功,不矜其能。"指向他人夸耀自己。

[50] 持操:指为人的操守、原则。

[51] 弥切:更加深切。

[52] 惬当:《文选·文赋》:"惬心者贵当。"

[53] 清巧:清新奇巧。

[54] "神厉九霄"二句:喻其藐视天下、今古。

[55] "加以砂砾所伤"二句:《荀子·荣辱》篇:"伤人之言,深于矛戟。"

[56] "讽刺之祸"二句:文含讽刺,有时会迅速招来祸患。

[57] 元吉:《易·坤》:"黄裳元吉。"元,大。吉,福。

[58] "学问有利钝"六句:学问通过努力,可以精进不已。然于文章,曹丕《典论·论文》有"巧拙有素"之定论,若拙于为文,尽管精研深思,终难以把文章写得华美。

[59] 清华:《晋书·左贵嫔传》:"言及文义,辞对清华。"

〔60〕 詅痴符：指那种非但不知其丑拙，而且还要大肆炫耀卖弄者。
〔61〕 誂擎刑、魏诸公：誂擎，吴方言，音调皮，戏谑也。谓以言戏人。邢、魏诸公，指邢邵和魏收，参见《北齐书》本传，两人为北方著名文士。
〔62〕 釃酒：《诗·小雅·伐木》："釃酒有藇"，即今所谓筛酒。
〔63〕 自见之谓明：《老子》"自知者明"。
〔64〕 "或问扬雄曰"云云：见扬雄《法言·吾子》。
〔65〕 虞舜歌《南风》之诗：《礼记·乐记》："昔者，舜作五弦之琴，以歌《南风》。"
〔66〕 周公作鸱鸮之咏：《毛诗序》："《鸱鸮》，周公救乱也。成王未知周公之志，公乃为诗以遗王，名之曰《鸱鸮》焉。"
〔67〕 吉甫、史克雅、颂之美者：据《毛诗序》，《大雅》中《崧高》、《烝民》、《韩奕》，皆尹吉甫美宣王之诗。《鲁颂》中《駉》一篇，是史克作以歌颂僖公。
〔68〕 不学诗无以言：见《论语·季氏》。
〔69〕 "自卫反鲁"三句：见《论语·子罕》。
〔70〕 "大明孝道"二句：孔子为曾子陈孝道，撰述《孝经》，每章之末，俱引《诗》以明之。
〔71〕 "诗人之赋丽以则"二句：见《法言·吾子》。
〔72〕 妄投于阁：《汉书·扬雄传》："王莽时，刘歆、甄丰皆为上公，莽既以符命自立，即位之后欲绝其原以神前事，而丰子寻，歆子棻复献之。莽诛丰父子，投棻四裔，辞所连及，便收不请。时雄校书天禄阁上，治狱使者来，欲收雄，雄恐不能自免，乃从阁上自投下，几死。"
〔73〕 周章怖慴：惊恐的样子。
〔74〕 桓谭以胜老子：桓谭认为扬雄著述可与《老子》相比，参见《汉书·扬雄传》："时大司空王邑、纳言严尤闻雄死，谓桓谭曰：'子尝称扬雄书，岂能传于后世乎？'谭曰：'必传。顾君与谭不及见也。凡人贱近而贵远，亲见扬子云禄位容貌不能动人，故轻其书。昔老聃著虚无之言两篇，薄仁义，非礼学，然后世好之者尚以为过于《五经》，自汉文景之君及司马迁皆有是言。今扬子云之书文义至深，而论不诡于圣人，若使遭遇时君，更阅贤知，为所称善，则必度越诸子矣。"
〔75〕 葛洪以方仲尼：葛洪把他与孔子相提并论，《抱朴子外篇·尚博》："世俗率神贵古昔，而黩贱同时。""虽有益世之书，犹谓之不及前代之遗文也。是以仲尼不见重于当时，《太玄》见蚩薄于比肩也。"
〔76〕 算术：《汉书·艺文志·数术略》有许商《算术》二十六卷，杜忠《算术》十六卷。
〔77〕 阴阳：《汉书·艺文志·诸子略》："阴阳家者流，盖出于羲和之官，敬顺昊天，历象日月星辰，敬授民时：此其所长也。及拘者为之：则牵于禁忌，泥于小数，舍人事而任鬼。"
〔78〕 故著太玄经：《汉书·扬雄传》："以为经莫大于《易》，故作《太玄》。"
〔79〕 清尘：《文选》司马相如《上书谏猎》："犯属车之清尘。"李注："车尘言清，尊之意也。"

〔80〕 不音覆酱瓿而已:《汉书·扬雄传》载刘歆观《太玄》,对扬雄说:"空自苦!今学者有禄利,然尚不能明《易》,又如《玄》何?吾恐后人用覆酱瓿也。"指毫无用处。

〔81〕 "齐世有席毗者"二句:王利器注引陈直曰:"《北史序传》叙李彧之子李礼成事云:'伐齐之役,从帝围晋阳,齐将席毗罗精兵拒帝,礼成力战退之。'当即此人。席毗又附见《北史·尉迟迥传》及《隋书·于仲文传》。"清干,清明能干。

〔82〕 刘逖:《北齐书·刘逖传》:"刘逖,字子长……发愤自励,专精读书。……亦留心文藻,颇工诗咏。"

〔83〕 譬若荣华:荣华,指虽盛艳而瞬间枯萎凋谢者。《文选》郭景纯《游仙诗》:"蕣荣不终朝。"李善注:"潘岳《朝菌赋序》:'朝菌者,时人以为蕣华,庄生以为朝菌,其物向晨而结,绝日而殒。'"荣华与朝菌,一物而异名。

〔84〕 "凡为文章"二句:曹丕《典论·论文》:"咸以自骋骥于千里,仰齐足而并驰。"

〔85〕 逸气:指骏逸之气,曹丕《与吴质书》:"公幹有逸气,但未遒耳。"

〔86〕 轨躅:车轮碾过的辙迹。

〔87〕 放意填坑岸也:放意,肆意。坑岸,深沟。

〔88〕 理致:理性的思索安排。

〔89〕 气调:气度格调。

〔90〕 浮艳:轻浮香艳,这是齐梁宫体诗作者的普遍风格特征。

〔91〕 "事与才争"二句:事,事类,即运用典故,当时文人以用事繁多为炫耀,这反而有损作者个人才性的表现。

〔92〕 "放逸者流宕而忘归"二句:流宕,指不加节制。补缀,如钟嵘《诗品》中所说:"遂乃句无虚语,语无虚字,拘挛补衲,蠹文已甚。"

〔93〕 但务去泰去甚耳:戒绝过甚。《老子》二十九章:"是以圣人去甚去奢去泰。"

〔94〕 希:希望。

〔95〕 缉缀:编辑连缀。

〔96〕 谐靡:和谐精细。

〔97〕 章句偶对:主要指对偶,也即《文心雕龙》之"丽辞"。

〔98〕 何逊诗实为清巧:《梁书·何逊传》:"东海王僧孺集其文为八卷。初逊文章,与刘孝绰并见重于世,世谓何、刘。世祖著论论之云:'诗多而能者沈约,少而能者谢朓、何逊。'"

〔99〕 多形似之言:沈约《宋书·谢灵运传论》:"相如巧为形似之言。"

〔100〕 扬都:指南朝首都,即建业。

〔101〕 苦辛:运思艰苦。

〔102〕 刘孝绰:见《梁书·刘孝绰传》。

〔103〕 刘甚忌之:《梁书·刘孝绰传》:"孝绰少有盛名,而仗气负才,多所陵忽,有不合意,极言詆訾。"

〔104〕 "蓬车响北阙"二句:何逊《早朝车中听望诗》:"蓬车响北阙,郑履入南宫。"蓬车

用蘧伯玉事,见《列女传·仁智》篇。后句所讥,迄今未得确解。

〔105〕《诗苑》:刘孝绰编撰《诗苑》,今已佚。

〔106〕简文爱陶渊明:萧统著有《陶渊明集序》,对陶敬慕至深,其弟萧纲同样也喜好陶潜诗文。

〔107〕"梁有三何"二句:何思澄,字元静。何子朗,字世明。《梁书·何思澄传》:"初,思澄与宗人逊及子朗俱擅文名,时人语曰:'东海三何,子朗最多。'思澄闻之曰:'此言误耳,如其不然,故当归逊。'思澄意谓宜在己也。"

【思考题】

1. 论述颜之推融合南北、今古文风的文学主张。
2. 就颜之推对于历代文人道德人品的批评,谈谈你的见解。

隋唐五代

陈子昂《与东方左史虬修竹篇序》

【题解】

陈子昂(659—700),字伯玉,梓州射洪(今属四川)人。少年任侠,24岁举进士,擢麟台正字,迁右拾遗。屡上书言事,辞多直切,颇中世病,但罕为用。武则天万岁通天元年(696)从武攸宜北征契丹,忤上降职。圣历元年(698)辞官还乡,县令段简构陷之,下狱死。有《陈拾遗集》十卷传世。

隋、唐之际,文坛上不少人都感受到了晋宋以还特别是齐梁的文风之弊,纷起批评、矫正。但或批评不到当处,或提不出正面主张,或观点过于守旧,效果均不明显。至陈子昂登上诗坛后,大力倡导革新,方给人耳目一新之感。这篇《与东方左史虬修竹篇序》,就是陈子昂诗歌革新主张的一个纲领。文中对六朝特别是齐梁文学提出了两点尖锐的批评:一是"彩丽竞繁而兴寄都绝",即徒具华丽辞藻,而匮乏深微的情志寄托;二是"汉魏风骨,晋宋莫传",即丧失了汉魏诗歌那种以充实内容为底蕴的强烈的艺术感染力、震撼力。这可以说是准确地击中了齐梁文风的要害。同时,从另一角度说,这也体现了陈子昂诗歌革新的正面主张:要求诗歌创作重视"兴寄"和"风骨",寄怀深远,言之有物,因物喻志、托物起情,意象鲜明、语言精警。文中借评论东方虬《咏孤桐》诗而提出的:"骨气端翔,音情顿挫,光英朗练,有金石声",就是陈子昂心中的理想作品。他本人的诗歌创作正是以此为宗旨,《感遇》三十八首和《登幽州台歌》等都是兴寄深远、风清骨峻之作。经过陈子昂等人从理论上到创作实践上的努力,初唐半个多世纪齐梁文风的余波影响终于廓清了,诗坛迎来了以"风骨"、"气象"著称的盛唐诗歌的创作热潮。

东方公足下[1]:文章道弊五百年矣[2]。汉魏风骨[3],晋宋莫传,然而文献有可征者。仆尝暇时观齐、梁间诗,彩丽竞繁而兴寄都绝[4],每以永叹。思古人,常恐逶迤颓靡,风雅不作,以耿耿也[5]。一昨于解三处[6],见明公《咏孤桐篇》[7],骨气端翔[8],音情顿挫[9],光英朗练[10],有金石声[11]。遂用洗心饰视[12],发挥幽郁。不图正始之音复睹于兹[13],可使建安作者相视而笑。解君云:"张茂先[14]、何敬祖[15],东方生[16]与其比肩。"仆以为知言也。故感叹雅制,作《修竹诗》一首,当有知音以传示之。

【注释】

〔1〕 东方公:对东方虬的敬称。《全唐诗小传》:"东方虬,武则天时为左史。"余不详。
〔2〕 五百年:概指西晋至唐代初年。卢藏用《右拾遗陈子昂文集序》:"道丧五百岁而得陈君。"
〔3〕 风骨:参见本书《文心雕龙·风骨》篇注。"汉魏风骨",义近钟嵘《诗品序》所说"建安风力",参见本书该篇注。
〔4〕 兴寄:比兴寄托。
〔5〕 耿耿:心中不安貌。
〔6〕 解三:不详,似应是陈子昂和东方虬的诗友。
〔7〕 明公:对东方虬之敬称。其《咏孤桐》诗已佚。
〔8〕 骨气端翔:具有风骨美。端,端直。翔,飞动。
〔9〕 顿挫:抑扬起伏、有力。
〔10〕 光英朗练:光彩、鲜明、精练。
〔11〕 有金石声:音韵铿锵悦耳。《晋书·孙绰传》:"卿拭掷地,当作金石声。"
〔12〕 洗心饰视:心目为之一新。饰,清洗拂拭。
〔13〕 正始之音:正始,曹魏齐王芳年号(240—248)。文学史上的"正始之音",泛指曹魏后期出现的阮籍、嵇康等作家的作品。
〔14〕 张茂先:张华,字茂先,西晋著名诗人。
〔15〕 何敬祖:何劭,字敬祖,西晋诗人。
〔16〕 东方生:即东方虬。

【思考题】

1. 结合陈子昂的诗歌作品,分析他提倡的"风骨"内涵。
2. 结合齐梁诗歌创作现象,把握陈子昂提倡的"兴寄"内涵。

王昌龄诗论选录

【题解】

王昌龄(698—约757),字少伯,京兆长安(今属陕西西安市)人。一作太原(今属山西)人。开元十五年(727)进士,授汜水尉,转校书郎,因事贬谪岭南,北还后又于开元末贬江宁丞。天宝七年(748)再贬龙标(今湖南黔阳)尉。故世称王江宁或王龙标。安史之乱发生,避乱还乡里,路过亳州,为刺史闾丘所杀。存诗一百八十余首,以七绝见长,多写军旅边塞生活,气势雄浑,格调高昂,文字洗练精美。是盛唐诗歌的典型代表。

王昌龄的诗论著作,世传有《诗格》、《诗中密旨》二种,见载于宋人陈应行所辑丛书《吟窗杂录》。但恐非王著原貌。日本僧人空海(774—835)旅唐归国后所编《文镜秘府论》中,曾多次引用王昌龄《诗格》中的论述,空海并且直接说过:"王昌龄《诗格》一卷,此是在唐日于作者边偶得此书。古诗格等虽有数家,近代才子,切爱此格。"(《性灵集》卷四《书刘希夷集献纳表》)空海于804年来唐,806年回国,王昌龄约卒于757年,可见空海得到《诗格》一书距王昌龄谢世仅半个世纪,因此《文镜秘府论》中所引《诗格》文字,应当说比较可靠。这里选录了《文镜秘府论·南卷·论文意》和《吟窗杂录》本《诗格》、《诗中密旨》一些文字,以便互相参考。

王昌龄诗论主要关注诗歌风格和意境两个重要理论问题。在风格方面,他提出了"意是格,声是律,意高则格高,声辨则律清,格律全,然后始有调"的格律说或格调说,即主张诗歌要有高古的立意品格与和谐的音律之美,这是作者理想的艺术风格。后世明代李东阳、李梦阳以及清代沈德潜等人所推许的以盛唐为宗的格调说,实即渊源于此。关于诗歌的意境,是中唐以后众多诗论家所关注的重要问题。王昌龄的诗论,已经初步接触了此题。他提出了"境思"概念,"境"指作品所抒写的所有客体对象,即《诗格》中所说的"物境"、"情境"、"意境"。《吟窗杂录》本王昌龄《诗格》:"诗有三境:一曰物境,欲为山水诗,则张泉石云峰之境,极丽绝秀者,神之于心,处身于境,视境于心,莹然掌中,然后用思,了然境象,故得形似。二曰情境,娱乐愁怨,皆张于意,而处于身,然后驰思,深得其情。三曰意境,亦张之于意,而思之于心,则得其真矣。"《喻窗杂录》本《诗格》:"诗有三格:一曰生思,久用精思,未契意象,力疲智竭,放安神思,心偶照境,率然而生。二曰感思,寻味前言,吟讽古制,感而生思。三曰取思,搜求于象,心入于境,神会于物,因心而得。""思"则是指诗人创作中的神思活动,侧重于主体的情志意趣活动。在创作中"思"与"境"缺一不可,它们互相生发,互相融合,最终形成作品的意境。作者讫具体论述了诗思与诗境如何培养、如何融合问题:"夫作文章,但多立意。令左穿右穴,苦心竭智,必须忘身,不可拘束。思若不来,即须放情却宽之,令境生。然后以境照之,思则便来,来即作文。如其境思不来,不可作也。"诗歌创作中自然要立意,但这意必与外境融为一体,方能驰骋神思,创作出意境深远高迈之作。意与境的融合,也就是心与物的结合,这种结合的过程是:"夫置意作诗,即须凝心,目击其物,便以心击之,深穿其境。"要结合得水乳交融,彼此不分。这种融合状态下产生的意境,正是诗歌审美意趣赖以生发的基础。

凡作诗之体[1],意是格[2],声是律[3],意高则格高,声辨则律清[4],格律全,然后始有调[5]。用意于古人之上,则天地之境,洞焉可观。古文格高,一句见意,则"股肱良哉"是也[6]。其次两句见意,则"关关雎鸠,在河之洲"是也[7]。其次古诗,四句见意,则"青青陵上柏,磊磊涧中石,人生天地间,忽如远行客"是也[8]。又刘公幹诗云:"青青陵上松,驱驱谷中风,风弦一何盛,松枝一何劲[9]。"此诗从首至尾,唯论一事,以此不如古人也。

夫作文章,但多立意。令左穿右穴[10],苦心竭智,必须忘身,不可拘束。思若不来,即须放情却宽之,令境生。然后以境照之,思则便来,来即作文。如其境思不来,不可作也。

夫置意作诗,即须凝心,目击其物,便以心击之[11],深穿其境。如登高山绝顶,下临万象,如在掌中。以此见象,心中了见,当此即用。如无有不似,仍以律调之定[12],然后书之于纸,会其题目[13]。山林、日月、风景为真,以歌咏之。犹如水中见日月,文章是景[14],物色是本,照之须了见其象也。

夫文章兴作,先动气,气生乎心,心发乎言,闻于耳,见于目,录于纸。意须出万人之境,望古人于格下[15],攒天海于方寸[16]。诗人用心,当于此也。

【注释】

〔1〕 体:诗之体貌。
〔2〕 意:指诗的立意。《吟窗杂录》本王昌龄《诗中密旨》:"诗有二格:诗意高谓之格高,意下谓之格下。古诗:'耕田而食,凿井而饮。'此高格也。沈休文诗:'平生少年日,分手易前期。'此下格也。"
〔3〕 声是律:声,指汉语的四声。律,音律。
〔4〕 辨:分明而和谐。
〔5〕 调:此指诗歌立意高古、声律和谐而形成的风格美。
〔6〕 股肱良哉:语见《尚书·益稷》。《诗中密旨》:"句有三例:一句见意,'股肱良哉'

〔7〕 "关关雎鸠"二句：语见《诗经·周南·关雎》。《诗中密旨》："两句见意，'关关雎鸠，在河之洲。'"
〔8〕 "青青陵上松"四句：语见《文选》卷二九《古诗十九首》。《吟窗杂录》本《诗中密旨》："四句见意，'青青陵上柏，磊磊涧中石，人生天地间，忽如远行客。'"
〔9〕 刘公幹：建安诗人刘桢。引诗见刘桢《赠从弟》。
〔10〕 左穿右穴：谓冥搜苦索。穴，此处作动词，挖掘。《吟窗杂录》本王昌龄《诗格》："诗有六贵例：三曰穿穴，古诗：'古墓犁为田，松柏摧为薪。'"
〔11〕 击：深入、透彻把握。
〔12〕 仍以律调之定：还要调节声律，使之谐和。
〔13〕 会：会合，符合。
〔14〕 景：通"影"。
〔15〕 望古人于格下：意谓在立意之品格上超越古人。
〔16〕 攒：积聚、收拢。方寸：指诗人心灵。

【思考题】

1. 结合王昌龄的诗歌创作，谈谈他的"格律"（或"格调"）说。
2. 试析王昌龄初步提出的"意境"说。

李白诗论选录

【题解】

　　李白（701—762），字太白，号青莲居士。祖籍陇西成纪（今甘肃天水附近），其先人于隋末流寓中亚，李白即出生于中亚碎叶（今巴尔喀什湖南的楚河流域）。五岁时随父亲迁居绵州彰明（今四川江油县），幼年受过传统的儒家文化教育，青年时曾受到戴天山的道士、纵横家赵蕤的影响。二十五岁"仗剑去国，辞亲远游"（《上安州裴长史书》），足迹遍及各地，天宝元年（742）被召入京，供奉翰林，两年后被"赐金放还"。安史之乱中，被永王李璘辟为幕僚，后璘败受株连，流放夜郎，途中遇赦东还。晚年漂泊流浪，病死于当涂（今属安徽）。有《李太白集》传世。
　　继承陈子昂的诗歌思想，更高地树起诗歌革新旗帜的，是盛唐大诗人李白。李白一方面批评了自从汉赋以来过于浮艳的创作风气,如"扬、马激颓波,开流荡无垠"(《古风》其一),主张恢复《诗经》、《楚辞》文质并茂的文学传统:"《大雅》久不作,吾衰竟谁陈?"(同上)"《大雅》思文王,《颂》声久崩沦。"(《古风》其三十五)"正声何微茫,哀怨起骚人。"(《古风》其一)"屈平辞赋悬日月"(《江上吟》)。另一方面,他又强调要充分吸收六朝文学中的优秀成果与艺术经验。他对南朝诗人谢灵运(大谢)和谢朓(小谢)等都表示了由衷的钦佩,如:"他日相思一梦君,应得池塘生春草"(《送舍弟》)、"蓬莱文章建安骨,中间小谢又清发"(《宣州谢朓楼饯别校书叔云》)等,这比陈子昂的诗论更为全面、辩证。

李白在诗歌的审美风貌上,鲜明地提出了自己的理想追求——清新、自然、真切之美。他在《古风》其一中对唐代诗坛的清新风格进行了热切的歌颂:"圣代复元古,垂衣贵清真。"又在《赠江夏韦太守良宰》中,借赞美韦太守的诗高声唱出了自己向往清真天然的诗美理想:"清水出芙蓉,天然去雕饰。"正是基于这种审美观,李白对那种寸寸径径模拟前人和雕琢藻饰的创作倾向给予了嘲讽和抨击:"丑女来效颦,还家惊四邻。寿陵失本步,笑杀邯郸人。一曲斐然子,雕虫丧天真。"(《古风》其三十五)因为这是违背自然、真切、清新的审美趣味的。

李白这种以复古为革新、追求天然美的诗歌思想,特别是他以这种理论为指导的卓越的创作实践,真正开启了有唐一代诗歌创作的新风。

古风(其一)

《大雅》久不作,吾衰竟谁陈[1]?《王风》委蔓草,战国多荆榛[2]。龙虎相啖食,兵戈逮狂秦。正声何微茫,哀怨起骚人[3]。扬、马激颓波[4],开流荡无垠。废兴虽万变,宪章亦已沦[5]。自从建安来,绮丽不足珍。圣代复元古,垂衣贵清真[6]。群才属休明,乘运共跃鳞[7]。文质相炳焕,众星罗秋旻[8]。我志在删述,垂辉映千春[9]。希圣如有立,绝笔于获麟[10]。

【注释】

〔1〕《大雅》:《诗经》中的一部分,主要描写和反映西周时期的政治。此二句仿孔子自叹年力已衰口气,感叹《诗经》传统后继乏人。

〔2〕《王风》:《诗经·国风》中的一部分,主体是周室东迁洛邑之后出现的民歌。"蔓草"、"荆榛",都是荒凉之意,指春秋、战国时诗歌创作式微。

〔3〕 正声：雅正之声，指上述《诗经》作品。骚人：指以屈原为代表的楚辞作家。
〔4〕 扬、马：扬指扬雄，马指司马相如，代表汉赋作家。
〔5〕 宪章：法则，指诗歌创作法度。沦：沦丧。
〔6〕 圣代：指唐代。元古：一作"玄古"，指远古。垂衣：《周易·系辞》："垂衣裳而天下治。"此处指唐代政治开明。清真：清新、自然真切。
〔7〕 群才：指本朝诗人。属：遇、逢。休明：开明的治世。跃鳞：龙腾鱼跃，大展才能。
〔8〕 文质：诗歌的内容和形式。秋旻：秋夜天空。
〔9〕 此二句说我拟像孔子一样，编定一代优秀诗作，使之流传千古。相传孔子曾删定《诗经》。
〔10〕 获麟：据《春秋·公羊传》载：鲁哀公十四年春"西狩获麟"，孔子见后感叹："吾道穷矣"，遂停止了《春秋》的编著。此二句申论自己将继承孔子之志，在著述上有所建立。

古风（其三十五）

丑女来效颦，还家惊四邻[1]。寿陵失本步，笑杀邯郸人[2]。一曲斐然子，雕虫丧天真[3]。棘刺造沐猴，三年费精神[4]。功成无所用，楚楚且华身。《大雅》思文王，《颂》声久崩沦。安得郢中质，一挥成斧斤[5]。

【注释】

〔1〕 "丑女"二句：《庄子·天运》："西施病心而矉其里。其里之丑人见之而美之，归亦捧心而矉其里。其里之富者见之，坚闭门而不出，贫人见之，挈妻子而去走。"矉，即颦，皱眉头。
〔2〕 "寿陵"二句：《庄子·秋水》："且子独不闻夫寿陵余子之学行于邯郸与？未得国能，又失其故行矣，直匍匐而归耳。"
〔3〕 雕虫：扬雄《法言·吾子》："或问：吾子少而好赋？曰：'然。童子雕虫篆刻。'俄而曰：'壮夫不为也。'"
〔4〕 沐猴：《韩非子·外储说左上》："燕王好微巧，卫人曰：'能以棘刺之端为母猴。'燕王悦之，养之以五乘之奉。……"母猴，《太平御览》九五九引作"沐猴"。
〔5〕 "安得"二句：质，对手。斤，斧头。《庄子·徐无鬼》："郢人垩（白土）慢（漫）其鼻端，若蝇翼，使匠石斫之。匠石运斤成风，听而斫之，尽垩而鼻不伤。郢人立不失容。"

【思考题】

1. 如何准确理解李白《古风》其一中的"自从建安来，绮丽不足珍"？

2. 结合李白的诗歌创作,谈谈他"清水出芙蓉,天然去雕饰"的审美理想。

殷璠诗论选录

【题解】

殷璠(生卒年不详),丹阳(今江苏丹阳县)人,大约生活于唐玄宗开元、天宝年间。据《嘉定镇江志》载:"殷璠,丹阳人,处士,有诗名。"《新唐书·艺文志》记载他"汇次"包融、储光羲等十八位润州(即古丹阳)诗人的作品"为《丹阳集》"。上书同卷总集类又著录:"殷璠《丹阳集》一卷,又《河岳英灵集二卷》。"其《丹阳集》已佚,但宋人编《吟窗杂录》中还保存一些评语残文及所选诗句。《河岳英灵集》今存,《四部丛刊》影明翻宋本书前署"唐丹阳进士殷璠"。又据晚唐诗人吴融《过丹阳》一诗(《全唐诗》卷六八四)自注说:"殷文学于此集《英灵》。"则知其可能任过润州文学职("从八品下"的微职),但据《河岳英灵集序》自谓"爰因退迹,得遂宿心",似乎主动辞职专事文学创作和著述,因而《嘉定镇江志》称之为"处士"。

《河岳英灵集》是殷璠选编的唐诗选本,共选了盛唐诗人常建、王昌龄、王维、李白等二十四人的诗作,书前有一篇《序》、一篇《集论》,并且对每位诗人的作品都分别作了评语。其中提出了自己选诗的宗旨、标准,体现了他的诗学理想。

殷璠总的诗学观点,是主张诗歌创作要兼重社会内容与艺术形式,二者均不得忽视。一方面,他严厉批评前代那种"理则不足,言常有余,都无兴象(比兴),但贵轻艳。虽满箧笥,将何用之"的不良诗风(《序》);另一方面,他又非常重视诗歌的声律之美:"昔伶伦造律,盖为文章之本也。是以气因律而生,节假律而明,才得律而清焉。预于词场,不可不知音律焉。"(《集论》)因此,他提出的选诗标准是:"既闲新声,复晓古体。文质半取,风骚两挟。言气骨则建安为俦,论宫商则太康不逮。"(《集论》)这实际上正是盛唐诗歌的典型审美特征,也正是殷璠的诗学理想。

但在具体评语中,殷璠则更多地倾向于探讨诗歌的审美特征,强调创造出诗歌的整体审美意象即"兴象"。如在评论陶翰诗时说:"既多兴象,复备风骨。"评孟浩然诗:"无论兴象,兼复故实。"这种"兴象",指诗中引发并包蕴着深微的主体情思的审美意象,它可以感发接受者的性灵,产生浓厚的审美兴趣。因而殷璠特别欣赏诗人们所创造的具有言外之意的诗境。如评王维诗云:"在泉为珠,著壁成绘,一字一句,皆出常境。"评常建诗云:"其旨远,其兴僻,佳句辄来,唯论意表。"所谓"出常境",所谓"意表",就是指诗歌"兴象"所体现出的具体文字和形象之外的审美境界。他评刘眘虚的诗:"情幽兴远",评储光羲的诗:"格高调逸,趣远情深。"也是说的这个问题。这已经是在探讨盛唐以王维、孟浩然为代表的重审美意境创造的诗歌特征了。殷璠的这种"兴象"论,对后来中唐时期皎然、刘禹锡等人的意境理论有很大的影响。

河岳英灵集序

叙曰:夫文有神来、气来、情来。有雅体、野体、鄙体、俗体。编纪者能审鉴诸体,委详所来,方可定其优劣,论其取舍。至如曹、刘诗多直语[1],少切对,或五字并侧[2],或十字俱平,而逸驾终存[3]。然挈瓶肤受之流[4],责古人不辩宫商徵羽,词句质素,耻相师范。于是攻异端,妄穿凿,理则不足,言常有余,都无兴象[5],但贵轻艳。虽满箧笥,将何用之?自萧氏以还[6],尤增矫饰。武德初[7],微波尚在,贞观末[8],标格渐高,景云中[9],颇通远调,开元十五年后[10],声律、风骨始备矣。实由主上恶华好朴,去伪从真,使海内词场[11],翕然尊古。南风周雅[12],称阐今日。璠不揆[13],窃尝好事。愿删略群才,赞圣朝之美。爰因退迹,得遂宿心。粤若王维、王昌龄、储光羲等二十四人,皆河岳英灵也。此集便以《河岳英灵》为号。诗二百三十四首,分为上、下卷。起甲寅[14],终癸巳[15]。论次于叙,品藻各冠篇额。如名不副实,才不合道,纵权压梁窦[16],终无取焉。

【注释】

〔1〕 曹、刘:指汉魏诗人曹植、刘桢。
〔2〕 侧:通"仄"。
〔3〕 逸驾:喻诗格高迈者。一作"逸价"。
〔4〕 挈瓶:汲水之瓶,喻学识浅薄。肤受:仅得皮毛。
〔5〕 兴象:一作"比兴"。
〔6〕 萧氏:指南朝萧姓齐、梁二朝。

〔7〕 武德:唐高祖年号(618—626)。
〔8〕 贞观:唐太宗年号(627—649)。
〔9〕 景云:唐睿宗年号(710—711)。
〔10〕 开元:唐玄宗年号(713—741)。
〔11〕 词场:一作"词人"。
〔12〕 南风周雅:一作"有周风雅",概指《诗经》。
〔13〕 揆:揣度事理。
〔14〕 甲寅:指唐玄宗开元二年(714)。
〔15〕 癸巳:指唐玄宗天宝十二年(753)。
〔16〕 梁窦:指东汉权门贵族梁冀、窦宪二家。

河岳英灵集论

论曰:昔伶伦造律[1],盖为文章之本也。是以气因律而生,节假律而明,才得律而清焉[2]。预于词场,不可不知音律焉。孔圣删诗,非代议所及。自汉、魏至于晋、宋,高唱十有余人;然观其乐府,犹有小失。齐、梁、陈、隋,下品实繁,专事拘忌,弥损厥道。夫能文者,匪谓四声尽要流美,八病咸须避之,纵不拈缀,未为深缺。即"罗衣何飘飘,长裾随风还[3]",雅调仍在,况其他句乎。故词有刚柔,调有高下,但令词与调合,首末相称,中间不败,便是知音。而沈生虽怪曹、王曾无先觉[4],隐侯去之更远[5]。璠今所集[6],颇异诸家:既闲新声,复晓古体。文质半取,风骚两挟。言气骨则建安为俦[7],论宫商则太康不逮。将来秀士,无致深憾。

【注释】

〔1〕 伶伦:传说上古黄帝时乐官。见《吕氏春秋·古乐》。
〔2〕 "焉"字下原有"宁"字,据《文镜秘府论》引文校删。
〔3〕 "罗衣"二句:曹植《美女篇》诗句。
〔4〕 "而沈生"句:沈生,指南朝诗人沈约。其所撰《宋书·谢灵运传论》云:"张(衡)、蔡(邕)、曹(植)、王(粲),曾无先觉。"
〔5〕 隐侯:即沈约。约入梁后以功封建昌县侯,卒谥"隐"。"去"字原作"言",据《文镜秘府论》引文校改。
〔6〕 "今"字原作"令",据《文镜秘府论》引文校改。
〔7〕 俦:原作"传",据《文镜秘府论》校改。

【思考题】

1. 怎样理解殷璠提出的"兴象"理论?

杜甫诗论选录

【题解】

杜甫(712—770),字子美,自称少陵野老、杜陵野客。祖居襄阳,后迁河南巩县(今巩县)。青年时南游吴越,北游齐赵,度过一段"裘马清狂"的生活。天宝五年(746)至长安,应进士举,落第,困顿十年,只获得右卫率府胄曹参军之卑职。安史之乱发生,他为叛军所俘,后脱险往投肃宗,授左拾遗,不久因疏救房琯,贬华州司功参军。乾元二年(759)弃官往居成都,在西川节度使严武幕中任职,曾一度被表为检校尚书工部员外郎。永泰元年(765),拟离蜀东去,途中留滞夔州二年。大历三年(768),携家出峡,漂泊两湖,后病逝于赴郴州途中。有《杜少陵集》,现存诗一千四百余篇,广泛而又深刻地反映了当时的社会生活,向有"诗史"之称。

杜甫的诗学主张,总的来说也同陈子昂、李白的革新理论相一致,其宗旨是"别裁伪体亲风雅",即恢复以《诗经》为代表的优良创作传统,汰除那些"伪体"。但他主张要对前代诗人作品进行具体分析,不要一律排斥或肯定。如对南朝诗人谢灵运、谢朓、阴铿、何逊,都应该肯定,应该学习。对于庾信,杜甫更是热情地赞美了他晚年作品中那种"凌云健笔意纵横"的雄浑气势。而对于保留了一些齐梁绮丽文风的"初唐四杰",杜甫也高度评价了他们的历史贡献。他认为正确的态度应该是"不薄今人爱古人,清词丽句必为邻"、"转益多师是汝师",广泛地向一切古今优秀作家作品学习,汲取营养。当然,针对当时仍有些诗人迷恋于六朝纤丽之风的习气,杜甫又特别强调要多创作一些"鲸鱼碧海"式的雄杰之作,而少一些"翡翠兰苕"式的纤巧羸弱的篇什。

杜甫诗中还有一些谈论文艺的篇章,他是较早地用诗来阐发艺术创作理论的人,对后世文论影响深远。

戏为六绝句

庾信文章老更成[1],凌云健笔意纵横。今人嗤点流传赋[2],不觉前贤畏后生[3]。

王、杨、卢、骆当时体[4],轻薄为文哂未休[5]。尔曹身与名俱灭[6],不废江河万古流[7]。

纵使卢、王操翰墨,劣于汉、魏近风骚[8]。龙文虎脊皆君驭,历块过都见尔曹[9]。

才力应难跨数公[10],凡今谁是出群雄?或看翡翠兰苕上[11],未掣鲸鱼碧海中[12]。

不薄今人爱古人[13],清词丽句必为邻[14]。窃攀屈、宋宜方驾[15],恐与齐、梁作后尘[16]。

未及前贤更勿疑[17],递相祖述复先谁[18]?别裁伪体亲风雅[19],转益多师是汝师[20]。

【注释】

[1] 庾信:字子山,南北朝时著名诗人。早年为南朝梁宫廷诗人,后屈仕西魏、北周,感伤身世,思念故国,文风转变,去其绮靡轻艳,而更多悲慨苍劲之气,同时又保留了早年作品的清新流丽,趋于成熟老练。文章,这里主要指诗赋。
[2] 嗤点:指点嗤笑。流传赋:指庾信流传下来的诗赋。
[3] 前贤:指庾信。后生:指"嗤点"庾信作品的"今人"。
[4] 王、杨、卢、骆:指初唐诗人王勃、杨炯、卢照邻、骆宾王四人,时称"初唐四杰"。当时体:指初唐诗文风格,尚未完全摆脱齐梁绮丽文风。
[5] 轻薄为文:为文轻薄浮艳。哂:讥笑。全句谓当时有些人总是讥笑"初唐四杰"诗风轻艳。
[6] 尔曹:你们。指哂笑"四杰"的时人。
[7] 废:止。江河:形容"四杰"的诗歌。
[8] 卢、王:代指"四杰"。操翰墨:指写作。风骚:指《诗经》和《离骚》。这两句意为:即使"四杰"的作品不如汉魏古诗那样近于风骚传统,然而……。
[9] 龙文、虎脊:俱为千里马名。君:指"四杰"。历块过都:语本王褒《圣主得贤臣颂》:"过都越国,蹶(跳)如历块(小块土地)。"喻速度极快。
[10] 才力:指当时诗人们的才力。数公:指前三首诗中说的庾信和"四杰"。

〔11〕 翡翠:一种小巧美丽的鸟。兰:兰花。苕:苇花。郭璞《游仙诗》:"翡翠戏兰苕,容色更相鲜。"这里借喻当时绮丽纤巧的诗歌。
〔12〕 掣:牵拉。掣鲸鱼碧海:比喻雄浑刚健的诗作。
〔13〕 薄:菲薄。
〔14〕 必为邻:必为近邻,即都要接近、学习。
〔15〕 窃:私下,自谦词。屈、宋:屈原、宋玉。宜方驾:应与之并驾齐驱,努力学习他们。
〔16〕 作后尘:落在后边。
〔17〕 前贤:前代有成就的诗人。
〔18〕 递相祖述:一个接一个地模仿抄袭。复先谁:又能超越谁?即怎能超过前人。
〔19〕 别裁:择别淘汰。伪体:假古董,指抄袭模仿的作品。风雅:指《诗经》的优良传统。
〔20〕 转:转变、转而。益:更、更加。"汝":指前几首中批评的哂笑"前贤"的"尔曹"。句意谓:当代诗人们应更多地向前人优秀作品学习。

解闷十二首(其七)

陶冶性灵存底物[1],新诗改罢自长吟。孰知二谢将能事[2],颇学阴何苦用心[3]。

【注释】

〔1〕 底:何,什么。
〔2〕 孰:通"熟"。二谢:指南朝诗人谢灵运、谢朓。将:大概。能事:成事,成功。句意谓:要精熟二谢的作品,创作才有可能成功。
〔3〕 阴何:指南朝诗人阴铿、何逊。

【思考题】

1. 如何理解杜甫提出的"别裁伪体亲风雅,转益多师是汝师"文学思想?
2. 结合杜甫本人的诗歌创作,分析"鲸鱼碧海"和"翡翠兰苕"两种风格美。

皎然诗论选录

【题解】

皎然(720？—800？)，中唐诗僧，俗姓谢，字清昼，晚字昼。湖州长城（今浙江长兴）人。自称是谢灵运后裔，其友人则说他是"康乐（谢灵运）之十世孙"（于頔《吴兴昼上人集序》）。早岁于杭州灵隐山天竺寺受戒出家，后居乌程杼山妙喜寺，为著名诗僧。与当时有名文人如颜真卿、韦应物、梁肃、李华等常相唱和，其诗颇受时人所重。著有诗文集《杼山集》(《四部丛刊》名《昼上人集》)十卷，另有《儒释交游传》、《内典类聚》、《号呶子》。在诗论著作方面有《诗式》，现存五卷本和一卷本两种，一卷本系五卷本之简本。另有《诗议》一卷，全书已佚，《文镜秘府论》、《吟窗杂录》中均有引录。

皎然的诗歌理论，基本上是沿着王昌龄、殷璠一路，侧重于探讨诗歌的艺术创造规律。而他关于诗歌内在艺术规律的探讨，较为集中的，则是意境的创造问题。

首先，皎然探讨了诗歌创作中"意"与"境"的关系问题，他认为，诗歌创作都是诗人主体的情意遭受外境的触发而开始，同时这种情意又要依赖、凭借境象的描绘来抒发，即所谓"假象见意"，"缘境不尽曰情"，"诗情缘境发"。因而在他看来，"取境"的问题，就成了区分诗歌创作的品格高下、风格类别的关键："夫诗人之思初发，取境偏高，则一首举体便高；取境偏逸，则一首举体便逸。"像这样重视"取境"的诗论，以往还不曾有过。

其次，皎然论诗歌创作的"取境"问题，关注到了有易、难两种情况。一是"有时意静神王（旺），佳句纵横，若不可遏，宛如神助"，即灵感开通，创作顺畅，这是前人如陆机等已经论述过的；二是"取境"艰难的情况："取境之时，须至难至险，始见奇句。"这种创作情况前代诗论家很少触及，而这又是创作的实情，即有时要在有些灵感的基础上，继之以艰苦的构思，根据诗情、诗思的需要，深入采掘、遴选境象，"绎虑于险中，采奇于象外"。皎然诗论正视这种情况，是很可取的。更为可贵的是他还论述到，这种"取境"时"至难至险"的作品，写成以后最好又不露斧凿痕迹："成篇之后，观其气貌，有似等闲，不思而得。"这才是他称许的创作"高手"。

再次,皎然诗论关注到了这种意境作品完成之后,便具有了一种特殊的审美品格,即超越于表层文字和形象之外的多层的、不尽的审美意味:"两重意以上,皆文外之旨。""但见性情,不睹文字,盖诗道之极也。""情在言外,旨冥句中。"这些论述,实际上已经揭示出了诗歌意境的本质特征,即在意、境契合的基础上,具有超出表层文字、形象的审美包容量,能激发读者产生多层次乃至无穷无尽的审美情思。当然,皎然对这一问题的表述,还缺少清晰和完整的理论形态。

皎然诗论还谈及诗歌的风格问题,他把作品分为十九类,分别以一个字来概言各自的特点。十九字中,风格的标准虽然不一,但他力图在前人(如陆机、刘勰)风格理论的基础上,将这一重要问题再向前推进一步,这种努力是很可贵的。

诗式(选录)

夫诗者,众妙之华实[1],六经之菁英,虽非圣功,妙均于圣。彼天地日月,玄化之渊奥,鬼神之微冥,精思一搜,万象不能藏其巧。其作用也[2],放意须险[3],定句须难,虽取由我衷,而得若神表。至如天真挺拔之句,与造化争衡,可以意冥[4],难以言状,非作者不能知也。洎西汉以来,文体四变。将恐风雅浸泯,辄欲商较以正其源。今从两汉已降,至于我唐,名篇丽句,凡若干人,命曰《诗式》,使无天机者坐致天机[5]。若君子见之(一作知),庶有益于诗教矣[6]。

明　　势[7]

高手述作,如登荆、巫[8],觌三湘、鄢、郢[9],山川之盛,萦回盘礴,千变万态(文体开阖作用之势);或极天高峙,崒焉不群[10],气腾势飞,合沓相属(奇势在工);或修江耿耿[11],万里无波,欻出高深重复之状[12](奇势互发);古今逸格,皆造其极妙矣。

明四声

乐章有宫商五音之说,不闻四声。近自周颙、刘绘流出[13],宫商畅于诗体,轻重低昂之节,韵合情高,此未揭文格[14]。沈休文酷裁八病[15],碎用四声,故风雅殆尽。后之才子,天机不高,为沈生弊法所媚[16],慴然随流,溺而不返。

文章宗旨

评曰:康乐公早岁能文[17],性颖神彻[18],及通内典[19],心地更精,故所作诗,发皆造极,得非空王之道助邪[20]?夫文章天下之公器,安敢私焉。曩者尝与诸公论康乐为文,真于情性,尚于作用,不顾词彩,而风流自然。彼清景当中[21],天地秋色,诗之量也[22];庆云从风,舒卷万状,诗之变也。不然,何以得其格高,其气正,其体贞,其貌古,其词深,其才婉,其德宏,其调逸,其声谐哉[23]?至如《述祖德》一章、《拟邺中》八首[24]、《经庐陵王墓》[25]、《临池上楼》[26],识度高明,盖诗中之日月也,安可攀援哉!惠休所评,谢诗如芙蓉出水[27],斯言颇近矣,故能上蹑风骚,下超魏、晋,建安制作,其椎轮乎[28]?

取　境

评曰:或云:诗不假修饰,任其丑朴,但风韵正,天真全,即名上等。予曰:不然。无盐阙容而有德[29],曷若文王太姒有容而有德乎[30]?又云:不要苦思,苦思则丧自然之质。此亦不然。夫不入虎穴,焉得虎子?取境之时,须至难至险,始见奇句。成篇之后,观其气(一作风)貌,有似等闲,不思而得,此高手也。有时意静神王[31],佳句纵横,若不可遏,宛如神助。不然,盖由先积精思,因神王而得乎!

重意诗例

评曰:两重意已上,皆文外之旨。若遇高手如康乐公,览而察之,但见情性,不睹文字,盖诗道之极也[32]。向使此道尊之于儒,则冠六经之首;贵之于道,则居众妙之门[33];崇之于释,则彻空王之奥;但恐徒挥其斤而无其质[34],故伯牙所以叹息也[35]。畴昔国朝协律郎吴兢[36],与越僧玄鉴集秀句[37],二子天机素少,选又不精,多采浮浅之言,以诱蒙俗,特入瞽夫偷语之便,何异借贼兵而资盗粮[38],无益于诗教矣。

辩体有一十九字

评曰:夫诗人之思初发[39],取境偏高,则一首举体便高;取境偏逸,则一首举体便逸。才性(一作情性)等字亦然。体(一作本)有所长,故各功归一字[40]。偏高偏逸之例,直于诗体篇目风貌。不妨一字之下,风律外彰,体德内蕴,如车之有毂,众美归焉[41]。其一十九字,括文章德体风味尽矣,如

《易》之有象辞焉[42]。今但注于前卷中,后卷不复备举。其比兴等六义,本乎情思,亦蕴乎十九字中,无复别出矣。

高,风韵朗畅曰高[43]。逸,体格闲放曰逸[44]。贞,放词正直曰贞[45]。忠,临危不变曰忠。节,持操不改曰节[46]。志,立性不改曰志[47]。气,风情耿介曰气[48]。情,缘境不尽曰情[49]。思,气多含蓄曰思。德,词温而正曰德[50]。诫,检束防闲曰诫[51]。闲,情性疏野曰闲。达,心迹旷诞曰达。悲,伤甚曰悲。怨,词调凄切曰怨。意,立言盘泊曰意[52]。力,体裁劲健曰力。静,非如松风不动,林狖未鸣[53],乃谓意中之静。远,非如渺渺望水,杳杳看山,乃谓意中之远。

(以上卷一)

池塘生春草,明月照积雪

评曰:客有问予:谢公此二句优劣奚若?予因引梁征远将军记室钟嵘评为"隐秀"之语[54]。且钟生既非诗人,安可辄议,徒欲声瞽后来耳目。且如"池塘生春草",情在言外,"明月照积雪",旨冥句中[55],风力虽齐,取兴各别。古今诗中,或一句见意,或多句显情。王昌龄云:日出而作,日入而息,谓一句见意为上[56]。事殊不尔。夫诗人作用,势有通塞,意有盘礴。势有通塞者,谓一篇之中,后势特起,前势似断,如惊鸿背飞,却顾俦侣[57],即曹植诗云"浮沈各异势,会合何时谐[58]?愿因(一作为)西南风,长逝入君怀"是也。意有盘礴者,谓一篇之中,虽词归一旨,而兴乃多端,用识与才,蹂践理窟[59],如卞子采玉[60],徘徊荆岑,恐有遗璞。其有二义,一情一事。事者,如刘越石诗曰"邓生何感激,千里来相求,白登幸曲逆,鸿门赖留侯,重耳用五贤,小白相射钩,苟能隆二伯,安问党与仇"是也[61]。情者,如康乐公"池塘生春草"是也。抑由情在言外,故其辞似淡而无昧,常手览之,何异文侯听古乐哉[62]!《谢氏传》曰:吾尝在永嘉西堂作诗,梦见惠连,因得"池塘生春草"[63],岂非神助乎!

(以上卷二)

【注释】

〔1〕 众妙:微妙的各种事物。语本《老子》:"玄之又玄,众妙之门。"华实:精华。

〔2〕 作用:此指诗歌创作中的艺术思维活动。语本佛学典籍,如《传灯录》:"性在何处?曰:性在作用。"

〔3〕 放意:立意构思。险:奇险,出人意外。

〔4〕 意冥:意会,默契。
〔5〕 天机:此指创作灵感。
〔6〕 诗教:本《礼记》:"温柔敦厚,诗教也。"
〔7〕 势:指文势,即创作过程中神思活动的自然而又必然的趋向。《文心雕龙·定势》:"势者,乘利而为制也。如机发矢直,涧曲湍回,自然之趣也。"
〔8〕 荆:原本作"衡"字,据《吟窗杂录》本改。荆、巫:指位于长江中游的荆山和巫山。
〔9〕 鄢、郢:古地名,均在今湖北境内。
〔10〕 崒(cuì):山高峻貌。
〔11〕 修江:长江。
〔12〕 欻(xū):突然。原本作"淡"字,据《吟窗杂录》本改。
〔13〕 周颙:字彦伦。刘绘:字士章。均为齐梁诗人,都是声律诗派的倡导者。
〔14〕 "此"字下原文有"之"字,据《历代诗话》等本删。
〔15〕 沈休文:即沈约。酷裁:严格制定。八病:宋魏庆之《诗人玉屑》引沈约云:"一曰平头,二曰上尾,三曰蜂腰,四曰鹤膝,五曰大韵,六曰小韵,七曰旁纽,八曰正纽。"
〔16〕 弊法:为害之法。
〔17〕 康乐公:指谢灵运。
〔18〕 彻:一卷本《诗式》作"澈"。
〔19〕 内典:佛典。
〔20〕 空王之道:即佛道。
〔21〕 景:日光。
〔22〕 量:容量。此指谢灵运诗中意境之阔大。
〔23〕 "哉"字原无,据《吟窗杂录》等本补。
〔24〕 《拟邺中》:即《拟魏太子邺中集诗》。
〔25〕 《经庐陵王墓》:即《庐陵王墓下作》。
〔26〕 《临池上楼》:即《登池上楼》。
〔27〕 语本钟嵘《诗品》引汤惠休云:"谢诗如芙蓉出水,颜诗如错彩镂金。"
〔28〕 椎轮:最早之车,轮无辐条。喻事物最初形态。
〔29〕 无盐:指齐国无盐邑女子钟离春,貌丑而德才俱高,被宣王立为王后。事见刘向《列女传》。
〔30〕 太姒:周文王之妻。
〔31〕 王(wàng):通"旺"。
〔32〕 "诗"字原本作"诣",据《吟窗杂录》本改。
〔33〕 众妙之门:语出《老子》。
〔34〕 斤:斧头。质:对象。句意谓恐怕好诗无相知读者与之呼应。典出《庄子·徐无鬼》。

〔35〕伯牙:春秋时人。伯牙破琴叹无知音故事,见《吕氏春秋·本味》篇。
〔36〕吴:应作"元"字。《新唐书·艺文志》著录有元兢所编《古今诗人秀句》二卷。
〔37〕玄监:一作"元鉴"。《宋史·艺文志》著录元鉴所编《续古今诗人秀句》二卷。
〔38〕"何异"句:意谓弄巧成拙,适得其反。语本《史记·范雎蔡泽列传》。
〔39〕"之"字下原有"说"字,据《说郛》本删。
〔40〕"各功归一字":功,功用。句意为可以分别用一字概括诗的风格。
〔41〕"不妨一字之下"五句:众美,诗歌呈现出的各种审美特征。这几句意谓,一首诗往往有一种主体风格,以其为核心,呈现出多种审美特征,犹如车轮辐条发于中轴(毂)。
〔42〕彖辞:《易传》中各卦下说明该卦基本含义之文辞。据说是孔子作,不足信。
〔43〕"朗"字原作"切",据《吟窗杂录》本改。
〔44〕闲放:闲适放逸。
〔45〕放词:发语。
〔46〕持操:坚持节操。
〔47〕性:指德性。
〔48〕介:或作"耿",据《吟窗杂录》本改。
〔49〕境:或作"景",据《吟窗杂录》本改。缘境:沿境,本为佛家语,此指诗情触境而生发。皎然诗《秋日遥和卢使君》:"诗情缘境发。"
〔50〕温:温厚。正:正直。
〔51〕防闲:防范。
〔52〕盘泊:通盘礴,广大貌。此二字原无,据《吟窗杂录》本补。
〔53〕狖(yòu):长尾猿。
〔54〕此句中"征远将军"下,原无"记室钟嵘"四字,据明抄本补。而"隐秀"之说不见于钟嵘《诗品》,见于刘勰《文心雕龙·隐秀》篇,当是皎然误记。
〔55〕旨:旨意。冥:没,藏。
〔56〕王昌龄语见本书王昌龄诗论选录。
〔57〕"惊鸿背飞"二句:背飞,分飞。此二句喻文中词句表层含义似断而内在意脉依然连属。
〔58〕"曹植诗"云云:见其《七哀》。
〔59〕理窟:理之渊薮。典出《晋书·张凭传》。蹂践:踏查,搜访。
〔60〕卞子:即卞和。卞和采玉故事,典出《韩诗外传》。
〔61〕"刘越石诗"云云:见刘琨《重赠卢谌》。琨字越石,东晋诗人。
〔62〕文侯听古乐:魏文侯听奏古乐而厌倦欲睡。典出《礼记·乐记》。
〔63〕"吾尝在"云云:引文似本于钟嵘《诗品》评谢灵运"池塘"二句时所引《谢氏家录》语。

诗议（选录）

或曰：诗不要苦思，苦思则丧于天真。此甚不然。固须绎虑于险中，采奇于象外，状飞动之句，写冥奥之思。夫希世之珠，必出骊龙之颔，况通幽含变之文哉[1]？但贵成章以后，有其易貌，若不思而得也。"行行重行行，与君生别离[2]"，此似易而难到之例也。

（录自《文镜秘府论·南卷》）

【注释】

[1] "文"字原缺，据《吟窗杂录》本补。"骊龙之珠"，典出《庄子·列御寇》。
[2] 引诗见《文选·古诗十九首》。

【思考题】

1. 结合具体作品，谈谈皎然论诗"取境"难、易两种情况。
2. 如何理解皎然"两重意以上，皆文外之旨"的诗论观点？

刘禹锡《董氏武陵集纪》[1] 节录

【题解】

刘禹锡（772—842），字梦得，洛阳人。二十一岁（贞元九年）举进士，官监察御史。参与王叔文政治革新集团，革新失败，被贬为郎州（今属湖南）司马。十年后召入京师，因诗讽新贵，复出为连州、夔州、和州等地刺史。晚年调回京师，官终于检校礼部尚书兼太子宾客，以故世称刘宾客。有《刘梦得文集》，又称《刘宾客集》或《刘中山集》。所作诗歌清新隽永，自成一家。

刘禹锡是皎然的晚辈，曾师从于皎然。他的诗歌思想在很大程度上受了皎然的影响。这里选录的《董氏武陵集纪》一文，核心内容即是对诗歌意境问题的探讨。其中有两点值得重视。第一，刘禹锡认为，诗人的创作"片言可以明百意，坐驰可以役万景"，是用极精约的语言表现出了丰富的情志意趣。正因为这样,作为成品的诗歌,可以称之为"文章之蕴",是各种文体中最为含蓄蕴藉者。他再从读者鉴赏的角度来立论,认为鉴赏过程往往是"义得而言丧",读者品味到了诗中的审美意味,就不再停留在文辞上,这与皎然"但见性情,不睹文字"等论述同一旨趣。特别是他又提出了"境生于象外"这一命题,此"境"的内涵已殆同于后世的意境一词,即指读者在作品所描写的表层形象之外,还能获得或生发出的更为丰富的审美感受,包括意趣韵味,也包括多层次的境象。这是前人没有明确论述到的。第二,这种诗歌作品中的"境"即意境如何才能得以实现呢?本文指出,前提条件是必须要有能够与之相呼应的高明的接受者:"非有的然之姿可使户晓,必俟知者然后鼓行于时。"这就从另一角度,进一步揭示出了诗歌审美意境的本质特征,使这一理论更加丰富、深刻了。

经过皎然和刘禹锡等中唐诗人的努力(还包括司空图在《与极浦书》中所引中唐诗人戴叔伦所说:"诗家之景,如蓝田日暖,良玉生烟,可望而不可置于眉睫之前也。"),意境论这一在中国文学思想发展史上的重要理论,终于正式确立起来了。

片言可以明百意,坐驰可以役万景,工于诗者能之。风雅体变而兴同,古今调殊而理冥[2],达于诗者能之[3]。工生于才,达生于明[4],二者还相为用,而后诗道备矣。余尝执斯评为公是[5]。且衡而度之,诚悬乎心[6],默揣群才,钧铢寻尺,随限而尽[7],如是所阅者百态。一旦得董生之词,杳如搏翠屏[8],浮层澜,视听所遇,非风尘间物。忄犹明金绎羽,得于遐裔[9],虽欲勿宝,可乎!

诗者,其文章之蕴邪[10];义得而言丧,故微而难能;境生于象外,故精而寡和。千里之缪[11],不容秋毫。非有的然之姿[12],可使户晓,必俟知者,然后鼓行于时。自建安距永明已还[13],词人比肩,唱和相发:有以"朔风"、"零雨"高视天下[14],"蝉噪、鸟鸣"蔚在史策[15]。国朝因之。綦然复兴,由篇章以跻贵仕者相踵而起。兵兴已还[16],右武尚功[17],公卿大夫以忧济为任,不暇器人于文什之间[18],故其风浸息。乐府协律不能足新词以度曲[19],夜讽之职[20],寂寥无纪。则董生之贫卧于裔土也,其不得于时者欤!其不试故艺者欤!

【注释】

〔1〕董氏:指董侹,字庶中。唐宪宗元和(806—820)年间人,曾为荆南从事,后隐居武

〔2〕 调:情调,风格。冥:默契。
〔3〕 达:通达。
〔4〕 明:明了,洞晓。
〔5〕 公是:公理,语本《庄子·徐无鬼》:"天下非有公是也,而各是其所是。"
〔6〕 衡而度之,诚悬乎心:真诚地度量。语本《荀子·礼论》:"衡诚悬矣,则不可欺以轻重。"
〔7〕 钧铢寻尺,随限而尽:钧、铢,重量单位;寻、尺,长度单位。限,度,用作动词,度量之意。两句谓经过衡量,各种诗人创作的高低短长,都能把握。
〔8〕 搏:接近。翠屏:绿色石壁。
〔9〕 绔羽:孔雀羽毛。遐裔:边远之地。语本晋代张华《鹪鹩赋》:"孔羽生乎遐裔。"谓得佳作于偏僻之地。
〔10〕 蕴:含蕴、精华。
〔11〕 缪:通"谬",误差。
〔12〕 的然:明确貌。
〔13〕 已:通"以"。
〔14〕 "有以"句:"朔风",指晋诗人王赞(字正长)《杂诗》:"朔风动秋草,边马有归心。""零雨",指晋诗人孙楚(字子荆)《征西官属送于陟阳候作诗》:"晨风飘岐路,零雨被秋草。"高视天下,意本沈约《宋书·谢灵运传论》:"子荆'零雨'之章,正长'朔风'之句,并直举胸情,非傍诗史,正以音律调韵,取高前式。"
〔15〕 "蝉噪、鸟鸣":指梁诗人王籍《入若耶溪》中句:"蝉噪林逾静,鸟鸣山更幽。"史家将其入载王籍传略之中。
〔16〕 兵兴:指安史之乱。
〔17〕 右:用为动词,崇尚。
〔18〕 器人:取人器能而任用之。
〔19〕 乐府:主管音乐的机构。协律:指谱曲。
〔20〕 夜讽之职:乐府晚间唱诵活动。《汉书·礼乐志》:"乃立乐府,采诗夜诵。"

【思考题】

1. 结合具体诗歌作品,准确把握"境生于象外"这一重要诗论命题。
2. 结合自己读诗的体会,谈接受者在意境实现过程中所起的作用。

韩愈诗文论选录

【题解】

韩愈(768—824),字退之,河南河阳(今河南孟县)人。自谓郡望昌黎,世称韩昌黎。早孤,依兄嫂过活,苦学成才,贞元八年(792)进士及第。曾任国子博士、刑部侍郎等职。因上书谏阻宪宗迎佛骨,贬为潮州刺史。后召拜国子祭酒,转兵部侍郎,调吏部,为京兆尹,卒于吏部侍郎任,谥"文"。韩愈在文学上为当时文坛领袖,喜奖掖后进,孟郊、张籍、李翱、皇甫湜等均出其门下。本人创作成就卓著,散文气势雄健、地负海涵,被列为"唐宋八大家"之首。诗歌力求新奇,雄肆险怪,自成一大家,并对宋诗影响颇巨。

中唐文学思想,在皎然和白居易两派之外,还有特别值得重视的韩愈。韩愈以当时文坛领袖的身份,不但在散文和诗歌的创作实践上都取得了很高的成就,而且在散文和诗歌的理论上,也提出了新颖独特的观点,特别是他倡导古文的思想,在当时和后世都产生了深刻的影响。

在散文方面,韩愈旗帜鲜明地提出反对内容空洞无物、形式雕琢华丽的骈文,而倡导写作以古文为主的语体散文。这种古文在内容上要言之有物,着重实用,文以明道,"道"的具体内容,是指孔孟儒家的社会政治、伦理道德,它融化在作家身上,就是要求作家加强有益于群体、社会的伦理道德修养,以儒家的修身、齐家、治国、平天下为己任,在《答李翊书》中,他谆谆告诫李翊说,"立言"即写章之事,"无望其速成,无诱于势利,养其根而竢其实,加其膏而希其光。根之茂者其实遂,膏之沃者其光晔,仁义之人,其言蔼如也"。并且向学生谈了自己学习写作的体会:"不可以不养也。行之乎仁义之途,游之乎诗书之源,无迷其途,无绝其源,终吾身而已矣。"同时,他还继承孟子的"养气"说,提出了"气盛言宜"之论:"气,水也;言,浮物也;水大而物之浮者大小毕浮。气之与言犹是也,气盛则言之短长与声之高下者皆宜也。"这里所谓"气盛",是指作家的仁义道德修养造诣很高而体现出的一种精神气质,一种人格境界,也就是孟子所说的"配义与道"而修养成的"浩然之气"。但孟子说的"养气"是为了"知言"即考察他人的言论,并不是创作理论,而韩愈则将"养气"与作文统一起来,阐发的是创作的原理了。先道德而后文章,人品与文品统一,这本是传统儒家的重要文学思想,至韩愈则对此作了更为深入的阐发,进一步发展了这一传统文学理论。

说他发展了儒家这一理论,还因为虽然他突出强调文章要明道,要贯气,要向先秦两汉的古文学习,但并不因此而忽视文章的写作技巧,而是力倡在写作古文时要在语言上创新。在《答刘正夫书》中说:"或问为文宜何师?必谨对曰:宜师古圣贤人。曰:古圣贤人所为书俱存,辞皆不同,宜何师?必谨对曰:师其意,不师其辞。"在《答李翊书》中他也提出"惟陈言之务去"的观点。这是他的古文理论高于前人的可贵之处。

韩愈在《送孟东野序》中提出了"不平则鸣"论:"大凡物不得其平则鸣。……人之于言也亦然,有不得已者而后言,其歌也有思,其哭也有怀。"从下文他所列举的历代文人看,他所谓的"不平则鸣"是广义的,包括抒发各种类型的情志,但考察他所开列的"善鸣"者,则绝大部分是在世时不得志的作者,如孔子、庄子、屈原、司马迁、陈子昂、李白、杜甫等,直到最后推出的主角孟郊,更是一位郁郁不得施展才能的诗人。因此,他的"不平则鸣"论,从实质上看,应该说是和司马迁提出的"发愤著书"说一脉相承的。但他也不是简单的继承,而是对此理论作了更多的思考,在《荆潭唱和诗序》中,他揭示了另一种现象:"至若王公贵人,气满志得","则不暇以为",即是说,少数文人一旦飞黄腾达,成为显贵之后,就没有时间实际上是没有情绪进行创作了。因此还是那些胸有块垒不得志的文人爱"鸣",而且也善"鸣":"夫和平之音淡薄,而愁思之声要妙;欢愉之辞难工,而穷苦之言易好也。"(同上)这可以说是发展了司马迁的"发愤著书"思想。这一问题在后来北宋欧阳修的诗论中又得到了进一步的阐发。

韩愈在诗论上,追求雄健怪奇的审美风格。这主要体现在他对一些诗人、作品的具体评论中。例如在《调张籍》一诗里,他先是对李白、杜甫的创作风格作了主观色彩颇浓的评价:"想当施手时,巨刃摩天扬。垠崖划崩豁,乾坤摆雷硠。"接着他便大发感慨,说自己追随李、杜的诗魂一起遨游,精诚所至,忽觉得自己真的与二公进行了神交:"精诚忽交通,百怪入我肠。"头脑中充满了各种新奇怪诞的意象。其实这并不太符合李、杜二公的诗歌审美特点,很大成分上是属于韩愈自己的审美理想。他在《荐士》一诗中评论孟郊的作品说:"横空盘硬语,妥贴力排奡。"也应作如是观。他的这种审美理论和与之相应的创作实践,对后来的宋诗发展有着非常深远的影响。

答李翊书[1]

六月二十六日,愈白,李生足下:生之书辞甚高,而其问何下而恭也!能如是,谁不欲告生以其道[2]?道德之归也有日矣[3],况其外之文乎?抑愈所谓望孔子之门墙而不入于其宫者[4],焉足以知是且非邪?虽然,不可不为生言之:生所谓立言者[5],是也,生所为者与所期者,甚似而几矣。抑不知生之志,蕲胜于人而取于人耶?将蕲至于古之立言者耶?蕲胜于人而取于人,则固胜于人而可取于人矣。将蕲至于古之立言者,则无望其速成,无诱于势利,养其根而竢其实,加其膏而希其光[6]。根之茂者其实遂[7],膏之沃者其光晔,仁义之人,其言蔼如也[8]。抑又有难者,愈之所为不自知其至犹未也?虽然,学之二十余年矣。始者非三代两汉之书不敢观,非圣人之志不敢存,处若忘,行若遗,俨乎其若思,茫乎其若迷。当其取于心而注于手也,惟陈言之务去,戛戛乎其难哉[9]!其观于人,不知其非笑之为非笑也。如是者亦有年,犹不改,然后识古书之正伪,与虽正而不至焉者[10],昭昭然白黑分矣,而务去之,乃徐有得也。当其取于心而注于手也,汩汩然来矣。其观于人也,笑之则以为喜,誉之则以为忧,以其犹有人之说者存也。如是者亦有年,然后浩乎其沛然矣。吾又惧其杂也,迎而距之[11],平心而察之,其皆醇也,然后肆焉。虽然,不可以不养也。行之乎仁义之途,游之乎诗书之源,无迷其途,无绝其源,终吾身而已矣。气,水也;言,浮物也;水大而物之浮者大小毕浮。气之与言犹是也,气盛则言之短长与声之高下者皆宜。虽如是,其敢自谓几于成乎!虽几于成,其用于人也奚取焉?虽然,待用于人者,其肖于器邪?用与舍属诸人。君子则不然,处心有道,行己有方,用则施诸人,舍则传诸其徒,垂诸文而为后世法。如是者,其亦足乐乎?其无足乐也?有志于古者希矣,志乎古,必遗乎今[12],吾诚乐而悲之,亟称其人,所以劝之,非敢褒其可褒,而贬其可贬也。问于愈者多矣,念生之言不志乎利,聊相为言之,愈白。

【注释】

[1] 李翊(yì):唐德宗(780—804 在位)时人,韩愈晚辈,深受愈器重,称之为"或文或行皆出雄之才也"(《与祠部陆员外书》),并推荐给当时在礼部的陆傪,翊于贞元十八年(802)登进士第。
[2] 道:指立言之道。

〔3〕 道德:此指儒家仁义道德。
〔4〕 抑:只是。望孔子之门墙而不入于其宫:自谦尚未学得孔子之道。语本《论语·子张》中子贡之言。
〔5〕 立言:以其有深刻道理的言论留传后世。语本《左传·襄公二十四年》载穆叔之言。
〔6〕 膏:油脂膏,指灯油。
〔7〕 遂:成,按预期成熟。
〔8〕 蔼如:和气可亲之貌。
〔9〕 戛戛:艰难貌。
〔10〕 虽正而不至焉者:指荀子和扬雄等人著作,韩愈认为这些人的著作虽属儒家,但不够纯正:"荀与扬,大醇而小疵。"(《读荀》)
〔11〕 迎而距之:从相反方向对文章提出诘难、挑剔。
〔12〕 必遗于今:必为今人所弃。

送孟东野序[1]

大凡物不得其平则鸣,草木之无声,风挠之鸣[2]。水之无声,风荡之鸣,其跃也,或激之;其趋也,或梗之[3];其沸也,或炙之。金石之无声,或击之鸣。人之于言也亦然,有不得已者而后言,其歌也有思,其哭也有怀。凡出乎口而为声者,其皆有弗平者乎!乐也者,郁于中而泄于外者也,择其善鸣者而假之鸣。金、石、丝、竹、匏、土、革、木八者,物之善鸣者也。维天之于时也亦然,择其善鸣者而假之鸣。是故以鸟鸣春,以雷鸣夏,以虫鸣秋,以风鸣冬。四时之相推夺[4],其必有不得其平者乎! 其于人也亦然。人声之精者为言,文辞之于言,又其精也,尤择其善鸣者而假之鸣。其在唐虞,咎陶、禹其善鸣者也[5],而假以鸣。夔弗能以文辞鸣[6],又自假于《韶》以鸣。夏之时,五子以其歌鸣[7],伊尹鸣殷[8],周公鸣周。凡载于《诗》《书》六艺,皆鸣之善者也。周之衰,孔子之徒鸣之,其声大而远。传曰:"天将以夫子为木铎"[9],其弗信矣乎? 其末也,庄周以其荒唐之辞鸣[10]。楚,大国也,其亡也,以屈原鸣。臧孙辰、孟轲、荀卿,以道鸣者也[11]。杨朱、墨翟、管夷吾、晏婴、老聃、申不害、韩非、慎到、田骈、邹衍、尸佼、孙武、张仪、苏秦之属[12],皆以其术鸣。秦之兴,李斯鸣之。汉之时,司马迁、相如、扬雄,最其善鸣者也。其下魏、晋氏,鸣者不及于古,然亦未尝绝也。就其善者,其声清以浮,其节数以急[13],其辞淫以哀[14],其志弛以肆,其为言也乱杂而无章。将天丑其德[15],莫之顾邪? 何为乎不鸣其善鸣者也! 唐之有天下,陈子昂、苏源明、元结、李白、杜甫、李观[16]，皆以其所能鸣。其存而在下者，孟郊东野，始以其诗鸣。其高出魏、晋，不懈而及于古；其它浸淫乎汉氏矣[17]。从吾游者，李翱、张籍[18]，其尤也。三子者之鸣信善矣，抑不知天将和其声，而使鸣国家之盛邪？抑将穷饿其身，思愁其心肠，而使自鸣其不幸邪？三子者之命，则悬乎天矣。其在上也奚以喜，其在下也奚以悲。东野之役于江南也[19]，有若不释然者[20]，故吾道其命于天者以解之。

【注释】

[1] 孟东野：即孟郊（751—814），字东野。著名诗人。一生坎壈，贞元十二年（796），四十六岁才考中进士，五十岁出任溧阳县尉。后辞职，穷苦而终。诗多悲苦之声，长于五言古诗，与贾岛齐名，有"郊寒岛瘦"之评。本文为送孟郊赴溧阳县尉时所作。
[2] 挠：扰乱、触动。
[3] 趋：急流。梗：阻塞。韩愈《原道》："不塞不流，不止不行。"
[4] 推夺：推移。
[5] 咎陶：一作皋陶，传为辅佐尧舜的贤臣。
[6] 夔：参见本书《尚书·尧典》（节录）注。
[7] 五子：夏太康败德，其兄弟五人作歌讽之。
[8] 伊尹：名挚，商汤之贤臣。
[9] "传曰"句：《论语·八佾》："仪封人请见……出曰：'二三子何患乎？天下之无道也久矣，天将以夫子为木铎。'"邢昺疏："木铎，金铃木舌，施政教时所振也。言天将命孔子制作法度以号令于天下，如木铎以振文教也。"
[10] 荒唐之辞：广大而不着边际的言辞。《庄子·天下》："庄周闻其风而悦之，以谬悠之说，荒唐之言，无端崖之辞，时恣纵而不傥，不以觭见之也。"
[11] 臧孙辰：复姓臧孙，名辰，春秋鲁国大夫，谥文仲。《左传·襄公二十四年》载穆叔云："鲁有先大夫曰臧文仲，既殁，其言立。"
[12] 杨朱：战国卫人，主张"为我"、"无君"，其著作不传，散见于《孟子》等书。管夷吾：即春秋时齐桓公的宰相管仲，有《管子》二十四卷。申不害：战国韩人，主刑名，韩昭侯时为相，有《申子》二篇。慎到：战国时赵人，主黄老，有《慎子》四十二篇。田骈：战国齐人，尚道家，有《田子》二十五篇。邹衍：战国齐人，倡阴阳五行说，有《邹子》四十九篇。尸佼：战国楚人，杂家，有《尸子》二十篇。张仪：战国魏人，秦惠王时为相，有《张子》十篇，今佚。苏秦：战国周人，曾为六国相，有《苏子》二十篇，散佚。
[13] 节：节奏。数（shuò）：频繁，迫促。
[14] 其辞淫以哀：语言放纵而哀婉。淫：过度。

〔15〕 丑:厌憎。
〔16〕 陈子昂:见本书《与东方左史虬修竹篇序》作者介绍。苏源明:字弱夫,天宝进士。有集三十卷。元结:字次山,唐肃宗时文学家,有《元子》十卷,《文编》十卷。李观:字元宾,贞元进士,文与韩愈齐名。有文集十卷。
〔17〕 其它:指孟郊诗歌以外的作品。浸淫:接近,靠拢。
〔18〕 李翱:字习之,古文家、诗人,韩愈学生。张籍:见本书白居易《读张籍古乐府》注〔1〕。
〔19〕 东野之役于江南也:孟郊去上任的溧阳,在江南,今属江都。
〔20〕 不释然:心有郁闷而未释。

调张籍[1]

李杜文章在,光焰万丈长[2]。不知群儿愚,那用故谤伤[3]?蚍蜉撼大树[4],可笑不自量。伊我生其后[5],举颈遥相望。夜梦多见之,画思反微茫。徒观斧凿痕,不睹治水航[6]。想当施手时,巨刃磨天扬。垠崖划崩豁,乾坤摆雷硠[7]。惟此两夫子,家居率荒凉。帝欲长吟哦,故遣起且僵[8]。剪翎送笼中,使看百鸟翔。平生千万篇,金薤垂琳琅[9]。仙官敕六丁,雷电下取将[10]。流落人间者,太山一豪芒。我愿生两翅,捕逐出八荒。精诚忽交通,百怪入我肠。刺手拔鲸牙,举瓢酌天浆。腾身跨汗漫,不着织女襄[11]。顾语地上友,经营无太忙。乞君飞霞佩,与我高颉颃[12]。

【注释】

〔1〕 调:戏谑,调侃。张籍:见本书白居易《读张籍古乐府》注〔1〕。
〔2〕 "李杜"二句:唐人推尊李白、杜甫诗歌,且将二人并提者,以韩愈为最,其集中多有李杜并尊之语。
〔3〕 "不知"二句:讽刺当时诋毁李、杜的轻薄文人。
〔4〕 蚍蜉:大蚁,常在树根营巢。喻诋毁李、杜的"群儿"。
〔5〕 伊:发语词。
〔6〕 "徒观"二句:谓李、杜文章像大禹治水时的功绩一样,虽也留下一些痕迹,但当时的运作规模,已不复可见。
〔7〕 "想当"四句:想象中李、杜作诗时气势宏伟的状况。划:截裂。雷硠:山崩声。
〔8〕 "帝欲"二句:谓天帝故意给他们安排下升降不定的命运,以使之发为歌吟。
〔9〕 金薤:薤叶形金片。琳琅:美玉。形容李、杜作品之美好贵重。
〔10〕 "仙官"二句:谓李、杜诗篇多为天神收去,已见不到了。六丁:道教书中天神名,常充任使者。

〔11〕"我愿"八句：谓自己作诗苦苦追求李、杜境界，精诚所至，深有获益。刺手，转手。汗漫，广漠无垠处。织女襄，指织女所织锦衣。

〔12〕"顾语"四句：地上友，指张籍。乞，给别人东西。颉颃(xié háng)，上下飞翔貌。这四句似是对张籍创作方法的规劝。张籍诗风平易古朴，与韩愈的雄奇瑰丽风格不同。韩愈似嫌其想象力不够。题目曰"调"，似指此而言。

【思考题】

1. 试比较韩愈的"气盛言宜"说与孟子"养气"说之异同。
2. 试比较韩愈的"不平则鸣"说与司马迁"发愤著书"说之异同。
3. 结合韩愈的诗歌作品，谈谈他对"横空盘硬语"式审美风格的追求。

柳宗元文论选录

【题解】

柳宗元(773—819)，字子厚，河东(今山西永济)人。世称柳河东。贞元九年(793)进士及第，授校书郎，调蓝田尉，入为监察御史里行。顺宗立，擢为礼部员外郎，与刘禹锡等参与主张革新的王叔文政治集团，失败后贬为永州司马，后迁柳州刺史，卒于任，故世亦称柳柳州。文学上与韩愈同道，竭力提倡古文写作，并称"韩、柳"，散文创作峭拔矫健，被列为"唐宋八大家"之一。说理文谨严绵密，笔锋犀利。游记文状物精工，传神寄意。诗歌风格清新峻峭，含蓄隽永。有《柳河东集》传世。

柳宗元是与韩愈并称的古文提倡者。在理论上，二人基本观点一致，但也各有特点。总的说来柳宗元的理论没有韩愈那么全面、系统，但某些方面则比韩愈论述得更为深入。

在"文以明道"的古文创作总纲领上，柳宗元比韩愈论述得更明确，他在《答韦中立论师道书》中说："始吾幼且少，为文章，以辞为工。及长，乃知文者以明道，是固不苟为炳炳烺烺、务彩色、夸声音而以为能也。凡吾所陈，皆自谓近道。"而这个"道"的具体内涵，则清楚地是指儒家之道，体现在经书之中："本之《书》以求其质，本之《诗》以求其恒，本之《礼》以求其宜，本之《春秋》以求其断，本之《易》以求其动。此吾所以取道之原也。"在主张文章"原道"这一点上,他和韩愈是相同的。

但是,柳宗元主张为文在"原"儒家之"道"的同时,也要博采其他各种著作之长:"参之穀梁氏以厉其气,参之孟、荀以畅其支,参之庄、老以肆其端,参之《国语》以博其趣,参之《离骚》以致其幽,参之《太史公》以著其洁,此吾所以旁推交通而以为之文也。"这是他比韩愈的古文理论通达、灵活之处。同时,柳宗元更为重视文章所阐明之"道"的现实性,他在《报崔黯秀才论为文书》中说:"道假辞以明,辞假书而传,要之之道而已耳。道之及,及乎物而已耳,斯取道之内者也。"文辞即文章是用来"明道"的,而"明道"的要害则在"及物",也就是要运用古圣贤所阐明的道理,对现实中存在的各种矛盾予以解决。具体说,他主张要用文章、作品对现实社会针砭和讽谕:"文之用,辞令褒贬,导扬讽谕而已。虽其言鄙野,足以备于用。然而阙其文采,固不足以竦动时听,夸示后学。立言而朽,君子不由也。"(《杨评事文集后序》)文学创作必须和现实生活紧密相关,歌颂美好的事物,弘扬正气,讽刺抨击丑恶的现象,指摘时弊。这也是韩愈和其他古文倡导者很少言及的。

柳宗元也和韩愈一样非常重视作家的自身修养,他特别强调创作要本着严肃的心态:"故吾每为文章,未尝敢以轻心掉之,惧其剽而不留也;未尝敢以怠心易之,惧其弛而不严也;未尝敢以昏气出之,惧其昧没而杂也;未尝敢以矜气作之,惧其偃蹇而骄也。抑之欲其奥,扬之欲其明,疏之欲其通,廉之欲其节,激而发之欲其清,固而存之欲其重。此吾所以羽翼夫道也。"(《答韦中立论师道书》)去掉各种不良的创作态度,要在精神状态最佳的前提下投入创作,这样才能写出理想的作品,这和韩愈的"气盛言宜"论同一旨趣,但比韩愈说得更为切实,更为具体了。

柳宗元在《杨评事文集后序》中,还区分了诗歌与非文学文章的性质和功用:"文有二道:辞令褒贬,本乎著述者也;导扬讽谕,本乎比兴者也。著述者流,盖出于《书》之谟、训,《易》之象、系,《春秋》之笔削。其要在于高壮广厚,词正而理备,谓宜藏于简册也。比兴者流,盖出于虞、夏之咏歌,殷、周之《风》《雅》,其要在于丽则清越,言畅而意美,谓宜流于谣诵也。"他这里所说的"文"是广义的,包括非文学的"著述"和艺术文学的"比兴"之作。所以他把传统的五经划分为两大类:一类是《书》、《易》、《春秋》等政治、学术著作,一类是《诗》,这说明他对文学与非文学的界限认识比较清楚。他又从作者的才性角度立论,认为作家们对这二者往往各有所长,很难兼善:"故秉笔之士,恒偏胜独得,而罕有兼者焉。"柳宗元的这一观点,见识也在韩愈等其他古文理论家之上。但是他的认识也有局限性,他没能做到把诗类以外的散文进一步区分为文艺散文和非审美的文章。当然,中国古代文论中,绝大多数文论家都没有划清这条界限,包括明清时期的散文理论家们。因此我们就不该以此苛求于柳宗元,他已经对此作出了自己的贡献。

答韦中立论师道书[1]（节录）

始吾幼且少,为文章,以辞为工。及长,乃知文者以明道,是固不苟为炳炳烺烺[2]、务彩色、夸声音而以为能也。凡吾所陈,皆自谓近道,而不知道之果近乎远乎？吾子好道而可吾文[3],或者其于道不远矣[4]。故吾每为文章,未尝敢以轻心掉之[5],惧其剽而不留也；未尝敢以怠心易之,惧其弛而不严也；未尝敢以昏气出之[6],惧其昧没而杂也[7]；未尝敢以矜气作之[8],惧其偃蹇而骄也[9]。抑之欲其奥[10],扬之欲其明[11],疏之欲其通[12],廉之欲其节[13],激而发之欲其清[14],固而存之欲其重[15]。此吾所以羽翼夫道也[16]。本之《书》以求其质[17],本之《诗》以求其恒[18],本之《礼》以求其宜[19],本之《春秋》以求其断[20],本之《易》以求其动[21]。此吾所以取道之原也。参之谷梁氏以厉其气[22],参之《孟》、《荀》以畅其支[23],参之《庄》《老》以肆其端[24],参之《国语》以博其趣[25],参之《离骚》以致其幽[26],参之《太史公》以著其洁[27]。此吾所以旁推交通而以为之文也。凡若此者,果是耶？非耶？有取乎？抑其无取乎？吾子幸观焉,择焉,有余[28],以告焉。苟亟来以广是道,子不有得焉,则我得矣。又何以师云尔哉？取其实而去其名,无招越、蜀吠怪而为外廷所笑,则幸矣。宗元复白。

【注释】

〔1〕 韦中立:潭州刺史韦彪之孙。元和八年(813)他请求柳宗元做其师。元和十四年(819)进士及第。
〔2〕 不苟为:不随便写作。炳炳烺烺(láng):明亮美好。
〔3〕 可:认可。
〔4〕 其:指"吾文",自己的文章。
〔5〕 以轻心掉之:即掉以轻心。
〔6〕 昏气:头脑懵懂。
〔7〕 昧没而杂:模糊杂乱。
〔8〕 矜气:矜持傲慢。

〔9〕 偃蹇:狂傲不羁之态。
〔10〕 抑之欲其奥:抑制压缩作品的文字,使其内容深微奥妙。
〔11〕 扬之欲其明:阐扬舒展文字使其内容明晰。
〔12〕 疏:除去阻塞不通的(文字)。
〔13〕 廉之欲其节:省俭文字以使文章简洁。
〔14〕 激而发之欲其清:激发文思而使作品清越鲜活。
〔15〕 固而存之欲其重:凝结保存文气以使文章凝重沉郁。
〔16〕 羽翼夫道:指用文章阐扬"道"。
〔17〕 《书》:即《尚书》。质:文辞质朴。
〔18〕 恒:恒,永久,指《诗经》的感人力量久远。
〔19〕 宜:合宜,合规范,不越轨。
〔20〕 断:明断是非。相传孔子作《春秋》,一字褒贬胜于诛伐。
〔21〕 动:变化,变通。《易·系辞》:"鼓天下之动者存乎辞。"
〔22〕 穀梁氏:即《穀梁传》,《春秋三传》之一。晋范宁《春秋穀梁传序》:"穀梁清而婉。"厉其气:激厉文章的清气。
〔23〕 支:通"枝"。畅其枝:使文章枝条畅舒。《孟子》、《荀子》文章均博辩纵横,说理通畅充分。如树枝叶繁茂舒展。
〔24〕 端:端绪。肆:放纵。《老子》、《庄子》的思想深宏博远,似无端崖。
〔25〕 趣:趣味。博其趣:扩展文章的趣味。柳宗元《非国语序》云:"左氏《国语》,其文深闳杰异……而其说多诬淫,不概于圣。余惧世之学者溺其文采而沦于是非……"可见他认为《国语》之可取在于文辞间有深闳杰异之趣味。
〔26〕 幽:情志抑郁,文辞幽远深沉。
〔27〕 《太史公》:即《史记》。洁:指《史记》文章净练,很少浮华文辞。柳宗元《报袁君陈秀才避师名书》中说:"《穀梁子》、《太史公》甚峻洁。"
〔28〕 有余:有空闲时。

杨评事文集后序[1]

赞曰:文之用,辞令褒贬,导扬讽谕而已。虽其言鄙野,足以备于用,然而阙其文采,固不足以竦动时听,夸示后学,立言而朽,君子不由也[2]。故作者抱其根源,而必由是假道焉[3]。

作于圣,故曰经,述于才,故曰文。文有二道[4]:辞令褒贬,本乎著述者也;导扬讽谕,本乎比兴者也。著述者流,盖出于《书》之谟、训[5],《易》之象、系[6],《春秋》之笔削[7]。其要在于高壮广厚,词正而理备,谓宜藏于简册也。比兴者流,盖出于虞、夏之咏歌,殷、周之风雅,其要在于丽则清越[8],言畅而意美,谓宜流于谣诵也。兹二者,考其旨义,乖离不合,故秉笔之士,恒偏胜独得,而罕有兼者焉。厥有能而专美,命之曰艺成。虽古文雅之盛世,不能并肩而生。

唐兴以来,称是选而不作者,梓潼陈拾遗[9],其后燕文贞以著述之余[10],攻比兴,而莫能极,张曲江以比兴之隟[11],穷著述而不克备,其余各探一隅,相与背驰于道者,其去弥远。文之难兼,斯亦甚矣。

【注释】

[1] 杨评事:即杨凌,字恭履,弘农(今河南灵宝)人。曾任大理评事,故称之杨评事。
[2] 不由:不取,不为。
[3] "作者抱其根源"二句:谓作者欲穷究、把握作文之本,以文明道,就必须借助于文采之用。
[4] 二道:二类别。
[5] 谟、训:均为《尚书》中文体名,如《大禹谟》、《皋陶谟》、《伊训》、《高宗之训》等,代指《尚书》。
[6] 《易》之象、系:指《周易》的卦象和系辞。
[7] 笔削:指写作、修改。上古无纸,书于竹简木札,有误,则以刀削去更写之。《春秋》之笔削:即指《春秋》之写作原则。《史记·孔子世家》:"至于为《春秋》笔则笔,削则削,子夏之徒不能赞一辞。"
[8] 丽则:华丽而有原则,不过分。语本扬雄《法言·君子》:"诗人之赋丽以则。"
[9] 陈拾遗:即陈子昂。子昂诗、文兼擅,开一代文风。
[10] 燕文贞:即张说(667—730),封燕国公,卒谥文贞。张说文辞刚健,长于碑志,时人称为"大手笔"。诗作质朴苍劲,颇具风骨。
[11] 张曲江:即张九龄(678—740),韶州曲江(今属广东)人,故称张曲江。其诗多用比兴,寄托讽谕,风格和雅清淡。其文不求富艳,颇具古风。隟:即"隙"之俗字。

【思考题】

1. 试比较柳宗元的"明道"说与韩愈"原道"说之异同。
2. 柳宗元提出的"文有二道"说有何重要意义?

白居易诗论选录

【题解】

白居易(772—846),字乐天,号香山居士。下邽(今陕西渭南境内)人。生于河南新郑。少年时避乱江南。贞元十六年(800)进士,擢翰林学士、左拾遗。元和十年(815)因上表请求严缉刺死宰相武元衡的凶手,得罪权贵,贬为江州司马,移忠州刺史,后被召为主客郎中,出任杭州、苏州刺史。又内召任太子宾客分司东都、太子少傅等职,最后以刑部尚书致仕。有《白氏长庆集》,今存诗三千首,为唐代诗人中最多者。他是新乐府诗的倡导者,早期所作讽谕诗反映人民生活疾苦,鞭挞权贵们的罪恶。中岁遭贬谪后,意志渐转消沉,作品亦多闲适之作。他是继李白、杜甫之后唐代又一位伟大诗人,作品影响颇广,当时就已远播海外。他与诗人元稹交谊甚笃,世称"元白",又与刘禹锡唱和甚多,人称"刘白"。

中唐的诗歌理论,较为明显地出现了两种倾向:一种是注重艺术审美方面的探讨,可以皎然为代表;另一种是强调作品所表现的社会内容,这可以白居易为代表。白居易的诗歌理论主要集中在《与元九书》这篇长文中,此外在《读张籍古乐府》、《寄唐生》、《新乐府序》等诗歌和短文中,也体现了相同的思想。其核心是强调诗歌创作要有为而作,不是为艺术而艺术:"总而言之,为君为臣为民为物为事而作,不为文而作也。"(《新乐府序》)白居易也不强调为抒情而创作,虽然,他对诗歌艺术的抒情本质是有深刻认识的:"感人心者,莫先乎情,莫始乎言,莫切乎声,莫深乎义。诗者,根情、苗言、华声、实义。"(《与元九书》)但他强调的重点在于"义",也就是主张用诗歌达到一种功利目的,即"文章合为时而著,歌诗合为事而作"(同上)。这明显是继承了传统的儒家文论思想,但并非简单重复,而是作了积极的发展。他所谓的"为时""为事",具体说就是"救济人病,裨补时缺"(同上)。"救济人病",就是主张用同情、怜悯的笔墨,来抒写下层人民生活的苦难:"不能发声哭,转作乐府诗,惟歌生民病,愿得天子知。"(《寄唐生》)"裨补时缺",就是要用诗歌来暴露"时缺",揭示时政的弊端,对于传统儒家诗论中的"美刺"观,白居易主要是强调"刺"即"讽谕"的一面,而不主张歌功颂德:"欲开壅塞达人情,先向歌诗求讽刺。"(《采诗官》)而他所说的"刺",在表达方式上,也和《毛诗序》提出的"发乎情,止乎礼义"、"主文而谲谏"不同,他明确主张讽谕诗要写得激切、直率,不要躲躲闪闪,避重就轻:"其言直而切,欲闻之者深戒也。"(《新乐府序》)从上述两方面来考察,白居易的诗论虽然总的说应该列入儒家文艺思想的大范围中,但又有很大的发展、突破,他扬弃了儒家文论中保守、消极的内容,而将其积极、进步的内容发展到了最高程度。在全部古代诗论中,很难再找到像他这样大声疾呼以诗为民请命,以诗暴露时政之弊的思想,这是应该充分肯定的。白居易的诗歌理论也存在很大的弊病,首先,他过分强调了诗歌针砭时政的实用功能,而忽视了甚至有意排斥和否定诗歌的审美娱乐功能。在《与元九书》中他简略回顾诗歌创作的历史,对晋宋以还的诗坛几乎全作了否定性的评价,特别是拈出像谢朓"余霞散成绮,澄江静如练"这样的优秀作品,都一律斥之为"嘲风雪,弄花草而已",这就未免太偏激了。其次,正因为他要求诗歌直接成为"救济人病,裨补时缺"的工具,因此在创作方法上,他主张要"实录",也就是如实记录、描写民生疾苦、时政之弊,他最得意的作品是《秦中吟》和《新乐府》,在这两组诗的序言中他都强调:"闻见之间,有足悲者,因直歌其事"(《秦中吟序》),"其事核而实,使采之者传信也"(《新乐府序》)。这种思想对诗歌发展是不利的。再次,白居易在诗歌的艺术表现上,忽视艺术要含蓄蕴藉的原则,主张要写得"其言直而切",要"首句标其目,卒章显其志"(《新乐府序》),按这种理论写出的诗歌,必然会直白浅露。白居易的一部分诗歌作品就明显具有这种毛病,这是他理论上失误所带来的必然结果。

与元九书[1](节录)

月日,居易白,微之足下:自足下谪江陵[2],至于今,凡枉赠答诗仅百篇[3]。每诗来,或辱序[4],或辱书,冠于卷首,皆所以陈古今歌诗之义,且自序为文因缘与年月之远近也。仆既受足下诗,又谕足下此意,常欲承答来旨,粗论歌诗大端,并自述为文之意,总为一书,致足下前。累岁已来,牵故少暇;间有容隙,或欲为之,又自思所陈亦无出足下之见,临纸复罢者数四,卒不能成就其志以至于今。今俟罪浔阳[5],除盥栉食寝外无余事,因览足下去通州日所留新旧文二十六轴[6],开卷得意,忽如会面。心所蓄者,便欲快言,往往自疑,不知相去万里也。既而愤悱之气思有所泄,遂追就前志,勉为此书,足下幸试为仆留意一省。

夫文尚矣[7],三才各有文[8]:天之文,三光首之[9];地之文,五材首之[10];人之文,六经首之。就六经言,《诗》又首之。何者?圣人感人心而天下和平。感人心者,莫先乎情,莫始乎言,莫切乎声,莫深乎义。诗者,根情、苗言、华声、实义。上自圣贤,下至愚骏[11],微及豚鱼,幽及鬼神,群分而气同,形异而情一,未有声入而不应,情交而不感者。圣人知其然,因其言,经之以六义[12],缘其声,纬之以五音[13]。音有韵,义有类。韵协则言顺,言顺则声易入,类举则情见,情见则感易交。于是乎孕大含深,贯微深密,上下通而一气泰[14],忧乐合而百志熙[15]。五帝三皇所以直道而行,垂拱而理者[16],揭此以为大柄[17],决此以为大窦也[18]。故闻"元首明,股肱良"之歌[19],则知虞道昌矣;闻五子洛汭之歌[20],则知夏政荒矣。言者无罪,闻者足戒[21],言者闻者莫不两尽其心焉。

洎周衰秦兴[22],采诗官废,上不以诗补察时政,下不以歌泄导人情。乃至于谄成之风动,救失之道缺。于时六义始刓矣[23]。

国风变为骚辞,五言始于苏、李。苏、李、骚人,皆不遇者,各系其志,发而为文。故河梁之句[24],止于伤别;泽畔之吟[25],归于怨思。彷徨抑郁,不暇及他耳。然去《诗》未远,梗概尚存。故兴离别则引双凫一雁为喻[26],讽君子小人则引香草恶鸟为比。虽义类不具,犹得风人之什二三焉[27]。于时六义始缺矣。

晋、宋以还,得者盖寡。以康乐之奥博[28],多溺于山水;以渊明之高古,偏放于田园。江、鲍之流[29],又狭于此。如梁鸿《五噫》之例者[30],百无一二焉。于时六义浸微矣,陵夷矣。

至于梁、陈间,率不过嘲风雪、弄花草而已。噫!风雪花草之物,《三百篇》中岂舍之乎?顾所用何如耳。设如"北风其凉"[31],假风以刺威虐也;"雨雪霏霏"[32],因雪以愍征役也;"棠棣之华"[33],感华以讽兄弟也;"采采芣苢"[34],美草以乐有子也。皆兴发于此而义归于彼。反是者,可乎哉!然则"余霞散成绮,澄江净如练"[35],"离花先委露,别叶乍辞风"之什[36],丽则丽矣,吾不知其所讽焉。故仆所谓嘲风雪、弄花草而已。于是六义尽去矣。

唐兴二百年,其间诗人不可胜数,所可举者,陈子昂有《感遇诗》二十首,鲍防有《感兴诗》十五首[37]。又诗之豪者,世称李、杜。李之作,才矣奇矣,人不逮矣,索其风雅比兴,十无一焉。杜诗最多,可传者千余首,至于贯串今古,觑缕格律[38],尽工尽善,又过于李。然撮其《新安吏》、《石壕吏》、《潼关吏》、《塞芦子》、《留花门》之章,"朱门酒肉臭,路有冻死骨"之句[39],

亦不过三四十首。杜尚如此，况不逮杜者乎！

仆常痛诗道崩坏，忽忽愤发，或食辍哺、夜辍寝，不量才力，欲扶起之。嗟夫！事有大谬者[40]，又不可一二而言，然亦不能不粗陈于左右。

仆始生六七月时，乳母抱弄于书屏下，有指"无"字"之"字示仆者，仆虽口未能言，心已默识。后有问此二字者，虽百十其试，而指之不差，则仆宿昔之缘，已在文字中矣。及五六岁，便学为诗，九岁谙识声韵，十五六始知有进士，苦节读书[41]。二十已来，昼课赋，夜课书，间又课诗，不遑寝息矣。以至于口舌成疮，手肘成胝，既壮而肤革不丰盈，未老而齿发早衰白，瞥瞥然如飞蝇垂珠在眸子中也，动以万数。盖以苦学力文所致，又自悲矣。家贫多故，二十七方从乡赋[42]。既第之后，虽专于科试，亦不废诗[43]。及授校书郎时，已盈三四百首。或出示交友如足下辈，见皆谓之工，其实未窥作者之域耳。自登朝来[44]，年齿渐长，阅事渐多，每与人言，多询时务，每读书史，多求理道[45]，始知文章合为时而著，歌诗合为事而作。是时皇帝初继位[46]，宰府有正人[47]，屡降玺书，访人急病。仆当此日，擢在翰林，身是谏官，月请谏纸，启奏之外，有可以救济人病，裨补时阙，而难于指言者，辄咏歌之，欲稍稍递进闻于上。上以广宸聪，副忧勤[48]；次以酬恩奖，塞言责[49]；下以复吾平生之志。岂图志未就而悔已生，言未闻而谤已成矣。

又请为左右终言之：凡闻仆《贺雨诗》[50]，而众口籍籍[51]，已谓非宜矣。闻仆《哭孔戡诗》[52]，众面脉脉，尽不悦矣。闻《秦中吟》[53]，则权豪贵近者相目而变色矣。闻乐游园寄足下诗[54]，则执政柄者扼腕矣。闻《宿紫阁村》诗[55]，则握军要者切齿矣。大率如此，不可遍举。不相与者号为沽名，号为诋讦，号为讪谤；苟相与者，则如牛僧孺之戒焉[56]。乃至骨肉妻孥皆以我为非也。其不我非者，举世不过三两人。有邓鲂者[57]，见仆诗而喜，无何而鲂死。有唐衢者[58]，见仆诗而泣，未几而衢死。其余则足下，足下又十年来困踬若此。呜呼！岂六义四始之风[59]，天将破坏，不可支持耶！抑又不知天之意不欲使下人之病苦闻于上耶？不然，何有志于诗者，不利若此之甚也！

【注释】

〔1〕 元九：元稹（779—831），字微之，河内（今属河南）人。唐代熟人间多以行第相称，元稹在兄弟中行九，故称元九。

〔2〕 足下谪江陵：江陵，今属湖北。810年，元稹因得罪当朝权贵宦官，由监察御史降职为江陵士曹参军。

〔3〕 柱:谦词,劳驾。仅:超过。
〔4〕 辱:谦词,承蒙。
〔5〕 俟罪浔阳:白居易于815年因上书力主详察宰相武元衡被刺案而得罪权贵,由左拾遗贬为江州司马,州治所在浔阳。本文即写于是年。
〔6〕 足下去通州:通州,今四川达阳。815年三月元稹由江陵贬所调任通州司马。白居易作此文时,元稹尚在通州。
〔7〕 尚:远,历史长久。
〔8〕 三才:指天、地、人。
〔9〕 三光:指日、月、星。
〔10〕 五材:指金、木、水、火、土。
〔11〕 愚骏(ái):笨痴者。
〔12〕 六义:参见本书《毛诗序》。
〔13〕 五音:指宫、商、角、徵、羽。
〔14〕 一气:构成天地万物的元气。本《庄子·知北游》:"万物一也,通天下一气耳。"泰:安和。
〔15〕 百志:众人之情志。熙:融洽。
〔16〕 垂拱而理:垂拱,垂衣拱手。谓无为而治。
〔17〕 大柄:把握之关键处。本于《礼记·礼运》:"礼者,君之大柄也。"
〔18〕 大窦:大道。本于《礼记·礼运》:"故礼义者……所以达天道、顺人情之大窦也。"
〔19〕 "元首明,股肱良"之歌:传为虞舜时颂歌,见《尚书·益稷》。
〔20〕 五子洛汭之歌:传为夏代太康时,太康之五个弟弟在洛汭作歌讽其无道,即《五子之歌》。本于《史记·夏本纪》。
〔21〕 言者无罪,闻者足戒:参见本书《毛诗序》。
〔22〕 洎(jì):及,到。
〔23〕 刓(wán):磨削。此指削弱。
〔24〕 河梁之句:旧题李陵《与苏武诗》:"携手上河梁,游子暮何之。"
〔25〕 泽畔之吟:《楚辞·渔父》:"屈原既放,游于江潭,行吟泽畔。"
〔26〕 旧题苏武归国时《别李陵》诗:"双凫俱北飞,一雁独南翔。"
〔27〕 风人:指《诗经》作者。
〔28〕 康乐:指谢灵运,袭封康乐公。
〔29〕 江、鲍:指南朝诗人江淹、鲍照。
〔30〕 梁鸿:东汉诗人。据《后汉书·逸民传》载:他路过洛阳,登北芒山,望宫宇华丽,感叹其为黎民之血汗所筑就,乃作《五噫歌》:"陟彼北芒兮,噫!顾瞻帝京兮,噫!宫室崔巍兮,噫!民之劬劳兮,噫!辽辽未央兮,噫!"
〔31〕 北风其凉:《诗·邶风·北风》:"北风其凉,雨雪其雱。"《毛诗·北风序》:"刺

虐也。"

〔32〕雨雪霏霏:《诗·小雅·采薇》:"今我来思,雨雪霏霏。"《毛诗·采薇序》:"遣戍役也。"

〔33〕棠棣之华:《诗·小雅·棠棣》:"棠棣之华,鄂不韡韡。凡今之人,莫如兄弟。"郑玄笺:"喻弟以敬事兄,兄以荣覆弟。"

〔34〕采采芣苢(fú yǐ):《诗·周南·芣苢》:"采采芣苢,薄言采之。"芣苢,即车前子,古人谓可医妇女不孕症。《毛诗·芣苢序》:"《芣苢》,妇人乐有子也。"

〔35〕"余霞散成绮"二句:谢朓《晚登三山还望京邑》中句。

〔36〕"离花先委露"二句:鲍照《玩月城西楼廨中》句。

〔37〕陈子昂二句:今本《陈子昂集》中《感遇诗》为38首。鲍防:字子慎,襄阳人,天宝末进士,诗人。据穆贞《鲍防碑》,他有《感遇诗》17首,今已佚。

〔38〕觍(luǒ)缕:仔细条理、安排。

〔39〕"朱门酒肉臭"二句:杜甫《自京赴奉先县咏怀五百字》中句。

〔40〕事有大谬者:事与愿违,力不从心。

〔41〕苦节:矢志不渝。节,约束。

〔42〕乡赋:即乡试,地方科举考试。

〔43〕"既第之后"三句:第,及第,中进士。唐代科举制度规定:考中进士后,还要参加吏部考试方能授官。吏部考试不考诗赋。

〔44〕自登朝来:从当朝官以后。

〔45〕理:即治,避唐高宗李治讳而改。

〔46〕皇帝初继位:指806年,唐宪宗李纯继位。

〔47〕宰府有正人:指唐宪宗初年宰相杜黄裳、郑絪等,皆品行正直者。

〔48〕"上以广宸聪"二句:宸,皇帝住所,代指皇帝。副:佐,分担。

〔49〕塞言责:尽谏官进言之责。

〔50〕《贺雨诗》:白居易作于809年,五言古诗,讽谏君主减税赋、赈饥穷,体恤百姓疾苦。

〔51〕籍籍:议论纷纷。

〔52〕《哭孔戡诗》,《白氏长庆集》题作《孔戡》,五言古诗。孔戡是当时不畏权贵之诤臣,殁于810年,白诗赞美了孔戡的斗争精神。

〔53〕《秦中吟》:五言古组诗十首,作于810年前后。白氏于《序》中云:"闻见之间,有足悲者,因直歌其事。"诗中广泛反映了民生疾苦,鞭挞了权贵们的骄奢丑恶行为。

〔54〕乐游园寄足下诗:即《登乐游园望》,五言古诗,作于810年,诗中对孔戡之死、元稹之谪寄予了深厚的同情。

〔55〕《宿紫阁村》:即《宿紫阁山北村》,作于809年,描写了宦官指使的"神策军"到山村抢掠事。

〔56〕 牛僧孺之戒:808年,"直言极谏科"策试,牛僧孺、皇甫湜、李宗闵等人及第,他们在策对中指陈时弊,言辞激切,触怒了宰相李林甫等权贵,牛僧孺等被黜为地方幕职,考官杨于陵、韦贯之、王涯皆被贬。

〔57〕 邓鲂(fáng):当时诗人,科举不第,早卒。

〔58〕 唐衢:参见后面《寄唐生》注。

〔59〕 六义四始:参见本书《毛诗序》注。

读张籍古乐府[1]

张君何为者?业文三十春[2];尤工乐府诗,举代少其伦。为诗意如何?六义互铺陈[3],风雅比兴外,未尝著空文。读君《学仙》诗[4],可讽放佚君;读君《董公诗》[5],可诲贪暴臣;读君《商女》诗[6],可感悍妇仁;读君《勤齐》诗[7],可劝薄夫淳。上可裨教化,舒之济万民;下可理情性,卷之善一身。始从青衿岁[8],追此白发新,日夜秉笔吟,心苦力亦勤。时无采诗官,委弃如泥尘。恐君百岁后,灭没人不闻。愿藏中秘书[9],百代不湮沦;愿播内乐府[10],时得闻至尊。言者志之苗,行者文之根,所以读君诗,亦知君为人。如何欲五十,官小身贱贫[11]?病眼街西住,无人行到门!

【注释】

〔1〕 张籍(768?—830?):字文昌,唐贞元十四年(798)进士,历官太常寺太祝、水部员外郎,终于国子司业。有《张司业集》。所作乐府诗反映民生疾苦,揭露权贵罪恶。有拟古乐府的,也自创新乐府诗。

〔2〕 业文:以诗文为业。

〔3〕 六义:见本书《毛诗序》注。

〔4〕 《学仙》:五言古诗,讽学仙弃世之少年。

〔5〕 《董公》:五言古诗,颂董晋事迹。董为唐德宗时宰相。当时宣武军节度使李万秦死,其部将拟叛乱。董晋兼宣武军节度使,单身赴任,消弭事变。

〔6〕 《商女》:已佚。

〔7〕 《勤齐》:已佚。

〔8〕 青衿岁:青年时代。青衿是周代学子服装。

〔9〕 中秘书:宫中藏书处,亦指宫内藏书。

〔10〕 内乐府:宫中音乐机构。

〔11〕 "如何欲五十"二句:张籍年五十尚做太常寺太祝微职官。

寄唐生[1]

贾谊哭时事[2],阮籍哭路歧[3],唐生今亦哭,异代同其悲。唐生者何人?五十寒且饥。不悲口无食,不悲身无衣,所悲忠与义,悲甚则哭之。太尉击贼日[4],尚书叱盗时[5],大夫死凶寇[6],谏议谪蛮夷[7],每见如此事,声发涕辄随。往往闻其风,俗士犹或非;怜君头半白,其志竟不衰。我亦君之徒,郁郁何所为,不能发声哭,转作乐府诗。篇篇无空文,句句必尽规,功高虞人箴,痛甚骚人辞。非求宫律高,不务文字奇,惟歌生民病,愿得天子知。未得天子知,甘受时人嗤,药良气味苦,瑟淡音声稀。不惧权豪怒,亦任亲朋讥,人竟无奈何,呼作狂男儿。每逢群盗息,或遇云雾披,但自高声歌,庶几天听卑。歌哭虽异名,所感则同归,寄君三十章,与君为哭词。

【注释】

〔1〕 唐生:指唐衢。李肇《国史补》:"唐衢,周郑客也。有文学,老而无成。"《旧唐书》本传:"唐衢者,应进士,久而不第,能为歌诗,意多感发。见人文章有所伤叹者,读讫必哭,涕泗不能已。"

〔2〕 贾谊:西汉初著名作家,所著政论《治安策》力陈时政危机,多有可哭者。

〔3〕 阮籍:三国魏作家,尝行路遇歧痛哭而返,以悲处世之艰。

〔4〕 太尉击贼日:原注:"段太尉以笏击朱泚。"段太尉即段秀实,唐汧阳人,字成公。官泾原郑颍节度使。德宗时召为司农卿。朱泚反,秀实唾面大骂,以笏击伤之,遂遇害。诏赠太尉,谥忠烈。

〔5〕 尚书叱盗时:原注:"颜尚书叱李希烈。"颜尚书为颜真卿,字清臣。肃宗时,官工部尚书兼御史大夫。德宗朝,李希烈反,朝廷遣真卿往谕,贼胁之降,不屈遇害。

〔6〕 大夫死凶寇:原注:"陆大夫为乱兵所害。"陆大夫为陆长源,字泳文,贞元十二年(796)授检校礼部尚书,宣武军行军司马,汴州政事皆决断之。性严峻,每欲以峻法绳骄兵,将士多怨之。汴州节度使董晋卒,令长源总留后事。才八日,军乱,杀长源及判官孟叔度,食其肉,中外惜之。赠尚书右仆射。另据白居易《哀二良文》,陆长源在汴州时,职兼御史大夫。

〔7〕 谏议谪蛮夷:原注:"阳谏议左迁道州。"阳谏议即阳城,字亢宗,北平人,李泌为相,举为谏议大夫。以上疏论裴延龄奸,改国子司业,后坐事出为道州(今湖南道县)刺史。

新乐府序[1]

序曰:凡九千二百五十二言,断为五十篇。篇无定句,句无定字,系于意,不系于文。首句标其目,卒章显其志。《诗》三百之义也。其辞质而径,欲见之者易谕也;其言直而切,欲闻之者深诫也;其事核而实,使采之者传信也;其体顺而肆,可以播于乐章歌曲也。总而言之,为君为臣为民为物为事而作,不为文而作也。

【注释】

〔1〕 新乐府:乐府本是汉代所设主管音乐之机构,后亦指由乐府机构采集或创作的配乐歌词,遂成诗体之一。汉代乐府诗一般称古乐府,魏晋以后沿袭古题所作称拟古乐府诗。到唐代杜甫"即事名篇",不再沿袭古题,是新题之始。至元稹、白居易等始明确提出"新乐府"之称,并创作了大量新乐府诗。元稹《乐府古题序》:"况自《风》、《雅》至于乐流,莫非讽兴当时之事,以贻后代之人。沿袭古题,唱和重复,于文或有短长,于义咸为赘疣。尚不如寓意古题,刺美见事,犹有诗人引古以讽之义焉。曹、刘、沈、鲍之徒时得如此,亦复稀少。近代唯诗人杜甫《悲陈陶》、《哀江头》、《兵车》、《丽人》等,凡所歌行,率皆即事名篇,无复倚旁。予少时与友人乐天、李公垂辈,谓是为当,遂不复拟赋古题。"可参阅。

【思考题】

1. 如何准确理解白居易在《与元九书》中提出的"诗者,根情、苗言、华声、实义"的理论?

2. 结合白居易的诗歌创作,谈谈他的诗论之长处与缺憾。

司空图诗论选录

【题解】

司空图(837—908),字表圣,河中虞乡(今山西永济)人。咸通十年(869)进士。为宣歙观察使幕僚,召为殿中侍御史,后累迁礼部员外郎、郎中。广明元年(880)黄巢军入长安,先陷其中,后逃归河中。乱平,迁中书舍人。后辞官隐居中条山王官谷,以诗酒赏花为营生,自号知非子、耐辱居士,屡征不赴召。天祐四年(907),朱全忠篡唐建梁,杀昭宣帝,司空图闻之,绝食而终。其诗文为晚唐佼佼者,诗歌善写情状景,清新自然,淡中有浓,朴处见华,意境深远。有《司空表圣文集》、《司空表圣诗集》。旧说司空图还著有《诗品》二十四则,明末以来影响很大,但近来学术界有人疑其为后人伪作。因目前尚无确切证据可说明它是司空图所作,但也不能完全排斥是他作的可能性。

从盛唐王昌龄、殷璠开始揭橥,在中唐经皎然、刘禹锡等所正式确立的诗歌意境理论,至晚唐司空图得到了进一步深入、精辟的阐述。

司空图在《与王驾评诗书》中提出:"长于思与境偕,乃诗家之所尚者。"这是讲意境的基本性质,"思与境偕"中的"思",可以理解为创作中的神思,即艺术思维活动,但侧重在创作主体的情志意趣活动;"境",则是激发诗情意趣并且表现之的创作客体境象。"境"与"思"偕往,相互融会,因而产生了作品的意境世界。这种思想在皎然的诗论中出现过,甚至可以追溯到刘勰的"神思"理论,但在司空图这里,表述得更为清楚,他以"思与境偕"四字概言之,而且认为这是"诗家之所尚者",即诗人们都视为理想,而又不可都企及的高境界,这正是说意境作品的基本性质。

对于诗歌意境的特殊性质,司空图进行了更多的探讨。他在《与李生论诗书》中,从鉴赏诗歌的角度,开宗明义地把"味"作为诗歌审美的第一要义提了出来:"文之难,而诗之尤难,古今之喻多矣,而愚以为辨于味而后可以言诗也。江岭之南,凡足资于适口者,若醯,非不酸也,止于酸而已;若鹾,非不咸也,止于咸而已。华之人以充饥而遽辍者,知其咸酸之外,醇美者有所乏耳。"这里强调的咸酸之外的"醇美"之味,显然就是指意境的特殊内涵——丰富的审美韵味。这种韵味不是任何一篇诗歌作品都具备的,而是意境作品的特质。司空图提出的这种"韵味"说,从理论渊源上看,是本于钟嵘《诗品》的"滋味"说,但有了明显的发展和深化。第一,司空图比钟嵘更加自觉地把"味"作为论诗的原则和衡诗的标准。钟嵘说最好的诗是具有隽永味道的作品:"使味之者无极,闻之者动心,是诗之至也"(《诗品序》),司空图则更为明确地表述为"辨于味而后可以言诗"。质言之,倘不会或不去辨味,就不配来谈诗。第二,司空图并未停留在提出这一醇美的韵味理论,而是深入探讨了这种韵味的具体丰富的内容。他在《与李生论诗书》中说:"近而不浮,远而不尽,然后可以言韵外之致耳。""倘复以全美为工。即知味外之旨矣。"在《与极浦书》中说:"戴容州云:'诗家之景,如蓝田日暖,良玉生烟,可望而不可置于眉睫之前也。'象外之象,景外之景,岂容易可谭哉!"他所谓的"韵外之致"、"味外之旨"、"象外之象"、"景外之景"这"四外"说,都是论述意境的特殊性质,笼统说都是指丰富的醇美韵味,细分析则又可分三组,内涵略为不同:"韵外之致",应该是指意境作品表层文字、声韵覆盖下的无尽情致;"味外之旨"则应是侧重指意境作品所具有的启人深思的理趣;而"象外之象"和"景外之景"则是指意境作品在表层描绘的形象之外,还能让鉴赏者联想到、但又朦胧模糊的多重境象。这种情致,这种理趣,这些境象,在作品中都是潜伏着的假存在,要依赖于鉴赏者调动自己以往的审美经验去与之应合,才能将它们召唤出来,再现出来。

总之,司空图提出的"韵味"说、"四外"说,是对诗歌意境理论的深入而又精辟的阐述,因而在后世产生了相当深远的影响。

与李生论诗书[1]

文之难,而诗之尤难[2],古今之喻多矣,而愚以为辨于味而后可以言诗也。江岭之南[3],凡足资于适口者,若醯[4],非不酸也,止于酸而已;若鹾[5],非不咸也,止于咸而已。华之人以充饥而遽辍者[6],知其咸酸之外,醇美者有所乏耳。彼江岭之人,习之而不辨也,宜哉。诗贯六义,则讽谕、抑扬、渟蓄、温雅,皆在其间矣[7]。然直致所得,以格自奇。前辈诸集,亦不专工于此,矧其下者耶[8]!王右丞、韦苏州澄淡精致,格在其中,岂妨于遒举哉[9]!贾浪仙诚有警句[10],视其全篇,意思殊馁[11],大抵附于蹇涩,方可致才,亦为体之不备也,矧其下者哉!噫!近而不浮,远而不尽,然后可以言韵外之致耳。

愚幼常自负,既久而逾觉缺然。然得于早春,则有"草嫩侵沙短,冰轻着雨销"[12];又"人家寒食月,花影午时天"[13](原注:上句云:"隔谷见鸡犬,山苗接楚田");又"雨微吟足思,花落梦无憀"[14]。得于山中,则有"坡暖冬生笋,松凉夏健人"[15];又"川明虹照雨,树密鸟冲人"[16]。得于江南,则有"戍鼓和潮暗,船灯照岛幽"[17];又"曲塘春尽雨,方响夜深船"[18];又"夜短猿悲减,风和鹊喜灵"[19]。得于塞下,则有"马色经寒惨,雕声带晚饥"[20]。得于丧乱,则有"骅骝思故第,鹦鹉失佳人"[21];又"鲸鲵人海涸,魑魅棘林高"[22]。得于道宫,则有"棋声花院闭,幡影石幢幽"[23]。得于夏景,则有"地凉清鹤梦,林静肃僧仪"[24]。得于佛寺,则有"松日明金象,苔龛响木鱼"[25];又"解吟僧亦俗,爱舞鹤终卑"[26]。得于郊园,则有"远陂春旱渗,犹有水禽飞"[27]。(原注:上句"绿树连村暗,黄花入麦稀")得于乐府,则有"晚妆留拜月,春睡更生香"[28]。得于寂寥,则有"孤萤出荒池,落叶穿破屋"[29]。得于惬适,则有"客来当意惬,花发遇歌成"[30]。虽庶几不滨于浅涸,亦未废作者之讥诃也。又七言云:"逃难人多分隙地,放生鹿大出寒林"[31]；又"得剑乍如添健仆，亡书久似忆良朋"[32]；又"孤屿池痕春涨满，小栏花韵午晴初"[33]；又"五更惆怅回孤枕，犹自残灯照落花"[34]（原注：上句"故国春归未有涯，小栏高槛别人家"）；又"殷勤元旦日，歌舞又明年"[35]（原注：上句"甲子今重数，生涯只自怜"）。皆不拘于一概也。

盖绝句之作，本于诣极[36]。此外千变万状，不知所以神而自神也，岂容易哉？今足下之诗时辈固有难色[37]，倘复以全美为工，即知味外之旨矣。勉旃[38]。某再拜。

【注释】

[1] 李生：其人生平不详，仅见于此文，当是司空图晚辈诗人。
[2] 诗之尤难：《全唐文》本无"之"字；《唐文粹》本"之"下有"难"字。今本多据以校改，似不必。此句"之"字与前句"文之难"的"之"同义，只起取消句子独立性作用。二句意为：文章难，诗更难。
[3] 江岭之南：江指长江，岭即五岭。泛指南方。
[4] 醯（xī）：醋。
[5] 鹾（cuó）：盐。
[6] 华之人：指中原人，主要指陕西、山西、河南一带。
[7] 渟蓄：含蓄蕴藉。
[8] 矧（shěn）：何况。
[9] 王右丞：即盛唐诗人王维，官至尚书右丞，故世称王右丞。韦苏州：即中唐诗人韦应物，曾任苏州刺史，故称韦苏州。遒举：风格遒劲挺拔。
[10] 贾浪仙：即中唐诗人贾岛。字阆仙，一作浪仙。
[11] 意思殊馁：即内容空乏。
[12] "草嫩"二句：司空图《早春》诗句。
[13] "人家"二句：全诗已佚。
[14] "雨微"二句：司空图《下方》中句。
[15] "坡暖"二句：出处同上。
[16] "川明"二句：《华下送文浦》中句。
[17] "戍鼓"二句：《寄永嘉崔道融》中句。
[18] "曲塘"二句：《江行》中句。
[19] "夜短"二句：全诗已佚。
[20] "马色"二句：《塞上》中句。
[21] "骅骝"二句：全篇已佚。
[22] "鲸鲵"二句：全篇已佚。
[23] "棋声"二句：全篇已佚。

〔24〕 "地凉"二句:全篇已佚。
〔25〕 "松日"二句:《上陌梯寺怀旧僧》中句。
〔26〕 "解吟"二句:《僧舍贻友》中句。
〔27〕 "远陂"二句:《独望》中句。
〔28〕 "晚妆"二句:全篇已佚。
〔29〕 "孤萤"二句:《秋思》中句。
〔30〕 "客来"二句:《长安赠王注》中句。
〔31〕 "逃难"二句:《山中》句。
〔32〕 "得剑"二句:《退栖》中句。
〔33〕 "孤屿"二句:《光启四年春戊申》中句。
〔34〕 "五更"二句:《华上》中句。
〔35〕 "殷勤"二句:《元日》中句。
〔36〕 诣极:造诣极深。
〔37〕 时辈:同代作者。句意谓同代诗人很难与李生相比。
〔38〕 勉旃:鼓励语。旃(zhān):"之焉"二字的合读。

与极浦书[1]

戴容州云[2]:"诗家之景,如蓝田日暖,良玉生烟[3],可望而不可置于眉睫之前也。"象外之象,景外之景,岂容易可谭哉[4]?然题纪之作[5],目击可图[6],体势自别,不可废也。

愚近有《虞乡县楼》及《柏梯》二篇[7],诚非平生所得者。然"官路好禽声,轩车驻晚程",即虞乡入境可见也。又"南楼山色秀,北路邑偏清"[8],假令作者复生,亦当以著题见许[9]。其《柏梯》之作,大抵亦然。浦公试为我一过县城,少留寺阁,足知其不怍也,岂徒雪月之间哉?伫归山后,"看花满眼泪,回首汉公卿"[10],"人意共春风,哀多如更闻",下至于"塞广雪无穷"之句[11],可得而评也。郑杂事不罪章指[12],亦望呈达。知非子狂笔[13]。

【注释】

〔1〕 极浦:即汪极,字极甫。徽州歙县人,大顺二年(891)进士。浦,疑"甫"之误。
〔2〕 戴容州:即中唐诗人戴叔伦(732—789),字幼公,润州金坛(今江苏金坛)人。贞元十六年(800)进士。曾任容管(容州管内)经略使,故称戴容州。
〔3〕 蓝田日暖,良玉生烟:蓝田,即陕西蓝田县,盛产美玉。在煦日照射下,遥望烟霞缭绕,近睹则无。
〔4〕 谭:通"谈"。

〔5〕 题纪之作:题咏纪实之作品。
〔6〕 目击可图:指要写眼见实景实事。
〔7〕 《虞乡县楼》及《柏楼》二篇:两诗全篇已佚。
〔8〕 "官路"二句和"南楼"二句当均为《虞乡县楼》中句。
〔9〕 作者:指前代著名诗人。著题:切题。
〔10〕 "看花"二句:全篇已佚。
〔11〕 "人意"三句:全篇已佚。
〔12〕 郑杂事:不详何人。杂事,即侍御史的别称之一。章指:文章旨意。不罪:不以为罪,不见怪。
〔13〕 知非子:司空图自号。

与王驾评诗书[1]

足下末伎之工,虽蒙誉于哲贤,亦未足自信,必俟推于其类,而后神跃而色扬。今之贽艺者反是[2],若即医而靳其病也[3],唯恐彼之善察,药之我攻耳。以是率人以谩[4],莫能自振,痛哉!痛哉!且工之尤者,莫若工于文章,其能不死于诗者,比他伎尤寡,岂可容易较量哉!

国初,主上好文章,雅风特盛,沈、宋始兴之后[5],杰出于江宁[6],宏肆于李、杜,极矣!右丞、苏州,趣味澄夐,若清沇之贯达[7]。大历十数公,抑又其次[8]。元、白力勍而气孱,乃都市豪估耳[9]。刘公梦得、杨公巨源亦各有胜会[10]。浪仙、无可、刘德仁辈,时得佳致,亦足涤烦[11]。厥后所闻,徒褊浅矣。河汾蟠郁之气[12],宜继有人,今王生者,寓居其间,沉渍益久,五言所得,长于思与境偕,乃诗家之所尚者,则前所谓必推于其类,岂止神跃色扬哉?经乱索居,得其所录,尚累百篇,其勤亦至矣。吾适又自编《一鸣集》[13],且云撑霆裂月[14],劫作者肝脾,亦当吾言之无怍也[15],道之不疑。

【注释】

〔1〕 王驾:字大用,河中(今山西永济)人。大顺进士,仕至礼部员外郎。
〔2〕 贽:通"执"。贽艺者,指作者们。
〔3〕 靳:掩盖。
〔4〕 率:带领,引导。谩:欺骗。
〔5〕 沈、宋:指初唐诗人沈佺期、宋之问。
〔6〕 江宁:指王昌龄,江宁人,时称王江宁。

〔7〕右丞、苏州:指王维、韦应物。澄复(xiòng):深远清秀貌。清泫(yǎn):清澈泉流。
〔8〕"大历十数公"二句:大历,唐代宗年号(766—779)。十数公,即指大历十才子。据《新唐书·卢纶传》:"卢纶与吉中孚、韩翃、钱起、司空曙、苗发、崔峒、耿湋、夏侯审、李端,皆能诗齐名,号大历十才子。"
〔9〕"元、白"二句:元、白,指元稹、白居易。勍(qíng),强。孱(chán),弱。豪估,富商。
〔10〕"刘公"二句:刘梦得,指刘禹锡,字梦得。
〔11〕"浪仙"三句:浪仙,指贾岛。无可,诗僧,亦称"可上人",贾岛从弟。刘德仁,即刘得仁。
〔12〕河汾:黄河、汾水之间,指王驾家乡河中一带。蟠郁之气:葱郁秀杰之气。
〔13〕《一鸣集》:司空图自编诗集。
〔14〕撑霆裂月:撑住雷霆,撕裂月亮。极言自己诗作之雄强气势。
〔15〕无怍:无愧。

二十四诗品

雄　浑

大用外腓[1],真体内充,返虚入浑[2],积健为雄。具备万物,横绝太空,荒荒油云,寥寥长风。超以象外,得其环中[3],持之匪强,来之无穷。

冲　淡

素处以默[4],妙机其微,饮之太和[5],独鹤与飞。犹之惠风,苒苒在衣,阅音修篁[6],美曰载归。遇之匪深,即之愈稀,脱有形似[7],握手已违。

纤　秾

采采流水[8],蓬蓬远春,窈窕深谷,时见美人。碧桃满树,风日水滨,柳阴路曲,流莺比邻。乘之愈往,识之愈真,如将不尽,与古为新。

沉　着

绿杉野屋[9],落日气清,脱巾独步,时闻鸟声。鸿雁不来,之子远行,所思不远,若为平生。海风碧云,夜渚月明,如有佳语,大河前横。

高　　古

畸人乘真[10]，手把芙蓉，泛彼浩劫，窅然空踪。月出东斗[11]，好风相从，太华夜碧[12]，人闻清钟。虚伫神素，脱然畦封，黄唐在独[13]，落落玄宗。

典　　雅

玉壶买春[14]，赏雨茅屋，坐中佳士，左右修竹。白云初晴，幽鸟相逐，眠琴绿阴，上有飞瀑。落花无言，人淡如菊，书之岁华[15]，其曰可读。

洗　　炼

犹矿出金，如铅出银，超心炼冶，绝爱淄磷[16]。空潭泻春，古镜照神，体素储洁，乘月返真[17]。载瞻星辰，载歌幽人，流水今日，明月前身。

劲　　健

行神如空，行气如虹，巫峡千寻[18]，走云连风。饮真茹强，蓄素守中[19]，喻彼行健，是谓存雄[20]。天地与立，神化攸同，期之以实，御之以终。

绮　　丽

神存富贵，始轻黄金，浓尽必枯，浅者屡深。露余山青，红杏在林，月明华屋，画桥碧阴。金樽酒满，伴客弹琴，取之自足，良殚美襟[21]。

自　　然

俯拾即是，不取诸邻，俱道适往，着手成春。如逢花开，如瞻岁新，真予不夺，强得易贫。幽人空山，过雨采蘋，薄言情晤，悠悠天钧[22]。

含　　蓄

不着一字，尽得风流，语不涉难，已不堪忧。是有真宰[23]，与之沉浮，如渌满酒[24]，花时返秋。悠悠空尘，忽忽海沤，浅深聚散，万取一收。

豪　　放

观花匪禁，吞吐大荒[25]，由道返气，处得以狂。天风浪浪，海山苍苍，真力弥满，万象在旁。前招三辰，后引凤凰，晓策六鳌，濯足扶桑[26]。

精　　神

欲返不尽，相期与来，明漪绝底，奇花初胎。青春鹦鹉，杨柳池台，碧山人来，清酒满杯。生气远出，不着死灰，妙造自然，伊谁与裁？

缜　　密

是有真迹，如不可知，意象欲生，造化已奇。水流花开，清露未晞[27]，要路愈远，幽行为迟。语不欲犯，思不欲痴，犹春于绿，明月雪时。

疏　　野

惟性所宅[28]，真取弗羁，拾物自富，与率为期。筑屋松下，脱帽看诗，但知旦暮，不辨何时。倘然适意，岂必有为，若其天放，如是得之。

清　　奇

娟娟群松，下有漪流，晴雪满汀，隔溪渔舟。可人如玉，步屧寻幽[29]，载行载止，空碧悠悠。神出古异，淡不可收，如月之曙，如气之秋。

委　　曲

登彼太行，翠绕羊肠，杳霭流玉[30]，悠悠花香。力之于时，声之于羌[31]，似往已回，如幽匪藏。水理漩洑，鹏风翱翔，道不自器，与之圆方。

实　　境

取语甚直，计思匪深，忽逢幽人，如见道心。晴涧之曲，碧松之阴，一客荷樵，一客听琴。情性所至，妙不自寻，遇之自天，泠然希音。

悲　　慨

大风卷水，林木为摧，意苦若死，招憩不来[32]。百岁如流，富贵冷灰，大道日往，若为雄才。壮士拂剑，浩然弥哀，萧萧落叶，漏雨苍苔。

形　　容

绝伫灵素[33]，少回清真，如觅水影，如写阳春。风云变态，花草精神，海之波澜，山之嶙峋。俱似大道，妙契同尘[34]，离形得似，庶几斯人。

超　　诣

匪神之灵,匪机之微,如将白云,清风与归。远引若至,临之已非,少有道契,终与俗违。乱山高木,碧苔芳辉,诵之思之,其声愈稀。

飘　　逸

落落欲往,矫矫不群,缑山之鹤[35],华顶之云[36]。高人画中,令色氤氲,御风蓬叶,泛彼无垠。如不可执,如将有闻,识者已领,期之愈分。

旷　　达

生者百岁,相去几何,欢乐苦短,忧愁实多。何如尊酒,日往烟萝,花覆茅檐,疏雨相过。倒酒既尽,杖藜行过,孰不有古,南山峨峨[37]。

流　　动

若纳水輨[38],如转丸珠,夫岂可道,假体如愚。荒荒坤轴,悠悠天枢,载要其端,载同其符。超超神明,返返冥无,来往千载,是之谓乎!

【注释】

〔1〕 大用外腓:大用,巨大的功用。腓(féi):伸缩、变化。《易》咸卦六二:"咸其腓。"朱熹注:"腓,足肚也。欲行则先自动。"足肚即腿肚,行走时不断变化、伸缩。

〔2〕 返虚入浑:返归于道。《庄子·人间世》:"惟道集虚。"扬雄《太玄》:"浑沌无端,莫见其根。"

〔3〕 超以象外,得其环中:象,物象。环中,圆环之中。语本《庄子·齐物论》:"彼是莫得其偶,谓之道枢;枢始得其环中,以应无穷。"言如能超然于物象之外,则即如处空虚之圆环中,可应无穷之变化。

〔4〕 素处以默:淡泊静默以自处,本《老子》:"见素抱朴,少私寡欲。"

〔5〕 饮之太和:吸收阴阳合和的冲和之气。

〔6〕 阅音修篁:阅,经历,此指聆听欣赏。修篁,长竹,指竹林。

〔7〕 脱:假如。

〔8〕 采采:鲜明貌。本《诗·小雅·蜉蝣》:"蜉蝣之翼,采采衣服。"

〔9〕 杉:一本作"林"。

〔10〕 畸人乘真:畸人,与世俗不合之人,道家理想中人物。本《庄子·大宗师》:"畸人者,畸于人而侔于天。"真,即自然之道。《庄子·渔父》:"真者所以受于天也,自

然不可易也。故圣人法天贵真，不拘于俗。"

〔11〕东斗：指东方。道家分一天为五斗，东斗位于东方。

〔12〕太华夜碧：太华指华山。碧，指苍碧之山色。

〔13〕黄唐在独：黄唐，指黄帝、唐尧。句本陶渊明《时运》："黄唐莫逮，慨独在余。"

〔14〕玉壶买春：春，指酒，唐时酒名多带一"春"字。

〔15〕书之岁华：岁华，指时光，年华。书之，写下。

〔16〕绝爱淄磷：绝，弃绝。淄，黑色，一本作缁。磷，即云母石，黑色，非金属元素，耐火，冶炼金属时遇之必弃去。

〔17〕体素储洁，乘月返真：体，体会，领悟。素，纯洁。储，保全。乘，乘上。返真，返回仙境，归于大道。

〔18〕巫峡：在今四川巫山县境。寻：古以八尺为一寻。

〔19〕饮真茹强，蓄素守中：真，真气。茹，饮。汲饮强劲之真气。素，纯洁不杂。守中，守德于心中，语本《老子》："多言数穷，不如守中。"

〔20〕喻彼行健：喻，明晓。行健，指天体自然运作不休，语本《易·乾卦·象》："天行健，君子以自强不息。"存雄：积健为雄。本《庄子·天下》："天地其壮乎？施存雄而无术。"施指惠施。

〔21〕良殚美襟：良，很。殚（dàn），尽。襟，指心怀。本陶渊明《诸人共游周家墓柏下》："未知明日事，余襟良已殚。"

〔22〕悠悠天钧：悠悠，永久。钧，造瓦之转轮，天钧，天道运转不息。本《庄子·齐物论》："是以圣人和之以是非，而休乎天钧。"

〔23〕是有真宰：真宰，以真（自然之道）为主宰，即指道。语本《庄子·齐物论》："若有真宰，而特不得其朕（征兆）。"

〔24〕如渌满酒：渌（lù），同"漉"，滤去水分或渣滓。此指汁液慢慢渗下。

〔25〕观花匪禁，吞吐大荒：大荒，指海外僻远之地。郭绍虞《诗品集解》释此二句："观花匪禁，即'看竹何须问主人'之意，自见其放。吞吐大荒，即'吞若云梦者八九，于其胸中曾不蒂芥'之意，自见其豪。"

〔26〕晓策六鳌，濯足扶桑：策，鞭策。鳌，传说中的海中巨龟。《列子·汤问》：渤海之东有五山，常随波漂流，上帝命十五只巨鳌举首戴负。不久龙伯之国的巨人钓去六鳌，于是五山中有二山无所依凭，流到北极，沉入大海，只剩下蓬莱等三山。扶桑，传说中神树，生于日所出处，因代指日初升之地。本《山海经》。

〔27〕晞（xī）：干。

〔28〕宅：居住，寄寓。

〔29〕屧（xiè）：木屐。

〔30〕流玉：指流水之曲折。"凡水，其方折者有玉，其圆折者有珠。"（《文选》颜延年《赠王太常》诗李善注引《尸子》）

〔31〕力之于时，声之于羌：力，人力。时，天时，天命。言人力应随天时而变，不可径直

以求。语本《列子·力命》篇。羌,羌笛,其声婉转悠扬。
〔32〕 意苦若死,招憩不来:"意苦若死"一作"适苦死",本《庄子·达生》:"以为有苦而欲死也。"招憩不来,招之归隐之人不来。指欲归而不得。
〔33〕 绝伫灵素:使内心达于虚静。绝,绝弃挠心之外物;伫,止息内心之思虑。灵素,指心灵,江淹《伤友人赋》:"倜傥远度,寂寥灵素。"
〔34〕 俱似大道,妙契同尘:妙契,精妙之契合。同尘,语本《老子》:"和其光,同其尘,湛兮似或存。"指大道化为具象之物。两句言上文所说风云、花草、海山等之精神,在创作中都如大道一样,体现为具体物象中。
〔35〕 缑山之鹤:《列仙传》载:周人王子乔好吹笙,作凤鸣,欲仙去,使人转告其家人:七月七日待我于缑氏山头。如期果然乘白鹤谢众人而去。
〔36〕 华顶之云:华顶,天台山之峰名,南朝名僧智凯曾居此峰旁。
〔37〕 孰不有古,南山峨峨:古,作古,谓死去。南山,通常指终南山。峨峨,高峻貌。
〔38〕 若纳水輨:水輨(guǎn),指水车。纳,纳入,指将水輨放入水中汲水。

【思考题】

1. 如何理解司空图提出的诗歌创作中"思与境偕"思想?
2. 结合具体意境作品,谈谈你对司空图"四外"说的理解。

宋 金 元

欧阳修诗文论选录

【题解】

欧阳修(1007—1072),字永叔,号醉翁、六一居士。卒谥文忠。吉州庐陵(今江西吉安)人。天圣八年(1030)进士及第,嘉祐二年(1057)知贡举,排抑险怪奇涩的"太学体"。欧阳修是北宋诗文革新理论和实践的首领。其文备众体而又创意造言,条达平易。是"唐宋八大家"之一。诗风与文风相近,词风则情致婉丽。是有宋以来第一个在散文、诗、词各方面成就都很大的作家。晚年作《六一诗话》,开诗论之一体。有《欧阳文忠集》行世。

宋初古文的复兴和发展,不仅需要矫变"时文",以反拨晚唐五代以来卑弱不振、华丽骈偶的文风;而且面临着对宋初古文险怪"新弊"的排抑,纠正自中唐韩愈等人以后古文创作里追求奇僻古奥的倾向。古文由中唐而变为宋,是需要在思想内容和语言形式上进行全面革新的。柳开、王禹偁、穆修始倡古文,成就和影响都不太大。直到欧阳修,宋代古文才真正确立起自己的风格。欧阳修的古文理论也与宋初诸家有所不同。首先,在文道关系上,欧阳修步趋韩愈,重申了道对文的重要性,认为"道胜者文不难而自至"(《答吴充秀才书》),并以扬雄、王通模拟经典,"道未足而强言"为例,反对片面追求文辞。针对当时文士学道而溺于文的习气,欧阳修并没有像道学家那样鼓吹重道轻文甚至"作文害道",而是将道作为文士的基本修养,即充道以为文。他评说吴允的义章是"辞丰意雄,沛然有不可御之势",表明他立论的着眼点主要还是在文。其次,欧阳修更为注重道的实践性内容。他认为非道远人,而是人有所溺,以至于文士"弃百事不关于心",不能在生活实践里"充道"。故而他同意吴充所论:"终日不出轩序而不能纵横高下皆如意者",并以孔、孟、荀奔波于事而入"道胜"之境、立"不朽"之言为例说明之。欧阳修从生活实践方面谈论创作主体的修养,这是继承了唐代柳宗元的"明道"思想,并影响了后来的经术派(如王安石)、议论派(如三苏)等的古文理论。总之,对文道关系的解释,使得欧阳修逐渐形成自己以道充、事信、理达、辞易为中心的古文理论。

"诗穷而后工"是欧阳修在《梅圣俞诗集序》一文里表露的比较重要的

思想。在他之前，司马迁、钟嵘、韩愈等人也有过相似之论，大体都是讲创作主体的生活境遇与创作潜能的关系。欧阳修则进一步将作家的生活境遇、情感状态直接地与诗歌创作自身的特点联系起来："外见虫鱼草木风云鸟兽之状态，往往探其奇怪；内有忧思感愤之郁积，其兴于怨刺，以道羁臣寡妇之所叹，而写人情之难言。"这段话涉及文学创作中的两个问题：一是诗人穷而"自放"，能与外界事物建立起较为纯粹的审美关系，于是能"探其奇怪"；二是郁积的情感有助于诗人"兴于怨刺"，抒写出更为曲折入微却又带有普遍性的人情，这是对前人思想的深入发展。

《六一诗话》中所记梅尧臣谈诗一节，实际上也代表欧阳修的观点，他们将成功的诗歌作品又分为高低两个档次，即所谓"若意新语工，得前人所未道者，斯为善也；必能状难写之景如在目前，含不尽之意见于言外，然后为至矣"。这是上继唐人提出的诗歌意境理论，结合具体作品，深入分析了意境的两大相互关联的审美要素：所描绘的境象一定要真切生动，所抒写的情志则要深微高远。这一思想引发了宋代诗话中关于诗歌意境问题的深入探讨。

答吴充秀才书[1]

修顿首白，先辈吴君足下：前辱示书及文三篇，发而读之，浩乎若千万言之多，及少定而视焉，才数百言尔。非夫辞丰意雄，霈然有不可御之势[2]，何以至此！然犹自患悗悗莫有开之使前者[3]，此好学之谦言也。

修材不足用于时，仕不足荣于世，其毁誉不足轻重，气力不足动人。世之欲假誉以为重、借力而后进者，奚取于修焉！先辈学精文雄，其施于时，又非待修誉而为重，力而后进者也。然而惠然见临，若有所责，得非急于谋道，不择其人而问焉者欤？

夫学者，未始不为道[4]，而至者鲜焉。非道之于人远也，学者有所溺焉尔。盖文之为言，难工而可喜，易悦而自足。世之学者，往往溺之，一有工焉，则曰：吾学足矣。甚者至弃百事不关于心，曰：吾文士也，职于文而已。此其所以至之鲜也。

昔孔子老而归鲁[5]，六经之作，数年之顷尔。然读《易》者如无《春秋》，读《书》者如无《诗》[6]，何其用功少而至于至也。圣人之文，虽不可及，然大抵道胜者文不难而自至也。故孟子皇皇不暇著书，荀卿盖亦晚而有作[7]。若子云、仲淹方勉焉以模言语[8]，此道未足而强言者也。后之惑者，徒见前世之文传,以为学者文而已,故愈力愈勤而愈不至。此足下所谓终日不出于轩序[9],不能纵横高下皆如意者,道未足也。若道之充焉,虽行乎天地,入于渊泉,无不之也。

先辈之文,浩乎霈然,可谓善矣。而又志于为道,犹自以为未广,若不止焉,孟、荀可至而不难也。修学道而不至者,然幸不甘于所悦而溺于所止,因吾子之能不自止,又以励修之少进焉,幸甚幸甚。修白。

【注释】

[1] 吴充(1021—1080):字冲卿,建州浦城(今属福建)人。未冠举进士,为吴王宫教授。熙宁末,同中书门下平章事。
[2] 霈然:同"沛然",盛大貌。
[3] 伥伥:无所适从貌。
[4] "夫学者"二句:韩愈《送陈秀才彤序》:"盖学所以为道,文所以为理也。"
[5] 昔孔子老而归鲁:《史记·孔子世家》:"孔子之去鲁,凡十四岁而返于鲁。"开始著书,时约五年。
[6] 读《易》者如无《春秋》二句:语出李翱《答朱载言书》:"其读《春秋》也,如未尝有《诗》也;其读《诗》也,如未尝有《易》也;其读《易》也,如未尝有《书》也。"
[7] "故孟子"二句:孟子一生游说诸侯,奔波道路,没有著作。《孟子》七篇为其弟子万章等人所记述。荀子晚年依春申君为兰陵令,春申君死后,他退居兰陵著《荀子》。事见《史记·孟子荀卿列传》。
[8] 子云、仲淹方勉焉以模言语:子云,扬雄字。仲淹,王通字。扬雄的《太玄经》、《法言》分别模仿《易经》、《论语》。王通的《中说》模仿《论语》。
[9] 序:东西厢。

梅圣俞诗集序[1](节录)

予闻世谓诗人少达而多穷[2]。夫岂然哉?盖世所传诗者,多出于古穷人之辞也。凡士之蕴其所有而不得施于世者[3],多喜自放于山巅水涯,外见虫鱼草木风云鸟兽之状类[4],往往探其奇怪[5];内有忧思感愤之郁积,其兴于怨刺[6],以道羁臣寡妇之所叹,而写人情之难言,盖愈穷则愈工。然则非诗之能穷人,殆穷者而后工也。

【注释】

[1] 梅圣俞:梅尧臣(1002—1060),字圣俞,宣州宣城(今属安徽)人。屡试不第,晚年

为国子监直讲,累迁尚书都官员外郎。他一生官微位闲,但与欧阳修同为宋初诗文革新的代表人物。
〔2〕 少达而多穷:达:通显。穷:困厄。
〔3〕 蕴:内心深处所藏。
〔4〕 虫鱼草木风云鸟兽:《论语·阳货》:"多识于鸟兽草木之名。"
〔5〕 奇怪:指客观景物难为人所发现的独特内蕴。
〔6〕 怨刺:《汉书·礼乐志》:"周道始缺,怨刺之诗起。"

六一诗话[1](节选)

圣俞尝语予曰[2]:"诗家虽率意[3],而造语亦难。若意新语工,得前人所未道者,斯为善也。必能状难写之景如在目前,含不尽之意见于言外,然后为至矣。贾岛云'竹笼拾山果,瓦瓶担石泉'[4],姚合云'马随山鹿放,鸡逐野禽栖'[5],等是山邑荒僻、官况萧条,不如'县古槐根出,官清马骨高'为工也[6]。"余曰:"语之工者固如是;状难写之景、含不尽之意,何诗为然?"圣俞曰:"作者得于心,览者会以意,殆难指陈以言也。虽然,亦可略道其仿佛。若严维'柳塘春水漫,花坞夕阳迟'[7],则天容时态,融和骀荡[8],岂不如在目前乎?"又曰:"温庭筠'鸡声茅店月,人迹板桥霜'[9],贾岛'怪禽啼旷野,落日恐行人'[10],则道路辛苦、羁愁旅思,岂不见于言外乎?"

【注释】

〔1〕 《六一诗话》:一卷。欧阳修撰。书前自题:"居士退居汝阴,而集以资闲谈也。"原书只标《诗话》,后人改称今名。此为最早以"诗话"名书者。
〔2〕 圣俞:梅尧臣字。
〔3〕 率:一作"主"。
〔4〕 贾岛:字阆仙,中晚唐诗人,引诗见其《题皇甫荀蓝田厅》。
〔5〕 姚合:中晚唐诗人。引诗见其《武功县中作三十首》。
〔6〕 "县古槐根出"二句:明李东阳《麓堂诗话》曾引评之,谓为"宋九僧诗",全诗疑已佚。
〔7〕 严维:中唐诗人。引诗见其《酬刘员外见寄》。
〔8〕 骀(dài)荡:舒缓荡漾貌。
〔9〕 温庭筠:字飞卿,晚唐诗人。引诗见其《商山早行》。
〔10〕 "怪禽啼旷野"二句:贾岛《暮过山村》中句。

【思考题】

1. 试比较欧阳修的"穷而后工"说与韩愈"不平则鸣"说之异同。

2. 以具体作品为例,阐释《六一诗话》中梅尧臣所说的"状难写之景如在目前,含不尽之意见于言外"的意境理论。

苏轼诗文论选录

【题解】

苏轼(1037—1101),字子瞻,号东坡居士。眉州眉山(今四川眉山)人。嘉祐二年(1057)进士。官至端明殿、翰林侍读两学士,礼部尚书。他从青年时起参与北宋的政治改革,陷入新旧党争的漩涡之中,为人守正不阿,一生遭遇贬谪,没有实现自己的政治理想。苏轼是宋代最杰出的文学家,以毕生之力投入北宋的诗文革新,继欧阳修等人之后将宋代文学推向高峰。在散文方面,他是"唐宋八大家"之一。在诗歌方面,他与黄庭坚并称"苏黄"。其词开豪放派,与南宋辛弃疾并称"苏辛"。苏轼在书画艺术上也有很高的造诣。一生著述甚丰,有《东坡七集》等。

注重文艺的自然本质,讲求创作的自然天成,是苏轼文艺思想十分突出的方面。就文而言,苏轼反对务奇求深和雕琢经营,要求行文自然:"如行云流水,初无定质,但常行于所当行,常止于所不可不止,文理自然,姿态横生。"(《答谢民师书》)或者说是"不能不为之为工也"(《江行唱和集叙》)。反映在具体的形象描写上便是"随物赋形",强调主体在创作时与对象的一种顺应而自然的关系。就诗而言,在《书黄子思诗集后》里,他推崇"苏李之大成,曹刘之自得,陶谢之超然",也是讲诗歌创作要自然天成,冥于造化。

苏轼关于创作中主客关系的思想也很值得注意。在《送参寥师》一诗里,他采用佛教的"空静"观来说诗:"欲令诗语妙,无厌空且静,静故了群动,空故纳万境",讲到了创作主体与创作客体所构成的一种最佳精神状态。同时,苏轼还继承了庄子"物化"的思想,如他论画的一些观点:"其神与万物交"(《书李伯时山庄图后》),"其身与竹化,无穷出清新"(《书晁补之所藏与可画三首》)等等,这些与诗文创作也是相通的。他在"知"与"能"、"道"与"艺"的关系上有着十分可贵的见解,认为创作的实现是道与艺的结合,即"有道有艺。有道而不艺,则物虽形于心,不形于手"。并将"道"、"艺"关系转化为实际创作时的"心"、"手"关系,《答谢民师书》云:

"求物之妙,如系风捕影,能使是物了然于心者,盖千万人而不一遇也,而况能使了然于口与手者乎?"在艺术思维的过程中,外界的客观物象转化为主体心中的审美形象和意象,并最终表现为物态化的图画和语言文字。这种对于艺术创作的精细入微的体察,且注重艺术作品自身存在的思想,在中国古代文艺思想史上,是很有价值的。

前人"传神"的美学思想在苏轼的文论中也得到了发挥。他从诗与画的共通规律入手,探讨形似与神似的关系,强调艺术地表现客观对象时,要"得其意思所在"(《传神记》),即要以典型化的"形"来集中传达出客体之物的生命内涵"神"。他讲"常形"与"常理",并赞美文与可画竹的神妙(《净因院画记》),也是在说明艺术家的天才正在于通过对特殊的"形"的描写表现出其内在的"理",从而达到传神的目的。旁及书法,他也是推崇"远韵",评钟、王是:"萧散简远,妙在笔画之外。"(《书黄子思诗集后》)苏轼对于形、神关系的见解和他对于言、意关系的见解是相辅相成的。《东坡文谈录》记载他的话云:"意尽而言止者,天下之至言也,然而言止而意不尽,尤为极致。"可见是追求"意在言外","言不尽意"的审美意趣。故而他十分称赏司空图"味在咸酸之外"的诗歌美学思想。在诗歌创作风格上,苏轼推崇"枯淡"。他所谓"枯淡"并非指某些宋诗淡乎寡味的伧父面孔,而是指在平淡之中包含有丰厚的意味和理趣,是"外枯而中膏,似淡而实美"(《评韩柳诗》),"发纤浓于简古,寄至味于淡泊"(《书黄子思诗集后》)。苏轼对于诗歌风格的这样一种审美观念,是欧阳修评梅尧臣诗时所说的"古淡有真味"思想的继续发展。

答谢民师推官书[1]

轼启:近奉违,亟辱问讯[2],具审[3]起居佳胜,感慰深矣。轼受性刚简[4],学迂材下,坐废[5]累年,不敢复齿搢绅[6]。自还海北[7],见平生亲旧,惘然如隔世人,况与左右无一日之雅[8],而敢求交乎?数赐见临,倾盖如故[9],幸甚过望,不可言也。

所示书教及诗、赋、杂文,观之熟矣。大略如行云流水,初无定质,但常行于所当行,常止于所不可不止[10],文理自然,姿态横生。孔子曰:"言之不文,行而不远[11]。"又曰:"辞达而已矣[12]。"夫言止于达意,即疑若不文,是大不然。求物之妙,如系风捕影,能使是物了然于心者,盖千万人而不一遇也,而况能使了然于口与手者乎?是之谓辞达。辞至于能达,则文不可胜用矣[13]。

　　扬雄好为艰深之辞,以文浅易之说,若正言之,则人人知之矣。此正所谓雕虫篆刻者[14]。其《太玄》、《法言》皆是类也。而独悔于赋,何哉?终身雕篆而独变其音节,便谓之经,可乎?屈原作《离骚经》,盖《风》、《雅》之再变者,虽与日月争光可也[15];可以其似赋而谓之雕虫乎?使贾谊见孔子,升堂有余矣,而乃以赋鄙之,至与司马相如同科[16],雄之陋如此比者甚众。可与知者道,难与俗人言也。因论文偶及之耳。

　　欧阳文忠公言:文章如精金美玉,市有定价,非人所能以口舌定贵贱也[17]。纷纷多言,岂能有益于左右,愧悚不已。

　　所须惠力法雨堂字[18],轼本不善作大字,强作终不佳;又舟中局迫难写,未能如教。然轼方过临江[19],当往游焉,或僧欲有所记录,当作数句留院中,慰左右念亲之意。今日已至峡山寺[20],少留即去,愈远。惟万万以时自爱,不宣。

【注释】

〔1〕谢民师:名举廉,新淦(今属江西)人。元丰八年(1085)进士,博学工辞章。
〔2〕近奉违、叠辱问讯:最近分别后,多次承蒙来信问询。
〔3〕具审:具,详细。审,知晓。
〔4〕受性:生性,秉性。
〔5〕坐废:因被贬而废置。
〔6〕复齿搢绅:又与官宦们并列。齿,以爵位相次列。搢绅,通"缙绅",官宦的代称。
〔7〕自还海北:海北指大海之北。这里指苏轼自儋州(今海南岛儋县)涉海北归。
〔8〕与左右无一日之雅:左右,指谢民师。雅,平素的交情。
〔9〕倾盖如故:《史记·邹阳传》:"白头如新,倾盖如故。"谓二人虽不相识,偶而相遇停车交谈,便如老朋友一样投合。
〔10〕"大略如行云流水"句:参看下选苏轼《文说》。
〔11〕言之不文,行而不远:《左传·襄公二十五年》:"仲尼曰:'志有之:"言以足志,文以足言。"不言,谁知其志,言之无文,行而不远。'"
〔12〕辞达而已矣:语见《论语·卫灵公》。
〔13〕"辞至于能达"二句:参见苏轼《答虔倅俞括奉议书》:"物固有是理,患不知之,知之患不能达之于口与手。所谓文者,能达是而已。"
〔14〕雕虫篆刻:见扬雄《法言·吾子》。
〔15〕虽与日月争光可也:《史记·屈贾列传》:"《国风》好色而不淫,《小雅》怨诽而不乱,若《离骚》者,可谓兼之矣。……推此志也,虽与日月争光可也。"
〔16〕"使贾谊见孔子"四句:《法言·吾子》:"如孔氏之门用赋也,则贾谊升堂,相如入

室矣。如其不用何？"苏轼认为，贾谊的道德文章都很出色，不能因为他写过赋而轻视他，并把他视作如司马相如一类的文学侍臣。

〔17〕 "欧阳文忠公"句：欧阳修《苏氏文集序》："斯文，金玉也。"或为苏轼所引。苏轼《答毛滂书》："文章如金玉，各有定价。先后进相汲引，因其言以信于世，则有之矣。至其品目高下，盖付之众口，决非一夫所能抑扬。"可参看。

〔18〕 惠力法雨堂：惠力，寺名，在江西清江境内。法雨堂为寺中的殿堂。

〔19〕 临江：指临江军，治所在清江。

〔20〕 峡山寺：位于清远（今广东清远）境内。苏轼有《题广州清远峡山寺》一文，可参考。

书黄子思诗集后[1]

予尝论书，以谓钟、王[2]之迹，萧散简远，妙在笔画之外。至唐颜、柳[3]，始集古今笔法而尽发之，极书之变，天下翕然[4]以为宗师。而钟、王之法益微。

至于诗亦然。苏、李之天成[5]，曹、刘之自得[6]，陶、谢之超然[7]，盖亦至矣。而李太白、杜子美以英玮绝世之姿，凌跨百代，古今诗人尽废；然魏、晋以来高风绝尘，亦少衰矣[8]。李、杜之后，诗人继作，虽间有远韵，而才不逮意。独韦应物、柳宗元发纤秾于简古，寄至味于淡泊[9]，非余子所及也。唐末司空图崎岖兵乱之间，而诗文高雅，犹有承平之遗风，其诗论曰："梅止于酸，盐止于咸，饮食不可无盐梅，而其美常在咸酸之外[10]。"盖自列其诗之有得于文字之表者二十四韵[11]，恨当时不识其妙，予三复其言而悲之。

闽人黄子思，庆历、皇祐[12]间号能文者。予尝闻前辈诵其诗，每得佳句妙语，反复数四，乃识其所谓。信乎表圣之言，美在咸酸之外，可以一唱而三叹也[13]。予既与其子几道、其孙师是游[14]，得窥其家集。而子思笃行高志，为吏有异才，见于墓志详矣，予不复论，独评其诗如此。

【注释】

〔1〕 黄子思：黄孝先，字子思。浦城（今属福建）人，后徙于陈州（今属河南）。天圣二年（1024）进士。官大理寺丞，知咸阳县，终太常博士。

〔2〕 钟、王：钟指钟繇（151—230），字元常。工书，尤擅真书和八分书。王指王羲之（321—379），字逸少。善楷、行、草，以"书圣"名。

〔3〕 颜、柳：颜指颜真卿（709—785），字清臣。柳指柳公权（778—865），字诚悬。二人都擅楷书，世谓"颜筋柳骨"，后成为古代楷书最为流行的法式。

〔4〕 翕然：一致。

〔5〕 苏李之天成:苏指苏武,李指李陵,汉武帝时人,被视为文人五言诗之祖,但一般认为其诗系东汉人伪托。天成指自然浑成,不待雕琢。

〔6〕 曹刘之自得:曹指曹植,刘指刘桢。自得谓发于自己的内心,非依傍前人所作。

〔7〕 陶谢之超然:陶指陶渊明,谢指谢灵运。超然谓诗人的人格精神超脱世俗,诗境亦然。

〔8〕 "而李太白、杜子美"句:曾季狸《艇斋诗话》:"东坡《黄子思诗序》论诗至李、杜,字画至颜、柳,无遗巧矣,然钟、王萧散简远之意,至颜柳而尽;魏晋诗人高风远韵,至李、杜而亦衰,此说最妙。大抵一盛则一衰,后世以为盛,则古意必以衰。物物皆然,不独诗字画然也。"绝尘,超越世俗。

〔9〕 纤浓:浓艳。至味:最鲜美的味道。

〔10〕 "其论诗曰"句:见前司空图《与李生论诗书》注。

〔11〕 二十四韵:指司空图在《与李生论诗书》里列举自己得"味外之旨"的诗二十四联。一说指《二十四诗品》。

〔12〕 庆历、皇祐:都是宋仁宗的年号,庆历自公元1041至1048年,皇祐自公元1049至1054年。

〔13〕 一唱而三叹:《礼记·乐记》:"清庙之瑟,朱弦而疏越,一唱而三叹,有遗音者矣;大飨之礼,尚玄酒而俎腥鱼,大羹不和,有遗味者矣。"

〔14〕 "予既与其子几道"句:黄孝先之子黄好谦,字几道,与苏轼、苏辙为同年进士,苏轼撰有《祭黄几道文》等。孝先之孙、好谦之子黄寔,字师是,《宋史》卷三五四有传,苏轼有《泗州除夜雪中黄师是送酥酒二首》等。

送参寥师[1]

上人学苦空[2],百念已灰冷,剑头惟一映[3],焦谷无新颖[4]。胡为逐吾辈?文字争蔚炳[5],新诗如玉屑[6],出语便清警。退之论草书,万事未尝屏,忧愁不平气,一寓笔所骋[7]。颇怪浮屠人,视身如丘井,颓然寄淡泊,谁与发豪猛[8]?细思乃不然,真巧非幻影。欲令诗语妙,无厌空且静;静故了群动,空故纳万境[9]。阅世走人间,观身卧云岭。咸酸杂众好,中有至味永[10]。诗法不相妨,此语更当请。

【注释】

〔1〕 参寥:宋释道潜的别号。道潜,于潜(今属浙江)人。善诗,与苏轼、秦观为诗友。因与苏轼反对王安石变法有牵连,被勒令还俗。宋徽宗时,翰林学士曾肇辨其无罪,重新落发为僧。有《参寥子集》。

〔2〕 苦空:佛教基本教义,以人生为苦,以一切皆虚幻。《维摩诘所说经》卷上《弟子品

第三》云:"五受阴洞达空无所起,是苦义;诸法究竟无所有,是空义。"

〔3〕 "剑头"句:《庄子·则阳》:"惠子曰:'夫吹管也,犹有嗃也;吹剑首者,吷而已矣。'"剑首即剑环头,上有小孔。吷(xuè),象声词,以口吹物发出的小声。

〔4〕 "焦谷"句:《维摩诘所说经》卷中《观众生品第七》云:"色如焦谷牙。"指包括语言、文字在内的一切如焦谷生牙一般,虚妄而非实体。剑头、焦谷句进一步说明参寥仿佛百念灰冷。

〔5〕 "胡为"二句:指参寥虽为释子,却不能忘情文字。

〔6〕 玉屑:喻诗句精美。

〔7〕 "退之"四句:韩愈《送高闲上人序》云:"往时张旭善草书,不治他伎,喜怒窘穷,忧悲愉佚,怨恨思慕,酣醉无聊,不平有动于心,必于草书焉发之。……故旭之书,变动犹鬼神,不可端倪,以此终其身而名后世。"

〔8〕 "颇怪"四句:韩愈上文又云:"今闲师浮屠氏,一死生,解外胶,是其为心,必淡然无所起;于其世,必淡然无所嗜;泊与淡相遭,颓堕委靡;溃败不可收拾,则其于书,得无象之然乎?"高闲以"淡泊"而不能发为"豪猛"如张旭,韩愈对其颇有微词。苏轼则欲申说"淡泊"之中可以求得诗书之道。丘井:枯井。比喻身心衰老,不能任事。《维摩诘所说经》卷上《方便品第二》云:"是身如丘井,为老所逼。"

〔9〕 "欲令"四句:"空静"是佛教哲学术语,指一种内心超脱、空明寂静的境界,苏轼借来指诗人创作时物我关系的一种理想状态。苏轼《次韵僧潜见赠》:"道人胸中水镜清,万象起灭无逃形。"

〔10〕 "咸酸"二句:参见苏轼《书黄子思诗集后》注〔10〕。

文　　说

吾文如万斛泉源,不择地而出。在平地滔滔汩汩,虽一日千里无难。及其与山石曲折,随物赋形,而不可知也〔1〕。所可知者,常行于所当行,常止于不可不止,如是而已矣,其他虽吾亦不能知也。

【注释】

〔1〕 "及其与山石曲折"三句:苏轼《书蒲永升画后》:"画奔湍巨浪,与山石曲折,随物赋形,尽水之变,号称神逸。"可参看。

【思考题】

1. 如何理解苏轼注重自然天成的文艺思想?
2. 试论述苏轼关于创作中主客体关系的理论。

黄庭坚诗文论选录

【题解】

黄庭坚(1045—1105),字鲁直,号山谷道人,晚号涪翁,江西分宁(今江西修水)人。治平四年(1067)进士,神宗时除北京国子监教授,哲宗时为国史编修官。后一再被贬,死于宜州(今广西宜山)。他早年以文章诗词受知于苏轼,是"苏门四学士"之一。黄庭坚是宋诗的突出代表,与苏轼并称"苏黄"。有《豫章黄先生文集》、《山谷琴趣外篇》等,《宋史·文苑六》有传。

黄庭坚在其诗文论里很注重诗境文格的脱俗。他评嵇康云:"叔夜此诗豪壮清丽,无一点尘俗气。"(《书嵇叔夜诗与侄榎》)同时,他还强调创作主体审美趣味之重要。如《题意可诗后》云:"若以法眼观,无俗不真,若以世眼观,无真不俗。"事实上,黄庭坚所谓脱俗揭示了宋诗创作的两重窘境:一是从创作主体的生活上讲,宋代文人自身独特的生活方式和态度使得抒写个人生活趣味和闻见在诗文里显得比较突出,但对文学创作(尤其是诗歌创作)而言,便更需要将这些趣味和闻见由生活的层次转化到审美的层次,即在俗世的生活里去挖掘诗美。二是从创作主体面临的强大的文学传统上讲,宋人每每感到受前人影响而难于创造的焦虑,因此,他们一直很强调"造意"、"造语",避免平常意而追求奇趣,黄庭坚屡屡言及文章忌随人后,当自成一家。但他与苏轼的不同之处在于:苏轼较注重诗的"自得""天成"和文的"随物赋形",即文学创作的自然的一面,较多地继承了古典诗歌天真自放的美学特点,而黄庭坚则较注重诗文的法度,即文学创作的人工的一面,客观上造成了技巧观念在宋诗创作思想内的蔓延。黄庭坚认为,法度获得的前提是学习古人的作品。他指出王观复的诗病在于"读书未精博耳",并以东坡教熟读《礼记·檀弓》的话转而相劝。《答洪驹父书》亦云:"更须治经,深其渊源,乃可到古人耳。"《论诗作文》云:"词意高胜,要从学问中来尔。"并用"长袖善舞,多钱善贾"来比喻多方面的学习和涵泳可以将前人的东西自然地转化为自己创作的材料。在这方面,影响最大的是他的"夺胎换骨"、"点铁成金"之论。惠洪《冷斋夜话》引山谷语云:"诗意无穷,而人之才有限,以有限之才,追无穷之意,虽渊明、少陵,不得工也。然不易其意而造其语,谓之换骨法;窥入其意而形容之,谓之夺胎法。"不难看出,黄庭坚试图在学古的基础上翻出新意,营造新语,以此来解决宋代诗人创作时"有限之才"和"无穷之意"的矛盾。同样,《答洪驹父书》里所说的真能"陶冶万物,虽取古人之陈言入于翰墨,如灵丹一粒,点铁成金",也是教人从古人诗文里寻找建构新诗意的材料。黄庭坚认为"自作语最难",但实际上,宋代印刷业的发达使得大量的历史文献(包括文学作品)有可能进入文人的视野,而这些在从前却是比较陌生的,当将其化用到文学创作中时,虽然是"无一字无来历"的旧语,但对于不少接受者来讲,却不啻如"自作语",形同于"造意"、"造语"。宋人魏泰《临汉隐居诗话》云:"黄庭坚作诗得名,好用南朝人语,专求古人未使之事,又一二奇字缀葺而成诗。"道出了其中的一些原委。金人王若虚《滹南诗话》批评黄庭坚说:"鲁直论诗有夺胎换骨、点铁成金之喻,世以为名言。以予观之,特剽窃之黠者耳。"讲的是这种技巧论的消极面。但黄庭坚的初衷是想以此来纠正宋诗里用典的重复呆板,同时也是用以避免由于片面的朴拙无文而导致的诗味的粗俗。因此,"夺胎换骨"、"点铁成金"也有其积极用意:通过对旧有意象和语汇的锤炼,使之能够转化为比较新鲜的诗语和诗意。或者说是扩大旧有意象和语汇的意义之间的张力,从而激活语言的表现力。这是黄庭坚"以俗为雅,以故为新"思想在其诗歌创作技巧论上的体现,其实质是当时学古和新变的文化意识在诗学里的突出反映。黄庭坚在《赠高子勉》里曾云:"拾遗句中有眼,彭泽意在无弦。"讲到杜诗的有法可循和陶诗的自然远韵。其实这话也不妨理解为黄庭坚在创作思想上的一种追求,即他试图借助一定的法度而达到自然平淡的境界。他反对有意为诗,刻意求奇,大讲"简易而大巧出焉,平淡而山高水深"。刘熙载《艺概》曾说过:"西江名家好处,在锻炼而归于自然。"这句话也可以说是黄庭坚注重"法度"的初衷。但实际上,黄庭坚及江西诗派诸人在创作中并不能很好地做到这一点。这反映出黄庭坚文学思想和创作实际的某种矛盾性。因此,客观地看,恰恰是其注重"法度"并讲究技巧的思想在其创作中得到较为充分的体现,并被后来的江西诗派诸人视为圭臬而产生了很大影响。

答洪驹父书[1](节录)

寄诗语意老重,数过读,不能去手,继以叹息,少加意读书,古人不难到也。诸文亦皆好,但少古人绳墨耳,可更熟读司马子长、韩退之文章。

凡作一文,皆须有宗有趣[2],终始关键,有开有阖[3],如四渎虽纳百川[4],或汇而为广泽,汪洋千里,要自发源注海耳。

老夫绍圣以前[5],不知作文章斧斤,取旧所作读之,皆可笑。绍圣以后,始知作文章,但以老病惰懒,不能下笔也。外甥勉之,为我雪耻。

《骂犬文》虽雄奇,然不作可也。东坡文章妙天下,其短处在好骂[6],慎勿袭其轨也。

甚恨不得相见,极论诗与文章之善病,临书不能万一,千万强学自爱,少饮酒为佳。

所寄《释权》一篇,词笔纵横,极见日新之效。更须治经,深其渊源[7],乃可到古人耳。青琐祭文,语意甚工,但用字时有未安处。自作语最难,老杜作诗,退之作文,无一字无来处,盖后人读书少,故谓韩、杜自作此语耳。古之能为文章者,真能陶冶万物[8],虽取古人之陈言入于翰墨,如灵丹一粒,点铁成金也[9]。

文章最为儒者末事,然索学之,又不可不知其曲折[10],幸熟思之。至于推之使高,如泰山之崇崛,如垂天之云[11],作之使雄壮,如沧江八月之涛[12],海运吞舟之鱼[13],又不可守绳墨令俭陋也[14]。

【注释】

〔1〕 洪驹父:洪刍,字驹父,豫章(今属江西)人。黄庭坚甥。绍圣元年(1094)进士,靖康中为谏议大夫。工诗。与兄朋,弟炎、羽号称"四洪"。有《老圃集》等。

〔2〕 有宗有趣:宗:宗旨。趣:归趣。宗趣相当于文章的立意和主题。

〔3〕 终始关键,有开有合:终始、关键、开合均指文章的结构布局。

〔4〕 四渎:《尔雅·释水》:"江、淮、河、济为四渎。四渎者,发源注海者也。"

〔5〕 绍圣以前:绍圣是宋哲宗年号,自1094至1098年。绍圣初,黄庭坚被贬涪州别驾,黔州安置。绍圣以前即指谪黔以前。

〔6〕 其短处在于好骂:黄庭坚《书王知载朐山杂咏后》:"诗者,人之情性也,非强谏争于廷,怨忿诟于道,怒邻骂坐之为也。"

〔7〕 更须治经深其渊源:黄庭坚教人反复读经,如其《代书》诗云:"文章六经来。"

〔8〕 陶冶万物:本指大自然创造、化育万物。《淮南子·俶真训》:"包裹天地,陶冶万物。"此处指作文善于炼意遣辞。

〔9〕 如灵丹一粒,点铁成金:本是禅宗用语。《五灯会元》卷七载龙华灵照禅师云:"还丹一粒,点铁成金。至理一言,转凡成圣。"此处指恰当地化用前人的语句和文章,能够使平俗的文章立刻变得不同凡响。

〔10〕 曲折:指文章的法度和规矩。

〔11〕 垂天之云:《庄子·逍遥游》写大鹏"其翼若垂天之云"。此处比喻"推之使高"的文章所具有的气势。

〔12〕 沧江八月之涛:沧江是江的泛称。沧,通"苍"。涛指大潮。江潮之壮,八月之望为最。

〔13〕 海运吞舟之鱼:海运指大海上的运行。《庄子·逍遥游》:"是鸟也,海运则将徙于南冥。"吞舟之鱼指大鱼。《庄子·庚桑楚》:"吞舟之鱼,砀而失水,则蚁能苦之。"此句与沧江句均比喻"作之使雄壮"的文章所具有的气势。

〔14〕 俭陋:贫乏呆板。

【思考题】

1. 以具体作品为例,阐释黄庭坚提出的"夺胎换骨"法。
2. 以具体作品为例,阐释黄庭坚提出的"点铁成金"法。

李清照《论词》

【题解】

　　李清照(1084—1155?),号易安居士。济南(今属山东)人。著名学者李格非之女。出嫁后,夫赵明诚为金石考据家。早年生活优裕,夫妻共同致力于书画金石的搜集整理,填词作诗。1127年靖康之变,金兵入据中原,打破了她的宁静生活,逃难流寓南方,丈夫病死,收藏散佚,晚境孤苦凄凉。她的词在宋代自成一家,有《漱玉词》,也作有诗文,今人辑为《李清照集》。

　　词的创作始于唐,而关于词的创作理论则至北宋方始出现。初期的词论只是一些零碎的言论,是围绕词的审美风格而展开的。本来,早期的词创作都是以婉约、绮丽(或者清丽)见长的,至苏轼的创作,则推出了风格豪放之什,苏轼并且在一些关于词的论述中提出了豪放派观点,他不喜欢以柳永为代表的婉约派词,主张词要写得警拔、壮观。同时他认为词与诗并无本质区别,词也就是长短句之诗。这些观点,自然引起了词坛的反响,李清照的《论词》一篇,就是针对以苏轼为代表的豪放派词创作和观点而发的。在《论词》中,李清照力主要严格区分词与诗的界限,提出了词"别是一家"的著名观点,她批评苏轼的词是"句读不葺之诗"。那么词和诗究竟有什么本质区别呢?李清照认为主要在于诗只有较为简单粗疏的声律要求,而词则特别讲究音律、乐律之规则:"盖诗文分平侧(仄),而歌词分五音,又分五声,又分六律,又分清浊轻重。且如近世所谓《声声慢》、《雨中花》、《喜迁莺》,既押平声韵,又押入声韵。《玉楼春》本押平声韵,又押上去声,又押入声。本押仄声韵,如押上声则协,如押入声,则不可歌矣。"她对于五音、五声、清浊轻重等没有具体解释(参见注释中其他人的论述),但总的说来是词在音律上远比诗律严格,她反对以诗的粗疏的格律来破坏词之音乐美。《论词》中还提出了对词创作的其他一些审美要求,主要有:一、勿"破碎",是在批评张先、宋祁等人作品时提出来的,这表面看来是对语言的要求,实则包含着对词的意象的要求,要求作品应有完整的、浑然的意象结构,给人以整体的审美感受。二、要有"铺叙"。她批评晏几道的作品"苦无铺叙"。主张词要展开些,尽可能写得曲折、细腻,有渲染,讲层次,起伏跌宕,前后呼应,这是对以柳永词为代表的长调词的肯定和总结。三、讲"故实",她批评秦观词说其"专主情致,而少故实"。故实即前代、前人的文化掌故,这反映了李清照对词人文化修养的要求。四、要求词的格调高雅、典重。她批评柳永词说:"虽协音律而词语尘下",批评贺铸词说:"苦少典重。"这种典雅美的追求,也可以看作是李清照词学观的综合的体现。总之,《论词》中提出了许多关于词的审美规律的观点。尽管有些观点可能比较偏激,比较保守,但它是现存词学史上第一篇比较完整的论著,又出自一位创作成就斐然的女词人之手,是颇为难能可贵的。

乐府声诗并著[1],最盛于唐开元、天宝间[2],有李八郎者[3],能歌,擅天下。时新及第进士,开宴曲江[4],榜中一名士,先召李,使易服隐名姓,衣冠故敝,精神惨沮,与同之宴所。曰:"表弟愿与坐末。"众皆不顾。既酒行乐作,歌者进,时曹元谦、念奴为冠[5]。歌罢,众皆咨嗟称赏。名士忽指李曰:"请表弟歌。"众皆哂,或有怒者。及转喉发声,歌一曲,众皆泣下。罗拜[6],曰:"此李八郎也。"

自后郑卫之声日炽,流靡之变日烦。已有《菩萨蛮》、《春光好》、《莎鸡子》、《更漏子》、《浣溪沙》、《梦江南》、《渔父》等词,不可徧举[7]。

五代干戈,四海瓜分豆剖[8],斯文道熄。独江南李氏君臣尚文雅[9],故于"小楼吹彻玉笙寒"[10],"吹皱一池春水"之词[11],语虽奇甚,所谓亡国之音哀以思也[12]!

逮至本朝,礼乐文武大备,又涵养百余年,始有柳屯田永者,变旧声作新声,出《乐章集》[13],大得声称于世。虽协音律,而词语尘下[14]。又有张子野[15]、宋子京兄弟[16]、沈唐、元绛、晁次膺[17]辈继出,虽时时有妙语,而破碎何足名家!至晏元献、欧阳永叔、苏子瞻学际天人[18],作为小歌词,直如酌蠡水于大海[19],然皆句读不葺之诗尔[20],又往往不协音律者。何耶?盖诗文分平侧[21],而歌词分五音[22],又分五声[23],又分六律[24],又分清浊轻重[25]。且如近世所谓《声声慢》、《雨中花》、《喜迁莺》,既押平声韵,又押入声韵。《玉楼春》本押平声韵,又押上去声,又押入声。本押仄声韵,如押上声则协,如押入声,则不可歌矣。王介甫、曾子固[26],文章似西汉,若作一小歌词,则人必绝倒,不可读也。

乃知别是一家,知之者少。后晏叔原、贺方回、秦少游、黄鲁直出[27],始能知之。又晏苦无铺叙。贺苦少典重。秦则专主情致,而少故实。譬如贫家美女,非不妍丽,而终乏富贵态。黄即尚故实,而多疵病,譬如良玉有瑕,价自减半矣。

【注释】

〔1〕 声诗:指乐府以外被用作歌词的五七言诗。
〔2〕 开元、天宝:均为唐玄宗年号,开元:713—741。天宝:742—756。
〔3〕 李八郎:即李衮,唐代有名歌者。本文所述李八郎隐名斗歌故事,载于李肇《国史补》。
〔4〕 曲江:在长安城东南,是唐代长安著名风景游览地。
〔5〕 曹元谦:不详。念奴:天宝中名妓,善歌。见元稹《连昌宫词》自注。
〔6〕 罗拜:环拜一周。
〔7〕 徧:通"遍"。
〔8〕 瓜分豆剖:指四分五裂。出鲍照《芜城赋》:"五百余载,竟瓜剖而豆分。"
〔9〕 江南李氏君臣:指五代时南唐中主李璟、后主李煜与臣子冯延巳等,均为著名词人。
〔10〕 "小楼吹彻玉笙寒":李璟《摊破浣溪沙》中句。
〔11〕 "吹皱一池春水":冯延巳《谒金门》中句。
〔12〕 亡国之音哀以思:语见《礼记·乐记》。
〔13〕 柳屯田永:柳永(1004—1054),字耆卿,北宋著名词人,官至屯田员外郎,故世称柳屯田。变旧声作新声,指利用旧曲,翻改为新调。《乐章集》为柳永词集,三卷。
〔14〕 尘下:卑下。指柳永词所用俚俗语。
〔15〕 张子野:即张先(990—1078),字子野,北宋词人,有《张子野词》。
〔16〕 宋子京兄弟:宋祁(998—1061),字子京,其兄宋庠(996—1066),字公序。北宋词人,宋祁词有后人辑本《宋景文公长短句》(近人赵万里辑本《校辑宋金元人

〔17〕 沈唐：字公述。元绛（1008—1083）：字厚之。晁次膺：晁端礼（1046—1113），字次膺。

〔18〕 晏元献：晏殊（991—1055），字同叔，谥元献，北宋著名词人，有词集《珠玉集》。欧阳永叔：欧阳修。苏子瞻：苏轼。学际天人：极言人之才学出群。本《三国志·王粲传》注谓邯郸淳"叹（曹）植之材，谓之天人"。

〔19〕 蠡（lǐ）：瓢。

〔20〕 句读不葺（qì）：句子长短不齐。葺，修整。

〔21〕 侧：通"仄"。

〔22〕 五音：似指发声五部位。《广韵》："凡呼吸文字，即有五音：一唇声、二舌声、三齿声、四牙声、五喉声。"又张炎《词源》以唇、齿、喉、舌、鼻为五音，可参考。

〔23〕 五声：指宫、商、角、徵、羽。本《周礼·春官》。

〔24〕 六律：代指十二律吕。阳律六，阴吕六。

〔25〕 清浊轻重：本文具体所指不详。张世南《游官纪闻》卷九谓音之清轻者为阳，重浊者为阴。周德清《中原音韵》则以声之清浊，定字之阴阳，如高声从阳，低声从阴。可参考。

〔26〕 王介甫：王安石（1021—1086），字介甫，晚年号半山，有《临川先生文集》。曾子固：曾巩（1019—1083），字子固，有《元丰类稿》。

〔27〕 晏叔原：晏几道（1030？—1106？），字叔原，号小山，晏殊之子，有《小山词》。贺方回：贺铸（1052—1125），字方回，有《东山寓声乐府》。秦少游：秦观（1049—1100），字少游，又字太虚，号淮海居士。有词集《淮海居士长短句》。

【思考题】

1. 以李清照词为例，谈谈你对她词"别是一家"词学观的理解。
2. 谈谈你对李清照批评柳永"虽协音律而词语尘下"之说的理解。

吕本中诗论选录

【题解】

吕本中（1084—1145），原名大中，字居仁，世称东莱先生。寿州（今安徽寿县）人。以荫补承务郎，进祠部员外郎，绍兴六年（1136）赐进士出身，历官中书舍人，权直学士院。以忤秦桧罢官。其诗颇受黄庭坚、陈师道影响,自言传江西诗派衣钵。有《东莱集》二十卷,《外集》二卷,《紫微诗话》一卷,《吕氏童蒙训》一卷。

以黄庭坚为代表的江西诗派的理论,在两宋之交和南宋之初又有了新的发展,由比较规矩、死板的诗法论转变成较为自由、灵便的"活法"论,并从新的角度发展了"悟入"说。其代表人物是吕本中。吕本中在《夏均父集序》一文中提出了诗歌创作的"活法"论:"学诗当识活法。所谓活法者,规矩备具,而能出于规矩之外;变化不测,而亦不背于规矩也。是道也,盖有定法而无定法,无定法而有定法。知是者,则可以与语活法矣。"这里所谓"活法"并不是从苏轼提出的"自然之法"中来,而是在黄庭坚的"夺胎换骨"、"点铁成金"为中心的江西诗法基础上的理论,是对黄庭坚诗法论的修正与发展,所以说"有定法而无定法,无定法而有定法",即这种"活法"的大前提是"有定法",具体说,他也像黄庭坚一样,主张要向前人的作品学习:"读古诗十九首及曹子建诗,如'明月入我牖,流光正徘徊'之类,皆诗思深远而有余意,言有尽而意无穷也。学者当以此等诗常自涵养,自然下笔不同。"(《童蒙诗训》)强调的是从涵养古人诗句中去获得"言有尽而意无穷"的境界,这显然要比一般有剽窃嫌疑的"夺胎换骨"法更为高明一些。在《与曾吉甫论诗第一帖》中,吕本中强调了学习诗歌创作时"悟入"的重要:"《楚辞》、杜、黄,固法度所在,然不若遍考精取,悉为吾用,则姿态横出,不窘一律矣。……要之,此事须令有所悟入,则自然越度诸子。悟入之理,正在工夫勤惰间耳。"这种"悟入",是和"工夫"结合在一起的,是在渐悟基础上的顿悟,但其"悟"的对象,并不是自然之理或人生之理,而是前人作诗之法,所以他的"悟入"说还是诗法之一种,或者说一个环节,"悟入",才能在创作中"姿态横出,不窘一律","自然越度诸子",而"悟入"的前提则是下苦工夫"遍参诸方",因此吕本中的总体诗学观点,还是没有超出黄庭坚的"词意高深要从学问中来"的原则,但他确实已经看到江西诗派创作的症结所在,即学习古人而不能出新创造,作品境界狭窄,缺少鲜活的生气。作为医治之方,他开出了"活法"论和"悟入"说,虽然这并不能从根本上医好江西诗派的痼疾,但对于改革江西派的理论,促进诗歌的健康发展,是作出了一定贡献的。

夏均父集序[1]

　　学诗当识活法。所谓活法者,规矩备具,而能出于规矩之外;变化不测,而亦不背于规矩也。是道也,盖有定法而无定法,无定法而有定法。知是者,则可以与语活法矣。谢元晖有言:"好诗转圆美如弹丸[2]。"此真活法也。近世惟豫章黄公[3],首变前作之弊,而后学者知所趣向,毕精尽知,左规右矩,庶几至于变化不测。然余区区浅末之论,皆汉、魏以来有意于文者之法,而非无意于文者之法也。子曰:"兴于诗。""诗可以兴,可以观,可以群,可以怨;迩之事父,远之事君,多识于鸟兽草木之名[4]。"今之为诗者,读之果可使人兴起其为善之心乎,果可使人兴、观、群、怨乎,果可使人知事父、事君而能识鸟兽草木之名之理乎?为之而不能使人如是,则如勿作。

吾友夏均父,贤而有文章,其于诗,盖得所谓规矩备具,而出于规矩之外,变化不测者。后果多从先生长者游,闻人之所以言诗者而得其要妙,所谓无意于文之文,而非有意于文之文也。

【注释】

〔1〕 夏均父:夏倪,字均父,蕲州(今湖北蕲春县)人,宋徽宗宣和年间(1119—1125)在世,曾任祁阳监酒等。为江西诗派二十五人之一。有《远游堂集》二卷。
〔2〕 谢元晖:即南朝诗人谢朓,字玄晖("元"与"玄"通)。引文见《南史·王筠传》所引,"转"字之上疑有"流"字。
〔3〕 豫章黄公:指黄庭坚。豫章(今江西南昌)为黄氏旧籍。
〔4〕 "子曰"九句:"兴于诗"句见《论语·泰伯》,后七句见《论语·阳货》。

与曾吉甫论诗第一帖[1]

宠谕作诗次第[2],此道不讲久矣,如本中何足以知之?或励精潜思,不便下笔;或遇事因感,时时举扬,工夫一也。古之作者,正如是耳。惟不可凿空强作,出于牵强,如小儿就学,俯就课程耳。《楚辞》、杜、黄,固法度所在,然不若遍考精取,悉为吾用,则姿态横出,不窘一律矣。如东坡、太白诗,虽规模广大,学者难依;然读之使人敢道,澡雪滞思,无穷苦艰难之状,亦一助也。要之,此事须令有所悟入,则自然越度诸子。悟入之理,正在工夫勤惰间耳。如张长史见公孙大娘舞剑,顿悟笔法[3]。如张者,专意此事,未尝少忘胸中,故能遇事有得,遂造神妙。使他人观舞剑,有何干涉?非独作文、学书而然也。和章固佳[4],然本中犹窃以为少新意也。近世次韵之妙,无出苏、黄,虽失古人唱酬之本意,然用韵之工,使事之精,有不可及者。

【注释】

〔1〕 曾吉甫：曾几，字吉甫、志甫，号茶山居士，赣州（今江西赣县）人，徙居河南（今河南洛阳），历任江西、浙西提刑，因主抗金，为秦桧排斥。后官至敷文阁待制。陆游曾从他学诗。原有集，已散佚，清人辑有《茶山集》。

〔2〕 次第：程序，规则。

〔3〕 张长史：指唐代书法家、诗人张旭，字伯高，吴县人。官至金吾长史，故人称张长史。公孙大娘：唐开元时著名女舞蹈家。杜甫《观公孙大娘弟子舞剑器行序》："往者吴人张旭，善草书书帖，数常于邺县见公孙大娘舞西河剑器，自此草书长进。"

〔4〕 和章：和诗。

【思考题】

1. 如何确切理解吕本中提出的"活法"说。
2. 如何确切理解吕本中提出的"悟入"说。

张戒《岁寒堂诗话》节选

【题解】

张戒（生卒年不详），正平（今山西新绛）人，宋徽宗宣和六年（1124）进士，高宗时曾为殿中侍御史、司农少卿等职。后因与赵鼎、岳飞等一起反对与金人议和，被革职，终于主管台州崇道观。著有《岁寒堂诗话》二卷。

《岁寒堂诗话》论诗强调以"言志"为本的传统诗学观点，所以开篇即提出了"言志乃诗人之本意，咏物特诗人之余事"之说。但从作者的具体论述看，他并不反对诗要"咏物"，而且很重视、很欣赏"咏物"之作，只是批评单纯的为咏物而咏物的创作倾向，而力倡诗歌要在咏物之中寄托诗人深微的情怀，如他在赏析曹植"明月照高楼，流光正徘徊"和陶渊明"狗吠深巷中，鸡鸣桑树颠"等诗作时所精辟阐述的那样。《岁寒堂诗话》的主要内容，还是对诗歌的审美特征进行总结剖析，为此，提出了"意味"说："大抵句中若无意味，譬之山无烟云，春无草树，岂复可观？"此"意味"殆同于晚唐司空图所谓"韵味"。在探讨如何创造诗歌的"意味"时，张戒提出了"中的"说：

"'萧萧马鸣,悠悠旆旌。'以'萧萧'、'悠悠'字,而出师整暇之情状,宛在目前。此语非惟创始之为难,乃中的之为工也。荆轲云:'风萧萧兮易水寒,壮士一去兮不复还。'自常人观之,语既不多,又无新巧,然而此二语遂能写出天地愁惨之状,极壮士赴死如归之情,此亦所谓中的也。"即主张要以极为省洁的文字,准确地刻画出所绘境象之神。正是基于这种以"意味"为尚的观点,张戒对以苏、黄为代表的宋诗创作弊病,提出了尖锐的批评:"自汉魏以来,诗妙于子建,成于李杜,而坏于苏黄",原因是"子瞻以议论为诗,鲁直又专以补缀奇字,学者未得其所长,而先得其所短,诗人之意扫地矣"。这在当时苏黄诗风正炽之际,不啻为警世之鸣钟,并且直接影响了后来严羽的诗论。

    建安、陶、阮以前,诗专以言志;潘、陆以后[1],诗专以咏物;兼而有之者,李、杜也。言志乃诗人之本意,咏物特诗人之余事。古诗、苏、李、曹、刘、陶、阮,本不期于咏物,而咏物之工,卓然天成,不可复及;其情真,其味长,其气胜,视《三百篇》几于无愧。凡以得诗人之本意也。潘、陆以后,专意咏物,雕镌刻镂之工日以增,而诗人之本旨扫地尽矣。谢康乐"池塘生春草"[2],颜延之"明月照积雪"[3],谢玄晖"澄江静如练"[4],江文通"日暮碧云合"[5],王籍"鸟鸣山更幽"[6],谢贞"风定花犹落"[7],柳恽"亭皋木叶下"[8],何逊"夜雨滴空阶"[9],就其一篇之中,稍免雕镌,粗足意味,便称佳句,然比之陶、阮以前苏、李、古诗、曹、刘之作,九牛一毛也。

    大抵句中若无意味,譬之山无烟云,春无草树,岂复可观?阮嗣宗诗[10],专以意胜;陶渊明诗,专以味胜;曹子建诗,专以韵胜;杜子美诗,专以气胜。然意可学也,味亦可学也。若夫韵有高下,气有强弱,则不可强矣。此韩退之之文,曹子建、杜子美之诗,后世所以莫能及也。世徒见子美诗多粗俗,不知粗俗语在诗句中最难,非粗俗,乃高古之极也。自曹、刘死,至今一千年,惟子美一人能之,中间鲍照虽有此作,然仅称俊快,未至高古。元、白、张籍、王建乐府,专以道得人心中事为工,然其词浅近,其气卑弱。至于卢仝[11],遂有"不唧溜钝汉[12]","七椀吃不得"之句[13],乃信口乱道,不足言诗也。近世苏、黄亦喜用俗语,然时用之,亦颇安排勉强,不能如子美胸襟流出也。子美之诗,颜鲁公之书[14],雄姿杰出,千古独步,可仰而不可及耳。

    诗以用事为博,始于颜光禄[15],而极于杜子美;以押韵为工,始于韩退之,而极于苏、黄。然诗者,志之所之也,情动于中而形于言[16],岂专意于咏物哉?子建"明月照高楼,流光正徘徊"[17],本以言妇人清夜独居愁思之切,非以咏月也;而后人咏月之句,虽极其工巧,终莫能及。渊明"狗吠深巷中,鸡鸣桑树颠[18]",本以言郊居闲适之趣,非以咏田园;而后人咏田园之句,虽极其工巧,终莫能及。故曰:"言之不足,故长言之;长言之不足,故咏叹之;咏叹之不足,故不知手之舞之、足之蹈之[19]。"后人所谓"含不尽之意"者此也[20]。用事押韵何足道哉?苏、黄用事押韵之工,至矣尽矣,然究其实,乃诗人中一害,使后生只知用事押韵之为诗,而不知咏物之为工,言志之为本也。风雅自此扫地矣。

"萧萧马鸣,悠悠旆旌[21]。"以"萧萧"、"悠悠"字,而出师整暇之情状,宛在目前。此语非惟创始之为难,乃中的之为工也。荆轲云:"风萧萧兮易水寒,壮士一去兮不复还[22]。"自常人观之,语既不多,又无新巧,然而此二语遂能写出天地愁惨之状,极壮士赴死如归之情,此亦所谓中的也。古诗:"白杨多悲风,萧萧愁杀人[23]。""萧萧"两字,处处可用,然惟坟墓之间,白杨悲风,尤为至切,所以为奇。乐天云:"说喜不得言喜,说怨不得言怨[24]。"乐天特得其粗尔。此句用悲愁字,乃愈见其亲切处,何可少耶?诗人之工,特在一时情味,固不可预设法式也。

《国风》云"爱而不见,搔首踟蹰[25]","瞻望弗及,伫立以泣[26]"。其词婉,其意微,不迫不露,此其所以可贵也。古诗云"馨香盈怀袖,路远莫致之[27]",李太白云"皓齿终不发,芳心空自持[28]",皆无愧于《国风》矣。杜牧之云"多情却是总无情,惟觉尊前笑不成[29]",意非不佳,然而词意浅露,略无余蕴。元、白、张籍,其病正在此,只知道得人心中事,而不知道尽则又浅露也。后来诗人能道得人心中事者少尔,尚何无余蕴之责哉?

《国风》、《离骚》固不论,自汉魏以来,诗妙于子建,成于李、杜,而坏于苏、黄。余之此论,固未易为俗人言也。子瞻以议论作诗,鲁直又专以补缀奇字,学者未得其所长,而先得其所短,诗人之意扫地矣。段师教康昆仑琵琶,且遣不近乐器十余年,忘其故态[30]。学诗亦然,苏、黄习气净尽,始可以论唐人诗;唐人声律习气净尽,始可以论六朝诗;镂刻之习气净尽,始可以论曹、刘、李、杜诗。《诗序》云:"情动于中,而形于言,言之不足,故嗟叹之。"子建、李、杜皆情意有余,汹涌而后发者也。刘勰云:"因情造文,不为文造情[31]。"若他人之诗,皆为文造情耳。沈约云:"相如工为形似之言,二班长于情理之说[32]。"刘勰云:"情在词外曰隐,状溢目前曰秀[33]。"梅圣俞云:"含不尽之意见于言外,状难写之景如在目前[34]。"三人之论,其实一也。

【注释】

〔1〕 陶、阮:指陶潜、阮籍。潘、陆:指潘岳、陆机。
〔2〕 谢康乐:即谢灵运,引诗为其《登池上楼》中句。
〔3〕 "明月照积雪":非颜延之诗,乃谢灵运《岁暮》中句。
〔4〕 谢玄晖:即谢朓。"澄江静如练"为谢朓《晚登三山还望京邑》中句。
〔5〕 江文通:即江淹。"日暮碧云合"为江淹《杂体·休上人怨别》中句。
〔6〕 王籍:南朝诗人。"鸟鸣山更幽"为王籍《入若耶溪》中句。
〔7〕 谢贞:南朝诗人。"风定花犹落"为谢贞《春日闲居》中句,参见《南史·谢贞传》。
〔8〕 柳恽:南朝诗人。"亭皋木叶下"为柳恽《捣衣诗》中句。
〔9〕 何逊:南朝诗人。"夜雨滴空阶"为何逊《临行与故游夜别》中句。
〔10〕 阮嗣宗:即阮籍,字嗣宗。
〔11〕 卢仝:中晚唐诗人,自号玉川子,范阳(今河北涿县)人。
〔12〕 "不唧溜钝汉":卢仝《扬州送伯龄过江》中句。
〔13〕 "七椀吃不得":卢仝《走笔谢孟谏议寄新茶》中句。
〔14〕 颜鲁公:即颜真卿,封鲁国公。
〔15〕 颜光禄:即颜延之,曾官金紫光禄大夫。
〔16〕 "诗者"三句:《毛诗序》中语。
〔17〕 "明月照高楼"二句:曹植《七哀》中句。
〔18〕 "狗吠深巷中"二句:陶渊明《归园田居》中句。
〔19〕 "言之不足"七句:《礼记·乐记》中语。
〔20〕 "含不尽之意"句:见本节《六一诗话》选录。
〔21〕 "萧萧马鸣"二句:《诗·小雅·车攻》中句。
〔22〕 "风萧萧兮"二句:《史记·刺客列传》载荆轲入秦行刺秦王前于易水边所唱歌。
〔23〕 "白杨多悲风"二句:《古诗十九首·去者日以疏》中句。
〔24〕 乐天:白居易字。引语见伪托白居易所作《金针诗格》。
〔25〕 "爱而不见"二句:《诗·邶风·静女》中句。
〔26〕 "瞻望弗及"二句:《诗·邶风·燕燕》中句。
〔27〕 "馨香盈怀袖"二句:《古诗十九首·庭中有奇树》中句。
〔28〕 "皓齿终不发"二句:李白《古风》之四十九中句。
〔29〕 "多情却是总无情"二句:杜牧《赠别》中句。
〔30〕 "段教康昆仑"三句:据段安节《乐府杂录》载:唐乐师段善本教乐手康昆仑琵琶,先令其不近乐器十余年,使其忘却旧日本领,然后教之,果成。
〔31〕 "因情造文"二句:刘勰《文心雕龙·情采》中说:"昔诗人什篇,为情而造文;辞人赋颂,为文而造情。"这里所引略有出入。
〔32〕 "相如工为形似之言"二句:沈约《宋书·谢灵运传论》中语。

〔33〕 "情在词外曰隐"二句:似是刘勰《文心雕龙·隐秀》佚文。
〔34〕 "含不尽之意"二句:见本节《六一诗话》选录。

【思考题】
1. 如何准确理解张戒提出的"意味"和"中的"之说?
2. 谈谈你对张戒所说"自汉魏以来,诗妙于子建,成于李杜,而坏于苏黄"的看法。

杨万里诗论选录

【题解】

杨万里(1127—1206),字廷秀,号诚斋,吉水(今属江西)人。高宗绍兴二十四年(1154)进士,调零陵丞,改知奉新。孝宗时召为国子监博士,后以宝谟阁待制致仕,进宝谟阁学士。宁宗朝韩侂胄用事,筑南园,请万里为之作记,断然拒之。家居时,闻韩专僭日甚,忧愤成疾而死。谥文节。平生作诗二万余首,与尤袤、范成大、陆游齐名,称南宋四家。构思新巧,语言清新明畅,自成一家风格,当时称为诚斋体。有《诚斋集》一百三十三卷。

杨万里诗论的一个重要内容,是关于诗歌审美特征的论述。他继承了晚唐司空图的意境理论,从鉴赏诗的角度,非常重视诗的审美韵味。他五十七岁(1184)所作《江西宗派诗序》一文,已经确立了以"味"衡诗的审美宗旨:"江西宗派诗者,诗江西也,人非皆江西也。人非皆江西,而诗曰江西者何?系之也。系之者何?以味不以形也。"如果不是"舍风味而论形似",那么,"江西之诗,世俗之作,知味者当能别之矣"。这里的"味"与"形"相对而言,是指不同作家、不同作品的独特的审美风味,诗的风味与诗的外在形貌不同,形貌差异很大的事物,可能在风味上非常相近,所以下文他就用"味"来区分诗歌史上重要的四大家:李、杜、苏、黄。他认为李白和苏轼应属一类,是"无待而神于诗者",即完全以自然造化为师,不待于人工;而杜甫和黄庭坚则是"有待而未尝有待者",即有严密的法度但又不露人工斧凿痕迹。这种论述是很有见地的。杨万里在七十四岁高龄所写的《颐庵诗稿序》一文中,则进一步提出了著名的"去词""去意"而惟取诗"味"的观点:

"夫诗何为者也？尚其词而已矣？曰：善诗者去词。然则尚其意而已矣？曰：善诗者去意。然则去词去意，则诗安在乎？曰：去词去意，而诗有在矣。然则诗果焉在？曰：尝食夫饴与荼乎？人孰不饴之嗜也？初而甘，卒而酸。至于荼也，人病其苦也；然苦未既，而不胜其甘。诗亦如是而已矣。"他认为这就是诗的"味"，显然，这比前面所说的"风味"又深了一层，是指上乘诗歌作品所包含的深微的审美意境了。从理论渊源上看，这无疑来自司空图的咸酸之外有醇美的"韵味"说。杨万里以自己一生的创作甘苦，对这种诗歌的审美意境非常重视，从其论述上看，他比司空图表述得似乎更为明确，甚至有些偏激，公然主张鉴赏诗要"去词"、"去意"，所以从其更远的哲理渊源上说，是深深植根于庄子的美学思想之中。同时，杨万里这里所说的诗的深层审美韵味，是蕴涵在词、意很普通、本身并不显露美的意象之中，甚至可以说蕴涵在本身不美的意象中，即所谓带有苦味的"荼"之中，这种意象本身不美而能让人玩味出"不胜其甘"的隽永美味的作品，正是意境作品中的极致。杨万里的诗"味"说，在意境理论史上，是占有重要位置的。

颐庵诗稿序[1]

夫诗何为者也？尚其词而已矣？曰：善诗者去词。然则尚其意而已矣？曰：善诗者去意。然则去词去意，则诗安在乎？曰：去词去意，而诗有在矣。然则诗果焉在？曰：尝食夫饴与荼乎[2]？人孰不饴之嗜也？初而甘，卒而酸。至于荼也，人病其苦也；然苦未既，而不胜其甘。诗亦如是而已矣。昔者暴公潛苏公，而苏公刺之[3]；今咏其诗，无刺之词，亦不见刺之之意也，乃曰："二人从行，谁为此祸？"使暴公闻之，未尝指我也，然非我其谁哉？外不敢怒，而其中愧死矣！《三百篇》之后，此味绝矣；惟晚唐诸子差几近之。《寄边衣》曰："寄到玉关应万里，戍人犹在玉关西[4]。"《吊战场》曰："可怜无定河边骨，犹是春闺梦里人[5]。"《折杨柳》曰："羌笛何须怨杨柳，春风不度玉门关[6]。"《三百篇》之遗味，黯然犹存也。近世惟半山老人得之[7]。予不足以知之，予敢言之哉？

今四明刘叔向寄其父颐庵居士诗稿，命予为之序；放翁陆务观既摘其佳句序之矣，予尚何言哉？偶披卷读之，至"寂寞黄昏愁吊影，雪窗怕上短檠灯"，又"烛与梅花共过冬，淡月故移疏影去"，又"睡魔正与诗魔战，窗外一声婆饼焦"，又《早行》云："鸡犬未鸣潮半落，草虫声在豆花村。"使晚唐诸子与半山老人见之，当一笑曰："君处北海，吾处南海，不虞君之涉吾地也，何故^[8]?"居士名应时,字良佐。嘉泰元年六月戊戌^[9],诚斋野客杨万里序。

【注释】

[1] 颐庵:即刘应时,字良佐,号颐庵居士,慈溪(今属浙江)人。南宋初诗人。有《颐庵集》二卷。
[2] 饴:糖。荼(tú):一种苦菜。《诗·邶风·谷风》:"谁谓荼苦,其甘如荠。"
[3] "昔者暴公潜苏公"二句:暴、苏,均为周代诸侯国名。潜(zèn),诬陷人。《诗·小雅·何人斯》:"彼何人斯?其心孔艰!胡逝我梁,不入我门?……二人从行,谁为此祸?胡逝我梁,不入唁我?……"《序》:"《何人斯》,苏公刺暴公也。暴公为卿士,而潜苏公焉,故苏公作是诗以绝之。"
[4] "《寄边衣》"三句:此为北宋词人贺铸《捣练子》词句。
[5] "《吊战场》"三句:晚唐诗人陈陶《陇西行》中句。
[6] "《折杨柳》"三句:盛唐诗人王之涣《凉州词》中句。
[7] 半山老人:北宋诗人王安石别号。
[8] "君处北海"四句:出《左传·僖公四年》载齐侯伐楚,楚子使与师言曰:"君处北海,寡人处南海,唯是风马牛不相及也,不虞君之涉吾地也,何故?"此戏言刘应时之诗风酷近晚唐与王安石。
[9] 嘉泰元年:1201年。

【思考题】

1. 以杨万里诗作为例,谈谈他的"无法"说。
2. 比较杨万里提出的诗"去词""去意"说与司空图的"韵味"说。

朱熹诗文论选录

【题解】

朱熹(1130—1200),字元晦,一字仲晦,号晦庵、遁翁。因晚年居建阳考亭,又主讲紫阳书院,故有考亭、紫阳等称。徽州婺源(今属江西)人。绍兴十八年(1148)进士,历仕高宗、孝宗、光宗、宁宗四朝,累官宝文阁待制。晚年退居福建讲学,故其学术又称闽学。一生著述极富,主要有《四书集注》、《周易本义》、《诗集传》、《楚辞集注》、《韩文考异》等,自为诗文则有后人所编《晦庵先生朱文公集》一百卷,《续集》十一卷,《别集》十卷。另,后人还将其著述汇编成《朱子全书》、《朱子大全》、《朱子文集大全类编》及《朱子语类》等。

  朱熹是南宋理学的代表人物,他继承并发展了北宋周敦颐、二程等人的思想,创立了体系较为完整的理学学派。在文学思想上,朱熹的基本观点也是继承北宋道学家而来,但是,他学识非常渊博,思路开阔,文学修养很深,诗也写得很有韵味,因而他对于文学的看法,不像北宋道学家们那样贬低甚至否定。在文与道的关系上,他主张文道一体论,文即是道,道即是文。他针对唐代李汉的"文者,贯道之器"说提出了批评:"不然。这文皆是从道中流出,岂有文反能贯道之理?……若以文贯道,却是把本为末,以末为本,可乎?"(《语类》)他在另一处针对苏轼的话,将此观点阐发得更为清楚:"道者文之根本,文者道之枝叶。惟其根本乎道,所以发之于文皆道也。三代圣贤文章,皆从此心写出,文便是道。今东坡之言曰:'吾所谓文,必与道俱。'则是文自文而道自道,待作文时,旋去讨个道来入放里面,此是他大病处。"(《语类》)其实如果按朱熹这种文道一体论来要求,则周敦颐提出的"文以载道"说,也不符合其道理了,因为周也是文、道分离说。朱熹的苦心所在,是要将道与文统一起来,既强调文必须以道为本,不能脱离道而独立;又不否定文,把文看成可有可无之物。他所反对的,只是空洞无"道"的文:"今人作文,皆不足为文。大抵专务节字,更易新好生面辞语,至说义理处,又不肯分晓。观前辈欧、苏诸公作文,何尝如此?"(《语类》)要之,朱熹实际上是发展了、或者说修正了北宋道学家所持的"文以载道"、"作文害道"的偏激思想,认识到了"文"在表现"道"上的重要意义。在诗论方面,朱熹也是本于这种观点,不过将"文"换成了"诗",将"道"换成了"高明纯一"之"志"。在《答杨宋卿书》中他说:"熹闻诗者,志之所之,在心为志,发言为诗。然则诗者,岂复有工拙哉?亦视其志之所向者高下如何耳。是以古之君子,德足以求其志,必出于高明纯一之地,其于诗固不学而能之。……近世作者,乃始留情于此,故诗有工拙之论,而葩藻之词胜,言志之功隐矣。"在他看来,诗之优劣高下,完全要"视其志之所向者高下如何",而古之作者们所表达的,都是合乎大道、义理的"高明纯一"之志,至于后世作者们所津津乐道的诗之格律、用韵、属对、比事、遣辞之类工拙问题,则不必去关注。这似乎是否定诗歌要讲究艺术性了。应该承认,这里所说是比较偏激的,表明了朱熹的复古保守思想,他在《答巩仲至》一文中追述了诗歌发展的历史,提出了所谓"三变"说,也明显地流露出贵远贱近、排斥近体诗艺术价值的偏激倾向。但从朱熹的另一些言论看,他并不是不懂诗歌的审美特征,也不是不重视。在《诗集传》的序言里,他充分肯定了诗言情的本质特征:"诗者,人心之感物而形于言之余也。"又说《国风》之什"多出于里巷歌谣之作,所谓男女相与咏歌,各言其情者也"。特别是他对于诗歌的"兴"的审美特征,予以高度重视。在《答何叔京》一文中,他以《诗·大雅·棫朴》一诗为例,精辟地分析了诗歌以"兴"为尚的审美特征:"'倬彼云汉'则'为章于天'矣;'周王寿考'则'何不作人'乎。此等语言自有个血脉流通处,但涵咏久之,自然见得条畅浃洽,不必多引外来道理言语,却壅滞却诗人活底意思也。周王既是寿考,岂不作成人材?此事已是分明,更着个'倬彼云汉,为章于天'唤起来,便愈见活泼泼地,此六义所谓'兴'也。'兴'乃兴起之义,凡言'兴'者皆当以此例观之。《易》以言不尽意而立象以尽意,盖亦如此。"朱熹体认到诗歌之"兴"与《易》之"立象以尽意"相通,都是借特定的"象"来暗示、象征不想直说或不能直说出的"意",而从鉴赏的角度说,对于诗的这种"兴"的特征,则不能去作理性剖析,而应该反复"涵咏",时间长了,自然就能"见得条畅浃洽",即感受到了其中的审美意味。写好诗要靠"兴",读好诗要靠"涵咏",这是真正懂诗的话。朱熹关于诗歌创作时主体心灵要"虚静"的论述,也十分精彩。

答杨宋卿[1]

前辱柬手启一通[2],及所为诗一编。吟讽累日,不忍去手。足下之赐甚厚。吏事匆匆,报谢不时,足下勿过[3]。熹闻诗者,志之所之,在心为志,发言为诗[4]。然则诗者,岂复有工拙哉?亦视其志之所向者高下如何耳。是以古之君子,德足以求其志,必出于高明纯一之地[5],其于诗固不学而能之。至于格律之精粗,用韵属对比事遣辞之善否,今以魏晋以前诸贤之作考之,盖未有用意于其间者。而况于古诗之流乎?近世作者,乃始留情于此,故诗有工拙之论,而葩藻之词胜,言志之功隐矣。熹不能诗,而闻其说如此,无以报足下意,姑道一二。盛编再拜封纳,并以为谢。

【注释】
〔1〕 杨宋卿:其人不详。
〔2〕 辱柬:蒙赐书信。
〔3〕 勿过:勿以为过错。

〔4〕"诗者"四句:出《毛诗序》。

〔5〕高明纯一之地:指高尚纯洁的心性。《左传·文公五年》:"高明柔克。"孔颖达《正义》:"高明,谓人性之高亢明爽也。"

语类(节选)

道者文之根本,文者道之枝叶。惟其根本乎道,所以发之于文皆道也。三代圣贤文章,皆从此心写出,文便是道。今东坡之言曰:"吾所谓文,必与道俱。"则是文自文而道自道,待作文时,旋去讨个道来入放里面,此是他大病处。只是它每常文字华妙,包笼将去,到此不觉漏逗[1]。说出他本根病痛所以然处,缘他都是因作文却渐渐说上道理来,不是先理会得道理了方作文,所以大本都差。欧公之文,则稍近于道,不为空言。如《唐·礼乐志》云:"三代而上,治出于一;三代而下,治出于二[2]。"此等议论极好,盖犹知得只是一本。如东坡之说,则是二本,非一本矣。

才卿问[3]:"韩文李汉序头一句其好[4]。"曰:"公道好,某看来有病。"陈曰:"'文者,贯道之器。'且如《六经》是文,其中所道皆是这道理,如何有病?"曰:"不然。这文皆是从道中流出,岂有文反能贯道之理?文是文,道是道,文只如吃饭时下饭耳!若以文贯道,却是把本为末,以末为本,可乎?其后作文者皆是如此。"因说:"苏文害正道[5],甚于老佛。且如《易》所谓'利者义之和',却解为义无利则不和,故必以利济义,然后合于人情[6]。若如此,非惟失圣言之本旨,又且陷溺其心。"先生正色曰:"某在当时,必与他辩。"却笑曰:"必被他无礼。"

今人作文,皆不足为文。大抵专务节字[7],更易新好生面辞语[8],至说义理处,又不肯分晓。观前辈欧、苏诸公作文,何尝如此?圣人之言坦易明白,因言以明道,正欲使天下后世由此求之;使圣人立言要教人难晓,圣人之经定不作矣。若其理精奥处,人所未晓,自是其所见未到耳。学者须玩味深思,久之自可见。何尝如今人欲说又不敢分晓说,不知是甚所见。毕竟是自家所见不明,所以不敢深言,且鹘突说在里[9]。

今人所以事事作得不好者,缘不识之故。只如个诗,举世之人尽命去奔做,只是无一个人做得成诗,他是不识,好底将做不好底,不好底将做好底,这个只是心里闹,不虚静之故。不虚不静,故不明,不明,故不识,若虚静而明,便识好物事。虽百工技艺,做得精者,也是他心虚理明,所以做得来精。心里闹,如何见得?

【注释】

〔1〕漏逗:破绽。
〔2〕"欧公之文"八句:欧阳修所撰《新唐书·礼乐志》说:"由三代而上,治出于一,而礼乐达于天下;由三代而下,治出于二,而礼乐为虚名。"所谓"治出于一",即"凡民之事,莫不一出于礼"。所谓"治出于二",即"此为政也,所以治民"和"此为礼也,所以教民"二者更替使用。
〔3〕才卿:即陈文蔚,字才卿,上饶人,朱熹门人。
〔4〕韩文李汉序:指李汉所写《唐吏部侍郎昌黎先生韩愈文集序》。李汉,字南纪。唐宣宗大中时(847—859)拜宗正卿。此序第一句为:"文者,贯道之器也。不深于斯道,有至焉者不也。"
〔5〕苏文:此指苏洵文章。
〔6〕"且如《易》所谓"四句:苏洵《利者义之和论》谓:"《乾·文言》曰:'利者义之和。'又曰:'利物足以和义。'呜呼,尽之矣。君子之耻言利,亦耻言夫徒利而已。……义利、利义相为用而天下运诸掌矣。五色必有丹而色和,五味必有甘而味和,义必有利而义和。"
〔7〕节字:推敲、节选文字。
〔8〕生面辞语:生涩冷僻辞语。
〔9〕鹘(hú)突:即糊涂。

【思考题】

1. 试比较分析朱熹"文道一体"说与周敦颐"文以载道"说之异同。

严羽诗论选录

【题解】

严羽(生卒年不详),字仪卿,一字丹丘,自号沧浪浦客,邵武(今福建邵武)人。活动在公元1195年左右到公元1240年或其后。其先世盛于唐代西蜀，后来避地南闽，家有"九严"，俱有诗名。严羽早年隐居不仕，后来因家乡动乱，曾经避地江楚，后回到家乡，不久又去漫游吴越。从他留下的一百多首诗看，严羽的思想主要不是隐逸，而是希望在民族危亡之秋有所作为而不能实现的无奈和愤激，并由此产生了超脱避世之情。经后人编辑而成书的严羽《沧浪诗话》在后世影响极大。有诗集《沧浪吟卷》。

宋人论诗，一直十分注重学古，试图通过对前代诗歌的熟读涵泳，由渐而顿，促成自己的诗歌创作。但是，宋人学古的具体对象和方式往往不尽相同。就前者即学古对象而言，宋诗各家各派的创作风格由此而得以分目；就后者即学古方式而言，实际上涉及学习古人如何才能完美地转化为自己创作的问题。宋诗在苏、黄尤其是江西诗派那里，往往躲不过理、事二障。南宋中叶以后，四灵诗人和江湖诗人虽对此有所反拨，但终抑或失于纤巧，或流于杂驳。严羽在《沧浪诗话·诗辨》中批评了宋诗的这些倾向，并且也从学古的对象和方式上入手，辨析了诗歌创作的一些根本问题。

严羽强调学诗要以"识"为主，就是说诗人要有高度的审美判断力，这是针对宋人学古为诗混杂不分的状况而发的。有"识"方可言"辨"，方可分出前人诗歌之高下，"作诗须要辨尽诸家体制，然后不为旁门所惑"（《答出继叔临安吴景仙书》），故而《沧浪诗话》又有《诗体》一章，对于汉魏以来诗歌体制进行了较为细致的区分。这些都有助于他在学古问题上做出比前人更为深入的思考。他讲工夫要从上做下，反对宋人的"盈科而后进"（张戒《岁寒堂诗话》）。这样，诗歌史上从楚辞到盛唐的作品都可以依次成为学习的对象。他要求熟读汉魏古诗，次参李、杜等盛唐名家，"如今人之治经"、"酝酿胸中，久之自然悟入"。正是在这一"熟参"的过程中，才真正地认识到"诗之法"、"诗之品"、"诗之用工"、诗的"大概"以及"诗之极致"等在前代诗人诗作中的体现。

对于学古的对象和方式的清理辨析，既是对前代诸家体制品第高下的一种历史评价，同时也是一种审美判断。这种审美的判断最终走向对诗歌创作独特艺术规律的发现和确认。所以，严羽在以禅论诗，将汉魏至晚唐诗与佛教大小乘做一比附之后，便指出诗歌创作中的艺术思维特征："大抵禅道惟在妙悟，诗道亦在妙悟。""妙悟"是严羽以禅喻诗的核心内容。在佛教禅宗里，妙悟本指主体对世界本体"空"的一种把握，所谓"玄道在于妙悟，妙悟在于即真"（《涅槃无名论》）。就诗而论，妙悟即真当是指诗人对于诗美的本体、诗境的实相的一种直觉。显然，这是诗歌创作最为独特的艺术规律，所以，严羽说："惟悟乃为当行，乃为本色。"而"悟有浅深"，每位诗人并不是都能在自己的创作中完美地遵循这种艺术规律,因而造成了各人各派诗歌的审美价值的不同,亦即形成了诸家体制的高下之别。

"妙悟"是就诗歌创作主体而言的,"兴趣"则是"妙悟"的对象和结果,即指诗人直觉到的那种诗美的本体、诗境的实相。严羽推重"盛唐气象",便是缘于盛唐诗歌具备这一审美特征:"盛唐诸人,惟在兴趣,羚羊挂角,无迹可求。"严羽在《沧浪诗话》里还讲到"兴致"、"意兴",它们在本质上与"兴趣"是一样的。"兴趣"是"兴"在古典诗论里的一种发展,它与钟嵘所说的"滋味"(《诗品序》)、司空图所说的"韵味"有着直接的继承关系,都概括出诗歌艺术的感性直观的特点及其所引起的丰富隽永的审美趣味。宋诗与唐诗相比,所缺乏的也恰恰正是这种审美特征。严羽以"别材"、"别趣"之说反对宋人"以文字为诗"、"以议论为诗"、"以才学为诗",其理论基础即是"妙悟"和"兴趣"。他所谓"别材",是从创作主体上讲的,而这种诗人的特别才能主要地便体现在"妙悟"上,因而,他以韩愈、孟浩然相较以说明妙悟不同于学力,事实上便是"诗有别材,非关书也"的一个注脚。他所谓"别趣",是就诗歌的审美特征而讲的,这种特别的"趣"便是"兴趣",便是"尚意兴而理在其中"、"兴致",而不是有些宋诗里充斥着的道理、性理。

在盛唐诸家中,严羽最推崇李、杜二家。他说:"诗之极致有一:曰入神。诗而入神,至矣,尽矣,蔑以加矣!惟李、杜得之,他人得之盖寡也。"他所讲的"优游不迫"和"沉着痛快"两大风格也与李、杜等盛唐诸家的诗风大体相仿。因而,并不能因为他在解释"兴趣"时表现出与司空图相似的观点,便认定他是更尊崇王、孟一派。对于盛唐气象的认识,他是力图全面的,所以他总结了用以衡量诗歌的五个方面的特征:体制、格力、气象、兴趣、音节。但也正因如此,便造成了后人自由发挥的余地。这种发挥一方面有益于对于古典诗歌审美特征的探讨,另一方面也造成了诗论里复古思想的蔓延。

沧浪诗话·诗辨[1]

夫学诗者以识为主[2]:入门须正,立志须高[3];以汉、魏、晋、盛唐为师,不作开元、天宝以下人物[4]。若自生退屈[5],即有下劣诗魔入其肺腑之间;由立志之不高也。行有未至,可加工力;路头一差,愈骛愈远;由入门之不正也。故曰:学其上,仅得其中;学其中,斯为下矣。又曰:见过于师,仅堪传授;见与师齐,减师半德也[6]。工夫须从上做下,不可从下做上[7]。先须熟读《楚辞》,朝夕讽咏以为之本[8];及读《古诗十九首》,乐府四篇[9],李陵、苏武、汉、魏五言皆须熟读,即以李、杜二集枕藉观之,如今人之治经[10],然后博取盛唐名家,酝酿胸中,久之自然悟入[11]。虽学之不至,亦不失正路。此乃从顶颅上做来,谓之向上一路,谓之直截根源,谓之顿门,谓之单刀直入也[12]。

诗之法有五:曰体制,曰格力,曰气象,曰兴趣,曰音节[13]。

诗之品有九:曰高,曰古,曰深,曰远,曰长,曰雄浑,曰飘逸,曰悲壮,曰凄婉[14]。其用工有三:曰起结,曰句法,曰字眼[15]。其大概有二:曰优游不迫,曰沉着痛快[16]。诗之极致有一:曰入神[17]。诗而入神,至矣,尽矣,蔑以加矣!惟李、杜得之,他人得之盖寡也。

禅家者流,乘有小大,宗有南北,道有邪正[18];具正法眼者,是谓第一义[19],若声闻、辟支果[20],皆非正也。论诗如论禅[21]:汉、魏、晋等作与盛唐之诗,则第一义也。大历以还之诗,则已落第二义矣。晚唐之诗,则声闻、辟支果也[22]。学汉、魏、晋与盛唐诗者,临济下也。学大历以还者,曹洞下也[23]。大抵禅道惟在妙悟,诗道亦在妙悟[24]。且孟襄阳学力下韩退之远甚,而其诗独出退之上者,一味妙悟故也[25]。惟悟乃为当行,乃为本色[26]。然悟有浅深,有分限之悟,有透彻之悟,有但得一知半解之悟。汉、魏尚矣,不假悟也。谢灵运至盛唐诸公,透彻之悟也。他虽有悟者,皆非第一义也。吾评之非僭也,辩之非妄也。天下有可废之人,无可废之言。诗道如是也。若以为不然,则是见诗之不广,参诗之不熟耳[27]。试取汉、魏之诗而熟参之,次取晋、宋之诗而熟参之,次取南北朝之诗而熟参之,次取沈、宋、王、杨、卢、骆、陈拾遗之诗而熟参之[28],次取开元、天宝诸家之诗而熟参之,次独取李、杜二公之诗而熟参之,又取大历十才子之诗而熟参之[29],又取元和之诗而熟参之[30],又取晚唐诸家之诗而熟参之,又取本朝苏、黄以下诸公之诗而熟参之,其真是非亦有不能隐者。倘犹于此而无见焉,则是为外道蒙蔽其真识[31],不可救药,终不悟也。

夫诗有别材,非关书也[32];诗有别趣,非关理也[33]。而古人未尝不读书、不穷理。所谓不涉理路、不落言筌者,上也[34]。诗者,吟咏情性也。盛唐诗人惟在兴趣,羚羊挂角,无迹可求[35],故其妙处莹彻玲珑,不可凑泊,如空中之音,相中之色,水中之月,镜中之象[36],言有尽而意无穷。近代诸公作奇特解会[37],遂以文字为诗,以议论为诗,以才学为诗。以是为诗,夫岂不工,终非古人之诗也。盖于一唱三叹之音[38],有所歉焉。且其作多务使事[39],不问兴致;用字必有来历,押韵必有出处,读之终篇,不知着到何在。

其末流甚者,叫嚣怒张,殊乖忠厚之风,殆以骂詈为诗[40]。诗而至此,可谓一厄也,可谓不幸也。然则近代之诗无取乎？曰:有之,吾取其合于古人者而已。国初之诗,尚沿袭唐人:王黄州学白乐天,杨文公、刘中山学李商隐,盛文肃学韦苏州,欧阳公学韩退之古诗,梅圣俞学唐人平淡处[41]。至东坡、山谷始自出己法以为诗,唐人之风变矣[42]。山谷用工尤深刻[43],其后法席盛行,海内称为江西宗派。近世赵紫芝、翁灵舒辈,独喜贾岛、姚合之语,稍稍复就清苦之风[44];江湖诗人多效其体,一时自谓之唐宗[45],不知止入声闻、辟支之果,岂盛唐诸公大乘正法眼者哉！嗟乎！正法眼之无传久矣。唐诗之说未唱,唐诗之道有时而明也。今既唱其体曰唐诗矣,则学者谓唐诗诚止于是耳。兹诗道之重不幸邪！故予不自量度,辄定诗之宗旨,且借禅以为喻,推原汉、魏以来,而截然谓当以盛唐为法(原注:后舍汉、魏而独言盛唐者,谓古律之体备也)。虽获罪于世之君子,不辞也。

【注释】

[1] 诗辨:《沧浪诗话》分为《诗辨》、《诗体》、《诗法》、《诗评》和《考证》五部分,《诗辨》是首篇,也是《沧浪诗话》及严羽诗学思想的精华所在。严羽自称:"仆之《诗辨》,乃断千百年公案,诚惊世绝俗之谈,至当归一之论。"(《答出继叔临安吴景仙书》)传世的《沧浪诗话》有不同版本,段落次序及字句均有差异,此处《诗辨》原文主要据《诗人玉屑》本。《诗辨》末尾说:"故予不自量度,辄定诗之宗旨,且借禅以为喻,推原汉、魏以来,而截然谓当以盛唐为法。"《诗人玉屑》所录《诗辨》的段落次序也较符合这一原意。

[2] "夫学诗者"句:"识"本是佛教用语,指认识、直觉和判断等精神活动的总体。《大乘义章》三曰:识者乃是神知之别名也。《止观》二曰:对境觉智,异乎木石,名为心;次心筹量,名为意;了了别智,名为识。严羽之前亦有以"识"论诗者,如范温《潜溪诗眼》云:"学者要先以识为主,如禅家所谓正法眼者。直须具此眼目,方可入道。"

[3] "入门"两句:指学诗时取法要高。宋人重学古,同时强调要正确选择具体的学习对象,总之是要取法乎上。如黄庭坚云:"学老杜诗,所谓刻鹄不成尚类鹜也;学晚唐诸人诗,所谓作法于凉,其弊犹贪,作法于贪,弊将若何？"(《诗人玉屑》卷五引)张戒云:"其始也学之,其终也岂能过之,屋下架屋,愈见其小,后有作者出,必欲与李、杜争衡,当复从汉魏诗中出尔。"(《岁寒堂诗话》卷上)俱是此意。

[4] 开元、天宝:唐玄宗的年号。开元、天宝以下人物即谓中、晚唐诗人。

[5] 自生退屈:自己退缩屈从。《五灯会元》卷一五:"善暹禅师曰:'彼既丈夫我亦尔,孰为不可！良由诸人不肯承当,自生退屈。'"

[6] "又曰"五句:减师半德谓只够得上老师才德的一半。《传灯录》卷一六引全豁禅

师语云:"岂不闻见过于师,方堪传授,智与师齐,减师半德。"严羽之前亦有以此语论文艺者,如北宋章惇论书之语云:"吾每论学书,当作意使前无古人,凌厉钟、王,直出其上始可。即自立分,若直尔低头,就其规矩之内,不免为之奴矣。纵复脱洒至妙,犹当在子孙之列耳,不能雁行也,况与抗行乎?此非苟为大言,乃至妙之理也。禅家有云:'见过于师,方堪传授。见与师齐,减师半德',悟此语者,乃能晓吾言矣。"(张邦基《墨庄漫录》卷一○引)

〔7〕 "工夫"两句:指要从最好的作品学起,此之谓上。

〔8〕 "先须熟读《楚辞》"两句:潘德舆《养一斋诗话》谓严羽学古首列《楚辞》为:"第溯入门工夫,不自三百篇始,而始于离骚,恐尚非顶颔上做来也。"其实严羽有此论是因为他更重视诗的吟咏情性的特征,此正是其诗学突破诗教说之表现。

〔9〕 四篇:《文选》乐府类首列《乐府四首古辞》一题,包括《饮马长城窟行》、《君子行》、《伤歌行》、《长歌行》四篇。

〔10〕 "即以"两句:《朱子语类》卷四○云:"作诗先用看李、杜,如士人治本经然,本既立,次第方可看苏、黄以次诸家诗。"

〔11〕 自然悟入:"悟入"本为佛教术语,《法华经·方便品》云:"欲令众生悟佛知见,故出现于世;欲令众生入佛知见道,故出现于世。"

〔12〕 "此乃从顶颔上做来"五句:顶颔,头部。《五灯会元》卷一八,介谌禅师有"踏着释迦顶颔"之语。严羽于此处借用,亦即上文"工夫须从上做"之意。向上一路,禅宗指宗门之极处。《传灯录》卷七:(宝积禅师上堂示众曰)"向上一路,千圣不传,学者劳形,如猿捉影"。顿门,顿悟的途径。单刀直入,指直接抓住根本。《传灯录》卷九灵祐禅师曰:"单刀趣入,则凡圣情尽,体露真常。"《五灯会元》卷九"趣入"作"直入"。

〔13〕 "诗之法有五"六句:陶明濬《诗说杂记》卷七:"严羽曰:'诗之法有五:曰体制,曰格力,曰气象,曰兴趣,曰音节。'此盖以诗章与人身体相为比拟,一有所阙,则倚魁不全。体制如人之体干,必须佼壮;格力如人之筋骨,必须劲健;气象如人之仪容,必须庄重;兴趣如人之精神,必须活泼;音节如人之言语,必须清朗。五者既备,然后可以为人。亦惟备五者之长,而后可以为诗。近取诸身,远取诸物,而诗道成焉。"(《文艺丛考》初编卷二,转引自郭绍虞《沧浪诗话校释》,下同。)明代许学夷《诗源辩体》以"体制"、"格力"论汉魏诗,以"气象"论初唐诗,以"兴趣"论盛唐诗,以"音节"概论唐律,都有助于理解严羽所言诗法。

〔14〕 "诗之品有九"十句:品指风格。理解严羽此处所论,可参照皎然《诗式》卷一"辩体有一十九字",见前皎然诗论选录。陶明濬《诗说杂记》卷七解释:"何谓古?凌青云而直上,浮颢气之清英是也。何谓高?金薤琳琅,黼黻溢目者是也。何谓深?盘谷狮林,隐翳幽奥是也。何谓远?沧溟万顷,飞鸟决眦者是也。何谓长?重江东注,千流万转者是也。何谓雄浑?荒荒油云,寥寥长风者是也。何谓飘逸?秋天闲静,孤云一鹤者是也。何谓悲壮?笳拍铙歌,酣畅猛起者是也。何

谓凄婉? 丝哀竹滥,如怨如慕者是也。古人之诗多矣,要必有如此气象,而后可与言诗。"

〔15〕"其用工有三"四句:用工指作诗的关键处。起结、句法、字眼,都是指诗歌的结构形式和字句安排。宋人论诗一直都很注重这些方面,如范温《潜溪诗眼》云:"句法以一字为工,自然颖异不凡,如灵丹一粒,点铁成金也。"

〔16〕"其大概有二"三句:大概指诗的总体的风格类型。清代姚鼐在《复鲁絜非书》里以"阴柔"、"阳刚"之美来概括两种不同的文学风格,与严羽所论相仿。沉着痛快本为论书之语,此处用来论诗。

〔17〕入神:《易·系辞下》:"精义入神,以致用也。"《疏》曰:"言圣人用精粹微妙之义,入于神化,寂然不动,乃能致其所用。"又《易·系辞上》:"阴阳不测之谓神。"《注》曰:"神也者,变化之极,妙万物而为言,不可形诘者也。"又《古诗十九首》:"弹筝奋逸响,新声妙入神。"严羽将"入神"推为诗歌创作的极致,其精微要妙之处,难以言说。

〔18〕"乘有小大"三句:乘是运载使人至于彼岸之意。佛说法因人智愚之殊而说有深浅,大乘主普度众生,小乘主自己修行成佛。宗有南北,禅宗自五祖弘忍后分为南北二宗。南宗始于惠能,主顿悟;北宗始于神秀,主渐悟。故曰南顿北渐。道有邪正,《传灯录》卷九黄檗希运禅师云:"有此眼脑,方辨得邪正宗党。"从下文"若声闻、辟支果,皆非正也"一语看,严羽是以大乘为正宗,以小乘为旁门的。

〔19〕"具正法眼者"两句:正法眼亦名正法眼藏,禅宗术语,泛指佛所言之正法。《五灯会元》卷一:"世尊在灵山会上拈花示众,是时众皆默然,唯迦叶尊者破颜微笑。世尊曰:'吾有正法眼藏付嘱摩诃迦叶。'"第一义,即第一义谛,佛教术语,又名真谛、胜义谛。《大乘义章》:"第一义者,亦名真谛。……彼世谛若对第一,应名第二。"

〔20〕若声闻、辟支果:佛家有三乘:一菩萨乘,二辟支乘,三声闻乘。菩萨乘普济众生,故称大乘;辟支、声闻仅求自度,故称小乘。辟支,梵语为独觉之意,即"自以智慧得道"。声闻,谓听佛陀言教而觉悟者。

〔21〕论诗如论禅:韩驹《陵阳先生室中语》云:"诗道如佛法,当分大乘、小乘、邪魔、外道,唯知者可以语此。"严羽亦是此意。

〔22〕"大历以还之诗"四句:大历,唐代宗年号,公元766至779年。大历以还诗,指中唐诗歌。严羽推崇汉、魏、晋和盛唐诗,以为中唐诗次之,而晚唐诗则更次之。但依佛经原意,第二义与声闻、辟支并无高下之别,严羽以之喻中、晚唐诗歌,只是拘于自己对乘义的理解。

〔23〕"学汉、魏、晋"四句:临济宗和曹洞宗是南宗影响最盛的两大支派。临济宗源出六祖慧能弟子怀让,怀让传马祖,马祖传百丈,百丈传黄檗,黄檗传临济玄禅师。至宋时,又形成杨岐、黄龙二派,其传特盛。曹洞宗源出六祖慧能弟子行思,行思传希迁,希迁传药山,药山传云岩,云岩传良价禅师,良价禅师传本寂禅师。

良价居瑞州洞山,本寂居抚州曹山,故合称曹洞宗。临济、曹洞俱为禅宗支派,本无高下之别。而严羽谓"学汉、魏、晋与盛唐诗者,临济下也。学大历以还者,曹洞下也",则是以临济优于曹洞,既是出于自己的理解,也受了各宗风气盛衰不齐现状的影响。

〔24〕"大抵禅道"两句:这两句话是严羽以禅喻诗的核心。妙悟本是佛教术语,指殊妙之觉悟。《涅槃无名论》曰:"玄道在于妙悟,妙悟在于即真。"严羽以之说诗,是从创作和学诗两方面来讲的,既指对艺术特殊性的心领神会、融会贯通;又指认识艺术和掌握艺术表现能力的过程。

〔25〕"且孟襄阳"三句:孟襄阳即孟浩然,襄州襄阳(今属湖北)人。《后山诗话》谓:"退之于诗本无解处,以才高而好耳。"又云:"退之以文为诗。虽极天下之工,要非本色。"又云:"子瞻谓孟浩然之诗,韵高而才短,如造内法酒手而无材料耳。"为严说所本。所谓"无材料"而"韵高",即长于妙悟。

〔26〕"惟悟"二句:当行、本色均为内行、本行之意。严羽强调悟是学诗和作诗的关键,实际上是注重诗歌艺术的审美特性,即诉诸感性直观而非逻辑知识的特点。

〔27〕参诗:禅宗有参禅之说,形式不一,或坐禅,或参话头、说公案等,以期对禅机的领悟。这种禅风对宋代文人影响很大,以至人们每谓读诗如参禅。苏轼云:"暂借好诗消永夜,每逢佳处辄参禅。"(《夜值玉堂携李之仪端叔诗百首读至夜半书其后》)戴复古《论诗十绝》之一云:"欲参诗律似参禅,妙趣不由文字传;个里稍关心有悟,发为言句自超然。"严羽《答出继叔临安吴景仙书》亦有"参诗精子"之谓。参诗的目的,即是去悟到诗的"妙趣"、"兴趣"。

〔28〕"次取沈、宋"句:沈、宋,即沈佺期、宋之问。王、杨、卢、骆,即王勃、杨炯、卢照邻、骆宾王。陈拾遗,指陈子昂,他曾任右拾遗,故名。他们都是初唐著名诗人。

〔29〕大历十才子:《新唐书·卢纶传》:"纶与吉中孚、韩翃、钱起、司空曙、苗发、崔峒、耿湋、夏侯审、李端,皆能诗,齐名,号大历十才子。"其他书所载,十人姓名略有出入。

〔30〕元和之诗:元和是唐宪宗年号,公元806至820年。《新唐书·元稹传》:"稹尤长于诗,与居易名相埒,天下传讽。号元和体。"又李肇《国史补》:"元和以后,文章学奇于韩愈,学涩于樊宗师,歌行则学放于张籍,诗则矫激于孟郊,学浅于白居易,学淫靡于元稹,俱名元和体。"《沧浪诗话·诗体》云:"元和体,元、白诸公。"则知所谓元和之诗,主要以元、白为代表,然不限于二人。

〔31〕外道:佛教术语,指于佛教外立道者,为邪法蔽而在真理之外者。《法华经·譬喻品》云:"未曾念外道典籍。"严羽借此指诗终不晓"悟入"之理者。

〔32〕"夫诗有别材"两句:别材,亦作别才,古"材"、"才"相通。"别才"之说是指诗人需要有特别的才能,而不是读了许多书,有了广博的学问就能写出诗歌来的。这是从正面立论反对"以才学为诗"。

〔33〕"诗有别趣"两句:趣即指兴趣、兴致,"别趣"之说指诗歌必须要有美感形象,才

能引起人们的审美趣味,它是抽象说理所达不到的。这是从正面立论反对"以议论为诗"。

〔34〕"而古人未尝不读书"三句:此段话正德本作:"然非多读书,多穷理,则不能极其至。所谓不涉理路,不落言筌者,上也。"读书指学问修养。穷理指通晓人情物理。

〔35〕"羚羊"两句:据说羚羊夜间以角挂树,悬身空中,防备野兽的伤害。禅宗以此喻指禅机不能通过言辞把握。《传灯录》卷一六引义存禅师语:"我若东道西道,汝则寻言逐句;我若羚羊挂角,你向什么处扪摸?"又卷一七引道膺禅师语:"如好猎狗,只能寻得有踪迹底;忽遇羚羊挂角,莫道迹,气亦不识。"严羽以之比喻"兴趣"的难以言诘,无迹可求。

〔36〕"故其妙处"六句:不可凑泊指诗的妙处难以直接把握,即如司空图《与极浦书》所引戴容州语云:"诗家之景,如蓝田日暖,良玉生烟,可望而不可置于眉睫之前也。"凑泊是会合的意思。空中之音等,均是佛经里常用的比喻。如《大品般若经》云:"解了诸法,如幻,如焰,如水中月,如虚空,如响,如犍闼婆城,如梦,如影,如镜中像,如化。"严羽以之喻诗歌"兴趣"的不即不离的审美特征。赵与时《宾退录》载张芸叟论诗语:"王介甫如空中之音,相中之色,欲有寻绎,不可得矣。"证明在严羽之前已有此论。

〔37〕奇特解会:指特别的理解。解会,理解领会。《五灯会元》卷一五云:"寻言逐句,求觅解会。"

〔38〕一唱三叹:参见苏轼《书黄子思诗集后》注〔13〕。

〔39〕使事:用典。

〔40〕殆以骂詈为诗:指诗有谩骂攻讦的意图。苏轼常常作诗讥诮时事,故《后山诗话》称:"苏诗始学刘禹锡,故多怨刺。"黄庭坚对此很不满,其《书王知载朐山杂咏后》云:"诗者,人之性情也,非强谏争于廷,怨愤诉于道,怒邻骂座之为也。"同严羽有交往的戴复古《论诗十绝》亦云:"时把文章供戏谑,不知此体误人多。"

〔41〕"王黄州学白乐天"五句:王黄州,王禹偁(954—1001),字元之,曾为黄州知州,故名。其诗宗白居易,王有诗云:"本与乐天为后进,敢期子美是前身。"(《蔡宽夫诗话》引)杨文公,杨亿(974—1020),字大年。卒谥文,故称杨文公。刘中山,刘筠(971—1031),字子仪,大名人。大名古属中山国,故称刘中山。二人与钱惟演同为宋初"西昆体"的代表人物。《蔡宽夫诗话》云:"祥符天禧之间,杨文公、刘中山、钱思公专喜李义山,故昆体之作翕然一变。"盛文肃,盛度(968—1041),字公量,余杭人。卒谥文肃。韦苏州即盛唐诗人韦应物。韦曾为苏州刺史,故名。欧阳公即欧阳修。《后山诗话》云:"欧阳少师始以文体为对属,又善叙事,不用故事陈言,而文益高,次退之云。"张戒《岁寒堂诗话》卷上云:"欧阳公诗学退之,又学李太白。"梅圣俞:见前欧阳修《梅圣俞诗集序》注〔1〕。唐人平淡处是指唐代王、孟、韦、柳诸人的诗歌风格。朱弁《风月堂诗话》卷上称:"圣俞少

时,专学韦苏州,世人咀嚼不入,唯欧公独爱玩。"《六一诗话》称其诗"覃思精微,以深远闲淡为意"。

〔42〕"至东坡、山谷"两句:指苏轼、黄庭坚以文字、学问、议论为诗,变尽唐调,确立宋格。张戒《岁寒堂诗话》云:"子瞻以议论为诗,鲁直又专以补缀奇字,学者未得其所长,而先得其所短,诗人之意扫地矣。"或为严羽所本。

〔43〕山谷用工尤深刻:《朱子语类》卷一四○有言:"苏、黄只是今人诗。苏才豪,然一滚说尽,无余意;黄费安排。"

〔44〕"近世赵紫芝"三句:赵紫芝(?—1219),名师秀,号灵秀。翁灵舒,名卷,号灵舒。二人和徐照(?—1211,号灵辉)、徐玑(1162—1214,号灵渊)均为南宋永嘉人,合称"永嘉四灵"。四灵不满于江西诗派,主张以晚唐诗人贾岛、姚合为法。姚合,元和进士,善为五言律诗,诗风类贾岛。清苦之风,欧阳修《六一诗话》云:"孟郊、贾岛皆以诗穷至死,而平生尤自喜为穷苦之句。"刘克庄《答林子显》云:"近世理学兴而诗律坏,惟永嘉四灵复为言,苦吟过于郊、岛,篇帙少而警策多。"

〔45〕"江湖诗人"两句:江湖诗人,指南宋后期以姜夔、戴复古、刘克庄等人为代表的诗歌流派,其得名于杭州书商陈起所刻之《江湖集》等。江湖派成员比较散乱,多为落第不仕的文士。他们不满于江西诗派和四灵诸人,主张学诗从晚唐入手而上到李、杜,其实与四灵诸人还是有不少相近之处的。严羽与江湖诗人的交往也较密切。

答出继叔临安吴景仙书[1]

仆之《诗辨》,乃断千百年公案[2],诚惊世绝俗之谈,至当归一之论。其间说江西诗病,真取心肝刽子手[3],以禅喻诗,莫此亲切。是自家实证实悟者,是自家闭门凿破此片田地,即非傍人篱壁,拾人涕唾得来者[4]。李、杜复生,不易吾言矣。而吾叔靳靳疑之[5],况他人乎?所见难合固如此,深可叹也。

吾叔谓:说禅非文人儒者之言。本意但欲说得诗透彻,初无意于为文,其合文人儒者之言与否,不问也。

高意又使回护[6],毋直致褒贬。仆意谓:辨白是非,定其宗旨,正当明目张胆而言,使其词说沉着痛快,深切著明,显然易见;所谓不直则道不见,虽得罪于世之君子,不辞也。吾叔《诗说》,其文虽胜,然只是说诗之源流,世变之高下耳。虽取盛唐,而无的然使人知所趋向处。其间异户同门之说,乃一篇之要领。然晚唐本朝,谓其如此,可也;谓唐初以来至大历之异户同门,已不可矣;至于汉、魏、晋、宋、齐、梁之诗,其品第相去,高下悬绝,乃混而称之,谓锱铢而较[7],实有不同处,大率异户而同门,岂其然矣?

又谓:韩、柳不得为盛唐,犹未落晚唐。以其时则可矣,韩退之固当别论;若柳子厚五言古诗,尚在韦苏州之上[8],岂元白同时诸公所可望耶?[9]高见如此,毋怪来书有甚不喜分诸体制之说,吾叔诚于此未了然也。作诗正须辨尽诸家体制,然后不为旁门所惑。今人作诗,差入门户者,正以体制莫辨也。世之技艺,犹各有家数。市缣帛者,必分道地[10],然后知优劣,况文章乎?仆于作诗,不敢自负,至识则自谓有一日之长,于古今体制,若辨苍素[11],甚者望而知之。来书又谓:忽被人捉破发问。何以答之?仆正欲人发问而不可得者。不遇盘根,安别利器;吾叔试以数十篇诗,隐其姓名,举以相试,为能别得体制否?惟辨之未精,故所做或杂而不纯。今观盛集中,尚有一二本朝立作处[12],毋乃坐是而然耶?

又谓:盛唐之诗,雄深雅健。仆谓此四字,但可评文,于诗则用健字不得[13]。不若《诗辨》"雄浑悲壮"之语,为得诗之体也。毫厘之差,不可不辨。坡、谷诸公之诗,如米元章之字,虽笔力劲健,终有子路事夫子时气象[14]。盛唐诸公之诗,如颜鲁公书,既笔力雄壮,又气象浑厚,其不同如此。只此一字,便见吾叔脚根未点地处也[15]。

所论屈原《离骚》,则深得之,实前辈之所未发;此一段文亦甚佳,大概论武帝以前皆好,无可议者;但李陵之诗,非房中感故人还汉而作,恐未深考,故东坡亦惑江汉之语,疑非少卿之诗,而不考其胡中也[16]。

妙喜自谓参禅精子[17],仆亦自谓参诗精子。尝谒李友山[18]论古今人诗,见仆辨析毫芒,每相激赏,因谓之曰:"吾论诗,如那咤太子析骨还父,析肉还母[19]。"友山深以为然。当时临川相会匆匆,所惜多顺情放过,盖倾盖执手,无暇引惹,恐未能卒竟其辨也,鄙见若此,若不以为然,却愿有以相复,幸甚!

【注释】

〔1〕 吴景仙:吴陵,字景仙,严羽的表叔辈。有诗名。其《诗说》已佚。
〔2〕 公案:公府判断是非的案牍。
〔3〕 真取心肝刽子手:指论诗精到,击中要害。
〔4〕 "是自家实证实悟者"四句:"实证实悟者"等都是禅宗常用语,严羽借其指以禅喻诗是自己的独得之见。
〔5〕 靳靳:嘲笑貌。
〔6〕 回护:迂回委婉。
〔7〕 锱铢而较:锱铢都是古代很小的重量单位,指辨别得十分细致。

〔8〕 "若柳子厚"二句:苏轼《评韩柳诗》云:"柳子厚诗,在陶渊明下,韦苏州上。"

〔9〕 "岂元白"句:黄庭坚《跋书柳子厚诗》谓柳学陶近陶,白学陶不似陶,亦是扬柳抑白之论。

〔10〕 道地:地道。

〔11〕 "于古今体制"二句:苍素,黑白。《沧浪诗话·诗法》亦云:"辩家数如辩苍白,方可言诗。"

〔12〕 立作处:胡才甫《〈沧浪诗话〉笺注》谓当作"立脚处"。

〔13〕 于诗则用健字不得:严羽认为不能用健字品评盛唐诗歌,后人多有辩驳。如许学夷《诗源辩体》卷一七云:"沧浪《答吴景仙书》云:'论诗用健字不得',予谓此论唐律和平之调可,若沈佺期'卢家少妇',崔颢'黄鹤'、'雁门',毕竟圆健二字足以当之。若高、岑五言,子美七言,以古为律者,不待言矣。"

〔14〕 "如米元章之字"三句:米元章即米芾,北宋著名书画家。《宋史》本传称他"特妙于翰墨,沉着飞翥,得王献之笔意"。终有子路事夫子气象,《论语·先进》:"闵子侍侧。訚訚如也;子路,行行如也;冉有子贡,侃侃如也。"行行,刚强貌。

〔15〕 脚跟未点地处:指不扎实稳妥。《五灯会元》卷七师备禅师曰:"老和尚脚跟犹未点地。"

〔16〕 "故东坡"三句:见前苏轼《书黄子思诗集后》注〔5〕。

〔17〕 "妙喜"句:妙喜是宋僧宗杲的庵号。宗杲,俗姓奚,字昙晦,宋代临济宗杨岐派的著名禅师。他盛倡"看话禅",即以参究公案话头来达到妙悟的一种禅法。"看话禅"既是为了纠正当时流行的文字禅"参死句"之弊,也是用以反对"默照禅"。

〔18〕 李友山:李贾,字友山,光泽(今属福建)人。与严羽友善,亦工诗。

〔19〕 "若那咤太子"二句:《五灯会元》卷二云:"那咤太子,析肉还母,析骨还父,然后现本身,运大神力,为父母说法。"严羽以此喻指自己论诗乃是还诗之本来面目。

【思考题】

1. 结合孟浩然、韩愈诗歌作品谈谈你对严羽"妙悟"说的理解。
2. 结合盛唐诗歌创作,准确地把握严羽的"兴趣"理论。
3. 以具体作品为例,谈谈严羽所批评的宋诗"以文字为诗"、"以议论为诗"、"以才学为诗"的特点。

元好问《论诗三十首》

【题解】

元好问(1190—1257),字裕之,号遗山,秀容(今山西忻县)人。祖系出自北魏拓跋氏。金宣宗兴定进士,曾任行尚书省左司员外郎等职。金亡不仕。诗文为一代宗师,晚年尤以著作自任。著有《遗山集》,编有《中州集》。

元好问是金代诗坛上杰出的诗人,也是重要的诗论家,他所写的《论诗三十首》绝句,上继杜甫的《戏为六绝句》,下开清代王士禛、袁枚等人的续作,影响深远。《论诗三十首》绝句是按时间顺序评论自汉至宋的诗史上有代表性的诗人和诗歌流派,在评论中贯彻着作者的诗学观点。元好问创作这组论诗诗的动机,在组诗第一首中已经夫子自道:"汉谣魏什久纷纭,正体无人与细论。谁是诗中疏凿手?暂教泾渭各清浑。"这说明他是有现实针对性的,即针对宋代(也包括金朝)诗坛上存在的一些弊病而发,他要在纵览诗歌创作的历史中正本清源,别裁伪体,廓清诗歌发展的正确方向。清代查慎行在《十二种诗评》中说他这是"分明自任疏凿手",是符合元氏本意的。具体到三十首诗中,他主要阐发了这样几个论诗宗旨:

第一,主张写诗必须要有真情实感。首先是真情问题,他认为好诗必是真情诚意的抒发,第五首借评阮籍之诗说:"纵横诗笔见高情,何物能浇块垒平?老阮不狂谁会得?出门一笑大江横。"对诗中饱蕴着真情郁气的阮诗予以了高度肯定。从诗主真情论出发,元氏认为不要将诗写得太多太长,第九首他批评陆机的创作说:"斗靡夸多费览观,陆文犹恨冗于潘。心声只要传心了,布谷澜翻可是难。"既然传达真情是诗歌的目的,那么真情抒发出来,诗就不要再多赘了。也是从诗写真情发出,元氏最鄙视诗说假话,言不由衷的作品。第六首他嘲讽潘岳的诗与人二重性格说:"心声心画总失真,文章宁复见为人?高情千古闲居赋,争信安仁拜路尘?"诗歌史上这种诗与人不统一的现象不独潘岳,元氏的针砭是深刻的。其次是实感问题。真情,必然来自诗人的切实生活感受,这是我们今天都已经认识到的常识了,但在古人未必都认同这一点,很多文论家实际是主张真情乃与生俱来的先天禀赋。元好问没有对这个情感发生学的大问题直接表态,但他在组诗第十一首突出强调了诗人要抒写在现实中产生的真实感受:"眼处心生句自神,暗中摸索总非真。画图临出秦川景,亲到长安有几人?"只有"眼处心生",诗句才能写得出神入化,这是一种直观性的审美感受,是那些"暗中摸索",临摹前人作品的诗人所不能获得的体验,因而在杜甫和杜诗的影写者们中间,就清晰地划出了一条真、假诗人的界限。

第二,崇尚清新自然之美。出于对当时诗坛上雕琢文字、矫揉造作诗风的反感,元好问在组诗中对陶渊明的创作风格发出了由衷的赞扬。第四首评陶诗说:"一语天然万古新,豪华落尽见真淳。南窗白日羲皇上,未害渊明是晋人。"陶诗之美,是一种天然浑朴之美,铅华落尽,真淳袒露,这是元氏心仪的最高境界。出于相同的审美标准,组诗第七首对北朝民歌《敕勒歌》也给予了高度的褒美:"穹庐一曲本天然。"而第二十九首,在推崇谢灵运的千古名句"池塘生春草"的同时,又对闭门造车式的江西派诗人进行了善意的规讽:"池塘春草谢家春,万古千秋五字新。传语闭门陈正字,可怜无补费精神。"由此我们可以了解,元氏推许陶、谢以及民间作品的天然本色之美,也和他力主诗写真情实感一样,都是寄寓着深深的针砭时弊之用心的。

第三,崇尚雄浑、刚健的风骨之美。在组诗中,这一点表达得非常鲜明而又充分,例如第二首说:"曹刘坐啸虎生风,四海无人角两雄。可惜并州刘越石,不教横槊建安中。"第三首说:"邺下风流在晋多,壮怀犹见缺壶歌。风云若恨张华少,温李新声奈尔何!"这是组诗除去第一首"序言"外的开篇两首,可以说确立了全组诗的主旋律,后面如第七首:"慷慨歌谣绝不传,穹庐一曲本天然。中州万古英雄气,也到阴山敕勒川。"如第二十四首:"有情芍药含春泪,无力蔷薇卧晚枝。拈出退之山石句,始知渠是女郎诗。"都是环绕同一宗旨而展开的论述。而这组诗歌本身,就具有一种挟风带气的阳刚之美。但后人对他这种倾向性鲜明的审美观点多有非议,认为刚健雄浑的风格固然可贵,但婉约秀丽的作品也自有娱人之美,如清代诗人薛雪在《一瓢诗话》中说:"先生休讪女郎诗,山石拈来压晚枝。千古杜陵诗句在,云鬟玉臂也堪师。"而清代另一位诗人朱梦泉则提出了针锋相对的审美观点:"淮海风流句亦仙,遗山创论我嫌偏。铜琶铁绰关西汉,不及红牙唱酒边。"(于源《灯窗琐话》引)这是一个难以了结的公案,因为在诗歌的风格上,是应该允许审美主体各有其爱好的。作为生长在北方、仕于金王朝的诗人元好问来说,倾心于诗歌的雄浑苍劲之美,是十分自然的。

论诗三十首　丁丑岁三乡作[1]

汉谣魏什久纷纭,正体无人与细论[2]。谁是诗中疏凿手?暂教泾渭各清浑[3]。

曹刘坐啸虎生风,四海无人角两雄[4]。可惜并州刘越石,不教横槊建安中[5]。

邺下风流在晋多,壮怀犹见缺壶歌[6]。风云若恨张华少,温李新声奈尔何[7]!

一语天然万古新,豪华落尽见真淳[8]。南窗白日羲皇上,未害渊明是晋人[9]。

纵横诗笔见高情,何物能浇块垒平[10]?老阮不狂谁会得?出门一笑大江横[11]。

心画心声总失真,文章宁复见为人[12]。高情千古闲居赋,争信安仁拜路尘[13]!

慷慨悲歌绝不传,穹庐一曲本天然[14]。中州万古英雄气,也到阴山敕勒川[15]。

沈宋横驰翰墨场,风流初不废齐梁[16]。论功若准平吴例,合着黄金铸子昂[17]。

斗靡夸多费览观,陆文犹恨冗于潘[18]。心声只要传心了,布谷澜翻可是难[19]。

排比铺张特一途,藩篱如此亦区区[20]。少陵自有连城璧,争奈微之识碔砆[21]。

眼处心生句自神,暗中摸索总非真[22]。画图临出秦川景,亲到长安有几人[23]?

望帝春心托杜鹃,佳人锦瑟怨华年[24]。诗家总爱西昆好,独恨无人作郑笺[25]。

万古文章有坦途,纵横谁似玉川卢[26]?真书不入今人眼,儿辈从教鬼画符[27]。

出处殊涂听所安,山林何得贱衣冠[28]。华歆一掷金随重,大是渠侬被眼谩[29]。

笔底银河落九天,何曾憔悴饭山前[30]。世间东抹西涂手,枉著书生待鲁连[31]。

切切秋虫万古情,灯前山鬼泪纵横[32]。鉴湖春好无人赋,"岸夹桃花锦浪生"[33]。

切响浮声发巧深,研摩虽苦果何心[34]?浪翁水乐无宫徵,自是云山韶濩音[35]。

东野穷愁死不休,高天厚地一诗囚[36]。江山万古潮阳笔,合在元龙百尺楼[37]。

万古幽人在涧阿,百年孤愤竟如何[38]?无人说与天随子,春草输赢较几多[39]?

谢客风容映古今,发源谁似柳州深[40]?朱弦一拂遗音在,却是当年寂寞心[41]。

窘步相仍死不前,唱酬无复见前贤[42]。纵横正有凌云笔,俯仰随人亦可怜[43]。

奇外无奇更出奇,一波才动万波随[44]。只知诗到苏黄尽,沧海横流却是谁[45]?

曲学虚荒小说欺,俳谐怒骂岂诗宜[46]?今人合笑古人拙,除却雅言都不知[47]。

有情芍药含春泪,无力蔷薇卧晚枝[48]。拈出退之山石句,始知渠是女郎诗[49]。

乱后玄都失故基,看花诗在只堪悲[50]。刘郎也是人间客,枉向春风怨兔葵[51]。

金入洪炉不厌频,精真那计受纤尘[52]。苏门果有忠臣在,肯放坡诗百态新[53]?

百年才觉古风回,元祐诸人次第来[54]。讳学金陵犹有说,竟将何罪废欧梅[55]?

古雅难将子美亲,精纯全失义山真[56]。论诗宁下涪翁拜,未作江西社里人[57]。

池塘春草谢家春,万古千秋五字新[58]。传语闭门陈正字,可怜无补费精神[59]。

撼树蜉蝣自觉狂,书生技痒爱论量[60]。老来留得诗千首,却被何人校短长[61]?

【注释】

〔1〕丁丑:指金宣宗兴定元年(1217)。是年作者二十八岁,避乱居三乡(在河南)。
〔2〕汉谣魏什:指汉、魏诗歌。正体:指诗歌创作之正路,即风雅传统。翁方纲《石洲诗话》卷七解此:"'正体'云者,其发源长矣。由汉、魏以上推其源,实从三百篇得之。盖自杜陵云:'别裁伪体'、'法自儒家',此后更无有能疏凿河源者耳。"

〔3〕 疏凿:疏通开凿,此指对诗史正本清源。宗廷辅《古今论诗绝句》:"此自伸其论诗之旨也。查初白云:'分明自任疏凿手。'"

〔4〕 曹刘:指曹植、刘桢。坐啸:聚坐吟啸。虎生风:如虎生风。《易·乾》:"云从龙,风从虎。"角(jué):竞胜。

〔5〕 刘越石:即晋诗人刘琨,字越石,曾任大将军,都督并州军事。钟嵘《诗品》谓刘琨诗"源出于王粲,善为凄戾之词,自有清拔之气"。横槊建安:元稹《唐故工部员外郎杜君墓系铭并序》:"建安之后,天下文士遭罹兵战,曹氏父子鞍马间为文,往往横槊赋诗,故其抑扬冤哀存离之作尤极于古。"刘琨亦将军兼诗人,惜其不生于建安,与曹、刘诸人为伍。

〔6〕 邺下:邺城,汉末群雄逐鹿时曹氏据守之地。风流:指诗歌、诗风。缺壶歌:《北堂书钞》一二五引晋裴启《语林》:"王大将军(敦)每酒后,辄咏魏武帝《乐府歌》:'老骥伏枥,志在千里。烈士暮年,壮心不已。'以铁如意击唾壶为节,壶尽缺。"

〔7〕 张华:字茂先,西晋诗人。钟嵘《诗品》评其诗:"源出于王粲,其体华艳,兴托不齐。巧用文字,务为妍冶。虽名高曩代,而疏亮之士,犹恨其儿女情多,风云气少。"温李:指晚唐诗人温庭筠、李商隐。二人诗中多言儿女情肠,风格婉约。

〔8〕 一语天然:谓陶潜诗每一语皆任自然。萧统《陶渊明诗集序》:"语时事则指而可想,论怀抱则旷而且真。"豪华落尽见真淳:谓陶诗剥尽铅华腻粉,独见真率之情志。

〔9〕 南窗白日羲皇上:陶渊明《与子俨等疏》:"常言五六月中,北窗下卧,遇凉风暂至,自谓是羲皇上人。"未害渊明是晋人:谓陶诗所表达的还是作者在现实中激发的情志。

〔10〕 纵横诗笔见高情:谓阮籍诗情高古。《三国志·王粲传》引《魏氏春秋》:"籍口不论人过,而自然高迈。"钟嵘《诗品》谓读阮籍《咏怀》之作,"使人忘其鄙近,自致远大"。何物能浇块垒平:块垒:堆积之石块,喻人胸中不平之气。《世说新语·任诞》:"王孝伯问王大:阮籍何如司马相如?王大曰:'阮籍胸中垒块,故须酒浇之。'"

〔11〕 老阮不狂谁会得:《晋书·阮籍传》说他"志气宏放,傲然独得,任性不羁,而喜怒不形于色。或闭门视书,累月不出。或登临山水,经日忘归。博览群书,尤好庄老。……时人多谓之痴"。"出门一笑"句:形容阮籍佯狂情态。黄庭坚《王充道送水仙花五十枝欣然会心为之作咏》:"坐对真成被花恼,出门一笑大江横。"

〔12〕 心画心声:扬雄《法言·问神》:"故言,心声也;书,心画也。声画形,君子小人见矣。"宁复:怎能再。

〔13〕 闲居赋:西晋潘岳作。潘岳,字安仁。赋中作者把自己描绘成清高出世的形象:"身齐逸民,名缀下士。""仰众妙而绝思,终优游以养拙。"而据《晋书·潘岳传》:"岳性轻躁,趋世利。与石崇等谄事贾谧,每候其出,与崇辄望尘而拜。构愍怀之文,岳之辞也。谧二十四友,岳为其首。"

〔14〕 穹庐一曲：指北齐斛律金所唱《敕勒歌》："敕勒川，阴山下，天似穹庐，笼盖四野。天苍苍，野茫茫，风吹草低见牛羊。"

〔15〕 中州：本指河南地区，古为豫州，处九州之中。此指金王朝所辖中原地区。元好问曾辑录金代诗歌，名《中州集》。

〔16〕 沈宋：指初唐诗人沈佺期、宋之问。初：本，原。《新唐书·宋之问传》："至沈约、庾信以音韵相婉附，属对精密，及之问、沈佺期又加靡丽……学者宗之，号为沈宋。"

〔17〕 "论功若准平吴例"二句：极言陈子昂在转变齐梁诗风上功绩之著。据《吴越春秋》，范蠡佐越王勾践灭吴复国后，功成隐退。自范蠡走后，勾践思切，乃使良工以金铸范蠡之形，置之坐侧。

〔18〕 斗靡夸多：争绮靡与数量之胜。韩愈《送陈秀才彤序》："读书以为学，缵言以为文，非以夸多而斗靡也。"陆、潘：指陆机、潘岳。《世说新语·文学》："孙兴公云：'潘文浅而净，陆文深而芜。'"

〔19〕 布谷澜翻：喻话语过多。韩愈《记梦》："挈携陬维口澜翻，百二十刻须臾间。"

〔20〕 排比铺张：指杜甫之长篇排律。元稹《唐故工部员外郎杜君墓志铭并序》："至若铺陈终始，排比声韵，大或千言，次犹数百，词气豪迈，而风调清深，属对律切，而脱弃凡近。"

〔21〕 少陵：指杜甫。连城璧：《史记·廉颇蔺相如列传》：秦昭王愿以十五城请易赵之和氏璧，此璧遂有连城璧之称，此喻诗之精品。微之：元稹字。砆砧（wǔ fū）：似玉之石。喻诗之次品。

〔22〕 眼处心生：即目所见激发诗情。眼处，本佛家语，《大毗婆沙论》："问：眼处云何？答：诸眼于色，已正当见；及彼同分，是名眼处。"

〔23〕 秦川：在长安正南秦岭下，一名樊川。宋范宽有《秦川图》。临：模拟。施国祁注此二句："案少陵自天宝五载至十五年以前皆在长安……并近秦川一带，登临俯仰，独立冥搜……旷怀游目中一一写照也。"二句感慨后世诗人很少有像杜甫那样凭真情实感写作者。

〔24〕 "望帝春心"二句：本李商隐《锦瑟》："锦瑟无端五十弦，一弦一柱思华年。庄生晓梦迷蝴蝶，望帝春心托杜鹃。沧海月明珠有泪，蓝田日暖玉生烟。此情可待成追忆，只是当时已惘然。"此诗含意深婉，解说纷纭，或谓咏物，或谓怀人，或谓悼亡，或谓自伤等等。

〔25〕 西昆：宋初翰苑名。时杨大年、钱惟演等人将于馆阁唱和之作辑结为《西昆酬唱集》。因其诗风模仿李商隐，故宋、金时人也称李诗为西昆体。郑笺：郑玄（东汉经学家）曾笺注《毛诗》等经书，阐发深义。句意谓可惜无人为李诗作笺，发其微旨。

〔26〕 玉川卢：唐代诗人卢仝，自号玉川子。诗体怪异。坦途：本韩愈《赠卢仝》诗："往年弄笔嘲同、异（马异），怪词惊众谤不已。近来自说寻坦途，犹上虚空跨骏骊。"

〔27〕真书:正书,即楷书体。从教:任凭。鬼画符:道教方士用朱笔或墨笔所画似字非字之图,称符,或符箓,托言鬼神所书,可治病。此指诗歌创作走入鬼怪邪路。宗廷辅《古今论诗绝句》评此诗:"卢诗险怪,溺之者皆入于邪径。下二句盖狂草为譬。"

〔28〕出处:进退,特指士人入仕(出)或隐居(处)。《易·系辞》上:"君子之道,或出或处。"山林:代指隐士。衣冠:代指仕宦之人。

〔29〕"华歆一掷"二句:华歆,字子鱼,三国时人,累官至魏司徒。《世说新说·德行》:华歆尝与管宁(三国时处士)"共园中锄菜,见地有片金,管挥锄与瓦石不异,华捉而掷去之"。后华歆以德行为时所重。渠侬:古吴方言,犹言他们,指华歆同时人。谩:蒙蔽,欺骗。宗廷辅《古今论诗绝句》评此诗:"山林、台阁各是一体。宋季方回撰《瀛奎律髓》,往往偏重江湖道学,意当时风气,或有借以自重者,故喝破之。"

〔30〕"笔底银河"二句:赞美李白诗才豪迈,从不苦吟成诗。前句化用李白《望庐山瀑布》"飞流直下三千尺,疑是银河落九天"诗意;后句化用李白戏赠杜甫诗"饭颗山头逢杜甫,头戴笠子日卓午。借问别来太瘦生,总为从前作诗苦"(诗见孟棨《本事诗》载)。

〔31〕"世间"二句:东抹西涂手,指胡乱成诗者。王定保《唐摭言·慈恩寺题名游赏赋咏杂记》载薛逢语:"阿婆三五年少时,也曾东涂西抹来。"枉著:枉把,错将。鲁连:即鲁仲连,战国齐人,善计谋,不为官,常周游各国间,排难解纷,伸张正义。此代指李白,谓世间俗诗人们往往错将李白看成一介书生。宗廷辅《古今论诗绝句》:"太白拔郭令公于缧绁中,遂开唐中兴事业,高才特识,岂占毕章句者可比。"

〔32〕切切:秋虫悲鸣声。句意似指李贺诗特点。唐赵璘《因话录》:"李贺作乐府,多属意花草蜂蝶之间。"如李贺《秋来》:"桐风惊心壮士苦,衰灯络纬(促织)啼寒素。谁看青简一编书,不遣花虫粉空蠹?""灯前山鬼"句:似指李贺夜诵屈原作品而交感,屈原《九歌》有《山鬼》篇。杜牧《李长吉歌诗叙》谓贺诗:"盖《骚》之苗裔。"

〔33〕鉴湖:即镜湖,在浙江绍兴。施国祁《元遗山诗集笺注》注此句:"《全唐诗话》:元稹廉问浙东,有刘采春者,自淮甸而来,容华莫比,元赠诗云:'新妆巧样画双蛾,漫裹常州透额罗。正面偷匀光滑笏,缓行轻踏皱纹波。言辞雅措风流足,举止低回秀媚多。更有恼人肠断处,选词能唱《望夫歌》。'《望夫歌》即《罗唝》之曲也。元公在浙江七年,《醉题东武》句云:'役役行人事,纷纷碎簿书。功夫两衙尽,留滞七年余。病痛梅天发,亲情海岸疏。因循归未得,不是恋鲈鱼。'卢侍郎简求戏曰:'丞相虽不为鲈鱼,为爱鉴湖春色耳。'指采春也。""岸夹桃花锦浪生":李白《鹦鹉洲》:"烟开兰叶香风暖,岸夹桃花锦浪生。迁客此时徒极目,长洲孤月向谁明。"宗廷辅《古今论诗绝句》论此诗:"此当指长吉。下二句亦就诗境言之。

施注引刘采春事,而以元微之当之,大谬。"按宗说此首论李贺,是;而谓后二句言诗境,斥施注引元稹事为谬,则尚有可议。唐康骈《剧谈录》载:"元和中,进士李贺善为歌篇,韩文公深所知重,于缙绅之间每加延誉,由此声华籍甚。时元相国稹年少,以明经擢第,亦工篇什,常愿结交贺。一日,执贽造门,贺揽刺不答,遽令仆者谓曰:'明经擢第,何事来看李贺?'相国无复致情,惭愤而退。其后自左拾遗制策登科目,当要路,及为礼部郎中,因议贺祖祢讳晋,不合应进士举。"康氏之说容或失实,而似为遗山此诗后二句所本,因谓李贺当不屑为元稹鉴湖之类春事艳诗,一任其桃花自开落耳。

〔34〕切响浮声:见本书沈约《宋书·谢灵运传论》注。研摩:即研磨。二句讽拘忌声病以成诗者。

〔35〕浪翁:即唐诗人元结,字次山,号漫郎,亦称浪士,浪翁。明人辑《元次山文集》中有《水乐说》:"元子于山中尤所耽爱者,有水乐。水乐是南磴之悬水,淙淙然。闻之多、久,于耳尤便。不至南磴,即悬庭前之水,取欹曲窦之石,高下承之,水声吵似,听之亦便。"宫徵:指用宫、商、角、徵、羽等人为配制之音韵曲调。云山:云中,天上。韶、濩(hù):《韶》,舜时乐曲。《濩》商汤时乐曲。一说韶濩为一曲名,即商汤时《大濩》。元结《欸乃曲》五首之三:"千里枫林烟雨深,无朝无暮有猿吟。停桡静听曲中意,好是云山韶濩音。"宗廷辅《古今论诗绝句》:"元次山诗,自在方圆之外,末句即以其所作《欸乃曲》拟之。"

〔36〕东野:唐诗人孟郊字。郊一生穷困而苦吟不辍,其《夜感自遣》云:"夜吟晓不休,苦吟神鬼愁。如何不自闲,心与身为仇。"高天厚地:《诗·小雅·正月》:"谓天盖高,不敢不局;谓地盖厚,不敢不蹐。"孟郊《赠崔纯亮》:"出门即有碍,谁谓天地宽?"

〔37〕潮阳笔:指韩愈诗文。韩愈曾被贬为潮州(今广东潮阳)刺史。合在:应在。元龙:三国时陈登字。百尺楼:《三国志·魏志·陈登传》载:刘备曾与许汜共议陈登,许汜说陈登无礼于他这个客人,"久不相与语,自上大床卧,使客卧下床"。备曰:"君求田问舍,言无可采,是元龙所讳也。何缘当与君语!如小人,欲卧百尺楼上,卧君于地,何但上下床之间邪!"此借喻韩愈诗文之高。

〔38〕幽人:指隐士,往往居幽僻之地。涧阿:涧谷与山阿,代指隐居处所。"百年孤愤"句:一生郁闷之情如何排遣。

〔39〕天随子:即晚唐陆龟蒙,字鲁望,号天随子、江湖散人、甫里先生。姑苏(今江苏苏州)人,曾任苏、湖二郡从事,后隐居松江甫里,有《甫里集》。春草输赢斗几多:化用陆龟蒙《自遣诗三十首》之二十四中"恐随春草斗输赢"之意,对隐士派诗不关心世事,不抒写孤愤情志的倾向提出疑问,实含批评。宗廷辅《古今论诗绝句》注此诗:"陆鲁望生丁末运,自以未挂朝籍,绝无忧国感愤之辞,故即其所为诗微诘示讽。"其实陆龟蒙像古代许多隐士一样,并不是真正忘怀世事之人,即以这首《自遣诗》而言,其中似也含有深意,非只关心斗草输赢事。遗山恐未

深察。

〔40〕谢客:即南朝宋诗人谢灵运,见本书沈约《宋书·谢灵运传论》注。发源:指源于谢灵运诗风者。柳州:即柳宗元,见本书《柳宗元文论选录》。

〔41〕朱弦:乐器上红色丝弦。《荀子·礼论》:"清庙之歌,一倡而三叹也。悬一钟,尚拊之膈,朱弦而通越也,一也。"指柳宗元诗深得谢灵运之遗音。翁方纲《石洲诗话》评前第四首("一语天然万古新")时谓:"此章论陶诗也,而注先以柳继谢者,后章'谢客风容'一诗具其义矣。盖陶、谢体格并高出六朝,而以天然闲适者归之陶,以蕴酿神秀者归之谢。此所以为'初日芙蓉',他家莫能及也。东坡谓柳在韦上,意亦如此,未可以后来王渔洋谓韦在柳上,辄能翻此案也。遗山于论杜不服元微之,而于继谢独推柳州。"宗廷辅《古今论诗绝句》:"查初白云:'以柳州接康乐,千古特识。'予曰不然,谓柳州发源康乐耳。"

〔42〕窘步相仍:迫促脚步随人之后,指次韵诗受他诗韵脚之束缚,不能自由表抒己意。唱酬:唱和酬答。

〔43〕纵横正有凌云笔:杜甫《戏为六绝句》之一:"庾信文章老更成,凌云健笔意纵横。"俯仰随人亦可怜:施国祁《元遗山诗集笺注》:"黄鲁直诗:'随人作计终后人。'又:'文章最忌随人后。'"宗廷辅《古今论诗绝句》:"此殆讥好次韵者。次韵诗肇于元、白、皮、陆继之,然亦止今体耳。至苏、黄则无所不次矣。先生不甚满于东坡,又未便直加诋诃,故所云如此。"

〔44〕奇外无奇更出奇:姜夔《白石道人诗说》:"波澜开合,如在江湖中,一波未平,一波已作。如兵家之阵,方以正,又复为奇;方以为奇,忽复是正。出入变化,不可纪极,而法度不可乱。"一波才动万波随:唐船子和尚偈云:"千尺丝纶直下垂,一波才动万波随。"(《船子和尚拨棹歌》)

〔45〕"只知诗到苏黄尽"二句:施国祁《元遗山诗集笺注》:"陈与义云:'诗至老杜极矣。苏、黄复振之,而正统不坠。'"张戒《岁寒堂诗话》:"自汉、魏以来,诗妙于子建,成于李、杜,而坏于苏、黄。余之此论,固未易为俗人言也。子瞻以议论为诗,鲁直又专以补缀奇字,学者未得其所长,而先得其所短,诗人之意扫地矣。"宗廷辅《古今论诗绝句》:"自苏、黄更出新意,一洗唐调,后遂随风而靡,生硬放佚,靡恶不臻,变本加厉,咎在作俑。先生慨之,故责之如此。"

〔46〕"曲学虚荒"二句:曲,偏陋处,乡曲。小说,无足轻重之说。《庄子·外物》:"饰小说以干县令,其于大达亦远矣。""俳谐怒骂"句:俳谐:指诙谐游戏之作。戴复古《论诗十绝》之二曰:"时把文章供戏谑,不知此体误人多。"黄庭坚《答洪驹父书》:"东坡文章妙天下,其短处在好骂,慎勿袭其轨也。"严羽《沧浪诗话》:"其末流甚者,叫躁怒张,殊乖忠厚之风,殆以骂詈为诗。"

〔47〕"今人合笑"二句:雅言,雅正之作。宗廷辅《古今论诗绝句》:"此首专诋东坡。"

〔48〕"有情芍药"二句:秦观《春雨》诗中句,全诗为:"一夕轻雷落万丝,霁光浮瓦碧参差。有情芍药含春泪,无力蔷薇卧晓枝。""晓枝"一作"晚枝"。

[49] "掂出退之山石句"二句:据元好问《中州集·拟栩先生王中立传》:"予尝从先生学,问作诗究竟当如何? 先生举秦少游《春雨》诗云:'有情芍药含春泪,无力蔷薇卧晚枝',此诗非不工,若以退之'芭蕉叶大栀子肥'之句校之,则《春雨》为妇人语矣。破却工夫,何至学妇人?""芭蕉叶大"句,为韩愈(退之)《山石》中语。渠:他。宗廷辅《古今论诗绝句》:"此首排淮海。上二句即以淮海诗状淮海诗境也。"

[50] "乱后玄都"二句:玄都,道观名,在长安。看花诗,指唐诗人刘禹锡《元和十一年,自朗州承召至京,戏赠看花诸君子》:"紫陌红尘拂面来,无人不道看花回。玄都观里桃千树,尽是刘郎去后栽。"

[51] 刘郎:指禹锡。枉向春风怨兔葵:刘禹锡《再游玄都观绝句》引:"余贞元二十一年,为屯田员外,时此观未有花。是岁出牧连州,寻贬朗州司马,居十一年,召至京师,人人皆言有道士手植仙桃,满观如红霞,遂有前篇,以志一时之事。旋又出牧,今十有四年,复为主客郎中。重游玄都,荡然无复一树,惟兔葵、燕麦动摇于春风耳。因再题二十八字,以俟后游。时太和二年三月。'百亩庭中半是苔,桃花净尽菜花开。种桃道士归何处? 前度刘郎今又来。'"宗廷辅《古今论诗绝句》:"此诗似应次东野一首(即第十八首——注者)之下。"郭绍虞《元好问论诗三十首小笺》则云:"此诗所论,重在作诗应否讥刺之问题,故以列于'俳谐怒骂'与'女郎诗'二诗之后;且昔人谓苏轼诗初学刘禹锡,亦以苏诗即事感兴之作,易为人摭拾陷害之故。或元氏此诗虽咏刘事而旨在论苏,故以厕于论苏、黄各首之间,宗氏疑为先后失次,非也。"

[52] "金入洪炉"二句:金,喻苏轼诗。频:多,频繁。精真:精纯。计,一作"许"字。

[53] "苏门果有"二句:苏门,《宋史·文苑传》:"黄庭坚……与张耒、晁补之、秦观,俱游苏轼门,天下称为四学士。"此二句在主要肯定苏诗成就的前提下,微讽其有不守古法,自出新态(如前几首中所谓"奇外出奇"、"俳谐怒骂"等)之病。元好问在《东坡诗雅引》中说:"五言以来,六朝之谢、陶,唐之陈子昂、韦应物、柳子厚最为近风雅。自余多以杂体为之,诗之亡久矣。杂体愈备则去风雅愈远,其理然也。近世苏子瞻绝爱陶、柳二家,极其诗之所至,诚亦陶、柳之亚也。然评者尚以其能似陶、柳而不能不为风俗所移,为可恨耳。夫诗至于子瞻,而且有不能近古之恨,后人无所望矣。"可参看。

[54] "百年才觉"二句:百年,指宋代开国至宋仁宗(1023—1063)。古风回,指梅尧臣、欧阳修登上诗坛,扭转了西昆体诗风。元祐,宋哲宗年号,自1086—1093年。元祐诸人,指苏轼、黄庭坚、陈师道等诗人。严羽《沧浪诗话·诗体》指出:诗体"以时而论",有元祐体。下自注云:"苏、黄、陈诸公。"

[55] "讳学金陵"二句:金陵,指王安石(他罢相后居金陵)。据王辟之《渑水燕谈录》:"荆国王文公(安石)以多闻博学为世宗师。……公之治经尤尚解字,末流务为新奇,浸成穿凿。朝廷患之。诏学者兼用旧传注……于是学者皆变所学,至

于著书以诋公之学者,且讳称公门人。"犹有说:还可谅解。废欧梅:废弃欧阳修、梅尧臣而不学。朱弁《曲洧旧闻》:"崇宁、大观间(1102—1110)海外诗(苏轼海外诗)盛行,后生不复有言欧公者。"陈振孙《直斋书录解题》:"圣俞为诗,古淡深远,有盛名于一时。近世少有喜者,或加毁訾。"

〔56〕"古雅难将"二句:子美,杜甫。义山,李商隐。宗廷辅《古今论诗绝句》注此处:"诋山谷","直举山谷之疵"。张戒《岁寒堂诗话》:"黄鲁直自言学杜子美","但得其格律耳"。冯定远《才调集评》:"王荆公言学杜当自义山入,余初心谓不然。后读《山谷集》,粗硬槎牙,殊不耐看,始知荆公此言,正以救江西派之病也。"

〔57〕"论诗宁下"二句:涪(fú)翁,指黄庭坚(黄曾贬官涪州〔今四川涪陵〕别驾。故号涪翁)。宁,岂能。江西社,即江西诗派,吕本中作《江西诗社宗派图》,乃有江西诗派之称。元好问论诗卑视江西诗派,其《自题中州集后》也说:"陶谢风流到百家,半山老眼净无花。北人不拾江西唾,未要曾郎(曾慥)借齿牙。"

〔58〕"池塘春草"二句:"池塘生春草",为谢灵运《登池上楼》中名句。

〔59〕"传语闭门"二句:陈正字,即陈师道,字无己。号后山。曾任秘书省正字。黄庭坚《病起荆江亭即事》:"闭门觅句陈无己,对客挥毫秦少游。"可怜无补费精神:为王安石《韩子》诗中句。宗廷辅《古今论诗绝句》注此诗:"诋后山。后山诗纯以拗朴取胜。'池塘生春草'何等自然。"

〔60〕"撼树蜉蝣"二句:作者自谦上述议论过于轻狂,但无奈书生意气本如此。蜉蝣,即蚍蜉,参见本书《韩愈诗文论选录·调张籍》注〔4〕。

〔61〕"老来留得诗千首"二句:元好问此组论诗诗作于二十八岁时,因预想将来所作恐亦被他人评量诋诃。宗廷辅《古今论诗绝句》:"查初白云:'文人习气,好评量古人,又恐人议己,先生亦复不免。'予谓先生诗语,磊落慷慨,其自谦处正其自负处,初白语非是。"郭绍虞《元好问论诗三十首小笺》:"此三十首开端有总论,末尾有总结,组织甚严密。自注'丁丑岁三乡作',则是少年狂态,书生习气,故诗中诋诃之语,亦时时有之。顾又云'老来',何也? 岂至晚年有所更定欤? 抑此'老来'犹云将来老后,仍是少年口吻欤? 则查慎行所谓文人习气,好评量古人,而又恐人议己者,亦未必尽非也。"

【思考题】

1. 结合具体诗人、作品,谈谈你对"心声心画总失真"一诗论点的看法。
2. 结合陶渊明的作品,阐发"一语天然万古新"一诗的内容。
3. 结合《敕勒歌》,准确理解"慷慨歌谣绝不传"一诗的思想。

张炎《词源》选录

【题解】

张炎(1248—1320?),字叔夏,号玉田,又号乐笑翁,临安(今浙江杭州)人。南宋初大将张俊的六世孙,祖、父辈多以词名世。宋亡时,张炎三十三岁,后一度北游燕京,失意而归,在四明设过卜肆。有词集八卷,名《中山白云》。

张炎是由宋入元的一位很有成就的词人,除了在创作上自成一家,他在《词源》中提出的理论,也颇为著名,对后世词的创作、词论的发展都产生了很大的影响。《词源》是张炎晚年之作,约写于元仁宗延祐之初(1313),是李清照《论词》之后最为重要的一家词论专著。《词源》中的主要理论观点有三个:

首先,是确立了"雅正"的审美标准。《词源》的序中开宗明义说:"古之乐章、乐府、乐歌、乐曲,皆出于雅正。"他所说的"雅正",指典雅和醇正。其中有传统儒家诗教的道德伦理规范,也有深厚的文化修养的要求。典雅的反面是粗豪外露,以这一标准衡量词人,张炎有取于周邦彦的"浑厚和雅,善于融化诗句",也首肯于元好问的"深于用事,精于炼句,有风流蕴藉处不减周、秦",而不满于辛弃疾、刘过的"豪气词,非雅词也。于文章余暇,戏弄笔墨,为长短句之诗耳"。而醇正的反面是淫邪,以这一标准衡之,则连周邦彦也不能入格了:"词欲雅而正,志之所之,一为情所役,则失其雅正之音。耆卿、伯可不必论,虽美成亦有所不免。""所谓淳厚日变成浇风也。"可见他的这一标准是很严苛的。

其次,张炎提出了"清空"的审美要求。《词源》中专设一节阐说此意:"词要清空,不要质实。清空则古雅峭拔,质实则凝涩晦昧。姜白石词,如野云孤飞,去留无迹;吴梦窗词,如七宝楼台,眩人眼目,碎拆下来,不成片断。此清空质实之说。"这在词论史上是颇为新鲜的理论,也是他着力进行阐发的思想,所以接下来他又举出一些吴文英(梦窗)和姜夔(白石)的具体词作为例进行了解说。结合这些作品看,他的"清空"的理论内涵有这样几个层面:在词的创作构思上,想象要丰富,神奇幻妙;所撷取或自造的词之意象,要空灵透脱,而忌凡俗;由这些意象所构成的意象结构整体,构架要疏散空灵,不能筑造太密太实,这样的词作,表现出来的审美风貌就会自然清新,玲珑剔透,使人读之,神观飞越,产生丰富的审美联想。

再次,《词源》中提出了"意趣"的审美要求:"词以意为主,不要蹈袭前人语意。"接着他列举出苏轼的《水调歌头》、《洞仙歌》、王安石的《桂枝香》、姜夔的《暗香》、《疏影》等词,总括说:"此数词皆清空中有意趣,无笔力者未易到。"《词源》中还就周邦彦的词评论说:"美成词只当他浑成处,于软媚中有气魄,采唐诗融化如自己者,乃其所长。惜乎意趣却不高远。"从这些论述考察,所谓"意趣",是和"清空"关系很密切的,指上乘词作中所蕴涵着的丰富的审美情趣。它是词作者所赋予作品的,同时也是鉴赏者参与之下才能实现的。意趣有各种各样,但张炎所谓"意趣"偏重指超凡脱俗的高远之意趣。这可以从他列举的"清空中有意趣"的一些作品中体察出来,也可以从他批评周词"意趣却不高远"中体会出来。那么,这种由作者巧妙地创作出来、蕴涵在作品之中、要由鉴赏者参与才能得以实现的意趣,不正是从唐代开始的诗论中的意境吗?

要而言之,张炎所说的"清空",主要就是指意境作品的特殊的风格;而他所说的"意趣"、高远的"意趣",就是指词中的意境美。张炎是在词学领域中,继承并发展了诗学领域中率先提出的意境理论。张炎的理论贡献,主要是在这里,而不是他的"雅正"论。

序

古之乐章、乐府、乐歌、乐曲[1],皆出于雅正。粤自隋、唐以来,声诗间为长短句[2];至唐人则有《尊前》《花间集》[3]。迄于崇宁,立大晟府[4],命周美成诸人讨论古音[5],审定古调,渰落之后,少得存者。由此八十四调之声稍传[6];而美成诸人又复增演慢曲、引、近[7],或移宫换羽为三犯、四犯之曲[8],按月律为之[9],其曲遂繁。美成负一代词名,所作之词,浑厚和雅,善于融化诗句[10],而于音谱且间有未谐,可见其难矣。作词者多效其体制,失之软媚而无所取。此惟美成为然,不能学也。所可仿效之词,岂一美成而已。旧有刊本《六十家词》[11],可歌可诵者,指不多屈。中间如秦少游、高竹屋、姜白石、史邦卿、吴梦窗[12],此数家格调不侔[13],句法挺异,俱能特立清新之意,删削靡曼之词,自成一家,各名于世。作词者能取诸人之所长,去诸人之所短,精加玩味,象而为之[14],岂不能与美成辈争雄长哉!余疏陋谫才[15],昔在先人侍侧,闻杨守斋、毛敏仲、徐南溪诸公商榷音律[16],尝知绪余,故生平好为词章,用功逾四十年,未见其进。今老矣,嗟古音之寥寥,虑雅词之落落,僭述管见,类列于后,与同志者商略之。

【注释】

〔1〕 乐章、乐府、乐歌、乐曲:皆指歌词。

〔2〕 声诗:即用以入乐的五、七言诗。间:有时。

〔3〕 《尊前》:词总集名,凡二卷,大概是五代或宋初人编辑,选录李白、温庭筠、李煜等唐、五代人词二百余首。《花间集》:见本书欧阳炯《花间集序》。

〔4〕 崇宁:宋徽宗年号(1102—1106)。大晟府:徽宗时宫廷音乐机构,崇宁四年(1105)设立。

〔5〕 美成:即周邦彦,字美成。北宋末钱塘人,有《清真词》。他于徽宗政和六年(1116)提举大晟府,当时大晟府其他制撰者尚有徐坤、田为、姚公立、晁冲之、江汉、万俟咏、晁端礼等人。

〔6〕 八十四调:古代乐律分十二律吕,又分七音。十二律吕各有七音,相乘得八十四调。

〔7〕 慢曲、引、近:皆词调类别名。慢曲,又称长调,如《木兰花慢》、《上林春慢》之类;引词如《千秋岁引》、《江城梅花引》之类;近词如《祝英台近》、《诉衷情近》之类。

〔8〕 移宫换羽为三犯、四犯之曲:谓制作犯调之曲。宋词中之犯调有两类:一是宫调相犯,即一词中兼用两个或两个以上音律不同的曲调;一类是句法相犯,是集取同一宫调中两个以上不同词调的乐句而成一新调。三犯、四犯之曲如《三犯渡江云》、《玲珑四犯》之类。

〔9〕 月律:古乐律分十二律吕以应十二月。宋徽宗曾令大晟府"依月用律,月进一曲"(见《碧鸡漫志》卷二)。杨缵《作词五要》谓:"律不应月则不美,如十一月调须用正宫,元宵词必用仙吕宫(疑作南宫)为宜也。"但当时词人多不遵守此规定。

〔10〕 "美成负一代词名"四句:宋陈振孙《直斋书录解题》卷二〇:"清真(周美成号)词多用唐人诗语,櫽括入律,浑然天成。"

〔11〕 旧有刊本《六十家词》:此书已佚。

〔12〕 秦少游:即秦观,字少游。高竹屋:即高观国,字宾王,南宋山阴人,有《竹屋痴语》。姜白石:即姜夔,号白石道人,南宋鄱阳人,有《白石道人歌曲》。史邦卿:即史达祖,字邦卿,号梅溪,南宋汴人,有《梅溪词》。吴梦窗:即吴文英,字君特,号梦窗,南宋四明人,有《梦窗四稿》。

〔13〕 不侔:不等同。

〔14〕 象而为之:作为楷模仿效之。

〔15〕 疏陋谢才:才能疏浅。

〔16〕 先人:指作者父亲张枢,字斗南,号寄闲,有词作见《绝妙好词》及《浩然斋雅谈》。

《词源》说他:"晓畅音律,有《寄闲集》,旁缀音谱,刊行于世。每作一词,必使歌者按之,稍有不协,阻而改正。"杨守斋:即杨缵,字继翁,又字守斋,一号紫霞翁,南宋严陵人。毛敏仲:未详。徐南溪:即徐理,号南溪,会稽人。有词作见《阳春白雪》。

清　空

词要清空,不要质实。清空则古雅峭拔,质实则凝涩晦昧。姜白石词,如野云孤飞,去留无迹;吴梦窗词,如七宝楼台,眩人眼目,碎拆下来,不成片段。此清空质实之说。梦窗《声声慢》云:"檀栾金碧,婀娜蓬莱,游云不蘸芳洲[1]。"前八字恐亦太涩。如《唐多令》云:"何处合成愁?离人心上秋[2]。纵芭蕉不雨也飕飕。都道晚凉天气好,有明月,怕登楼。前事梦中休,花空烟水流。燕辞归,客尚淹流。垂柳不萦裙带住,谩长是,系行舟。"此词疏快,却不质实。如是者集中尚有,惜不多耳。白石词如《疏影》、《暗香》、《扬州慢》、《一萼红》、《琵琶仙》、《探春》、《八归》、《淡黄柳》等曲,不惟清空,又且骚雅,读之使人神观飞越。

【注释】

〔1〕 "梦窗《声声慢》"四句:即吴文英《声声慢·闰重九饮郭园》词的前三句。
〔2〕 "何处合成愁"二句:此二句为"拆字法"作词技巧,"愁"字在字形上为心、秋二字所组成。

意　趣

词以意为主[1],不要蹈袭前人语意。如东坡中秋《水调歌》云[2]:"明月几时有?把酒问青天。不知天上宫阙,今夕是何年!我欲乘风归去,又恐琼楼玉宇,高处不胜寒。起舞弄清影,何似在人间?　卷珠帘,开绣户,照无眠。不应有恨,何事长向别时圆!人有悲欢离合,月有阴晴圆缺,此事古难全。但愿人长久,千里共婵娟!"夏夜《洞仙歌》云[3]:"冰肌玉骨,自清凉无汗,水殿风来暗香满。绣帘开,一点明月窥人,人未寝,欹枕钗横鬓乱。起来携素手,庭户无声,时见疏星度河汉。试问夜如何?夜已三更,金波淡,玉绳低转。但屈指西风几时来,又不道流年,暗中偷换!"王荆公金陵《桂枝香》云[4]:"登临送目,正故国晚秋,天气初肃。千里澄江似练,翠峰如簇。

征帆去棹斜阳裹,背西风酒旗斜矗。采舟云淡,星河鹭起,画图难足。叹往昔豪华竞逐,怅门外楼头,悲恨相续。千古凭高,对此谩嗟荣辱。六朝旧事随流水,但寒烟衰草凝绿。至今商女,时时犹唱,后庭遗曲。"姜白石《暗香》赋梅云:"旧时月色,是几番照我,梅边吹笛?唤起玉人,不管清寒与攀摘。何逊而今渐老,都忘却春风词笔。但怪得竹外疏花,香冷入瑶席。

江国,正寂寂。叹寄与路遥,夜雪初积。翠尊易泣,红萼无言耿相忆。长记曾携手处,千树压西湖寒碧。又片片吹尽也,几时见得!"《疏影》云:"苔枝缀玉,有翠禽小小,枝上同宿。客裏相逢,篱角黄昏,无言自倚修竹。昭君不惯胡沙远,但暗忆江南江北,想佩环月夜归来,化作此花幽独。　犹记深宫旧事,那人正睡里,飞近蛾绿。莫似春风,不欢盈盈,早与安排金屋!还教一片随波去,又却怨玉龙哀曲。等恁时再觅幽香,已入小窗横幅。"此数词皆清空中有意趣,无笔力者未易到。

【注释】

〔1〕 词以意为主:意,这里指创作者之己意、创意。
〔2〕《水调歌》:指苏轼在密州中秋所作寄弟苏辙词。
〔3〕《洞仙歌》:这是苏轼续蜀主孟昶词。
〔4〕《桂枝香》:这是王安石作金陵怀古词。

【思考题】

1. 剖析具体作品,阐释张炎提出的"清空"说。
2. 剖析具体作品,阐释张炎提出的"意趣"说。

明　代

李梦阳诗论选录

【题解】

李梦阳(1473—1530),字献吉,自号空同子,庆阳(今属甘肃)人,后徙河南扶沟。弘治七年(1494)进士。官至江西提学副使。与何景明、徐祯卿、边贡、康海、王九思、王廷相等倡言复古,号称"七才子",后人称"前七子"。有《空同集》。

自宋代欧阳修等人始变西昆体,到苏轼、黄庭坚等,形成了宋诗的独特面貌,但人们对宋诗是否符合诗歌传统也提出了疑问。严羽的《沧浪诗话》将人们长期以来的思考上升到理论高度,对宋代的以文为诗提出了批评,主张回归汉魏、盛唐传统。元代继承了以上的理论倾向,在诗坛上出现了回归唐诗的思潮。

明初,以林鸿为首的"闽中十子"继承了宋、元以来的回归唐诗的倾向。高棅的《唐诗品汇》集中体现了该派理论主张。返归汉魏、盛唐诗歌传统思潮发展到七子派,开始形成巨大的潮流。李梦阳论诗强调诗文之辨、唐宋之辨。他强调诗歌的抒情特征,认为诗歌要运用比兴,要有音乐性。在他看来,唐诗抒情,宋诗主理;唐诗有比兴,宋诗无比兴;唐诗有音乐性,宋诗无音乐性。在他的观念中,诗与文的分界就是唐诗与宋诗的分界。在创作上,他主张"以我之情,述今之事,尺寸古法,罔袭其辞",即用古人的格调表现自己的情感,写当代的事情,这样既学古而又不抄袭。但是由于李梦阳错误地强调法则的不可变易性,过于强调遵守古法,以至于为了符合法则而牺牲自己的情感,陷入情感的虚假,而在艺术形式上过于法古,过似古人,也有抄袭之嫌。这种观点受到了曾是他的盟友的何景明的批评。何景明并不反对学古,但他认为学古应归于自得,"临景结构,不仿形迹"。二人往复辩难,成为当时诗坛的重大事件。李梦阳晚年对自己诗歌主张的弊端也有所认识,并做了检讨。他在《诗集自序》中承认自己的诗歌"出之情寡而工之词多",认为"予之诗,非真也"。他接受了王崇文的观点,对民歌给予了崇高的评价,并在创作中向民歌学习。由强调法古到强调真情,李梦阳的诗学观发生了转变。

缶音序(节选)

诗至唐,古调亡矣,然自有唐调可歌咏,高者犹足被管弦。宋人主理不主调,于是唐调亦亡。黄、陈师法杜甫[1],号大家,今其词艰涩,不香色流动,如入神庙,坐土木骸[2],即冠服与人等,谓之人可乎?夫诗,比兴错杂,假物以神变者也。难言不测之妙,感触突发,流动情思,故其气柔厚,其声悠扬,其言切而不迫,故歌之心畅,而闻之者动也。宋人主理,作理语,于是薄风云月露,一切铲去不为[3],又作诗话教人,人不复知诗矣。诗何尝无理?若专作理语,则何不作文而诗为邪?

【注释】

〔1〕 黄、陈:黄庭坚、陈师道。
〔2〕 土木骸:指神庙里的塑像。
〔3〕 "于是薄风云月露"二句:隋李谔《上隋高祖革文华书》批评江左齐梁之文"连篇累牍,不出月露之形;积案盈箱,唯是风云之状"。李梦阳以风云月露指诗中的景物描写。他认为诗要有比兴,要借助景物来抒情,宋人抛弃了景物描写,就是抛弃了比兴传统。

驳何氏论文书(节选)

故予尝曰:作文如作字,欧、虞、颜、柳[1],字不同而同笔。笔不同,非字矣。不同者何也?肥也、瘦也、长也、短也、疏也、密也。故六者势也,字之体也,非笔之精也。精者何也?应诸心而本诸法者也。不窥其精,不足以为字,而矧[2]文之能为?文犹不能为,而矧能道之为?仲默曰:夫为文有不可易之法,辞断而意属,联物而比类[3]。以兹为法,宜其惑之难解,而谀之者易摇也。假令仆即今为文一通,能使辞不属,意不断,物联而模拟矣,然于中情思涩促,语岭而硬,音生节拗,质直而粗,浅谑露骨[4],爱痴爱枯[5],则子取之乎?故辞断而意属者,其体也,文之势也。联而比之者,事也。柔澹者思,含蓄者意也,典厚者义也。高古者格,宛亮者调,沉着雄丽、清峻闲雅者才之类也,而发于辞。辞之畅者,其气也。中和者,气之最也。夫然,又华之以色,永之以味,溢之以香。是以古之文者,一挥而众善具也。然其禽辟[6]顿挫,尺尺而寸寸[7]之,未始无法也,所谓圆规而方矩者也。且士之文也,犹医之脉,脉之濡溺紧数迟缓[8],相似而实不同。前予以柔澹、沉着、含蓄、典厚诸义,进规于子,而救俊亮之偏。而子则曰:必闲寂以为柔澹,浊切以为沉着,艰窒以为含蓄,俚轸以为典厚,岂惟谬于诗义,并俊语亮节,悉失之矣[9]。吾子于是乎失言矣!子以为濡可为溺,紧可为数,迟可为缓邪?濡溺紧数迟缓,不可相为,则闲寂独可为柔澹,浊切可为沉着,艰窒可为含蓄,俚轸可为典厚邪?吁!吾子于是乎失言矣!

【注释】

〔1〕 欧、虞、颜、柳:欧阳询、虞世南、颜真卿、柳公权,唐代著名书法家。
〔2〕 矧:何况。
〔3〕 "夫为文有不可易之法"三句:何景明(字仲默)《与李空同论诗书》中语。
〔4〕 浅谫(jiǎn):浅薄。
〔5〕 爱痴爱枯:为痴木为枯瘠。爱,曰,为。
〔6〕 翕辟:合开。
〔7〕 尺尺而寸寸:严格遵守法度。
〔8〕 濡溺紧数迟缓:六种中医脉象,此指文章的不同风格。
〔9〕 "必闲寂以为柔澹"七句:何景明《与李空同论诗书》:"若闲缓寂寞以为柔澹,重浊剜切以为沉着,艰诘晦塞以为含蓄,野俚轸积以为典厚,岂惟谬于诸义,并俊语亮节,悉失之矣。"

诗集自序(节选)

李子曰:曹县盖有王叔武[1]云,其言曰:夫诗者,天地自然之音也。今途咢[2]而巷讴,劳呻而康吟,一唱而群和者,其真也,斯之谓风也。孔子曰:"礼失而求之野[3]。"今真诗乃在民间。而文人学子,顾往往为韵言,谓之诗。夫孟子谓《诗》亡然后《春秋》作者[4],雅也。而风者亦遂弃而不采,不列之乐官。悲夫!李子曰:嗟!异哉!有是乎?予尝聆民间音矣,其曲胡,其思淫,其声哀,其调靡靡,是金、元之乐也,奚其真?王子曰:真者,音之发而情之原也。古者国异风,即其俗成声。今之俗既历胡,乃其曲乌得而不胡也?故真者,音之发而情之原也,非雅俗之辩也。且子之聆之也,亦其谱,而声者也,不有卒然[5]而谣,勃然而讹[6]者乎!莫之所从来,而长短疾徐无弗谐焉,斯谁使之也?李子闻之,矍然而兴[7]曰:大哉!汉以来不复闻此矣!

王子曰:诗有六义[8],比兴要焉。夫文人学子,比兴寡而直率多。何也?出于情寡而工于词多也。夫途巷蠢蠢之夫,固无文也。乃其讴也,咢也,呻也,吟也,行咕^[9]而坐歌,食咄而寤嗟,此唱而彼和,无不有比焉兴焉,无非其情焉,斯足以观义矣。故曰:诗者,天地自然之音也。李子曰:虽然,子之论者,风耳。夫雅、颂不出文人学子手乎?王子曰:是音也,不见于世久矣,虽有作者,微矣!

李子于是怃然失,已洒然醒也。于是废唐近体诸篇,而为李、杜歌行。王子曰:斯驰骋之技也。李子于是为六朝诗。王子曰:斯绮丽之余也。于是诗为晋、魏。曰:比辞而属义,斯谓有意。于是为赋、骚。曰:异其意而袭其言,斯谓有蹊^[10]。于是为琴操^[11]、古歌诗。曰:似矣,然糟粕也。于是为四言,入风出雅。曰:近之矣,然无所用之矣,子其休矣。李子闻之,暗然无以难也。自录其诗,藏箧笥^[12]中,今二十年矣,乃有刻而布者,李子闻之惧且惭,曰:予之诗,非真也。王子所谓文人学子韵言耳,出之情寡而工之词多者也。然又弘治、正德^[13]间诗耳,故自题曰《弘德集》。每自欲改之以求其真,然今老矣!曾子曰:"时有所弗及。"学之谓哉。

【注释】

[1] 王叔武:王崇文,字叔武,山东曹县人。弘治六年(1493)进士,官至副都御史。
[2] 哥:徒歌。
[3] 礼失而求之野:《汉书·艺文志》:"仲尼有言:礼失而求诸野。"
[4] 《诗》亡然后《春秋》作:《孟子·离娄下》:"孟子曰:王者之迹熄而《诗》亡,《诗》亡然后《春秋》作。"
[5] 卒然:突然。
[6] 讴:动,此指歌咏。
[7] 瞿然而兴:惊惶而起。
[8] 诗有六义:指风、雅、颂、赋、比、兴。
[9] 咕:低声小语。
[10] 有蹊:蹊,小路。有蹊,指创作中仍存有古人的蹊径。
[11] 琴操:琴曲名,旧题蔡邕撰。
[12] 箧笥:盛物的竹器。此指书箱。
[13] 弘治、正德:弘治,明孝宗年号(1488—1505)。正德,明武宗年号(1506—1521)。

【思考题】

1. 李梦阳对学古持什么样的观点?
2. 王叔武与李梦阳对于真的理解有什么不同?

谢榛诗论选录

【题解】

谢榛(1495—1575),字茂秦,号四溟山人,山东临清人。终身不仕。与李攀龙、王世贞、宗臣、梁有誉、徐中行、吴国伦,号称"七才子",人称"后七子"。后与李攀龙不合,攀龙等削其名于七子之列。有《四溟山人全集》,论诗著作《四溟诗话》,一名《诗家直说》。

前七子盛行之后,唐顺之等人于文转尚唐宋,于诗则转宗初唐,在文坛诗坛都形成一定的风气。后七子起而矫之,再次举起前七子文必秦汉、诗必汉魏盛唐的旗帜。谢榛年较长,为后七子派前期的理论领袖。谢榛论诗主张学习盛唐,取法乎上,但他取法的对象更广一些。古人诗各有其独特风格,后人应取初盛唐诗最佳者"熟读之以夺神气,歌咏之以求声调,玩味之以裒精华"(《四溟诗话》卷三),在以上诸方面深有所得,然后自成一家。他反对"摹拟太甚",认为学杜甫而一味模拟,"处富有而言穷愁,遇承平而言干戈,不老曰老,不病曰病","殊非性情之真"。既要学古,又要自得,二者要结合得恰到好处,处于不熟不生、同而不同之间。

情景是谢榛讨论的中心问题之一。"诗乃模写情景之具",因而"作诗本乎情景"。同样的景物,主体不同,就有不同的观感。诗歌内在的情感要深长,外在的景物要远大。情和景应该互相融合,而二者的融合取决于"情景适会"(《四溟诗话》卷二)。这种"适会"是在客体触发主体的感兴过程中发生的。在这种状态中,主体"思入杳冥","无我无物",主客体之间达到了完全的融合统一。

谢榛认为诗歌有体、志、气、韵四要素。四者中,志指情志,属于内容方面,体指体格,属于形式体制方面,而雄浑之气、隽永之韵则属于审美风格方面。他又指出诗歌有兴、趣、意、理四格。兴,就其为审美表现方式言,借他物以兴起主体的情感;趣,是就审美效果而言,指诗歌有生趣。意和理,则是就诗歌所表现的主体的意绪、道理而言。二者相较,理属于理性的,是议论,是道理;意则既有感性色彩,又有理性成分,介于情理之间。这四格其实就是诗歌的四种审美类型。其对韵、兴、趣的重视,是与神韵、性灵说相通的。

强调感兴在创作过程中的作用,这是谢榛诗论中非常突出的一面。他称"诗有天机",以"不立意造句,以兴为主,漫然成篇"为"入化",作为创作的极境。他不主张意在言先,认为宋人作诗必先命意,结果涉入理路而缺乏思致,而主张意随笔生,不假布置,认为得句而意自在其中。正因为谢榛强调以兴成诗,而兴之所至,未必皆有寄托,所以在诗歌鉴赏方面,谢榛反对牵强附会,务求寄托,认为"诗有可解,不可解,不必解",主张不拘泥形迹。这是一种比较符合诗歌创作规律的见解。

四溟诗话(选录)

《三百篇》直写性情,靡不高古,虽其逸诗[1],汉人尚不可及。今之学者,务去声律,以为高古。殊不知文随世变,且有六朝、唐、宋影子,有意于古,而终非古也。

诗有可解、不可解、不必解,若水月镜花,勿泥其迹可也。

《徐师录》曰[2]:"文不可无者有四:曰体,曰志,曰气,曰韵。"作诗亦然。体贵正大,志贵高远,气贵雄浑,韵贵隽永。四者之本,非养无以发其真,非悟无以入其妙。

诗有辞前意、辞后意。唐人兼之,婉而有味,浑而无迹。宋人必先命意,涉于理路,殊无思致。及读《世说》:"文生于情,情生于文[3]。"王武子先得之矣。

宋人作诗贵先立意。李白斗酒百篇[4],岂先立许多意思而后措词哉?盖意随笔生,不假布置。

唐人或漫然成诗,自有含蓄托讽。此为辞前意,读者谓之有激而作,殊非作者意也。

诗有不立意造句,以兴为主,漫然成篇,此诗之入化也。(以上卷一)

诗有天机,待时而发,触物而成,虽幽寻苦索,不易得也。如戴石屏"春水渡旁渡,夕阳山外山"[5],属对精确,工非一朝,所谓"尽日觅不得,有时还自来[6]"也。

今之学子美者,处富有而言穷愁,遇承平而言干戈,不老曰老,不病曰病,此摹拟太甚,殊非性情之真。

诗不可太切,太切则流于宋矣。(以上卷二)

作诗本乎情景,孤不自成,两不相背。凡登高致思,则神交古人,穷乎遐迹,系乎忧乐,此相因偶然,着形于绝迹,振响于无声也。夫情景有异同,模写有难易,诗有二要,莫切于斯者。观则同于外,感则异于内。当自用其力,使内外如一,出入此心而无间也。景乃诗之媒,情乃诗之胚,合而为诗,以数言而统万形,元气浑成,其浩无涯矣。同而不流于俗,异而不失其正,岂徒丽藻炫人而已。然才有异同,同者得其貌,异者得其骨。人但能同其同,而莫能异其异。吾见异其同者,代不数人尔。

凡作诗,不宜逼真。如朝行远望,青山佳色,隐然可爱,其烟霞变幻,难于名状。及登临非复奇观,唯片石数树而已。远近所见不同,妙在含糊,方见作手。

凡作诗,悲欢皆由乎兴,非兴则造语弗工。欢喜之意有限,悲感之意无穷。欢喜诗,兴中得者虽佳,但宜乎短章;悲感诗,兴中得者更佳,至于千言反复,愈长愈健。熟读李杜全集,方知无处无时而非兴也。(以上卷三)

有客问曰:夫作诗者,立意易,措辞难,然辞意相属而不离。若专乎意,或涉议论而失于宋体;工乎辞,或伤气格而流于晚唐。窃尝病之,盍以教我[7]?四溟子曰:今人作诗,忽立许大意思,束之以句则窘,辞不能达,意不能悉。譬如凿池贮青天,则所得不多;举杯收甘露,则被泽不广。此乃内出者有限,所谓"辞前意"也。或造句弗就,勿令疲其神思,且阅书醒心,忽然有得,意随笔生,而兴不可遏,入乎神化,殊非思虑所及。或因字得句,句由韵成,出乎天然,句意双美。若接竹引泉而潺湲之声在耳,登城望海而浩荡之色盈目。此乃外来者无穷,所谓"辞后意"也。

诗乃模写情景之具,情融乎内而深且长,景耀乎外而远且大。当知神龙变化之妙:小则入乎微罅,大则腾乎太宇。此惟李、杜二老知之。

　　自然妙者为上,精工者次之,此着力不着力之分,学之者不必专一而逼真也。专于陶者失之浅易[8],专于谢者失之饾饤[9]。孰能处于陶谢之间,易其貌,换其骨,而神存千古?子美云:"安得思如陶谢手[10]?"此老犹以为难,况其它者乎?(以上卷四)

【注释】

〔1〕　逸诗:指《诗经》未收入的诗歌。据《史记·孔子世家》,古者有诗三千余篇,孔子去其重复,取其可施于礼义者三百五篇。

〔2〕　《馀师录》:宋王正德撰,录北齐至宋代论文之语,原书已佚,但载于《永乐大典》,不分卷,后人从中辑出,分为四卷。

〔3〕　文生于情,情生于文:《世说新语·文学》:"孙子荆除妇服,作诗以示王武子。王曰:未知文生于情,情生于文。览之凄然,增伉俪之重。"王武子,王济,字武子,晋阳(今属山西)人,官至太仆。

〔4〕　李白斗酒百篇:杜甫《饮中八仙歌》:"李白斗酒诗百篇。"

〔5〕　戴石屏句:戴复古(1167—?),字式之,号石屏,黄岩(今属浙江)人。宋末江湖派重要作家。有《石屏诗集》、《石屏词》。"春水渡旁渡"二句出《世事》诗。

〔6〕　"尽日觅不得"二句:贯休《诗》:"几处觅不得,有时还自来。"

〔7〕　盍:何不。

〔8〕　陶:指陶渊明。

〔9〕　谢:指谢灵运。饾饤:食物堆叠貌,比喻堆砌辞藻。

〔10〕　安得思如陶谢手:杜甫《江上值水如海势聊短述》:"焉得思如陶谢手。"

【思考题】

1. 谈谈谢榛情景说的内容。

王世贞诗文论选录

【题解】

　　王世贞(1526—1590),字元美,号凤洲,又号弇州山人,太仓(今属江苏)人。嘉靖二十六年(1547)进士,官至南京刑部尚书。与李攀龙、谢榛、宗臣、徐中行、梁有誉、吴国伦为诗相唱和，史称"后七子"。有《弇州山人四部稿》《续稿》《读书后》等。其文学批评著作有《艺苑卮言》。

王世贞前期与李攀龙等继承前七子复古主张，鼓吹"文必西汉，诗必盛唐"。但他又主张"师匠宜高，捃拾宜博"（《艺苑卮言》），并不主张取法的范围过于狭窄，认为汉魏齐梁以至大历之诗都有可采。晚年对拟古之弊有所悔悟，对宋诗的价值也有所承认。

王世贞认为诗文的核心是意。"意者，诗与文之枢也。"就创作而言，一是意的构成，一是意的传达。意的形成有两种途径：一种是自外而内，外界的事物触发作家的心灵情感，这是自外境而内触；一种是自内而外，作家先有情感积郁在胸中而要求宣泄，于是借外物来宣泄之，这是自内境而外宣。这样外在的事物与内在的情感相融合而形成诗文的意。在王世贞看来，诗文创作中，"内境发而接于外之境者，十恒二三；外境来而接于内之境者，十恒六七"。就意的传达来说，有一套艺术规则，这就是"法"。不同的体裁有不同的规则，这些法则创作主体应该遵守。与意和法相对应，王世贞主张才气与格调的统一。"才生思，思生格，格生调。"才是主体的创造力，格调是主体创造力的产物。不同的主体有不同的格调，不同的时代有不同的格调。王世贞推崇唐诗，主张取法盛唐，则对于后人来说，盛唐格调又成为外在的法则，对主体的创造力构成限制。"格者才之御，调者气之规也。"才气要受到格调的约束。才气与格调二者之间也应该统一。意与法、才气与格调由矛盾到统一，这在创作实践中是很难做到的。王世贞认为一方面要熟读古人的作品，提高艺术修养，另一方面要神与境会，以上二者齐备，则才气与格调、意与法自然融合无间。格调与法就由外在于主体的规则而融入主体的创造力当中，成为主体创造力自身的规律。这样自由与规律就统一于主体的创造力上。王世贞说这是"法极无迹，人能之至"（《艺苑卮言》）。意与法、才气与格调达到统一，则创作就达到了自然的境界。外物与内心的相触相感是自然而非人为的，"其接也以天，而我无与焉"。意的流动和传达也是自动自然的。王世贞称是"动而发，尽而止"，"行乎其所当行，止乎其所不得不止"。正因为如此，所以王世贞强调创作中的感兴，"遇境即际，兴穷即止"。但这种自然是经由法则而达到的自然，是由人为的功夫而达到的自然，是"琢磨之极，妙亦自然"。这就达到了创作的最高境界。

陶懋中镜心堂草序(节选)

善乎,苏子瞻先生自名其文如万斛之泉,取之不竭,唯行乎其所当行,止乎其所不得不止[1]。斯言也,庄生、司马子长[2]文故饶之,于诗则李白氏庶几焉。苏先生盖侥得[3]之而犹未尽者也。凡人之文,内境发而接于外之境者[4],十恒二三;外境来而接于内之境者,十恒六七。其接也以天,而我无与焉,行乎所当行者也;意尽而止,而我不为之缀,止乎所不得不止者也。吾自操觚时业已持衡是说,而会所庄事而相切劀者一二君子咸极意于鼓铸刿镂[5],以求肖于作者之模[6],及夫真模出而不能无少索矣。夫人之巧,不获与天巧埒[7]也。夫人能知之,亦能论辩之,至谈其论辩之辞,往往若堕于菁棘之堑,而不获逞于天巧者何如。人巧貌难而易,天巧貌易而难也。

【注释】

〔1〕 苏子瞻先生自名其文句:见苏轼《文说》。
〔2〕 庄生、司马子长:庄生,庄子。司马子长,司马迁。
〔3〕 侥得:偶然得到。
〔4〕 内境:内在之境,指情感。外境,指外物。
〔5〕 所庄事而相切劀者:所敬重侍奉而又互相切磋的人。鼓铸:熔化金属铸器物。刿镂:雕刻。此指创作中极力雕琢求似于古人。
〔6〕 模:规范。
〔7〕 埒(liè):等同。

艺苑卮言(选录)

世人《选》体[1],往往谈西京、建安,便薄陶谢[2]。此似晓不晓者。毋论彼时诸公,即齐、梁纤调,李、杜变风,亦自可采,贞元而后,方足覆瓿[3]。大抵诗以专诣为境,以饶美为材,师匠宜高,捃拾宜博[4]。

西京[5]、建安,似非琢磨可到,要在专习凝领日久,神与境会,忽然而来,浑然而就,无岐级可寻[6],无色声可指。三谢[7]固自琢磨而得,然琢磨之极,妙亦自然。

才生思,思生格,格生调;思即才之用,调即思之境,格即调之界。

曹公莽莽,古直悲凉[8]。子桓[9]小藻,自是乐府本色。子建[10]天才流丽,虽誉冠千古,而实逊父兄。何以故？材太高,辞太华。

阮公[11]《咏怀》,远近之间,遇境即际,兴穷即止,坐不着论宗佳耳。人乃谓陈子昂胜之,何必,子昂宁无感兴乎哉？

渊明托旨冲澹,其造语有极工者,乃大入思来,琢之使无痕迹耳。后人苦一切深沉,取其形似,谓为自然,谬以千里。

【注释】

[1] 选体:指萧统《文选》所选诗歌的风格体制,包括后世仿作的作品。
[2] 陶谢:陶渊明、谢灵运。
[3] 覆瓿(bù,旧读 pǒu):扬雄作《太玄》,刘歆尝观之,谓雄曰:"空自苦！今学得有禄利,然尚不能明《易》,又如《玄》何？吾恐后人用覆酱瓿也。"见《汉书·扬雄传》。后指作品价值不高,只能用以盖酱罐。
[4] 师匠宜高,捃拾宜博:指诗歌创作要取法高格,但取材要广博。捃拾,拾取。
[5] 西京:指西汉。
[6] 无岐级可寻:指无蹊径可寻,无门径可入。
[7] 三谢:指南朝宋诗人谢灵运、谢惠连和齐诗人谢朓。
[8] 曹公莽莽,古直悲凉:曹公,曹操。钟嵘《诗品》:"曹公古直,甚有悲凉之句。"
[9] 子桓:曹丕。
[10] 子建:曹植。
[11] 阮公:阮籍。

【思考题】

1. 什么是内境、外境？两者如何互相融合形成诗文之意的？

李贽文学论著选录

【题解】

李贽(1527—1602),字宏甫,号卓吾,又号温陵居士,泉州晋江(今福建泉州)人。嘉靖三十一年(1552)举人,未参加会试,授河南共城儒学教谕,历南京刑部员外郎,出任云南姚安知府。任职三年,以病告归,不许。入大理鸡足山,阅佛经不出。御史刘维认为其是奇人,上疏令其退休。至湖广黄安,寄居于友人耿定向、耿定理家中。因与耿定向不合,耿定理死后,即入麻城龙潭湖,闭门读书。头痒,倦于梳栉,遂剃其发。李贽以异端自居,抨击道学,蔑视经典,为卫道者所深恨,以妖人被逮入狱。在狱中自刎而死。有《焚书》、《续焚书》、《藏书》、《续藏书》、《李氏文集》等。

李贽是明代后期重要的思想家,也是一位重要的文学批评家,他的思想对文学批评领域产生了深远的影响。李贽主张文学要表现童心,他所谓童心即是真心,是不受道理闻见即儒家正统教条熏染之心。童心不仅是创作的源泉,而且是评价一切作品的首要的价值标准。只要有童心,"无一样创制体格文字而非文者"。"天下之至文,未有不出于童心焉者也"。这种观点与七子派强调复古模拟是对立的,成为公安派性灵说的直接的理论源头。从这种观点出发,李贽对正统文人所不屑的通俗文学给予了崇高的评价,认为《西厢记》、《水浒传》等都是"天下之至文"。

《水浒传》作为一部通俗小说虽在民间流行,但一直受到正统文人的排斥。在《忠义水浒传序》中,李贽首先从创作动机的角度把《水浒传》放到正统诗文的创作传统中来,认为"《水浒传》者,发愤之所作也",将之与司马迁"发愤著书"的传统联系起来。这种联系旨在强调,《水浒传》虽然是一部通俗小说,但其创作意旨与正统诗文一样是极其严肃的。正是因为其意旨与正统诗文一样严肃,所以其也应具有与正统诗文一样的地位。《水浒传》原本为正统文人视为描写盗贼之书,但李贽认为这些人不是盗贼,原本是大力大贤的忠义之士,只是由于政治的黑暗,将这些忠义之士驱至水浒。这样就肯定了《水浒传》内容的合道德性。由肯定《水浒传》创作意旨的严肃性及内容的合道德性,李贽肯定了这部小说的价值。

童心说

　　龙洞山农[1]叙《西厢》,末语云:"知者勿谓我尚有童心可也。"夫童心者,真心也,若以童心为不可,是以真心为不可也。夫童心者,绝假纯真,最初一念之本心也。若失却童心,便失却真心;失去真心,便失却真人。人而非真,全不复有初矣。

　　童子者,人之初也;童心者,心之初也。夫心之初,曷可失也,然童心胡然而遽失也[2]?盖方其始也,有闻见从耳目而入,而以为主于内而童心失。其长也,有道理从闻见而入,以为主于内而童心失。其久也,道理闻见日以益多,则所知所觉日以益广,于是焉又知美名之可好也,而务欲以扬之而童心失;知不美之名之可丑也,而务欲以掩之而童心失。夫道理闻见,皆自多读书多识义理而来也。古之圣人,曷尝不读书哉?然纵不读书,童心固自在也,纵多读书,亦以护此童心而使之勿失焉耳,非若学者反以多读书识义理而反障之也。夫学者既以多读书识义理障其童心矣,圣人又何用多著书立言以障学人为耶?童心既障,于是发而为言语,则言语不由衷;见而为政事,则正事无根柢;著而为文辞,则文辞不能达。非内含以章美也,非笃实生辉光也[3],欲求一句有德之言,卒不可得。所以者何?以童心既障,而以从外入者闻见道理为之心也。

　　夫既以闻见道理为心矣,则所言者皆闻见道理之言,非童心自出之言也。言虽工,于我何与?岂非以假人言假言,而事假事、文假文乎?盖其人既假,则无所不假矣。由是而以假言与假人言,则假人喜;以假事与假人道,则假人喜;以假文与假人谈,则假人喜。无所不假,则无所不喜。满场是假,矮人何辩也?然则虽有天下之至文,其湮灭于假人而不尽见于后世者,又岂少哉!何也?天下之至文,未有不出于童心焉者也。苟童心常存,则道理不行,闻见不立,无时不文,无人不文,无一样创制体格文字而非文者。诗何必古《选》[4],文何必先秦。降而为六朝,变而为近体[5],又变而为传奇[6],变而为院本[7],为杂剧[8],为《西厢曲》,为《水浒传》,为今之举子业[9],大贤言圣人之道皆古今至文,不可得而时势先后论也。故吾因是而有感于童心者之自文也,更说甚么六经、更说甚么《语》《孟》乎?

　　夫六经、《语》《孟》,非其史官过为褒崇之词,则其臣子极为赞美之语。又不然,则其迂阔门徒,懵懂弟子[10],记忆师说,有头无尾,得后遗前,随其所见,笔之于书。后学不察,便谓出自圣人之口也,决定目之为经矣,孰知其大半非圣人之言乎？纵出自圣人，要亦有为而发，不过因病发药，随时处方，以救此一等懵懂弟子，迂阔门徒云耳。药医假病，方难定执，是岂可遽以为万世之至论乎？然则六经、《语》《孟》，乃道学之口实，假人之渊薮也，断断乎其不可以语于童心之言明矣。呜呼！吾又安得真正大圣人童心未曾失者而与之一言文哉！

【注释】

〔1〕 龙洞山农：不详，或谓是李贽别号，恐非是。李贽所引龙洞山农叙《西厢》说"知者勿谓我尚有童心可也"，其言恐人以为其有童心。《童心说》即是针对此论而发。
〔2〕 胡然而遽失：为何而失去。
〔3〕 "非内含以章美"二句：不是内里含有童心，外显而为美，不是内在忠厚老实的德性而发出的辉光。笃实生辉光，《周易·大畜》："大畜，刚健笃实辉光，日新其德。"
〔4〕 诗何必古《选》：梁萧统《文选》收录古诗，七子派以《文选》所录诗为古诗的典范，李贽对此不满。
〔5〕 变而为近体：指诗歌由古体变为律体。
〔6〕 传奇：指唐代传奇小说。
〔7〕 院本：指金代行院演出所用的脚本。
〔8〕 杂剧：指元杂剧。
〔9〕 举子业：指从事科举考试所用的文章。
〔10〕 懵懂：糊涂。

忠义水浒传序

太史公曰："《说难》、《孤愤》，贤圣发愤之所作也。"[1]由此观之，古之贤圣，不愤则不作矣。不愤而作，譬如不寒而颤，不病而呻吟也，虽作何观乎？《水浒传》者，发愤之所作也。盖自宋室不竞[2]，冠屦倒施，大贤处下，不肖处上[3]。驯致[4]夷狄处上，中原处下，一时君相犹然处堂燕鹊[5]，纳币称臣，甘心屈膝于犬羊已矣。施、罗二公[6]，身在元，心在宋；虽生元日，实愤宋事。是故愤二帝之北狩[7]，则称大破辽[8]以泄其愤；愤南渡[9]之苟安，则称灭方腊[10]以泄其愤。敢问泄愤者谁乎？则前日啸聚水浒之强人也，欲不谓之忠义不可也。是故施、罗二公传《水浒》而复以忠义名其传焉。

夫忠义何以归于水浒也？其故可知也。夫水浒之众何以一一皆忠义也？所以致之者可知也。今夫小德役[11]大德，小贤役大贤，理也。若以小贤役人，而以大贤役于人，其肯甘心服役而不耻乎？是犹以小力缚人，而使大力缚于人,其肯束手就缚而不辞乎?其势必至驱天下大力大贤而尽纳之水浒矣。则谓水浒之众,皆大力大贤有忠有义之人可也,然未有忠义如宋公明者也。今观一百单八人者,同功同过,同死同生,其忠义之心,犹之宋公明也,独宋公明者身居水浒之中,心在朝廷之上,一意招安,专图报国,卒至于犯大难,成大功,服毒自缢,同死而不辞,则忠义之烈也。真足以服一百单八人者之心,故能结义梁山,为一百单八人之主。最后南征方腊,一百单八人者阵亡已过半矣,又智深坐化于六和[12],燕青涕泣而辞主[13],二童就计于"混江"[14]。宋公明非不知也,以为见几明哲[15],不过小丈夫自完之计,决非忠于君、义于友者所忍屑矣。是之谓宋公明也,是以谓之忠义也。传其可无作欤,传其可不读欤!

　　故有国者不可以不读,一读此传,则忠义不在水浒,而皆在于君侧矣。贤宰相不可以不读,一读此传,则忠义不在水浒,而皆在于朝廷矣。兵部掌军国之枢,督府专阃外之寄[16],是又不可以不读也,苟一日而读此传,则忠义不在水浒,而皆为干城心腹之选矣[17]。否则不在朝廷,不在君侧,不在干城腹心,乌乎在?在水浒。此传之所为发愤矣。若夫好事者资其谈柄[18],用兵者藉其谋画,要以各见所长,乌睹所谓忠义者哉!

【注释】

〔1〕 "太史公曰"三句:司马迁《史记·太史公自序》:"韩非囚秦,《说难》、《孤愤》,《诗》三百篇,大抵贤圣发愤之所为作也。"
〔2〕 不竞:不强,不振。
〔3〕 不肖:不才之人,小人。
〔4〕 驯致:渐至。
〔5〕 处堂燕鹊:《孔丛子·论势》:"燕鹊处屋,子母相哺,煦煦焉其相乐也,自以为安矣。灶突炎上,栋宇将焚,燕雀颜不变,不知祸之及己也。"比喻处境危险而安处不觉。
〔6〕 施、罗二公:指施耐庵、罗贯中。关于《水浒传》作者,明人有不同说法,或谓施耐庵作,或曰罗贯中作,或称施、罗二人合作,李贽采用后一种说法。
〔7〕 二帝之北狩:指宋钦宗靖康二年(1127)徽、钦二宗被金人掳去事。狩,古代君主冬天打猎。引申指君主失国出亡或被掳。
〔8〕 破辽:《水浒传》中宋江等被招安后即北征辽。见《水浒传》八十三至八十九回。
〔9〕 南渡:指南宋。
〔10〕 灭方腊:百回本《水浒传》中,宋江等破辽后,继征方腊。见九十至九十九回。
〔11〕 役:役使,这里作被动用法,指被役使。

〔12〕智深坐化于六和:谓鲁智深死于杭州六和寺。见《水浒传》第一百十九回。坐化,佛家对死的称谓。
〔13〕燕青涕泣而辞主:见《水浒传》第一百十九回。
〔14〕二童就计于"混江":二童,指童威、童猛。混江,指李俊。事见《水浒传》第一百十九回。
〔15〕见几明哲:见几,明察事物细微的变化。《易·系辞下》:"君子见几而作。"明哲,洞晓事理。《诗经·大雅·烝民》:"既明且哲,以保其身。"
〔16〕专阃外之寄:指被委以军事重任。阃外指朝廷之外,阃外之寄谓寄以阃外之事。
〔17〕干城:比喻捍卫者。《诗经·周南·兔罝》:"赳赳武夫,公侯干城。"干指盾。
〔18〕谈柄:谈话的资料。

【思考题】

1. 试述童心说的主要内容。
2. 李贽认为《水浒传》的创作动机是什么?

袁宏道诗文论选

【题解】

袁宏道(1568—1610),字中郎,湖北公安人。万历二十年(1592)进士,历任吴县知县、顺天府教授、国子监助教、礼部主事等,官至稽勋郎中。与兄袁宗道、弟袁中道被称为"公安三袁",而袁宏道则为公安派的核心人物。有《袁中郎全集》。

公安派的兴起是在后七子重又掀起复古之风的时候。公安三袁当中,袁宗道最早抨击七子派,对宏道、中道都产生了重要影响。袁宗道的《论文》对七子派模拟秦、汉古文提出了批评。袁宏道是公安派的中坚。他提出"独抒性灵"的口号,其所谓性灵与李贽所说的童心是一致的。性灵的唯一规定就是真。真是最高的价值标准。物真则贵,文亦如此。持这种观点,他认为当代诗文不可能传世,而"其万一传者,或今闾阎妇人孺子所唱《擘破玉》《打草竿》之类,犹是无闻无识真人所作,故多真声",肯定了民歌的价值。

袁宏道的另一诗学主张是变。从主体方面言,变是真的必然结果。

"真则我面不能同君面,而况古人之面貌乎?"从时代方面言,诗歌的变化也是必然的。"文不能不古而今也,时使之也。"不同的作家风格不同,不同的时代面貌不同。前后七子也认为文学是变化的,但他们对变给予了否定的评价。他们要复古就是追求不变。而袁宏道则认为变是合理的,因而在创作中主动求变。他有意打破前人的成法,"不拘格套","信心而出,信口而谈",并主动向民歌学习,形成了其诗歌的独特风貌。

公安派在当时风行天下,但在形成一种潮流之后,其浅俚的弊端也暴露了出来。袁宗道、宏道已经去世,袁中道力图纠正公安派末流的弊端。他也认为文章是必变的。他从主性情与主法律两者的交替互变来说明这一问题。主性情者,其末流必然陷入俚,而要救之以法律;主法律者,其末流必趋于浮,而要救之以性情。二者循环往复。这其实是对格调与性灵二说的互变规律的说明。七子派主格调,公安派以性情救之,公安派主性情之失,又必须以格调来救之。所以他又提倡学唐,又主张言有尽而意无穷。当然,袁中道的格调已不同于七子派的格调了,而是在性灵基础上的格调。

序小修诗(节选)

(小修)足迹所至,几半天下,而诗文亦因之以日进。大都独抒性灵,不拘格套。非从自己胸臆流出,不肯下笔。有时情与境会,顷刻千言,如水东流,令人夺魄。其间有佳处,亦有疵处。佳处自不必言,即疵处亦多本色独造语。而所谓佳者,尚不能不以粉饰蹈袭[1]为恨,以为未能脱近代文人气习故也。盖诗文至近代卑极矣。文则必欲准于秦汉[2],诗则必欲准于盛唐。剿袭仿真,影响步趋[3]。见人有一语不相肖[4]者,则共指以为野狐外道。曾不知文准于秦汉矣,秦汉人曷尝字字学六经欤。诗准盛唐矣,盛唐人曷尝字字学汉、魏欤。秦汉而学六经,岂复有秦汉之文?盛唐而学汉、魏,岂复有盛唐之诗?唯夫代有升降,而法不相沿,各极其变,各穷其趣,所以可贵,原不可以优劣论也。且夫天下之物,孤行则必不可无,必不可无,虽欲废焉而不能。雷同则可以不有,可以不有,则虽欲存焉而不能。故吾谓今之诗文不传矣。其万一传者,或今闾阎[5]妇人孺子所唱《擘破玉》《打草竿》[6]之类,犹是无闻无识真人所作,故多真声。不效颦于汉、魏,不学步于盛唐,任性而发,尚能通于人之喜怒哀乐嗜好情欲,是可喜也。

【注释】

〔1〕 蹈袭:因袭。

〔2〕准于秦汉:以秦汉为标准。
〔3〕影响步趋:指追随模仿前人作品,毫无创造性。影响,如影随形,如响应声。步趋,亦步亦趋。
〔4〕肖:类似。
〔5〕闾阎:指民间。
〔6〕《擘破玉》《打草竿》:明代民歌。

与丘长孺(节选)

大抵物真则贵,真则我面不能同君面,而况古人之面貌乎?唐自有诗也,不必《选》体[1]也。初、盛、中、晚自有诗也,不必初、盛也。李、杜、王、岑、钱、刘[2],下逮元、白、卢、郑[3],各自有诗也,不必李、杜也。赵宋亦然,陈、欧、苏、黄[4]诸人,有一字袭唐者乎?又有一字相袭者乎?至其不能为唐,殆是气运使然,犹唐之不能为《选》,《选》之不能为汉、魏耳。今之君子,乃欲概天下而唐之,又且以不唐病宋。夫既以不唐病宋矣,何不以不《选》病唐,不汉、魏病《选》,不《三百篇》病汉,不结绳鸟迹[5]病《三百篇》耶?果尔,反不如一张白纸,诗灯[6]一派,扫土而尽矣。夫诗之气,一代减一代,故古也厚,今也薄。诗之奇之妙之工之无所不极,一代盛一代,故古有不尽之情,今无不写之景。然则古何必高,今何必卑哉?不知此者,决不可观丘郎[7]诗,丘郎亦不须与观之。

【注释】
〔1〕《选》体:指《文选》所录诗歌之体制风格。
〔2〕李、杜、王、岑、钱、刘:李白、杜甫、王维、岑参、钱起、刘长卿。
〔3〕元、白、卢、郑:元稹、白居易、卢仝、郑谷。
〔4〕陈、欧、苏、黄:指陈师道、欧阳修、苏轼、黄庭坚。
〔5〕结绳鸟迹:结绳,传说在文字产生以前先民靠结绳记事。鸟迹,《易经·系辞下》:"古者包牺氏之王天下也,仰则观象于天,俯则观法于地,观鸟兽之文,与地之宜,近取诸身,远取诸物,于是始作八卦。"
〔6〕诗灯:灯明可以破暗,佛家以灯喻佛法,谓传法为传灯。此以佛家之传灯比喻诗的延续。
〔7〕丘郎:丘坦,字坦之,号长孺。万历三十四年(1606)举武乡试第一,官至海州参将。

【思考题】
1. 试析"独抒性灵,不拘格套"的内涵。
2. 试评袁宏道的诗歌发展观。

钟惺诗论选录

【题解】

钟惺(1574—1624),字伯敬,号退谷,竟陵(今湖北天门)人。万历三十八年(1610)进士,官至福建提学佥士。钟惺是公安派成员雷思霈的门生,与公安派有渊源关系。但当时公安派诗学业已出现浅俚之弊,钟惺与同郡谭元春意欲矫之,另立幽深孤峭之宗,并选《诗归》五十一卷,以示门径。时人学之,形成竟陵派。有《隐秀轩集》。

竟陵派本是公安派的继承者,也主张性灵,但处于公安派末流出现弊端之时,所以在主张性灵的同时,也对公安派诗学的弊端加以纠正。在竟陵派看来,七子派复古之弊在于"大要取古人之极肤极狭极熟,便于口手者,以为古人在是",陷入模拟;而公安派之流弊则在于不师古人,"必于古人外,自为一人之诗以为异,要其异,由皆同乎古人之险且僻者,不则其俚者也",结果陷入浅俚。竟陵派意在走出一条以性灵为核心,既师法古人,又有自己独特性的诗歌创作道路来。这条道路就是求古人真诗。为此,钟惺和谭友夏合编《诗归》一书,要"引古人之精神,以接后人之心目,使其心目有所止焉"。如何求古人的真诗呢?"真诗者,精神所为也。察幽其情单绪,孤行静寄于喧杂之中;而乃以其虚怀定力,独往冥游于寥廓之外。"求古人真诗,自然是学古,但这种学古不同于七子派之取古人之"极肤极狭极熟者",而是求古人的"幽情单绪",这样就可避免七子派人所共由之通衢,而独寻自己之幽径。这在当时是一种新的审美趋向。钟惺对诗歌发展的规律也有独特的认识。他认为因袭与矫枉都有流弊,因袭所形成的共同的审美趋向恰恰成为矫枉者所废弃的东西。而矫枉者所独标的审美趋向逐渐又被众人所接受,恰恰又成为一种普遍的审美趋向。一旦一种审美趋向被普遍化,那么它又将成为被废弃的东西。

竟陵派在当时曾风靡一时，但其所追求的幽独的趣味被认为背离了审美正统，在明末清初，陈子龙为代表的云间派、钱谦益为代表的虞山派兴起，竟陵派受到了批判。

诗归序

选古人诗而命曰《诗归》[1]，非谓古人之诗以吾所选为归，庶几见吾所选者，以古人为归也。引古人之精神，以接后人之心目，使其心目有所止焉，如是而已矣。昭明选古诗[2]，人遂以其所选者为古诗，因而名古诗曰选体，唐人之古诗曰唐选。呜呼！非惟古诗亡，几并古诗之名而亡之矣。何者？人归之也。选者之权力，能使人归，又能使古诗之名与实俱徇之[3]，吾其敢易言选哉。

尝试论之，诗文气运，不能不代趋而下，而作诗者之意兴，虑无不代求其高。高者，取异于途径耳。夫途径者，不能不异者也，然其变有穷也。精神者，不能不同者也，然其变无穷也。操其有穷者以求变，而欲以其异与气运争，吾以为能为异，而终不能为高。其究途径穷，而异者与之俱穷，不亦愈劳而愈远乎？此不求古人之真诗之过也。

今非无学古者[4]，大要取古人之极肤极狭极熟，便于口与手者，以为古人在是。使捷者矫之[5]，必于古人外，自为一人之诗以为异，要其异，又皆同乎古人之险且僻者，不则其俚者也；则何以服选古者之心？无以服其心，而又坚其说以告人曰：千变万化不出古人。问其所为古人，则又向之极肤极狭极熟者也。世真不知有古人矣。

惺与同邑谭子元春[6]忧之。内省诸心，不敢先有所谓学古不学古者，而第求古人真诗所在。真诗者，精神所为也。察其幽情单绪，孤行静寄于喧杂之中；而乃以其虚怀定力，独往冥游于寥廓之外。如访者之几于一逢，求者之幸于一获，入者之欣于一至。不敢谓吾之说，非即向者千变万化不出古人之说，而特不敢以肤者狭者熟者塞之也。

书成，自古逸至隋，凡十五卷，曰《古诗归》；初唐五卷，盛唐十九卷，中唐八卷，晚唐四卷，凡三十六卷，曰《唐诗归》。取而覆之，见古人诗久传者，反若今人新作诗。见已所评古人语，如看他人语。仓卒中，古今人我，心目为之一易，而茫无所止者，其故何也？正吾与古人之精神，远近前后此中，而若使人不得不有所止者也。

【注释】

〔1〕《诗归》:五十一卷,明钟惺、谭元春编。其中古诗十五卷,唐诗三十六卷。
〔2〕昭明选古诗:梁昭明太子萧统有《文选》六十卷,其中第十九至三十一卷为所选古诗。
〔3〕徇:顺从。
〔4〕今非无学古者:指七子派之作品。
〔5〕使捷者矫之:指公安派之作。
〔6〕谭子元春:谭元春(1586—1631),字友夏,竟陵人。天启七年(1627)举人。有《岳归堂集》十卷。

【思考题】

1. 什么是钟惺所说的真诗?

明代戏曲论著选录

【题解】

我国古代戏曲经过长期的萌芽和发展阶段,到宋、金渐趋成熟,到元代完全成熟并且达到全盛。随着戏曲艺术的发展和繁荣,戏曲理论批评也逐渐产生和发展起来。

元代,燕南芝庵《唱论》、周德清《中原音韵》分别对戏曲的声乐音律问题作了研究和论述,钟嗣成《录鬼簿》记录了元曲作家和作品的资料。明初,朱权《太和正音谱》是一部较有影响的戏曲理论著作。其内容包括戏曲(包括散曲)理论、史料以及北曲的曲谱。朱权对元、明众多戏曲作家的审美特征都用简洁形象的语言作了概括,如"王实甫之词,如花间美人"、"关汉卿之词,如琼筵醉客"等,这乃是继承了诗歌批评的方式。他很重音律,认为"切忌有伤于音律"。

明代中后期,戏曲理论批评有了较大的发展,出现了不少戏曲批评家和著作。其所探讨的主要的戏曲理论问题就是本色和文采的问题。元、明以来的戏曲创作中存在着重本色和重文采两种不同的审美倾向。戏曲来自于民间,要进行舞台演出,具有民间化和舞台化的特点,重本色者较多地注意和体现这些特征。而重文采者较多注意戏曲文学的独立性和审美价值,并将士大夫文人的审美趣味注入其中,体现了戏曲发展过程中的文人化和案头化的倾向。这两种倾向也反映到戏曲理论批评中来,成为批评家们讨论的焦点问题。何良俊主张本色,对《西厢记》崇尚辞藻华美("全带脂粉")、《琵琶记》卖弄学问("专弄学问")提出了批评。他认为"情词易工",戏曲的感人力量来自于其浓郁的情感。何良俊也很重视戏曲的音律,主张"宁声叶而辞不工,无宁辞工而声不叶"(《曲论》),在工文辞与谐音律两者之间,他更强调了后者。这对后来的吴江派产生了影响。

徐渭也主张本色。他提出"本色"与"相色"两个相互对立的范畴。所谓本色就是"正身",也就是其本身所原有的样子。相色就是"替身",是外在赋予的样子。本色是符合戏曲本质的审美特征,相色是不符合戏曲本身的审美特征。徐渭认为,"曲本取于感发人心,歌之使奴、童、妇、女皆喻,乃为得体",这里所谓"得体"即是本色,包括两点:一是感发人心,一是通俗。他对邵璨《香囊记》等追求华藻、填塞典故进行抨击,谓其"如教坊雷大使舞,终非本色"。李贽论戏曲主张自然化工之美,反对人为雕琢,是对本色理论的新发展。

汤显祖的"临川四梦"尤其是《牡丹亭》代表了明代戏曲创作的最高成就。汤显祖更注重戏曲文学本身的思想和审美价值,这其实是把戏曲文学剧本作为戏曲艺术的决定因素,这是一种合理的意见。但是汤显祖忽略了戏曲的舞台性特征,给上演带来了困难。以沈璟为首的吴江派作家更注重戏曲的舞台性,主张本色,强调符合音律,对汤显祖的不谐音律提出了批评,并改编了汤显祖的剧本,以适合舞台演出。这又引起了汤显祖的不满,两派之间的论争由此展开。这两派的观点,就其所强调的方面来说都有其合理性,但也都有其片面性。

王骥德对吴江、临川两派的戏曲理论作了综合,"大抵纯用本色,易觉寂寥;纯用文调,复伤珊镂"。他认为吴江派主法,临川派重趣,各有所偏,要求法与词必两擅其极。他主张戏曲作家应多读书,"博搜精采,蓄之胸中",但他又反对"卖弄学问,堆垛陈腐",要将这两者统一起来,途径就是把古人之书融会贯通,消化吸收,取其"神情标韵"。他重视戏曲的结构问题,主张作曲如人之造宫室,先有整体的结构,然后才可以动笔。《曲律》论及了作曲的各方面问题,对清初李渔的戏曲理论产生了重要影响。

徐渭《南词叙录》[1]

　　今南九宫[2]不知出于何人,意亦国初教坊[3]人所为,最为无稽可笑。夫古之乐府,皆叶宫调[4];唐之律诗、绝句,悉可弦咏[5],如"渭城朝雨"演为三叠是也[6]。至唐末,患其间有虚声难寻,遂实之以字,号长短句[7],如李太白《忆秦娥》、《清平乐》,白乐天《长相思》,已开其端矣;五代转繁,考之《尊前》、《花间》诸集可见[8];逮宋,则又引申之,至一腔数十百字,而古意颇微。徽宗朝[9],周、柳诸子[10],以此贯彼,号曰"侧犯"、"二犯"、"三犯"、"四犯"[11],转辗波荡,非复唐人之旧。晚宋而时文、叫吼,尽入宫调,益为可厌。永嘉杂剧兴[12],则又即村坊小曲而为之,本无宫调,亦罕节奏,徒取其畸农、市女顺口可歌而已,谚所谓"随心令"者,即其技欤?间有一二叶音律,终不可以例其余,乌有所谓九宫?必欲穷其宫调,则当自唐、宋词中别出十二律、二十一调[13],方合古意。是九宫者,亦乌足以尽之?多见其无知妄作也。

　　以时文[14]为南曲,元末、国初未有也,其弊起于《香囊记》[15]。《香囊》乃宜兴老生员邵文明作,习《诗经》,专学杜诗,遂以二书语句匀入曲中,宾白亦是文语,又好用故事作对子,最为害事。夫曲本取于感发人心,歌之使奴、童、妇、女皆喻,乃为得体;经、子之谈,以之为诗且不可,况此等耶?直以才情欠少,未免辏补成篇。吾意与其文而晦,曷若俗而鄙之易晓也。

　　填词如作唐诗,文既不可,俗又不可,自有一种妙处,要在人倾解妙悟,未可言传。名士中有作者,为予诵之,予曰:齐、梁长短句诗,非曲子。何也?其词丽而晦。

【注释】

〔1〕 徐渭(1521—1593),字文清,一字文长,号青藤道士、天池山人,别署天水月,山阴(今浙江绍兴)人。年二十成诸生,后屡试不第。浙江总督胡宗宪聘为幕府书记,胡宗宪因事系狱,徐渭得狂疾,自杀未遂,因杀妻罪入狱当死,为张元忭救出。晚年以卖书画为生,潦倒以死。徐渭多才多艺,于诗、文、书、画、戏曲等,无不擅长。有《徐文长集》三十卷、《逸稿》二十四卷、杂剧《四声猿》、戏曲论著《南词叙录》。《南词叙录》是第一部论述南戏的专著。论述了南戏的起源、发展以及审美特征。

〔2〕 南九宫:宫,指南北曲所用的宫调。据载,北曲有十七宫调,南曲有十三宫调。但戏曲创作中实际所常用的只有九种,通常称为九宫或南北九宫。

〔3〕 教坊:古代管理宫廷音乐的机构。

〔4〕 宫调:曲调的总称。古代以宫、商、角、徵、羽、变宫、变徵为七声,以各声为主均可构成一种调式,以宫声为主的调式称宫,以其他各声为主的调式称调。

〔5〕 弦咏:配乐歌咏。

〔6〕 "渭城朝雨"演为三叠:王维七绝《送元二使安西》:"渭城朝雨浥轻尘,客舍青青柳色新。劝君更尽一杯酒,西出阳关无故人。"后诗入乐府,作为送别曲,反复歌唱,谓之《阳关三叠》,又称《渭城曲》。

〔7〕 "患其间有虚声难寻"三句:唐人以五七言诗入乐,为适合曲调的长短变化,就加入一些和声,后将和声换成实字,就成为词,因其句长短不等,又称长短句。

〔8〕 《尊前》、《花间》:《尊前集》二卷,词总集,不著编者,可能为五代或宋初人所编,录唐五代三十余家词二百余首。《花间词》十卷,词总集,五代后蜀赵崇祚编,选唐五代十八家词五百首。

〔9〕 徽宗:宋徽宗赵佶,1101—1125 在位。

〔10〕 周、柳:周邦彦、柳永,宋代词人。

〔11〕 "侧犯"句:词曲中将不同宫调组合成一曲称犯调。侧犯等为四种犯调的方式。

〔12〕 永嘉杂剧:即温州杂剧,亦即南戏。南戏兴起于温州,温州旧称永嘉,故称。

〔13〕 十二律、二十一调:古代音乐有十二律七声,组合成八十四调。到南宋时只有二十一调。

〔14〕 时文:科举应试之文。明人称八股文为时文。

〔15〕 《香囊记》:明邵璨作。

徐渭《西厢序》

世事莫不有本色,有相色。本色犹俗言正身[1]也,相色替身也,替身者即书评中婢作夫人,终觉羞涩之谓也。婢作夫人者,欲涂抹成主母而多插带[2],反掩其素之谓也。故余于此本中贱相色,贵本色,众人嘖嘖者我咻咻也[3]。岂惟剧者,凡作者莫不如此。嗟哉,吾与谁语!众人所忽,余独详;众人所旨[4],余独唾。嗟哉,吾谁与语!

【注释】

〔1〕 正身:本人。

〔2〕 多插带:指多着首饰等装饰。

〔3〕 众人嘖嘖我者咻咻:嘖嘖,赞叹声。咻(gòu)咻,言语和悦貌。

〔4〕 所旨:所以为甘美者。

汤显祖《牡丹亭记题词》[1]

天下有情宁有如杜丽娘者乎！梦其人即病，病即弥连[2]，至手画形容[3]传于世而后死。死三年矣，复能溟莫中求得其所梦者而生。如丽娘者，乃可谓之有情人耳。情不知所起，一往而深，生者可以死，死可以生。生而不可与死，死而不可复生者，皆非情之至也。梦中之情，何必非真。天下岂少梦中之人耶？必因荐枕而成亲[4]，待挂冠而为密者[5]，皆形骸之论也。

传杜太守事者，仿佛晋武都守李仲文、广州守冯孝将儿女事[6]。予稍为更而演之。至于杜守收考柳生，亦如汉睢阳王收考谈生也[7]。

【注释】

[1] 汤显祖(1550—1617)，字义仍，号若士、海若，别署清远道人。临川(今江西临川)人。万历十一年(1583)进士，除南京太常寺博士、迁礼部主事。因上疏弹劾申时行被贬广东徐闻典史，后改任浙江遂昌知县。终因当时政治黑暗和权豪的排挤而弃官回乡。他诗文兼长，而尤以戏曲创作为后世所重。戏曲作品有《紫钗记》、《牡丹亭》、《邯郸记》、《南柯记》，合称"临川四梦"。诗文集有《红线逸草》、《问棘游草》、《玉茗堂集》等。
[2] 弥连：久病不愈。
[3] 形容：容貌。
[4] 荐枕：侍寝。
[5] 挂冠：辞官。
[6] 李仲文、冯孝将儿女事：《搜神后记》云，晋武都太守李仲文丧女，葬之。张世之子字子长者夜梦见之，愿结夫妇。后打开墓穴，女不得复生。又云，广州太守冯孝将子名马子，夜梦一女，自言为鬼所枉杀，请马子相救。马子掘墓开棺，其女已活，遂结为夫妻，生一男一女。
[7] 睢阳王收考谈生：汉时有谈生夜读，见一女子愿为其妻，约谈生三年内不可以火照之，遂为夫妇，生一子。谈生于两年时窃照其妻，原来其妻为鬼，三年乃得复生。其妻既不得复生，乃以一珠袍与谈生。后谈生卖之，为睢阳王购得，乃其亡女之袍。王遂拷问谈生，生亦实对，又发棺验之，乃以谈生为婿。事见《搜神记》。

汤显祖《答吕姜山》

寄吴中曲论良是[1]。"唱曲当知，作曲不尽当知也。"此语大可轩渠[2]。

凡文以意、趣、神、色为主,四者到时,或有丽词俊音可用,尔时能一一顾九宫四声[3]否?如必按字摸声,即有窒滞迸拽之苦,恐不能成句矣。弟虽郡住,一岁不再谒有司。异地同心,惟与儿辈时作磻溪之想[4]。

【注释】

〔1〕 吴中曲论:指沈璟《唱曲当知》等。
〔2〕 轩渠:笑的样子。
〔3〕 九宫四声:九宫,古代有七声十二律,凡以宫声为主的调式称宫,以其他各声为主的调式称调。明代常用的有仙吕、南吕、中吕、黄钟、正宫五宫,及大石、双调、商调、越调四调,合称九宫。四声,指平、上、去、入四声。
〔4〕 磻溪:又名璜河,在陕西宝鸡市东南。相传姜太公吕尚未遇文王时垂钓于此。

王骥德《曲律》[1](选录)

论须读书第十三

词曲虽小道哉,然非多读书,以博其见闻,发其旨趣,终非大雅。须自《国风》、《离骚》、古乐府及汉、魏、六朝、三唐诸诗,下迨《花间》、《草堂》[2]诸词,金、元杂剧诸曲,及至古今诸部类书,俱博搜精采,蓄之胸中,于抽毫[3]时掇取其神情标韵[4],写之律吕,令声乐自肥肠满脑中流出,自然纵横该洽,与剿袭口耳者不同。胜国诸贤及实甫、则诚辈[5],皆读书人,其下笔有许多典故,许多好语衬副,所以其制作千古不磨。至卖弄学问,堆垛陈腐,以吓三家村人,又是种种恶道。古云:"作诗原是读书人,不用书中一个字。"吾于词曲亦云。

【注释】

〔1〕 王骥德(?—1623),字伯良、伯骏,号方诸生、秦楼外史,会稽(今浙江绍兴)人。有传奇《题红记》、戏曲理论著作《曲律》等。
〔2〕 《花间》、《草堂》:《花间集》,词总集名。五代后蜀赵崇祚编,十卷。《草堂诗余》,词总集名。南宋何士信编,四卷,前后集各二卷主要收录宋人作品,间有唐、五代词作。
〔3〕 抽毫:指创作。
〔4〕 标韵:风度韵致。
〔5〕 实甫、则诚:王实甫、高明。

论家数第十四

曲之始,止本色一家,观元剧及《琵琶》、《拜月》二记可见[1]。自《香囊记》以儒门手脚为之,遂滥觞而有文词家一体[2]。近郑若庸《玉囊记》作[3],而益工修词,质几尽掩。夫曲以模写物情,体贴人理,所取委曲宛转,以代说词,一涉藻缋,便蔽本来。然文人学士,积习未忘,不胜其靡,此体遂不能废,犹古文六朝之于秦、汉也。大抵纯用本色,易觉寂寥;纯用文调,复伤雕镂。《拜月》质之尤者,《琵琶》兼而用之,如小曲语语本色,大曲引子如"翠减祥鸾罗幌"、"梦绕春闱",过曲如"新篁池阁"、"长空万里"等调,未尝不绮绣满眼,故是正体。《玉玦》大曲,非无佳处;至小曲亦复填垛学问,则第令听者愦愦矣!故作曲者须先认其路头,然后可徐议工拙。至本色之弊,易流俚腐;文词之病,每苦太文。雅俗浅深之辨,介在微茫,又在善用才者酌之而已。

【注释】

〔1〕《琵琶》、《拜月》:《琵琶记》,南戏剧本,高明作。《王瑞兰闺怨拜月亭》,南戏剧本,施惠作,或谓无名氏作。
〔2〕"《香囊记》"二句:《香囊记》,传奇剧本,明邵璨作。曲辞华美,有骈骊化倾向。
〔3〕郑若庸《玉囊记》:郑若庸,字中伯,昆山人。《玉囊记》为其所作的南戏剧本。

论章法第十六

作曲,犹造宫室者然。工师之作室也,必先定规式,自前门而厅、而堂、而楼,或三进、或五进、或七进,又自两厢而及轩寮[1],以至廪庾[2]、庖湢[3]、藩垣、苑榭之类,前后、左右、高低、远近,尺寸无不了然胸中,而后可施斤斫。作曲者,亦必先分段数,以何意起,何意接,何意作中段敷衍,何意作后段收煞,整整在目,而后可施结撰。此法,从古之为文,为辞赋,为歌诗者皆然。于曲,则在剧戏,其事头原有步骤,作套数曲[4],遂绝不闻有知此窍者,只漫然随调,逐句凑泊,掇拾为之,非不间得一二好语,颠倒零碎,终是不成格局。古曲如《题柳》"窥青眼",久脍炙人口,然弇州亦訾为牵强而寡次序[5],他可知矣。至闺怨、丽情等曲,益纷错乖迕,如理乱丝,不见头绪,无一可当合作者。是故修辞,当自炼格始。

【注释】

〔1〕寮:小窗。

〔2〕 廪庾:廪,粮仓。庾,露天的谷仓。
〔3〕 湢(bì):浴室。
〔4〕 套数曲:由同一宫调的曲子组合而成的一组曲子,又称套数。
〔5〕 古曲三句:王世贞《艺苑卮言》附录:"南曲之美者,无过于《题柳》'窥青眼',而中亦有牵强寡次序处。……大抵宋词无累篇,而南北曲少完璧,则以繁简之故也。"

论句法第十七

句法,宜婉曲不宜直致,宜藻艳不宜枯瘁,宜溜亮不宜艰涩,宜轻俊不宜重滞,宜新采不宜陈腐,宜摆脱不宜堆垛,宜温雅不宜激烈,宜细腻不宜粗率,宜芳润不宜噍杀[1]。又总之,宜自然不宜生造。意常则造语贵新,语常则倒换须奇。他人所道,我则引避;他人用拙,我独用巧。平仄调停,阴阳谐叶,上下引带,减一句不得,增一句不得。我本新语,而使人闻之,若是旧句,言极熟也;我本生曲,而使人歌之,容易上口,言音调也。一调之中,句句琢炼,毋令有败笔语,毋令有欺嗓音[2],积以成章,无遗恨矣。

【注释】

〔1〕 噍杀:声音迫促。《礼记·乐记》:"其哀心感者,其声噍以杀。"
〔2〕 欺嗓音:指不谐音律,不便歌唱。

杂论第三十九

论曲,当看其全体力量如何,不得以一二语偶合,而曰某人、某剧、某戏、某句某句似元人,遂执以概其高下。寸瑜自不掩尺瑕也。临川之与吴江[1],故自冰炭[2]。吴江守法,斤斤三尺[3],不令欲一字乖律,而毫锋殊拙;临川尚趣,直是横行,组织之工,几与天孙争巧[4],而屈曲聱牙,多令歌者咋舌[5]。吴江尝谓:"宁协律而不工。读之不成句,而讴之始协,是为中之之巧。"[6]曾为临川改易《还魂》字句之不协者,吕吏部玉绳(郁蓝生尊人)以致临川[7],临川不怿,复书吏部曰:"彼恶知曲意哉!余意所至,不妨拗折天下人嗓子。"[8]其志趣不同如此。郁蓝生谓临川近狂,而吴江近狷[9],信然哉!

【注释】

〔1〕 临川:汤显祖,临川人。吴江:沈璟(1553—1610),字伯英,一字聃和,号宁庵,又号词隐,吴江人。精通音律,编有《南九宫谱》。其戏曲作品有《属玉堂传奇》十七种,今存《义侠记》等七种。论曲主本色,重音律,以其为首形成吴江派。

〔2〕 冰炭:喻互相不容。
〔3〕 三尺:古代将法律刻在三尺长的竹简上,故亦称法律为三尺。此指戏曲创作的法则。
〔4〕 天孙:织女星。
〔5〕 咋(zé)舌:咬舌。
〔6〕 吴江尝谓五句:吕天成《曲品》引吴氏语为:"宁律协而词不工,读之不成句,而讴之始叶,是曲中之工巧。"
〔7〕 吕吏部玉绳:吕胤昌,号玉绳,浙江余姚人。汤显祖同年进士。吕天成(号郁蓝生)之父。
〔8〕 "复书吏部曰"四句:所引诸句出《答孙俟居》,王氏误记为答吕胤昌。
〔9〕 "郁蓝生谓"二句:吕天成《曲品》卷上:"予谓二公譬如狂、狷,天壤间应有此两项人物。"

【思考题】
1. 什么叫本色?
2. 试述汤显祖的戏曲理论内容。

明代小说论著选录

【题解】

小说发展到明代已经完全成熟,出现了大量的优秀作品。明代在小说理论方面也已走向成熟,出现了不少著名的小说理论家,产生了许多有影响的观点。

明代小说理论比较集中地探讨了以下几个理论问题:

关于小说的地位。小说自产生以来一直不受文人学士们重视,明代一些小说理论家指出小说有劝善惩恶的社会作用,意在提高小说的地位。张尚德认为小说可以"裨益风教",可一居士认为"三言"可以"醒世"、"警世"、"喻世",绿天馆主人说"虽小诵《孝经》、《论语》,其感人未必如是之捷且深也",认为小说所起到的教育作用甚至比《孝经》、《论语》还大。由肯定小说的社会作用,从而肯定小说存在的合理性,肯定小说的地位。明代小说理论家不仅认识到小说的社会作用,而且还论述了小说的教育作用与《孝经》《论语》等著作不同,绿天馆主人说:"试令说话人当场描写,可喜可愕,可悲可涕,可歌可舞;再欲捉刀,再欲下拜,再欲决脰,再欲捐金;怯者勇,淫者贞,薄者敦,顽钝者汗下。"这是说小说的作用靠的是生动形象的描写,而且其作用的方式是从情感上打动人,使人发生喜、愕、悲、涕、歌、舞的情感反应,从而作用于人的理性道德,使人在道德上有所改进和转变。这种观点实际上是认识到了小说的审美作用与教育作用是结合在一起的。

关于小说的真实性。这也是明代小说理论家讨论得比较多的一个问题,其焦点在于艺术真实与生活真实之间的关系问题。体现在历史小说上就是艺术真实与历史真实的关系问题,亦即小说与历史的关系问题。明代人对这一问题的认识也是有一个发展过程的。蒋大器认为《三国演义》"事纪其实,庶几乎史",这实际上是强调历史小说与历史的相同性,强调艺术真实与历史真实的相同性,而对其差别则没有认识。张尚德所谓"羽翼信史",其实也是着眼小说与历史的相同性而言的。袁于令则对作为历史著作的正史和具有小说性质的逸史作出了明确的区分,认为正史传信贵真实,而逸史传奇贵虚构。容与堂本《李卓吾先生批评忠义水浒传》回评指出"《水浒传》事节都是假的,说来却似逼真",触及艺术虚构与真实性的关系问题。冯梦龙集中讨论了小说的真实与虚构问题,提出"事真而理不赝,即事赝而理亦真"这一小说创作的美学原则。这里所谓事是指小说中所写的事件即故事情节。若小说中所写的就是现实生活中实际发生的事件,这就是"事真",其所写的不是现实生活中所实际发生的事件,这就是"事赝"。所谓理是指小说中所描写事件体现出来的思想与道理。无碍居士认为,无论小说中事件是真实的还是虚构的,其体现的思想和道理都应该是真实的。明代后期,好奇崇异之风盛行,在小说中也表现出好奇之风,这主要表现在追求题材与情节的奇异,这其实是一种浪漫主义倾向,神话小说《西游记》是这种倾向的代表。明代小说理论家称此种浪漫主义倾向为"幻",袁于令主张"文不幻不文,幻不极不幻",对"幻"特别推崇。他们对浪漫主义中的真实性问题也有所认识,袁于令认为"极幻"中含有"极真",睡乡居士认为应该"幻中有真",所写的内容虽然非现实中所有,但应该符合现实生活的逻辑。以《西游记》为例,"师弟四人,各一性情,各一动止,试摘取其一言一事,遂使暗中摹索,亦知其出自何人",符合现实中人物的性格逻辑。这种观点其实认识到了浪漫主义作品的艺术特征。但是尽管如此,明代小说理论家对浪漫主义作品的认识也还是不足的。睡乡居士说:"知奇之为奇,而不知无奇之所以为奇。舍目前可纪之事,而驰骛于不论不议之乡。如画家之不图犬马,而图鬼魅者,曰:吾以骇听而止耳。"他对于"驰于不论不议之乡"是颇为不满的,即便他承认《西游记》"幻中有真",但他也认为《西游记》"怪诞不经",不如《水浒传》。而袁于令则走向了另一极端,认为"言真不如言幻"。

关于人物性格塑造问题。容与堂本《李卓吾先生批评忠义水浒传》回评指出"《水浒传》文字妙绝千古,全在同而不同处有辨",把《水浒传》的巨大艺术成就和不朽魅力归结为人物性格塑造的成就,这就把人物性格塑造放到了小说创作和批评的中心位置。人物性格"同而不同",既要有独特的个性,也要能体现出共性。这些观点对明末清初的小说理论批评家金圣叹的小说理论批评产生了深刻的影响。明代小说理论对小说的通俗化问题也有相当的论述。其肯定小说的通俗化也是立足于小说的社会作用,认为天下"文心少,里耳多",要发挥小说的教育作用,就必须使之通俗化。

庸愚子《三国志通俗演义序》[1](节选)

夫史,非独纪历代之事,盖欲昭往昔之盛衰,鉴君臣之善恶,载政事之得失,观人才之吉凶,知邦家之休戚,以至寒暑、灾祥、褒贬、予夺,无一而不笔之者,有义存焉。吾夫子因获麟而作《春秋》[2],《春秋》,鲁史也[3]。孔子修之,至一字予者,褒之,否者,贬之[4]。然一字之中,以见当时君臣父子之道,垂鉴后世,裨识某之善,某之恶,欲其劝惩[5]警惧,不致有前车之覆[6]。此孔子立万万世至公至正之大法,合天理,正彝伦[7],而乱臣贼子惧[8]。故曰:知我者其惟《春秋》乎,罪我者其惟《春秋》乎[9]!亦不得已也。孟子见梁惠王,言仁义而不言利[10],告时君,必称尧舜禹汤[11],答时臣,必及伊傅周召[12]。至朱子纲目[13],亦由是也。岂徒纪历代之事而已乎?然史之文,理微义奥,不如此,乌可以昭后世?《语》云:"质胜文则野,文胜质则史。"[14]此则史家秉笔之法,其于众人观之,亦尝病焉。故往往舍而不之顾者,由其不通乎众人;而历代之事,愈久愈失其传。前代尝以野史,作为评话,令瞽者演说。其间言辞鄙谬又失之于野,士君子多厌之。若东原罗贯中,以平阳陈寿传[15],考诸国史,自汉灵帝中平元年[16],终于晋太康元年[17]之事。留心损益,目之曰《三国志通俗演义》。文不甚深,言不甚俗,事纪其实,亦庶几乎史。盖欲读诵者,人人得而知之,若诗所谓里巷歌谣之义也[18]。

【注释】

〔1〕 庸愚子:据序后印章知即蒋大器,庸愚子乃是其号。浙江金华人。余不详。此文撰于弘治甲寅(1494)。

〔2〕 吾夫子句:夫子,指孔子。《史记·孔子世家》:"鲁哀公十四年(公元前481年)春,狩大野……及西狩见麟,曰:'吾道穷矣。'……乃因史记作《春秋》。"

〔3〕 《春秋》,鲁史也:杜预《春秋左氏传序》:"《春秋》者,鲁史记之名也。"

〔4〕 "一字予者"四句:杜预《左氏春秋传序》:"《春秋》虽以一字为褒贬,然皆须数句以成言。"

〔5〕 劝惩:杜预《左氏春秋传序》:"为例之情有五:……五曰惩恶而劝善。"

〔6〕 前车之覆:《汉书·贾谊传》:"前车覆,后车戒。"

〔7〕 彝伦:彝,常。伦,理。指人与人之间的道德关系。

〔8〕 乱臣贼子惧:《孟子·滕文公下》:"孔子成《春秋》而乱臣贼子惧。"

〔9〕 "知我者"二句:《孟子·滕文公下》:"《春秋》,天子之事也。是故孔子曰:'知我者其惟《春秋》乎!罪我者其惟《春秋》乎!'"

〔10〕 "孟子见梁惠王"二句:《孟子·梁惠王上》:"孟子见梁惠王。王曰:'叟不远千里而来,亦将有以利吾国乎?'孟子对曰:'王何必曰利?亦有仁义而已矣。'"

〔11〕 "告时君"二句:禹,夏禹。汤,商汤。《孟子·滕文公上》:"滕文公为世子,将之楚,过宋,而见孟子。孟子道性善,言必称尧舜。"《梁惠王下》孟子对齐宣王曾提到汤事葛、征葛事,还谓汤以七十里为政于天下。而提到夏禹处均非告时君语。

〔12〕 "答时臣"二句:伊傅周召,伊尹、傅说、周公、召公。前二人为商时贤臣,后二人为周时贤臣。《孟子·公孙丑下》载孟子对齐大夫陈贾言周公。言及伊尹、傅说处均非答时臣。召公,《孟子》一书未尝言及。

〔13〕 朱子纲目:宋朱熹有《通鉴纲目》,据《资治通鉴》等书编成。体例上,纲仿《春秋》,目仿《左传》。

〔14〕 "《语》云"三句:《论语·雍也》:"质胜文则野,文胜质则史。文质彬彬,然后君子。"

〔15〕 平阳陈寿传:指陈寿《三国志》。

〔16〕 汉灵帝中平元年:公元184年。中平,汉灵帝年号。

〔17〕 晋太康元年:公元280年。太康,晋武帝年号。

〔18〕 若诗所谓里巷歌谣之义:朱熹《诗集传序》:"凡《诗》之所谓风者,多出于里巷歌谣之作。"

熊大木《新刊大宋演义中兴英烈传序》[1]（节选）

或谓小说不可紊之以正史,余深服其论。然而稗官野史[2],实记正史之未备。若使的以事迹显然不泯者得录,则是书竟难以成野史之余意矣。如西子[3]事昔人文辞往往及之,而其说不一。《吴越春秋》[4]云吴亡西子被杀,则西子之在当时固已死矣。唐宋之问诗云:"一朝还旧都,靓妆寻若耶。鸟惊入松网,鱼畏沉荷花[5]。"则西子尝复还会稽[6]矣。杜牧之诗云:"西子下姑苏,一舸遂鸱夷[7]。"是西子甘心于随蠡矣。及东坡《题范蠡》诗云:"谁遣姑苏有麋鹿,更怜夫子得西施。"[8]则又以为蠡窃西子,而随蠡者或非其本心也。质是而论之,则史书小说有不同者,无足怪矣。

【注释】

〔1〕 熊大木:字钟谷,又字鳌峰,福建建阳人,明嘉靖时书坊主人,并亲自创作通俗小说,编有《全汉志传》、《唐书志传通俗演义》、《南北两宋志传》、《新刊大宋中兴通俗演义》。《新刊大宋中兴通俗演义》,又题《新刊大宋演义中兴英烈传》,或题《武穆王演义》,八卷八十则,题"鳌峰熊大木编辑",演宋高宗朝中兴事。卷首有熊大木嘉靖三十一年(1552)自序。

〔2〕 野史:与正史相对,私家编撰的史书。

〔3〕 西子:即西施,春秋时越国美女。传说越被吴国所败,越王勾践命范蠡求得美女西施,献给吴王夫差,吴王许和。后越王卧薪尝胆,灭吴复仇。关于西施的下落结局,说法不一。

〔4〕 《吴越春秋》:东汉赵晔撰。十卷。记吴国从太伯至夫差、越国从无余至勾践时代的史事,颇近小说。

〔5〕 "唐宋之问诗云"五句:宋之问,初唐诗人,诗见《浣纱篇赠陆上人》。靓(jìng)妆,以脂粉妆饰。若耶,若耶溪,在今浙江绍兴县东南。传说西施曾在这里浣纱,故又称浣纱溪。

〔6〕 会稽:越国国都,在今浙江绍兴。

〔7〕 鸱夷:指范蠡。范蠡,字少伯,越大夫。佐越王勾践图强灭吴后,以为勾践不可共安乐,遂入齐,改名鸱夷子皮。

〔8〕 "及东坡"句:此苏轼《戏书吴江三贤画像三首》之一。谁遣,本集作"却遣"。

容与堂本《李卓吾先生批评忠义水浒传》回评[1](选录)

李载贽曰:《水浒传》事节都是假的,说来却似逼真,所以为妙。常见近来文集,乃有真事说做假者,真钝汉也,何堪与施耐庵、罗贯中作奴。李和尚曰:描画鲁智深,千古若活,真是传神写照妙手。且《水浒》文字妙绝千古,全在同而不同处有辨,如鲁智深、李逵、武松、阮小七、石秀、呼延灼、刘唐等众人,都是性急的,渠[2]形容刻画来各有派头,各有光景,各有家数,各有身分,一毫不差,半些不混。读者自有分辨,不必见其姓名,一睹事实就知某人某人也,读者亦以为然乎?读者即不以为然,李卓老自以为然,不易也。李生曰,说淫妇便像个淫妇,说烈汉便像个烈汉,说呆子便像个呆子,说马泊六[3]便像个马泊六,说小猴子便像个小猴子,但觉读一过,分明淫妇、烈汉、呆子、马泊六、小猴子光景在眼,淫妇、烈汉、呆子、马泊六、小猴子声音在耳,不知有所谓语言文字也。何物文人,有此肺肠,有此手眼,若令天地间无此等文字,天地亦寂寞了也。不知太史公堪作此衙官否[4]?

【注释】

〔1〕 关于容与堂本题名《李卓吾批评忠义水浒传》的评语是否真正出自李贽之手,目前学术界还有争议。评语中李载贽、李和尚、李生均是一人。

〔2〕 渠:他。

〔3〕 马泊六:男女私情的牵线者。

〔4〕 "不知太史公"句:太史公,指司马迁。衙官,州镇的属官。《旧唐书·杜审言传》:"又尝谓人曰:吾之文章,合得屈、宋作衙官。"言其文章高于屈原、宋玉。此谓《水浒传》文字高于《史记》。

绿天馆主人《古今小说序》[1](节选)

皇明文治既郁,靡流不波;即演义一斑,往往有远过宋人者。而或以为恨乏唐人风致,谬矣。食桃者不费杏,绨縠毳锦[2],惟时所适。以唐说律宋,将有以汉说律唐,以春秋、战国说律汉,不至于尽扫羲圣之一画[3]不止。可若何!大抵唐人选言,入于文心[4];宋人通俗,谐于里耳[5]。天下之文心少而里耳多,则小说之资于选言者少,而资于通俗者多。试令说话人当场描写,可喜可愕,可悲可涕,可歌可舞;再欲捉刀[6],再欲下拜,再欲决胝[7],再欲捐金;怯者勇,淫者贞,薄者敦,顽钝者汗下。虽小诵《孝经》、《论语》,其感人未必如是之捷且深也。噫,不通俗而能之乎?

【注释】

〔1〕 绿天馆主人:前人考证就是冯梦龙。冯梦龙(1574—1646),字犹龙,一字子犹,别署顾曲散人、墨憨斋主人等,长洲(今江苏苏州)人。收集、整理、编撰古今小说一百二十种为《古今小说》(《喻世明言》、《警世通言》、《醒世恒言》,人称"三言"。

〔2〕 绨:葛布。毳(cuī):兽细毛,此指毛皮衣。

〔3〕 羲圣之一画:羲圣,伏羲氏。相传伏羲画八卦,后人以为此为文字之始。一画,即

指伏羲所画的符号。
〔4〕 "唐人选言"二句:唐人所用的是经过选择加工的典雅语言,适合文人的趣味。
〔5〕 里耳:俗耳。
〔6〕 捉刀:执刀以卫。
〔7〕 决脰:断头。脰,颈项。

无碍居士《警世通言叙》[1](节选)

野史尽真乎?曰:不必也。尽赝[2]乎?曰:不必也。然则,去其赝而存其真乎?曰:不必也。《六经》、《语》、《孟》,谭者纷如,归于令人为忠臣,为孝子,为贤牧[3],为良友,为义夫,为节妇,为树德之士,为积善之家,如是而已矣。经书著其理,史传述其事,其揆[4]一也。理著而世不皆切磋之彦[5],事述而世不皆博雅之儒。于是乎村夫稚子,里妇估儿[6],以甲是乙非为喜怒,以前后因果为劝惩,以道听途说为学问。而通俗演义一种,遂足以佐经书史传之穷。而或者曰:"村醪市脯[7],不入宾宴,乌用是齐东娓娓者[8]为?"呜呼!《大人》、《子虚》,曲终奏雅[9],顾其旨如何耳!人不必有其事,事不必丽[10]其人。其真者可以补金匮石室[11]之遗,而赝者亦必有一番激扬劝诱、悲歌感慨之意。事真而理不赝,即事赝而理亦真,不害于风化,不谬于诗书经史,若此者其可废乎?

【注释】

〔1〕 无碍居士:据考证即冯梦龙。
〔2〕 赝:假。
〔3〕 贤牧:好官。
〔4〕 揆:准则。
〔5〕 切磋之彦:长于研究切磋学问道理之士。彦,古代对士的美称。
〔6〕 估儿:商贩。
〔7〕 村醪(láo)市脯:指乡间集市上的酒菜,比喻通俗小说。醪,浊酒。脯,干肉。
〔8〕 齐东娓娓者:指通俗小说。齐东,《孟子·万章上》:咸邱蒙问孟子,传言舜代尧而立,尧及舜的父亲北面而朝拜之,此言是否真实。孟子曰:"否。此非君子之言,齐东野人之语也。"
〔9〕 "《大人》、《子虚》"二句:《大人》,《大人赋》。《子虚》,《子虚赋》。俱为司马相如作。曲终雅奏,《汉书·司马相如传赞》:"相如虽多虚辞滥说,然要其归引之于节俭,此与《诗》之风谏何异?扬雄以为靡丽之赋,劝百风一,犹驰骋郑卫之声,曲终而奏雅,不已亏乎!"指在文章末尾点明劝诫之旨。

〔10〕 丽:附着。
〔11〕 金匮石室:古代国家藏书之处。

睡乡居士《二刻拍案惊奇序》[1]（节选）

尝记《博物志》[2]云:"汉刘褒画云汉图,见者觉热,又画北风图,见者觉寒。"窃疑画本非真,何缘至是？然犹曰:人之见,为之也。甚而僧繇点睛,雷电破壁[3];吴道玄画殿内五龙,大雨辄生烟雾[4]。是将指画为真则既不可,若云赝也,不已胜于真者乎？然则操觚[5]之家,亦若是焉则已矣。今小说之行世者,无虑百种,然而失真之病,起于好奇。知奇之为奇,而不知无奇之所以为奇。舍目前可纪之事,而驰骛于不论不议之乡。如画家之不图犬马,而图鬼魅者[6],曰:吾以骇听而止耳。夫刘越石清啸吹笳,尚能使群胡流涕解围而去[7],今举物态人情,恣其点染,而不能使人欲歌欲泣于其间,此其奇与非奇,固不待智者而后知之也。则为之解曰:文自《南华》、《冲虚》[8],已多寓言,下至非有先生、冯虚公子[9],安所得其真者而寻之？不知此以文胜,非以事胜也。至演义一家,患易而真难,固不可相衡而论矣。有如《西游》一记,怪诞不经,读者皆知其谬。然据其所载,师弟四人,各一性情,各一动止,试摘取其一言一事,遂使暗中摸索,亦知其出自何人,则正以幻中有真,乃为传神阿堵[10],而已有不如《水浒》之讥,岂非真不真之关,固奇不奇之大较也。

【注释】

〔1〕 睡乡居士:不详。
〔2〕 博物志五句:《博物志》十卷,晋张华撰。今本多有缺失。本文所引不见于今本,而见于唐张彦远《历代名画记》:"刘褒,汉桓帝时人,曾画云汉图,人见之觉热;又画北风图,人见之觉凉。"
〔3〕 "僧繇点睛"二句:《历代名画记》:"（梁）武帝崇饰佛寺,多命僧繇（张僧繇）画之。……金陵安乐寺四白龙不点眼睛,每云:'点睛即飞去。'人以为妄诞,固请点之。须臾,雷电破壁,两龙乘云腾去上天,二龙未点睛者见在。"
〔4〕 "吴道玄画殿内五龙"二句:朱景玄《唐朝名画录》:吴道玄"又画内殿五龙,其鳞甲飞动,每天欲雨,即生烟雾"。
〔5〕 操觚:指作文。觚,木简。
〔6〕 "如画家之不图犬马"二句:《韩非子·外储说左上》:"客有为齐王画者,齐王问曰:画孰最难者？曰:犬马最难。孰易者？曰:鬼魅最易。夫犬马,人所知也,旦暮

罄于前,不可类之,故难。鬼魅,无形者,不罄于前,故易之也。"
〔7〕 "刘越石清啸吹笳"二句:刘琨,字越石,晋将领、诗人。《晋书·刘琨传》:刘琨"在晋阳,尝为胡骑所围数重,城中窘迫无计,琨乃乘月登楼清啸,贼闻之,皆凄然长叹。中夜奏胡笳,贼又流涕歔欷,有怀土之切。向晓复吹之,贼并弃围而走。"
〔8〕《南华》、《冲虚》:《南华》,指《庄子》。《冲虚》,指《列子》。唐天宝元年诏号列子为冲虚真人,《列子》改称《冲虚真经》。
〔9〕 非有先生、冯虚公子:二者皆假托人名,非有、冯虚,皆言非实有其人。冯,通"凭"。东方朔有《非有先生论》,张衡《西京赋》中有凭虚公子。二者皆来自司马相如《子虚赋》中的子虚、乌有先生。
〔10〕 阿堵:犹言这个。

吉衣主人《隋史遗文序》[1](节选)

　　史以遗名者何?所以辅正史也。正史以纪事,纪事者何?传信也。遗史以蒐逸[2],蒐逸者何?传奇也。传信者贵真,为子死孝,为臣死忠,摹圣贤心事,如道子写生[3],面奇逼肖;传奇者贵幻,忽焉怒发,忽焉嘻笑,英雄本色,如阳羡书生,恍惚不可方物[4]。苟有正史而无逸史,则勋名事业,彪炳[5]天壤者固属不磨,而奇情侠气逸均[6]英风,史不胜书者,卒多湮没无闻。

【注释】

〔1〕 吉衣主人:即袁于令。袁于令(1592—1674),一名韫玉,又名晋,字令昭,号白宾、箨庵、凫公、吉衣主人、幔亭过客等。江苏吴县人,明诸生,入清曾任荆州知府。撰有《隋史遗文》等。此序作于明崇祯六年(1633)。
〔2〕 蒐:同"搜"。
〔3〕 道子:即吴道子。
〔4〕 "阳羡书生"二句:东晋时阳羡许彦,山行遇一书生,善于变幻。不可方物,不可辨别其为何物。
〔5〕 彪炳:文采焕发。
〔6〕 逸均:超俗的风韵。均同韵。

幔亭过客《西游记题辞》[1](节选)

　　文不幻不文,幻不极不幻。是知天下之事,乃极真之事,极幻之理,乃极真之理。故言真不如言幻,言佛不如言魔。魔非他,即我也。我化为佛,未佛皆魔。魔与佛力齐而位逼,丝发之微,关头匪细;摧挫之极,心性不惊。此《西游》之所以作也。

【注释】
〔1〕 幔亭过客:即袁于令。

【思考题】
1. 试述明代小说理论关于历史小说真实性的思想。
2. 试述明代小说理论中关于人物塑造的观点。

清代

金圣叹小说论著选录

【题解】

金圣叹(1608—1661),本名张采,后改姓金,名喟,字圣叹,明亡后改名人瑞。江苏吴县人,明诸生。明亡后绝意仕进。清顺治十八年(1661),因哭庙案被杀。少有文才,称《离骚》、《庄子》、《史记》、杜甫诗、《水浒传》、《西厢记》为天下六才子书,而尤以评点《水浒》、《西厢》著名。

金圣叹是中国小说理论批评史上最有成就的批评家。他把中国古代文艺美学传统应用到小说领域,继承前代小说理论批评的成果,开创了小说理论批评的新局面。金圣叹对圣人作书与古人作书作了区分。"圣人之作书也以德,古人之作书也以才。"这其实是把作家从道德家当中分离了出来,而这种分别其实也是对道德与文学的分别。作家创作要靠才,因而作家被称为"才子"。他把《庄子》、《离骚》等书称为"才子书"。他把经典置于不论不议之列,而只谈才子书,可见他对艺术性的重视。他对几部书的评点的着眼点也主要是艺术性。

他对《史记》和《水浒传》作了比较,指出《史记》是"以文运事",《水浒传》是"因文生事"。《史记》所处理的是现成的历史事实,这对作者就构成了限制,作者的艺术才能就体现在对现成的史实的组织和处理上。而《水浒传》则不然,作者可以根据艺术的需要进行自由的虚构,而这种虚构性更可以发挥作者的艺术创造才能。从纯艺术的角度,他更推重这种虚构文学。

金圣叹非常重视人物性格塑造。他指出,《水浒传》人物性格有鲜明的个性,"写一百八个人性格,真是一百八样"。另一方面,在个性当中也概括了一类人的共同性,"任凭提起一个,都似旧时熟识"。体现了共性的个性就是典型化的性格。

读第五才子书法(选录)

或问:施耐庵寻题目写出自家锦心绣口[1],题目尽有,何苦定要写此一事?答曰:只是贪他三十六个人,便有三十六样出身,三十六样面孔,三十六样性格,中间便结撰得来。

《水浒传》方法,都从《史记》出来,却有许多胜似《史记》处。若《史记》妙处,《水浒》已是件件有。

《水浒传》不是轻易下笔,只看宋江出名,直到第十七回,便知他胸中已算过百十来遍。若使轻易下笔,必要第一回就写宋江,文字便一直帐,无擒放[2]。

某尝道《水浒》胜似《史记》,人都不肯信。殊不知某却不是乱说,其实《史记》是以文运事,《水浒》是因文生事。以文运事,是先有事生成如此如此,却要算计出一篇文字来,虽是史公高才,也毕竟是吃苦事。因文生事即不然,只是顺着笔性去,削高补低都由我。

《水浒传》写一百八个人性格,真是一百八样。若别一部书,任他写一千个人,也只是一样,便只写得两个人,也只是一样。

《宣和遗事》[3],具载三十六人姓名,可见三十六人是实有。只是七十回中许多事迹,须知都是作书人凭空造谎出来,如今却因读此七十回,反把三十六个人物都认得了,任凭提起一个,都似旧时熟识,文字有气力如此。

《水浒传》只是写人粗卤处,便有许多写法:如鲁达粗卤是性急,史进粗卤是少年任气,李逵粗卤是蛮,武松粗卤是豪杰不受羁靮,阮小七粗卤是悲愤无说处,焦挺粗卤是气质不好。

【注释】

〔1〕锦心绣口:形容构思精巧、辞藻华丽。柳宗元《乞巧文》:"骈四俪六,锦心绣口。"
〔2〕无擒放:无收纵开阖。
〔3〕宣和遗事:一作《大宋宣和遗事》,书出宋、元间,作者不详。分前后两集,或分四集。书中叙述北宋衰亡及宋高宗南迁临安的过程,其中有宋江等三十六人聚义事。

【思考题】

1. 试述金圣叹关于人物性格塑造的理论。

李渔《闲情偶寄》选录

【题解】

　　李渔(1611—1679?),字笠鸿,又字谪凡,号笠翁,浙江兰溪人。有《笠翁一家言》,收录其诗文杂著,另有短篇小说集《十二楼》。其主要成就在戏曲方面。办有家庭戏班,亲自创作、导演,所作传奇《比目鱼》《风筝误》等十种,合称《笠翁十种曲》。《闲情偶寄》是李渔的一部杂著,共包括词曲部、演习部、声容部、居室部、器玩部、饮馔部、种植部、颐养部八个部分,内容涉及戏曲、歌舞、建筑、园林、饮食等等,其中有关戏曲的部分有词曲部、演习部。词曲部论述的主要是创作理论,演习部主要论述戏曲表演及导演问题。词曲部又分六个部分:结构第一、词采第二、音律第三、宾白第四、科诨第五、格局第六,论及戏曲的结构、语言、对话、音乐等问题。我们所选的几段出自《结构》部分。

　　李渔认为戏曲创作要"立主脑"。所谓主脑,是指一部戏曲的主要人物和中心情节。"此一人一事,即作传奇的主脑也。"其所谓"立言之本意",就是说一部戏曲是为何人而作,为何事而作。如《琵琶记》的中心人物是蔡伯喈,中心事件是重婚相府,这就是这部作品的主脑。传奇有众多的人物和事件,但都要围绕中心人物和中心事件来展开。一部作品是由众多的人物和情节构成的一个整体,在这个整体当中,各个部分情节、人物之间互相关联,应该互相熙应,不能互相矛盾。在创作中,剧作家要有通盘考虑,精心布局。这在李渔就叫密针线。李渔还认为,一部作品应该线索分明,不应该头绪纷繁,有过多的枝蔓,而应该突出主线。《审虚实》部分,李渔着重论述古今题材的处理问题,涉及戏曲的真实性和典型化的问题。"传奇无实,大半皆寓言耳。"指出了戏曲作品的虚构特征,但对古今题材的处理应有不同。"若纪目前之事",处理当代题材,不仅情节可以虚构,而且人物也可虚构。但对于古代题材则不同。古人的戏曲作品所反映的生活对于古代作家来说也是当代的,因而古人可以虚构。但当代作家要写古代的题材,其处境和古人就不同。古事传至于今,已为众人所熟悉。如果再去虚构,违背了古籍的记录,观众就会不相信。李渔虽然对戏曲的虚构性特征有所认识,但对艺术创作可以打破历史的真实还是认识不够。李渔在论述戏曲的人物塑造时指出："欲劝人为孝,则举一孝子出名,但有一行可纪,则不必尽有其事,凡属孝亲所应有者,悉取而加之,亦犹纣之不善不如是之甚也,一居下流,天下之恶皆归焉。"要使人物有典型性,就把此类人物所应有特征都集中到一人的身上。这其实触及到了人物塑造的典型化问题。

闲情偶寄（选录）

立主脑

古人作文一篇,定有一篇之主脑。主脑非他,即作者立言之本意也。传奇亦然。一本戏中,有无数人名,究竟俱属陪宾;原其初心,止为一人而设。即此一人之身,自始至终,离合悲欢,中具无限情由,无穷关目[1],究竟俱属衍文;原其初心,又止为一事而设。此一人一事,即作传奇之主脑也。然必此一人一事,果然奇特,实在可传,而后传之,则不愧传奇之目,而其人其事与作者姓名,皆千古矣。如一部《琵琶》,止为蔡伯喈一人;而蔡伯喈一人,又止为重婚牛府一事。其余枝节,皆从此一事而生：二亲之遭凶,五娘之尽孝,拐儿之骗财匿书,张大公之疏财仗义,皆由于此。是"重婚牛府"四字,即作《琵琶记》之主脑也。一部《西厢》,止为张君瑞一人;而张君瑞一人,又止为白马解围一事。其余枝节,皆从此一事而生：夫人之许婚,张生之望配,红娘之勇于作合,莺莺之敢于失身,与郑恒之力争原配而不得,皆由于此。是"白马解围"四字,即作《西厢记》之主脑也。余剧皆然,不能悉指。后人作传奇,但知为一人而作,不知为一事而作,尽此一人所行之事,逐节铺陈,有如散金碎玉。以作零出[2]则可,谓之全本,则为断线之珠,无梁之屋,作者茫然无绪,观者寂然无声,无怪乎有识梨园[3]望之而却走也。此语未经提破,故犯者孔多。而今而后,吾知鲜矣。

密针线

编戏有如缝衣,其初则以完全者剪碎,其后又以剪碎者凑成。剪碎易,凑成难。凑成之工,全在针线紧密;一节偶疏,全篇之破绽出矣。每编一折,必须前顾数折,后顾数折。顾前者,欲其照映;顾后者,便于埋伏。照映埋伏,不止照映一人,埋伏一事,凡是此剧中有名之人,关涉之事,与前此后此所说之话,节节俱要想到。宁使想到而不用,勿使有用而忽之。吾观今日之传奇,事事皆逊元人,独于埋伏照映处,胜彼一筹。非今人之太工,以元人所长,全不在此也。若以针线论,元曲之最疏者,莫过于《琵琶》,无论大关节目,背谬甚多——如子中状元三载,而家人不知;身赘相府,享尽荣华,不能自遣一仆,而附家报于路人;赵五娘千里寻夫,只身无伴,未审果能全节与否,其谁证之:诸如此类,皆背理妨伦之甚者。再取小节论之,如五娘之剪发,乃作者自为之,当日必无其事。以有疏财仗义之张大公在,受人之托,必能忠人之事,未有坐视不顾,而致其剪发者也。然不剪发不足以见五娘之孝,以我作《琵琶》,《剪发》一折亦必不能少,但须回护张大公,使之自留地步。吾读《剪发》之曲,并无一字照管大公,且若有心讥刺者。据五娘云:"前日婆婆没了,亏大公周济。如今公公又死,无钱资送,不好再去求他,只得剪发"云云。若是,则剪发一事,乃自愿为之,非时势迫之使然也;奈何曲中云:"非奴苦要孝名传,只为上山擒虎易,开口告人难。"此二语虽属恒言,人人可道,独不宜出五娘之口。彼自不肯告人,何以言其难也?观此二语,不似怼怨大公之词乎?然此犹属背后私言,或可免于照顾;迨其哭倒在地,大公见之,许送钱米相资,以备衣衾棺椁则感之颂之,当有不啻口出者矣。奈何曲中又云:"只恐奴身死也兀自没人埋,谁还你恩债?"试问:公死而埋者何人?姑死而埋者何人?对埋殓公姑之人而自言暴露,将置大公于何地乎?且大公之相资,尚义也,非图利也,"谁还恩债"一语,不几抹倒大公,将一片热肠付之冷水乎?此等词曲,幸而出自元人;若出我辈,则群口讪之,不识置身何地矣。予非敢于仇古。既为词曲立言,必使人知取法;若扭于世俗之见,谓事事当法元人,吾恐未得其瑜,先有其瑕。人或非之,即举元人借口,乌知圣人千虑,必有一失;圣人之事犹有不可尽法者,况其它乎?《琵琶》之可法者原多,请举所长以盖短:如《中秋赏月》一折,同一月也,出于牛氏之口者,言言欢悦;出于伯喈之口者,字字凄凉;一座两情,两情一事,此其针线之最密者。瑕不掩瑜,何妨并举其略。然传奇,一事也,其中义理,分为三项:曲也,白也,穿插联络之关目也。元人所长者,止居其一,曲是也;白与关目,皆其所短。吾于元人,但守其词中绳墨[4]而已矣。

审虚实

传奇所用之事,或古或今,有虚有实,随人拮取。古者,书籍所载,古人现成之事也;今者,耳目传闻,当时仅见之事也;实者就事敷陈,不假造作,有根有据之谓也;虚者,空中楼阁,随意构成,无影无形之谓也。人谓古事多实,近事多虚。予曰:不然。传奇无实,大半皆寓言耳。欲劝人为孝,则举一孝子出名,但有一行可纪,则不必尽有其事,凡属孝亲所应有者,悉取而加之,亦犹纣之不善不如是之甚也,一居下流,天下之恶皆归焉[5]。其余表忠表节,与种种劝人为善之剧,率同于此。若谓古事皆实,则《西厢》、《琵琶》,推为曲中之祖,莺莺果嫁君瑞乎?蔡邕之饿莩其亲,五娘之干蛊其夫[6],见于何书,果有实据乎?《孟子》云:"尽信《书》,不如无《书》。"盖指《武成》而言也[7]。经史且然,矧杂剧乎?凡阅传奇而必考其事从何来,人居何地者,皆说梦之痴人,可以不答者也。然作者秉笔,又不宜尽作是观。若纪目前之事,无所考究,则非特事迹可以幻生,并其人之姓名,亦可以凭空捏造,是谓虚则虚到底也。若用往事为题,以一古人出名,则满场脚色,皆用古人,捏一姓名不得;其人所行之事,又必本于载籍,班班可考,创一事实不得。非用古人姓字为难,使与满场脚色同时共事之为难也;非查古人事实为难,使与本等情由贯串合一之为难也。予既谓传奇无实,大半寓言,何以又云姓名事实,必须有本,要知古人填古事易,今人填古事难。古人填古事,犹之今人填今事,非其不虑人,考无可考也;传至于今,则其人其事,观者烂熟于胸中,欺之不得,罔之不能,所以必求可据,是谓实则实到底也。若用一二古人作主,因无陪客,幻设姓名以代之,则虚不似虚,实不成实,词家之丑态也。切忌犯之。

【注释】

〔1〕 关目:指戏曲的重要情节。
〔2〕 零出:传奇结构上的一个段落称"出",或称"折"。零出,指某一段落,情节比较集中,可以单独演出,又称折子戏。
〔3〕 梨园:据《新唐书》载,唐玄宗时曾选数百乐工、宫女,在梨园中演习乐舞,号称"皇帝梨园子弟"。后因称戏班为梨园,称戏曲演员为梨园子弟。
〔4〕 绳墨:指法度。
〔5〕 "亦犹纣之不善"三句:《论语·子张》:"纣之不善,不如是之甚也,是以君子恶居下流,天下之恶皆归焉。"
〔6〕 干蛊其夫:《周易·蛊》:"干父之蛊,有子,考(父)无咎,厉(危险)终吉。"朱熹《周易本义》:"干,如木之干,枝叶之所附而立者也。蛊者,前人已坏之绪。……子能干之,则伤治而振起矣。"谓子能矫正其父之失而振兴其事。此以指赵五娘能弥补其夫之过而替其尽孝。
〔7〕 "《孟子》云"四句:《孟子·尽心下》:"孟子曰:尽信《书》,则不如无《书》。吾于《武成》,取二三策而已矣。仁人无敌于天下,以至仁伐至不仁,而何其血之流杵也?"《书》,《尚书》。《武成》,《尚书》篇名。《武成》篇在东汉光武帝建武年间亡

佚,仅在《汉书·律历志》引西汉刘歆《三统历》文中存八十二字。今《尚书》中《武成》篇,乃是伪作。《武成》讲武王伐纣,大概讲到战斗中杀人,血流漂杵,孟子认为武王是以至仁伐至不仁,应该受到殷人的欢迎,不应有流血漂杵这样杀人众多之事,因而《武成》篇只取其二三简策而已,其他皆不可信。今本《尚书·武成》言:"前徒倒戈,攻于后以北,血流漂杵。"谓为殷兵倒戈残杀而致,非武王杀之。与孟子所言《武成》篇不同。

【思考题】

1. 什么叫立主脑?
2. 李渔主张如何处理古代题材?

王夫之诗论选录

【题解】

王夫之(1619—1692),字而农,号姜斋,湖南衡阳人。明崇祯十五年(1642)举人。清朝建立,王夫之积极参加抗清,并曾在南明桂王政府任行人之职。南明灭亡后,隐居衡阳石船山,著述讲学,人称船山先生。王夫之一生著述丰富,主要哲学著作有《张子正蒙注》、《读四书大全说》、《周易外传》、《尚书引义》等。诗学著作《诗广传》、《古诗评选》、《唐诗评选》、《明诗评选》、《姜斋诗话》等。

王夫之是著名的哲学家,但他对诗学问题也发表了极为重要的意见,也是一位重要的诗学理论家。

王夫之特别强调诗歌的抒情性,认为"关情是雅俗鸿沟,不关情者貌雅必俗"(《明诗评选》卷六王世懋《横塘春泛》评语),对七子派模拟格调掩没性情表示强烈的不满。他肯定性灵派的抒写性灵说,但他又对诗歌的情感进行了严格的规范,认为"诗言志,非言意也;诗达情,非达欲也"(《诗广传·邶风》),要求诗歌的情感符合诗教精神。王夫之强调以抒情为本质特征的诗歌与其他意识形态部门的区别。他反对把哲学的对象移入诗歌领域,认为"诗固不以奇理为高","议论入诗,自成背戾。盖诗立风旨,以生议论,故说诗者于兴、观、群、怨而皆可。若先为之说,则言未穷而意已竭"。

他在诗歌和历史之间也划出了严格的界限,认为"诗之不可以史为,若口与目之不相为代也",历史的表现对象是事实,历史家要"从实着笔",其作用主要体现在对史实的剪裁与组织上,诗歌的表现对象是情感,诗人处理事实的方式是"即事生情","即语绘状",注重的是由事实生发出来的情感和形象性。

王夫之特别注重诗歌的意境的创造。他从气为世界本原的哲学观出发,认为情、景之间有必然的感应关系。"景以情合,情以景生,初不相离,唯意所适",二者的结合是必然的。在王夫之看来,诗歌中情景结合的方式有三种:其一是"妙合无垠",结合得天衣无缝,无法分别,这是最高境界;其二是"景中情",在写景当中蕴涵有情;其三是"情中景",在抒情过程中能让人见到形象。情景的结合构成诗歌的境界美。

在诗歌创作上,王夫之强调主体创作过程的当下性与自发性,他借用佛学的范畴提出了现量说。现量说的现在义,就是写"当时现量情景"(《明诗评选》卷四皇甫涍《谒伍子胥庙》评语),主体置身于当下的情境当中,景是眼前的当下的景,情是当下之景触发的情。这也就是传统诗论所说的"即兴"。现量说的现成义,指的是创作过程的自发性,所谓"一触即觉,不假思量计较",是说创作过程有其自身的运动规律,是超思维的,"落笔之先,意匠之始,有不可知者存焉",这一过程是自发地完成的,"笔授心传之际,殆天巧之偶发,岂数觏哉"!创作者不应该人为地从外在强制这一自发过程。现量说的显现真实义乃是前两方面的必然结果。当下的情景按照其自身的规律自发地运动而构成意象,则情和景必然是真实不妄。现量说强调情景的当下独特性,强调创作过程的自发性,这就从审美对象和审美表现过程两方面保证了诗歌的独特性和创造性。

王夫之对诗歌欣赏论也发表了重要的见解。他特别强调接受者在欣赏过程中的能动作用,"作者用一致之思,读者各以其情而自得",从作者角度言,诗歌有其一定的意义,但在欣赏过程中,读者不仅可以而且应该从自己的角度去体验和理解。这种理论是对孟子"以意逆志"说的一个重大发展。

姜斋诗话(选录)

"诗可以兴,可以观,可以群,可以怨。"[1]尽矣。辨汉、魏、唐、宋之雅俗得失以此,读《三百篇》者必此也。"可以"云者,随所"以"而皆"可"也。于所兴而可观,其兴也深;于所观而可兴,其观也审[2]。以其群者而怨,怨愈不忘；以其怨者而群，群乃益挚。出于四情[3]之外，以生起四情；游于四情之中，情无所窒。作者用一致之思，读者各以其情而自得。故《关雎》，兴也，康王晏朝，而即为冰鉴[4]。"吁谟定命，远猷辰告"，观也[5]，谢安欣赏，而增其遐心[6]。人情之游也无涯，而各以其情遇，斯所贵于有诗。是故延年不如康乐[7]，而宋、唐之所由升降也。谢叠山[8]、虞道园[9]之说诗，井画而根掘之[10]，恶足知此！

兴在有意无意之间，比亦不容雕刻。关情者景，自与情相为珀芥[11]也。情景虽有在心在物之分，而景生情，情生景，哀乐之触，荣悴之迎[12]，互藏其宅。天情物理，可哀而可乐，用之无穷，流而不滞；穷且滞者不知尔。"吴楚东南坼，乾坤日夜浮[13]。"乍读之若雄豪，然而与"亲朋无一字，老病有孤舟"相为融浃[14]。当知"倬彼云汉"，颂作人者增其辉光，忧旱甚者益其炎赫，无适而无不适也[15]。唐末人不能及此，为玉合底盖之说[16]，孟郊、温庭筠分为二垒[17]。天与物岂能为尔阄分[18]乎？

无论诗歌与长行文字[19]，俱以意为主。意犹帅也，无帅之兵，谓之乌合。李、杜所以称大家者，无意之诗，十不得一二也。烟云泉石，花鸟苔林，金铺锦帐[20]，寓意则灵。若齐、梁绮语，宋人抟合成句之出处[21]，宋人论诗，字字求出处。役心向彼掇索[22]，而不恤己情之所自发[23]，此之谓小家数，总在圈缋中求活计也[24]。

"僧敲月下门[25]"，只是妄想揣摩，如说他人梦，纵令形容酷似，何尝毫发关心？知然者，以其沉吟"推""敲"二字，就他作想也。如即景会心，则或推或敲，必居其一，因景因情，自然灵妙，何劳拟议哉？"长河落日圆[26]"，初无定景；"隔水问樵夫[27]"，初非想得：则禅家所谓现量也[28]。

情景名为二，而实不可离。神于诗者，妙合无垠。巧者则有情中景，景中情。景中情者，如"长安一片月[29]"，自然是孤栖忆远之情；"影静千官里[30]"，自然是喜达行在之情。情中景尤难曲写，如"诗成珠玉在挥毫[31]"，写出才人翰墨淋漓、自心欣赏之景。凡此类，知者遇之，非然，亦鹘突[32]看过，作等闲语耳。

近体中二联，一情一景，一法也。"云霞出海曙，梅柳渡江春。淑气催黄鸟，晴光转绿苹[33]"，"云飞北阙轻阴散，雨歇南山积翠来。御柳已争梅信发，林花不待晓风开[34]"，皆景也。何者为情？若四句俱情，而无景语者，尤不可胜数。其得谓之非法乎？夫景以情合，情以景生，初不相离，唯意所适。截分两橛，则情不足兴，而景非其景。且如"九月寒砧催木叶[35]"，二句之中，情景作对；"片石孤云窥色相[36]"四句，情景双收：更从何处分析？

陋人标陋格,乃谓"吴楚东南坼"四句,上景下情,为律诗宪典,不顾杜陵九原大笑[37]。愚不可瘳,亦孰与疗之?

立门庭者必饾饤[38],非饾饤不可以立门庭。盖心灵人所自有,而不相贷,无从开方便法门,任陋人支借也。人讥西昆体为獭祭鱼[39],苏子瞻、黄鲁直亦獭耳。彼所祭者肥油江豚,此所祭者吹沙跳浪之鲨也[40]。除却书本子,则更无诗。如刘彦晒诗:"山围晓气蟠龙虎,台枕东风忆凤凰[41]。"贝廷琚诗:"我别语儿溪上宅,月当二十四回新。如何万国尚戎马,只恐四邻无故人[42]。"用事不用事,总以曲写心灵,动人兴、观、群、怨,却使陋人无从支借。唯其不可支借,故无有推建门庭者,而独起四百年之衰。

【注释】

〔1〕 "诗可以兴"四句:语出《论语·阳货》。
〔2〕 审:明悉。
〔3〕 四情:指兴、观、群、怨。
〔4〕 "故《关雎》"四句:《诗经·关雎》,毛诗以为是颂美"后妃之德",齐、鲁、韩三家诗认为是讽刺周康王晚朝。王夫之则将两说联系起来,言《关雎》本是颂诗,但人们赋《关雎》,正可以成为照见康王之失的镜子。冰鉴:镜子。此二句是说兴可以观。
〔5〕 "吁谟定命"三句:谓宏大的谋划就定为政令,深远的谋略就及时宣告。吁(xū),大。谟,谋划。犹,同"猷",谋略。辰,时。语出《诗经·大雅·抑》。这是叙述如何治国,故王夫之说是观。
〔6〕 "谢安"二句:《世说新语·文学》:"谢公(安)因子弟集聚,问《毛诗》何句最佳。遏(谢玄小字,谢安侄)曰:'昔我往矣,杨柳依依;今我来思,雨雪霏霏。'公曰:'吁谟定命,远猷辰告。'谓此句偏有雅人深致。"遐心,高远之心志。谢安为东晋政要,王夫之认为其欣赏这两句诗,乃是因为此两句诗激发其远大之志。这是说观而可以兴。
〔7〕 延年:颜延之,字延年,南朝宋诗人。康乐:谢灵运。
〔8〕 谢叠山:谢枋得,南宋诗人。字君直,号叠山。信州弋阳人。有《叠山集》、《文章轨范》、《诗传注疏》、《注解章泉涧泉二先生选唐诗》等。
〔9〕 虞道园:虞集,字伯生,号道园,崇仁人。元诗人。有《道园学古录》。旧有《虞注杜律》,题虞集著,流传甚广,实是元人张性所作。
〔10〕 井画而根掘:井画,划分界线。此句谓谢枋得、虞集解诗,谓此为何法,彼为何意,支离肢解,将诗意说死。
〔11〕 珀芥:琥珀摩擦生电,可吸引芥草。比喻互相感应。此言情景之间就如琥珀与芥那样可以互相感应。

〔12〕荣悴：荣枯。
〔13〕"吴楚东南坼"二句：杜甫《登岳阳楼》："昔闻洞庭水，今上岳阳楼。吴楚东南坼，乾坤日夜浮。亲朋无一字，老病有孤舟。戎马关山北，凭轩涕泗流。"
〔14〕融浃：融合。
〔15〕"倬彼云汉"四句：倬(zhuō)，广大貌。云汉，银河。此句两见于《诗经》。《诗经·大雅·棫朴》第四章："倬彼云汉，为章于天。周王寿考，遐不作人。"郑玄笺以为，以银河在天比喻周文王施法度于天下，文王之政改变了商纣的恶俗，民众如新创造出来一样。王夫之所谓"颂作人者增其辉光"指此。又《诗经·大雅·云汉》第一章："倬彼云汉，昭回于天。王曰于乎，何辜今之人。天降丧乱，饥馑荐臻。靡神不举，靡爱斯牲。圭璧既卒，宁莫我听。"此则以银河在天，言其毫无雨意。王夫之所谓"忧旱甚者益其炎赫"者指此。炎赫，炽热。
〔16〕玉合底盖之说：计有功《唐诗纪事》卷四六"刘昭禹"条："(刘昭禹)尝与人论诗曰：五言如四十个贤人，着一字如屠沽不得。觅句者如掘得玉合子，底必有盖，必精心求之，必获其宝。"
〔17〕"孟郊、温庭筠"句：谓二人诗情景分离，不能融合为一。
〔18〕阄分：抓阄分配。
〔19〕长行文字：指文。
〔20〕金铺：华美的铺榻。
〔21〕抟合成句之出处：指用前人字句组合成诗。
〔22〕掇索：掇拾索求。
〔23〕恤：顾及。
〔24〕圈缋：圈圈，窠臼。
〔25〕僧敲月下门：贾岛《题李凝幽居》中句。《刘宾客嘉话录》："岛初赴举京师，一日，于驴上得句云：鸟宿池边树，僧敲月下门。始欲着'推'字，又欲着'敲'字，练之未定，遂于驴上吟哦，时时引手作推敲之势。时韩愈吏部权京兆，岛不觉冲至第三节，左右拥之尹前，岛具对所得诗句云云。韩立马良久，谓岛曰：作'敲'字佳矣。"
〔26〕长河落日圆：王维《使至塞上》句。
〔27〕隔水问樵夫：王维《终南山》句。
〔28〕现量：王夫之《相宗络索》"三量"条："现量，现者，有现在义，有现成义，有显现真实义。现在不缘过去作影；现成一触即觉，不假思量计较；显现真实，乃彼之体性本自如此，显现无疑，不参虚妄。"这里是说诗歌创作过程是当下、自然的，是无意识的。
〔29〕长安一片月：语出李白《子夜吴歌》："长安一片月，万户捣衣声。秋风吹不尽，总是玉关情。何日平胡虏，良人罢远征。"
〔30〕影静千官里：语出杜甫《喜达行在所》："死去凭谁报，归来始自怜。犹瞻太白雪，

喜遇武功天。影静千官里,心苏七校前。今朝汉社稷,新数中兴年。"

〔31〕 诗成珠玉在挥毫:语出杜甫《和贾至舍人早朝大明宫》:"午夜漏声催晓箭,九重春色醉仙桃。旌旗日暖龙蛇动,宫殿风微燕雀高。朝罢香烟携满袖,诗成珠玉在挥毫。欲知世掌丝纶美,池上于今有凤毛。"

〔32〕 鹘突:糊涂。

〔33〕 "云霞出海曙"四句:杜审言《和晋陵陆丞早春游望》中句。

〔34〕 "云飞北阙轻阴散"四句:李憕《和圣制从蓬莱向兴庆阁道中留春雨中春望之作应制》中句。

〔35〕 九月寒砧催木叶:沈佺期《古意》:"卢家少妇郁金香,海燕双栖玳瑁梁。九月寒砧催木叶,十年征戍忆辽阳。白狼河北音书断,丹凤城南秋夜长。谁谓含愁独不见,更教明月照流黄。"其中"九月寒砧"二句,上景下情。

〔36〕 片石孤云窥色相:李颀《题璿公山池》:"远公遁迹庐山岑,开士幽居祇树林。片石孤云窥色相,清池皓月照禅心。指挥如意天花落,坐卧闲房春草深。此外尘俗都不染,惟余元度得相寻。"其中"片石孤云"四句,句句情景结合。

〔37〕 "吴楚东南坼"四句:杜甫《登岳阳楼》:"昔闻洞庭水,今上岳阳楼。吴楚东南坼,乾坤日夜浮。亲朋无一字,老病有孤舟。戎马关山北,凭轩涕泗流。"中二联上景写,下抒情。杜陵,杜甫。

〔38〕 立门庭者必饾饤:王夫之《夕堂永日绪论》:"建立门庭,自建安始。曹子建铺排整饰,立阶级以赚人升堂,用此致诸趋赴之客,容易成名。伸纸挥毫,雷同一律。……降而萧梁宫体,降而王、杨、卢、骆,降而大历十才子,降而温(温庭筠)、李(商隐)、杨(亿)、刘(筠),降而江西宗派,降而北地(李梦阳)、信阳(何景明)、琅邪(王世贞)、历下(李攀龙),降而竟陵,所翕然从之者,皆一时哄汉耳。"饾饤,指堆砌辞藻。

〔39〕 人讥西昆体为獭祭鱼:西昆体,严羽《沧浪诗话》:"西昆体,即李商隐体,然兼温庭筠及本朝杨(亿)、刘(筠)诸公而名之也。"但后人认为西昆之名实起自宋初杨亿、刘筠等人。翁方纲《石洲诗话》:"宋初杨大年、钱惟演诸人馆阁之作,曰《西昆酬唱集》,其诗效温、李体,故曰西昆。西昆者,宋初之翰苑也。是宋初馆阁效温李体乃有西昆之目,而晚唐温、李时,初无西昆之目也。"王夫之以温、李、杨、刘并称,其所谓西昆体应是严羽所谓西昆体。獭祭鱼,《礼记·月令》:(孟春之月)"鱼上冰,獭祭鱼,鸿雁来。"指獭捕鱼陈列水边,犹如祭祀。后指堆砌典故为獭祭鱼。杨亿《杨文公谈苑》:"义山为文,多检阅书册,左右鳞次,号獭祭鱼。"

〔40〕 "彼所祭者"二句:此指西昆与苏、黄都是好堆积典故,只是所取的范围不同而已。

〔41〕 "山围晓气蟠龙虎"二句:语出刘炳(字彦昺,明初诗人)《早春呈吴待制》。

〔42〕 "我别语儿溪上宅"四句:语出贝琼(字廷琚,一字廷臣,明初诗人)《寄内弟陆熙之》。

古诗评选（选录）

诗有叙事、叙语者[1]，较史尤不易。史才固以檃括[2]生色，而从实着笔自易。诗则即事生情，即语绘状，一用史法，则相感不在永言和声之中，诗道废矣。此《上山采蘼芜》一诗所以妙夺天工也[3]。杜子美放之作《石壕吏》，亦将酷肖，而每于刻画处以逼写见真，终觉于史有余，于诗不足。论者乃以诗史誉杜[4]，见驼则恨马背之不肿，是则名为可怜悯者。（《古诗评选》卷四《上山采蘼芜》评语）

谢诗有极易入目者而引之益无尽，有极不易寻取者而径遂正自显然，顾非其人，弗与察尔。言情则于往来动止缥缈有无之中得灵蠁[5]，而执之有象；取景则于系目经心丝分缕合之际貌固有，而言之不欺。而且情不虚情，情皆可景，景非滞景，景总含情。神理流于两间，天地供其一目，大无外而细无垠，落笔之先，匠意之始，有不可知者存焉。岂徒兴会标举[6]，如沈约之所云哉？（《古诗评选》卷五谢灵运《登上戍石鼓山诗》评语）

议论入诗，自成背戾。盖诗立风旨，以生议论，故说诗者于兴观群怨而皆可。若先为之说，则言未穷而意先已竭。在我已竭，而欲以生人之心，必不任矣。以鼓击鼓，鼓不鸣；以桴击桴[7]，亦槁木之音而已。唐宋人诗惜浅短，反资标说，其下乃有如胡曾[8]《咏史》一派，直堪为塾师放晚学之资，足知议论立而无诗，允矣。（《古诗评选》卷四张载《招隐》评语）

【注释】

〔1〕 叙语：指诗中有人物对话。
〔2〕 檃括：对原有的情节、内容加以剪裁和组织。
〔3〕 《上山采蘼芜》："上山采蘼芜，下山逢故夫。长跪问故夫，新人复何如。新人虽言好，未若故人姝。颜色类相似，手爪不相如。新人从门入，故人从阁去。新人工织缣，故人工织素。织缣日一匹，织素一丈余。将缣来比素，新人不如故。"王夫之认为此诗叙事、叙语能够即事生情、即语绘状，符合诗道。
〔4〕 诗史：孟棨《本事诗》："杜（甫）逢禄山之难，流离陇蜀，毕陈于诗，推见至隐，殆无遗事，故当时号为诗史。"宋人多称杜诗为诗史。
〔5〕 灵蠁：知声虫。
〔6〕 兴会标举：沈约《宋书·谢灵运传论》："灵运之兴会标举。"

〔7〕枹:鼓槌。
〔8〕胡曾:唐诗人,有《咏史诗》一百五十首,评叙历史人物及事件。

【思考题】
1. 王夫之对"兴、观、群、怨"理论有什么新发展?
2. 试述王夫之情景理论。

叶燮诗文论选录

【题解】

叶燮(1627—1703),字星期,号已畦,江苏吴县人。康熙九年(1670)进士,康熙十四年(1675)任宝应县知县,因刚直不阿,于次年被罢官。隐居横山,讲学著述,人称横山先生。有《已畦文集》、《已畦诗集》、《诗集残余》、《汪文摘谬》等。尤以《原诗》内外篇著称。

《原诗》是《文心雕龙》之后理论性和体系性最强的一部文学理论著作,所不同的是《原诗》是一部诗学专论。《原诗》之作是针对明代以来诗坛主复古与主创新、宗唐与主宋各执一偏、弊端互生迭出的状况而发的,旨在探寻诗歌的原理,为诗歌创作寻找一条正确的道路。

叶燮把创作分成"在物者"即创作客体与"在我者"即创作主体两个方面。又把创作客体分为理、事、情三个方面,把创作主体分为才、胆、识、力四个要素。"以在我者四,衡在物者三,合而为作者之文章。"从创作客体言,理、事、情有自然之物与社会事物的分别。对于自然之物来说,理是物的本质,事是物的存在,情是物的情态。而对于社会事物来说,理是指道理,事是指所发生的事件,情是指人的感情。叶燮虽对二者没有作出分别,但实际上其论理、事、情是兼有以上两方面的含义的。诗歌虽是抒情的,但并不排斥理和事,只不过诗歌所写的是"不可名言之理,不可施见之事",要"幽渺以为理,想象以为事",这样诗就与文区别开来了。叶燮创作主体论的中心意旨就是要确立一个具有艺术独创性的诗歌创作主体,只有有了这样一个独创性主体,才会有诗歌的独创性。叶燮对其创作主体的四要素进行了分析。在四要素当中,识作为判断力包括两个方面:其一是知性的判断力。它对客体的理、事、情作出判断。"中藏无识,则理、事、情错陈于前,而浑然茫然,是非可否,妍媸黑白,悉眩惑而不能辨",有了识则可以作出判断和选择。其二是审美判断力。它对"体裁、格力、声调、兴会"等审美表现问题作出判断和选择。只有具备了以上两方面的判断能力,主体才具有独立性。"有识则是非明,是非明则取舍定,不但不随世人脚跟,并亦不随古人脚跟。"才是审美表现力,将理、事、情"敷而出之"。识与才是体用关系,"识为体而才为用","内得之于识而出之而为才"。胆是主体的自信力。它建立在主体的识的基础上,"识明而胆张","因无识,故无胆,使笔墨不能自由"。笔墨自由指才的审美表现的自由。只有具备建立在主体识的基础之上的自信力,才能使创作达到自由的境界。力是才所依赖的生理心理能量,体现在作品中是作品的生命力,力的大小影响到才的大小与力度。"惟力大者才能坚,故至坚而不可摧也。历千百代而不朽者以此。"在主体的四要素中,识处于核心地位。"惟有识,则能知所从,知所奋,知所决,而后才与胆力皆卓然有以自信,举世非之,举世誉之,而不为其所摇,安有随人之是非以为是非者哉!"这种以识为核心的主体乃是真正独立的具有创造性的主体,而正是这个以识为核心的主体构成了诗歌艺术独创性的主体基础。那么,这种具有独创性的主体是否可以通过人为的努力来达到呢? 如果不能的话,那么只有天才能为之,叶燮的理论就没有多大的现实及实践意义了。对此,叶燮一方面承认人有"天分之不齐",另一方面也认为这些"无不可以人力充之",关键是要"研精推求乎其识",提高主体的识力。而具体的途径就是"格物","诵读古人诗书,一一以理、事、情格之"。这样,创造性主体就有了一条切实的培养途径。有了创造性主体,在叶燮看来,就可以实现诗歌艺术上的独创性,就可以变。首先,从主客体关系上说,才、识、胆、力是表现理、事、情的。这种表现有一条要求,即"当乎理,确乎事,酌乎情",主体的表现要与表现对象的性质特点相符合。这一点叶燮的诗学主体可以独立做到,而不用旁求古人。其次,在叶燮看来,审美对象有其自身的存在与表现形式,有自然的美,审美表现的最高原则就是要符合其自然的表现形式。"盖天地有自然之文章,随我之所触而发宣之,必有克肖其自然者,为至文以立极。"不是以古人而是以自然美为最高的典范与法则,这就根本上摆脱了复古派崇古拟古之弊。而叶燮的创作主体能够保证其审美表现之克肖自然。"识明则胆张,任其发宣而无所怯,横说竖说,左宜而右有,直造化在手,无有一之不肖乎物也。"天地自然之文章变化无穷,主体创作不肖古人,而肖自然,必然会有审美表现上的独创性。

原　诗（节选）

曰理，曰事，曰情[1]，此三言者，足以穷尽万有之变态。凡形形色色，音声状貌，举不能越乎此。此举在物者而为言，而无一物之或能去此者也。曰才，曰胆，曰识，曰力，此四言者，所以穷尽此心之神明。凡形形色色，音声状貌，无不待于此而为之发宣昭著。此举在我者而为言，而无一不如此心以出之者也。以在我之四，衡在物之三，合而为作者之文章，大之经纬天地[2]，细而一动一植，咏叹讴吟，俱不能离是而为言者矣。

在物者前已论悉之，在我者虽有天分之不齐，要无不可以人力充之。其优于天者，四者具足，而才独外见，则群称其才，而不知其才之不能无所凭而独见也。其歉乎天者，才见不足，人皆曰才之歉也，不可勉强也，不知有识以居乎才之先。识为体而才为用，若不足于才，当先研精推求乎其识。人惟中藏[3]无识，则理事情错陈于前，而浑然茫然，是非可否，妍媸黑白，悉眩惑而不能辨，安望其敷而出之为才乎？文章之能事，实始乎此。今夫诗，彼无识者，既不能知古来作者之意，并不自知其何所兴感触发而为诗。或亦闻古今诗家之论，所谓体裁格力声调兴会等语，不过影响于耳，含糊于心，附会于口，而眼光从无着处，腕力从无措处。即历代之诗，陈于前，何所决择？何所适从？人言是则是之，人言非则非之。夫非必谓人言之不可凭也，而彼先不能得我心之是非而是非之，又安能知人言之是非而是非之也。有人曰，诗必学汉、魏，学盛唐，彼亦曰学汉、魏，学盛唐，从而然之；而学汉、魏与盛唐所以然之故，彼不能知，不能言也。即能效而言之，而终不能知也。又有人曰，诗当学晚唐，学宋学元，彼亦曰学晚唐，学宋学元，又从而然之；而学晚唐与宋、元所以然之故，彼又终不能知也。或闻诗家有宗刘长卿者矣，于是群然而称刘随州矣；又或闻有崇尚陆游者矣，于是人人案头无不有《剑南集》以为秘本，而遂不敢他及矣。如此等类，不可枚举，一概人云亦云，人否亦否，何为者邪？

夫人以著作自命，将进退古人，次第前哲，必具有只眼，而后泰然有自居之地。倘议论是非，聋瞽[4]于中心，而随世人之影响而附会之，终日以其言语笔墨为人使令驱役，不亦愚乎！且有不自以为愚，旋愚成妄，妄以生骄，而愚益甚焉。原其患，始于无识，不能取舍之故也。是即吟咏不辍，累牍连章，任其涂抹，全无生气，其为才邪？为不才邪？惟有识则是非明，是非明则取舍定，不但不随世人脚跟，并亦不随古人脚跟，非薄古人为不足学也。盖天地有自然之文章,随我之所触而发宣之,必有克肖其自然者,为至文以立极。我之命意发言,自当求其至极者。昔人有言:"不恨我不见古人,恨古人不见我。"又云:"不恨臣无二王法,但恨二王无臣法。"[5]斯言特论书法耳,而其人自命如此。等而上之,可以推矣。譬之学射者,尽其目力臂力,审而后发,苟能百发百中,即不必学古人。而古有后羿、养由基[6]其人者,自然来合我矣。我能是,古人先我而能是,未知我合古人欤?古人合我欤?高适有云:"乃知古时人,亦有如我者[7]。"岂不然哉?故我之著作与古人同,所谓其揆之一[8];即有与古人异,乃补古人之所未足,亦可言古人补我之所未足,而后我与古人交为知己也。惟如是,我之命意发言,一一皆从识见中流布,识明则胆张,任其发宣而无所于怯,横说竖说,左宜而右有,直造化在手,无有一之不肖乎物也。

且夫胸中无识之人,即终日勤于学,而亦无益。俗谚谓为两脚书橱[9],记诵日多,多益为累,及伸纸落笔时,胸如乱丝,头绪既纷,无从割择,中且馁而胆愈怯,欲言而不能言,或能言而不敢言,矜持于铢两尺矱[10]之中,既恐不合于古人,又恐贻讥于今人。如三日新妇,动恐失体,又如跛者登临,举恐失足。文章一道,本摅写挥洒乐事,反若有物焉以桎梏之,无处非碍矣。于是强者必曰,古人某某之作如是,非我则不能得其法也;弱者亦曰,古人某某之作如是,今之闻人某某传其法如是,而我亦如是也;其黠者心则然而秘而不言,愚者心不能知其然,徒夸而张于人,以为我自有所本也。更或谋篇时,有言已尽,本无可赘矣,恐方幅不足,而不合于格,于是多方拖沓以扩之,是蛇添足也;又有言尚未尽,正堪抒写,恐逾于格而失矩度,亟阖而已焉,是生割活剥也。之数者,因无识,故无胆,使笔墨不能自由。是为操觚家[11]之苦趣,不可不察也。

昔贤有言:成事在胆[12]。文章千古事[13],苟无胆,何以能千古乎?吾故曰:无胆则笔墨畏缩。胆既诎矣,才何由而得伸乎?惟胆能生才,但知才受于天,而抑知必待扩充于胆邪?吾见世有称人之才,而归美之曰能敛才就法。斯言也,非能知才之所由然者也。夫才者,诸法之蕴隆[14]发现处也。若有所敛而为就,则未敛未就以前之才,尚未有法也,其所为才,皆不从理事情而得,为拂道悖德之言,与才之义相背而驰者,尚得谓之才乎?夫于人之所不能知,而惟我有才能知之;于人之所不能言,而惟我有才能言之。纵其心思之氤氲磅礴[15],上下纵横,凡六合以内外,皆不得而囿之,以是措而为文辞,而至理存焉,万事准焉,深情托焉,是之谓有才。若欲其敛以就法,彼固掉臂游行于法中久矣。不知其所就者,又何物也?必将曰所就者乃一定不迁之规矩,此千万庸众人皆可共趋之而由之,又何待于才之敛邪?故文章家止有以才御法而驱使之,决无就法而为法之所役而犹欲讳其才者也。吾故曰:无才则心思不出,亦可曰无心思则才不出。而所谓规矩者,即心思之肆应各当之所为也。盖言心思则主乎内以言才,言法则主乎外以言才。主乎内,心思无处不可通,吐而为辞,无物不可通也。夫孰得而范围其心,又孰得而范围其言乎?主乎外,则囿于物而反有所不得于我心,心思不灵而才销铄矣。

吾尝观古之才人,合诗与文而论之,如左丘明、司马迁、贾谊、李白、杜甫、韩愈、苏轼之徒,天地万物皆递开辟于其笔端,无有不可举,无有不能胜,前不必有所承,后不必有所继,而各有其愉快。如是之才,必有其力以载之。惟力大而才能坚,故至坚而不可摧也。历千百代而不朽者以此。昔人有云掷地须作金石声[16],六朝人非能知此义者。而言金石,喻其坚也。此可以见文家之力。力之分量,即一句一言,如植之则不可仆,横之则不可断,行则不可遏,住则不可迁。《易》曰:独立不惧[17]。此言其人,而其人之文当亦如是也。譬之两人焉,共适于途,而值羊肠蚕丛峻栈危梁之险[18],其一弱者,精疲于中,形战于外,将裹足而不前,又必不可已而进焉,于是步步有所凭借,以为依傍,或藉人之推之挽之,或手有所持而扪,或足有所缘而践,即能前达,皆非其人自有之力,仅愈于木偶为人舁之而行耳。其一为有力者,神旺而气足,径往直前,不待有所攀援假借,奋然投足,反趋弱者扶掖之前,此直以神行而形随之,岂待外求而能者。故有境必能造,有造必能成。吾故曰:立言者,无力则不能自成一家。夫家者,吾固有之家也。人各自有家,在己力而成之耳,岂有依傍想象他人之家以为我之家乎?是犹不能自求家珍,穿窬[19]邻人之物以为己有,即使尽窃其连城之璧[20],终是邻人之宝,不可为我家珍,而识者窥见其里,适供其哑然一笑而已。故本其所自有者而益充而广大之以成家,非其力之所自致乎?然力有大小,家有巨细。吾又观古之才人,力足以盖一乡,则为一乡之才;力足以盖一国,则为一国之才;力足以盖天下,则为天下之才;更进乎此,其力足以十世,足以百世,足以终古,则其立言不朽之业,亦垂十世、垂百世、垂终古,悉如其力以报之。试合古今之才,一一较其所就,视其力之大小远近如分寸铢两之悉称焉。又观近代著作之家,其诗文初出,一时非不纸贵[21],后生小子,以耳为目,互相传诵,取为模楷;及身没之后,声问即泯,渐有起而议之者;或间能及其身后,而一世再世渐远而无闻焉;甚且诋毁丛生,是非竞起,昔日所称其人之长,即为今日所指之短,可胜叹哉!即如明三百年间,王世贞、李攀龙辈盛鸣于嘉、隆时[22],

终不如明初之高、杨、张、徐[23]犹得无毁于今日人之口也。钟惺、谭元春[24]之矫异于末季,又不如王、李之犹可及于再世之余也。是皆其力所至远近之分量也。统百代而论诗,自《三百篇》而后,惟杜甫之诗,其力能与天地相终始,与《三百篇》等。自此以外,后世不能无入者主之,出者奴之,诸说之异同,操戈之不一矣。其间又有力可以百世,而百世之内,互有兴衰者,或中湮而复兴,或昔非而今是,又似世会使之然。生前或未有推重之,而后世忽崇尚之,如韩愈之文。当愈之时,举世未有深知而尚之者,二百余年后,欧阳修方大表章之,天下遂翕然宗韩愈之文,以至于今不衰。信乎文章之力有大小远近,而又盛衰乘时之不同如是。欲成一家言,断宜奋其力矣。夫内得之于识而出之而为才,惟胆以张其才,惟力以克荷之,得全者其才见全,得半者其才见半,而又非可矫揉蹴至[25]之者也,盖有自然之候焉。千古才力之大者,莫有及于神禹,神禹平成天地之功,此何等事,而孟子以为行所无事[26],不过顺水流行坎止[27]自然之理,而行疏瀹排决之事[28],岂别有治水之法,有所矫揉以行之者乎?不然者,是行其所有事矣。大禹之神力,远及万万世,以文辞立言者,虽不敢几此,然异道同归,勿以篇章为细务自逊,处于没世无闻已也。

　　大约才识胆力,四者交相为济,苟一有所歉,则不可登作者之坛。四者无缓急,而要在先之以识。使无识则三者俱无所托。无识而有胆,则为妄,为卤莽,为无知,其言背理叛道,蔑如也;无识而有才,虽议论纵横,思致挥霍[29],而是非淆乱,黑白颠倒,才反为累矣;无识而有力,则坚僻妄诞之辞,足以误人而惑世,为害甚烈。若在骚坛,均为风雅之罪人。惟有识则能知所从,知所奋,知所决,而后才与胆力,皆确然有以自信,举世非之,举世誉之,而不为其所摇,安有随人之是非以为是非者哉?其胸中之愉快自足,宁独在诗文一道已也。然人安能尽生而具绝人之姿,何得易言有识。其道宜如大学之始于格物[30],诵读古人诗书,一一以理、事、情格之,则前后中边,左右向背,形形色色,殊类万态,无不可得,不使有毫发之罅而物得以乘我焉。如以文为战,而进无坚城,退无横阵矣。若舍其在我者,而徒日劳于章句诵读,不过剿袭依傍、摹拟窥伺之术,以自跻于作者之林,则吾不得而知之矣。

　　或曰:先生发挥理事情三言,可谓详且至矣。然此三言,固文家之切要关键;而语于诗,则情之一言,义固不易,而理与事,似于诗之义,未为切要也。先儒云:天下之物,莫不有理[31]。若夫诗,似未可以物物[32]也。诗之至处,妙在含蓄无垠,思致微渺,其寄托在可言不可言之间,其指归在可解不可解之会,言在此而意在彼,泯端倪而离形象,绝议论而穷思维,引人于冥漠[33]恍惚之境,所以为至也。若一切以理概之,理者,一定之衡,则能实而不能虚,为执而不为化,非板则腐,如学究之说书,间师之读律,又如禅家之参死句,不参活句[34],窃恐有乖于风人之旨。以言乎事,天下固有有其理,而不可见诸事者,若夫诗则理尚不可执,又焉能一一征之实事者乎? 而先生断断焉必以理事二者与情同律乎诗,不使有毫发之或离,愚窃惑焉。此何也?

予曰:子之言诚是也。子所以称诗者,深有得乎诗之旨者也。然子但知可言可执之理之为理,而抑知名言所绝[35]之理之为至理乎? 子但知有是事之为事,而抑知无是事之为凡事之所出乎? 可言之理,人人能言之,又安在诗人之言之? 可征之事,人人能述之,又安在诗人之述之? 必有不可言之理,不可述之事,遇之于默会意象之表,而理与事无不灿然于前者也。今试举杜甫集中一二名句,为子晰而剖之,以见其概,可乎?

如《玄元皇帝庙作》"碧瓦初寒外"句,逐字论之,言乎外,与内为界也。初寒何物,可以内外界乎? 将碧瓦之外,无初寒乎? 寒者,天地之气也。是气也,尽宇宙之内,无处不充塞,而碧瓦独居其外,寒气独盘踞于碧瓦之内乎? 寒而曰初,将严寒或不如是乎? 初寒无象无形,碧瓦有物有质,合虚实而分内外,吾不知其写碧瓦乎? 写初寒乎? 写近乎? 写远乎? 使必以理而实诸事以解之,虽稷下谈天[36]之辨,恐至此亦穷矣。然设身而处当时之境会,觉此五字之情景,恍如天造地设,呈于象,感于目,会于心。意中之言,而口不能言;口能言之,而意又不可解。划然示我以默会相象之表,竟若有内有外,有寒有初寒,特借碧瓦一实相发之。有中间,有边际,虚实相成,有无互立,取之当前而自得,其理昭然,其事的然也。昔人云:王维诗中有画[37]。凡诗可入画者,为诗家能事,如风云雨雪景象之至虚者,画家无不可绘之于笔。若初寒内外之景色,即董、巨[38]复生,恐亦束手搁笔矣。天下惟理事之入神境者,固非庸凡人可摹拟而得也。

又《宿左省作》"月傍九霄多"句,从来言月者,只有言圆缺,言明暗,言升沉,言高下,未有言多少者。若俗儒,不曰"月傍九霄明",则曰"月傍九霄高",以为景象真而使字切矣。今曰多,不知月本来多乎? 抑傍九霄而始多乎? 不知月多乎? 月所照之境多乎? 有不可名言者。试想当时之情景,非言明言高言升可得,而惟此多字可以尽括此夜宫殿当前之景象。他人共见之,而不能知不能言,惟甫见而知之,而能言之。其事如是,其理不能不如是也。

又《夔州雨湿不得上岸作》"晨钟云外湿"句,以晨钟为物而湿乎? 云外之物,何啻以万万计,且钟必于寺观,即寺观中,钟之外,物亦无算,何独湿钟乎？然为此语者，因闻钟声有触而云然也，声无形，安能湿？钟声入耳而有闻，闻在耳，止能辨其声，安能辨其湿？曰云外，是又以目始见云，不见钟，故云云外，然此诗为雨湿而作，有云然后有雨，钟为雨湿，则钟在云内，不应云外也。斯语也，吾不知其为耳闻邪？为目见邪？为意揣邪？俗儒于此，必曰"晨钟云外度"，又必曰"晨钟云外发"，决无下湿字者，不知其于隔云见钟，声中闻湿，妙悟天开，从至理实事中领悟，乃得其境界也。

又《摩诃池泛舟作》"高城秋自落"句，夫秋何物，若何而落乎？时序有代谢，未闻云落也。即秋能落，何系之以高城乎？而曰高城落，则秋实自高城而落，理与事俱不可易也。

以上偶举杜集四语，若以俗儒之眼观之，以言乎理，理于何通？以言乎事，事于何有？所谓言语道断[39]，思维路绝，然其中之理，至虚而实，至渺而近，灼然心目之间，殆如鸢飞鱼跃之昭著也[40]。理既昭矣，尚得无其事乎？古人妙于事理之句，如此极多，姑举此四语，以例其余耳。其更有事所必无者，偶举唐人一二语，如"蜀道之难，难于上青天"[41]、"似将海水添宫漏"[42]、"春风不度玉门关"[43]、"天若有情天亦老"[44]、"玉颜不及寒鸦色"[45]等句。如此者何止盈千累万，决不能有其事，实为情至之语。夫情必依乎理，情得然后理真，情理交至，事尚不得邪？要之作诗者，实写理事情，可以言言，可以解解，即为俗儒之作。惟不可名言之理，不可施见之事，不可径达之情，则幽渺以为理，想象以为事，惝恍以为情，方为理至事至情至之语。此岂俗儒耳目心思界分中所有哉？则余之为此三语者，非腐也，非僻也，非锢也。得此意而通之，宁独学诗，无适而不可矣。

【注释】

〔1〕 曰理，曰事，曰情：《原诗》内篇卜："譬之一草一木，其能发生者，理也，其既发生，则事也；既发生之后，夭乔滋植，情状万千，咸有自得之趣，则情也。"
〔2〕 经纬天地：《左传·昭公二十八年》："经纬天地曰文。"
〔3〕 中藏：内脏，此指内心。
〔4〕 瞀（mào）：眼睛昏花。
〔5〕 "不恨我不见古人"五句：《南史·张融传》："融善草书，常自美其能。帝（齐高帝）曰：'卿书殊有骨力，但恨无二王法。'答曰：'非恨臣无二王法，亦恨二王无臣法。'……常叹云：'不恨我不见古人，所恨古人又不见我。'"
〔6〕 后羿：古代传说中的善射者。养由基：春秋时楚人，善射。
〔7〕 "乃知古时人"二句：高适《苦雪》诗句。
〔8〕 其揆之一：《孟子·离娄下》："先圣后圣，其揆一也。"揆，标准，尺度。

〔9〕 两脚书厨：赵翼《陔余丛考》："齐陆澄学极博，而读《易》不解文义。王俭曰：'陆公，书厨也。'今人谓读书多而不能用者为两脚书厨，本此。"

〔10〕 尺蠖（huò）：尺度。

〔11〕 操觚家：指作家。

〔12〕 成事在胆：强至《韩忠献公遗事》："公（韩琦）平日谓成大事在胆。"

〔13〕 文章千古事：杜甫《偶题》中句。

〔14〕 蕴隆：《诗经·大雅·云汉》："蕴隆虫虫。"朱熹《诗集传》："蕴，蓄也。隆，盛也。"

〔15〕 氤氲磅礴：弥漫盛大貌。此指心思可以无所不之，无所不在。

〔16〕 掷地作金石声：《世说新语·文学》："孙兴公（绰）作《天台赋》成，以示范荣期云：'卿试掷地，要作金石声。'"

〔17〕 独立不惧：《易·大过》："君子以独立不惧，遁世无闷。"

〔18〕 蚕丛：古蜀王名，此借指蜀道艰险。李白《蜀道难》："蚕丛及鱼凫，开国何茫然！尔来四万八千岁，不与秦塞通人烟。"峻栈危梁：险峻的栈道，高架的桥梁。

〔19〕 穿窬（yú）：穿壁翻墙，指偷窃。

〔20〕 连城之璧：战国时秦国要以十五城易赵国之璧，因而称连城璧。

〔21〕 纸贵：左思《三都赋》成，人们竞相传写，洛阳为之纸贵。后以洛阳纸贵指作品受人欢迎。

〔22〕 "王世贞、李攀龙"句：明后七子派主要人物，参见《王世贞诗文论选录》作家小传。嘉、隆：嘉靖，明世宗年号，1522—1566。隆庆，明穆宗年号，1567—1572。

〔23〕 高、杨、张、徐：高启、杨基、张羽、徐贲，明初著名诗人，号称四杰。

〔24〕 钟惺、谭元春：见《钟惺诗文论选录》作家小传。

〔25〕 蹴至：一蹴而至，言得之容易。

〔26〕 孟子以为行所无事：《孟子·离娄下》："禹之行水也，行其所无事也。"

〔27〕 坎止：遇低洼之处则止。

〔28〕 疏瀹排决之事：《孟子·滕文公上》："禹疏九河，瀹济、漯而注诸海，决汝、汉，排淮、泗而注之江。"瀹（yuè），疏通。

〔29〕 挥霍：迅速敏捷。

〔30〕 大学之始于格物：《礼记·大学》："古之欲明明德于天下者，先治其国；欲治其国者，先齐其家；欲齐其家者，先修其身；欲修其身者，先正其心；欲正其心者，先诚其意；欲诚其意者，先致其知；致知在格物。"格物，推究事物的道理。

〔31〕 天下之物，莫不有理：朱熹《大学章句》："盖人心之灵，莫不有知；天下之物，莫不有理。"

〔32〕 似未可以物物：指朱熹之言未可应用于诗。物物，人支配物。《庄子·山木》："物物而不物于物。"前物字为动词。

〔33〕 冥漠：遥远。

〔34〕 如禅家之参死句,不参活句:禅家以言在此而意在彼的话为活句,言在此意亦在此的话为死句。
〔35〕 名言所绝:名言,指名字、名目与言句、言说。佛教认为名言假立而无实,佛教的真理不可以用名言表示。
〔36〕 稷下谈天:战国齐宣王喜文学游说之士,于都城临淄之稷门设馆,招致驺衍等人,赐以宅第,位列大夫,讲道论学,形成稷下学派。《史记·孟子荀卿列传》:"驺衍之术,迂大而闳辩,奭(驺奭)也文具难施……故齐人颂曰:谈天衍,雕龙奭……"
〔37〕 王维诗中有画:苏轼《书摩诘蓝田烟雨图》:"味摩诘之诗,诗中有画;观摩诘之画,画中有诗。"
〔38〕 董、巨:董源,字叔达,一字北苑,钟陵(今江苏南京)人,五代画家。巨然,钟陵人,原为本郡开元寺僧,南唐后主李煜降宋,巨然随至开封,山水师董源,人称董巨。
〔39〕 言语道断:佛家用以赞叹真理深妙不可言说。
〔40〕 殆如鸢飞鱼跃之昭著:言像鸢飞至天、鱼跃出渊那样明显。《诗经·大雅·旱麓》:"鸢飞戾(至)天,鱼跃于渊。"
〔41〕 "蜀道之难"句:李白《蜀道难》诗中句。
〔42〕 似将海水添宫漏:李益《宫怨》诗中句。
〔43〕 春风不度玉门关:王之涣《凉州词》诗中句。
〔44〕 天若有情天亦老:李贺《金铜仙人辞汉歌》诗中句。
〔45〕 玉颜不及寒鸦色:王昌龄《长信秋词》第三首中句。

【思考题】

1. 试论叶燮关于才、识、胆、力的理论。
2. 试论叶燮关于理、事、情的理论。

王士禛诗论选录

【题解】

　　王士禛(1634—1711),字贻上,号阮亭,别号渔洋山人,山东新城(今桓台)人。顺治十二年(1655),中会试,未殿试而归,顺治十五年,赴殿试,成进士。顺治十六年谒选得扬州府推官。康熙三年(1664)迁礼部主客司主事。官至刑部尚书。士禛死后,因避雍正(胤禛)讳,改称士正,乾隆间赐改士禛。王士禛是清初诗坛的著名诗人，领袖诗坛五十年。有诗文集《带经堂集》，又仿黄庭坚选其诗为《渔洋山人精华录》，又有《池北偶谈》《香祖笔记》《古夫于亭杂录》《渔洋诗话》《五代诗话》等。选有《古诗选》《十种唐诗选》《唐贤三昧集》等。清人张宗柟辑其论诗之语为《带经堂诗话》。

  王士禛是清初具有广泛影响的诗人和诗论家。其诗歌理论的核心就是神韵说。"神韵"一词早在魏晋时代的人物品鉴中就出现了，其后又运用到人物画论中，指的是人物的风神韵致，明人胡应麟、陆时雍，清初王夫之等都曾以神韵论诗。王士禛在理论上继承了钟嵘、司空图、严羽的诗学思想和南宗画论，总结了王、孟以来的山水田园诗歌的艺术传统，将神韵说发展为一套比较有系统的诗歌理论。王士禛神韵说的中心就是诗歌的审美表现方式问题。诗歌创作都面临着如何表现其对象的问题，神韵说主张对审美对象的表现应该做到"不着一字，尽得风流"。即诗人对主体的情感不能直接全面地陈述出来，对景物也不能作全面精细的刻画，而应该如画龙只画其一鳞一爪，如画山水只画"天外数峰，略有笔墨"，但通过这所画的一鳞一爪、天外数峰，可以表现出龙的整体风貌和无边的山水景象。这就是所谓"镜中之花，水中之月，羚羊挂角，无迹可求"。整体的世界尽管没有被直接被描摹出来，但它是具体可感的，这就如镜中花、水中月也具体可感；如果我们意欲求之，却又难寻其迹，正如于镜中求花、水中求月一样。在情感和物象二者之间，王士禛认为物象应该完全为表现情感服务，物象可以超越特定的时空，不符合现实自然的真实，王维画雪里芭蕉，所体现的正是这种思想。他称这为"兴会神到"，认为这正是诗之为诗的所在。清和远是具有神韵的诗歌境界的审美特征。王士禛引孔天允论诗语谓"诗以达性，然以清远为尚"。所谓清，首先体现的是主体的一种审美情趣。而这种审美情趣乃是建立在其人生价值取向基础之上的。清与浊相对，浊与俗相连。与浊俗对立的清所指的是一种超脱尘俗的情怀。在中国文化传统中，自然山水被赋予超越的品格，所以主体的这种超脱尘俗的情怀最宜于用山水来体现。远有玄远之意，也是一种超越的精神，这种精神也宜于寄托在山水之中。但是清和远也有所分别。清偏向于浸透着主体情趣的审美客体的审美表现，也就是说重在景物之描绘；而远则侧重于审美客体中所蕴涵的主体思想情感的审美表现，重在情感之抒发。诗歌创作达到这种境界，王士禛称之为"妙悟"，在他看来是把握了诗歌艺术的真谛。妙悟之境在王士禛的诗学当中乃是最高的境界，达到了妙悟之境则是创作达到了自由境界。"舍筏登岸，禅家以为悟境，诗家以为化境，诗禅一致，等无差别。"诗歌创作对于主体而言一般都要经过从必然王国到自由王国的过程。在必然王国阶段,创作主体凭借前人的艺术法则创作,必须使自己的创作符合前人的艺术法则。这一阶段禅家的渐修阶段,如人在筏上,尚须凭借外物。而一旦妙悟,达到自由王国,主体就把握了艺术的真谛,达到了艺术的彼岸,如同禅宗顿悟获得了应付生死的智慧。这时主体不再需要凭借前人的艺术法则,他可以自由创造,而又无比符合艺术规律。这就是诗歌创作的化境。达到了化境,主体就无需对创作过程作有意的安排,而要靠"兴会",即主体的性情在外物的偶然触发之下而产生的灵感,所谓"偶然欲书"、"忽自有之"、"须其自来,不以力构"、"每有制作,伫兴而就",所指的都是这种偶然的机缘触发下的创作。

带经堂诗话(选录)

萧子显云:"登高极目,临水送归;蚕雁初莺,花开叶落。有来斯应,每不能已;须其自来,不以力构。"[1]王士源序孟浩然诗云:"每有制作,伫兴而就[2]。"余平生服膺[3]此言。故未尝为人强作,亦不耐为和韵诗也。(《带经堂诗话》卷三录自《渔洋诗话》)

世谓王右丞画雪中芭蕉[4],其诗亦然。如"九江枫树几回青,一片扬州五湖白",下连用兰陵镇、富春郭、石头城诸地名,皆寥远不相属[5]。大抵古人诗画,只取兴会神到,若刻舟缘木[6]求之,失其指矣。(《带经堂诗话》卷三录自《池北偶谈》)

或问"不着一字,尽得风流"之说,答曰:太白诗"牛渚西江夜,青天无片云。登高望秋月,空忆谢将军。余亦能高咏,斯人不可闻。明朝挂帆去,枫叶落纷纷[7]"。襄阳诗"挂席几千里,名山都未逢。泊舟浔阳郭,始见香炉峰。尝读远公传,永怀尘外踪。东林不可见,日暮但闻钟[8]"。诗至此,色相俱空[9],政如羚羊挂角,无迹可求[10],画家所谓逸品是也[11]。(《带经堂诗话》卷三录自《分甘余话》)

表圣论诗,有二十四品[12],予最喜"不着一字,尽得风流"八字[13]。又云:"采采流水,蓬蓬远春[14]"。二语形容诗境亦绝妙,正与戴容州"蓝田日暖,良玉生烟"[15]八字同旨。(《带经堂诗话》卷三录自《香祖笔记》)

汾阳孔文谷(天允)[16]云:诗以达性,然须清远为尚。薛西原[17]论诗,独取谢灵运、王摩诘、孟浩然、韦应物,言"白云抱幽石,绿筱媚清涟"[18],清也;"表灵物莫赏,蕴真谁为传"[19],远也;"何必丝与竹,山水有清音"[20],"景昃鸣禽集,水木湛清华"[21],清远兼之也。总其妙在神韵矣。"神韵"二字,予向论诗,首为学人拈出,不知先见于此。(《带经堂诗话》卷三录自《池北偶谈》)

夫诗之道,有根柢焉,有兴会焉,二者率不可得兼。镜中之象,水中之月,相中之色,羚羊挂角,无迹可求[22],此兴会也。本之风、雅以导其源,溯之楚骚、汉、魏乐府诗以达其流,本之九经[23]、三史[24]、诸子以穷其变化,此根柢也。根柢原于学问,兴会发于性情。于斯二者兼之,又干之以风骨,润以丹青[25],谐以金石[26],故能衔华佩实[27],大放厥词[28],自名一家。(《带经堂诗话》卷三录自《蚕尾续文》)

严沧浪以禅喻诗[29],余深契其说,而五言尤为近之。如王、裴辋川绝句[30],字字入禅。他如"雨中山果落,灯下草虫鸣"[31],"明月松间照,清泉石上流"[32],以及太白"却下水晶帘,玲珑望秋月"[33],常建"松际露微月,清光犹为君"[34],浩然"樵子暗相失,草虫寒不闻"[35],刘眘虚"时有落花至,远随流水香"[36],妙谛微言[37],与世尊拈花,迦叶微笑[38],等无差别。通其解者,可语上乘[39]。(《带经堂诗话》卷三录自《蚕尾续文》)

舍筏登岸[40],禅家以为悟境,诗家以为化境,诗禅一致,等无差别。大复《与空同书》引此[41],正自言其所得耳。顾东桥[42]以为英雄欺人,误矣。岂东桥未能到此境地,故疑之耶?(《带经堂诗话》卷三录自《香祖笔记》)

"《新唐书》如近日许道宁辈画山水[43],是真画也。《史记》如郭忠恕画天外数峰[44],略有笔墨,然而使人见而心服者,在笔墨之外也。"右王楙《野客丛书》[45]中语,得诗文三昧[46]。司空表圣所谓"不着一字,尽得风流"者也。

越处女与勾践论剑术曰:"妾非受于人也,而忽自有之"[47]。司马相如答盛览论赋曰:"赋家之心,得之于内,不可得而传"[48]。诗家妙谛[49],无过此数语。(《带经堂诗话》卷三录自《香祖笔记》)

【注释】

〔1〕"萧子显云"九句:萧子显,字景阳,南朝兰陵(今江苏常州西北)人。有《后汉书》《齐书》等。《自序》:"若乃登高目极,临水送归,风动春朝,月明秋夜,早雁初莺,开花落叶,有来斯应,每不能已也。……每有制作,特寡思功,须其自来,不以力构。"见《梁书·萧子显传》。

〔2〕"王士源序孟浩然诗"三句:王士源《孟浩然集序》:"浩然文不为仕,伫兴而作。"

〔3〕服膺:牢记在心。

〔4〕世谓王右丞画雪中芭蕉:沈括《梦溪笔谈》卷一七《书画》:"书画之妙,当以神会,难可以形器求也。……予家所藏摩诘《袁安卧雪图》,有雪中芭蕉,此乃得心应手,意到便成,故造理入神,迥得天意,此难可与俗人论也。"

〔5〕"九江枫树几回青"四句:所引两句诗见王维《同崔傅答贤弟》,两句下有云:"扬州时有下江兵,兰陵镇前吹笛声。夜火人归富春郭,秋风鹤唳石头城。"兰陵镇,在今江苏常州西北。富春郭,在今浙江富阳县。石头城,即今江苏南京。三地相距甚远,故王士禛谓寥远不相属。

〔6〕刻舟缘木:刻舟,刻舟求剑。《吕氏春秋·察今》:"楚人有涉江者,其剑自舟中坠于水,遽刻其舟,曰:'是吾剑之所从坠。'舟止,从其所刻者入水求之。舟已行矣,而剑不行,求剑若此,不亦惑乎。"指拘泥成规而不知变化。缘木,缘木求鱼。《孟子·梁惠王上》:"以若所为,求若所欲,犹缘木而求鱼也。"上树求鱼。比喻要以错误的途径达到目的,徒劳无功。

〔7〕"太白诗"八句:李白《夜泊牛渚怀古》诗。

〔8〕"襄阳诗"八句:孟浩然《晚泊浔阳望香炉峰》诗。

〔9〕色相俱空:佛教称一切有形质可被感触到的东西为色,称可以分别认识的现象为相,色相均是虚幻不实的,故为空。此指诗歌的外在形迹。

〔10〕羚羊挂角,无迹可求:见严羽《沧浪诗话·诗辨》。

〔11〕画家所谓逸品:宋黄休复《益州名画录》:"画之逸格,最其难俦。拙规矩于方圆,鄙精研于彩绘。笔简形具,得之自然。莫可楷模,出于意表。"

〔12〕"表圣论诗"二句:表圣,司空图。旧有题名为司空图作《二十四诗品》,今已有人对其著者提出怀疑,见本书司空图部分。

〔13〕"不着一字"二句:出《二十四诗品·含蓄》。

〔14〕"采采流水"二句:出《二十四诗品·纤秾》。

〔15〕"戴容州"句:戴容州,戴叔伦,唐代诗人。所引见司空图《与极浦书》。

〔16〕汾阳孔文谷:孔天允,字汝锡,号文谷,又号管涔山人,山西汾阳人。明嘉靖十一年(1532)进士。官至浙江布政使。有《孔文谷诗集》、《孔文谷文集》等。

〔17〕薛西原:薛蕙,字君采,安徽亳州人。明正德九年(1514)进士。官至吏部郎中。晚年屏居西原,闭户著述,学者称西原先生。有《考功集》等。

〔18〕 "白云抱幽石"二句:谢灵运《过始宁墅》诗句。

〔19〕 "表灵物莫赏"二句:谢灵运《登江中孤屿》诗句。

〔20〕 "何必丝与竹"二句:左思《招隐诗二首》之一诗句。《文选》作"非必丝与竹,山水有清音"。

〔21〕 "景昃鸣禽集"二句:谢混《游西池》诗句。

〔22〕 "镜中之象"五句:严羽《沧浪诗话·诗辨》:"盛唐诸人唯在兴趣,羚羊挂角,无迹可求。故其妙处,透彻玲珑,不可凑泊,如空中之音,相中之色,水中之月,镜中之象,言有尽而意无穷。"

〔23〕 九经:儒家的九部经典。包括《易》、《书》、《诗》、《周礼》、《礼记》、《春秋》、《孝经》、《论语》、《孟子》。其名目说法不一。

〔24〕 三史:《史记》、《汉书》、《后汉书》被称为三史。

〔25〕 丹青:绘画所常用之色,此指辞采。

〔26〕 金石:钟磬等乐器,此指诗歌的音调之美。

〔27〕 衔华佩实:文质兼备。《文心雕龙·征圣》:"然则圣文之雅丽,固衔华而佩实者也。"

〔28〕 大放厥词:写出大量优美之辞。韩愈《祭柳子厚文》:"玉佩琼琚,大放厥词。"

〔29〕 严沧浪以禅喻诗:严沧浪,严羽。以禅喻诗,见《严羽诗论选录》部分。

〔30〕 王、裴辋川绝句:王维、裴迪各有《辋川集》绝句二十首。

〔31〕 "雨中山果落"二句:王维《秋夜独坐》诗句。

〔32〕 "明月松间照"二句:王维《山居秋暝》诗句。

〔33〕 "却下水晶帘"二句:李白《玉阶怨》诗句。

〔34〕 "松际微露月"二句:常建《宿王昌龄隐居》诗句。

〔35〕 "樵子暗相失"二句:孟浩然《游精思观回望白云在后》诗句。

〔36〕 "时有落花至"二句:刘眘虚《阙题》诗句。

〔37〕 妙谛微言:佛教称真理为谛,世俗间的真理为俗谛,佛家的真理为真谛。妙谛指真谛之微妙。微言,微妙之言。

〔38〕 世尊拈花,迦叶微笑:《五灯会元》:"世尊(释迦牟尼)在灵山会上,拈花示众。是时众皆默然,唯迦叶者破颜微笑。世尊曰:'吾有正法眼藏,涅盘妙心,实相无相,微妙法门,不立文字,教外别传,付嘱摩诃迦叶。'"禅宗主张不立文字,以心传心,迦叶为被尊为禅宗之祖,所得即是心传。

〔39〕 上乘:佛教以大乘为上乘。

〔40〕 舍筏登岸:佛家以竹筏喻佛法,一旦到达涅槃彼岸,即应舍之。论诗则以筏喻前人成法,一旦妙悟诗道,应舍前人成法。

〔41〕 大复《与空同书》引此:大复,何景明,字大复,前七子之一。其《与李空同论诗书》主张"富于材积,领会神情,临景结构,不仿形迹",谓"佛有筏喻,言舍筏则达岸矣,达岸则舍筏矣"。

〔42〕 顾东桥：顾璘，字华玉，号东桥，吴县（江苏苏州人）。弘治九年（1496）进士，官至刑部尚书。

〔43〕 "《新唐书》"句：《新唐书》，欧阳修、宋祁等撰，其文字力求简洁。许道宁，长安（陕西西安）人，宋代画家，画法师李成，《图画见闻志》称其"老年唯以笔画简快为己任"，《宣和画谱》称其"行笔简易"。

〔44〕 郭忠恕：字恕先，河南洛阳人，宋代画家。《图画见闻志》称其善画屋木林石，画必乘兴为之，"郭从义镇岐下，每延止山亭，张素设粉墨于傍，经数月，忽乘醉就图之，一角作远山数峰而已"。

〔45〕 王楙：字勉夫，长洲（今江苏苏州）人。有《野客丛书》三十卷。

〔46〕 三昧：佛教名词，亦称"三摩地"、"定"等，指心神专注一境的状态。此有微妙、奥妙之义。

〔47〕 越处女与勾践论剑术：汉赵煜《吴越春秋》卷五越王问曰："夫剑之道则如之何？"女曰："妾生深林之中，长于无人之野……妾非受于人也，而忽自有之。"

〔48〕 "司马相如答盛览论赋"四句：司马相如《答盛览问作赋》："赋家之心，苞括宇宙，总览人物，斯乃得之于内，不可得而传也。"

〔49〕 妙谛：真谛。

【思考题】

1. 王士禛引用王维画雪中芭蕉的故事说明了什么样的理论问题？
2. 试述神韵说的主要内容。

沈德潜诗论选录

【题解】

沈德潜（1673—1769），字确士，号归愚，长洲（今江苏苏州）人。乾隆四年（1739）进士，官至内阁学士兼礼部侍郎。在朝期间，与乾隆帝以诗相唱和，受到乾隆帝的优宠。曾学诗于叶燮，其诗也受到王士禛的赞许。有《沈归愚诗文全集》，选有《古诗源》、《唐诗别裁集》、《明诗别裁集》、《清诗别裁集》等，论诗著作为《说诗晬语》。

沈德潜是雍正、乾隆之际一个具有广泛影响的诗论家。他继承了其师叶燮注重辨别诗歌源流的思想，对诗歌史作了清理。他认为，唐以前诗是古诗之源，唐诗上承其源而加以发展，代表了诗歌史的最高成就，"诗入宋元，流于卑靡"（《唐诗别裁·凡例》），背离了诗歌传统，明代七子虽有弊端，但旨在恢复传统。而他力图使清代诗歌能够继承传统而不堕。其所选编的《古诗源》、《唐诗别裁集》、《明诗别裁集》、《清诗别裁集》就具体体现了其清理诗歌史的意图。他提出"先审宗旨，继论体裁，继论音节，继论神韵，而一归于中正和平"，这既概括了他清理诗歌史的方法和目的，也构成了其诗歌理论的基本框架。"审宗旨"涉及的是诗歌的思想内容问题。沈德潜特别强调诗歌的道德政治作用。"诗之为道，可以理性情，善物伦，感鬼神，设教邦国，应对诸侯，用如是其重也。"因而在其诗学中，作者的性情即诗歌的思想内容处于首要地位。他认为"有第一等襟抱，第一等学识，斯有第一等真诗"，反对那种"言语非不工，性情何有焉"（《古风》）的只讲求诗歌形式美而缺乏情感内容的作品。因为他注重诗歌的道德政治作用，所以他又进一步对诗歌的内容进行规范，"诗必原本性情，关乎人伦日用及古今成败兴坏之故者，方为可存"（《清诗别裁集·凡例》），主张诗歌所表现的性情应该有益于教化，符合温柔敦厚的诗教。这是其选诗的首要标准。体裁和音节二者就是所谓格调。体裁指的是诗歌的艺术表现方式及技巧系统，包括意象的构成方式，篇章、字句的组合方式等，体现为一套具体法则。音节是字音经过选择和有规则的组合构成的语音模式，形式诗歌的音乐美。不同诗人、不同时代、不同体裁的作品在体裁和音节方同具有不同的特征。明七子派主张高古之格、宛亮之调，推重汉魏、盛唐，沈德潜继承了七子派的观点。他主张诗歌应该比兴互陈，反对质直敷陈；他欣赏唐诗的"蕴蓄"、"韵流言外"，而不欣赏宋诗的"发露"，"意尽言中"（《清诗别裁集·凡例》）；认为诗歌应有音调美。这些与七子派是一致的。但他对七子派仿真求似也有所不满，主正也不排斥变。

  沈德潜诗学把神韵作为其诗学的一个层面，这是吸收了王士禛神韵说。但是王士禛的神韵说所标举的是一种秀美的诗境，而沈德潜则是在推重壮美诗境的同时兼容秀美的诗境，是崇格调而兼容神韵。他在《重订唐诗别裁集序》中便揭明此旨。他指出王士禛《唐贤三昧集》所标举的是"不著一字，尽得风流"、"羚羊挂角，无迹可求"、"味在酸咸外"，其《唐诗别裁集》的主调乃是"鲸鱼碧海"、"巨刃摩天"之境，而兼取王氏所标之境。

古诗源序(节选)

诗至有唐为极盛,然诗之盛,非诗之源也。今夫观水者,至观海止矣,然由海而溯之,近于海为九河,其上为洚水,为孟津,又其上由积石以至昆仑之源[1]。《记》曰:"祭川者先河后海[2]。"重其源也。唐以前之诗,昆仑以降之水也。汉京、魏氏,去风雅未远,无异词矣。即齐梁之绮缛,陈、隋之轻艳,风标品格,未必逊于唐,然缘此遂谓非唐诗所由出,将四海之水,非孟津以下所由注,有是理哉?有明之初,承宋、元遗习,自李献吉[3]以唐诗振天下,靡然从风,前后七子[4]互相羽翼,彬彬称盛。然其弊也,株守[5]太过,冠裳土偶[6],学者咎之。由守乎唐而不能上穷其源,故分门立户者,得从而为之辞。则唐诗者,宋元之上流;而古诗,又唐人之发源也。

【注释】

[1] 九河:《尚书·禹贡》:"导河积石,至于龙门……又东至于孟津……北过降水……又北播为九河,同为逆河,入于海。"古代黄河在古兖州境分为九道。往上游经过降河水、孟津、小积石山,而至其源昆仑山。
[2] 祭川者先河后海:《礼记·学记》:"三王之祭川也,皆先河而后海,或源也,或委也,此之谓务本。"
[3] 李献吉:李梦阳。
[4] 前后七子:见《李梦阳诗文论选录》、《王世贞诗文论选录》题解。
[5] 株守:比喻拘泥太甚而不知变通。语出《韩非子·五蠹》"守株待兔"故事。
[6] 冠裳土偶:穿戴衣帽的泥塑偶像。

重订诗别裁集序(节选)

新城王阮亭尚书选《唐贤三昧集》[1],取司空表圣"不着一字,尽得风流",严沧浪"羚羊挂角,无迹可求"之意,盖味在咸酸外也。而于杜少陵所云"鲸鱼碧海"[2],韩昌黎所云"巨刃摩天"[3]者,或未之及。余因取杜、韩语意定《唐诗别裁》,而新城所取亦兼及焉。……成诗二十卷,得诗一千九百二十八章,诗虽未备,要藉以扶掖雅正,使人知唐诗中有"鲸鱼碧海"、"巨刃摩天"之观,未必不由乎此。至于诗道之尊,可以和性情,厚人伦,匡政治,感神明,以及作诗之先审宗指,继论体裁,继论音节,继论神韵,而一归于中正和平。

【注释】

〔1〕 "新城王阮亭尚书"句:王阮亭,王士禛。语见《唐贤三昧集序》。
〔2〕 鲸鱼碧海:杜甫《戏为六绝句》之四:"或看翡翠兰苕上,未掣鲸鱼碧海中。"
〔3〕 巨刃摩天:韩愈《调张籍》:"想当施手时,巨刃磨天扬。"

说诗晬语(选录)

诗之为道,可以理性情,善伦物,感鬼神[1],设教邦国[2],应对诸侯[3],用如此其重也。秦汉以来,乐府代兴,六代继之,流衍靡曼,至有唐而声律日工,托兴渐失,徒视为嘲风雪,弄花草[4],游历燕衎[5]之具,而诗教远矣。学者但知尊唐而不上穷其源,犹望海者指鱼背为海岸,而不自悟其见之小也。今虽不能竟越三唐之格,然必优柔渐渍[6],仰溯风雅,诗道始尊。

事难显陈,理难言罄[7],每托物连类[8]以形之;郁情欲舒,天机随触,每借物引怀以抒之;比兴互陈,反复唱叹,而中藏[9]之欢愉惨戚,隐跃欲传,其言浅,其情深也,倘质直以敷陈,绝无蕴蓄,以无情之语而欲动人之情,难矣。王子击好《晨风》,而慈父感悟[10];裴安祖讲《鹿鸣》,而兄弟同食[11];周盘诵《汝坟》,而为亲从征[12]。此三诗别有旨也,而触发乃在君臣、父子、兄弟,唯其可以兴也。读前人诗而但求训诂,猎得词章记问而已,虽多奚为?

诗以声为用者也,其微妙在抑扬抗坠[13]之间。读者静气按节[14],密咏恬吟,觉前人声中难写、响外别传之妙,一齐俱出。朱子云:"讽咏以昌之,涵濡以体之[15]。"真得读诗趣味。

有第一等襟抱,第一等学识,斯有第一等真诗[16]。如太空之中,不着一点;如星宿之海,万源涌出[17];如土膏[18]既厚,春雷一动,万物发生。古来可语此者,屈大夫[19]以下数人而已。

诗贵性情,亦须论法。乱杂而无章,非诗也。然所谓法者,行所不得不行,止所不得不止[20],而起伏照应,承接转换,自神明变化于其中;若泥定此处应如何,彼处应如何(如碛沙僧解《三体唐诗》之类[21]),不以意运法,转以意从法,则死法矣。试看天地间水流云在,月到风来,何处着得死法。

诗不学古,谓之野体。然泥古而不能通变,犹学书者但讲临摹,分寸不失,而已之神理不存也。作者积久用力,不求助长,充养既久,变化自生,可以换却凡骨也[22]。

《古诗十九首》,不必一人之辞,一时之作。大率逐臣弃妻、朋友阔绝、游子他乡、死生新故之感;或寓言,或显言,或反复言,初无奇辟之思,惊险之句,而西京古诗,皆在其下。是为《国风》之遗。

　　援引典故,诗家所尚,然亦有羌无故实而自高[23],胪陈卷轴[24]而转卑者。假如作田家诗,只宜称情而言;乞灵古人[25],便乖本色。
　　人谓诗主性情,不主议论,似也,而亦不尽然。试思二雅中何处无议论?杜老古诗中,《奉先咏怀》、《北征》、《八哀》诸作,近体中,《蜀相》、《咏怀》、《诸葛》诸作,纯乎议论。但议论须带情韵以行,勿近伧父面目耳[26]。戎昱[27]《和蕃》云:"社稷依明主,安危托妇人。"亦议论之佳者。
　　写竹者必有成竹在胸[28],谓意在笔先,然后着墨也。惨淡经营[29],诗道所贵。倘意旨间架,茫然无措,临文敷衍,支支节节而成之[30],岂所语于得心应手之技乎[31]?

【注释】

〔1〕 感鬼神:《毛诗序》:"故正得失,动天地,感鬼神,莫近于诗。"
〔2〕 设教邦国:古代以诗为教,典籍中多所记载。《周礼·春官·宗伯》:"(大师)教六诗,曰风,曰赋,曰比,曰兴,曰雅,曰颂。"《礼记·经解》:"孔子曰:入其国,其教可知也。其为人也温柔敦厚,《诗》教也。"
〔3〕 应对诸侯:春秋时代,列国进行公卿大夫聘问,常常赋诗言志。《论语·子路》:"诵《诗》三百,授之以政,不达;使于四方,不能专对;虽多,亦奚以为?"
〔4〕 嘲风雪,弄花草:白居易《与元九书》:"至于梁、陈间,率不过嘲风雪弄花草而已。"指只写风花雪月而内容空虚。
〔5〕 燕衎(kàn):与朋友宴饮而乐。《诗经·小雅·南有嘉鱼》:"君子有酒,嘉宾式燕以衎。"
〔6〕 渐渍:浸润、感化。
〔7〕 罄:尽。
〔8〕 托物连类:指运用比兴。郑玄注《周礼》大师教六诗中"比"云:"比者,比方于物也。"何晏《论语集解》引孔安国注:"兴,引譬连类。"
〔9〕 中藏:指内心。
〔10〕 "王子击好《晨风》"二句:《晨风》,《诗经·秦风》中的一篇。据《说苑·奉使》篇,魏文侯封太子击于中山,三年,使者互不往来。舍人赵仓唐劝太子遣使问候,太子派赵仓唐前往。文侯问仓唐:"子之君何业?"仓唐曰:"业《诗》。"文侯曰:"于《诗》何好?"仓唐曰:"好《晨风》、《黍离》。"《晨风》中有"如何如何,忘我实多"之句,文侯说:"子之君以我忘之乎?"于是复太子击。沈德潜此二句谓,《晨风》中深厚的情感感动了魏文侯,使他改变了自己的做法。

〔11〕"裴安祖讲《鹿鸣》"二句:《北史·裴安祖传》载裴安祖"年八九岁,就师讲《诗》,至《鹿鸣》篇,语诸儿曰:'鹿得食相呼,而况人乎?'自此未曾独食"。《鹿鸣》为《诗经·小雅》中的一篇,有"呦呦鹿鸣,食野之苹"、"呦呦鹿鸣,食野之蒿"、"呦呦鹿鸣,食野之芩"等句,谓鹿得苹、蒿、芩等食物呦呦相呼而食。呦呦,鹿和鸣声。

〔12〕"周盘诵《汝坟》"二句:《后汉书·周盘传》载周盘"居贫养母,俭薄不充。尝诵《诗》至《汝坟》之卒章,慨然而叹,乃解韦带就孝廉之举"。《汝坟》,《诗经·周南》中的一篇,其卒章曰:"鲂鱼赪尾,王室如毁,虽则如毁,父母孔迩。"意谓因父母有饥寒之忧,故出仕以获禄养亲。"从征"应作"从仕"。沈德潜引以上三例说明诗歌由于运用比兴、反复咏叹,而具有巨大的感染力。

〔13〕抗坠:高低。《礼记·乐记》:"故歌者上如抗,下如队(坠)。"刘勰《文心雕龙·章句》:"譬舞容回还,而有缀兆之位;歌声靡曼,而有抗坠之节也。"

〔14〕按节:依照音节。

〔15〕"讽咏以昌之"二句:语出朱熹《诗集传序》。

〔16〕"有第一等襟抱"三句:此思想来自其师叶燮《原诗》:"我谓作诗者,亦必先有诗之基焉。诗之基,其人之胸襟是也。"

〔17〕"星宿之海"二句:星宿海,在青海省。古人认为是黄河的发源地。宋王应麟《困学纪闻·汉河渠考》:"积石之西五六百里即星宿海。"

〔18〕土膏:土壤。《国语·周语上》:"阳气俱蒸,土膏其动。"

〔19〕屈大夫:屈原。

〔20〕"行所不得不行"二句:苏轼《文说》:"吾文如万斛泉源,不择地而出……常行于所当行,常止于不可不止。"

〔21〕碛沙僧解《三体唐诗》:《三体唐诗》,宋周弼(字伯弜)选编,录七绝、七律、五律三种诗体。都穆《南濠诗话》:"长洲陈湖碛沙寺,元初有僧魁天者居之。魁与高安僧圆至友善,至尝注周伯弜《唐三体诗》,魁割其资,刻置寺中,方万里特为作序,由是《三体诗》盛传人间。今吴人称碛沙唐诗是也。"《四库全书总目》谓圆至注"疏陋殊甚"。

〔22〕换却凡骨:道家认为学仙者,须服金丹,换去凡骨而为仙骨,方可成仙。此指创作达到非凡境地。宋陈师道《答秦少章》诗谓:"学诗如学仙,时至骨字换。"

〔23〕羌无故实:钟嵘《诗品》:"'清晨登陇首',羌无故实。"故实,典故。

〔24〕胪陈卷轴:陈列典故。胪陈,陈列。卷轴,古代帛书或纸书以轴卷束,故称。泛指书籍。此指典故。

〔25〕乞灵古人:《文心雕龙·辨骚》:"亦不复乞灵于长卿(司马相如),假宠于子渊(王褒)矣。"乞灵,求助于古人,此指多用典故。

〔26〕"议论须带情韵以行"二句:《清诗别裁集·凡例》:"诗不能离理,然贵有理趣,不贵下理语。"伧父:鄙贱之夫。南北朝时南人骂北人为伧父。

〔27〕 戎昱:唐代诗人,荆南人,有《戎昱诗集》。
〔28〕 写竹者必有成竹在胸:苏轼《文与可画筼筜谷偃竹记》:"故画竹必先得成竹于胸中。"
〔29〕 惨淡经营:指苦心构思。杜甫《丹青引》:"意匠惨淡经营中。"
〔30〕 支支节节而成之:《文与可画筼筜谷偃竹记》:"竹之始生,一寸之萌耳,而节叶具焉……今节节而为之,叶叶而累之,岂复有竹乎?"
〔31〕 得心应手:指心手相应。《庄子·天道》:"不疾不徐,得之于手而应于心。"《文与可画筼筜谷偃竹记》:"夫既心识其所以然而不能然者,内外不一,心手不相应,不学之过也。"

【思考题】

1. 比较沈德潜对于诗歌中议论问题的论述与王夫之有什么区别。
2. 沈德潜对于人品与诗品的关系有什么观点?

袁枚诗论选录

【题解】

袁枚(1716—1798),字子才,号简斋,晚号随园老人,浙江钱塘(今杭州)人。乾隆四年(1739)进士。曾任溧水、江浦、沭阳、江宁等知县,颇有政绩。袁枚在任江宁知县时购得隋氏废园,稍加改造,易名随园。辞官后即居住其中,读书著述。有《小仓山房诗文集》、《子不语》等,论诗著作有《随园诗话》。

乾隆时期,当沈德潜的格调说盛行之时,袁枚则以性灵说与之相抗。袁枚主张尊重人的自然本性。符合人的自然本性就是真,"人之才性,各有所近。假如圣门四科,必使尽归德行,虽宣尼有所不能","得千百伪濂、洛、关、闽,不如得一二白傅、樊川"。真可以不符合正统道德,它是最高的价值标准。性灵说就要求诗歌表现"真人"的真性情。"尝谓千古文章传真不传伪。"与袁枚把真当做人生的最高价值一样,真也是袁枚诗学的最高价值标准。"真人"可以突破礼教,那么诗歌也可以表现冲破礼教的真性情。诗歌所表现的可以是和道德政治无关的性情,但只要是真性情,就是有价值的。从这种观点出发,他反对沈德潜主张诗歌要关乎人伦日用的正统诗学观。

男女之情是袁枚性灵所包括的重要内容，也是对正统思想最具挑战性的内容。"诗者由情生者也，有必不可解之情，而后必不可朽之诗。情所最先，莫如男女。"因而诗歌表现男女之情是必然的，也是天经地义的。在此立场上，他为诗歌史上的艳情诗进行了辩护。诗歌在艺术上要变，要有创造性，这是性灵说的另一方面的内容。公安派主张变，但不注意继承传统，袁枚则主张在学古中求变，在继承传统中求创新。他说："格律莫备于古，学者宗师，自有渊源。"这是学古的一面。但他又说："至于性情遭遇，人人有我在焉。""有性情，便有格律，格律不在性情之外。"一定的性情必然有与之相应的特殊的艺术表现方式，艺术形式不能离开特定的内容而存在。性情的独特性决定了艺术表现方式的独特性。学习古人的格律就不能仿真，而只能消化吸收，从而铸造出适合独特性情的独特的表现形式。艺术表现方式的变必然导致诗歌艺术风格的多样化，这样推尊某种格调就对诗歌风格的多样化构成了限制。因而袁枚反对沈德潜的诗贵温厚贵含蓄之说，也反对其尊唐抑宋之说。

袁枚性灵说在审美上主张风趣。无论是王士禛所推崇的超脱情怀，还是沈德潜所强调的人伦日用，其表现在诗歌中都具有庄肃的特征。风趣则与庄肃相对，具有轻松、活泼、诙谐的特点。风趣首先来自诗人的性情，它是诗人摆脱了庄严的道德政治面孔之后的轻松活泼的个性的活脱脱的表现。风趣在审美表现上则要求"灵机"、"笔性灵"，即一种灵活机巧的审美表现方式来凸现轻松活泼的性灵。这在袁枚看来是要靠天分才能做到的。袁枚的性灵说也对浙派以及翁方纲等人以学为诗的倾向提出了批评。

答沈大宗伯论诗书

先生诮浙诗，谓沿宋习败唐风者，自樊榭为厉阶[1]。枚浙人也，亦雅憎浙诗。樊榭短于七古，凡集中此体，数典[2]而已，索索然寡真气，先生非之甚当。然鄙意有未尽同者，敢质之左右[3]。

尝谓诗有工拙，而无今古。自葛天氏之歌[4]至今日，皆有工有拙，未必古人皆工，今人皆拙。即《三百篇》中，颇有未工不必学者，不徒汉、晋、唐、宋也；今人诗有极工极宜学者，亦不徒汉、晋、唐、宋也。然格律莫备于古，学者宗师，自有渊源。至于性情遭遇，人人有我在焉，不可貌古人而袭之，畏古人而拘之也。今之莺花，岂古之莺花乎？然而不得谓今无莺花也。今之丝竹，岂古之丝竹乎？然而不得谓今无丝竹也。天籁一日不断，则人籁一日不绝[5]。孟子曰:"今之乐犹古之乐[6]。"乐即诗也。唐人学汉、魏变汉、魏,宋学唐变唐,其变也,非有心于变也,乃不得不变也。使不变,则不足以为唐,不足以为宋也。子孙之貌,莫不本于祖父,然变而美者有之,变而丑者有之,若必禁其不变,则虽造物有所不能。先生许唐人之变汉、魏,而独不许宋人之变唐,惑也。且先生亦知唐人之自变其诗,与宋人无与乎?初、盛一变,中、晚再变,至皮、陆[7]二家已浸淫乎宋氏矣。风会所趋,聪明所极,有不期其然而然者。故枚尝谓变尧、舜者,汤、武也;然学尧、舜者,莫善于汤、武,莫不善于燕哙[8]。变唐诗者,宋、元也,然学唐诗者,莫善于宋、元,莫不善于明七子[9]。何也?当变而不变,其拘守者迹也。鹦鹉能言而不能得其所以言,夫非以迹乎哉。

大抵古之人先读书后作诗。唐宋分界之说,宋、元无有,明初亦无有,成、弘后始有之[10]。其议礼讲学皆立门户,以为名高。七子狃[11]于此习,遂皮傅[12]盛唐,搤擥[13]自矜,殊为寡识。然而牧斋之排之[14],则又已甚。何也?七子未尝无佳诗,即公安、竟陵[15]亦然。使掩姓氏,偶举其词,未必牧斋不嘉与。又或使七子湮沉无名,则牧斋必搜访而存之无疑也。惟其有意于摩垒夺帜[16],乃不暇平心公论,此亦门户之见。先生不喜樊榭诗,而选则存之[17],所见过牧斋远矣。

至所云诗贵温柔,不可说尽,又必关系人伦日用。此数言有褒衣大袑[18]气象。仆口不敢非先生,而心不敢是先生。何也?孔子之言,戴经不足据也,惟《论语》为足据[19]。子曰"可以兴,可以群",此指含蓄者言之,如《柏舟》、《中谷》[20]是也。曰"可以观,可以怨",此指说尽者言之,如"艳妻煽方处""投畀豺虎"[21]之类是也。曰"迩之事父,远之事君",此诗之有关系者也。曰"多识于鸟兽草木之名",此诗之无关系者也。仆读诗常折衷于孔子,故持论不得不小异于先生,计不必以为僭[22]。

【注释】

〔1〕 "先生诮浙诗"三句:清雍正至乾隆初年,诗坛兴起了以厉鹗为代表的浙派。厉鹗(1692—1752),字太鸿,号樊榭,浙江钱塘(今杭州)人。康熙五十九年(1720)举人,乾隆元年(1736)荐举博学鸿词。有《樊榭山房集》、《宋诗纪事》等。其诗幽新,多用典,且喜用僻典及替代字。符曾、汪沆等宗之,在诗坛颇有影响。厉阶:祸端。《诗经·大雅·桑柔》:"谁生厉阶,至今为梗。"
〔2〕 数典:语出《左传》昭公十五年:"数典而忘其祖。"此借指只知排列典故。
〔3〕 质之左右:就正于你。
〔4〕 葛天氏之歌:《吕氏春秋·古乐》:"昔葛天氏之乐,三人操牛尾,投足以歌八阕。"

一曰载民,二曰玄鸟,三曰遂草木,四曰奋五谷,五曰敬天常,六曰建帝功,七曰依帝德,八曰总禽兽之极。"

〔5〕 "天籁一日不断"二句:《庄子·齐物论》:"汝闻人籁而未闻地籁,如闻地籁而未闻天籁夫。"人籁,人吹箫管等乐器发出的声响。天籁,各种窍穴自然发出的声响。籁,本意为箫,引申为窍穴发出的声音。

〔6〕 今之乐犹古之乐:语出《孟子·梁惠王下》。

〔7〕 皮陆:皮日休、陆龟蒙。

〔8〕 燕哙:燕哙为燕王,子之为相,苏代在齐,与子之有旧交,便出使齐国诱使燕哙倚重子之,并使鹿毛寿谓燕王:"不如以国让相子之。人之谓尧贤者,以其让天下于许由。许由不受,有让天下之名,而实不失天下。今王以国让于子之,子之必不敢受,是王与尧同行也。"燕王于是将国事尽托付给子之。子之南面行王事,而燕哙老不听政,反为臣。国事皆决于子之。三年,国大乱。事见《史记·燕召公世家》。

〔9〕 明七子:指明代前后七子。前七子为李梦阳、何景明、边贡、徐祯卿、康海、王廷相、王九思。后七子为李攀龙、王世贞、谢榛、宗臣、梁有誉、徐中行、吴国伦。参见《李梦阳诗文论选录》、《王世贞诗文论选录》解题。

〔10〕 "唐宋分界之说"四句:谓宋元无唐宋分界之说,不确。宋严羽《沧浪诗话》就已言唐宋之别,元代,题为傅与砺所作的《诗法正论》云:"然宋诗比唐,气象迥别。今以唐诗杂而观之,虽平生所未读者,亦可辨其孰为唐为宋也。大概唐人以诗为诗,宋人以文为诗。唐诗主于达性情,故于《三百篇》为近;宋诗主于立议论,故于《三百篇》为远。"成、弘:成化,明宪宗年号。弘治,明孝宗年号。

〔11〕 狃:习惯。

〔12〕 皮傅:附会。

〔13〕 搤擘:搤,同"扼"。擘,又作腕。扼腕,手握其腕,表示振奋。左思《蜀都赋》:"剧谈戏论,扼腕抵掌。"

〔14〕 牧斋:钱谦益(1582—1664),字受之,号牧斋,常熟人。明末清初著名文学家。有《初学集》、《有学集》。选编明人诗为《列朝诗集》。钱谦益对明前后七子派的复古极为不满,猛烈抨击。

〔15〕 公安、竟陵:指晚明公安派与竟陵派。

〔16〕 摩垒夺帜:迫近敌垒,夺取旗帜。此指有意与之争胜。

〔17〕 选则存之:沈德潜《清诗别裁集》中选录厉鹗诗八首。评曰:"樊榭征士,学问淹洽,尤精熟两宋典实,人无敢难者。诗亦清高,五古在刘眘虚、常建之间。今浙西谈诗家专以为樊榭流派,失樊榭之真矣。"此乃专言其长而未斥其短。

〔18〕 褒衣大袑:褒衣,宽大之衣。大袑(shào):袑,裤裆。《汉书·朱博传》:"又敕功曹:官属多褒衣大袑,不中节度,自今椽史衣皆令去地三寸。"此句言沈德潜所言乃是冠冕堂皇的大话。

〔19〕 "孔子之言,戴经不足据"三句:戴经,指《礼记》。前人称汉代戴圣(小戴)从戴德(大戴)礼八十五篇中删取四十六篇,为小戴记,即《礼记》。与《周礼》、《仪礼》并称三礼。清人多对三礼的可靠性提出怀疑。袁枚有《答李穆堂先生问三礼书》,也对三礼的可信性提出了怀疑,并谓:"孔子之言杂矣,今之可信者,赖有《论语》。""温柔敦厚诗教也",语出《礼记·经解》,作孔子之言。故袁枚谓其不足据,而谓"惟《论语》足据"。

〔20〕 《柏舟》、《中谷》:《柏舟》,《诗经·邶风》篇名。《诗序》以为是"言仁而不遇也。卫顷公之时,仁人不遇,小人在侧"。朱熹《诗集传》则以为是写"妇人不得于其夫"。《中谷》,《中谷有蓷》,《诗经·王风》篇名。《诗序》认为是写"凶年饥馑,室家相弃"。二诗皆含蓄委婉,不直接指斥。

〔21〕 艳妻煽方处:《诗经·小雅·十月之交》中句。《诗序》:"《十月之交》,大夫刺幽王也。"朱熹《诗集传》注:"美色曰艳。艳妻,即褒姒也。煽,炽也。方处,方居其所,未变徙也。"此句言"嬖妾蛊惑王心于内"。投畀豺虎:《诗经·小雅·巷伯》中句。《诗序》:"《巷伯》,刺幽王也。寺人(宫廷里的小官)伤于谗,故作是诗。"此句谓将进谗者丢弃给豺虎吃。以上二诗皆直接指斥。

〔22〕 僭(jiàn):僭越,超越身份。

随园诗话(选录)

　　杨诚斋[1]曰:"从来天分低拙之人,好谈格调而不解风趣,何也?格调是空架子,有腔口易描;风趣专写性灵,非天才不办。"余深爱其言。须知有性情便有格律,格律不在性情外。《三百篇》半是劳人思妇率意言情之事,谁为之格,谁为之律,而今之谈格调者,能出其范围否?况皋、禹之歌[2],不同乎《三百篇》,国风之格,不同乎雅、颂,格岂有一定哉?许浑[3]云:"吟诗好似成仙骨,骨里无诗莫浪吟。"诗在骨不在格也。

　　诗境最宽,有学士大夫读破万卷,穷老尽气,而不能得其阃奥[4]者;有妇人女子,村氓浅学,偶有一二句,虽李、杜复生,必为低首者。此诗之所以为大也。作诗者,必知此二义,而后能求诗于书中,得诗于书外。

　　人有满腔书卷,无处张皇,当为考据之学,自成一家;其次则骈体文,尽可铺排,何必借诗为卖弄。自《三百篇》至今日,凡诗之传者,都是性灵,不关堆堕。惟李义山[5]诗稍多典故,然皆用才情驱使,不专砌填也。余续司空表圣《诗品》,第三首便曰《博习》,言诗之必根于学,所谓"不从糟粕,安得精英"是也[6]。近见作诗者,全仗糟粕,琐碎零星,如剃僧发,如拆袜线,句句加注,是将诗当考据作矣。虑吾说之害之也,故《续元遗山论诗》末一首云:"天涯有客好谂痴,误把抄书当作诗。抄到钟嵘《诗品》日,该他知道性灵时。"

萧子显自称:"凡有著作,特寡思功;须其自来,不以力构。"[7]此即陆放翁所谓:"文章本天然,妙手偶得之"也[8]。薛道衡登吟榻构思,闻人声则怒[9];陈后山作诗,家人为之逐去猫犬,婴儿都寄别家[10];此即少陵所谓"语不惊人死不休"[11]也。二者不可偏废:盖诗有从天籁来者,有从人巧来者,不可执一而求。

诗难其真也,有性情而后真;否则敷衍成文矣。诗难其雅也,有学问而后雅;否则俚鄙率意矣。太白斗酒诗百篇[12],东坡嬉笑怒骂,皆成文章[13]:不过一时兴到语,不可以词害意。或认以为真,则两家之集,宜塞破屋子,而何以仅存若干?且可精选者,亦不过十之五六。人安得恃才而自放乎?惟糜惟芑[14],美谷也,而必加舂揄扬簸之功;赤堇之铜,良金也,而必加千辟万灌之铸。

【注释】

〔1〕 杨诚斋:宋代诗人杨万里。
〔2〕 皋、禹之歌:《尚书·皋陶谟》:"帝庸作歌曰:敕天之命,惟时惟几。乃歌曰:股肱喜哉,元首起哉,百工熙哉。皋陶拜手稽首言曰:念哉,率作兴事,慎乃宪,钦哉。乃赓载歌曰:元首明哉,股肱良哉,庶事康哉。又歌曰:元首丛脞哉,股肱惰哉,万事堕哉。"
〔3〕 许浑:唐诗人。此二句诗不见于《全唐诗》。
〔4〕 阃奥:内室深处。引申指深微之境。
〔5〕 李义山:李商隐。
〔6〕 "余续司空表圣《诗品》"五句:袁枚有《续诗品三十二首》,其第三首《博习》:"万卷山积,一篇吟成。诗之与书,有情无情。钟鼓非乐,舍之何鸣。易牙善烹,先羞百牲。不从糟粕,安得精英?日不关学,终非正声。"
〔7〕 "萧子显自称"五句:语出萧子显《自序》。
〔8〕 "文章本天然"二句:陆游《文章》诗中句。
〔9〕 "薛道衡登吟榻构思"二句:《隋书·薛道衡传》:"道衡每至构文,必隐坐空斋,蹋壁而卧,闻户外有人声便怒。其沉思如此。"

〔10〕 "陈后山作诗"三句:陈师道,字无己,号后山居士。厉鹗《宋诗纪事》引《文献通考》:"石林叶氏曰:世言陈无己每登览得句,即急归卧一榻,以被蒙首,恶闻人声,谓之吟榻。家人知之,即猫犬皆逐去,婴儿稚子,亦抱寄邻家,徐待诗成,乃敢复常。"

〔11〕 语不惊人死不休:杜甫《江上值水如海势聊短述》:"为人性僻耽佳句,语不惊人死不休。"

〔12〕 太白斗酒诗百篇:杜甫《饮中八仙歌》:"李白一斗诗百篇。"

〔13〕 东坡嬉笑怒骂,皆成文章:黄庭坚《东坡先生真赞三首》之一:"东坡之酒,赤壁之笛,嬉笑怒骂,皆成文章。"

〔14〕 惟穈惟芑:《诗经·大雅·生民》:"诞降嘉种……惟穈惟芑。"穈、芑,皆良种谷。穈为赤秆,芑为白秆。

【思考题】

1. 袁枚性灵说的内容是什么?

姚鼐诗文论选录

【题解】

姚鼐(1732—1815),字姬传,号惜抱,安徽桐城人。乾隆二十八年(1763)进士,曾任刑部郎中,《四库全书》纂修官。乾隆三十九年(1774)辞官后,主讲紫阳、钟山诸书院近四十年。康熙间桐城方苞论文主"义法"、"雅洁",同邑刘大櫆继之,至姚鼐发扬光大之,形成桐城派。有《惜抱轩文集》、《诗集》,选有《古文辞类纂》。

康熙时期的方苞是桐城派的创立者。他提出了义法说:"义即《易》之所谓'言有物'也,法即《易》之所谓'言有序'也,义以为经而法纬之,然后为成体之文。"(《又书货殖列传后》)要求言之有物,是文章的内容方面,法即言之有序,有条理,属于文章的形式方面,二者应该很好地结合起来。刘大櫆继承和发展了方苞的义法论,提出"义理、书卷、经济者,行文之实;若行文自另是一事","文人者,大匠也;神气、音节者,匠人之能事也;义理、书卷、经济者,匠人之材料也"。他把文章分为表现对象(义理、书卷、经济)和审美表现形式(神气、音节)两方面。文章当然离不开表现对象,文人的能事却在于他所具有的运用审美表现形式去表现对象的艺术能力。他突出了艺术形式的地位,因而他把注意力集中在艺术形式方面,从字句、音节、神气方面研究散文艺术问题。姚鼐是桐城派形成的关键人物,也是桐城派文论的总结者。乾隆时代有所谓考据之学和义理之学,前者继承了汉代经学的传统,后者则继承了宋代程朱理学的传统。但由于统治者的提倡等原因,考据学在当时盛极一时。方苞、刘大櫆是信奉程朱理学的,姚鼐也是如此。但是姚鼐处于考据学盛行的时代,他也吸收了考据学的内容,他提出"义理、考据、文章"三者统一理论,就体现了这种倾向。文章,指辞章,即审美表现形式。这是文之所以为文的所在。义理、考据在姚鼐当然有轻重主次之分,考据要为义理服务,但二者的统一则是体现了义理之学和考据之学的调和。姚鼐《古文辞类纂序目》在刘大櫆神气、音节说的基础上对散文的审美表现问题作了进一步论述,提出"神、理、气、味、格、律、声、色"八个要素。前四者是"文之精",后四者是"文之粗"。神是指文章的整体所体现的精神,理指文章的意脉,气指文章的气势,味指文章的趣味,格指文章的体式,律指文章的法度,声指文章的音调,色指文章的辞采。这八者当中,后四者是具体的、有法则可执的,而前四者则是可感而不可执的,寓于后四者之中。人们通过对格、律、声、色的讲求,可以在神、理、气、味方面达到所要追求的效果。

姚鼐把文章的美分为阳刚与阴柔两个基本类别。阴阳刚柔理论来源于中国古代哲学。《易·系辞上》:"一阴一阳之谓道。"《易·杂卦》:"乾刚坤柔。"以阴阳刚柔论文始于刘勰《文心雕龙》,其《体性》篇云:"风趣刚柔,宁或改其气。"其后屠龙、魏禧等亦有所论及,但语焉不详,未成系统,到姚鼐始成为完整的理论。人是禀天地之气而生的,由于种种原因人所禀有之气是有差异的,因而人的禀赋、气质也有不同,或偏于阳刚,或偏于阴柔,这形之于文,自然也出现阴柔、阳刚的差异。姚鼐认为,阳刚与阴柔应该互相兼济,不应只执一端,排斥另一端而走向极端。"糅而偏胜可也,偏胜之极,一有一绝无,与夫刚不足为刚,柔不足为柔,皆不足言文。"姚鼐对文章之美的这种分类对后来的文论产生了深远的影响。

复鲁絜非书

桐城姚鼐顿首,絜非[1]先生足下。相知恨少,晚遇先生。接其人,知为君子矣。读其文,非君子不能也。往与程鱼门、周书昌尝论古今才士,惟为古文者最少[2],苟为之,必杰士也,况为之专且善如先生乎!辱书引义谦而见推过当,非所敢任。鼐自幼迄衰,获侍贤人长者为师友,剽取见闻,加臆度为说,非真知文能为文也,奚辱命之哉?盖虚怀乐取者,君子之心;而诵所得以正于君子,亦鄙陋之志也。

　　鼐闻天地之道,阴阳刚柔而已[3]。文者,天地之精英,而阴阳刚柔之发也[4]。惟圣人之言,统二气[5]之会而弗偏,然而《易》《诗》《书》《论语》所载,亦间有可以刚柔分矣。值其时其人,告语之体[6]各有宜也。自诸子而降,其为文无弗有偏者。其得于阳与刚之美者,则其文如霆,如电,如长风之出谷,如崇山峻崖,如决大川,如奔骐骥;其光也,如杲日[7],如火,如金镠[8]铁;其于人也,如冯[9]高视远,如君而朝万众,如鼓万勇士而战之。其得于阴与柔之美者,则其文如升初日,如清风,如云,如霞,如烟,如幽林曲涧,如沧[10],如漾,如珠玉之辉,如鸿鹄之鸣而入寥廓;其于人也,漻乎[11]其如叹,邈乎其如有思,煗[12]乎其如喜,愀乎其如悲。观其文,讽其音,则为文者之性情形状举以殊焉。且夫阴阳刚柔,其本二端,造物者糅而气有多寡进绌,则品次亿万,以至于不可穷,万物生焉。故曰:一阴一阳之为道[13]。夫文之多变,亦若是已。糅而偏胜可也,偏胜之极,一有一绝无,与夫刚不足为刚,柔不足为柔者,皆不可以言文。今夫野人孺子闻乐,以为声歌弦管之会尔;苟善乐者闻之,则五音十二律[14],必有一当,接于耳而分矣。夫论文者,岂异于是乎?宋朝欧阳、曾公[15]之文,其才皆偏于柔之美者也。欧公能取异己者之长而时济之,曾公能避所短而不犯。观先生之文,殆近于二公焉。抑人之学文,其功力所能至者,陈理义必明当,布置取舍繁简廉肉[16]不失法,吐辞雅驯不芜而已。古今至此者,盖不数数得,然尚非文之至;文之至者通乎神明,人力不及施也。先生以为然乎?

　　愚奇之文,刻本固当见与,抄本谨封述。然抄本不能胜刻者。诸体中书疏赠序为上,记事之文次之,论辨又次之。鼐亦窃识数语于其间,未必当也。《梅厓集》[17]果有逾人处,恨不识其人。郎君令甥[18],皆美才未易量,听所好恣为之,勿拘其途可也。于所寄文,辄妄评说,勿罪勿罪。秋暑惟体中安否?千万自爱。七月朔日。

【注释】

〔1〕絜非:鲁九皋(1732—1794),原名仕骥,字絜非,建昌新城(今江西黎川)人。乾隆三十六年(1771)进士,选山西夏县知县。问古文法于姚鼐,并使其甥陈用光从姚鼐受业。有《山木集》。

〔2〕 程鱼门：程晋芳(1718—1784)，字鱼门，号蕺园，安徽歙县人，徙江都。乾隆十七年进士，官编修。有《蕺园诗文集》等。周书昌：周永年(1730—1791)，字书昌，山东历城(今山东济南)人。乾隆进士，官编修。姚鼐《刘海峰先生八十寿序》："曩者鼐在京师，歙程吏部、历城周编修语曰：'为文章者，有所法而后能，有所变而后大。维盛清治迈逾前古千百，独士能为文者未广。昔有方侍郎，今有刘先生，天下文章，其出于桐城乎。'"

〔3〕 天地之道，阴阳刚柔而已：《周易·说卦》："是以立天之道，曰阴与阳；立地之道，曰柔与刚。"

〔4〕 "文者"三句：《周易·贲卦·彖传》："柔来而文刚……分刚上而文柔……天文也；文明以止，人文也。观乎天文以察时变，观乎人文以化成天下。"刘勰《文心雕龙·体势》："风趣刚柔，宁或改其气。"

〔5〕 二气：指阴气和阳气。

〔6〕 告语之体：说话的方式。

〔7〕 杲(gǎo)日：光辉的太阳。《诗经·伯兮》："杲杲日出。"杲杲，明亮。

〔8〕 镠(liú)：纯金。

〔9〕 冯：同"凭"。

〔10〕 沦：微波。

〔11〕 漻(liáo)：水清澈的样子。

〔12〕 煖：同"暖"。

〔13〕 一阴一阳之为道：《周易·系辞上》："一阴一阳之谓道。"

〔14〕 五音十二律：五音，宫、商、角、徵、羽。十二律，古乐的十二调，包括黄钟、太簇、姑洗、蕤宾、夷则、亡射、大吕、夹钟、中吕、林钟、南吕、应钟。

〔15〕 欧阳、曾公：欧阳修、曾巩。

〔16〕 廉肉：《礼记·乐记》："使其曲直繁瘠廉肉节奏，足以感动人之善心而已矣。"孔颖达《正义》："廉，谓廉棱；肉，谓肥满。"

〔17〕 梅厓集：朱仕琇(1715—1780)，字斐瞻，福建建宁人。工古文，有《梅厓居士文集》三十卷、《外集》八卷。

〔18〕 令甥：陈用光(1768—1835)，字硕士，建昌新城人。鲁絜非之甥，为姚鼐门人。

海愚诗钞序(节选)

吾尝以谓文章之原，本乎天地。天地之道，阴阳刚柔而已。苟有得乎阴阳刚柔之精，皆可以为文章之美。阴阳刚柔并行而不容偏废，有其一端而绝亡其一，刚者至于偾强而拂戾[1]，柔者至于颓废而暗幽，则必无与于文者矣。然古君子称为文章之至，虽兼具二者之用，亦不能无所偏优于其间，其故何哉？天地之道，协合以为体，而时发奇出以为用者，理固然也。其在天地之用也，尚阳而下阴，伸刚而绌柔，故人得之亦然。文之雄伟而劲直者，必贵于温深而徐婉。温深徐婉之才，不易得也；然其尤难得者，必在乎天下之雄才也。夫古今为诗人者多矣，为诗而善者亦多矣，而卓然足称为雄才者，千余年中数人焉耳。甚矣其得之难也。

【注释】

〔1〕偾(fèn)强：亢奋刚强。拂戾：不和顺。

【思考题】

1. 什么叫阳刚之美？什么叫阴柔之美？

翁方纲诗论选录

【题解】

翁方纲(1733—1818)，字正三，号覃溪，晚号苏斋，大兴(今属北京市)人。乾隆十七年(1752)进士，官至内阁学士。为乾、嘉时代著名的金石学家、经学家、考据家、书法家、诗人。有《复初斋诗集》、《文集》，论诗著作有《石洲诗话》。

清代学术有汉学与宋学即考据之学与义理之学的争论，但乾、嘉时代这两派也出现统一的趋势。姚鼐是理学家，但已不废考据；翁方纲是重要的考据家，但也主张"考订之学，以衷于义理为主"(《考订论上》)。学问家原本是轻视词章的，但乾、嘉时代也出现统一的倾向。姚鼐主张义理、考据、词章的统一，翁方纲谓："有义理之学，有考订之学，有词章之学，三者不可强而兼也……然果以其人之真气贯彻而出之，则三者原一耳。"(《吴怀舟时文序》)翁方纲的肌理说就是义理、考据、词章统一的主张在诗学领域的体现。

翁方纲肌理说包括"义理"和"文理"两个方面。他说："义理之理，即文理之理，即肌理之理。"(《言志集序》)又说："《易》曰：'君子以言有物。'理之本也。又曰：'言有序。'理之经也。"(《杜诗熟精文选理理字说》)这里"言有物"即"义理"，指的是诗歌的内容方面；"言有序"即"文理"，指的是诗歌的艺术表现形式方面。《诗法论》从诗法的角度论述了"义理"与"文理"的关系。其所谓"正本探原之法",涉及的是诗歌的创作本原即内容方面的问题,"穷形尽变之法"涉及的是诗歌的艺术表现形式及技巧方面的问题。传统谈诗法者所谈论的大都是后一方面的问题,但在翁方纲看来,诗法首先应该解决诗歌的本原问题,因为这是"立乎其先、立乎其中者"。他提出"正本探原之法"正是要解决这一问题。其"法之正本探原者"其实就是与考据结合在一起的义理,而"法自儒家有",则又要求"义理"乃是儒家之义理。从诗歌要有实实在在的义理、考据而言,翁方纲对王士禛的神韵说作了批评和改造。王士禛标举王孟一派简澹闲远的诗境,主张"不着一字,尽得风流",强调的是空灵的诗境。这正好与翁方纲所主张的"质实"相矛盾。他批评王士禛的神韵说陷入了空寂,他要用考据、义理之实来救空寂之弊。因而他改造了神韵说,指出神韵是"所以君形者",强调理就是神韵,这样他所说的神韵乃是与形相对的范畴。每一首诗都有其形其神,因而每一首诗都有其神韵,所以翁方纲说"神韵乃诗中自具之本然"(《坳堂诗集序》)。这样神韵就不只局限于空灵的诗境,而是包括了所有的诗境,自然也包括"质实"的诗境。在"文理"即"穷形尽变之法"方面,翁方纲主张既要学古,又要求变。他特别欣赏刘克庄对黄庭坚的评价:"荟萃百家句律之长,究极历代体制之变,搜讨古书,穿穴异闻,作为古律,自成一家。"(《石洲诗话》)从这种思想出发,他批评和改造了格调说。他认为格调是诗歌的形式结构及声音模式,这是一切诗歌所原本具有的,每一首诗都有其独特的格调,每一诗人皆有其格调,所以他说格调"非一家所能概,非一时一代所能专也"。七子派所谓格调,是把某一时代的格调上升为普遍的法则,并认为此法则是不可或改的、永恒的,只知学古,不知求变,陷入了仿真的境地。翁方纲讲格调,而不以某一格调为限,在他看来这样既学古人,又避免了仿真的弊端。"肌理"说有其合理因素,但其将义理、考据之学引入诗歌领域,则又违背了诗歌独特的审美规律,陷入了另一弊端。

格调论上

　　诗之坏于格调也,自明李、何辈[1]误之也。李、何、王、李之徒[2],泥于格调而伪体出焉。非格调之病也,泥格调者病之也。夫诗岂有不具格调者哉?《记》曰:"变成方,谓之音。"[3]方者,音之应节也,其节即格调也。又曰:"声成文,谓之音。"[4]文者,音之成章也,其章即格调也。是故噍杀、啴缓、直廉、和柔之别[5]由此出焉。是则格调云者,非一家所能概,非一时一代所能专也。古之为诗者,皆具格调,皆不讲格调。格调非可口讲而笔授也。唐人之诗,未有执汉、魏、六朝之诗以目为格调者;宋之诗,未有执唐诗为格调;即至金、元诗,亦未有执唐、宋为格调者。独至明李、何辈,乃泥执《文选》体以为汉、魏、六朝之格调焉;泥执盛唐诸家以为唐格调焉。于是不求其端,不讯其末,惟格调之是泥;于是上下古今,只有一格调,而无递变递承之格调矣。至于渔洋[6],变格调曰神韵,其实即格调耳。而不欲复言格调者,渔洋不敢议李、何之失,又惟恐后人以李、何之名归之,是以变而言神韵,则不比讲格调者之滋弊矣。然而又虑后人执神韵为是,格调为非,则又不知格调本非误,而全坏于李、何辈之泥格调者误之,故不得以不论。

【注释】

〔1〕 李、何辈:指李梦阳、何景明。
〔2〕 王、李:指王世贞、李攀龙。
〔3〕 "《记》曰"句:见《礼记·乐记》。
〔4〕 声成文,谓之音:见《礼记·乐记》。
〔5〕 噍杀、啴缓、直廉、和柔之别:《礼记·乐记》:"乐者,音之所由生也,其本在人心感于物也。是故其哀心感者,其声噍以杀;其乐心感者,其声啴以缓;其喜心感者,其声发以散;其怒心感者,其声粗以厉;其敬心感者,其声直以廉;其爱心感者,其声和以柔。"
〔6〕 渔洋:王士禛,参见《王士禛诗论选录》。

神韵论上

《诗三百篇》,圣人皆弦歌之以求合于韶、武[1]之音。韶、武,古乐也,盛德之所同也。谓《清庙》、"猗那"[2]合之可也,谓《节南山》、《雨无正》[3]合之可乎?谓《关雎》、《鹊巢》[4]合之可也,谓《株林》、《匪风》[5]合之可乎?是必有标乎音之本者矣。以其义言之,则圣人一言蔽之,曰:"思无邪[6]。"以其音言之,则曰"乐不淫,哀不伤"[7],曰"各得其所"[8],曰"洋洋盈耳"[9],而未有一言该其所以然者。音之理通于微,而音之发非一绪,在善读者领会之而已。况乎汉、魏、六朝以后,正变愈出愈棼[10],而岂能撮举其所以然。盛唐之杜甫,诗教之绳矩也,而未尝言及神韵。至司空图、严羽之徒,乃标举其概,而今新城王氏畅之。非后人之所诣,能言前古所未言也,天地之精华,人之性情,经籍之膏腴,日久而不得不一宣泄之也。自新城王氏一倡神韵之说,学者辄目此为新城言诗之秘,而不知诗之所固有者,非自新城始言之也。且杜云"读书破万卷,下笔如有神"[11],此神字即神韵也。杜云"熟精文选理"[12],韩云"周诗三百篇,雅丽理训诰"[13],杜牧谓"李贺诗使加之理,奴仆命骚可矣"[14],此理字即神韵也。神韵者,彻上彻下,无所不该。其谓"羚羊挂角,无迹可求",其谓"镜花水月,空中之像"[15],亦皆即此神韵之正旨也,非堕入空寂之谓也。其谓"雅人深致",指出"吁谟定命,远猷辰告"[16]二句以质之,即此神韵之正旨也,非所云理字不必深求[17]之谓也。然则神韵者,是乃所以君形者[18]也。昔之言格调者,吾谓新城变格调之说而衷以神韵,其实格调即神韵也。今人误执神韵,似涉空言,是以鄙人之见,欲以肌理之说实之。其实肌理亦即神韵也。昔之人未有专举神韵以言诗者,故今时学者若欲目神韵为新城王氏之学,此正坐在不晓神韵为何事耳。知神韵之所以然,则知是诗中所自具,非至新城王氏始出。其新城之专举空音镜像[19]一边,特专以针灸李、何一辈之痴肥貌袭者言之,非神韵之全也。且其误谓理字不必深求其解,则彼新城一叟,实尚有未喻神韵之全者,而岂得以神韵属之新城也哉?

【注释】

[1] 韶、武:韶,舜时的乐舞。武,周武王时乐舞。
[2] 《清庙》、"猗那":《清庙》,《诗经·周颂》中的一篇,《毛诗》小序说是祭祀周文王之歌。猗那,《诗经·商颂·那》:"猗与那与,置我鞉鼓。"《毛诗》小序说是祭祀成汤之歌。
[3] 《节南山》、《雨无正》:《节南山》,《诗经·小雅》中的一篇,《毛诗》小序说是周大夫家父讽刺周幽王所作。《雨无正》,《诗经·小雅》中的一篇,《毛诗》小序说是周大夫讽刺周幽王而作。
[4] 《关雎》、《鹊巢》:《关雎》,《诗经·周南》中的一篇,《毛诗》小序说是颂美后妃之德的。《鹊巢》,《诗经·召南》中的一篇,《毛诗》序说是颂美夫人之德的。
[5] 《株林》、《匪风》:《株林》,《诗经·齐风》中的一篇,毛序谓是讽刺陈灵公的。《匪风》,《诗经·桧风》中的一篇,毛序说是大夫因国小政乱,忧及祸难,而思周道(周之政令)。
[6] 思无邪:《论语·为政》:"《诗》三百,一言以蔽之,曰:思无邪。"
[7] 乐不淫,哀不伤:《论语·八佾》:"《关雎》乐而不淫,哀而不伤。"
[8] 各得其所:《论语·子罕》:"子曰:吾自卫返鲁,然后乐正,雅、颂各得其所。"
[9] 洋洋盈耳:《论语·泰伯》:"师挚之始,《关雎》之乱,洋洋乎,盈耳哉。"
[10] 棼:紊乱。

〔11〕 "读书破万卷"二句:见杜甫《奉赠韦左丞丈二十二韵》。
〔12〕 熟精文选理:杜甫《宗武生日》中句。
〔13〕 "周诗三百篇"二句:韩愈《荐士》诗中句。
〔14〕 "杜牧谓"句:杜牧《李贺集序》:"(李贺诗)盖《骚》之苗裔,理虽不及,辞或过之……世皆曰:使贺且未死,少加以理,奴仆命《骚》可也。"
〔15〕 "其谓"句:见严羽《沧浪诗话·诗辨》。
〔16〕 "讦谟定命"二句:语出《诗经·大雅·抑》。
〔17〕 理字不必求深:《师友诗传录》:"(郎廷槐)问:萧《选》一书,唐人奉为鸿宝。杜诗云:'熟精文选理。'请问其理安在。阮亭(王士禛)答:唐人尚《文选》学,李善注《文选》最善,其学本于曹宪,此其也。杜诗云云,亦是尔时风气。至韩退之出,则风气大变矣。……然《文选》学终不可废,而五言诗尤为正始,犹方圆之规矩也。'理'字似不必深求其解。"
〔18〕 君形者:指神。《淮南子·说山训》:"画西施之面,美而不可说(悦);规孟贲之目,大而不可畏,君形者亡焉。"
〔19〕 空音镜像:空中之音、镜中之像。

诗法论

论欧阳子援扬子制器有法以喻书法[1],则诗文之赖法以定也审矣。忘筌忘蹄[2],非无筌蹄也。律之还宫,必起于审度[3],度即法也。顾其用之也无定方,而其所以用之,实有立乎法之先而运乎法之中者。故法非徒法也,法非板法[4]也。且以诗言之,诗之作作于谁哉,则法之用用于谁哉?诗中有我在也,法中有我以运之。即其同一诗也,同一法也,我与若俱用此法,而用之之理、用之之趣各有不同者,不能使子面如吾面也。同一时、同一境、同一事之作,而其用法之所以然,父不能得之丁了,师不能传之丁弟;即同一在我之作,而今岁不能仿昨岁语,今日不能用昨日之语,况其隔时地、分古今,而强我以就古人之法,强执古人以定我之法,此则蔑古之尤者也,而可谓之效古哉?故曰,文成而法立。法之立也,有立乎其先、立乎其中者,此法之正本探原也;有立乎其节目、立乎其肌理界缝者,此法之穷形尽变也。杜云"法自儒家有"[5],此法之立本者也;又曰"佳句法如何"[6],此法之尽变者也。夫惟法之立本者,不自我始之,则先河后海,或原或委[7],必求诸古人也。夫惟法之尽变者,大而始终条理[8],细而一字之虚实单双,一音之低昂尺黍[9],其前后接笋,乘承转换,开合正变,必求诸古人也。乃知其悉准诸绳墨规矩,悉校诸六律五声[10],而我不得丝毫以己意与焉。故曰,禹之治水[11]，行其所无事也。行乎所不得不行，止乎所不得不止[12]。应有者尽有之，应无者尽无之，夫然后可以谓之诗，夫然后可以谓之法矣。

【注释】

[1] 欧阳子援扬子制器有法以喻书法：欧阳修《试笔·用笔之法》："苏子美尝言用笔之法，此乃柳公权之法也。亦尝较之斜正之间，便分工拙。能知此及虚腕，则羲、献之书可以意得也。因知万事皆有法，扬子云：断木为棋，刓革为鞠，亦皆有法。"

[2] 忘筌忘蹄：《庄子·外物》："筌者所以在鱼，得鱼而忘筌；蹄者，所以在兔，得兔而忘蹄。"筌，捕鱼用的竹器。蹄，捕兔工具，以系兔足。此以筌、蹄喻诗法。

[3] 律之还宫，必起于审度：十二律中的每一律都可作宫音，宫音就有十二种可能的位置，商、角、徵、羽的位置随宫音位置的变动而改变，这叫旋相为宫。审度，审定律度。

[4] 板法：刻板不变的法则。

[5] 法自儒家有：杜甫诗《偶题》中句。

[6] 佳句法如何：杜甫诗《寄高三十五书记》中句。

[7] 先河后海，或原或委：《礼记·学记》："三王之祭川也，皆先河而后海，或源也，或委也，此之谓务本。"郑玄注："源，泉所出也；委，流所聚也。"此谓要探求古人之法的源流。

[8] 始终条理：《孟子·万章》："孔子之谓集大成。集大成也者，金声而玉振之也。金声也者，始条理也；玉振之也者，终条理也。"朱熹注："金，钟属。声，宣也。玉，磬也。振，收也。始，始之也。终，终之也。条理，犹言脉络，指众音而言也。"古代奏乐，以钟声开始，以磬声结束。钟声领起众音之节奏，磬声收束众音之节奏。此以音乐喻诗，指诗歌的前后脉络。

[9] 一音之低昂尺黍：一个字音的高低长短。尺黍，古时以黍衡定长度，百黍长一尺。

[10] 六律五声：六律，黄钟、太簇、姑洗、蕤宾、夷则、无射六种乐律。五声，宫、商、角、徵、羽。

[11] "禹之治水"二句：《孟子·离娄下》："禹之行水也，行其所无事也。"言禹治水因其自然之势而导之。

[12] "行乎所不得不行"二句：见苏轼《文说》。

【思考题】

1. 翁方纲所说的肌理是指什么？
2. 翁方纲是怎样批判和改造格调、神韵说的？

周济词论选录

【题解】

周济(1781—1839),字保绪,一字介存,号未斋,晚号止庵,江苏荆溪(今宜兴)人。嘉庆十年(1805)进士,官淮安府学教授。有《味隽斋词》、《词辨》、《介存斋论词杂著》等,选有《宋四家词选》。

清代是词的中兴时代。清初朱彝尊开创浙西词派,陈维崧开创阳羡词派。阳羡词派推尊苏轼、辛弃疾的豪放词。浙西词派则推崇南宋姜夔一派词风。清代词学发展到嘉庆、道光年间,浙西派和阳羡派的末流都出现了弊端,学浙西者流于空寂,学阳羡者陷入叫嚣。常州词派以振弊起衰为己任,使清代词学又出现兴盛的局面。常州派的宗师是张惠言。张惠言编有《词选》,其《词选序》乃是常州词派的词学纲领。张惠言借《说文解字》对"词"字的解释给词体下了一个全新的定义:"意内而言外,谓之词。"将词分为内容与形式两个方面,这没有什么高明之处,关键是张惠言作了这种划分之后,特别强调词所能表现的内容与诗的内容的一致性,认为词和诗一样是"缘情造端"而作,可以表达"里巷男女"的"哀乐"、"贤人君子"的"幽约怨悱"。而其在情感表现方式上也是以"微言"相感,"低回要眇,以喻其致"。这类乎风骚的表现方式。所以词近于"诗之比兴,变风之义,骚人之歌"。将被视为艳词小道的词与风骚相提并论,这提高了词的地位。

周济继承和发展了张惠言的词论,是常州派的重要理论家。他提出"诗有史,词亦有史"。在诗歌领域里有"诗史"之说,以其用诗歌特有的方式反映了广阔的社会政治历史内容,杜甫就是其代表。周济提出"词亦有史"之说,认为词也和诗一样可以用其特有的方式反映广阔的社会政治历史内容。所以他说"感慨所寄,不过盛衰",词所表现的是有关国家盛衰兴亡之感慨,对只以词来表现"离别怀思,感士不遇"之类的内容,在周济看来"不亦耻乎"。

与"词史"说相关,他提出了"寄托"说:"夫词,非寄托不入,专寄托不出。""词史"说主要是从内容角度说的,"寄托"说则主要就创作过程、审美表现方面而言。寄托的内容当然是有关盛衰的感慨,但是怎样在创作过程中将所要寄托的盛衰之感艺术地表现出来,这乃是"寄托"说的核心。所谓"入""出"有两方面的含义。其一是指某一具体的创作过程,其二是指学词的途径。词人一定要胸中有感慨,"一事一物,引而申之,触类多通",能够由眼前的事物引申联想,情和物结合而成意象,"意感偶生,假类毕达"。这就是"非寄托不入"。所谓"专寄托不出",是说当创作达到纯熟之境,词人有特别强的审美感悟能力,"赋情独深,逐境必悟",随物兴感,此时就不必有意求寄托。有意寄托就有明确的观念,这样难以触发读者众多的联想。无意于寄托就没有明确的要寄托的观念,这样就能引发读者丰富的联想。由入到出,这不仅是词创作的境界,也是学词的途径。周济说:"初学词求有寄托,有寄托则表里相宣,斐然成章。既成格调,求无寄托,无寄托则指事类情,仁者见仁,知者见知。"这与由入而出说是一致的。

宋四家词选目录序论

序曰:清真[1],集大成者也。稼轩[2]敛雄心,抗高调,变温婉,成悲凉。碧山[3]餍心切理,言近指远,声容调度,一一可循。梦窗[4]奇思壮采,腾天潜渊,返南宋之清泚,为北宋之秾挚。是为四家,领袖一代;余子荦荦,以方附庸。夫词,非寄托不入,专寄托不出。一物一事,引而申之,触类多通,驱心若游丝之罥飞英[5],含毫如郢斤之斫蝇翼[6]。以无厚入有间[7],既习已,意感偶生,假类毕达,阅载千百,謦欬勿违[8],斯入矣。赋情独深,逐境必寤,酝酿日久,冥发妄中[9];虽铺叙平淡,摹缋浅近,而万感横集,五中无主;读其篇者,临渊窥鱼,意为鲂鲤[10],中宵惊电,罔识东西[11],赤子随母笑啼,乡人缘剧喜怒[12],抑可谓能出矣。问涂碧山,历梦窗、稼轩以还清真之浑化。余所望于世之为词人者,盖如此。

【注释】

〔1〕清真:周邦彦(1056—1121),字美成,号清真居士,钱塘(浙江杭州)人。有《清真集》(《片玉词》)等。

〔2〕稼轩:辛弃疾(1140—1207),字幼安,号稼轩,历城(山东济南)人。有《稼轩长短句》等。

〔3〕碧山:王沂孙(1230?—?),字圣与,号碧山,又号中仙,会稽(浙江绍兴)人。有《花外集》。

〔4〕梦窗:吴文英(1200?—1260?),字君特,号梦窗,晚年号觉斋,四明(浙江宁波)

〔5〕 驱心若游丝之罥飞英:罥(juàn):同"罥",挂住,缠绕。此句言构思过程中,要就一事一物展开联想,使事物与思想情感发生关联,如游丝缠挂飞花。
〔6〕 含毫如郢斤之斫蝇翼:《庄子·徐无鬼》:"郢人垩墁其鼻端若蝇翼,使匠石斫之。匠石运斤成风,听而斫之。尽垩而鼻不伤,郢人立不失容。"垩,石灰。墁,涂。斤,斧。此句言文字传达过程极为纯熟自如。
〔7〕 以无厚入有间:《庄子·养生主》:"彼节者有间,而刀刃者无厚,以无厚入有间,恢恢乎其于游刃,必有余地矣。"此指创作达到纯熟之境。
〔8〕 謦欬勿违:意谓其音容笑貌依然可感如故。
〔9〕 中:善射者在黑暗中随意射箭而能中。比喻在达到极高的创作境界之后,词人不必求寄托,缘境而发,自然就有情意在。
〔10〕 临渊窥鱼,意为鲂鲤:谓人临渊看鱼,其意在于鲂鲤。比喻读者读词之初,原本是意有所在,有其自己的主观想法和先入之见。
〔11〕 中宵惊电,罔识东西:谓半夜被雷电惊醒,不知道东西。比喻一旦进入到词的境界中,为词境所感染,就失去了自己原有的所想所见。
〔12〕 "赤子随母笑啼"二句:婴儿随母亲之哀乐而哀乐,乡下看戏者随剧情的喜怒而喜怒。比喻读者完全进入到词所展现的境界中,其情感完为其所支配。"临渊窥鱼"至"缘剧喜怒"六句,描绘了读者阅读"能出"的作品的心理过程。

介存斋论词杂著(选录)

感慨所寄,不过盛衰;或绸缪未雨[1],或太息厝薪[2],或己溺己饥[3],或独清独醒[4],随其人之性情学问境地,莫不有由衷之言。见事多,识理透,可为后人论世之资。诗有史,词亦有史,庶乎自树一帜矣。若乃离别怀思,感士不遇,陈陈相因,唾沴互拾[5],便思高揖温、韦[6],不亦耻乎!初学词求空,空则灵气往来。既成格调,求实,实则精力弥满。初学词求有寄托,有寄托则表里相宣,斐然成章。既成格调,求无寄托,无寄托则指事类情,仁者见仁,知者见知[7]。北宋词下者在南宋下,以其不能空,且不知寄托也;高者在南宋上,以其能实,且能无寄托也。南宋则下不犯北宋拙率之病,高不到北宋浑涵之诣。

【注释】

〔1〕 绸缪未雨:《诗经·豳风·鸱鸮》:"迨天之未阴雨,彻彼桑土,绸缪牖户。"谓鸱鸮在天未阴雨时剥桑根缠绕户牖,以保其巢室。此指为国家未来忧心筹划。
〔2〕 厝薪:贾谊《新书·数宁》:"夫抱火厝之积薪之下,而寝其上,火未及燃,因谓之

安,偷安者也。"
〔3〕己溺己饥:《孟子·离娄下》:"禹思天下有溺者,犹己溺之也;稷思天下有饥者,犹己饥之也。"
〔4〕独清独醒:《楚辞·渔父》:"众人皆醉我独醒,众人皆浊我独清。"
〔5〕唾渖互拾:互拾他人的陈言。
〔6〕温、韦:温,温庭筠(812?—870?),字飞卿,太原祁(山西祁县)人。其词今存六十余首,大都收入《花间集》。韦,韦庄(836—910),字端己,长安杜陵(陕西西安)人。有诗集《浣花集》。其词作《全唐诗》共收五十四首,其中四十八首载于《花间集》。
〔7〕仁者见仁,知者见知:《周易·系辞上》:"仁者见之谓之仁,知者见之谓之知。"

【思考题】

1. "词史"说有什么理论内涵?
2. 什么是周济所说的"寄托"?

清代小说论著选录

【题解】

清代小说理论在明代小说理论的基础上又有所发展,而以金圣叹成就最高。金氏小说理论对清代小说理论批评产生了深远的影响。毛宗岗评点《三国演义》、张道深评点《金瓶梅》、脂砚斋评《红楼梦》、无名氏评点《儒林外史》、冯镇峦评点《聊斋志异》等都受其影响。

《聊斋志异》代表了清代浪漫主义小说创作的最高成就。其书多写花妖狐魅,但作者却在谈狐说鬼当中寄托了自己的"孤愤"。蒲松龄《聊斋自志》说:"集腋成裘,妄续幽冥之录;浮白载笔,仅成孤愤之书。"这其实不仅揭示了浪漫主义文学创作的深刻的现实动机,而且也揭示了浪漫主义文学所具有的强烈的现实性。冯镇峦在《读聊斋杂说》中提出"说鬼亦要有伦次,说鬼亦要有性情","说得极圆,不出情理之外;说得极巧,恰在人人意愿之中"。这是说浪漫主义小说的人物、情节虽是非现实的,但也不能随意编造,而是要符合"情理",在人们的"意愿"当中。这其实是要求浪漫主义小说要符合现实生活的逻辑,在另一方面触及浪漫主义文学的真实性问题。

在对现实主义小说的评论中,理论家们强调作家的生活基础对小说创作的重要性。张道深指出"作《金瓶梅》者,必曾于患难穷愁,人情世故,一一经历过,入世最深,方能为众脚色摹神也"。要求作家"入世最深",就是要求作家对生活有最深刻的体验与认识。脂砚斋在《红楼梦》评论中也强调"亲历其境"、"耳闻目睹"之对于小说创作的重要性。理论家们强调小说反映现实生活的真实性。惺园退士《儒林外史序》说:"《儒林外史》一书,摹绘世故人情,真如铸鼎象物,魑魅魍魉,毕现尺幅。"但是强调小说的真实性,并不是要小说创作照搬生活。他们对小说的虚构特征有充分的认识。张道深指出,"稗官者,寓言也",其人是"假捏"的,其事是"幻造"的(《寓意说》)。脂砚斋也指出《红楼梦》所写事情"半有半无,半古半今"的虚构特征。虚构与真实二者统一的途径就是要在虚构的情节和人物当中体现出现实生活的真实规律。脂砚斋提出"事之所无,理之必有",所谓"理",就是指生活之理。在人物形象塑造方面,天目山樵《儒林外史新评》提出"不必确指其人,而遗貌取神"的方法。人物可能有生活原型,但不必拘泥于原型,要遗其貌,取其神,概括其本质特征。

蒲松龄《聊斋自志》[1]

披萝带荔,三闾氏感而为骚[2];牛鬼蛇神,长爪郎因而成癖[3]。自鸣天籁[4],不择好音,有由然矣。松,落落秋萤之火[5],魑魅争光[6];逐逐野马之尘[7],魍魉见笑[8]。才非干宝,雅爱搜神[9];情类黄州,喜人谈鬼[10]。闻则命笔,遂以成篇。久之,四方同人,又以邮筒[11]相寄,因而物以好聚,所积益伙。甚者,人非化外,事或奇于断发之乡[12];睫在眼前,怪有过于飞头之国[13]。遄飞逸兴[14],狂固难辞;永托旷怀,痴且不讳[15]。展如之人,得勿向我胡卢耶[16]?然五父衢头,或涉滥听[17];而三生石上,颇悟前因[18]。放纵之言,有未可概以人废者。松悬弧时[19],先大人梦一病瘠瞿昙[20],偏袒入室[21],药膏如钱,圆粘乳际,寤而松生,果符墨痣[22]。且也,少羸多病,长命不犹[23]。门庭之凄寂,则冷淡如僧;笔墨之耕耘,则萧条似钵[24]。每搔头自念,勿亦面壁人果吾前身也耶[25]?盖有漏根因,未结天人之果[26];而随风荡堕,竟结藩溷之花[27];茫茫六道[28],何可谓其无理哉!独是子夜荧荧[29],灯昏欲蕊;萧斋瑟瑟[30],案冷凝冰。集腋为裘[31],妄续幽冥之录[32];浮白载笔[33],仅成孤愤之书[34];寄托如此,亦足悲矣!嗟乎!惊霜寒雀,抱树无温;吊月秋虫,偎栏自热。知我者,其在青林黑塞间乎[35]!柳泉自题。

【注释】

〔1〕 蒲松龄(1640—1715),字留仙,一字剑臣,号柳泉居士。淄川(今山东淄博)人。早有文名,而七十一岁时始补岁贡生。一生困顿不得志。有《聊斋文集》、《诗集》等。所著文言短篇小说集《聊斋志异》,代表了文言短篇小说的最高成就。

〔2〕 "披萝带荔"二句:屈原《九歌·山鬼》:"若有人兮山之阿,被薜荔兮带女萝。"言山鬼在山之角,以薜荔(香草名)为衣,以女萝(长蔓植物)为带。三闾:指屈原,屈原曾官三闾大夫之职。屈原仕于楚怀王,为奸邪所谗,忧思而作《离骚》。

〔3〕 "牛鬼蛇神"二句:杜牧《李贺集序》:"鲸呿鳌掷,牛鬼蛇神,不足为其虚荒诞幻也。"长爪郎,指李贺。李商隐《李长吉小传》:"长吉细瘦,通眉,长指爪。……恒从小奚奴,骑距驴,背一古破锦囊,遇有所得,即投书囊中。"

〔4〕 天籁:谓自然发出的声响。语出《庄子·齐物论》。

〔5〕 松,落落秋萤之火:松,蒲松龄自称。落落,孤独貌。秋萤之火,秋天萤火虫之光。喻自己之微贱。

〔6〕 魑魅:鬼怪。唐常沂《灵鬼志》:"嵇康灯下弹琴,忽有一人长丈余,着黑单衣革带。康熟视之,乃吹火灭之曰:耻与魑魅争光。"

〔7〕 逐逐野马之尘:逐逐,急驰貌。野马之尘,《庄子·逍遥游》:"野马也,尘埃也,生物之以息相吹也。"野马,原指田野间的水汽。此以野马指尘埃的游动,所以谓野马之尘。

〔8〕 魍魉见笑:魍魉,鬼怪名。《南史·刘损传》:"损郡宗人有刘伯龙者,少而贫薄,及长,历位尚书左丞,少府,武陵太守,贫窭尤甚。常在家慨然,召左右将营十一之方,忽见一鬼在傍抚掌大笑。伯龙叹曰:'贫穷固有命,乃复为鬼所笑也。'遂止。"

〔9〕 "才非干宝"二句:干宝,字令升,河南新蔡人。东晋史学家,小说家。著《晋纪》及志怪小说《搜神记》。雅爱,极爱。

〔10〕 "情类黄州"二句:类,似。黄州,指苏轼。苏轼被贬黄州时,常要来客说笑话,有不会说者,就要其谈鬼故事。

〔11〕 邮筒:据《唐语林》载:白居易为杭州刺史时,与友人以诗相寄赠,元稹官会稽,多以竹筒盛诗相寄,谓之邮筒。

〔12〕 "人非化外"二句:化外,封建时代指统治者政令教化所不及的地方。断发之乡,古代浙江、湖南、湖北的一些地方,民俗断发文身(剪短发,身刺花纹),被认为是化外之地。此二句言人虽非化外之人,但其事却奇于化外。

〔13〕 "睫在眼前"二句:飞头之国,干宝《搜神记》:"秦时南方有落民,其头能飞。"此二句谓人亦常人(睫毛长在眼前),而其怪有过于飞头之国。

〔14〕 遄(chuán)飞逸兴:王勃《滕王阁诗序》:"遥吟俯畅,逸兴遄飞。"此指蒲松龄说狐鬼故事的奇逸之兴郁郁勃发。遄飞,疾飞。

〔15〕 "永托旷怀"二句:永久寄托自己旷远的襟怀,而不讳言自己的痴迷。

[16] "展如之人"二句:《诗经·君子偕老》:"展如之人兮,邦之媛也。"展如之人,诚实之人。此指不喜言狐鬼怪异者。胡卢,笑的样子。

[17] "五父衢头"二句:衢,四通八达的道路。五父衢,古衢名。

[18] "三生石上"二句:传说唐李源与僧圆观友好,圆观死前与李源约定,要李在其死后十二年往杭州天竺寺与其相见,李源如约前往,见一牧童歌曰:"三生石上旧精魂,赏月吟风不要论。惭愧情人远相访,此身虽异性长存。"此牧童就是圆观的托身。见袁郊《甘泽谣》。后以三生石指因缘前定。

[19] 悬弧:古礼,生男孩,悬弓。弧,木弓。

[20] "先大人"句:先大人,指已死去的父亲。瞿昙,佛祖释迦牟尼之姓。此以称僧人。

[21] 偏袒:僧人穿袈裟,裸露右肩,称偏袒。

[22] 果符墨痣:蒲松龄乳际生有黑痣,与其父所梦僧人乳际贴有圆膏正好相符。意谓自己乃是此僧人转世。

[23] 长命不犹:长大了,命不如别人。犹,若。

[24] "笔墨之耕耘"二句:靠文章养家糊口,所得甚少,如僧人之化缘。

[25] 面壁人:据《传灯录》,禅宗在东土始祖达摩在嵩山少林寺面壁而坐,终日默然不语。此以指僧人。

[26] "有漏根因"二句:佛教称烦恼为漏,含有烦恼的事物为有漏。根,指根性。因,人的善恶的作为。果,所得到或善或恶的果报。人天,人间或天上。

[27] "随风荡堕"二句:《南史·范缜传》:"竟陵王子良信佛教,而缜盛称无佛。子良问曰:君不信因果,何得富贵贫贱?缜答曰:人生如树花同发,随风而坠,自有拂帘幌坠于茵席之上,自有关篱落于粪溷之中。"粪溷,粪坑。此言自己命运不好。

[28] 六道:佛家以天道、人道、阿修罗道、地狱道、饿鬼道、畜生道为六道。

[29] 荧荧:微光闪烁。

[30] 萧斋:南朝梁武帝萧衍建造一座寺庙,命萧子云于壁上书大"萧"字,后寺毁,独存"萧"字,李约买下此字,建一小室收藏,号曰萧斋。事见李肇《国史补》。后以萧斋指书房。

[31] 集腋为裘:王褒《四子讲德论》:"千金之裘,非一狐之腋。"此指《聊斋志异》一书是由众多故事构成。

[32] 幽冥之录:《幽冥录》三十卷,南朝宋刘义庆撰,多言鬼怪之事。

[33] 浮白载笔:浮,罚酒。白,罚酒的杯子。浮白,原意为罚酒,后亦指满饮。载笔,持笔。

[34] 孤愤之书:《孤愤》,《韩非子》中的一篇。韩非入秦,遭李斯忌恨,于是著书以抒愤。

[35] 青林黑塞:杜甫《梦李白》:"魂来枫林青,魂返关塞黑。"此以指鬼魂所居之处。

冯镇峦《读聊斋杂说》[1]（选录）

《聊斋》之妙，同于化工赋物[2]，人各面目，每篇各具局面，排场不一，意境翻新，令读者每至一篇，另长一番精神。如福地洞天[3]，别开世界；如太池未央，万户千门[4]；如武陵桃源[5]，自辟村落。不似他手，黄茅白苇[6]，令人一览而尽。

昔人谓：莫易于说鬼，莫难于说虎。鬼无伦次[7]，虎有性情也。说鬼到说不来处，可以意为补接；若说虎到说不来处，大段着力不得。予谓不然。说鬼亦要有伦次，说鬼亦要得性情。谚语有之："说谎亦须说得圆。"此即性情伦次之谓也。试观《聊斋》说鬼狐，即以人事之伦次、百物之性情说之。说得极圆，不出情理之外；说来极巧，恰在人人意愿之中。虽其间亦有意为补接，凭空捏造处，亦有大段吃力处，然却喜其不甚露痕迹牵强之形，故所以能令人人首肯也。

此书即史家列传体也。以班、马之笔[8]，降格而通其例于小说。可惜"聊斋"不当一代之制作，若以其才修一代之史，如辽、金、元、明诸家，握管编排，必驾乎其上。以故此书一出，雅俗共赏，即名宿巨公[9]，号称博雅者，亦不敢轻之。盖虽海市蜃楼，而描写刻画，似幻似真，实一一如乎人人意中所欲出。诸法俱备，无妙不臻，写景则如在目前，叙事则节次分明，铺排安放，变化不测。字法句法，典雅古峭，而议论纯正。

【注释】

〔1〕 冯镇峦：字远村，四川涪陵人。有《晴云山房诗文集》等。其曾于嘉庆二十三年（1818）评点《聊斋志异》。

〔2〕 化工赋物：造化赋予万物之形。化工，造化之工，自然的创造力。

〔3〕 福地洞天：道家指神仙所居之处。有十大洞天、三十六洞天、七十二福地之说。洞天，有洞中别有天地意。

〔4〕 太池未央，千门万户：太池，指太液池，在陕西长安县西。汉武帝时于建章宫北兴建。《史记·孝武本纪》："于是作建章宫，度为千门万户。……其北，治大池渐台（台在池中，为水所浸），高二十余丈，名曰泰（太）液池。"此借指建章宫。未央，未央宫，汉高祖时所建，在陕西西安西北长安故城内西南隅。

〔5〕 武陵桃源：指陶渊明《桃花源记》中所描绘的世外桃源。

〔6〕 黄茅白苇：苏轼《答张文潜书》："惟荒瘠斥卤之地，弥望皆黄茅白苇。"此指面目相同、千篇一律的低劣文章。

〔7〕 伦次:条理顺序。
〔8〕 班、马:班固、司马迁。
〔9〕 名宿:素有名望者。巨公:犹言巨匠。

张竹坡《批评第一奇书金瓶梅读法》[1]（选录）

做文章不过是情理二字。今做此一篇百回长文,亦只是情理二字。于一个人心中,讨出一个人的情理,则一个人的传得矣,虽前后夹杂众人的话,而此一人开口,是此一人的情理。非其开口便得情理,由于讨出这一人的情理,方开口耳。是故写十百千人,皆如写一人,而遂洋洋乎有此一百回大书也。

作《金瓶梅》者,必曾于患难穷愁,人情世故,一一经历过,入世最深,方能为众脚色摹神也。

作《金瓶梅》者,若果必待色色历遍,才有此书,则《金瓶梅》又必做不成也。何则?即如诸淫妇偷汉,种种不同,若必待身亲历而后知之,将何以经历哉?故知才子无所不通,专在一心也。一心所通,实又真个现身一番,方说得一番,然则其写诸淫妇,真乃各现淫妇人身,为人说法者也[2]。其书凡有描写,莫不各尽人情。然则真千百化身,现各色人等,为之说法者也。其各尽人情,莫不各得天道,即千古算来,天之祸淫福善、颠倒权奸处,确乎如此。读之,似有一人亲曾执笔在清河县前西门家里,大大小小,前前后后,碟儿碗儿,一一记之,似真有其事,不敢谓为操笔伸纸做出来的。吾故曰:得天道也。

【注释】

〔1〕 张竹坡:张道深(1670—1698),字自得,号竹坡,铜山(今江苏徐州)人。曾批评《幽梦影》等,尤以批评《金瓶梅》著称。
〔2〕 为人说法:佛家谓佛力广大,能够现出各种不同的身形向众生说法。此指作者设身为其所描写的人物而写出其不同的性格。

脂砚斋《重评石头记批语》[1]（选录）

开卷一篇立意,真打破历来小说窠臼;阅其笔则是《庄子》、《离骚》之亚。（第一回"所以我说这一段事"等句眉批）

更好。真正情理之文。可笑近之小说中,满纸羞花闭月等字。(第一回"原来是一个丫环在那里撷花"等句眉批)

官制半遵古名亦好。余最喜此等半有半无,半古半今,事之所无,理之必有,极玄极幻,荒唐不经之处。(第二回"表字如海,乃是前科的探花"等句眉批)

按理论之,则是天下本无事,庸人自扰之。若以儿女子之情论之,则事必有之事,必有之理,又系今古小说中不能写到写得,谈情者亦不能说出讲出,情痴之至文也。(第十七回"林黛玉见他如此珍重带在里面"等句批)

非经历过,如何写得出。(第十八回"三个人满心里皆有许多话,只是俱说不出"等句眉批)

按此书中写一宝玉,其宝玉之为人,是我辈于书中见而知有此人,实未目曾亲睹者。又写宝玉之发言,每每令人不解,宝玉之生性,件件令人可笑。不独于世上亲见这样的人不曾,即阅今古所有之小说奇传中,亦未见这样的文字,于颦儿处为更甚。其囫囵不解之中实可解,可解之中又说不出理路。合目思之,却如真见一宝玉,真闻此言者,移之第二人万不可,亦不成文字矣。余阅《石头记》中至奇至妙之文,全在宝玉颦儿至痴至呆囫囵不解之语中。其诗词雅谜酒令奇衣奇食奇玩等类,固他书中未能,然在此书中评之,犹为二著。("可怜,可怜"句下夹批)

一段无伦无理信口开河的混话,却句句都是耳闻目睹者,并非杜撰而有,作者与余实实经历过。(第二十五回"又向贾母道"等句旁批)

【注释】

〔1〕 脂砚斋:《红楼梦》最早的评论者。目前已发现十多种署名"脂砚斋"的《石头记》评本。关于脂砚斋其人,或以为是曹雪芹的叔父,或以为就是曹雪芹本人,尚无定论。但可以肯定脂砚斋是一位与曹雪芹有密切关系的人。

天目山樵《儒林外史新评》[1](节选)

《外史》用笔,实不离《水浒》、《金瓶梅》,魄力则远不及。然描写世事,实情实理,不必确指其人,而遗貌取神,皆酬接中所频见,可以镜人,可以自镜。……

【注释】

〔1〕 天目山樵:即张文虎(1808—1885),字孟彪,又字啸山,别号天目山樵,南汇(今属上海)人。有《古今乐律考》等,曾评《儒林外史》。

【思考题】

1. 谈谈冯镇峦"说鬼亦要有伦次,说鬼亦要有性情"的理论内涵。
2. 天目山樵所说的"遗貌取神"是什么样的塑造人物的方法?

近　代

龚自珍《书汤海秋诗集后》[①]

【题解】

龚自珍(1792—1841)初名自暹,小字阿珍,更名自珍,字爱吾,又字尔玉、璱人,号定庵、定公,又更名巩祚,晚号羽琌山民。浙江仁和(今杭州市)人。出生于书香官宦世家,幼年早慧,秉受家教。道光九年(1829)进士。虽才华卓异但仕途蹇涩,长期困居下僚,曾任内阁中书、宗人府主事、礼部主事等职。道光十九年(1839)辞官离京,南归故里,途中做七绝组诗《乙亥杂诗》。道光二十一年赴任江苏丹阳云阳书院讲席,未几暴卒。

龚自珍为学广博,涉及文学、史学、经学、小学、金石之学,晚年又笃于佛学,一生著述颇丰。1959年中华书局合刊其诗、文、词、赋为《龚自珍全集》。

龚自珍是中国近代史上开风气之先的思想家、文学家,对后世产生了深远的影响,他本人亦言:"一事平生无龁龁,但开风气不为师。"(《乙亥杂诗》一〇四首)他的学术思想和文学观点具有鲜明的经世致用的时代特点。龚自珍曾从今文经学家刘逢禄学习公羊学,亦接受了章学诚"六经皆史"之论,抛弃了正统的重考据的古文经学。他以今文经学议政论学,破除陈规,提倡变革,主张学术研究与社会政治密切联系,具有深沉的时代忧患意识。因此,在文学与社会的关系方面,注重文学反映社会现实,反对空疏浮泛、脱离现实的创作和评论。这既是对传统儒家文艺思想的继承,又体现出"万马齐喑"(《乙亥杂诗》一二五首)的晚清中国社会的时代要求。另一方面,他倡"尊情"之说,主张文学创作表达内心真情实感,展现作者真实个性。

龚自珍虽然没有系统的文论专著,但其诗歌、散文及评点文字仍可体现出贯通一致的文学思想主张。《书汤海秋诗集后》是龚自珍为好友汤鹏的

[①] 汤海秋:汤鹏(1801—1844),字海秋,自号浮邱子,湖南益阳人。清道光三年(1823)进士。曾任山东道监察御史、户部郎中等职。少年即以文名于时,当世目为奇才;有经邦济世之志,于军国利病、吏治得失多有中肯之见,任御史时,曾因勇于言事而忤旨被黜,罢回尸部,遂发愤著书,以畅其志。与龚自珍、魏源、张际亮、姚莹等过从甚密,皆慷慨激厉之士;与林则徐、曾国藩亦有交往。汤鹏去世后曾国藩曾有挽联曰:"著书累百千万言,才未尽也;得谤遍二十八省,名亦随之。"有《海秋诗集》二十六卷,《浮邱子》六卷。生平事迹可参见《清史稿》本传、姚莹《汤海秋传》等。

诗集所写的后记。汤鹏负才敢言,名震天下。初以八股文闻名,后专力为诗,在道光年间诗名盛极一时。其诗诸体兼擅,多悲愤沉痛、激壮酣畅之作,不为规矩所拘,一如其为人。龚自珍的这篇文章虽然篇幅短小,却集中反映了龚自珍的文学思想,这主要表现在以下三个方面:

一、诗歌以表达真情实感为内容,是诗人真实个性的体现。这一观点是龚自珍所概括的汤鹏"诗与人为一"的核心所在,也是对传统诗学理论的继承和发展。先秦以来"诗言志"的传统命题主张以诗歌表现诗人的心灵世界,但侧重于抒发与政教相关的人生态度和理想抱负。此后经过汉代扬雄以诗赋为"心声"、"心画"之论,到建安时期曹丕《典论·论文》提出"文以气为主"、西晋陆机《文赋》提出"诗缘情",诗歌情志中的个性因素日渐突出。由此,诗歌内容表现作者的情感,诗歌风格反映作者的个性,成为中国古代重要的诗歌理论主张。龚自珍继承了这一思想,结合汤鹏的创作,提倡诗歌自由抒写怀抱,充分表现作者的"心迹",言其"所欲言"乃至"不能不言"者;认为诗歌是作者思想感情的外化,诗歌与诗人的个性应当完全一致。他强调"诗与人为一",文如其人,诗如其人,认为汤鹏的诗歌正体现出真情实感,具有清晰的个性烙印,达到了"人外无诗,诗外无人"的境界:"任举一篇,无论识与不识,曰:此汤益阳之诗。"与此相应,他反对因袭模拟、虚伪矫饰,批评"挦扯他人之言以为已言"。这既是对诗歌内容的要求,也是对诗歌真实自然的美学风貌的要求。

二、龚自珍提出一个新的论诗标准:"完",并以此概括说明汤鹏诗歌的基本特点。所谓"完",指作者的情志、个性在诗歌中得以充分展示。但另一方面,"完"并非指作者的思想感情、个性特点在作品中一览无余、毫无余韵,而是指诗歌内容虽是作者思想感情真实自然的流露,但并非抛开诗歌艺术规律的简单直接的剖白,诗歌在有限的文字中须寓含丰富的内容、深长的情致,可使人"于所不言求其言",具有言有尽而意无穷的艺术韵味,即"何以谓之完也?海秋心迹尽在是,所欲言者在是,所不欲言而卒不能不言在是,所不欲言而竟不言,于所不言求其言亦在是"。由此可见,在当时的社会背景下,他虽然重视诗歌的社会作用,亦不排除诗歌的政治倾向,但更注重将这些社会政治因素纳入诗歌抒情之中,通过凝练蕴藉的意象加以表现。因此并未陷入狭隘的功利主义,而是对诗歌的艺术创作规律有深入的认识。

三、在这篇文章中,龚自珍还以是否文如其人、诗歌能否表现作者的思想感情和个性特点为标准评价历代诗人。以往学者论及唐代李白、杜甫、宋代苏轼、黄庭坚等诗坛大家时,往往侧重于分析其各个不同的艺术特点;龚自珍则注意其异中之同,概括出他们"诗以人名"即作品皆能展示出作者真实独特的思想个性,认为这是古往今来优秀诗人的共性所在,从而以文学史上的例证进一步强化论证了他"诗与人为一"的中心观点。这也从另一个方面体现出龚自珍对诗歌真实个性的突出强调。

  龚自珍理论的主张与他本人的诗歌创作也是完全相符的。他的诗作多"伤时之语,骂座之言"(《定庵年谱外纪》),自少年时代起就"哀乐过于人","歌泣无端字字真"(《乙亥杂诗》一七〇首)。龚自珍以狂放性格和浪漫气质发而为诗,形成雄健博丽的艺术风貌,实现了他所倡导的"诗与人为一"、"人外无诗,诗外无人"的诗歌理想。

  人以诗名[1],诗尤以人名。唐大家若李、杜、韩[2]及昌谷、玉溪[3],及宋元眉山、涪陵、遗山[4],当代吴娄东[5],皆诗与人为一[6],人外无诗,诗外无人,其面目也完[7]。益阳汤鹏,海秋其字,有诗三千余篇,芟[8]而存之二千余篇,评者无虑[9]数十家,最后属[10]龚巩祚[11]一言。巩祚亦一言而已,曰:完。何以谓之完也?海秋心迹尽在是,所欲言者在是,所不欲言而卒不能不言在是,所不欲言而竟不言,于所不言求其言亦在是。要[12]不肯伺扯[13]他人之言以为己言,任举一篇,无论识与不识,曰:此汤益阳之诗。

【注释】

〔1〕 名:此处用作动词,得名,闻名。

〔2〕 李、杜、韩:指唐代诗人李白、杜甫、韩愈。

〔3〕 昌谷、玉溪:昌谷指唐代诗人李贺(790—816)。李贺,字长吉,河南福昌(今河南宜阳)人。因居福昌之昌谷,世称李昌谷。玉溪指唐代诗人李商隐(813?—858)。李商隐,字义山,号玉溪生。

〔4〕 眉山、涪陵、遗山:眉山指宋代文学家苏轼,苏轼为眉州眉山(今属四川)人。涪陵指宋代诗人黄庭坚,黄庭坚曾贬官至四川涪陵,故又号涪翁。遗山指金代诗人元好问,元好问号遗山,因晚年生活于元代,本文把他列为元代诗人。

〔5〕 吴娄东:指明末清初诗人吴伟业,吴伟业为太仓娄东(今属江苏)人。

〔6〕 诗与人为一:诗如其人,诗歌与诗人的个性完全一致,诗歌真实地体现了诗人的个性。

〔7〕 完:此处指作品真实、自然、全面地表现了作者的思想感情和个性特征。

〔8〕 芟:删除。

〔9〕 无虑:大略,大概。

〔10〕 属:通"嘱",嘱托,托付,托请。

〔11〕 龚巩祚：即龚自珍。龚自珍一生多次更名，巩祚为其名之一。

〔12〕 要：总之。

〔13〕 捋扯：多方摘取，拉撕剥取，尤指在写作中对他人著作割裂文义、剽窃辞句。宋代刘攽《中山诗话》记载：宋初杨亿等西昆体诗人崇尚唐代诗人李商隐，其后学进而在创作中剽窃李商隐的诗句，内容空泛矫饰。艺人借宫廷宴席上的表演讽刺了这一现象："赐宴，优人有为义山（李商隐）者，衣服败敝，告人曰：'我为诸官职（此处指杨亿等西昆体诗人）捋扯至此！'闻者欢笑。"

【思考题】

1. "诗与人为一"观点的核心是什么？
2. "诗与人为一"与传统诗学理论有何关系？
3. 如何理解"其面目也完"之"完"？

魏源《诗比兴笺序》

【题解】

魏源（1794—1857），原名远达，字默深，又字墨生、汉士，别号良图，湖南邵阳金潭（今属隆回）人。自幼嗜学，清道光二年（1822）举人，道光二十四年（1844）会试中式，因书法不合而罚停殿试，次年补行殿试，方成进士。道光九年纳资为中书舍人，又先后在两江总督陶澍幕、钦差大臣裕谦幕担任幕僚。中进士后曾任江苏东台、兴化县令、淮北海州分司运判、高邮知州。咸丰三年（1853）被劾革职，晚年潜心佛理，咸丰六年卒于杭州。

魏源一生著述颇丰。曾应江苏布政使贺长龄邀请编辑《皇朝经世文编》，体现了经世致用的思想；又受林则徐之托撰写《海国图志》，提出"师夷之长技以制夷"的主张。另著有《诗古微》、《书古微》、《公羊古微》、《元史新编》、《圣武记》等多种著作。1976年中华书局合刊其《古微堂文集》、《古微堂诗集》为《魏源集》。

魏源在当时与龚自珍、林则徐相友善，思想颇多相近之处。又与龚自珍齐名，并称"龚魏"。魏源亦曾从今文经学家刘逢禄学习公羊学，关注现实、经世致用的思想贯穿于他的学术活动和诗文创作之中。魏源诗学理论在表述方式上较为明显地体现出对传统诗学的认同和继承,但在具体理论内容方面又体现出时代精神的作用和影响。

陈沆《诗比兴笺》选录了汉魏乐府古诗及自汉至唐文人五七言古诗四百余首,在每一首诗之后都附有笺释文字,重点在于推测探求作者的本意、本志所在,阐释作品的主题思想,而不限于对诗歌文字的训诂考释。魏源充分肯定了这一方法,并由此提出对诗歌之"兴会"、"寄托"的重视。

在《诗比兴笺》中,魏源重视诗歌的社会意义,强调"诗教",但他对"诗教"的理解与前人有所不同,不再如传统儒家那样偏重于从诗歌与接受者之间的关系着眼、特指诗歌"善民心"、"移风易俗"(《礼记·乐记》)、"经夫妇,成孝敬,厚人伦,美教化,移风俗"(《毛诗序》)的社会作用,而是侧重于从诗歌与创作者、研究者的多重关系入手,对包括了狭义"诗教"在内的诗学理论主张的泛称。显然,魏源提倡无论是创作还是评论诗歌,皆须重视其中的兴会、寄托,而不囿于藻翰名象、音节风调。

需要指出的是,魏源上述观点是在对诸多文学史现象进行总结评论基础上提出的,他在行文过程中某些具体的褒贬未必公允。例如,他批评《文选》"专取藻翰",却忽略了萧统"事出于沉思,义归乎翰藻"的选文标准中的"事处于沉思"对建立在艺术思维基础上的作品充实的内容的重视,亦抹杀了萧统这一标准在人们对文学特征尚缺乏自觉普遍的认识的当时的积极意义;他批评李善的《文选》注"专诂名象",虽在一定程度上切中其弊,但更多体现出的是他本人秉持的今文经学与李善注所体现出的古文经学学术方法的分歧,因此不免责之过苛;至于他对钟嵘《诗品》、旧署司空图《二十四诗品》、严羽《沧浪诗话》"专揣于风调"的批评更是具有明显的片面之处。事实上,魏源重视"兴会"、"寄托",反对"专取藻翰"的观点,正与钟嵘重视"缘情",尤其是强调怨情、悲情,倡导"风力"、"风骨",推崇"直致"、"直寻",反对"错彩镂金"的思想遥相呼应,并无龃龉。另外,《二十四诗品》、《沧浪诗话》深入探讨了以诗歌意境为中心的诗歌艺术特色,在诗学发展史上具有重要的理论价值,其内容并非"专揣于音节风调",因而更不可以此为由简单否定。

魏源之所以提出上述批评,目的并不在于对这些诗论著作展开正面的评述,而是仅仅以此作为辅佐性的反证,强调诗笺诗论之作须以阐发诗歌比兴之奥曲、揭示诗人之情志为核心。他虽承袭了"诗言志"的传统命题,但又对此作了进一步的具体说明,认为"《三百篇》皆仁圣贤人发愤之所作焉",将汉代司马迁以来"发愤著书"的精神发扬光大,强调诗人面对现实人生时的愤激情怀和忧患意识,而这正是魏源所处的中国近代社会的时代要求的深刻反映。

《诗比兴笺》[1]何为而作也?蕲水陈太初修撰[2]以笺古诗《三百篇》[3]之法,笺汉、魏、唐之诗,使读者知比兴之所起,即知志之所之[4]也。

昔夫子去鲁,回望龟山,有"斧柯奈何"之歌,又有"违山十里,蟪蛄在耳"之歌[5],又作《猗兰》之操[6],甚至闻孺子"沧浪濯缨"起兴[7],与赐、商言《诗》[8],切磋绘事,告往知来。是则鱼跃鸢飞,天地间形形色色,莫非诗也。由汉以降[9],变为五言,《古诗十九章》,多枚叔之词[10],乐府《鼓吹曲》十余章[11],皆《骚》、《雅》之旨[12];张衡《四愁》[13],陈思《七哀》[14],曹公苍莽,对酒当歌[15],有风云之气;嗣后[16]阮籍、傅玄、鲍明远、陶渊明、江文通、陈子昂、李太白、韩昌黎[17]皆以比兴为乐府琴操[18],上规[19]正始[20],视[21]中唐[22]以下纯乎赋体者,固古今升降之殊[23]哉!自《昭明文选》专取藻翰[24],李善《选》注专诂名象[25],不问诗人所言何志,而诗教[26]一敝[27]。自钟嵘、司空图、严沧浪[28]有《诗品》、《诗话》之学,专揣于音节风调[29],不问诗人所言何志,而诗教再敝。而欲其兴会[30]萧瑟嵯峨,有古诗之意,其可得哉!

《离骚》之文,依《诗》取兴,引类譬喻[31]。词不可径也,故有曲而达;情不可激也,故有譬而喻焉。善鸟香草,以配忠贞;恶禽臭物,以比谗佞;灵修[32]美人,以媲君王;宓妃佚女[33],以譬贤臣;虬龙鸾凤,以托君子;飘风[34]雷电,以喻小人;以珍宝为仁义,以水深雪雰为谗构。荀卿赋蚕,非赋蚕也;赋云,非赋云也[35]。诵诗论世,知人阐幽,以意逆志[36],始知《三百篇》皆仁圣贤人发愤之所作焉,岂第[37]藻绘虚车[38]已哉?

蕲水太初修撰,兰蕙[39]其心,泉月其性,即其比兴一端,能使汉、魏、六朝、初唐骚人墨客,勃郁幽芬于情文缭绕之间,古今诗境之奥阼[40],固有深微于可解不可解之际者乎!时余所治《诗古微》[41]方成,于齐、鲁、韩[42]之比兴,旁推曲鬯[43],复从君[44]长子小舫太史[45]获读此笺[46],以汉、魏、六朝、三唐[47]之比兴,补予所未及,盖隐隐相柣触[48]焉。我思古人,实获我心,质[49]之小舫,以为何如也?

咸丰四年[50],邵阳魏源书于吴门[51]舟中。

【注释】

〔1〕《诗比兴笺》:诗集名,清代陈沆编选并笺释,选录汉魏乐府古诗以及自汉至唐文

人五七言古诗四百余首,四卷。笺释文字侧重于结合作品的时代背景探究作者的本志意旨、作品的主题思想,但也不免有主观臆测之弊。

〔2〕蕲水陈太初修撰:陈沆(1785—1825),原名学濂,字太初,号秋舫,湖北蕲水(今湖北浠水)人。清嘉庆二十四年(1819)以一甲一名进士及第,任翰林院修撰,官终四川道监察御史。与魏源、龚自珍等相友善。以诗文为一代大宗,诗风平淡幽雅。著有《诗比兴笺》四卷、《简学斋诗存》四卷、《白石山馆遗稿》一卷,等等。修撰,官职名,属翰林院。

〔3〕《三百篇》:即《诗经》。《诗经》包括风、雅、颂三部分共三百零五篇作品。

〔4〕志之所之:语出《毛诗序》:"诗者,志之所之也,在心为志,发言为诗。"志,怀抱,思想感情。此处"志"并非泛泛而谈,联系魏源的文学思想,可知特指发愤著书之志。

〔5〕"昔夫子去鲁"句:春秋时期,鲁定公十四年,齐人馈女乐,鲁国季桓子受之,三月不朝。孔子欲谏之而不得,欲诛之而不能,遂带领众弟子离开鲁国。途中曾回望鲁国而作《龟山操》:"予欲望鲁兮,龟山蔽之,手无斧柯,奈龟山何?"歌中以遮蔽鲁国的龟山喻指擅权于鲁国的大夫季氏,以欲伐龟山表示对季氏的愤恨。又作歌曰:"违山十里,蟪蛄之声,尚犹在耳。"夫子,指孔子。去,离开。龟山,在今山东省新泰市谷里镇南。柯,斧子的柄,斧柯比喻权柄。违,离开。蟪蛄,昆虫名。操,琴曲的一种。《后汉书·曹褒传》注曰:"操犹曲也。刘向《别录》曰:'君子因雅琴之适,故从容以致思焉。其道闭塞悲愁而作者,名其曲曰操,言遇灾害不失其操也。'"

〔6〕《猗兰》之操:孔子周游列国,皆不被重用,在从卫国返回鲁国的途中,见山谷中兰花独放,且与众草为伍,有感于怀,遂停车鼓琴,作《猗兰操》,以香兰见弃山谷喻指自己生不逢时,不为世用。歌曰:"习习谷风,以阴以雨。之子于归,远送于野。何彼参天,不得其所。逍遥九州,无所定处。时人暗蔽,不知贤者。年纪逝迈,一身将老。"相关记载可参见蔡邕《琴操》。此处作者以孔子睹物起兴的感怀之作例证说明"诗言志"。《猗兰》,即《猗兰操》,又名《幽兰操》,孔子作的琴曲名。

〔7〕闻孺子"沧浪濯缨"起兴:《孺子歌》,又名《沧浪歌》:"沧浪之水清兮,可以濯我缨;沧浪之水浊兮,可以濯我足。"据《孟子·离娄上》载,孔子曾听到儿童唱此歌,并对此加以引申,告诫学生说:"小子听之!清斯濯缨,浊斯濯足,自取之也。"孺子,儿童。濯,洗涤。缨,此处指帽缨。

〔8〕与赐、商言《诗》:与赐言诗,见《论语·学而》:"子贡曰:'贫而无谄,富而无骄,何如?'子曰:'可也,未若贫而乐,富而好礼者也。'子贡曰:'《诗》云:"如切如磋,如琢如磨。"其斯之谓与?'子曰:'赐也,始可与言《诗》已矣,告诸往而知来者。'"赐,姓端木,名赐,字子贡,孔子的学生。他由于能对《诗经》众诗义引申发挥而得到孔子的称扬。与商言诗,见《论语·八佾》:"子夏问曰:'"巧笑倩兮,美目盼兮,素以为绚兮。"何谓也?'子曰:'绘事后素。'曰:'礼后乎?'子曰:'起予者商也!

始可与言《诗》已矣。'"孔子对《诗经·卫风·硕人》中描写女子容貌的诗句作了概括发挥,总结出"绘事后素"即先有素色的底色,然后进行文采修饰。子夏则由此得到启发,进一步引申出先仁义后礼乐的道理。商,姓卜,名商,字子夏,孔子的学生。

〔9〕 以降:以后,以来。

〔10〕 "《古诗十九章》"二句:《古诗十九章》,即《古诗十九首》,今人多以为是东汉后期文人所作。萧统编《文选》时,从汉代无名氏所作的众多五言古诗中选取十九首,收入《文选》,总题为"古诗"。枚叔,枚乘(?—前140),字叔,怀阴(今属江苏)人。擅长辞赋,以《七发》为最著名。初为吴王刘濞郎中,后为梁孝王宾客,汉景帝曾召拜为弘农都尉,枚乘托病辞官;汉武帝即位后再次征召,枚乘卒于应召赴京途中。徐陵编的《玉台新咏》中有枚乘诗九首(实为八首),这些诗又皆入《文选》所录的《古诗十九首》中。学者多以为《玉台新咏》题作枚乘的作品当为东汉无名氏的作品。

〔11〕 乐府《鼓吹曲》十余章:指《乐府诗集·鼓吹曲辞》所收的十八首"古辞",即汉代的《铙歌十八曲》,其年代难考,诗意难晓,内容涉及军歌、战歌、情歌、悲歌等类。余冠英《乐府诗选》前言称:"大约铙歌本来有声无辞,后来陆续补进歌辞,所以时代不一,内容庞杂。其中有叙战阵,有记祥瑞,有表武功,也有关涉男女私情的。有武帝时的诗,也有宣帝时的诗;有文人制作,也有民间歌谣。"鼓吹曲,一曰短箫铙歌,用鼓、钲、箫、笳等乐器合奏的古乐,多用于军中。与鼓吹乐相配合的歌辞即鼓吹曲辞。

〔12〕 《骚》、《雅》之旨:即《诗经》、楚辞的比兴寄托传统。《骚》,屈原的《离骚》,代指楚辞;《雅》,《诗经》中的《大雅》、《小雅》,代指《诗经》。旨,主旨。

〔13〕 张衡《四愁》:张衡(78—139),字平子,东汉南阳西鄂(今河南南阳)人。善为文,尤善辞赋,曾拟班固《两都赋》作《二京赋》。为河间王相时,曾作《四愁诗》,《四愁诗》一说为讽刺河间王之不法所作,一说为寄托怀人愁思之作。

〔14〕 陈思《七哀》:曹植(192—232),字子建,沛国谯(今安徽亳县)人,曹操第四子,曹丕同母弟,封陈王,谥思,后人习称陈思王。为汉魏时期著名诗人、辞赋家,建安时期最负盛名的作家。初曾与曹丕争为太子,曹丕为帝后对他深怀猜忌,多方压抑,因此他最终抑郁而亡。前期作品多抒发雄心壮志,后期作品多表现愤激之慨。《七哀》为闺怨诗,亦寄托了君臣不偶、怀才不遇之情。

〔15〕 曹公苍莽,对酒当歌:曹公,指魏武帝曹操(155—220),字孟德,沛国谯(今安徽亳县)人,具有雄才大略,文武兼擅,今存其乐府诗大多古质苍凉,慷慨激楚。"对酒当歌"为其名作《短歌行》的首句;苍莽,即心胸深广,意境开阔。

〔16〕 嗣后:以后。

〔17〕 阮籍、傅玄、鲍明远、陶渊明、江文通、陈子昂、李太白、韩昌黎:阮籍(210—263),字嗣宗,三国魏诗人、散文家、玄学家。为"竹林七贤"之一,其诗以八十二首五

言《咏怀诗》为最著名，大量使用比兴手法，委婉曲折，寄托深远。傅玄(217—278)，字休奕，一作休逸，晋初诗人，以乐府诗见长。鲍明远，即南朝宋诗人、辞赋家、骈文家鲍照(412—466)，字明远，与谢灵运、颜延之并称"元嘉三大家"，其诗以乐府诗为最著名。陶渊明，即东晋诗人、散文家陶潜(365—427)。江文通，即江淹(444—505)，字文通，南朝宋、齐、梁间诗人、辞赋家。陈子昂(661—702)，字伯玉，梓州射洪(今属四川)人，初唐诗人，反对齐梁文风，标举"兴寄"、"风骨"。李太白，唐代诗人李白(701—762)，字太白。韩昌黎，唐代文学家韩愈(768—824)，字退之，郡望为河北昌黎，故称"韩昌黎"。

〔18〕 乐府琴操：此处泛指古诗。

〔19〕 规：效法。

〔20〕 正始：魏齐王曹芳的年号(240—249)。此时老庄思想风行，玄谈风气大盛，惟阮籍、嵇康能以思想隐微、寄托遥深之诗感慨时事，抒写情怀，因而成为这一时期诗歌的代表。此处"正始"即代阮籍、嵇康的诗风。刘勰《文心雕龙·明诗》："乃正始明道，诗杂仙心，何晏之徒，率多浮浅，唯嵇志清峻，阮旨遥深，故能标焉。"严羽《沧浪诗话·诗体》："正始体，魏年号，嵇阮诸公之诗。"

〔21〕 视：比较，与……对比。

〔22〕 中唐：唐代诗歌分期的一个阶段，指唐代宗大历至唐文宗太和之间(766—835)，此处指中唐时期元稹、白居易代表的新乐府诗风。

〔23〕 殊：不同。

〔24〕《昭明文选》专取藻翰：《昭明文选》为南朝梁昭明太子萧统主持编选的诗文总集，亦称《文选》，选录了先秦至梁一百多位作者的作品，是现存最早的诗文总集。《文选》一般不收经、史、子等学术著作，萧统《文选序》中称其选文的标准是"事出于沉思，义归乎翰藻"，即建立在艺术想象基础之上的辞藻华美之作，情义与辞采并茂。藻翰，义同"翰藻"，指诗文辞藻华美，文采斐然。魏源此处称《文选》"专取藻翰"，虽在一定程度上揭示出《文选》的选文特点，但持论终觉偏颇。

〔25〕 李善《选》注专诂名象：李善(630？—689)，扬州江都(今江苏扬州)人，博通古今，尤精《文选》，唐显庆年间为《文选》作注。其注征引古籍数百种，注重词义典故的详尽阐发，为人推重。但由于其注不以析解文意为主，所以人有"释事忘义"之讥。诂，解释。名象，名称与物象。魏源此语即针对李善《文选》注侧重于阐发词义典故而发。

〔26〕 诗教：诗歌的教化作用。语出《礼记·经解》："入其国，其教可知也。其为人也温柔敦厚，诗教也。"孔颖达注云："温谓颜色温润，柔谓情性和柔。《诗》依违讽谏，不指切事情，故云温柔敦厚，是《诗》教也。""以《诗》辞美刺讽谕以教人，是《诗》教也。"

〔27〕 敝：败坏。

〔28〕 钟嵘、司空图、严沧浪：钟嵘，南朝齐梁间文学理论批评家，著有诗歌评论著作

《诗品》。司空图,晚唐文学理论家、诗人,旧说其著有《二十四诗品》(近年已有学者指出《二十四诗品》非司空图所作,但魏源此处尚袭传统说法),描绘和论述二十四种不同风貌的诗境。严羽,南宋末年文学理论家、诗人,著有《沧浪诗话》。

〔29〕风调:风格,格调。

〔30〕兴会:兴趣,兴致。

〔31〕"《离骚》之文"三句:此段文字由东汉王逸《离骚经序》衍化而来。王逸《离骚经序》中有"《离骚》之文,依《诗》取兴,引类譬喻。故善鸟香草,以配忠贞;恶禽臭物,以比谗佞;灵修美人,以媲于君;宓妃佚女,以譬贤臣;虬龙鸾凤,以托君子;飘风云霓,以为小人"。

〔32〕灵修:神圣贤明之人,在《离骚》中用以指楚怀王。王逸《楚辞章句》:"灵,神也。修,远也。能神明远见者,君德也,故以谕君。"朱熹《楚辞集注》:"言其有明智而善修饰,盖妇悦其夫之称,亦托词以寓意于君也。"

〔33〕宓妃佚女:宓妃为传说中的洛水女神。相传为伏羲氏之女(一说为伏羲氏之妃),溺死于洛水,遂为洛水之神。宓,通"伏"。《离骚》中有"吾令丰隆乘云兮,求宓妃之所在"。佚女,美女。《离骚》中有"望瑶台之偃蹇兮,见有娀之佚女。吾令鸩为媒兮,鸩告余以不好"。传说有娀氏之女简狄未嫁时住在高台之上,后嫁帝喾,生商代的祖先契。

〔34〕飘风:旋风。

〔35〕"荀卿赋蚕"四句:荀子,名况,又称荀卿、孙卿,战国时期赵国人,著名的思想家、散文家,著有《荀子》。《荀子·赋篇》包括"礼"、"知"、"云"、"蚕"、"箴"五首小赋,为问答体,类似廋辞谜语,借物说理,为今存古籍中最早以"赋"命名之作。

〔36〕以意逆志:孟子结合《诗经》解读方法而提出的文学批评方法,即根据自己对诗意的准确理解去推知作者的本意。语出《孟子·万章上》:"故说诗者,不以文害辞,不以辞害志。以意逆志,是为得之。"

〔37〕第:只,仅仅。

〔38〕虚车:喻指片面追求辞采而内容空虚的诗文。《周子通书》:"轮辕饰而入,弗用徒饰也,况虚车乎!"

〔39〕兰蕙:兰和蕙,两种香草名,常用以比喻人的贤明。

〔40〕奥衍:深奥。

〔41〕《诗古微》:书名,魏源撰。在学术思想上,魏源提倡今文经学,此书即以推测《诗经》之深文大义为主,对古文经《毛诗》多有指斥。

〔42〕齐、鲁、韩:汉代传授《诗经》的有齐、鲁、韩、毛四家,其中齐、鲁、韩三家分别指汉初齐人辕固生所传的《齐诗》、鲁人申培所传的《鲁诗》和燕人韩婴所传的《韩诗》,合称"三家诗",在汉武帝时已立学官,为《诗经》今文学派的代表。赵人毛苌所传的《毛诗》晚出,为《诗经》古文学派的代表。自东汉末年儒学大师郑玄为

《毛诗》作笺以来,学习《毛诗》的人大增,而齐、鲁、韩三家诗则逐渐亡逸。清代学者曾对三家诗加以辑录整理。

〔43〕 曲鬯:曲,曲折;鬯,通"畅",畅达。指或隐或显的多重含义。

〔44〕 君:此处指陈沆。

〔45〕 小舫太史:陈廷经,字小舫,陈沆长子。清道光进士,官至内阁侍读学士。

〔46〕 此笺:指陈沆的《诗比兴笺》。

〔47〕 三唐:诗家论唐人诗作,向有三唐、四唐之分。若将唐诗发展划分为初唐、盛唐、中唐、晚唐四个时期,即称"四唐";若把中唐分属盛唐、晚唐,则称"三唐"。三唐、四唐亦泛指唐代的各个时期。

〔48〕 怅触:触动。

〔49〕 质:询问。

〔50〕 咸丰四年:1854年。咸丰,清文宗年号(1851—1861)。

〔51〕 吴门:此处指苏州。苏州及附近地区为春秋时吴国故地,故称。

【思考题】

1. 魏源为什么对前代诗论大家提出了激烈的批评?
2. 与传统儒家诗论相比,魏源所强调的"诗教"有何特点?
3. 结合《诗比兴笺序》的具体内容,说明魏源所论"诗言志"中"志"的特点。

刘熙载《艺概》选录

【题解】

刘熙载(1813—1881),字伯简、熙哉,号融斋,晚号寤崖子,江苏兴化人。少孤贫力学,清道光十九年(1839)恩科举人,道光二十四年进士,先后任翰林院庶吉士、翰林院编修、国子监司业、广东学政、詹事府左春坊左中允。同治五年(1866)辞官,主讲上海龙门书院达十四年。性敏悟,多才艺,一生博学,以经学研究为主,精通音韵、算术,能诗词,善书法,精于诗文品评。著有《古桐书屋六种》(《四音定切》、《说文双声》、《说文叠韵》、《持志塾言》、《昨非集》、《艺概》),皆其晚年在书院自行校刊印行。刘熙载去世后其子又根据手稿分类辑录,成书三种:《古桐书屋札记》、《游艺约言》、《制艺书存》，统称《古桐书屋续刻三种》。《艺概》是刘熙载文艺美学方面的代表作品，最为后人所重。

《艺概》是刘熙载历年谈文论艺的总汇，定稿于同治十二年（1873），全书不足十万字，包括《文概》《诗概》《赋概》《词曲概》《书概》《经义概》六个部分，以文、诗、赋、词、曲等文学评论为主，兼及书法评论、八股文研究，体现出带有时代特色的较为开放的艺术观念。全书内容丰富，语言简练，持论精到，是一部以分体艺术史形态出现的艺术理论批评著作，其中既勾勒出诗词等各个门类的发展历史，又以时代先后为序论述了不同艺术门类代表作家的创作特征、艺术成就，还对各类艺术的创作理论进行了深入研究，总结了各类艺术创作的内在规律。总之，全书及各部皆以"概"命名，以少总多，以点带面，史与论并重且能互相生发，在写作方法上显示出受刘勰《文心雕龙》影响的痕迹。

《艺概》在文学理论批评方面具有对传统文学理论进行总结归纳的综合性特点，体现出近代文论总结传统、继往开来的共同的时代特质。刘熙载对传统文论的总结并非机械简单的量化积累和汇总，而是时时能于其间阐发自己的独到见解，挣脱传统文论的约束，站在新的高度上以更为公允、辩证的眼光认识各种纷繁复杂的文学史现象，修正历史上受到当时时代局限的理论观点，提出许多充满辩证思想、可资后人借鉴的艺术创作经验。

文　　概

古人意在笔先[1]，故得举止闲暇；后人意在笔后，故至手忙脚乱。杜元凯[2]称左氏"其文缓"，曹子桓[3]称屈原"优游缓节"，"缓"，岂易及者乎？

文或结实，或空灵，虽各有所长，皆不免着于一偏。试观韩文[4]，结实处何尝不空灵，空灵处何尝不结实。

《国语》言"物一无文"，后人更当知物无一则无文。盖一乃文之真宰，必有一在其中，斯能用夫不一者也。

诗　　概

《诗纬·含神雾》[5]曰："诗者，天地之心。"文中子[6]曰："诗者，民之性情也。"此可见诗为天人之合。

诗可数年不作,不可一作不真。陶渊明自庚子距丙辰十七年间[7],作诗九首,其诗之真,更须问耶?彼无岁无诗,乃至无日无诗者,意欲何明?

陶、谢[8]用理语[9],各有胜境。钟嵘《诗品》称:"孙绰、许询、桓、庾诸公诗,皆平典似《道德论》"[10],此由乏理趣[11]耳,夫岂尚理之过哉!

太白早好纵横,晚学黄、老,故诗意每托之以自娱。少陵一生却只在儒家界内。

山之精神写不出,以烟霞写之;春之精神写不出,以草树写之。故诗无气象,则精神亦无所寓矣。

赋　　概

诗为赋心,赋为诗体。诗言持,赋言铺,持约而铺博也。古诗人本合二义为一,至西汉以来,诗赋始各有专家。

实事求是,因寄所托,一切文字不外此两种,在赋则尤缺一不可。若美言不信[12],玩物丧志,其赋亦不可已乎!

《风》诗中赋事,往往兼寓比兴之意。钟嵘《诗品》所由竟以"寓言写物"为赋也[13]。赋兼比兴,则以言内之实事,写言外之重旨。故古之君子,上下交际,不必有言也,以赋相示而已。不然,赋物必此物[14],其为用也几何!

春有草树,山有烟霞,皆是造化自然,非设色之可拟。故赋之为道,重象尤宜重兴。兴不称象,虽纷披繁密,而生意索然,能无为识者厌乎?

以老、庄、释氏之旨入赋,固非古义,然亦有理趣、理障之不同。如孙兴公[15]《游天台山赋》云:"驰神变之挥霍,忽出有而入无。"此理趣也。至云:"悟遣有之不尽,觉涉无之有间。泯色空以合迹,忽即有而得玄。释二名之同出,消一无于三幡。"则落理障甚矣。

词曲概

　　太白《忆秦娥》,声情悲壮,晚唐、五代,惟趋婉丽,至东坡始能复古。后世论词者,或转以东坡为变调[16],不知晚唐、五代乃变调也。

　　苏、辛[17]皆至情至性人,故其词潇洒卓荦[18],悉出于温柔敦厚。世或以粗犷托苏、辛,固宜有视苏、辛为别调者哉!

　　空中荡漾,最是词家妙诀。上意本可接入下意,却偏不入,而于其间传神写照,乃愈使下意栩栩欲动。楚辞所谓"君不行兮夷犹,蹇谁留兮中洲"[19]也。

　　词之妙莫妙于以不言言之,非不言也,寄言也。如寄深于浅,寄厚于轻,寄劲于婉,寄直于曲,寄实于虚,寄正于余,皆是。

　　词如诗,曲如赋。赋可补诗之不足也。昔人谓金、元所用之乐,嘈杂凄紧缓急之间,词不能按,乃更为新声,是曲亦可补词之不足也。

【注释】

[1]　意在笔先:意同"意在笔前"。本指在书法创作中落笔之前须进行艺术构思。晋代王羲之《题卫夫人笔阵图后》:"夫欲书者,先干研磨,凝神静思,预想字形大小、偃仰、平直、振动,令筋脉相连,意在笔前,然后作字。"后诗文理论亦借以指在落笔创作之前先进行艺术构思,成竹在胸,方可下笔作诗为文。

[2]　杜元凯:杜预(222—284),字元凯,西晋京兆杜陵(今陕西西安)人,因灭吴有功,被封为当阳县侯。为当时著名的政治家、史学家、辞赋家。喜爱《春秋左氏传》,自称有"《左传》癖",著有《春秋左氏经传集解》三十卷,为现存最早的《左传》注释。正文之前有杜预所作的《春秋序》(一题《春秋左传序》),其中有"身为国史,躬览载籍,必广记而备言之。其文缓,其旨远,将令学者原始要终,寻其枝叶,究其所穷"。

[3]　曹子桓:曹丕(187—226),字子桓,曹操之子,建安时期的诗人、文论家。

[4]　韩文:指唐代韩愈的散文。

[5]　《诗纬·含神雾》:《诗纬》,汉代人伪托孔子所作的纬书,与《诗经》相配。原书已

佚,后人辑有《含神雾》、《汜历枢》、《推度灾》三篇。《诗纬》是除了齐、鲁、韩、毛"四家诗"之外汉代诗说的一家之言,其诗论对后世有一定影响。

〔6〕 文中子:王通(584—617),字仲淹,绛州龙门(今山西河津)人,隋代学者,一生授徒著述为生,门人私谥"文中子"。著有《中说》,也称《文中子》。

〔7〕 自庚子距丙辰十七年间:庚子,指公元 400 年;丙辰,指公元 416 年。陶渊明传世之诗并非其全部作品,故这十四年间陶渊明所作之诗未必仅有所传的九首。此处刘熙载以此为例说明诗歌创作要有感而发,有为而作,否则宁缺毋滥。

〔8〕 陶、谢:指晋宋之间的著名诗人陶渊明、谢灵运。

〔9〕 理语:阐发哲理、发表议论的语言。

〔10〕 "钟嵘《诗品》"句:语出钟嵘《诗品序》。孙绰(314—371),字兴公,太原中都(今山西平遥西北)人,寓居会稽,官至廷尉。许询,生卒年不详,字玄度,高阳(今河北保定)人,寓居会稽。两人在当时齐名,并为玄言诗人,史称两人"俱有高尚之志",钟嵘《诗品》称两人"弥善恬淡之词",将两人同列入下品。孙绰有《孙廷尉集》,许询存诗仅三首。桓,指桓温,字元子,官至大司马;庾,指庾亮,字元规,官至征西将军,两人亦为玄言诗人。平典似《道德论》,指四人的玄言诗皆十分平淡,如同《道德论》那样的哲学文章,缺乏诗歌应有的艺术魅力。

〔11〕 理趣:将议论说理隐含于诗歌的意兴之中,而非直接抽象地在诗歌中发表议论。

〔12〕 美言不信:语出《老子》第八十一章。此处指文辞华美但内容空虚。

〔13〕 "钟嵘《诗品》"句:钟嵘《诗品序》:"直书其事,寓言写物,赋也。"

〔14〕 赋物必此物:此句借用了苏轼《书鄢陵王主簿所画折枝》:"论画以形似,见与儿童邻;赋诗必此诗,定非知诗人。"指文字仅限于描绘说明某一具体事物,缺乏含蓄的深层寓意,不能给人以暗示和联想。

〔15〕 孙兴公:指东晋玄言诗人孙绰。

〔16〕 以东坡为变调:传统词学理论多以晚唐、五代以来婉约派风格为词学正宗,以北宋苏轼以来的豪放风格为变调。

〔17〕 苏、辛:指宋代词人苏轼、辛弃疾,在文学史上两人被视为豪放派的代表词人。

〔18〕 卓荦:超绝出众。

〔19〕 "楚辞"句:"君不行兮夷犹,蹇谁留兮中洲",语出屈原《九歌·湘君》首二句,本是湘夫人久等湘君而不得之时内心的犹疑悬想。

【思考题】

　　1. 谈谈刘熙载的文艺辩证法。
　　2. 在《艺概·词曲概》中,刘熙载如何概括词的文体特点及写作要求?
　　3. 请结合《艺概》具体内容,说明刘熙载在中国文学理论批评史上的主要贡献。

陈廷焯词论选录

【题解】

　　陈廷焯(1853—1892),原名世焜,字耀先,一字亦峰,江苏丹徒人,寓居泰州。清光绪十四年(1888)举人,次年会试落第,一生未仕。陈廷焯博览群书,尤工诗词,兼善医道。其词学思想早期受浙派影响,编有词集《云韶集》,其间对历代词人词作皆有所评论;又撰有词学著作《词坛丛话》。后来受到与谭献齐名的同乡庄棫的影响,改学常州词派。七易其稿编选了词集《词则》,选词二十四卷,两千多首,并有眉批;另著有词学著作《白雨斋词话》,本为十卷,五易其稿于光绪十七年(1891)写定。陈廷焯去世后又经其弟子许正诗整理、其父陈铁峰审定,删为八卷,约七百条,于光绪二十年(1894)刊刻行世。所作《白雨斋诗钞》八卷、《白雨斋词存》四卷并附刊行。

　　《白雨斋词话》是中国古代众多词话著作中卷帙最为宏富的一部,其词学思想在中国古代文学理论发展史上亦具有重要地位。陈廷焯被视为继张惠言、周济、谭献之后的常州词派的重要代表人物。他论词倡"沉郁"说,在《白雨斋词话》中以"沉郁"为全新标准对历代词及词学理论重新进行了认识和评价。

　　陈廷焯的"沉郁"说明显带有受传统诗歌理论影响的痕迹,但他在具体阐发时又注意区别诗词之"沉郁"的异同。"沉郁"一词在传统诗论中主要用作对一种诗歌艺术风格的概括和描述,文学史上一般以唐代杜甫的诗歌作为体现这一风格的典型代表。传统诗论中的"沉郁"与《二十四诗品》中的"沉着"有一定的联系,但"沉着"重在描绘将深沉含蓄的人生感慨与超脱浑成的自然景象相互交融的诗歌所构成的艺术境界的美学特色,而"沉郁"则往往表现为以深远的寓意表达具有鲜明的现实意义、时代精神的深邃思想、深挚情感的作品所具有的艺术风格。陈廷焯将"沉郁"的理论内涵、理论层次在此基础上进一步拓展,使之不再仅限于对某一种艺术风格的具体描绘,而是成为对词的各种不同的艺术风格的共同要求,即不同的作品或古朴、或冲淡、或巨丽、或雄苍,皆须纳"沉郁"于其中,"舍沉郁之外,更无以为词"。

若对"沉郁"加以理论剖析便可看到,"沉郁"在词内容方面的体现与传统诗学的"温柔敦厚"有一定的联系,即要求作品内容"忠厚"、"温厚和平";但与此同时也将传统诗学中诗歌"可以怨"的思想吸纳于"沉郁"之下,陈廷焯所谓的"忠厚"之情往往通过"怨夫思妇之怀"、"孽子孤臣之感"、"交情之冷淡,身世之飘零"等"无限伤心"、"凄凉哀怨"的具体内容得以展现,惟有将如此伤心哀怨的内容含蓄蕴藉地表现于作品之中,才是真正的"忠厚",这就将传统的诗学思想作了更深一层的归纳和发展,将忠厚与哀怨相互结合生发,要求词表现深沉悠远的忧时伤世的情感内容,由此可见陈廷焯所处的内忧外患不断的社会投影。

陈廷焯从词的文体特点着眼,认为词之传情达意受文体规模限制,"篇幅狭小,倘一直说去,不留余地,虽极工巧之致,识者终笑其浅矣",所以必须在艺术表现方面采用浓缩精练但又内涵丰富、韵味悠远的意象组合方能使作品臻于"高境"、"化境"。

论及"沉郁"在词艺术表现方面的要求,陈廷焯将"沉郁"与"兴"相联系,对传统的比兴理论有所开拓发展:"所谓沉郁者,意在笔先,神余言外,写怨夫思妇之怀,寓孽子孤臣之感。凡交情之冷淡,身世之飘零,皆可于一草一木发之。而发之又必若隐若见,欲露不露,反复缠绵,终不许一语道破。""所谓兴者,意在笔先,神余言外,极虚极活,极沉极郁,若远若近,可喻不可喻,反复缠绵,都归忠厚。"自从《诗经》"六义"提出以来,"兴"一直被视为与"赋"、"比"并列的一种诗歌的艺术表现手法。但自从钟嵘突出强调"兴"的地位作用,将传统的赋比兴的序列重新排列为兴比赋,并且以"文已尽而意有余"对"兴"重作诠释以来,"兴"与诗歌意境理论开始发生直接联系。陈廷焯又把"兴"与"沉郁"直接对应,以"极沉极郁"描绘"兴",因为两者具有"意在笔先,神余言外"的共同的美学特点,皆是对词的意境的美学特征的描绘。

《白雨斋词话》自序

倚声[1]之学,千有余年,作者代出,顾[2]能上溯《风》、《骚》,与为表里,自唐迄今,合者无几。窃以声音之道,关乎性情,通乎造化,小其文者不能达其义,竟其委者未获沂[3]其原。揆[4]厥所由,其失有六:飘风骤雨,不可终朝,促管繁弦,绝无余蕴,失之一也[5]。美人香草,貌托灵修,蝶雨梨云,指陈琐屑,失之二也[6]。雕镂物类,探讨鱼虫,穿凿愈工,《风》、《雅》愈远,失之三也[7]。**惨戚憯凄**[8]，寂寥萧索，感寓不当，虑叹徒劳，失之四也。交际未深，谬称契合，颂扬失实，遑恤讥评[9]，失之五也。情非苏、窦[10]，亦感回文，慧拾孟、韩[11]，转相斗韵，失之六也。作者愈漓[12]，议者益左[13]。竹垞《词综》[14]，可备览观，未尝为探本之论；红友《词律》[15]，仅求谐适，不足语正始之原。下此则务取秾丽，矜言该博。大雅日非，繁声竞作，性情散失，莫可究极。夫人心不能无所感，有感不能无所寄。寄托不厚，感人不深。厚而不郁，感其所感，不能感其所不感[16]。伊[17]古词章，不外比兴，《谷风》阴雨[18]，犹自期以同心，攘诟忍尤，卒不改乎此度[19]，为一室之悲歌，下千年之血泪，所感者深且远也。后人之感，感于文不若感于诗，感于诗不若感于词。诗有韵，文无韵，词可按节寻声，诗不能尽被弦管。飞卿、端己[20]，首发其端；周、秦、姜、史、张、王[21]，曲竟其绪。而要皆发源于《风》、《雅》[22]，推本于《骚》、《辩》[23]，故其情长，其味永，其为言也哀以思，其感人也深以婉。嗣是六百余年，沿其波流，丧厥宗旨。张氏《词选》，不得已为矫枉过正之举，规模虽隘，门墙自高，循是以寻，坠绪未远[24]。而当世知之者鲜[25]，好之者尤鲜矣。萧斋[26]岑寂，撰《词话》十卷，本诸《风》、《骚》，正其情性，温厚以为体，沉郁以为用[27]，引以千端，衷诸一是。非好与古人为难，独成一家言，亦有所大不得已于中，为斯诣绵延一线。暇日寄意之作，附录一二，非敢抗美[28]昔贤，存以自镜而已。

光绪十七年[29]除夕，丹徒陈廷焯。

【注释】

〔1〕 倚声：按谱填词。填词时须根据不同词谱所规定的具体声律等要求添入字句，故称。

〔2〕 顾：但是。

〔3〕 泝：通"溯"。

〔4〕 揆：推测，揣度。

〔5〕 "飘风骤雨"五句：《老子》道经二十三章："飘风不终朝，骤雨不终日。"本指狂风急雨难以持久，此处指作词若一味粗豪激厉，则作品缺乏余韵。这当是针对追随苏轼、辛弃疾一派的词风而言。

〔6〕 "美人香草"五句：此处指看似驱策比兴，寄托深远，实际却缺乏深沉浑成的意旨，仅是一味展示奇丽字句而已。这当是针对模仿花间一派的词风而言。美人香草，《离骚》常以美人香草喻指国君及贤臣，后常以此代指诗词的比兴寄托传统。

〔7〕 "雕镂物类"五句：指刻意雕琢字句的咏物之作。

〔8〕 憯凄：感伤，悲痛。

〔9〕 遑恤讥评:哪里还顾得上提出讥刺批评?遑,怎能,常用于反问语气。恤,顾及,顾念。

〔10〕 苏、窦:苏蕙、窦滔。苏蕙,字若兰,十六国时前秦秦州刺史窦滔妻。据《晋书》载,窦滔"被徙流沙"时,"苏氏思之,织锦为《回文旋图诗》以赠,宛转循环读之,词甚凄惋"。苏蕙《回文旋图诗》又称《织锦回文诗》、《璇玑图》,全诗八百多言,回环往复皆可成诵,一时传为佳话。《文苑英华》卷八三四武曌《苏氏织锦回文图记》亦述苏蕙事,但与《晋书》所载多有出入,可参阅。

〔11〕 慧拾孟、韩:片面地学习模仿唐代诗人孟郊和韩愈。孟、韩两人曾作联句诗,更唱迭对,以押险韵斗巧。

〔12〕 漓:浅薄。

〔13〕 左:偏颇,不当。

〔14〕 竹垞《词综》:朱彝尊(1629—1709),字锡鬯,号竹垞,浙江秀水人。康熙十八年举博学鸿词科,授翰林院检讨,充《明史》纂修官,为清代著名学者、文学家,浙西词派创始人。论词推崇南宋姜夔、张炎,讲求醇雅,以求挽救明词颓风。编《词综》三十六卷,选录唐、宋、元词659家2253首。

〔15〕 红友《词律》:万树(?—1687),字红友,一字花农,号山翁,江苏宜兴人,国子监生,工词,亦擅杂剧、传奇。编有《词律》二十卷,收唐、宋、元、明词660调,对音韵、句法等有颇为详细的考订,是一部重要的词谱著作。

〔16〕 "厚而不郁"三句:如果词中感情寄托虽然深厚但是不够沉郁,那么读者只能感受到作者在作品中所表达的思想感情,却不能感受到文字之外更为丰富隽永的意蕴。

〔17〕 伊:句首助词,无实义。

〔18〕 《谷风》阴雨:《诗经·邶风·谷风》为一首弃妇诗,朱熹《诗集传》称:"妇人为夫所弃,故作此诗,以叙其悲怨之情。"诗起首句为"习习谷风,以阴以雨。黾勉同心,不宜有怒"。虽知丈夫已然负心,仍曲意规劝,作情厚之语,所谓怨而不怒。

〔19〕 "攘诟忍尤"二句:屈原《离骚》中有"屈心而抑志兮,忍尤而攘诟",即遭受压抑,忍受耻辱;亦有"不抚壮而弃秽兮,何不改乎此度",诸注家多以为句指扬善改恶,改革楚国的政治法度。此处"不改乎此度"则是指屈原虽受尽耻辱却始终不改初衷。

〔20〕 飞卿、端己:温庭筠(812?—866),本名岐,字飞卿,太原祁(今山西祁县)人,晚唐词人。才思敏捷,工诗能文,又精音律,词风婉约绮丽,为花间词派鼻祖,在文学史上是标志着词由民间向文人词转变的关键人物。韦庄(836?—910),字端己,京兆杜陵(今陕西西安)人,晚唐诗人、词人。词风清丽流畅,为花间派重要词人,与温庭筠并称"温韦"。

〔21〕 周、秦、姜、史、张、王:指北宋词人周邦彦、秦观,南宋词人姜夔、史达祖、张炎、王

〔22〕 《风》、《雅》:即《诗经》的《国风》、《小雅》、《大雅》,代指《诗经》。

〔23〕 《骚》、《辩》:即《离骚》、《九辩》,为楚辞名篇,代指楚辞。

〔24〕 "张氏《词选》"六句:清代张惠言、张琦编《词选》,二卷。张惠言(1761—1802),原名一鸣,字皋文,号茗柯先生,常州武进(今属江苏)人,嘉庆四年(1799)进士,为乾嘉时期经学家,工篆书,擅古文,亦长于诗词,为常州词派创始人。有《茗柯词》一卷。张琦(1764—1833),张惠言之弟,原名翊,字翰风,一字翰墨,嘉庆十八年举人。工诗文,与兄惠言齐名;尤擅词,有《立山词》一卷。二人合编唐宋词选集《词选》,共选44家116首作品。论词以推尊词体为基本出发点,选词标准重比兴寄托,提倡温柔含蓄,有重雅正婉约、轻豪放俚俗的倾向,在一定程度上纠正了浙西词派词论之弊。陈廷焯《白雨斋词话》卷一称:"张氏《词选》,可称精当,识见之超,有过于竹垞十倍者,古今选本,以此为最。但唐、五代、两宋词,仅取百十六首,未免太隘。"这里"规模虽隘,门墙自高"亦针对此而言。《白雨斋词话》卷六又云:"张皋文《词选》一编,扫靡曼之浮音,接风骚之真脉。"

〔25〕 鲜:少,稀少。

〔26〕 萧斋:书斋。据李肇《唐国史补》卷下,南朝梁武帝造佛寺,曾令萧子云于寺壁上飞白大书一个"萧"字。后来寺毁壁存,此"萧"字为人取入南徐海榴堂中。唐代李约(字存博,李唐宗室,官至工部员外郎。工诗文,善音乐,又长于书法、收藏书画)以重金将其购回洛阳,置于小亭,号"萧斋"。后世遂以萧斋称指书斋。"萧"本为梁武帝之姓氏,后人称书斋为萧斋时则多含萧条冷落之意,与本义有异。

〔27〕 温厚以为体,沉郁以为用:词在思想内容方面要表现忠厚之意,符合温柔敦厚之原则;在艺术上要沉郁顿挫,深沉含蓄。

〔28〕 抗美:抗衡,媲美。

〔29〕 光绪十七年:1891年。

白雨斋词话(选录)

作词之法,首贵沉郁,沉则不浮,郁则不薄。顾沉郁未易强求,不根柢于《风》、《骚》,乌能[1]沉郁?十三国变风[2],二十五篇《楚词》[3],忠厚之至,亦沉郁之至,词之源也。不究心于此,率尔操觚[4],乌有是处?(卷一)

诗词一理,然亦有不尽同者。诗之高境,亦在沉郁,然或以古朴胜,或以冲淡胜,或以巨丽[5]胜,或以雄苍胜:纳沉郁于四者之中,固是化境;即不尽沉郁,如五七言大篇,畅所欲言者,亦别有可观。若词则舍沉郁之外,更无以

为词。盖篇幅狭小，倘一直说去，不留余地，虽极工巧之致，识者终笑其浅矣。（卷一）

所谓沉郁者，意在笔先，神余言外，写怨夫思妇之怀，寓孽子孤臣[6]之感。凡交情之冷淡，身世之飘零，皆可于一草一木发之。而发之又必若隐若见，欲露不露，反复缠绵，终不许一语道破。匪独体格之高，亦见性情之厚。飞卿词，如"懒起画娥眉，弄妆梳洗迟"，无限伤心，溢于言表。又"春梦正关情，镜中蝉鬓轻"，凄凉哀怨，真有欲言难言之苦。又"花落子规啼，绿窗残梦迷"，又"鸾镜与花枝，此情谁得知"，皆含深意[7]。此种词，第[8]自写性情，不必求胜人，已成绝响。后人刻意争奇，愈趋愈下。安得一二豪杰之士，与之挽回风气哉！（卷一）

或问比与兴之别。余曰：宋德祐太学生《百字令》、《祝英台近》两篇[9]，字字譬喻，然不得谓之比也。以词太浅露，未合风人之旨。如王碧山咏萤、咏蝉诸篇[10]，低回深婉，托讽于有意无意之间，可谓精于比义。若兴则难言之矣。扎喻不深，树义不厚，不足以言兴。深矣厚矣，而喻可专指，义可强附，亦不足以言兴。所谓兴者，意在笔先，神余言外，极虚极活，极沉极郁，若远若近，可喻不可喻，反复缠绵，都归忠厚。求之两宋，如东坡《水调歌头》、《卜算子》（《雁》）、白石《暗香》、《疏影》[11]、碧山《眉妩》（《新月》）、《庆清朝》（《榴花》）、《高阳台》（"残雪庭除"一篇）等篇，亦庶乎[12]近之矣。（卷六）

温厚和平，诗教之正，亦词之根本也。然必须沉郁顿挫出之，方是佳境；否则不失之浅露，即难免平庸。（卷七）

入门之始，先辨雅俗；雅俗既分，归诸忠厚；既得忠厚，再求沉郁；沉郁之中，运以顿挫，方是词中最上乘。（卷七）

温厚和平，诗词一本也。然为诗者，既得其本，而措语则以平远雍穆为正，沉郁顿挫为变，特变而不失其正，即于平远雍穆中，亦不可无沉郁顿挫也。词则以温厚和平为本，而措语即以沉郁顿挫为正，更不必以平远雍穆为贵。诗与词同体异用者在此。（卷八）

【注释】

〔1〕乌能:怎能,哪能。乌,反问语气词。

〔2〕十三国变风:《诗经》"国风"部分共有十五国风,除《周南》《召南》为正风以外,《邶风》及以下十三国风皆属变风。一般认为变风是周王朝王道衰落、礼崩乐坏时期的作品。《诗大序》:"至于王道衰,礼义废,政教失,国异政,家殊俗,而变风变雅作矣。"

〔3〕二十五篇《楚词》:代指以屈原之作为代表的楚辞。楚词,即楚辞。《汉书·艺文志》著录屈原有赋25篇,东汉王逸《楚辞章句》所收屈原作品亦25篇。

〔4〕率尔操觚:轻率地下笔写作。率尔,轻率,轻易。觚,古代写字用的木板。

〔5〕巨丽:极其美好。

〔6〕孽子孤臣:孽子,庶子,非正妻所生之子。孤臣,孤立无援的远臣,引申指忠心耿耿但不被当政者信任重用的人。

〔7〕"飞卿词"云云:温庭筠,字飞卿,晚唐著名词人、诗人。花间词派鼻祖,词风婉约细密,秾艳绮丽。陈廷焯对温庭筠评价极高,认为他的作品是"沉郁"的典范之作。如《白雨斋词话》卷一:"飞卿短古,深得屈子之妙,词亦从楚骚来。所以独绝千古,难乎为继。""飞卿词,全祖《离骚》,所以独绝千古;《菩萨蛮》《更漏子》诸阕,已臻绝诣,后来无能为继。""唐代词人,自以飞卿为冠。"卷七:"飞卿词大半托词帷房,极其婉雅,而规模自觉宏远。""熟读温、韦词,则意境自高。"卷八:"词有表里俱佳、文质适中者,温飞卿、秦少游、周美成……是也。词中之上乘也。""懒起画娥眉,弄妆梳洗迟",为温庭筠《菩萨蛮》(小山重叠金明灭)中的词句。"春梦正关情,镜中蝉鬓轻",为温庭筠《菩萨蛮》(杏花含雾团香雪)中的词句。"花落子规啼,绿窗残梦迷",为温庭筠《菩萨蛮》(玉楼明月长相忆)中的词句。"鸾镜与花枝,此情谁得知",为温庭筠《菩萨蛮》(宝函钿雀金鸂鶒)中的词句。

〔8〕第:只,仅仅。

〔9〕宋德祐太学生《百字令》《祝英台近》两篇:指南宋德祐年间太学生所作的《百字令》(半堤花雨)、《祝英台近》(倚危楼)两首词。德祐,南宋恭帝年号(1275—1276)。

〔10〕王碧山咏萤、咏蝉诸篇:指南宋遗民词人王沂孙《齐天乐·萤》《齐天乐·蝉》等寄寓了亡国之恨的咏物词。王沂孙,字圣与,号碧山,宋末元初人,有《碧山乐府》,其词长于咏物,多以象征、暗示手法寄托亡国之思。

〔11〕白石《暗香》《疏影》:姜夔,字尧章,号白石道人,南宋后期词人,长于咏物。《暗香》《疏影》是其自度曲的咏梅名作。

〔12〕庶乎:差不多,大概。

【思考题】

1. 如何理解陈廷焯所倡导的"沉郁"？它与传统诗论中称杜甫诗歌"沉郁顿挫"之"沉郁"有何异同？
2. 陈廷焯《白雨斋词话》对"兴"的解释有何新意？与传统诗论中郑玄、钟嵘、朱熹等人的相关解释有何异同？
3. 请结合《白雨斋词话》的具体内容，说明陈廷焯意境理论的主要内容。

况周颐《蕙风词话》选录

【题解】

况周颐（1859—1926），原名周仪，因避宣统帝溥仪名讳，改名周颐。字夔笙，一字揆孙，别号玉梅词人、玉梅词隐，晚号蕙风词隐。广西临桂（今桂林）人，原籍湖南宝庆。光绪五年（1879）举人，官内阁中书。1895年，入两江总督张之洞幕府，领衔江楚编译官书局总纂；后入端方幕府，治理金石文字。戊戌变法后，曾执教于常州龙城书院、南京师范学堂。况周颐与王鹏运（1848？—1904，号半塘）、朱祖谋（1857—1931，号疆村）、郑文焯（1856—1918，号大鹤山人），合称"清末四大家"、"清季四大家"、"晚清四大家"。又与王鹏运共创"临桂词派"。

况周颐的词早年"多性灵语"，"尖艳之讥在所不免"；后在京帅为官期间，与同里前辈、词坛名家王鹏运交往，受其"尚体格"，追求"重、拙、大"之说的影响，"得窥词学门径"，"所谓重、拙、大，所谓自然从追琢中出，积心领神会之，而体格为之一变"（况周颐《餐樱词自序》）。后又受朱祖谋影响，严于词律，益多感怀伤时之作。一生致力于词，晚年删定词集为《蕙风词》二卷。尤精词评，撰有多种词话，晚年对其进行整理编辑，编定为《蕙风词话》五卷，325则，堪称其一生词学的总结之作。

对于《蕙风词话》的内容，况周颐的高足赵尊岳在《〈蕙风词话〉跋》中概括为词格、词心、词径、词笔、词境五个方面。五卷文字既有词学总论，亦有词家批评，既有词法辨析，兼有词史探究，是况周颐积五十余年填词经验及理论思考的结果,也是其显扬高标、指斥时病、欲纠浙西词派求清空、趋新艳之弊的结果。况周颐的词学理论,本于常州词派而又有所发挥。受常州词派推尊词体、倡"意内言外"之说的影响,强调作词注重内容,讲究寄托。在此前提下,他集中阐发了"重、拙、大"之论。重、拙、大,是清末四大家共同追求的词学范畴,更是况周颐词学理论的核心。三者从不同层面、不同角度概括描述出他所推重的词之意境之美。其中,"重"侧重指词的意境沉着深厚,与词的情感内容直接相关,主要由作品中所蕴涵流荡的深沉勃郁的情感寄托所致。在况周颐之前,常州词派已开以"重"论词之先声(如周济《介存斋论词杂著》),况周颐则将此论进一步系统化。"拙"侧重指词的意境朴拙真醇的本色之美,因以洗尽铅华的自然真率方式表现深厚博大的情思而致。尚拙之论始自《老子》"大巧若拙,大辩若讷",后逐渐成为中国古代文艺美学思想的传统观念,即崇尚自然,反对人为,主张极尽雕琢之后洗尽铅华返璞归真,将丰富的情思以看似简易平淡实则山高水深之方式出之(如黄庭坚《与王观复书》)。"大"侧重指词的意境恢弘博大,这与词所表现的情感内容遥深浑厚、气象格调古雅超拔以及表现方式方面的挥洒自然、开阖自如密切相关。早岁曾问学于况周颐的蔡嵩云(号柯亭)在其《柯亭词论》中云:"何谓轻、清、灵,人尚易知。何谓重、大、拙,则人难晓。如略示其端,此三字须分别看,重谓力量,大谓气概,拙谓古致。工夫火候到时,方有此境。"夏敬观《蕙风词话诠评》亦对此有所阐发:"按况氏言,重、拙、大为三要,语极精粹。盖重者轻之对,拙者巧之对,大者小之对,轻巧小皆词之所忌也,重在气格。若语句轻,则伤气格矣,故亦在语句。但解为沉着,则专属气格矣。""况氏但解重拙二字,不申言大字,其意以大字则在以下所说各条间。余谓重、拙、大三字相连系,不重则无拙大之可言,不拙则无重大之可言,不大则无重拙之可言,析言为三名辞,实则一贯之道也。"

在"重、拙、大"之外,况周颐在《蕙风词话》以及其他词论著作中还提出了"穆"、"厚"、"雅"、"宽"、"静"等范畴,与其"重、拙、大"之论相辅相成、互相生发。

正是基于其"重、拙、大"之论,况周颐对宋词进行了新的评价,特别推崇南宋词。《蕙风词话》卷一指出"南渡诸贤不可及处"正在于其具有"重、拙、大"的特点;卷二中更是直接推南宋词为词之"正宗"。另外,况周颐在其《历代词人考略》中将北宋词的特点概括为"淡"、"清疏"、"清空"、"婉丽"、"婉约",而南宋词则以"意境沉着"见长,体现了其词学理想。受王鹏运、朱祖谋的影响,况周颐在南宋诸家中尤其推崇吴文英,认为其词具有

"厚"、"重"、"密"等特点。

朱祖谋曾称《蕙风词话》为"自有词话以来,无此有功词学之作"(龙榆生《词学讲义附记》引)。《蕙风词话》与陈廷焯《白雨斋词话》、王国维《人间词话》并成为"晚清三大词话"。

作词有三要,曰重、拙、大。南渡诸贤[1]不可及处在是。(卷一《作词有三要》)

重者,沉着之谓。在气格[2],不在字句。(卷一《词重在气格》)

填词要天资,要学力。平日之阅历,目前之境界[3],亦与有关系。无词境,即无词心。矫揉而强为之,非合[4]作也。境之穷达,天也,无可如何者也。雅俗,人也,可择而处者也。(卷一《无词境即无词心》)

词笔固不宜直率,尤切忌刻意为曲折。以曲折药[5]直率,即已落下乘[6]。昔贤朴厚醇至之作,由性情学养中出,何至蹈直率之失。若错认真率为直率,则尤大不可耳。(卷一《词忌刻意为曲折》)

填词先求凝重。凝重中有神韵,去成就不远矣。所谓神韵,即事外远致也。即神韵未佳而过存之,其足为疵病者亦仅,盖气格较胜矣。若从轻倩[7]入手,至于有神韵,亦自成就,特降于出自凝重者一格。若并无神韵而过存之,则不为疵病者亦仅矣。或中年以后,读书多,学力日进,所作渐近凝重,犹不免时露轻倩本色,则凡轻倩处,即是伤格处,即为疵病矣。天分聪明人最宜学凝重一路,却最易趋轻倩一路。苦于不自知,又尤帅友指导之耳。(卷一《填词须先求凝重》)

词学程序,先求妥帖、停匀,再求和雅、深(此深字只是不浅之谓)秀,乃至精稳、沉着。精稳则能品[8]矣。沉着更进于能品矣。精稳之稳,与妥帖迥乎不同。沉着尤难于精稳。平昔求词词外,于性情得所养,于书卷观其通。优而游之,餍而饫之[9],积而流[10]焉。所谓满心而发,肆口而成,掷地作金石声[11]矣。情真理足,笔力能包举之。纯任自然,不假锤炼,则沉着二字之诠释也。(卷一《学词须按程序》)

人静帘垂。灯昏香直。窗外芙蓉残叶飒飒作秋声,与砌虫[12]相和答。据梧冥坐[13],湛怀息机[14]。每一念起,辄设理想排遣之。乃至万缘俱寂,吾心忽莹然开朗如满月,肌骨清凉,不知斯世何世也。斯时若有无端哀怨怅触[15]于万不得已;即而察之,一切境象全失,唯有小窗虚幌[16]、笔床砚匣,一一在吾目前。此词境[17]也。三十年前,或月一至焉。今不可复得矣。(卷一《述所历词境》)

吾听风雨,吾览江山,常觉风雨江山外有万不得已者在。此万不得已者,即词心也。而能以吾言写吾心,即吾词也。此万不得已者,由吾心酝酿而出,即吾词之真也,非可强为,亦无庸强求。视吾心之酝酿何如耳。吾心为主,而书卷其辅也。书卷多,吾言尤易出耳。(卷一《以吾言写吾心》)

吾苍茫独立于寂寞无人之区,忽有匪夷所思之一念,自沉冥杳霭[18]中来,吾于是乎有词,洎[19]吾词成,则于顷者之一念若相属若不相属[20]也。而此一念,方绵邈引演[21]于吾词之外,而吾词不能殚陈,斯为不尽之妙。非有意为是不尽,如书家所云无垂不缩、无往不复[22]也。(卷一《词有不尽之妙》)

词有穆[23]之一境,静而兼厚、重、大也。淡而穆不易,浓而穆更难。知此,可以读《花间集》[24]。(卷二《词有穆之一境》)

问哀感顽艳[25],"顽"字云何诠?释曰:"拙不可及,融重与大于拙之中,郁勃久之,有不得已者出乎其中,而不自知,乃至不可解,其殆庶几乎。犹有一言蔽之,若赤子之笑啼[26]然,看似至易,而实至难者也。"(卷五《融重与大于拙之中》)

【注释】

〔1〕 **南渡诸贤**:此处指况周颐乃至常州词派所推崇的南宋诸位著名词人,主要指姜夔、吴文英、周密、王沂孙、张炎,也包括辛弃疾、陆游等人。较之北宋,南宋词人多忧时伤乱之感、沉郁寄托之思、忠愤慷慨之情,其词与"重、拙、大"之旨接近,故为王鹏运、况周颐等人推重。

〔2〕 **气格**:指文学作品所体现出的气韵、格调,与作家内在的精神、气质、品格有关。唐代皎然《诗式》卷一:"语与兴驱,势逐情起,作不由意,气格自高。"

〔3〕 境界:有多重含义,本指疆域,后来在生活层面、哲学层面、宗教(佛教)层面、美学层面出现多重引申含义。此处偏重于生活层面,即人所处的客观世界、人所遭逢的人生际遇。

〔4〕 合:应该,应当。

〔5〕 药:救治、纠弊。

〔6〕 下乘:本佛教用语,指与大乘佛教相对的小乘佛教,佛教中亦用以泛称教义之浅显者。后人们借指平庸低下浅陋者,与下品、下等基本同义。乘,梵文yana(音读"衍那")的意译,指运载工具,用以比喻佛法如同舟车,可将众生从生死的此岸运载到涅槃的彼岸。根据教理教派之差异,佛教有大乘、小乘之别。大乘佛教以发大悲心利益救度一切众生为目的、以菩萨道的圆满即成佛为目标,将以自我完善与解脱为宗旨、以阿罗汉果及辟支佛果为最高果位的部派佛教称指为小乘佛教。小乘佛教自身并不接受此称呼,一般称上座部佛教或南传佛教。

〔7〕 轻倩:轻快而美好。

〔8〕 能品:中国古代书法绘画理论术语,唐代朱景玄《唐朝名画录》标"能品"一格:"韦銮官至少监,善图花鸟、山水,俱得其深旨,可为边鸾之亚。韦鉴次之,其画并居能品。"唐代张怀瓘《画品断》(已佚)以神品、妙品、能品三品对传世画作进行品评,李嗣真《书品后》则最早以逸品评论历代书法;此后朱景玄《唐朝名画录》合二家之说,以四品论画,其中神品、妙品、能品为优秀画作递次而下的三个品级,逸品则为三个常格构建的品评标准体系之外的"不拘法者"。至宋初黄休复《益州名画录》,逸品进入绘画的常规品评体系,成为绘画品评的最高范畴,最终完成了"逸品—神品—妙品—能品"绘画品评体系的建构。在艺术批评中,若将能品与逸品、神品、妙品并用,则特指佳作之中并非最佳者,一般指技法熟练、刻画精细、曲尽物态之画作,这类作品在自然意趣之挥洒表现方面稍显不足;若单独使用,则泛指精品、佳品。

〔9〕 优而游之,餍(yàn)而饫(yù)之:语出西晋杜预《〈春秋左传集解〉序》:"优而柔之,使自求之;餍而饫之,使自趋之。"比喻为学之从容求索、深入体味,并由此加深认识,得到满足。餍,饱食之后满足的样子;饫:饱食。

〔10〕 积而流:此处以积水丰沛充盈自然外溢流淌,比喻词的创作是平时涵养性情、积累学养之后情真理足自然流露的结果。

〔11〕 掷地作金石声:东晋孙绰写成《游天台山赋》后颇为自得,示友人范启,说:"卿试掷地,当作金石声也。"见《晋书·孙绰传》、《世说新语·文学》。后世一般以此形容文学作品文辞优美,声韵铿锵,尤指作品情感内容豪迈雄健。

〔12〕 砌虫:阶下的蟋蟀。古代诗词中多作"砌蛩(qióng)"。如南宋周密《玉京秋》:"叹轻别,一襟幽事,砌蛩能说。"砌,台阶,门槛。蛩,古书上指蟋蟀,亦用作蝗虫的别称。

〔13〕 据梧冥坐:指靠着案几,进入虚静的状态。据梧,靠着梧几。《庄子·齐物论》:

"昭文之鼓琴也,师旷之枝策也,惠子之据梧也,三子之知几乎。"成玄英疏:"据梧者,只是以梧几而据之谈说,犹隐几者也。"《庄子·齐物论》:"南郭子綦隐机而坐,仰天而嘘。"成玄英疏:"隐,凭也。""子綦凭几坐忘,凝神遐想。"在老庄著作中,据梧、隐几、隐机、凭几义同,皆指澄怀虚静,从而最终得以观道、体道、悟道,此处借指创作之前弃除杂念的精神准备活动,与陆机《文赋》之"收视反听,耽思傍讯"、刘勰《文心雕龙·神思》之"陶钧文思,贵在虚静"相类。

〔14〕 湛怀息机:接续前句,指创作之前进入虚静的精神状态。湛怀,去除杂念,使内心归于空明虚静。湛,本指清澈,此处指使……变得清澈。息机,息灭机心,弃除各种世俗之想、名利之心。

〔15〕 枨(chéng)触:感触。枨,本为古代大门的两旁竖立的长木柱,用以防止车过时触门,引申指以物相触、触动。

〔16〕 虚幌:指轻薄透光的窗帘或帷幔。

〔17〕 词境:此处所指并非一般意义上的诉诸文字的词的意境,而是指在提笔创作之前词人经过充分准备同时又排除主客观干扰之后所达到的心灵净化、灵感勃发的精神状态,此处况周颐从文学创作构思角度描述了灵感现象并以"词境"对此进行了概括。

〔18〕 沉冥杳霭:喻指形成兴会灵感的内心深处。沉冥,昏暗、幽暗。杳霭,幽深、渺茫。

〔19〕 洎(jì):到,及。

〔20〕 若相属(zhǔ)若不相属:在相似与不似之间、在若即若离之间。相属,相关、相连、相类。

〔21〕 引演:衍生,生发,引申。

〔22〕 无垂不缩、无往不复:这是传统书法创作中流传甚广的笔诀,最早由北宋书法家米芾提出。姜夔《续书谱》:"瞿伯寿问于米老曰:'书法当何如?'米老曰:'无垂不缩,无往不收。'此必至精至熟,然后能之。"至于"无垂不缩、无往不复"的具体含义,元代书法家董内直《书诀》解释说:"'无垂不缩',谓直下笔既复上,至中间则垂而头圆,又谓之垂露,如露水之垂也。'无往不收',谓波拔处既往当复回,不要一拔便去。"明代董其昌《画禅室随笔》:"米海岳书,无垂不缩,无往不收。此八字真言,无等等咒也。"此论不仅涉及具体的书法写作技巧,亦涉及书法美学理论,即提倡行笔凝重,起落浑沉,既不含糊,亦不直露。

〔23〕 穆:温和醇厚。《诗经·大雅·烝民》:"吉甫作诵,穆如清风。"

〔24〕 《花间集》:后蜀赵崇祚编辑的一部词集。收录了晚唐至五代18位词人的作品,共500首,分10卷。词风艳丽香软,长于描绘贵族女子闺中生活、装饰容貌。《花间集》是中国古代第一部文人词集,标志着词体正式登上文坛。温庭筠词的秾艳华美、韦庄词的疏淡明秀代表了《花间集》的两种主流风格。宋人多以文字富艳精工称许《花间集》,自清代常州词派则从内容方面以多"比兴"、重"讽谕"重新解释《花间集》并极力推崇。

〔25〕哀感顽艳：三国时期魏国繁钦的《与魏文帝笺》描述了一名少年歌者歌唱时的情景："暨其清激悲吟，杂以怨慕，咏北狄之遐征，奏胡马之长思，凄入肝脾，哀感顽艳。"本指歌声悲切动人，无论顽愚无知者还是聪颖慧秀者都深受感动。顽，本指愚笨，贬义；艳，本指慧美，褒义。后世用以描述作品凄美哀艳，深切感人。此处况周颐基于其词学理论对"顽"的含义做了新的发挥引申，转为褒义。

〔26〕嗁（tí）：同"啼"，啼哭，号泣。

【思考题】

1. 如何理解况周颐《蕙风词话》中所提出的"重、拙、大"？
2. 请以具体词人为例，说明南宋词人在哪些方面体现了"重、拙、大"的特点。
3. 况周颐所论的"词境"所指为何？与创作灵感之间关系怎样？

梁启超《论小说与群治[1]之关系》

【题解】

梁启超（1873—1929），字卓如，号任公，又号沧江，别署饮冰室主人，另有哀时客、少年中国之少年、中国之新民等笔名。广东新会人。起初接受传统旧式教育，光绪十三（1887）入广州学海堂学习。光绪十五年举人，次年会试落第，拜谒师从康有为，舍去旧学，改治新学。光绪二十年甲午战争之后随康有为发动"公车上书"，请求变法，积极提倡并参与变法维新和社会改良活动。光绪二十二年出任《时务报》主笔，鼓吹宣传变法维新思想。光绪二十三年湖南实行新政后，应邀出任长沙时务学堂中文总教习。光绪二十四年戊戌变法失败后流亡日本，先后创办《清议报》，主办《新民丛报》、《新小说》杂志，创作发表了大量文章和著作，介绍西方政治学说和学术思想，成为改良主义文学运动的领袖人物。1912年回国，任袁世凯政府司法总长、币制局总裁，后反对袁世凯称帝，参与讨伐张勋复辟之役，出任段祺瑞政府司法财政总长，不久辞职。1918年脱离政界后出游欧洲，1920年归国，专事讲学和著述，曾任清华学校研究院国学教授。一生著述宏富，有《饮冰室合集》。

1921年梁启超曾在《外交欤？内政欤？》一文中作如此剖白："我的学问兴味、政治兴味都甚浓，两样比较，学问兴味更为浓些。我常常梦想能够在稍为清明点子的政治之下，容我专作学者生涯。但又常常感觉，我若不管政治，便是我逃避责任。"大体来说，梁启超的一生可以1918年为界划分为前后两个时期，前期主要以政治家的身份从事政治活动，以觉世、醒世的政治宣传、思想启蒙为己任，同时兼及学术研究和文学创作；后期则主要以学者的身份从事文学与其他学科的学术研究，在追求其学术研究的传世价值的同时，兼及对社会现实的关注，对时事政治的评论。因而梁启超在近代思想界、学术界、文学界都产生了重大影响。

在文学方面，梁启超积极倡导"诗界革命"、"文界革命"、"小说界革命"，以与其社会政治改良思想相呼应。"诗界革命"思想集中体现在其前期的诗论代表作品《夏威夷游记》(1891)、《饮冰室诗话》(1902—1907)中，主张将"新思想"、"新境界"、"新语句"与传统诗歌的"旧风格"相结合；"文界革命"的核心在于提倡大量引进"新名词"，以"俗语文体"表达"欧西文思"。两者的最终落足点都在于通过文学改良来改良民族精神，改良国民和社会。

梁启超的小说理论主要体现在《译印政治小说序》(1898)、《论小说与群治之关系》(1902)、《告小说家》(1915)等文章中。它们大都作于梁启超主要作为政治家、思想家从事社会改良、思想启蒙活动的前期，文章明显地视小说为改良社会政治的重要工具，体现出带有时代特色的功利主义色彩，同时又是传统"文以载道"观念在近代新形势下的流变。其中发表于《新小说》杂志创刊号上的《论小说与群治之关系》被视为近代改良主义小说理论的纲领、"小说界革命"的宣言。

从中国小说理论发展历史来看，在通俗小说发展的初期，明代随着通俗小说创作的发展，一批文人曾集中发表过要求重新认识通俗小说、为通俗小说争取社会地位的言论，他们在立论方式上大多以小说、尤其是历史小说与正史乃至经史相比附，强调小说内容虽虚构幻化，不符信史传统，但贯穿其中的忠孝节义等思想观念却与经史相契，且具有经史不具备的通俗易懂、形象生动的特点，为普通民众喜闻乐见，因此可嘉惠里耳，适俗导愚，教化人心，移风易俗。尽管他们对小说的艺术规律尚缺乏深入的认识，但他们从小说广泛的社会教育功用角度入手肯定通俗小说的价值和意义，却大大提高了本来难登大雅之堂的通俗小说的社会地位，为小说创作的繁荣、小说理论的深化创造了条件。梁启超则是在近代中国社会转型时期独特的社会环境与时代背景下又一次重新审视小说的性质和功用,认为小说具有新道德、新宗教、新政治、新风俗、新学艺、新人心、新人格的巨大作用,在开导民智、变革社会方面具有不可思议的力量,因而具有崇高的地位。在梁启超看来,小说与群治之间既然具有如此密切直接的联系,最后的结论必然是:"故今日改良群治,必自小说界革命始;欲新民,必自新小说始。"显然梁启超过分夸大了小说的作用,具有明显的使小说为政治改良、社会变革服务的功利性意图,但他的论述对于进一步提高小说的社会地位,改变传统的小说观念,引发人们关注小说的革新发展,尤其是在当时的社会变革时期总结和评价古典小说、认识和接受西方小说,进而建构新的中国小说创作和批评理论,都具有重要的促进作用。

梁启超"小说界革命"的思想首先来自于从创作实践层面对传统小说的总结和评价。在《论小说与群治之关系》中,他指出传统小说是"吾中国群治腐败之总根源",种种阻碍中国社会发展进步、使中国积弱衰微的落后思想观念如"状元宰相之思想"、"佳人才子之思想"、"江湖盗贼之思想"、"妖巫狐鬼之思想"等等皆来自于传统小说;而这与他在《变法通议》、《译印政治小说序》等文章中称旧小说内容无非"诲淫诲盗"的认识局限也是相一致的。最终梁启超提出革新小说的必要性和紧迫性。梁启超推导出的结论在当时具有积极意义,但其前提即对传统小说的否定和抹杀却是片面的,这不仅表现在颠倒混淆了小说创作与现实生活的辩证关系,而且表现在以偏概全地评价内容丰富、题材多样的传统小说。

其次,梁启超"小说界革命"的思想也来自于从理论层面上对小说感化人心作用的分析和认识。在中国小说理论发展史上,梁启超发前人所未发,结合小说读者的阅读心理,深入分析了小说特有的移人性情、动人心魄的艺术感染力——熏、浸、刺、提。他对四者的论述虽与传统小说理论中认为小说可"说孝而孝,说忠而忠"、"触性性通,导情情出"(无碍居士《警世通言叙》)等论述具有一定的内在联系,但显然更为系统和深入;他对文学表情作用的充分认识尤其对叙事文学理论作出了必要的补充。

欲新[2]一国之民,不可不先新一国之小说。故欲新道德,必新小说;欲新宗教,必新小说;欲新政治,必新小说;欲新风俗,必新小说;欲新学艺[3],必新小说;乃至欲新人心、欲新人格,必新小说。何以故?小说有不可思议之力支配人道故。

吾今且发一问:人类之普通性,何以嗜他书不如其嗜小说?答者必曰:

以其浅而易解故,以其乐而多趣故。是固然;虽然,未足以尽其情也。文之浅而易解者,不必小说;寻常妇孺之函札,官样之文牍,亦非有艰深难读者存也,顾谁则嗜之? 不宁维是。彼高才赡学之士,能读《坟》、《典》、《索》、《邱》[4],能注虫鱼草木[5],彼其视渊古之文,与平易之文,应无所择,而何以独嗜小说? 是第一说有所未尽也。小说之以赏心乐事为目的者固多,然此等顾不甚为世所重;其最受欢迎者,则必其可惊可愕可悲可感,读之而生出无量噩梦、抹出无量眼泪者也。夫使以欲乐故而嗜此也,而何为偏取此反比例之物而自苦也? 是第二说有所未尽也。吾冥思之,穷鞫[6]之,殆有两因:凡人之性,常非能以现境界[7]而自满足者也。而此蠢蠢躯壳[8],其所能触能受[9]之境界,又顽狭短局而至有限也。故常欲于其直接以触以受之外,而间接有所触有所受,所谓身外之身,世界外之世界也。此等识想,不独利根众生[10]有之,即钝根众生[11]亦有焉。而导其根器[12]使日趋于钝、日趋于利者,其力量无大于小说。小说者,常导人游于他境界,而变换其常触常受之空气者也。此其一。人之恒情,于其所怀抱之想象,所经阅之境界,往往有行之不知、习矣不察者;无论为哀为乐、为怨为怒、为恋为骇、为忧为惭,常若知其然而不知其所以然。欲摹写其情状,而心不能自喻,口不能自宣,笔不能自传。有人焉和盘托出,彻底而发露之,则拍案叫绝曰:"善哉善哉,如是如是。"所谓"夫子言之,于我心有戚戚焉[13]"。感人之深,莫此为甚。此其二。此二者实文章之真谛,笔舌之能事。苟能批此窾、导此窍[14],则无论为何等之文,皆足以移人;而诸文之中能极其妙而神其技者,莫小说若。故曰小说为文学之最上乘[15]也。由前之说,则理想派小说[16]尚焉;由后之说,则写实派小说[17]尚焉。小说种目虽多,未有能出此两派范围外者也。

抑小说之支配人道也,复有四种力:一曰熏[18]。熏也者,如入云烟中而为其所烘,如近墨朱处而为其所染。《楞伽经》[19]所谓"迷智为识,转识成智"者,皆恃此力。人之读一小说也,不知不觉之间,而眼识为之迷漾,而脑筋为之摇扬,而神经为之营注;今日变一二焉,明日变一二焉;刹那[20]刹那,相断相续;久之而此小说之境界,遂入其灵台[21]而据之,成为一特别之原质之种子。有此种子故,他日又更有所触所受者,旦旦而熏之,种子愈盛,而又以之熏他人,故此种子遂可以遍世界。一切器世间有情世间[22]之所以成所以住[23],皆此为因缘也。而小说则巍巍焉具此威德以操纵众生者也。二曰浸[24]。熏以空间言,故其力之大小,存其界之广狭;浸以时间言,故其力之大小,存其界之长短。浸也者,入而与之俱化者也。人之读一小说也,往往既终卷后数日或数旬而终不能释然。读《红楼》竟者必有余恋有余悲,读

《水浒》竟者必有余快有余怒。何也？浸之力使然也。等是佳作也，而其卷帙愈繁事实愈多者，则其浸人也亦愈甚；如酒焉，作十日饮，则作百日醉。我佛从菩提树下起[25]，便说偌大一部《华严》，正以此也。三曰刺[26]。刺也者，刺激之义也。熏浸之力利用渐，刺之力利用顿；熏浸之力在使感受者不觉，刺之力在使感受者骤觉；刺也者，能使人于一刹那顷，忽起异感而不能自制者也。我本蔼然[27]和也，乃读林冲雪天三限[28]，武松飞云浦一厄[29]，何以忽然发指[30]？我本愉然乐也，乃读晴雯出大观园[31]，黛玉死潇湘馆[32]，何以忽然泪流？我本肃然庄也，乃读实甫之《琴心》、《酬简》[33]，东塘之《眠香》、《访翠》[34]，何以忽然情动？若是者，皆所谓刺激也。大抵脑筋愈敏之人，则其受刺激力也愈速且剧。而要之必以其书所含刺激力之大小为比例。禅宗之一棒一喝[35]，皆利用此刺激力以度人[36]者也。此力之为用也，文字不如语言。然语言之所被不能广不能久也，于是不得不乞灵[37]于文字，在文字中，则文言不如其俗语，庄论不如其寓言。故具此力最大者，非小说末由。四曰提[38]。前三者之力，自外而灌之使入；提之力，自内而脱之使出，实佛法之最上乘也。凡读小说者，必常若自化其身焉，入于书中，而为其书之主人翁。读《野叟曝言》[39]者必自拟文素臣，读《石头记》[40]者必自拟贾宝玉，读《花月痕》[41]者必自拟韩荷生若[42]韦痴珠，读《梁山泊》者，必自拟黑旋风若花和尚[43]。虽读者自辩其无是心焉，吾不信也，夫既化其身以入书中矣，则当其读此书时，此身已非我有，截然去此界以入于彼界，所谓华严楼阁，帝网重重，一毛孔中，万亿莲花，一弹指顷，百千浩劫，文字移人，至此而极[44]。然则吾书中主人翁而华盛顿，则读者将化身为华盛顿；主人翁而拿破仑，则读者将化身为拿破仑；主人翁而释迦、孔子，则读者将化身为释迦、孔子，有断然也。度世之不二法门[45]，岂有过此？此四力者，可以卢牟[46]一世，亭毒[47]群伦，教主之所以能立教门，政治家所以能组织政党，莫不赖是。文家能得其一，则为文豪；能兼其四，则为文圣。有此四力而用之于善，则可以福亿兆人；有此四力而用之于恶，则可以毒万千载。而此四力所最易寄者惟小说。可爱哉小说！可畏哉小说！

小说之为体其易入人也既如彼，其为用之易感人也又如此，故人类之普通性，嗜他文终不如其嗜小说，此殆心理学自然之作用，非人力之所得而易也。此天下万国凡有血气者莫不皆然，非直吾赤县神州[48]之民也。夫既已嗜之矣，且遍嗜之矣，则小说之在一群也，既已如空气如菽粟[49]，欲避不得避，欲屏[50]不得屏，而日日相与呼吸之餐嚼之矣。于此其空气而苟含有秽质也，其菽粟而苟含有毒性也，则其人之食息于此间者，必憔悴，必萎病，必惨死,必堕落,此不待蓍龟[51]而决也。于此而不洁净其空气,不别择其菽粟,则虽日饵以参苓[52],日施以刀圭[53],而此群中人之老病死苦,终不可得救。知此义,则吾中国群治腐败之总根源,可以识矣。吾中国人状元宰相之思想何自来乎?小说也。吾中国人佳人才子之思想何自来乎?小说也。吾中国人江湖盗贼之思想何自来乎?小说也。吾中国人妖巫狐兔(鬼)之思想何自来乎?小说也。若是者,岂尝有人焉提其耳而诲之[54],传诸钵而授之[55]也?而下自屠爨[56]贩卒、妪娃童稚,上至大人先生、高才硕学,凡此诸思想必居一于是,莫或使之,若或使之,盖百数十种小说之力,直接间接以毒人,如此其甚也(即有不好读小说者,而此等小说,既已渐渍社会,成为风气。其未出胎也,固以承此遗传焉;其既入世也,又复受此感染焉。虽有贤智,亦不能自拔。故谓之间接)。今我国民惑堪舆[57],惑相命,惑卜筮,惑祈禳[58],因风水而阻止铁路、阻止开矿,争坟墓而阖族械斗杀人如草,因迎神赛会而岁耗百万金钱、废时生事、消耗国力者,曰惟小说之故。今我国民慕科第若膻,趋爵禄若鹜,奴颜婢膝,寡廉鲜耻,惟思以十年萤雪[59]、暮夜苞苴[60],易其归骄妻妾、武断乡曲一日之快,遂至名节大防,扫地以尽者,曰惟小说之故。今我国民轻弃信义,权谋诡诈,云(翻)雨覆,苛刻凉薄,驯至尽人皆机心,举国皆荆棘者,曰惟小说之故。今我国民轻薄无行,沉溺声色,眷恋床第,缠绵歌泣于春花秋月,销磨其少壮泼之气,青年子弟,自十五至三十岁,惟以多情多感多愁多病为一大事业,儿女情多,风云气少[61],甚者为伤风败俗之行,毒遍社会,曰惟小说之故。今我国民绿林豪杰,遍地皆是,日日有桃园之拜[62],处处为梁山之盟[63],所谓"大碗酒[64],大块肉,分秤称金银,论套穿衣服"等思想,充塞于下等社会之脑中,遂成为哥老、大刀等会[65],卒至于有如义和拳[66]者起,沦陷京国,启召外戎,曰惟小说之故。呜呼!小说之陷溺人群,乃至如是,乃至如是!大圣鸿哲数万言谆诲之而不足者,华士坊贾一二书败坏之而有余。斯事既愈为大雅君子所不屑道,则愈不得不专归于华士坊贾之手。而其性质其位置,又如空气然,如菽粟然,为一社会中不可得避不可得屏之物,于是华士坊贾,遂至握一国之主权而操纵之矣。呜呼!使长此而终古也,则吾国前途,尚可问耶,尚可问耶!故今日欲改良群治,必自小说界革命始;欲新民,必自新小说始。

【注释】
〔1〕 群治:对各种社会问题的处置治理。
〔2〕 新:用作动词,更新,变革。

〔3〕 学艺:对各种学问、技艺的统称。
〔4〕 《坟》、《典》、《索》、《邱》:三坟、五典、八索、九丘的简称,相传三皇之书称三坟,五帝之书称五典,八卦之书称八索,九州之书称九邱。皆传说中的上古书籍,此处泛指各种内容艰深的书籍,即下文所谓"渊古之文"。《左传·昭公十二年》:"楚左史倚相趋过,王曰:'是良史也,子善视之,是能读《三坟》、《五典》、《八索》、《九丘》。'"杜预注:"皆古书名。"九丘,同"九邱"。
〔5〕 虫鱼草木:《论语·阳货》:"小子何莫学夫诗?诗,可以兴,可以观,可以群,可以怨。迩之事父,远之事君;多识于鸟兽草木之名。"汉代古文经学家注释儒家经典时,注重对典章制度、各种名物的训释、考据,后世遂以虫鱼草木泛称名物和典章制度,以"注虫鱼草木"代指训诂考据之学。
〔6〕 穷鞫:穷究。鞫,审问。
〔7〕 现境界:即人所身处、感受到的现实世界。境界,本佛教语,指心与诸感官即眼耳鼻舌身意"六根"所感觉思维作用的对象,即色、声、香、味、触、法六境。
〔8〕 蠢蠢躯壳:指人身。躯壳,指相对于精神的肉身。
〔9〕 能触能受:触、受,皆佛教语,指不同的心理作用。受,领纳,有苦受、乐受、非苦非乐受三种;触,由根、境、识三者和合而生。此处泛指接触、感受。
〔10〕 利根众生:佛教语,指受教修道时能速疾敏锐地理解佛法并进而达到解脱的人,此处喻指聪慧明达、素所属好之人。利,速疾;根,根器,根机,根性。
〔11〕 钝根众生:佛教语,与利根众生相对,指在修证佛道方面根机迟钝、进步迟缓、证果低微之人。此处喻指资质平庸之人。
〔12〕 根器:根,植物之根;器,容物之器。根、器所生、所容有大小、多寡之别,故用以喻指修道者高下不等的素质和能力。此处泛指人的素质、能力。
〔13〕 "夫子言之"句:指对方所言恰能触动自己,正与自己内心所思暗相契合。语出《孟子·梁惠王上》,孟子对齐宣王讲述仁术,齐宣王心有所动而出此言。夫子,先生;戚戚,心动的样子。
〔14〕 批此窾、导此窾:语本《庄子·养生主》,庖丁解牛时,"依乎天理,批大郤,导大窾,因其固然"。批,击;郤,同"隙",指筋骨之间的空隙。导,引向;窾,指骨节之间的窍穴。此处以批窾导窍喻指文章或描摹理想世界,或揭示现实本质,皆能直指人心,切中要害。
〔15〕 上乘:上等,上品。
〔16〕 理想派小说:即浪漫主义小说。此处梁启超接受了西方文学理论及概念的影响。
〔17〕 写实派小说:即现实主义小说。梁启超此处亦是运用西方文学理论研究中国小说,用以对中国传统小说重新分类。
〔18〕 熏:熏陶,侧重于从空间角度而言,指小说境界影响和支配读者的精神世界。
〔19〕 《楞伽经》:佛经名,有四种汉语译本,今存三种。经中提出五法、三性、八识等大乘教义。中国禅宗五祖以前常用《楞伽经》来验证修禅者是否开悟。

〔20〕 刹那:佛教语,为表示时间的最小单位,意即瞬间、须臾、念顷。

〔21〕 灵台:心,心灵。

〔22〕 器世间有情世间:泛指世间万物及世间一切众生。器世间,也称物器世间,指一切众生所居之山河大地国土世界,因国土世界形如器物能容受众生、可变可坏而得名;有情世间,也称众生世间,指一切众生。

〔23〕 成、住:佛教语,佛教以"劫"为一个时间单位,以世间由生成到毁坏的全过程所经历的时间过程为一劫。每一大劫由成、住、坏、空即生成、持续、破坏、空无四个阶段组成。成、住、坏、空又称四劫。其中成劫为器世间(山河、大地、草木等等)与众生世间(一切有情众生)生成的时期;住劫是器世间与众生世间安稳持续的时期;坏劫是火、水、风三灾毁坏世界的时期,众生世间与器世间先后被破坏;在空劫世界已经坏灭,色界、欲界除了色界之第四禅天尚存外,其余一切皆处于空无之中。详见《俱舍论》。

〔24〕 浸:熏陶,侧重于从时间角度而言,指小说使读者心灵长久沉浸停驻于小说境界之中,并与之在精神上相互交融。

〔25〕 我佛从菩提树下起:菩提树,即毕钵罗树,常绿乔木,桑科,原产亚洲热带地区。相传佛教创始人释迦牟尼在中印度摩揭陀国伽耶城南毕钵罗树下证得无上正觉,成道后第十四日在菩提树下为文殊、普贤等上位菩萨宣说《华严经》,此为佛成道之后第一次说法。《华严经》,全称为《大方广佛华严经》,也称《杂华经》,大乘佛教重要经典之一,有"经中之王"之誉。

〔26〕 刺:小说内容给予读者强烈的刺激和震动作用,使读者随作品人物的命运变化而喜怒哀乐,产生难以自拔的情感变动。

〔27〕 蔼然:和气、和乐、和善的样子。

〔28〕 林冲雪天三限:见《水浒传》第十一回《朱贵水亭施号箭 林冲雪夜上梁山》。其中有林冲初上梁山、被梁山头领王伦嫉妒刁难、王伦限林冲三日内"下山去杀得一个人,将头献纳",否则不予收留,林冲无奈只能从命、在山下苦等三日的情节。

〔29〕 武松飞云浦一厄:见《水浒传》第三十回《施恩三入死囚牢 武松大闹飞云浦》。其中有张都监、张团练设计陷害、捉拿武松,并差人在押解武松至飞云浦时欲置武松于死地的情节。厄,灾难。

〔30〕 发指:头发竖起,形容极度愤怒。

〔31〕 晴雯出大观园:见《红楼梦》第七十七回《俏丫鬟抱屈夭风流 美优伶斩情归水月》。其中有晴雯遭人讪谤在病中被王夫人赶出大观园的情节。

〔32〕 黛玉死潇湘馆:见《红楼梦》第九十八回《苦绛珠魂归离恨天 病神瑛泪洒相思地》。其中有宝玉与宝钗成婚之时,黛玉在潇湘馆凄然辞世的情节。

〔33〕 实甫之《琴心》、《酬简》:元代王实甫杂剧《西厢记》第二本第四折为《琴心》,写张生弹琴寄相思、莺莺听琴感怀;第四本第一折为《酬简》,写张生、莺莺深夜

〔34〕 东塘之《眠香》、《访翠》：清代孔尚任传奇《桃花扇》第五出为《访翠》，写侯方域于暖翠楼初见李香君事；第六出为《眠香》，写侯方域与李香君成亲事。

〔35〕 禅宗之一棒一喝：禅宗，指以印度僧人菩提达摩为初祖（梁武帝时菩提达摩把禅宗传入中国）、探究心性本原以期见性成佛的佛教大乘宗派。禅宗祖师为促使学人弟子觉悟、杜绝其虚妄思维、考验其悟境，常常使用棒打、断喝的方式。相传棒之使用，始于唐代德山宣鉴与黄檗希运；喝之使用，始于临济义玄，故世有"德山棒、临济喝"之说。

〔36〕 度人：济度世间之人，即帮助世人由迷惑到觉悟，由生死迷惑之此岸到达觉悟解脱之彼岸。

〔37〕 乞灵：本指向神佛求助，此处泛称求助、借助。

〔38〕 提：小说使读者与作品人物发生强烈的共鸣，达到与境合一、物我两忘，其精神境界得到净化和升华。

〔39〕 《野叟曝言》：清代夏敬渠所作的一百五十四回长篇小说，描写了吴江名士文白（字素臣）一生的英雄业绩，为清代儿女英雄小说的代表作之一。文素臣是作者理想人格的化身，他胸怀大志，文武兼备，平定内乱，威服四夷，排斥邪说，尊奉名教，体现了作者治国平天下的儒家社会政治理想。

〔40〕 《石头记》：曹雪芹的小说《红楼梦》本名《石头记》。乾隆五十六年（1791）程伟元、高鹗第一次以活字版排印出版此书时，将书名由原来抄本的《石头记》改为《红楼梦》，内容亦由原来的八十回增至一百二十回。

〔41〕 《花月痕》：魏秀仁所作的五十二回长篇小说，是清代后期狭邪小说的代表作之一。小说采用双线对比结构，主人公韦痴珠是作者的自我写照，他才华横溢，但性情狷介，落魄失意，与所钟情的名妓秋痕亦难以结合，最终贫病而亡。韦痴珠的好友韩荷生则寄托了作者的理想，他文武兼长，屡立战功，仕途发达，功名显扬，并与所恋的名妓采秋得谐鸾凤。

〔42〕 若：选择连词，或者。

〔43〕 "梁山泊"二句：指长篇小说《水浒传》。黑旋风即李逵，花和尚即鲁智深，皆《水浒传》中的主要人物。

〔44〕 "所谓华严楼阁"八句：此句借用佛教华严宗所谓一与多的辩证关系说明读者阅读小说时以其一人而设身处地作小说人物多人想，由此而逐渐接受影响，改变性情。华严宗认为，宇宙一切现象界的事物之间都存在着相即相入而又圆融无碍的和谐关系，即一与多相即相入，自与他互遍相资。这如同华严楼阁，虽一楼阁而又广博无量，又如帝网所结附的宝珠，每一珠皆映现其他一切宝珠之影，每一影中又映现一切宝珠之影。重重映现，无穷无尽。又如菩萨于一毛孔中可容纳万亿莲花，又如菩萨于极短暂的时间可以经历无限时间。帝网，又称因陀罗网、天帝网，是帝释天的宝网，用以庄严装饰帝释天宫殿，网的结处皆附缀宝珠，其数

无量。浩劫,指极为漫长的时间。佛教称世界由形成到毁灭的时间过程为一大劫。弹指,指极其短暂的时间。佛教以二十念为一瞬,二十瞬为一弹指。

[45] 不二法门:喻指唯一的途径、方法。本为佛教语,指显示超越相对、差别的一切绝对、平等的真理的教法,即在佛教八万四千法门之上的直见圣道的法门。

[46] 卢牟:规模。

[47] 亭毒:培养,养育。《老子》:"长之育之,亭之毒之,养之覆之。"高亨正诂:"亭,当读为成;毒,当读为熟,皆音同,通用。"

[48] 赤县神州:战国时期齐人邹衍创立"大九州"学说,其中"中国名曰赤县神州","中国外如赤县神州者九,乃所谓九州也"。见《史记·孟子荀卿列传》。后以赤县神州借指中国或中原,此处指中国。

[49] 菽粟:豆子和小米,泛指粮食。

[50] 屏:抑制,排除。

[51] 蓍龟:古代占卜用的蓍草和龟甲,此处借指占卜。蓍,多年生草本植物,也称蚰蜒草、锯齿草,中国古代用它的茎占卜。

[52] 参苓:人参、茯苓,皆中药名。茯苓有镇静利尿之用;古代传说久食之可以容颜悦泽,得道成仙。

[53] 刀圭:本是古时量取药末的器具,借指药物。

[54] 提其耳而诲之:揪着他的耳朵教导他,形容恳切教导。《诗经·大雅·抑》:"匪面命之,言提其耳。"

[55] 传诸钵而授之:如同师父教徒弟一样传授给他。中国佛教禅宗初祖达摩将其衣、钵传与其弟子即禅宗第二祖慧可,以衣、钵作为传法相承之证,后代因以成为传统,直至六祖慧能。由此引申以传授衣钵指师父将佛法传授给其后继者。钵,僧人的食器。

[56] 爨:指烧火做饭之人。

[57] 堪舆:风水之术。

[58] 祈禳:向鬼神祈祷以祈求福祉、消除灾难。

[59] 十年萤雪:指长期的寒窗苦读。萤,指车胤以萤火代灯读书事。据《晋书·车胤传》,车胤好学但家贫无灯油,夏夜则以囊盛数十个萤火虫以照明读书。雪,指孙康借雪夜天光读书事。据《尚友录》,晋代孙康性敏好学,但家贫无灯油,遂于冬月映雪读书。

[60] 暮夜苞苴:指贿赂。暮夜,此处指暮夜金,即暗中贿赂。据《后汉书·杨震传》,杨震路过昌邑时,曾受杨震举荐的昌邑令王密连夜送十金给杨震,并说"暮夜无知者",杨震以天知、地知、你知、我知而严拒之。苞苴,贿赂。《荀子·大略》:"汤旱而祷曰:苞苴行与?谗夫行与?"杨倞注:"货贿必以物包裹,故总谓之苞苴。"苞,通"包"。

[61] 儿女情多,风云气少:过分沉溺于儿女私情而缺乏英雄气概。本是钟嵘《诗品》

对晋代张华诗歌的评价,指其诗长于抒情但风力不足。

〔62〕桃园之拜:《三国演义》第一回《宴桃园豪杰三结义 斩黄巾英雄首立功》写到刘备、关羽、张飞于桃园结拜为异姓兄弟之事。此处泛指绿林豪杰的结拜、结义。

〔63〕梁山之盟:《水浒传》第七十一回《忠义堂石碣受天文 梁山泊英雄排座次》写到梁山群雄于忠义堂歃血盟誓之事。此处泛指绿林好汉的结义誓盟之举。

〔64〕"大碗酒"句:类似语言在《水浒传》中多处出现,文字略有出入,体现了梁山英雄朴素的生活理想。

〔65〕哥老、大刀等会:哥老会,清朝会党,起于太平天国之前,以"反清复明"为宗旨;太平天国之后,其力量和影响更为广大。大刀会,清代民间结社,为白莲教支派,会众遍布山东、河南、安徽、江苏四省,为山东义和团的前奏。

〔66〕义和拳:清代民间秘密结社,义和团的前身之一。活动于山东、直隶等地,从事反清斗争。中日甲午战争后,逐渐转变为群众性的反帝斗争组织,1899年下半年改称义和团。

【思考题】

1. 试谈梁启超小说理论的新意。
2. 结合《论小说与群治之关系》的内容,说明梁启超对小说艺术感染力的具体论述。
3. 梁启超所提倡的"小说界革命"与其所提倡的"诗界革命"、"文界革命"关系如何?

王国维《人间词话》选录

【题解】

王国维(1877—1927),初名国桢,字静安,又字伯隅,号人间、观堂、永观,浙江海宁人。出生于书香之家,自幼博览群书,少年时代就被誉为"海宁四才子"之一。十六岁为秀才,但此后两应乡试而不第,遂绝意科举。光绪二十四年(1898)来到上海,为时务报馆职员,同时入罗振玉出资兴办的东文学社学习日文等课程。光绪二十七年东文学社解散后,得到罗振玉资助赴日入东京物理学校学习英文、数学、物理,后因病归国。曾担任上海南洋公学虹口分校执事,在南通师范学堂及苏州师范学堂教授心理学、伦理学、社会学等课程。光绪三十二年进京,经罗振玉推荐任学部总务司行走。1911年辛亥革命爆发后与罗振玉携眷流亡日本,以清朝遗老自居。其间帮助罗振玉整理藏书,并致力于古史研究,著有大批学术著作。1916年春回国,为英人哈同编辑《学术丛刊》,后任哈同所办的仓圣明智大学教授。1922年兼任北京大学研究所国学门通讯导师。1923年被废帝溥仪任命为南书房行走。1924年溥仪被逐出宫,王国维亦避入日本公使馆。1925年由胡适推荐任清华大学研究院教授。1927年6月2日自沉于北京颐和园之昆明湖。溥仪谥之为"忠悫"。

王国维一生从事学术研究,起初致力于西方哲学、美学的研究,后重点从事文学尤其是词曲的研究,最后又转攻经史、小学、甲骨学、金石学,在各学科的研究皆成就卓著,嘉惠后人。

《人间词话》和《宋元戏曲史》是王国维在文学研究方面最令人瞩目的研究成果,其中《人间词话》是王国维最具有代表性的文学理论批评著作。《人间词话》最初于1908年分三期发表于上海《国粹学报》,共六十四则,由王国维亲自从手稿中辑选而出。1926年出版单行本。此后后人不断增补,先后有十余种版本印行,其中以1960年人民文学出版社《蕙风词话·人间词话》合刊本最为通行。《人间词话》注重将西方美学思想与中国古典文艺美学思想相结合,体现出中国近代文学思想转型时期中西结合的时代特色。

《人间词话》的批评范围很广。就文体而言,以词为主,兼及诗歌、戏曲、小说;就时间而言,上自先秦,下至晚清,皆有涉及。贯穿《人间词话》的理论核心是"境界"说。王国维受康德、叔本华思想影响,认为文学是超越功利的纯粹艺术,文学的审美功能是其价值的根本体现,而"境界"正是从审美层面对诗词艺术提出的理想标准。《人间词话》开宗明义提出:"词以境界为最上。有境界则自成高格,自有名句。"王国维所论的文学艺术的"境界"与"意境"的含义基本一致。以"境界"、"意境"评论诗词,并不始于王国维,唐代以来许多文学理论批评家都曾从不同角度论及意境问题,但惟有到了王国维,有关意境的理论才达到了最为完善、系统、深刻的水平。

关于"境界"的美学特征,王国维在《人间词话》中作了具体说明。首先,他总结了古代文艺思想中有关意境的美学特征的论述,指出"境界"具有"言外之味,弦外之响",一如宋代严羽所说的"兴趣"、清代王士祯所说的"神韵",皆体现出"言有尽而意无穷"的美学特色。王国维还举例指出五代、北宋词从整体上突出体现了"境界"的这一特色,因而成为他所称许的词史上最高艺术成就的代表。同时他又从反面以南宋词人姜夔为例,说明作品若无意境,即使词人格调高洁清绝,终不能成为一流词人。"古今词人格调之高,无如白石。惜不于意境上用力,故觉无言外之味,弦外之响,终不能与于第一流之作者也。"长期以来,浙西词派、常州词派在清代词坛上分庭抗礼,王国维则跳出两家之窠臼,在更高的理论层面上标举"境界",开创了词坛新气象,产生了深远影响。浙派词人崇尚幽深窈渺之思、洁静精微之旨,因此极为推崇姜夔,但其末流则不免陷于幽冷颓唐、类乎寒蝉哀鸣之境地。此处王国维立意于"格调",明确指出姜夔的局限,在客观上具有涤荡浙派词人流弊、为诗词的创作指出向上一路的积极作用。

其次,指出"境界"、"意境"具有真实自然之美:"大家之作,其言情也必沁人心脾,其写景也必豁人耳目。其辞脱口而出,无矫揉妆束之态。以其所见者真,所知者深也。诗词皆然。持此以衡古今之作者,可无大误矣。""能写真景物、真感情者,谓之有境界。否则谓之无境界。"不仅要求作品内容方面的情景之真,而且要求艺术表现方面自然传神,造语平淡,尽弃人为造作之痕迹。惟有如此,作品方能具有"不隔"的自然真切之美。"不隔"的思想吸纳了西方重视艺术直觉作用的美学思想的影响,同时更是与中国古代文艺美学思想如钟嵘的"直寻"、司空图的"直致"、严羽的"妙悟"、王夫之的"现量"、王士禛的"神韵"等理论一脉相承。

另外,对于同是体现出自然真实之美的作品之境界,王国维又从美学上根据作者主观介入程度的差异而区分为"有我之境"和"无我之境":"有我之境,以我观物,故物皆著我之色彩;无我之境,以我观物,故不知何者为我,何者为物。古人为词,写有我之境者多,然未始不能写无我之境,此在豪杰之士能自树立耳。"王国维引用西方美学思想中有关优美与壮美的区分,概括说明这两种境界的基本形态的美学特点:"无我之境,人惟于静中得之。有我之境,于由动之静时得之。故一优美,一宏壮也。"

《人间词话》对以意境为中心的中国古典文艺美学思想进行了全面总结,同时又体现出西方美学思想渗透影响的明显痕迹,因而标志着中国古代文学理论进行现代转换的开端。

词以境界[1]为最上。有境界则自成高格[2],自有名句。五代、北宋之词所以独绝者在此。

有造境[3],有写境[4],此理想与写实二派之所由分。然二者颇难分别,因大诗人所造之境必合乎自然,所写之境亦必邻于理想故也。

有有我之境[5]，有无我之境[6]。"泪眼问花花不语，乱红飞过秋千去[7]"，"可堪孤馆闭春寒，杜鹃声里斜阳暮[8]"，有我之境也。"采菊东篱下，悠然见南山[9]"，"寒波淡淡起，白鸟悠悠下[10]"，无我之境也。有我之境，以我观物，故物皆著我之色彩；无我之境，以物观物，故不知何者为我，何者为物。古人为词，写有我之境者多，然未始不能写无我之境，此在豪杰之士[11]能自树立耳。

无我之境，人惟于静中得之。有我之境，于由动之静时得之。故一优美，一宏壮也。

境非独谓景物也。喜怒哀乐，亦人心中之一境界。故能写真景物、真感情者，谓之有境界。否则谓之无境界。

"红杏枝头春意闹[12]"，著一"闹"字而境界全出。"云破月来花弄影[13]"，著一"弄"字而境界全出矣。

《严沧浪诗话》[14]谓："盛唐诸公，唯在兴趣。羚羊挂角，无迹可求。故其妙处，透澈玲珑，不可凑拍。如空中之音，相中之色，水中之影，镜中之象，言有尽而意无穷。"余谓：北宋以前之词[15]，亦复如是。然沧浪所谓兴趣，阮亭[16]所谓神韵，犹不过道其面目[17]，不若鄙人拈出"境界"二字，为探其本[18]也。

古今之成大事业、大学问者，必经过三种之境界："昨夜西风凋碧树，独上高楼，望尽天涯路[19]。"此第一境界也。"衣带渐宽终不悔，为伊消得人憔悴[20]。"此第二境也。"众里寻他千百度，回头蓦见，那人正在，灯火阑珊处[21]。"此第三境也。此等语皆非大词人不能道。然遽[22]以此意解释诸词，恐为晏、欧诸公所不许也。

问"隔"与"不隔"[23]之别。曰：陶、谢[24]之诗不隔，延年[25]则稍隔矣。东坡之诗不隔，山谷[26]则稍隔矣。"池塘生春草[27]"，"空梁落燕泥[28]"等二句，妙处唯在不隔。词亦如是。即以一人一词论，如欧阳公[29]《少年游》咏春草上半阕云："阑干十二独凭春，晴碧远连云。千里万里，二月三月，行色苦愁人。"语语都在目前,便是不隔。至云:"谢家池上,江淹浦畔。"则隔矣。白石[30]《翠楼吟》:"此地。宜有词仙,拥素云黄鹤,与君游戏。玉梯凝望久,叹芳草、萋萋千里。"便是不隔。至"酒祓清愁,花消英气",则隔矣。然南宋词虽不隔处,比之前人,自有浅深厚薄之别。

古今词人格调之高,无如白石。惜不于意境上用力,故觉无言外之味,弦外之响,终不能与于第一流之作者也。

大家之作,其言情也必沁人心脾,其写景也必豁人耳目。其辞脱口而出,无矫揉妆束之态。以其所见者真,所知者深也。诗词皆然。持此以衡古今之作者,可无大误矣。

诗人对宇宙人生,须入乎其内,又须出乎其外。入乎其内,故能写之;出乎其外,故能观之。入乎其内,故有生气;出乎其外,故有高致。美成[31]能入而不能出;白石以降[32],于此二事皆未梦见[33]。

昔人论诗词,有景语、情语[34]之别。不知一切景语,皆情语也[35]。

【注释】

[1] 境界:此处指艺术境界,其内涵同于意境。王国维在其文学批评中基本上混用境界、意境两词,指文学创作中由心物相契、情景交融的意象象征、暗示处的含义深远、回味绵长的审美之境。
[2] 高格:高尚的品格,上品。
[3] 造境:主要通过艺术虚构而营造艺术境界。
[4] 写境:主要通过艺术写实而营造艺术境界。
[5] 有我之境:体现出较为明显的主观色彩的景物描写乃至艺术境界。
[6] 无我之境:物我完美地统一、主观色彩较为隐晦的景物描写乃至艺术境界。
[7] "泪眼问花花不语"二句:出自北宋欧阳修《蝶恋花》,一说出自冯延巳《鹊踏枝》。
[8] "可堪孤馆闭春寒"二句:出自北宋秦观《踏莎行》。
[9] "采菊东篱下"二句:出自东晋陶渊明诗《饮酒》第五首。
[10] "寒波淡淡起"二句:出自金代元好问诗《颍亭留别》。
[11] 豪杰之士:此处指才情超迈、胸襟宽广之人,并非指豪放派词人。
[12] "红杏枝头春意闹":出自北宋宋祁《玉楼春》词。
[13] "云破月来花弄影":出自北宋张先《天仙子》词。

〔14〕《严沧浪诗话》:南宋严羽《沧浪诗话》。此处引文见《沧浪诗话·诗辨》,但文字与通行本稍有出入,如引文中"诸公",《沧浪诗话》作"诸人";"澈",作"彻";"拍",作"泊";"影",作"月"。

〔15〕北宋以前之词:指五代、北宋词。王国维论词,以境界为评判标准,推崇五代、北宋词。

〔16〕阮亭:清代王士禛(1634—1711),字贻上,号阮亭,别号渔阳山人,山东新城人,清顺治十五年(1658)进士,官至刑部尚书,为康熙年间诗坛领袖,论诗主"神韵说"。

〔17〕面目:指表面现象。

〔18〕本:本质。

〔19〕"昨夜西风凋碧树"三句:出自北宋晏殊《蝶恋花》:"槛菊愁烟兰泣露,罗幕轻寒,燕子双飞去。明月不谙离恨苦,斜光到晓穿朱户。　昨夜西风凋碧树,独上高楼,望尽天涯路。欲寄彩笺兼尺素,山长水阔知何处。"

〔20〕"衣带渐宽终不悔"二句:出自北宋柳永《凤栖梧》:"伫倚危楼风细细,望极春愁,黯黯生天际。草色烟光残照里,无言谁会凭阑意。　拟把疏狂图一醉,对酒当歌,强乐还无味。衣带渐宽终不悔,为伊消得人憔悴。"

〔21〕"众里寻他千百度"四句:出自南宋辛弃疾《青玉案·元夕》:"东风夜放花千树。更吹落,星如雨。宝马雕车香满路。凤箫声动,玉壶光转,一夜鱼龙舞。　蛾儿雪柳黄金缕,笑语盈盈暗香去。众里寻他千百度,蓦然回首,那人却在,灯火阑珊处。""回头蓦见"当作"蓦然回首"。

〔22〕遽:匆忙,急切,率然。

〔23〕"隔"与"不隔":王国维以"隔"与"不隔"作为判断意境优劣的基本标准。所谓"隔"就是语言雕琢、用典深密、体现出精工修饰之美、缺乏平淡自然之美。"不隔"指语言清新平易,形象鲜明生动,具有自然真切之美,不见人工雕琢之痕。倡导"不隔"从创作角度而言体现了对艺术直觉的重视;从艺术美学角度而言,体现了对超越人工之美的天生化成的自然之美的推崇。

〔24〕陶、谢:指晋、宋时期的诗人陶渊明(365—427)、谢灵运(385—433)。

〔25〕延年:晋、宋间诗人颜延之(384—456),字延年,当时与谢灵运齐名,并称"颜谢",但与谢诗相比,颜诗虽富文采但不免典重拙涩,故在文学史上谢高颜下,已成定论。钟嵘《诗品》列颜延之入中品,称其"尚巧似。体裁绮密,情喻渊深","又喜用古事,弥见拘束"。《南史·颜延之传》转载鲍照称谢诗"如初发芙蓉,自然可爱",而颜诗则"如铺锦列绣,亦雕绘满眼"。

〔26〕山谷:北宋诗人、词人黄庭坚(1045—1105),字鲁直,号山谷,洪州分宁(今江西修水)人,江西诗派代表人物。

〔27〕"池塘生春草":句出谢灵运《登池上楼》诗。

〔28〕"空梁落燕泥":句出隋代诗人薛道衡《昔昔盐》诗。

〔29〕 欧阳公:此处指北宋文学家欧阳修。其词《少年游》上阕平易自然,是为"不隔",下阕连用典故,失却自然本色,是为"隔"。

〔30〕 白石:南宋词人姜夔,字尧章,别号白石道人。其《白石词》多记游、咏物之作,以意境清幽见长。其《翠楼吟》上阕直叙情怀,无斧凿痕迹,是为"不隔",下阕雕琢字句,是为"隔"。

〔31〕 美成:周邦彦(1057—1121),字美成,号清真居士,北宋后期词人。其《清真词》多写男女艳情及羁旅愁思,词句工丽,音律严整,但内容相对单薄。

〔32〕 白石以降:指姜夔以后的南宋、元、明、清词人。以降,以下,以后。

〔33〕 皆未梦见:指既未能入乎其内,又未能出乎其外。

〔34〕 景语、情语:景语指重客观的写景文字,景物描写;情语指重主观的抒情文字。

〔35〕 一切景语,皆情语也:指构成艺术形象的景物描写看似客观,实际已经蕴涵了作者的思想感情,是物与我、情与景相结合的产物。作品中景物的选择、提炼、表现皆由作者的主观情思所支配,并为表现作者的主观情思所服务。

【思考题】

1. 概括王国维的"境界"理论。
2. 以作品为例,说明什么是王国维所说的"有我之境"与"无我之境"。
3. 请结合文学艺术创作,说明王国维所概括的"古今之成大事业、大学问者,必经过三种之境界"的具体内容。